Martina Parker

Hamdraht

Martina Parker

Hamdraht

Garten-
krimi

GMEINER

Die automatisierte Analyse des Werkes, um daraus Informationen
insbesondere über Muster, Trends und Korrelationen gemäß § 44b UrhG
(»Text und Data Mining«) zu gewinnen, ist untersagt.

Bei Fragen zur Produktsicherheit gemäß der Verordnung über die
allgemeine Produktsicherheit (GPSR) wenden Sie sich bitte an den Verlag.

Personen und Handlung sind frei erfunden.
Ähnlichkeiten mit lebenden oder toten Personen
sind rein zufällig und nicht beabsichtigt. Ausnahmen sind Personen des
öffentlichen Lebens, mit denen eine Namensnennung abgesprochen wurde.

Immer informiert

Spannung pur – mit unserem Newsletter informieren wir Sie
regelmäßig über Wissenswertes aus unserer Bücherwelt.

Gefällt mir!

Facebook: @Gmeiner.Verlag
Instagram: @gmeinerverlag

Besuchen Sie uns im Internet:
www.gmeiner-verlag.de

© 2022 – Gmeiner-Verlag GmbH
Im Ehnried 5, 88605 Meßkirch
Telefon 0 75 75 / 20 95 - 0
info@gmeiner-verlag.de
Alle Rechte vorbehalten
8. Auflage 2026

Lektorat: Claudia Senghaas, Kirchardt
Satz: Mirjam Hecht
Umschlaggestaltung: U.O.R.G. Lutz Eberle, Stuttgart
Illustration und Cover Design Lena Zotti, Wien
Druck: GGP Media GmbH, Pößneck
Printed in Germany
ISBN 978-3-8392-0137-4

»Nichts bleibt, mein Herz. Und alles ist von Dauer.«
Erich Kästner

Immer noch für Dich

PROLOG

Der Boden unter seinen Füßen schwankte. Er wusste nicht, ob das am Alkohol lag oder am Wellengang. Er hielt sich mit beiden Händen fest, um nicht das Gleichgewicht zu verlieren, während er die zwei Stufen in die Kabine hinabstieg. Die »Pedrazzini« war sein neuestes Spielzeug. Ein Motorboot, so schön wie ein Designmöbel. Eine Mahagoniverschalung, die für das perfekte Finish achtmal gestrichen und zwölfmal lackiert worden war. Ergonomisch perfekte Bänke und Sonnenliegen aus elfenbeinfarbenem Leder, zwei 230 PS starke Motoren. Feinstes italienisches Design, hergestellt in Schweizer Präzisionsarbeit. Ein Boot für Individualisten, die das Außergewöhnliche suchen. Ein Boot für Menschen wie ihn.

Er kramte in seiner Brusttasche, bis er das kleine Briefchen fand. Seine Augen schweiften durch die Kabine. Er suchte eine glatte Ablage, um eine Line zu legen, aber dann war ihm das ob des ständigen Schwankens doch zu unsicher. Er setzte sich auf die Liege in der Kabine, deren Polsterung nach neuem Auto roch. Dann zog er einen winzigen silbernen Kokainlöffel hervor, füllte ihn mit dem weißen Pulver und stopfte sich den Inhalt ins rechte Nasenloch. Er drückte das linke Nasenloch zu und zog das Koks mit einem schniefenden Geräusch hoch. Als Kind hatte er es immer gehasst, wenn ihm Wasser in die Nase und die Nebenhöhlen gekommen war. Jetzt konnte er über diese Empfindlichkeit nur lachen.

Er wiederholte den Vorgang mit dem zweiten Nasenloch. Er schluckte zweimal, um den bitteren Schleim loszuwerden, der sich in seinem Rachen gebildet hatte. Das Briefchen war jetzt leer. Dennoch befeuchtete er den Zeigefinger und fuhr damit über das Papier, bis er sicher war, dass auch der letzte Krümel daran haften geblieben war. Dann rieb er mit der Fingerkuppe über sein Zahnfleisch. Immer und immer wieder. Er spürte, wie die Droge ins Hirn schoss, er fühlte sich stark und unverwundbar. Sein Rachen und sein Zahnfleisch waren jetzt taub. Das störte ihn nicht. Nur diesen bitteren Geschmack im Mund musste er loswerden.

Er ging wieder hinauf und griff nach der offenen Flasche »Ruinart«. Schenkte sich das Glas randvoll und trank es gierig aus. Das war das Gute am Koksen, da konnte man saufen, wie viel man wollte.

Er merkte, dass sie ihn beobachtete. Er bemühte sich, nicht mit den Zähnen zu knirschen. Er knirschte immer mit den Zähnen, wenn er »drauf« war.

Er ging zum Cockpit. Ein Universum aus poliertem Holz und Chrom. Sein Freund lenkte die Jacht mit sicherer Hand.

»Geh, lass mich einmal.«

»Das geht nicht, Alter, du weißt eh, du hast kein Schiffspatent.«

»Geh bitte, was soll denn schon sein? Das ist wie Autodrom fahren.«

Er wartete auf eine Antwort, aber als keine kam, wurde er jähzornig. »Sei nicht so ein i-Tüpferl-Reiter. Das ist mein Boot«, zischte er leise.

Der Freund sah ihn zweifelnd an. Sie kannten sich seit ewigen Zeiten. Er wusste, dass es sinnlos war, sich mit ihm zu streiten, wenn er so drauf war.

Der Mann zückte ein weiteres Briefchen Kokain und steckte es seinem Freund, der immer noch die Jacht steuerte, in dessen Badehosentasche. »Da, geh dir die Nase pudern, und nachher pudern* wir die Kleine.« Er sah zu dem jungen Mädchen hinüber, das sie mit auf die Jungfernfahrt genommen hatten.

»Du bist so ein perverser Trottel. Bevor ich mit dir einen Dreier schieb, stech ich mich hier rein.« Er ließ mit einer Hand das Steuer los und zeigte auf seinen Hals.

»Jetzt gib schon her.«

Er drängte den Freund zur Seite und griff ihm ins Lenkrad. Die Jacht schlingerte kurz. »Ich hab alles im Griff. Ich verspreche es dir.«

»Und jetzt putz di**!« Er lachte laut und schlug dem Freund kräftig auf die Schulter.

Der zuckte unschlüssig mit den Schultern und trat zur Seite. Der Mann hatte nichts anderes erwartet. Endlich konnte er sein Spielzeug ausprobieren. Das war sein Baby, sein Eigentum. Er griff nach dem Lenkrad. Was für eine lächerliche Diskussion. Er war schon oft Motorboot gefahren. Als ob man dafür einen Führerschein brauchte.

Sobald der Fahrer den Gashebel betätigt hatte, zerriss die archaische Akustik der Achtzylinder die beschauliche Stille. Der satte Sound ging mit entsprechender Kraftentfaltung einher. Das Vorderteil des Bootes hob sich bei der Beschleunigung leicht, wie ein Pferd, das im Begriff war, sich aufzubäumen. Das Mädchen, das sich hinten auf der Liege gesonnt hatte, kreischte auf und hielt sich am Rand des Bootes fest, als sie bemerkte, wie rasch die Jacht Geschwindigkeit aufnahm. Das war es. Das war Freiheit.

Der Mann fühlte, wie Glückshormone seinen Körper durchfluteten. Wegen so was lebt man, nur wegen solcher

---

* Vulgärer österr. Ausdruck für Sex
** Verschwinde

Momente, dachte er. Er spürte, wie der Fahrtwind sein dünner werdendes Haar zerzauste, er spürte die hochspritzende Gischt auf seiner Haut, er spürte die Kraft der Motoren unter sich, als er eine schnittige Kurve fuhr und das Boot das Wasser teilte.

Sie rasten über den See.

»Nicht so schnell«, warnte der Freund, »da vorne ist ein Surfer.«

Der Mann riss das Lenkrad herum. »Erzähl mir nicht, wie ich fahren soll«, herrschte er seinen Hawerer an, während er das Lenkrad herumdrehte. Der Surfer war vor lauter Schreck über das heranbrausende Motorboot längst freiwillig ins Wasser gesprungen.

Der Mann hatte ihn in seinem Rausch gar nicht bemerkt, aber das hätte er nie im Leben zugegeben.

»Entspann dich.« Er sah, dass sein Freund jetzt ebenfalls weißes Pulver an den Nasenhärchen kleben hatte, und grinste. »Na wird scho, gleich hast mehr Spundes, Oida.«

Aus dem Augenwinkel sah er, dass das Mädchen versuchte, von der Sonnenliege nach vorne zu robben, vermutlich wurde es ihr hinten zu abenteuerlich.

»Hör auf mit dem Scheiß«, sagte der Freund.

»Mir wird schlecht«, stöhnte das Mädchen und beugte sich über die Reling.

Na hoffentlich kotzt die nicht den ganzen teuren »Ruinart« wieder raus, dachte er.

Der Freund tastete sich schwankend zu ihr vor. »Alles okay?«

Der Besitzer der Jacht blickte wieder nach vorne. Der See glitzerte heute fast türkis. Ein unglaubliches Gefühl von Freiheit erfasste ihn. Wozu bauen sie solche Boote, wenn man sie nicht mit Vollspeed fahren darf, dachte er. Er beschleunigte, genoss das Adrenalin, das durch seine

Adern schoss. Er war frei, er war glücklich. Er zog noch eine Kurve und dann noch eine in die andere Richtung. Wie hieß dieses coole Manöver, das man immer in Filmen sah? Power Turn? Das hatte er auch drauf.

Er beschleunigte auf Höchstgeschwindigkeit. 36 Knoten, 66 Stundenkilometer, dann riss er das Lenkrad nach links. Das Boot legte sich in die Kurve, das Wasser teilte sich wie eine Fontäne. Er fuhr die Schleife so eng wie möglich, kreuzte sein eigenes Fahrwasser, bremste scharf ab. Er hörte Schreie. Er riss den Hebel auf »retour«. Das Nächste, was zu hören war, war ein Rumpler. Danach war es totenstill.

1 MATHILDE BEKOMMT EIN TATTOO

Das System der Arbeitsteilung bei Ameisen wird manchmal mit dem indischen Kastensystem verglichen. Tatsächlich ist die Organisation des Lebens in einem Ameisenhaufen nicht so starr, wie man denkt. Jede Arbeiterameise wird in jungen Jahren mit den Arbeiten im Inneren des Haufens beginnen. In den letzten Jahren ihres Lebens wird sie jedoch außerhalb arbeiten.

Der Schmerz war schneidend, brennend, schabend. Winzige Blutstropfen traten aus der verletzten Haut, vermischten sich mit der flüssigen Farbe. Der Tätowierer griff zu einem Tuch und wischte sorgsam über die Haut. Mathilde versuchte, ruhig und gleichmäßig zu atmen und sich zu entspannen. »Geht es noch?«, fragte der Tätowierer.

Mathilde nickte. »Wenn ich mich beim Kochen schneide oder verbrenne, tut das mehr weh.«

Es war schon ihre achte Sitzung. Das Motiv wuchs und wuchs. Buntstieliger Mangold, rote Chilis, gelbe Tomaten, eine lila-weiß gefleckte Melanzani, grüner Koriander. Auf Mathildes Arm und Schulter entspross ein ganzes Gemüsepotpourri.

»Koriander mag ich nicht, der schmeckt nach Seife«, sagte der Tätowierer, blickte kurz auf und lächelte.

»Da sind deine Gene schuld.« Mathilde blickte dem Mann in die Augen, die von Lachfältchen umgeben waren. »Manche Menschen haben Geruchsrezeptoren, die Koriander nach Seife schmecken lassen.« Sie war froh über das Gespräch, es lenkte sie ab.

»Wie geht es in der Arbeit?«, fragte der Tätowierer.

»Ich habe gekündigt«, sagte Mathilde.

Der Tätowierer schnalzte mit der Zunge, während er die Feder seiner Tätowiermaschine in ein winziges Farbtöpfchen mit grüner Farbe tauchte. Das Töpfchen stand in einem Klecks Vaseline auf der Arbeitsplatte, damit es nicht verrutschen oder umkippen konnte.

Mathilde dachte kurz daran, wie sie in ihrer Ausbildung zur Köchin gelernt hatte, Dessertschälchen mit Marzipan auf dem Teller festzukleben, damit diese beim Servieren nicht verrutschten. Eigentlich dasselbe Prinzip.

»Ich bin dort nicht weitergekommen. Der Küchenchef hat immer mehr Convenience Food eingekauft. Schnitzel vom Fließband, Kartoffelsalat aus dem Kübel, Packerlsuppen. Er glaubt, das ist die Zukunft.«

»Pfui Teufel«, sagte der Tätowierer.

»Naja, das Zeug schmeckt nicht mal so schlecht. Die Lebensmitteltechnik wird immer besser. Und man spart unglaublich viel Zeit bei der Zubereitung. Aber mich langweilt das.«

»Ich verstehe«, sagte der Tätowierer. »Eine Arbeit, die keinen Spaß mehr macht, macht keinen Sinn.« Der Tätowierer hatte vor vier Jahren sein gut gehendes Tattoo-Studio in der Stadt aufgegeben und war ins Nirgendwo gezogen. Dorthin, wo es garantiert keine Nachbarn gab, keinen Handyempfang und einen nicht einmal das Navi fand. Die, die ihn finden wollten, fanden ihn trotzdem.

»Und was machst du jetzt?«, fragte er.

Mathilde strahlte: »Ich fange in drei Wochen als Küchenchefin im ›Fia-mi‹ an.«

»Wo?«

»Im ›Fia-mi‹. Das ist Dialekt und bedeutet ›Für mich‹. Ein neues Vital-Resort an einem Fischteich zwischen Litzelsdorf und Oberdorf, die wollen dort moderne, regionale Küche, viel Gemüse und Wildkräuter.«

»Na dann sollte ich dir wohl noch ein paar Bärlauchblätter stechen«, sagte der Tätowierer.

»Bärlauch gibt es nur in Rechnitz. Mach mir besser eine Schafgarbe, die hat so tolle Doldenblüten«, lachte Mathilde.

»Das nächste Mal«, lächelte der Tätowierer und legte sein Werkzeug beiseite.

»Ich geb dir noch was von meiner Salbe mit, die ist selbst gemacht.«

Mathilde schnupperte daran. Die Salbe roch nach Bienenhonig und Fichtenharz.

»Meine Tattoos sind in drei Tagen verheilt.« In der Stimme des Tätowierers klang Stolz mit.

Mathilde bewunderte das bunte Gemüsebild auf ihrer Haut. »Mein alter Chef würde auszucken.« Aber das »Kurfürsten-Hotel« war Vergangenheit. Die holistisch orientierten Inhaber des »Fia mi« waren hoffentlich weniger engstirnig.

Als Mathilde die kurvigen Straßen der Buckligen Welt in Richtung Südburgenland hinunterfuhr, blickte sie immer wieder auf ihren Arm. Das Tattoo tat kaum weh. Das mussten die Endorphine sein.

Sie lenkte ihren alten Chevrolet Malibu Richtung Bernstein. Das Auto hieß Patsy, war aus dem Jahre 1983 und zum größten Teil weinrot, nur die Lackierung auf der Seite erinnerte an Holzmaserungen. Mathilde liebte Patsy so sehr, dass sie ihr auch ihren unglaublichen Benzin-Durst verzieh.

Patsy war ihr teuerstes Hobby. Neben dem Gerhard. Mathilde parkte Patsy vor dem windschiefen alten Bauernhof ein, den sie gemeinsam mit dem Gerhard vor sechs Jahren bei einer Versteigerung spottbillig erworben hatte.

Die Idee mit dem Hof war Gerhards Idee gewesen. Mathilde hatte sich erst gesträubt, weil sie fand, dass der Hof eine schlechte Energie hatte.

»Das bildest du dir nur ein, weil es hier so aussieht«, hatte der Gerhard gesagt. Und »ausgesehen« hatte es tatsächlich. Das Unkraut rund um den Hof war meterhoch gewesen. Dazwischen lagen achtlos weggeworfene Eisenstangen, rostiger Stacheldraht und ein kaputtes rosa lackiertes Kinderfahrrad. Der Anblick des verbeulten Kinderfahrrads hatte sie auf eine seltsame Art betroffen und traurig gemacht. »Ich weiß nicht«, hatte Mathilde zweifelnd gesagt, »ein Versteigerungshaus. Das heißt, die vorherigen Besitzer müssen in einer verzweifelten Lage gewesen sein. Verzweiflung, das bedeutet Streit und oft auch Alkoholismus und Gewalt. Ein Haus inhaliert so was.«

Aber dann hatte der Gerhard sie doch überzeugt, dass man sich dieses Schnäppchen nicht wegen einer »esoterischen Spinnerei« durch die Finger gehen lassen sollte. Und Mathilde hatte den Kaufvertrag mit unterschrieben und gleich danach zum Räucherwerk gegriffen, um die schlechte Energie zu vertreiben.

Heute, sechs Jahre später, zweifelte sie immer noch daran, dass dieser Hauskauf eine gute Idee gewesen war. Nicht wegen der schlechten Energie der Vorbesitzer. Nein, wegen der immer schlechter werdenden Energie zwischen ihr und dem Gerhard. Und dagegen half das ganze Räuchern und Lüften nicht.

Als sie den Gerhard vor sieben Jahren kennengelernt hatte, war er ein aufstrebender junger Bildhauer gewesen. Die Kritiker hatten sich mit Lobhudeleien überschlagen angesichts dessen, was der Gerhard aus Holz, Stein und Metall schuf. Sie lobten seine radikale Brutalität im Umgang mit Materialien und Formen. Sie waren voll der Begeisterung über seine schonungslose Ästhetik. Nur Geld verdienen ließ sich damit nicht. Ein einziges Mal hätte der Gerhard einen wirklich lukrativen Auftrag einfahren können. Da hatte der Bürgermeister der Nachbargemeinde eine Skulptur für den neuen Hauptplatz bestellt.

Aber als die dann geliefert wurde, hatte der Bürgermeister einen Rückzieher gemacht. »Bist depppert worn, Gerhard? Kim sufurt und ram des schiache Graffl wieder weg!«*

Das schiache Graffl sah aus wie eine Mischung aus Fitness- und Foltergerät. »Das ist kein Graffl. Das ist ein Mahnmal gegen den Optimierungswahn des modernen Menschen«, hatte der Gerhard wütend gebrüllt.

»Des schaut aus wie wos, des in der Hinterkammer vom Oberwarter Laufhaus steht«, hatte der Bürgermeister entgegnet.

»Du musst das ja wissen«, hatte der Gerhard zornig gekontert.

Es war das erste und letzte Mal gewesen, dass von öffentlicher Hand ein Auftrag an den Gerhard herangetragen worden war. Seither künstlerte er nur mehr für sich selbst. Und im Garten des windschiefen Bauernhauses mehrten sich Skulpturen, die bei Mathilde dieselben gruseligen Assoziationen weckten wie das Kinderfahrrad, das beim Einzug dort gelegen war.

»Machen Sie sich auf die Suche nach dem verlorenen Geschmack neben der eigenen Haustür«, hatte ihr neuer

---

* Komm sofort und räum das hässliche Gerümpel weg!

Chef, Arno Radeschnig, ihr beim Einstellungsgespräch eingeschärft.

Er hatte natürlich von Essen gesprochen, aber Mathilde musste über die Doppeldeutigkeit dieses Satzes nachdenken, als sie langsam zum Haus hinaufging, vor dem kopflose Figuren mit schablonenhaften Waffen Spalier standen. Die stählernen Umrisse von Messern und Harpunen ließen sie langsam, aber sicher an Gerhards Gemütszustand zweifeln.

Der Gerhard selbst stand über eine Werkbank gebeugt und drosch mit einem Vorschlaghammer auf ein Stück Dachrinne ein. Mit seinem zerzausten Bart und seinen wilden rötlichblonden Locken sah er aus wie ein Wikinger, dachte Mathilde. Wie ein Wikinger, der langsam blad wurde. Aber daran war sie auch ein bisschen schuld. Sie und ihre gute Küche. Mathilde selbst war auch nicht die Schlankste. Gerhard war so in seine Arbeit vertieft, dass er Mathilde nicht bemerkte, als diese ins Haus ging. Sie war froh darüber.

Das Bauernhaus hatte kein Vorzimmer. Man stand sofort in der Küche, und diese sah aus, als hätte hier ein Gelage stattgefunden. Sie ließ die Schuhe an. Sonst wäre sie nur in den Dreck gestiegen, der hier umherlag. Morgen würde sie putzen. Morgen. Seufzend fing sie an, Teller und Tassen wegzuräumen und in den Geschirrspüler zu schlichten. Gerhard rührte im Haushalt keinen Finger. Er war Künstler, kein Hausmann.

»Und ich bin sein depperter Lotsch, der hackelt, ihm hinterherräumt und das alles bezahlt«, ärgerte sich Mathilde. Auf der Kommode, in der sie das alte ungarische Herend-Porzellan ihrer Oma aufbewahrte, stapelten sich die Rechnungen.

Die mussten warten, bis sie das erste Gehalt vom »Fia mi« bekommen würde.

Mathilde schaltete die Kaffeemaschine ein, ging zur Brotdose und nahm den Striezel heraus, den sie gestern gebacken hatte. Der Anschnitt war trocken, weil der Gerhard vergessen hatte, das Bienenwachstuch darüber zu wickeln. Auf dem Schneidbrett lag ein marmeladebeschmiertes Buttermesser. Daneben stand ein offenes Glas Ribiselmarmelade*.

In der Marmelade waren kleine weiße Flecken zu sehen. Schimmel? Nein, Butter. Gerhard musste dasselbe Messer für Marmelade und Butter benutzt haben, obwohl ihm Mathilde Hunderte Male eingeschärft hatte, das nicht zu tun, weil die Marmelade dann schneller schimmlig würde. Sie nahm den letzten sauberen Kaffeelöffel aus der Lade und fischte stirnrunzelnd die Butterflankerl heraus.

Dann bereitete sie sich einen Kaffee zu, schnitt ein Stück Striezel ab und bestrich die angetrocknete Seite mit Butter. Die Butter war streichfähig, was daran lag, dass der Gerhard vergessen hatte, sie in den Kühlschrank zurückzulegen. Weil der das schon öfters vergessen hatte, war die Butter außen schon ganz gelb und schmeckte ein bisschen komisch.

Mathilde merkte, wie der Ärger in ihr hochstieg. Ein nagendes, brennendes Gefühl, das sie nur allzu gut kannte. Sie atmete tief durch. Sie wollte sich nicht ärgern, sie hatte keine Kraft mehr, sich zu ärgern, und auch keine Lust. Sie musste die Speisekarte für das »Fia mi« fertig machen. Sie räumte den Stapel Werbeprospekte vom Tisch. Sie hatte schon oft gedacht, die Werbung abzubestellen, aber dann würde sie auch die Gratiszeitungen für den Bezirk nicht mehr bekommen, und das wäre schade. Denn dann würde sie auch nicht mehr wissen, was los war. In der Gratiszeitung hatte sie auch gelesen, was für ein Kapazunder ihr neuer Chef war. Dieser Arno Radeschnig war nicht einfach nur ein Hotelier, der war ein berühmter Coach und Per-

---

* Rote Johannisbeermarmelade

sönlichkeitstrainer. Die wichtigsten Menschen des Landes – Politiker, Sportler, Manager – besuchten seine Seminare, um von ihm zu erfahren, wie man gesünder, glücklicher und erfolgreicher wurde. Sogar der Bundeskanzler hatte sich angeblich von ihm beraten lassen.

Mathilde hatte zuvor noch nie von Arno Radeschnig gehört, aber das lag vermutlich daran, dass sie sich noch nie mit Lebensberatern auseinandergesetzt hatte. Das Internet war auf alle Fälle voll mit Links zu Arno Radeschnig. Es gab Bücher, Seminare, Multimedia-Programme und Trainingssysteme, die von Tausenden und Abertausenden Menschen genutzt wurden. Gesundheit, Sport, Beziehungen, Job, Finanzen, Zeitmanagement. Arno Radeschnig hatte für jeden Lebensbereich die richtige Strategie zum Erfolg. Und genauso erfolgreich sollte auch die Küchenlinie im »Fia mi« werden.

»Lebensmittel sind Medizin, und ich denke dabei an Traditionell Burgenländische Medizin TBM«, hatte der Hotelier salbungsvoll gesagt. Dass diese erst erfunden werden musste, hatte er nicht dazugesagt.

Mathilde schnappte sich ihr Tablet und dachte nach. Regional sollten die Gerichte sein. Aber wenn sie an regionale Gerichte dachte, fielen Mathilde nur fette und kohlenhydratreiche Spezialitäten der südburgenländischen Arme-Leute-Küche ein: Grammelpogatscherl*, Bohnensterz, Krautstrudel. Alles mit viel Schweineschmalz zubereitet und somit nicht der leichten, modernen, ganzheitlichen Philosophie des Resorts entsprechend.

»Ich muss ganz von vorne anfangen«, sagte Mathilde leise zu sich: »Welches Gemüse wächst bei uns?« Sie dachte an ihr Tattoo, das durch die Plastikfolie, die der Tätowierer darübergeklebt hatte, nur schemenhaft zu sehen war.

---
* Salziges Gebäck mit Grieben

Was für eine immerwährende Gedächtnisstütze das doch war. Mathilde visualisierte Tomaten, Paprika, Chili, Rüben, Gurken ...

Eine leichtere Variante der Umurkensuppe – der burgenländischen Gurkenkaltschale – könnte funktionieren. Ihr Gehirn begann zu arbeiten. Oder mit Goldhirse gefüllte Minipaprika mit Tomatensoße. Mathilde durchforstete ihre Rezeptdatenbank. Was hatte sie schon einmal gekocht? Wie könnte man das variieren? Pflücksalat mit bitteren Rübensprossen und Pfirsichen.

Was wäre, wenn sie statt der Pfirsiche süße Kirschen vom Leithaberg nehmen würde? Je mehr sie an Essen dachte und je weniger an Gerhard, desto mehr besserte sich auch ihre Laune. Eine neue Idee poppte auf. »Zuispeis[*]« aus Kürbis und Weißkraut, garniert mit frischen Mikrogreens. Da gab es doch eine neue Firma in Oberwart, die diese produzierte. Sie machte sich eifrig Notizen am Tablet. Sie wusste, sie war auf dem richtigen Weg. Von wegen Traditionell Burgenländische Medizin. Dem Südburgenland stand eine Küchenrevolution bevor.

---

[*] Beilage

GEDANKEN EINER WASSERLEICHE

Nie hätte ich gedacht, dass ich so enden würde. Menschen denken nicht gerne über ihren zukünftigen Tod nach. Alle wünschen sich, dass sie einmal friedlich einschlafen. Tatsächlich krepieren die meisten an Krebs. Ich dachte, mein Schicksal wäre ein klassischer Rock'n'Roll-Tod. Eine Überdosis, ein Autounfall im Alkoholrausch. Leben auf der Überholspur, sterben auf der Überholspur. Ich bin doch noch jung, war jung. Jetzt bin ich für immer jung, konserviert am Boden des Sees.

2 ARNO IM TANK

Karpfen haben ein gutes Gedächtnis. Sie vermeiden noch nach drei Jahren die Optik eines bestimmten Angelköders, wenn sie einmal auf ihn hereingefallen sind.

Ego me absolvo. Arno drehte an einer kleinen Holzperle seines Armbandes. Ego me absolvo. Seine Hand tastete zur nächsten Perle, er spürte ihre glatte Oberfläche zwischen den Spitzen von Daumen und Zeigefinger. Seine Hände waren kalt. Ego me absolvo. Ich vergebe mir. Es war so ähnlich wie Rosenkranzbeten. Nur anders.

Der Tank war an eine große Filteranlage angeschlossen, die vibrierte und blubberte, als Arno den Raum betrat.

»Keine Angst, Herr Radeschnig«, sagte die Therapeutin, »die wird ausgeschaltet, sobald es losgeht. Damit Sie wirklich ungestört sind.«

Die Therapeutin war eine kleine kompakte Frau mit kurzen brünetten Haaren. Sie hatte diesen aufmunternden Ton, in dem Ärzte gerne mit Schwerkranken oder Senilen sprachen.

Arno räusperte sich: »Ich geh mal duschen.« Er war nervös.

»Reiß dich zusammen!«, herrschte er sich selber an. Er versuchte, die Kontrolle über seine Atmung zurückzubekommen, seinen Puls genauso zu besänftigen, wie er es in

Hunderten Seminaren gelehrt hatte. Er stellte sich eine riesige silbrig glitzernde Seifenblase vor, in der er sich befand. Alle negativen Gefühle waren außerhalb dieser Bubble. Nichts konnte ihm etwas anhaben.

Aber sein Herz war heute widerspenstig und klopfte in seinem eigenen holprig-schnellen Takt. Vielleicht hatte er sich zu viel zugemutet. Hier in diesem Raum kam ja einiges zusammen: der Tank, die fremde Frau, vor der er sich keine Blöße geben wollte. Dann diese Kapsel und die großen Erwartungen. »Sie haben eine sehr überreaktive Amygdala, also ein sehr aktives Angstzentrum, das überdurchschnittlich darauf konzentriert ist, mögliche Gefahren in Ihrem Umfeld wahrzunehmen.« Die Frau gab sich enthusiastisch: »Wir müssen Ihr Gehirn ›umprogrammieren‹, ohne es zu überfordern. Brauchen Sie noch etwas Zeit?«

Er verneinte und ignorierte die warnende Stimme in seinem Hinterkopf. Vielleicht hätte er sich doch noch mehr Zeit nehmen sollen, die Räumlichkeiten und Geräte genauer zu inspizieren und auf sich wirken zu lassen. Vielleicht hätte er mehr Fragen stellen sollen, sich besser eingrooven. Aber er wollte es nur rasch hinter sich bringen. Herrgott, er war ein Profi. Ein Lebenshilfe-Profi. Der erfolgreichste Motivations-Coach des Landes. Er hatte das alles im Griff.

Er legte das Handtuch, das er um die Hüften geschlungen hatte, ab und legte seine Hände schützend über seinen Unterleib. Er war nicht prüde, aber fühlte sich plötzlich extrem bloßgestellt und verletzlich. Hatten Therapeuten auch eine Verschwiegenheitspflicht wie Ärzte? Was, wenn die Frau mit der Presse reden würde? Was würde sie wohl über ihn erzählen? Rasch stieg er über die kleine Leiter in die Kapsel und ließ sich ins Salzwasser gleiten.

»Legen Sie sich auf den Rücken«, sagte die Therapeutin, »lassen Sie los, spüren Sie, wie das Wasser Sie trägt.

Der Deckel des Tanks liegt nur ganz leicht auf, er schließt zwar gut ab, rastet aber nirgendwo ein und ist deshalb von innen ganz leicht zu öffnen. Sie können ihn jederzeit wegschieben«, beruhigte sie ihn. Er schluckte dennoch, fuhr sich mit der Zunge über die Lippen, die salzig schmeckten. Der Schweiß stand ihm auf der Oberlippe. Er atmete wie in seinen Vorträgen. Vier Takte einatmen, bis sechs zählen, ausatmen und währenddessen bis acht zählen.

»Hier sind die Knöpfe für unsere Klangbeschallung. Sie können sie abdrehen, wenn es Sie stört. Für den Fall der Fälle gibt es auch einen Notrufknopf im Tank.«

Komplette Stille und Dunkelheit fand er unerträglich. Dann schon lieber Walgesänge.

Er versuchte, sich auf seine Atmung zu konzentrieren. Loslassen, Ruhe im Kopf. Atmen.

»Sind Sie bereit?«

Im abgedunkelten Raum sah sie das nervöse Flackern in seinen Augen nicht.

»Ja.«

Der Deckel schloss sich. Er spürte, wie sein Blutdruck stieg. Er hatte keine Angst zu ertrinken. Er hatte auch keine Klaustrophobie. Er hatte Angst vor der Angst.

Seine Nackenmuskeln verspannten sich schmerzhaft, als er sich im Wasser zurücklegte. Genau das sollte nicht passieren. Hinlegen, treiben lassen, vertrauen, dachte er.

Das Ganze gelang ihm doch immer beim Meditieren. Warum schaffte er es hier in diesem Floating Tank nicht? Er sollte in der Solelösung in einen Zustand der Schwerelosigkeit geraten, Körper und Geist entspannen. Stattdessen wurde er immer gereizter und nervöser.

Seine Ellenbogenbeuge begann zu jucken. Er kratzte sich, die Stelle begann augenblicklich zu brennen. Das ist das Salzwasser, dachte er, aber dann freute er sich über den

Schmerz, weil es etwas war, das seinen unruhigen Geist ablenkte.

Einatmen, zählen, ausatmen. Wie viele Minuten er wohl schon hier drinnen war?

Seine überreizten Nerven begannen, gezielt nach Wahrnehmungen zu suchen. Er bildete sich ein, seinen Herzschlag immer lauter zu hören. Das Herz schlug immer noch beängstigend schnell. Seine Atmung wurde schneller und flacher. Er spürte, wie das Adrenalin in seine Adern schoss. Oh mein Gott, ich kriege in diesem verdammten Tank zu wenig Luft, dachte er. Mit Sicherheit werde ich gleich ohnmächtig.

Er versuchte, mit den Beinen Halt am Grund des Tanks zu bekommen, aber das war gar nicht so einfach, weil die gesättigte Salzlösung für einen enormen Auftrieb sorgte.

Er schwitzte jetzt am ganzen Körper und begann zu zittern. Seine Muskeln fühlten sich an wie in Salzsäure getaucht. Das Blut in seinen Ohren rauschte. Er musste nur diesen verdammten Deckel zur Seite schieben, aber er war unfähig, die Arme zu heben. Er fühlte sich wie paralysiert, wie gelähmt, er wartete darauf zu sterben. Und noch während die Panikattacke anhielt, hatte er zusätzlich Angst vor dem Angstzustand, was die Symptome immer schlimmer machte. »Der Knopf, wo ist der verdammte Panikknopf?« Er schlug mit der Hand panisch gegen den Beckenrand. Die Walgesänge verstummten. Der Tank war plötzlich in ein eigentümliches oranges Licht getaucht. Nach einer gefühlten Ewigkeit wurde der Deckel zur Seite geschoben. Die Therapeutin lächelte ihn an: »Herr Radeschnig, das waren jetzt 58 Sekunden.«

Ophelia wartete auf ihn vor dem Behandlungsraum. Sie sah sofort an seinem Gesicht, wie es gelaufen war. Sie umarmte Arno und strich ihm über den glatt rasierten Schädel. »Das wird schon, du musst Geduld haben.« Sie legte den Kopf gegen seine Schulter. Arno konnte ihr Haar riechen. Es roch vertraut nach Jasmin und Sandelholz. Sie hob den Kopf. Ihre großen türkisen Augen blickten ihn an. Er konnte die Umrandung ihrer farbigen Kontaktlinsen erkennen. Ophelia hatte eigentlich wasserblaue Augen, die immer ein bisschen trüb wirkten. Aber jetzt legte sie ihr ganzes Mitgefühl in diesen Blick. Ophelia war Mitte 30, sah aber jung, fast mädchenhaft aus. Keine einzige Falte fand sich in ihrem Gesicht. Ihre Haut war milchig weiß, makellos bis auf ein paar zarte Sommersprossen auf der Nase. Sie ernährte sich konsequent vegan und praktizierte jeden Tag eine Stunde Kundalini-Yoga. Das Ergebnis war eine schlanke, aufrechte Figur, die sie durch feenhafte Outfits noch betonte. Heute trug sie ein hauchdünnes langes blaues Kleid, das mit Silberfäden durchzogen war und fast wie ein Negligé wirkte. Ihre blonden Haare waren offen und fielen wie ein Wasserfall ihren Rücken hinunter. Goldene und honigfarbene Strähnen erweckten den Eindruck, dass immer die Sonne darauf schien. An Ophelias Armen baumelten Dutzende Armreifen, die klirrten, als sie sich an ihn drückte und begann, seinen Rücken zu streicheln. Arno spürte ihren Busen, der sich gegen seinen Oberkörper presste. Normalerweise hätte ihn das erregt. Aber nach dem Erlebnis im Tank fühlte er sich zu enttäuscht und erschöpft, um auf ihre weiblichen Reize zu reagieren. Er hatte es nicht einmal eine Minute im Wasser ausgehalten. Nicht einmal eine verdammte Minute. Er sehnte sich nicht nach Ophelia, der Geliebten, er sehnte sich danach, getröstet und bemuttert zu werden. Ophelia spürte das. Auch diese Rolle hatte sie gut drauf. »Mein armer Liebling«, sagte sie und streichelte ihm die Wange. Ihre Hand war kühl. Sie wusste um die Macht ihrer Berührung.

Auch Ophelia war enttäuscht, dass Arno an dem Experiment mit dem Floating Tank gescheitert war. Aber sie ließ sich nichts anmerken. Sie würde niemals Druck auf ihn ausüben. Sie war gerne seine Stütze, sein Fels in der Brandung. Aber das Geheimnis war, ihn nicht wissen zu lassen, dass es so war. Denn dann würde er sich noch unsicherer fühlen, nicht Manns genug. Und Arno war einer dieser Männer, für die ihre Männlichkeit alles war. Ein Bär von einem Mann, ein Macher, ein Erfolgstyp, ein Beschützer. Muskeln, Glatze, Testosteron. Wie brüchig sein Ego war, seit er unter diesen Panikattacken litt, wusste nur sie.

Auf der Heimfahrt lenkte sie den Wagen mit der linken Hand, die rechte lag auf dem Oberschenkel ihres Mannes. Ihr Blick ruhte auf der Straße. Sie musste eine Lösung finden. Bald, bevor das Ganze ausartete.

Sie räusperte sich. »Weißt du, ich glaube, dieser Tank war zu künstlich. Ich verstehe, dass du Frieden mit dem Wasser finden willst, aber ich denke, es muss in der Natur passieren. Vielleicht sollten wir das Problem doch zu Hause angehen.«

Sie spürte, wie sich seine Muskeln verkrampften. »Wie soll ich in einen Teich steigen, wenn ich es nicht einmal in diesem Tank ausgehalten habe?«, sagte Arno hölzern.

Sein Zuhause. Das war seit diesem Sommer das Wellness Retreat »Fia mi« – Für mich. Eine Riseninvestition. Ein Projekt, das nicht nur die touristische Zukunft der Region, sondern auch ihrer beider Leben verändern sollte. Ein Yoga Hotel war immer schon Ophelias Lebenstraum gewesen. Arno war nur zu schnell bereit gewesen, diesen Traum mit ihr zu verwirklichen. Sie hatte die Vision. Er hatte das Geld. Das Ergebnis war ein Ort voller Licht, Leichtigkeit, Ruhe, Gelassenheit. Ophelia hatte an alles gedacht. Erfrischende Behandlungen mit der Kraft der Natur, regionale Köstlichkeiten und Aktivangebote. Dass das Grundstück, auf dem das Hotel stand, an einem Teich lag, sollte ebenfalls zur puren Entspannung beitragen.

Seit Arno unter den Panikattacken litt, war diese Entspannung aber beim Teufel.

»Du musst dich mit dem Universum versöhnen«, sagte Ophelia, während sie beruhigend sein Knie tätschelte. Der Druck ihrer kleinen festen Hand beruhigte ihn. »Ich werde Christoph anrufen.«

»Welchen Christoph?«

»Den Christoph, mit dem ich früher mal in Kärnten in einem Hotel zusammengearbeitet habe«, sagte sie beiläufig, »Doktor Christoph Meierhofer, ich habe dir doch von ihm erzählt. Er ist Sport- und Vitalmediziner, aber auch aufgeschlossen gegenüber alternativen Heilmethoden. Er kennt sich auch gut mit TCM aus.«

»Unser Haus fokussiert auf Traditionell Burgenländische Medizin, nicht auf chinesische«, widersprach er. »Ohne diesen Fokus klappt das mit der Förderung nicht.«

Arno war reich, weil er kein Dummkopf war. Er hatte immer schon gewusst, wo Geld zu holen war.

»Na perfekt. Christoph kommt eigentlich aus Unterpodgoria«, antwortete sie leichthin. »Das liegt im Südburgenland.«

Dass sie und Christoph in der Vergangenheit mehr als nur Kollegen gewesen waren, verschwieg sie. Ophelia hatte schon von klein auf lernen müssen, dass es besser war, über manche Dinge nicht zu sprechen.

Sie blickte kurz auf die Uhr am Armaturenbrett und

wechselte das Thema. »Wir haben später noch einen Termin.«

»Was für einen Termin?«, fragte Arno.

»Ich hab ein Meeting mit der neuen Köchin ausgemacht. Wegen der Eröffnung nächste Woche. Ich hab sie gebeten, über eine Produktlinie nachzudenken, die wir promoten können. Marmeladen, Chutneys, Kräutersalz. Alles mit unserem Logo.« Arno nickte zustimmend. Das klang gut. Wenn er sich auf sein Business konzentrierte, war er auf sicherem Terrain. Dann konnte er diese belastenden Panikattacken am besten zur Seite schieben.

Er hatte alles im Griff gehabt, bis er mit Ophelia zu Ostern auf die Malediven geflogen war. Dort hatte er beim Schnorcheln die erste Panikattacke gehabt. Aus heiterem Himmel. Der Anlass war lächerlich gewesen. Ein Schwarm Anemonenfische war auf ihn zugeschwommen. Bunte Riffbarsche, wie aus dem Film »Nemo«. Komplett harmlos. Aber wie sie da auf ihn zugesteuert waren mit ihren dicken Lippen und ihren Glubschaugen. Wie er da auf einmal mittendrin war in dem orangefarbenen Schwarm, hatte es bei ihm ausgesetzt. Erst hatte er gedacht, er hätte unter Wasser einen Herzinfarkt erlitten. Der Arzt im Resort hatte ihm später nach ein paar Tests erklärt, dass mit seinem Herzen alles in Ordnung war. Er könne beruhigt sein. Das wäre nur eine »panic attack« gewesen. Als ob ihn das beruhigt hätte. Er war der erfolgreichste Motivations-Trainer des Landes. Es war sein Job, anderen Menschen die Angst zu nehmen. Wenn bekannt würde, dass er nicht einmal mit seiner eigenen Angst klarkam, würde ihn das geschäftlich ruinieren. Es durfte nicht rauskommen.

Ophelia schien seine Gedanken zu lesen. »Christoph ist Arzt. Er redet nicht über die Beschwerden seiner Patienten. Und die Floating Tante hat einen Disclaimer unterschrieben.«

Sie dachte immer an alles.

Ophelia lenkte den Wagen auf die Bundesstraße Nummer 50 Richtung Süden und stieg aufs Gas. Der weiße Tesla reagierte sofort darauf. Sie spürte, wie ihr zarter Körper beim Beschleunigen durch die Schwerkraft in den Sitz gedrückt wurde. Sie mochte es, schnell zu fahren. Sie warf Arno einen Seitenblick zu. Er hatte nichts gegen ihren rasanten Fahrstil einzuwenden. Mit Geschwindigkeit hatte er noch nie ein Problem gehabt. Als sie ihn kennengelernt hatte, hatte auch er ein Leben auf der Überholspur geführt.

Erst bei der Ortseinfahrt Litzelsdorf reduzierte sie das Tempo. Auf den ersten Blick war Litzelsdorf eines dieser typischen Dörfer am Land, für das man weder abbremst noch anhält. Nichts links und rechts der Straße erscheint reizvoll genug, um deswegen einen Stopp einzulegen. Die wahre Schönheit der Ortschaft offenbart sich erst, wenn man von der Hauptstraße Richtung Olbendorf abbiegt und plötzlich im Paradies landet. Sanfte Hügel mit urigen Bauernhäusern, alte Obstbäume, Wiesen. Jetzt im Herbst war alles in ein goldenes Licht getaucht. Die Gebäude im Dorf lagen so weit verstreut, als hätte jemand ein »Monopoly«-Spiel genommen und die Steine, die die Häuser symbolisieren, einfach willkürlich über seine Schulter geworfen. Für nicht ortskundige Postboten und Paketzusteller waren die weitläufigen Streusiedlungen ein Albtraum. Es war fast unmöglich, ohne Ortskenntnis hier die richtige Hausnummer zu finden. Erschwerend kam hinzu, dass es nicht einmal flächendeckenden Internetempfang für die digitale Orientierung gab.

Ophelia fuhr an der Wiese des Himbeerbauern vorbei, auf der sich die auf Draht gespannten Himbeerruten der Sonne entgegenreckten. Die letzten Früchte reiften in der Oktobersonne. Sie passierte die Koppel mit den Wollschweinen und ein weiteres Feld, auf dem Pferde in der Nachmittagssonne dösten. Auf der Straße waren braune Reifenabdrücke zu sehen. Ophelia wich einem Haufen Stroh und Kuhdung aus. Ein leichter Jauchegeruch lag in der Luft. Jemand war hier vor Kurzem zum Miststreuen durchgefahren. Bei der nächsten Abbiegung verlief die Spur nach rechts. Ophelia bog links ab. Überall gab es hier Kreuzungen und Abzweigungen.

Ophelia machte sich eine gedankliche Notiz: »Zufahrtsschilder«, sie würde mindestens ein Dutzend brauchen, damit die potenziellen Gäste das Resort auch finden würden.

Sie erreichte die Einfahrt des »Fia mi« und parkte den Wagen direkt vor dem Haupteingang ein. Sie stieg aus und blickte sich um. Sie war stolz auf das, was sie hier in so kurzer Zeit geschaffen hatte.

Das Haupthaus war ein moderner zweistöckiger Bau mit viel Glas. Die Fassade bestand aus unzähligen schmalen Holzleisten, die mit exakt je 26 Millimeter Abstand nebeneinander genagelt waren. Seitlich neben dem Eingang befand sich eine Terrasse, über die ein riesiges dreieckiges Sonnensegel gespannt war. Daneben bemühte sich ein über eine Laube wuchernder Weinstock, zusätzlich Schatten zu spenden. Die Traube hieß Ripatella, eine Uhudlertraube. Jahrelang war der Verkauf von Uhudlerwein im Südburgenland verboten gewesen. Es hieß, er wäre schädlich und dass man deshalb nach dem Genuss so verwirrt dreinschauen würde wie ein Uhu. Nomen est omen. Die Kellerinspektoren kamen und beschlagnahmten Tausende und Abertausende Liter von Uhudler und leerten ihn in den Kanal. Die Bauern bauten ihn weiter heimlich an. Und als der Uhudler am 1. August 1992 dann endlich legalisiert wurde, wurde dieser Tag zum inoffiziellen Feiertag des Südburgenlandes. Klar, dass ein südburgenländisches Retreat nicht auf dieses Wahrzeichen verzichten wollte.

Weiter vorne am See standen mehrere Holzbungalows, die auf den ersten Blick aussahen, als hätte man überdimensionale Weinfässer in je zwei Hälften geschnitten und diese aufgeklappt. Leben im Fass wie ein antiker Philosoph. Das renommierte Wiener Architekturbüro hatte bei der Herausforderung, Modernität und einen Hauch Spiritualität mit südburgenländischer Tradition zu verbinden, ganze Arbeit geleistet.

Arno stieg aus dem Auto. »Ich leg mich ein bisschen hin«, sagte er. »Alleine!«, fügte er hinzu.

Obwohl Ophelia gar nicht vorgehabt hatte, ihn zu begleiten, fühlte sie sich durch die Aussage zurückgewiesen.

Sie sah ihrem Mann nach, der Richtung Haupthaus ging. Die gemeinsame Wohnung befand sich im Obergeschoss.

Arno ging gebeugt und wirkte grau im Gesicht. Ophelias aufgesetztes Lächeln verschwand. Sie blickte der Gestalt, die sich in gebückter Haltung entfernte, nach. Wie ein alter Mann, dachte sie. Arno war 19 Jahre älter als sie. An Tagen wie diesen wurde es ihr deutlich bewusst.

Als er außer Hörweite war, griff sie zum Handy und wählte eine Nummer. Nach dreimaligem Läuten war die Verbindung hergestellt.

»Christoph, ich bin's. Ja, ich hab ihn endlich so weit. Du kannst herkommen. Besser früher als später. Nein, mach dir keine Sorgen. Ich regle das schon.«

GEDANKEN EINER WASSERLEICHE

Ich bin froh, dass es hier so dunkel ist. Ich würde vor meinem eigenen Anblick erschrecken. Wachshautbildung ist das wesentlichste Merkmal einer Wasserleiche. Weil ich auf dem Seegrund liege und keine Luft an mich herankommt, verwese ich nicht. Mein Körperfett ist zu Fettwachs geworden und konserviert die äußeren Umrisse meines aufgedunsenen Leichnams wie ein Panzer.

3 MATHILDE, DAS MULTITALENT

Es gibt viele Insekten, die sich als Blätter tarnen. Entweder, um nicht von anderen gefressen zu werden, oder, um sich auf die Lauer zu legen und in Folge andere zu fressen.

Mathilde war nervös. Ein Angestellter, der sich als Zsolt vorgestellt hatte, hatte sie in die Küche geführt. »Herr und Frau Radeschnig kommen gleich«, hatte er gesagt. Sie blickte sich um. Die Mitte des Raumes wurde von einer riesigen Kochinsel eingenommen. Ein achtflammiger Gasherd, daneben eine großzügige chromblitzende Anrichte mit integriertem Tellerwärmer. Alles funkelnagelneu. Sie schnupperte. Küchen rochen im besten Fall nach Speisen, die einem das Wasser im Mund zusammenlaufen ließen. Nach frisch gehackten Kräutern, nach in Butter gedünsteten Zwiebeln, einem knusprigen knoblauchduftenden Bratl, nach warmem Schokokuchen, heißen Himbeeren und süßem Karamell.

Im schlimmsten Fall stanken sie nach altem Frittierfett. Aber hier roch es einfach nur nach neuen Möbeln wie in einem Einrichtungshaus. Sie öffnete die Vorrats- und Kühlladen und ging dann zum Spülbereich. Ihre Schritte waren auf dem fugenlosen Epoxidharzboden kaum zu hören. Mathilde mochte das. Geschirrklappern, Gemüsehacken,

Fleischklopfen, das Schmähführen* einer gut eingespielten Küchenbrigade – in Profiküchen war es ohnehin nie leise. Da musste man nicht noch ihr Getrampel hören.

Sie ging weiter, passierte einen Durchgang und erreichte einen kleinen Raum, der wohl das Speisezimmer für das Personal war. Die Wand in diesem Raum war in einem zarten Rosagrau gestrichen. Als Abschluss kurz unter der Decke war eine Bordüre gezogen worden. Das Muster der Dekoleiste bestand aus filigranen Lavendelzweigen. Mathilde erkannte, dass das Dekor mit einer Malerwalze gemacht worden war, denn einer der Lavendelzweige war ein bisschen breiter als die anderen, und diese Besonderheit wiederholte sich alle 30 Zentimeter.

Mathilde lächelte. Die Bordüre erinnerte sie ein bisschen an die Musterzeile, die sie in der Volkschule als Abschluss einer Hausübung gemalt hatte. Mathilde hatte immer Blümchenornamente gemalt. Es waren Kleinigkeiten wie diese, die ihr viel über die Besitzer sagten. Wer sich Gedanken machte, dass das Personal es im Pausenraum nett hatte, hatte bei ihr schon gewonnen.

Sie blickte auf ihre Uhr. Schon 16.15 Uhr. Sie zückte einen altmodischen Kosmetikspiegel aus den 50ern, den sie am Flohmarkt erworben hatte, und warf einen kurzen Blick hinein, um ihr Aussehen zu überprüfen. Sie hatte ihre Haare zu einem Pferdeschwanz gebunden und die Stirnfransen frisch geföhnt. Schnell kontrollierte sie, ob nichts von dem kirschroten Lippenstift, den sie heute gewählt hatte, auf ihren Zähnen klebte. Mathilde trug immer Lidstrich und Lippenstift, auch in der Küche. Weder Hitze noch Dampf konnten sie davon abhalten, sich im Stil der 1950er-Jahre zu schminken. Sophia Loren und Marilyn Monroe waren

---

* Scherzen

ihre Stilvorbilder. Die beiden hatten zu Mathildes Freude wie auch sie Kleidergröße 46 gehabt und waren nicht solche Hungerhaken gewesen wie die heutigen Models.

Mathilde trug heute eine schwarz-weiß getupfte Bluse mit einem roten Cardigan darüber, der ihre Tattoos verdeckte. Die Radeschnigs kannten bisher nur Mathildes obere Körperhälfte, denn sie hatten die Köchin per »Zoom Call« engagiert. Zum Zeitpunkt des Gesprächs war Arno auf einer Vortragsreise gewesen, und Ophelia hatte ihn begleitet. Die beiden hatten Mathilde also eingestellt, obwohl sie im wahrsten Sinne des Wortes kein vollständiges Bild von ihr hatten.

Ich bin, wer ich bin, und an meinen Hintern und an meine Haxen werden sie sich gewöhnen müssen, sinnierte Mathilde. Heute steckte ihr Unterteil in Caprihosen mit sehr viel Stretchanteil, der ihre ausladenden Formen vorteilhaft zurechtdrückte.

»Ich kann ja schon mal anrichten«, sagte sie leise zu sich und nahm die mitgebrachten Kostproben aus dem Korb. Frau Radeschnig hatte Mathilde am Telefon gebeten, ihr beim ersten Termin kulinarische Ideen für den geplanten Hotelshop zu unterbreiten. Der lang gezogene Esstisch in diesem Raum bot sich für eine Präsentation förmlich an.

Mathilde nahm die Bügelgläser aus ihrem Korb, stellte sie auf die Arbeitsfläche und öffnete die Deckel. Dann drapierte sie blütenweiße Servietten mit Lochstickmuster und hölzerne Kostlöffel darum herum. Sie war stolz auf das, was sie in den letzten Wochen fabriziert hatte. Berberitzen-Apfel-Gelee mit Minze, Kartoffelrosen-Chutney, Mädesüß-Sirup, Löwenzahnwurzel-Likör, Rosen-Vollkornnudeln, Dillgurken mit Ribiselblättern, Feldthymian-Salz.

Mathilde war nicht nur gelernte Köchin, sondern hatte sich durch zahlreiche Zusatzausbildungen auch mit der Kunst des Wildkräutersammelns und -verarbeitens vertraut gemacht.

Endlich öffnete sich die automatische Tür zwischen Speisesaal und Küchenbereich, und die Besitzer des »Fia mi« traten ein.

Arno Radeschnig wusste, wie man eine Bühne betrat. Locker, aber dynamisch wie ein Showmoderator. Wenn er in einen Raum kam, vermittelte er den anderen Anwesenden immer das Gefühl, nun würde gleich etwas Großartiges passieren. Er hatte diese hinreißende Ausstrahlung. Er lächelte, und in seinem Gesicht ging die Sonne auf. Winzige Augenfältchen tanzten dann wie Sonnenstrahlen. Arno breitete die Arme aus.

»Es tut mir so waaaaahnsinnig leid, dass wir zu spät sind.«

Er grinste wie ein Schulbub, der etwas ausgefressen hatte, und trotzdem hatte er dabei die natürliche Dominanz eines geborenen Anführers. Er musste sich gar nicht als Chef vorstellen. Er war der Chef. Ophelia kannte den gewinnenden Effekt, den Arno auf Menschen hatte. Sie schmunzelte leise, als sie sah, wie Mathilde von der ersten Sekunde an seinem Charme verfallen war. Sie fraß ihm bereits aus der Hand. Wie alle.

Mathilde trat auf die beiden zu und wollte ihnen die Hand schütteln. Aber in der Sekunde, als sie ihre Hand ausstrecken wollte, verneigte sich Arno Radeschnig und legte die rechte Hand an sein Herz. »Willkommen, Mathilde, schön, dass du hier bist«, sagte er mit fester, wohlklingender Stimme.

»Ophelia Radeschnig«, sagte seine Frau. Auch sie verzog freundlich die Mundwinkel, aber ihr Lächeln kam nicht in ihren Augen an. Sie war eine dieser gertenschlanken Frauen, neben denen sich Mathilde sofort unterlegen fühlte. Dass Ophelia Plateauwedges trug, mit denen sie Mathilde um einen halben Kopf überragte, verstärkte diesen ersten Eindruck.

Die Hand-aufs-Herz-Begrüßung verwirrte Mathilde zusätzlich. So einen Gruß kannte sie nur aus alten »Raumschiff Enterprise«-Folgen. War es jetzt chic, sich zu begrüßen wie Außerirdische? Sie war sich auch nicht sicher, ob die Tatsache, dass Arno sie heute duzte, bedeutete, dass sie nun automatisch auch mit ihm per Du war. Im »Zoom Call« waren sie noch per Sie gewesen. Gab es einen Kompromiss. Sollte sie Herr Arno sagen? Lieber nicht. Das klang so nach Friseur. Sie beschloss, die direkte Ansprache so weit wie möglich zu vermeiden. Das war gar nicht so leicht. Ihr Hirn kämpfte schon mit dem nächsten Satz. Wollen Sie gleich mit der Verkostung beginnen, wollt ihr mit der Verkostung beginnen? Sie spürte, wie ihr heiß wurde.

»Ich habe einige Kostproben mitgebracht«, sagte sie schlussendlich.

»Toll, dann lass uns gleich anfangen, bevor wir noch mehr Zeit verlieren.«

Arno nickte anerkennend, nahm den angebotenen Holzlöffel und probierte etwas von dem Apfel-Berberitzen-Gelee. »Da ist irgendwas Frisches drinnen«, stellte er fest. »Lass mich raten«, er legte den Kopf schief, »Limette, nein, keine Zitrusfrucht, das muss ein Kräuterauszug sein. Zitronenthymian?«

»Fast«, lachte Mathilde. »Das ist Minze.«

Ophelia schnupperte an einem Löffel Mädesüß-Sirup. »Das riecht nach Vanille.« Sie kostete, bevor sie ihr Urteil abgab. »Schmeckt auch nach Vanille, gut, aber sehr süß.«

Sie studierte die Etikette. 90 Prozent Zucker. Sie hob eine Augenbraue und wandte sich dann an die Köchin: »Könnte man den Sirup auch kalorienärmer herstellen?« Sie musterte Mathilde.

Diese zog automatisch den Bauch ein und errötete ein bisschen. »Ja, das geht schon.«

»Das hört sich gut an«, sagte Ophelia. »Wir sind hier auf eine sehr gesundheitsbewusste Klientel fokussiert.« Es war eine ganz allgemeine Bemerkung, freundlich formuliert, aber sie genügte, dass sich Mathilde gemaßregelt fühlte. Skinny bitch, dachte sie trotzig. Mathilde schätzte, dass Ophelia annähernd gleich alt war wie sie. Irgendwas Mitte 30. Trotzdem kam sie sich jetzt vor wie ein Schulmädchen, dem von der Lehrerin auf den Zahn gefühlt wurde. Und die Prüfung ging weiter.

»Was ist das?« Ophelia hatte sich über Mathildes Korb gebeugt, in dem drei bunte Vierecke, in Zellophan gewickelt, lagen: »Noch was zum Naschen?« Sie lachte ein glockenhelles Lachen.

Chefin hin oder her. Mathilde fand es etwas übergriffig, dass diese Frau einfach in ihren Korb langte, aber dann überwog der Stolz auf ihr Produkt.

»Nein, das sind Seifen, die wir in unserem Gartenklub sieden. Wir sind der ›Klub der Grünen Daumen‹. Eine Gruppe Frauen, die an Pflanzen und Natur interessiert ist.«

»Selbst gemachte Seifen aus der Region?« Arno zog einen Sessel heran, setzte sich verkehrt herum darauf und stützte sich mit den Armen auf die Lehne: »Das klingt interessant. Erzähl uns mehr.«

Mathilde wickelte die Seifenstücke aus. Sofort entfaltete sich ein zarter Duft. »Das hier ist eine Haarseife mit Brennnessel und Minze«, erklärte sie. »Und die gelbe ist eine Gesichtsseife mit Traubenkernöl und Lindenblüten.« Sie reichte Arno das dritte Stück. »Und die, die so zitronig riecht, ist eine Körperseife mit Kapuzinerkresse und Zitronenmelisse.«

Arno schnupperte daran und reichte das Stück dann Ophelia weiter. Diese schien auch ganz angetan. »Verkauft ihr diese Seifen auch?«

Mathilde druckste ein bisschen herum. Der »Klub der Grünen Daumen« siedete seit Jahren Seifen. Allerdings mehr oder weniger unter der Hand. Die offiziellen Zulassungen für die Rezepturen waren bisher zu teuer gewesen. Es hatte deswegen schon Zoff mit dem Lebensmittelinspektor gegeben, in dessen Zuständigkeit auch handgerührte Kosmetik fiel.

»Noch nicht«, sagte sie. »Die Zulassungen sind für uns als Privatpersonen zu teuer!«

»Na, darum könnten wir uns ja kümmern. Ich hätte in den Badezimmern gerne eine eigene Kosmetikserie aus der Umgebung«, befand Arno.

Ophelia betrachtete die handgeschriebenen Etiketten der Seifen.

»Körperseife klingt ein bisschen altbacken«, befand sie. »Wie wäre es mit ›Festes Duschgel‹, der Begriff ist, denke ich, mehr am Punkt der Zeit.«

Mathilde runzelte die Stirn. »Festes Gel, das ist doch Blödsinn«, entfuhr es ihr impulsiv. »Entweder ist etwas gelförmig oder fest.«

Arno Radeschnig lachte laut auf. »Du hast recht«, sagte er. Er mochte diese Mathilde auf Anhieb. Sie erschien ihm direkt und aufrichtig.

»Wie gesagt, wir wollen regionale Kosmetik in unserem Retreat anbieten«, erklärte er ihr, »am besten nach traditionellen Rezepten.«

»Traditionell haben die Burgenländer Seife aus Asche und Schweineschmalz gesiedet«, erwiderte Mathilde. »Meine Uroma hat das noch so gemacht. Man hat Löcher in ein altes Weinfass gebohrt, eine Schicht Kies und darüber ein Tuch hineingegeben und das Ganze mit der Holzasche aus dem Ofen aufgefüllt. Und wenn es dann in das Fass hineingeregnet hat, hat das Wasser die Salze aus der Asche gelöst, und diese Lauge hat man dann mit Schweineschmalz aufgekocht.« Sie lächelte: »Ist das traditionell genug?«

»Ich habe es schon vorher erwähnt. Unsere Gäste sind gesundheitsbewusst. Da sind viele Veganer dabei. Schmalz passt da nicht ganz in die Philosophie«, sagte Ophelia.

Wieder war ihr Tonfall freundlich und neutral. Aber Mathilde fühlte sich erneut kritisiert.

»Die Seifen, die Sie hier sehen, enthalten Ziegenmilch«, erwiderte Mathilde. »Aber die waren ja auch gar nicht für Sie, äh, euch bestimmt, die waren nur zufällig im Korb.«

Sie hatte das Gefühl, sich ständig vor Ophelia verteidigen zu müssen. Und das ärgerte sie.

»Haben die Seifen auch eine Heilwirkung?«, fragte Arno, nahm erneut ein Stück Seife in die Hand und schnupperte daran.

»Das haben sie«, erklärte Mathilde, »Brennnesseln machen das Haar glänzend und fördern das Haarwachstum. Lindenblüten beruhigen gereizte und entzündete Haut. Und die wohltuende Wirkung der Zitronenmelisse kennt man ja vom ›Klosterfrau Melissengeist*‹.«

Arno wiegte den Kopf. »Klosterfrau, das gefällt mir. Wir könnten doch auch einen Klostergarten anlegen.« Er schlug

---

* Bekanntes Kräutertonikum

begeistert mit der rechten Faust gegen seine linke geöffnete Hand und sprang auf. »Das ist genial. Das wird unseren Gästen gefallen.«

»Ich habe letztes Jahr mit den Frauen aus unserem Klub einen Klostergarten neben der Kapelle von Schloss Kohfidisch angelegt«, erzählte Mathilde. »Traditionelle Heilkräuter, biblische Pflanzen wie Linsen und Granatapfel, aber auch Küchenkräuter für den täglichen Gebrauch.«

»Na, da haben wir ja ein richtiges Multitalent eingestellt«, freute sich Ophelia. In Mathildes Ohren hallte eine Prise Sarkasmus mit. Vielleicht war sie aber auch überempfindlich. Arno schien es nicht zu bemerken. Oder er ignorierte es.

»Genau das wollen wir. Regionale Kosmetik und einen traditionellen Heilkräutergarten. Das müssen wir gleich planen und vermarkten. Apropos, kennst du unsere Marketingdirektorin? Sie kommt ja auch aus der Gegend – Sylvia Zieserl?«

»Flüchtig« sagte Mathilde. Zu Sylvia Zieserl hatte sie ihre eigene Meinung, aber sie ließ sich nichts anmerken.

Ophelia ließ die Information auf sich wirken. Dass diese Weiber sich alle untereinander kannten, behagte ihr nicht. Aber was sollte man machen? Auf dem Land war es halt so, und die Zuständigen in der Tourismusbehörde hatten klargemacht, dass das mit der Förderung nur hinhauen würden, wenn sie möglichst viele Menschen aus der Region beschäftigen würden.

»Dann ist es also abgemacht«, sagte Arno Radeschnig. »Wir setzen uns nächste Woche einmal mit eurem Klub zusammen, wegen der Seifen.«

Mathilde nickte zustimmend. »Sie reden am besten mit Johanna. Die leitet den Klub. Der nächste Gartenstammtisch ist am Freitag, ich schicke Ihnen die Adresse per Mail.«

»Abgemacht. Wir sehen uns dann am Freitag«, sagte Arno.

Mathilde nickte. Kaum hatte sie das Hotelgelände verlassen, griff sie zum Telefon und rief ihre Freundin Vera an, eine Lokaljournalistin, die ebenfalls Mitglied im »Klub der Grünen Daumen« war. »Vera, du glaubst nie, was gerade passiert ist. Ich habe mich ja heute mit meinen neuen Chefs getroffen. In dem Wellnesshotel, das demnächst eröffnet. Der Inhaber, dieser Radeschnig, will allen Ernstes unsere Seifen kaufen. Die zahlen sogar für die Zulassung. Einen Kräutergarten wollen sie auch. Und jetzt kommt das Allerärgste, halt dich fest: Die Zieserl macht hier das Marketing.«

GEDANKEN EINER WASSERLEICHE

Das Wasser, in dem ich liege, hat immer vier Grad. Sommers wie winters. Dennoch weiß ich, wann Winter ist. Dann ist der See spiegelglatt, und die Boote mit den Echoloten kommen, um die Fische zu zählen. Das Echolot ist seitlich am Bootsrand befestigt und sendet Millionen von Schallwellen in die Tiefe des Sees. Der Gewässergrund sowie die Fische reflektieren das akustische Signal zurück zum Echolotgerät. Ich frage mich, wofür man mich hält. Vermutlich für einen vermoderten Baumstamm.

4 DER GARTENKLUB MACHT SAUERKRAUT

Erdflöhe sind zwischen eins Komma fünf und drei Millimeter große Käfer, die dank ihrer kräftigen Sprungbeine flohartig hüpfen können. Werden sie beim Unkrautentfernen oder Harken vom Menschen gestört, können die Flöhe auf den Gärtner springen und versuchen, diesen zu beißen. Solche »Erdfloh-Bisse« sind lästig und bei einer Neigung zu Allergien gefährlich.

Johannas Laden war wie ein burgenländischer Garten Eden. Hier gab es aromatisches Roggenbauernbrot, das nach Kümmel und Anis duftete, und dicke rahmige Milch in Glasflaschen. Chilischarfe Würstel vom Zickentaler Moorochsen und cremigen Ziegenkäse, sauer eingelegtes Pusztagemüse und eine Zwetschken-Mohn-Marmelade, die so schmeckte, als hätte man einen Germknödel ausgepresst.

Auch allerlei Kramuri wartete hier auf den passenden Käufer. In mit graugrünem Schleiflack bemalten Bauernkommoden und Regalen fand man pastellfarbenes Emaillegeschirr und grobe Tischtücher aus Hausleinen. Es gab Häferl mit Blumenranken und altmodisch aussehende Guglhupfformen, handgesiedete Kräuterseifen und Naturkosmetik, die nach Zitronenmelisse oder Lavendel duftete.

Trat man durch das große Hoftor, so fand man sich in dem lauschigen Innenhof wieder, wo sich Obst und Gemüse der regionalen Produzenten türmte. Jetzt im Herbst waren es vor allem Berge von Kürbissen, Körbe mit dunklen Uhudlertrauben und kleine duftende Rosenäpfel, die, auf Hochglanz poliert, von einem bemerkenswert glänzenden Rot waren, das jeden Betrachter sofort an Schneewittchen und die böse Stiefmutter denken ließ.

Als Nahversorgerin in einem kleinen südburgenländischen Dorf hatte Johanna jahrelang mehr schlecht als recht von den Erträgen ihres Hofladens gelebt. Aber dann wurde das Garteln wieder in. Das naturnahe Garteln genauer gesagt. Und die Menschen im Südburgenland fingen an, ihre Gärten zu verändern. Die Buchsbaumhecken, die vom Buchsbaumzünsler ohnehin arg bedroht waren, wichen Naschhecken, in denen Ribiseln, Egrescherln, Himbeeren, Brombeeren und Heidelbeeren wuchsen. Die japanischen Zierkirschen wurden durch essbare Kirschen ersetzt. Auf den öden Rasenflächen, auf denen bis dato die Rasenmähroboter einsame Kreise gezogen hatten, entstanden nun Gemüsehochbeete und Kräuterspiralen.

Und weil Johanna den grünsten Daumen im ganzen Land besaß, kamen die neuen Selbstversorger nun in Scharen zu ihrem Hofladen und fragten sie um Rat. Erst besorgte Johanna ihren Kunden aus reiner Gefälligkeit die von ihr empfohlenen Harken, Samen und Stecklinge. Aber irgendwann war der Bedarf so groß, dass sie ihr Sortiment dauerhaft erweiterte. Sie baute aus alten Glasfenstern an der Südwand ihres Hofes ein Glashaus, in dem sie Kräuterstecklinge zog. Sie besorgte sich alte ausgediente Badewannen, füllte diese mit Erde und errichtete Schaubeete, die sie mit buntem Mangold, süßen Zuckererbsen, fruchtigen Kirschtomaten, satt glänzenden Melanzani und scharfen Pfefferoni bepflanzte. Dazwischen blühten orange Ringelblumen, rote Kapuzinerkresse und blauer Ysop. »Gärtnern im Quadrat« nannte Johanna das. Indem sie die Badewannen-Hochbeete in kleine Quadrate statt der herkömmlichen Reihen einteilte, gewann sie auf einer kleinen Fläche dank Mischkultur eine große und abwechslungsreiche Ernte. Und ganz nebenbei waren ihre kreativen Hochbeete plötzlich auch noch voll im Trend. Die Kunden waren begeistert und bauten die Beete eins zu eins nach. Alles, was sie dafür benötigten, von den bunt lackierten Badewannen über die Jungpflanzen bis zum Regenwurmdünger und den Schafwollflocken, die die Schnecken abwehren sollten, bekamen sie nun bei Johanna. Das alles konnte man mittlerweile natürlich auch im Gartengroßcenter kaufen. Aber dort gab es weder Johannas unerschöpfliches Gartenwissen noch ihren wohlschmeckenden Apfelkuchen mit Mürbteigdeckel, für den es kein Rezept gab, weil Johanna ihn immer irgendwie »iwahaps«[*] machte.

Auch Johannas Gartenverein, der »Klub der grünen Daumen«, hatte vom Trend zum Selbstversorgergarten profitiert. Zum heutigen Workshop »Sauerkraut selber machen« hatten sich ein Dutzend Frauen und auch ein paar Männer angemeldet. Johanna blickte in die Runde. Viele neue Gesichter waren dabei, aber auch ein paar vertraute: Vera, die Journalistin, die immer so viele Fragen stellte; Mitzi, die Bäuerin, die noch richtiges Heanzisch, den südburgenländischen Dialekt, sprach; Grete, die Künstlerin, die sich einst in der Hainburger Au an Bäume gekettet hatte und nun und mit Feuereifer Samenbomben auf die Grüninseln inmitten der Kreisverkehre warf; Isabella, die Drogistin, die sich so gut

---
[*] Nach Gefühl

mit Kräutern auskannte; und Mathilde, die kurvige Köchin mit Petticoat und Tupfenbluse, deren Gemüsetattoo – so kam es Johanna vor – schon wieder gewachsen war.

Johanna blickte in die Runde und musste blinzeln, weil die tief stehende Herbstsonne sie blendete. Sie saß im Hof vor ihrem Laden. Die Ärmel ihrer selbst gestrickten grünen Jacke waren hochgerollt, ihr rotes lockiges Haar war aufgesteckt.

Johanna hatte einen großen Krauthobel auf dem Schoß. Besser gesagt, das eine Ende des Krauthobels. Der Hobel war so riesig, dass man auf dem Schlitten gleich drei Weißkrautköpfe gleichzeitig über die rasiermesserscharfen Messer ziehen konnte. Das andere Ende des Hobels lag auf einem ihr gegenüber an der Wand platzierten Sessel. Das Arbeitsgerät war dieserart waagerecht zwischen Johannas rundlichem Bauch und der Sessellehne eingeklemmt. Darunter stand eine Emaillewanne bereit, um das gehobelte Kraut aufzufangen.

Johanna bewegte den Schlitten, auf dem die Krauthappel[*] lagen, und passte dabei ganz genau auf, dass ihre Finger nicht mit den scharfen Messern in Berührung kamen. Krautstreifen rieselten herab. Ein scharfer und würziger Geruch stieg von der Wanne hoch.

»Derf i a amoi?«, fragte Mitzi begierig. »Weil wia i klua woar, homa im Herbst daham a immer as Kraut eigmocht. Des Krautfassl wor so groß«, sie zeigte zu Johannas Schulter, »und i hob as Kraut imma obledschn miassn.«[**]

---

[*] In Österreich wird Weißkohl Kraut genannt.
[**] »Darf ich einmal?«, fragte Mitzi begierig: »Als ich klein war, haben wir im Herbst zu Hause immer Kraut eingemacht. Die Krautfässer waren so groß.« Sie zeigte zu Johannas Schulter. »Und ich hab das Kraut immer entblättern müssen.«

»Was hat sie müssen?«, fragte Vera, die lange in Wien gelebt hatte und des Heanzischen nicht so mächtig war. Mathilde grinste wissend.

»Obledschn, das Kraut abblättern, sie hat die äußeren Blätter entfernt«, flüsterte sie zurück.

Mitzi drehte sich nach den beiden um. »Dei Bladln und d' Strunk hom d' Hiana und Schweindln kriagt. Und mir hom imma vü Kraut gmocht. Hot jo an gaunzn Winta reichen miassen. Mir homs im koidn Kölla stehn ghobt, dass länger hoit. Und as erste Kraut im Johr hots imma erst noch da Christmettn gebn.«*

Während Mitzi Johanna ablöste und weiter hobelte, gab Johanna das bereits geschnittene Kraut in Kübel und vermischte es mit Salz, Wacholder, Lorbeer und Kümmel. Dann verteilte sie es unter den Anwesenden. Jeder der Teilnehmer hatte einen sauberen Gärtopf, einen Krauttopf oder ein großes Einweckglas mitgebracht.

»Ihr müsst das Kraut jetzt richtig festdrücken und stampfen, damit sich Krautsaft bildet«, erklärte sie. »Am besten geht das mit einem Stößel. Hier in der Kiste liegen welche.«

»Wie viel Gramm Salz verwendet man auf wie viel Gramm Kraut?«, fragte Vera. »Das macht man iwahaps«, hätte Johanna am liebsten gesagt. Aber ihr war klar, dass Backen nach Gefühl nicht jedem lag. Zum Glück hatte sie sich vorbereitet:

---

* »Die Außenblätter und den Strunk haben die Hühner und die Schweine bekommen. Und wir haben immer viel Kraut gemacht. Es hat ja für den ganzen Winter reichen müssen. Wir haben es im kalten Keller stehen gehabt, damit es sich länger hält. Und das erste Kraut des Jahres hat es immer erst nach der Christmette gegeben.«

»Ein bis fünf Prozent pro Kilogramm frischem Kraut, also zehn bis 50 Gramm. Für zehn Kilogramm Kraut liegt die Spanne also zwischen 100 und 500 Gramm Salz.«

Vera notierte sich die Angaben.

»Ich würde beim ersten Mal eher weniger Salz nehmen«, riet Mathilde. »Ihr könnt euer Krautrezept übrigens individuell variieren. Es gibt unzählige Varianten. Man kann beim Einstampfen Apfelsaft, Bier, Wein oder sogar Champagner zum Kraut gießen. Man kann es zusätzlich mit Essig und Zitronensaft säuern. Oder ihr gebt Trauben, Orangen-, Mandarinen- oder Ananasstücke zum Fermentieren mit in den Topf.«

»Was passiert genau beim Fermentieren?«, fragte Vera.

»Es bilden sich Milchsäurebakterien, die das Kraut konservieren. Die sind übrigens ganz toll für den Darm. Gekauftes Sauerkraut ist fast immer pasteurisiert. Da ist dann nicht mehr viel übrig von den guten Bakterien«, erklärte Johanna.

Sie hatte ihr Krautfass bereits zu vier Fünftel vollgefüllt und drückte das Kraut energisch nach unten. »Das Kraut muss immer mit Salzlake bedeckt sein, sonst verdirbt es. Wir legen deshalb zum Abschluss ein ganzes Krautblatt als Deckel drauf und beschweren es mit Krautsteinen, damit das Ferment unterhalb des Flüssigkeitsspiegels bleibt. Und dann verschließt ihr die Gefäße, aber keinesfalls luftdicht. Es müssen noch Gase entweichen können.«

»Unsere Krautstua dahuam san aus Granit und so groß wia Fuaßboi«, sagte Mitzi. »I ho mein Papa gsogt, dass er ma dei vererbn muas, owa er pflanzt mi imma und sogt, die san scho fuart, die hot er a scho wo eibetoniert.«[*] Sie lachte

---

[*] »Unsere Krautsteine daheim sind aus Granit und so groß wie Fußbälle«, sagte Mitzi. »Ich hab meinem Vater gesagt, dass er mir die einmal vererben muss, aber er pflanzt mich immer und sagt, die sind schon weg, die habe ich schon wo einbetoniert.«

schelmisch und schüttelte ihre kurzen Locken. Mitzi war deutlich älter als die anderen, aber hatte sich eine kindliche Unbeschwertheit und Fröhlichkeit bewahrt, die sie deutlich jünger wirken ließen.

Mathilde liebte Mitzis Geschichten. Die musste eine echte Bullerbü-Kindheit gehabt haben. Sie selbst war im Oberwarter Hochhaus aufgewachsen. Was für ein Kontrastprogramm.

»Und was passiert jetzt?«, fragte Vera ungeduldig. Johanna sah zu der brünetten Frau in Jeans und Kapuzensweater hinüber. Vera wirkte wie ein Pferd, das gleich beginnen würde, mit den Hufen zu scharren. Johanna führte Veras Ungeduld darauf zurück, dass diese zu lange in der schnelllebigen Großstadt gelebt hatte.

»Das wollt ich grad erklären«, sagte sie. »Also, ihr lasst das Sauerkraut erst mal bei Zimmertemperatur gären. Es werden Bläschen aufsteigen, und irgendwann wird das Ganze zu blubbern beginnen. Da müsst ihr nur aufpassen, dass es nicht überläuft. Und wenn sich Schaum bildet, schöpft ihr den einfach mit einem sauberen Löffel ab. Nach einer Woche stellt ihr das Gefäß wo hin, wo es kühler ist. Und nach vier bis sechs Wochen könnt ihr das Kraut essen,« erklärte Johanna.

»Aber woher weiß ich, wann es fertig ist?«, drängte Vera.

Johanna lachte: »Am besten kosten. Bei einem Naturprodukt ist die Gärung übrigens nie ganz abgeschlossen. Das Kraut wird nach und nach immer saurer.«

»Man kann es aber unter fließendem Wasser in einem Sieb abwaschen, das nimmt die Intensität«, ergänzte Mathilde.

»Baut ihr das Kraut selber an? Bei mir im Garten wird das nie etwas«, seufzte Grete. »Ich hab immer diese grünen

Raupen, die alles anfressen, oder diese lästigen Flöhe. Die Blätter sehen dann aus, als wären sie mit winzigen Nadeln durchstochen.«

»Mei Mama is imma mit da Post nach Kirchschlag in die Drogerie gfohrn und hot a Erdflohpulver kaft. Des host owa nur zu de gonz kluan Pflanzn zuwidirfn, damit sa si verwoscht, bis des Kraut gessn wird.«[*] Mitzi blickte nostalgisch drein, während sie ihre Kindheitserinnerung teilte.

»Na, Prost Mahlzeit. Pflanzenschutz in den 1970er-Jahren«, sagte Mathilde leise zu Vera. »Ich will nicht wissen, was in dem Erdflohpulver drinnen war.«

»Die Erdflöhe werden insbesondere den jungen Pflanzen sehr gefährlich«, bestätigte Johanna. »Wo aber fleißig gegossen wird, können sie keinen großen Schaden anrichten. Und die Raupen sind junge Kohlweißlinge. Sobald ihr weiße Schmetterlinge beim Gemüsebeet seht, müssen Kraut- und Kohlgewächse ständig kontrolliert werden. Die gelblichen Eierhäufchen findet man an der Unterseite der Blätter. Wenn man sie sofort vernichtet, erspart man sich später das lästige Abklauben der Raupen.«

Während die eine Gruppe noch diskutierte, wie man Kraut am besten vor Ungeziefer schützte (Gemüsenetze, Pflanzenjauche aus Rainfarn und Wermut, Knoblauch), war eine andere schon bei Rezepten für das selbst gemachte Sauerkraut angelangt. Sauerkraut mit Blunzen[**] und Bratwürstel, Burgenländische Krautsuppe, Hochzeitskraut.

---

[*] »Meine Mutter ist immer mit dem Postautobus nach Kirchschlag in die Drogerie gefahren und hat Erdflohpulver gekauft. Das hat man aber nur zu den ganz jungen Pflanzen dazugeben dürfen, damit es sich verwäscht, bis das Kraut gegessen wird.«
[**] Blutwurst

»Ich hab an Hunger!«, sagte Mathilde. Sie hatte fast immer Hunger. Deswegen zeigte die Waage daheim auch hartnäckig 76 Kilo an. Zehn Kilo zu viel, wie Mathilde befand. Aber sie aß einfach zu gerne und konnte nicht Nein sagen. Vor allem nicht zu Johannas Kuchen. Als Köchin liebte sie es, wenn jemand anderer für sie kochte oder buk.

Johanna schien Gedanken lesen zu können.

»Nimm da an Kuchen und druck da drinnen an Kaffee runter«, sagte sie und zwinkerte ihr zu.

Mathilde stand auf und ging Richtung Haus zurück, als sie bemerkte, dass ein Auto die Einfahrt heraufkam. Fast hätte man die Ankunft überhören können, so leise fuhr der Wagen vor Johannas Hofladen vor. Ein schneeweißer Tesla. Mathilde hatte noch nie einen »in echt« gesehen. Der Wagen stoppte, und die Wagentüren hoben sich wie Flügel. Wie bei einem Bat-Mobil. Der Fahrer und seine weibliche Begleitung stiegen aus. Mathilde hatte schon beim Anblick des Teslas geahnt, wer diese Leute waren. Die Radeschnigs, ihre neuen »Chefleut«. Sie waren wirklich gekommen. Mathilde hieß Ophelia zuerst willkommen, aber eigentlich hatte sie nur Augen für Arno. Er hatte schon bei ihrem ersten Vorstellungsgespräch einen Mördereindruck auf sie gemacht. Mathilde musste sich eingestehen, dass sie eine Schwäche für Männer mit Glatze hatte. Sie sah Arno kurz in die Augen, senkte aber sofort den Blick, weil sie merkte, dass sie das nervös machte. Die Augen hatten exakt dieselbe Farbe wie sein Shirt. Graublaugrün. Konnte man irgendwo Hemden exakt abgestimmt auf die Augenfarbe kaufen? Vermutlich im Internet. Dort gab es inzwischen alles zu kaufen.

Auch Johanna war auf den Besuch aufmerksam geworden. Sie ging den Kiesweg entlang auf die Besucher zu.

»Das sind Herr und Frau Radeschnig, meine neuen Chefs im Hotel ›Fia mi‹. Sie suchen noch nach passender Kosmetik für die Zimmer. Ich habe ihnen von den handgemachten Seifen im Klub erzählt.«

»Du hättest mich vorwarnen können«, sagte Johanna streng.

»Hab ich doch«, widersprach Mathilde.

»Wir hätten wohl besser anrufen sollen«, sagte Arno mit einem Blick auf die Menschen im Garten, die neugierig herüberblickten. Einen Tesla sah man freilich nicht alle Tage.

»Ich kümmere mich schon um die Leute«, sagte Mathilde. »Wir sind eh schon beim geselligen Teil.« Sie schob Johanna fast zum Hofladen. »Los, zeig ihnen alles«, zischte sie.

Mathilde wusste, dass sie Johanna mit dieser Aktion überrumpelt hatte. Aber das war nur zu ihrem Besten gewesen. Johanna hätte argumentiert, dass die selbst gemachte Naturkosmetik viel zu gewöhnlich für so ein schickes Hotel war, in dem sicher lauter g'stopfte* verwöhnte Städter absteigen würden. Doch Mathilde hatte schon nach dem ersten Gespräch mit den Radeschnigs gespürt, dass das passen könnte. Die Hotelbesitzer waren auf der Suche nach regionalen ursprünglichen Produkten. Und die Seifen, die der Gartenklub unter Johannas Anleitung produzierte, konnten es locker mit den Produkten der teuren Seifenmanufakturen aufnehmen. Mathilde sah mit Zufriedenheit, wie die drei eine halbe Stunde später aus dem Hofladen kamen.

»Wie ist es gelaufen?«, fragte sie Johanna.

»Er hat einen Haufen regionale Produkte gekauft, als PR-Geschenke. Er will mit den Rezepten des Gartenklubs eine Seifenlinie produzieren lassen. Und er wünscht Beratung bei seinem Kräutergarten. Kräuterwanderungen will er auch durchführen unter unserer Leitung. ›Consulting durch Regionalexperten‹ hat er das genannt.«

---

* Reiche

Johanna grinste: »Und er will pervers viel dafür zahlen. Mit dem, was er geboten hat, kann der Gartenklub nächstes Jahr nach England zur ›Chelsea Flower Show‹ fliegen.«

»Und, hast du zugesagt?«

»Ja schon, aber Wellnesshotels sind mir trotzdem suspekt. Da zahlen die Stadtmenschen einen Haufen Geld für Behandlungen, die man sich mit ein bisschen Wissen um Hausmittel doch ganz einfach selber machen kann. Das ist doch verrückt, oder?«, sagte sie und seufzte tief.

GEDANKEN EINER WASSERLEICHE

Man glaubt gar nicht, was alles am Boden des Wörthersees liegt. Nicht nur Leichen, sondern auch Bomben und Minen aus dem Zweiten Weltkrieg. Die Leute haben das damals alles im See entsorgt. Erst 2020 hat jemand auf dem Seegrund in einer Tiefe von nur zwei Metern gleich in der Nähe eines Freibades bei Pörtschach drei S-Minen gefunden. Der Entminungsdienst hat die geborgen und gesprengt. Unter mir im Schlamm liegt auch eine Sprenggranate. Ich frage mich, ob sie weiter nach Bomben suchen werden. Denn wenn sie weitersuchen, dann finden sie vielleicht auch mich.

5 HEUTE IST DEIN GLÜCKSTAG

Verluste in der Population gleichen Schädlinge oft durch eine erhöhte Fortpflanzung aus.

Vera Horvath näherte sich dem Küchenkastel unter der Abwasch mit größtem Widerwillen. Sie wusste, was sie erwarten würde. Der Tod. Sie zog den Rollkragen ihres Pullovers hoch und Gummihandschuhe an. Ihre Hand umfasste den Türgriff des Unterbauschrankes. Ich könnte Letta 20 Euro geben, wenn sie das für mich erledigt, dachte sie. Aber ihre Tochter war in der Schule, und außerdem hätte Letta bei der ganzen Sache nie mitgemacht. »Du bist eine Mörderin«, hätte sie gebrüllt. Vera wusste, dass sie eine Mörderin war, aber es war ihr egal. Sie wollte nur, dass das Ganze bald vorbei war. Ihr Herz klopfte bis zum Hals. Am liebsten hätte sie die ganze Aktion abgeblasen, aber sie wusste, was dann passieren würde. Der Geruch der Verwesung würde sich im ganzen Haus festsetzen, so wie damals, als eines ihrer Opfer sich halb vergiftet unter dem Kühlschrank verkrochen hatte und dort noch als Untote stinkende Rache genommen hatte.

Vera gab sich einen Ruck und riss die Tür des Unterbauschrankes auf. Der Anblick war mehr, als sie ertrug.

Obwohl sie wusste, was sie erwarten würde, erschrak sie und machte einen Satz zurück.

Die Mausefalle war zugeklappt. Darin lag eine fette graubraune Maus. Wahrscheinlich trächtig. Vera durchfuhr ein Gefühlscocktail aus Mitleid, Erleichterung und Abscheu. Vor allem Abscheu. Die Maus war tot und bereits starr.

Vera reckte es. Am liebsten hätte sie die Flucht ergriffen, aber sie hatte niemanden, der die Drecksarbeit für sie erledigen könnte. Sie musste selbst zum Tatortreiniger werden.

Mit spitzen gummibehandschuhten Fingern nahm sie ein vorher bereitgelegtes Stück Küchenkrepp und ergriff dieserart doppelt geschützt die Falle. Dann ließ sie die Mausefalle samt der Ermordeten und dem Küchenpapier in eine Papiertüte fallen und trug diese zum Komposthaufen. Sie vergrub die Papiertüte so tief wie möglich. Mit etwas Glück würde im Frühjahr nur mehr der Draht der Holzfalle übrig sein. Eigentlich war ihr Vorgehen unwirtschaftlich. Sie hätte die Falle noch einmal verwenden können, aber schon der Gedanke, diese noch mal zu berühren, *nachdem* darin eine Maus verstorben war, bereitete ihr Übelkeit. Vera hasste Mäuse. Sie hasste den Geruch. Sie hasste die Geschwindigkeit, mit der sie durch einen Raum huschten. Und am allermeisten hasste sie den scharfen Geruch von Mäuseurin und Mäusekot. Sie hatte einmal gelesen, dass Mäuse überall, wo sie entlangliefen, pinkelten. Vera ging ins Haus zurück, beseitigte die Mäuseköttel, die wie schwarze Reiskörner aussahen, und reinigte das gesamte Küchenkastel mit einem chlorhaltigen Desinfektionsmittel. Dann nahm sie eine neue Falle und drückte ein Stück Walnuss in die Ausbuchtung für den Köder. Der Krieg war noch nicht vorbei. Es war Herbst, die Felder waren abgemäht. Da zog es die Mäuse, die auf Nahrungssuche waren, in Scharen in die Häuser. Auf einer Metaebene taten Vera die Mäuse leid. Hoffentlich starben sie tatsächlich durch einen schnellen schmerzlosen Genickbruch, wenn die Falle zuschnappte, und mussten nicht leiden. Abseits dieser Ebene tat sie sich vor allem selbst leid. Die Mauern des alten Bauernhauses schienen voller Hohlräume und Verstecke, in denen die Mäuse lebten. Es war eine Belagerung, eine Invasion. Ob sie mit dem täglichen Morden wohl ihr Karma belastete? Vera war im Südburgenland geboren worden, hatte 20 Jahre in Wien gelebt und war erst vor zwei Jahren hierher zurückgezogen. Anhand ihres Umganges mit den Mäusen erkannte sie, dass sie selbst weder Fisch noch Fleisch war, weder Einheimische noch Zuagroaste. Die Zuagroasten hätten die Mäuse mit Lebendfallen gefangen und vor der Tür freigelassen, nicht wissend, dass die Mäuse aufgrund der gelegten Urinspuren direttissimo ins Haus zurückgekehrt wären. Die Einheimischen hätten im Lagerhaus Rattengift gekauft …

Das Telefon riss Vera aus ihren Grübeleien. Sie sah auf die Anruferkennung. Es war die Lokalzeitschrift, für die sie regelmäßig schrieb. Es war ein Videoanruf. Der Chefredakteur des »Burgenländischen Boten« war ein großer Freund der Videotelefonie. Er lebte zwar in der Provinz, aber er war am Puls der Zeit. Vera zog schnell die Gummihandschuhe aus und stellte sich so, dass das Fenster hinter ihr war. Licht von hinten war schmeichelhafter als von vorne.

»Heute ist dein Glückstag«, sagte der Chefredakteur des »Burgenländischen Boten« feierlich. »Wir haben eine Wellness Pressereise reinbekommen, und ich würd die an dich abgeben, wenn du Lust hast.«

»Pressereise!« Vera Horvath, die als freie Mitarbeiterin ständig auf der Suche nach Aufträgen war, wurde sofort hellhörig. Obwohl sie doch genau wusste, was hinter der Großzügigkeit steckte. Der Chefredakteur war nicht so der Wellnesstyp, der gerne Pilates machte und Körndlmüsli aß.

Er stand eher auf rasante Autotests und hochprozentige Haubenkoch-Events.

»Wohin denn?«, fragte sie neugierig. In Gedanken sah sie sich schon in einem Tiroler Alpenchalet, einer Toskanischen Therme oder – man konnte ja träumen – in einem singhalesischen Ayurveda-Resort.

»Litzelsdorf.«

»Du verarschst mich, oder?«

Litzelsdorf war keine 20 Minuten von Veras Heimatort Sankt Martin in der Wart entfernt.

»Nein, komm am Nachmittag rein, dann erklär ich dir alles.«

»Ich kann jetzt auch schon reinkommen«, sagte Vera. In der Küche roch es nach Chlor und Mäusen. Ein Tapetenwechsel war ihr mehr als willkommen.

Eine halbe Stunde später traf Vera in der Redaktion in Oberwart ein. Der Chefredakteur winkte ihr von seinem Schreibtisch aus zu und schwenkte eine Einladung, die aus dickem Naturkarton bestand.

Dicker Karton, das bedeutete, die Einladenden hatten Geld. »Ein Geschenk war auch dabei«, sagte er und drückte Vera ein winziges Stück Seife in die Hand, auf dessen Banderole »Fia mi« stand. Bei Vera fiel der Groschen. Das war Johannas Seife. Das »Fia mi« war das neue Hotel, in dem die Mathilde angeheuert hatte.

»Irgend so ein g'stopfter Kärntner Coach hat am Fischteich zwischen Litzelsdorf und Olbendorf ein alternatives Gesundheitshotel eröffnet. Die Ex-Oide vom Zieserl macht das Marketing.«

»Ach, das ist das«, sagte Vera, »davon hab ich schon gehört. Eine Freundin aus meinem Gartenklub hat mir vor zwei Tagen davon erzählt. Die fängt dort als Köchin an.«

»Die Lena kannst auch mitnehmen.«
»Wen?«
»Na, deine Tochter, die Lena, die Einladung ist für zwei.«
»Meine Tochter heißt Letta, das ist die Kurzform von Violetta«, korrigierte ihn Vera.

Sie war Alleinerzieherin. Trotzdem störte es sie, dass der Chefredakteur annahm, dass es prinzipiell keinen Mann an ihrer Seite gab, den sie theoretisch hätte mitnehmen können. Sie dachte kurz an Tom, den »On-off-Mann« in ihrem Leben. Momentan befanden sie sich gerade in einer Off-Phase. Also verbot sie sich den Gedanken sofort wieder.

»Und du darfst zwei Leser mitnehmen. Ich habe ein Social-Media-Gewinnspiel dazu gemacht.«

Ich wusste, dass da ein Haken ist, dachte Vera. Von wegen Urlaub. Ich soll also 24/7 Leser unterhalten und betüteln.

Der Chefredakteur schien ihre Gedanken zu erraten. »Sei nicht so negativ. Du darfst dir aussuchen, welche Leser mitdürfen. Achte nur bitte darauf, dass das keine Schiachperchten* sind. Die müssen ja wir im Heft und online herzeigen. Die Zieserl Sylvia hat mich auch extra darum gebeten. Schiache Gäste sind schlecht fürs Marketing.«

Der Chefredakteur ging zu seinem Computer und öffnete die Social Media Seite des »Burgenländischen Boten«. Vera blickte über seine Schulter. Aber sie hatte ihre Brille vergessen und konnte die Beiträge nur verschwommen lesen, also griff sie zu ihrem Smartphone und loggte sich von dort ein.

Unter dem Gewinnspielaufruf fanden sich 32 Kommentare. Alle Teilnehmer hatten den Aufruf geteilt und

---
* Hässliche Larven

kommentiert und somit dem »Burgenländischen Boten« wertvolle werberelevante Clicks beschert. Vera scannte die Profilfotos der Gewinnspielteilnehmer. Die meisten hatten nur »Bitte, bitte, nehmt mich« geschrieben.

Eine Teilnehmerin hatte sich mehr Mühe gegeben. »Hier kann man sich sicher wohlfühlen, Litzelsdorf ist wunderschön«, stand da zu lesen.

»Ich werd verrückt, meine Mutter«, sagte Vera halblaut, als sie Hilda Horvath als Verfasserin des Lobes identifizierte.

Sie scrollte schnell weiter. Dass ihre Mutter begünstigt wurde, das ging natürlich gar nicht.

Ein Videoclip erregte ihre Aufmerksamkeit. Adriano Celentano in »Der gezähmte Widerspenstige« beim Weintraubenstampfen. Darunter hatte der Gewinnspielteilnehmer »Ich bin so reif für eine südburgenländische Vinotherapie« geschrieben.

Der Chefredakteur blickte kurz aufs Profilfoto. Originell und fesch, der hat gewonnen. »Vielleicht ein Mann für dich.« Er zwinkerte Vera zu.

Die protestierte. »Hast du nicht gesehen, wer das ist? Das ist einer von den Herberts, erinnerst du dich nicht an die beiden Herberts? Das schwule Pärchen. Du weißt schon, die Kurgäste, die letztes Jahr geholfen haben, den Fall um den verschwundenen Architekten aufzuklären. Ich hab die schon mal interviewt. Ist das nicht Schiebung, wenn der jetzt gewinnt?«

»Wir nehmen den, und er kann ruhig seinen Freund mitnehmen«, sagte der Chefredakteur bestimmt: »Der ist fesch und wirkt social-media-affin. Und wenn wir einen ›Warmen‹ nehmen, sind wir voll auf dieser angesagten Diversity-Schiene. Vielleicht kann der eine Art Online-Tagebuch für uns machen.«

Vera zögerte. »Sollten wir nicht alle Namen der Teilnehmer auf Zettel schreiben und vernünftig ziehen? Damit das Ganze fair bleibt.«

»Lebst du in der Steinzeit?«, fragte der Chefredakteur. »Kein Mensch schreibt mehr irgendwas auf Zettel. Und überhaupt. Was glaubst du, warum es bei Gewinnspielen heißt: Die Ziehung erfolgt unter Ausschluss des Rechtsweges.«

*

Veras Mutter Hilda Horvath machte ihrer Enttäuschung lautstark Luft, als sie erfuhr, dass sie nicht beim »Fia mi«-Gewinnspiel des »Burgenländischen Boten« gewonnen hatte. Vera hatte den Fehler gemacht, ihr zu sagen, dass der Chefredakteur einen jüngeren, social-media-affinen Kandidaten auserwählt hatte.

»Das ist Altersdiskriminierung«, schimpfte Hilda. »Und was heißt: nicht social-media-affin. Ich bin sehr affin. Ich kann sogar Storys posten. Erfolgreiche Storys. Da schau her.« Sie wedelte mit ihrem iPad vor Vera auf und ab. Hilda war 77 und komplett social-media-süchtig. Da sie bevorzugt reißerische Posts und Videos anklickte, spielte ihr der Algorithmus auch vornehmlich solche Storys zu.

»Gestern habe ich eine Story von einem Mann geteilt, der ein Flugzeug gegessen und 72 likes bekommen hat, 72 und 40 Kommentare, nicht nur 30 wie ihr bei euren ›geschobenen‹ Gewinnspielen.« Hilda schnaubte empört durch die Nase.

»Niemand kann ein Flugzeug essen«, widersprach Vera.

»Kann man doch. Das steht im Internet. Der hieß Herr Allesfresser und hat eine Cessna 150 verspeist und einen Computer und einen Sarg mit Griffen. Fahrradketten haben ihm immer am besten geschmeckt. Frag das Internet, wenn du mir nicht glaubst.«

Ein Gedanke kam ihr. Sie grinste listig. »Ich kann auch eine Story darüber machen, wie ihr bei euren Gewinnspielen schummelt.«

»Mama, reiß dich zusammen. Wenn du das machst, dann bin ich wieder arbeitslos«, sagte Vera. Sie wusste, dass das Argument zog. Arbeitslos war für ihre Mutter fast so schlimm wie Single.

Vera erinnerte sich noch genau daran, wie entsetzt ihre Mutter gewesen war, als sie vor zwei Jahren ihren Job in der Stadt verloren hatte. Die Kündigung ihrer Stelle beim renommierten Hochglanzmagazin »Lust aufs Land« hatte für ihr Leben weitreichende Konsequenzen gehabt. Vera hatte sich ihre Wohnung in Wien nicht mehr leisten können und war mit ihrer Tochter Letta zurück in ihre Heimat im Südburgenland gezogen. Seither war das kleine Bauernhaus ihrer verstorbenen Großmutter in Sankt Martin in der Wart ihr Zuhause. Letta hatte das Leben »am Arsch der Welt« anfangs gehasst, nur die Tatsache, dass es auf dem Land Hunde, Hühner und Pferde gab, tröstete sie über den Verlust von Freunden, Pizza-Lieferdienst und Shoppingnachmittagen auf der Mahü – der Wiener Mariahilfer Straße – hinweg.

»Hörst du mir überhaupt zu?«

Ihre Mutter riss sie aus ihren Gedanken.

»Was hast du gesagt, Mama?«

»Ich hab gesagt, ich fahr eh trotzdem mit«, sagte Hilda trotzig und blies sich die Stirnfransen aus dem Gesicht.

»Wie meinst du das?«, fragte Vera und blickte ihre Mutter überrascht an.

»Ich habe mit der Letta einen Deal gemacht«, erklärte Hilda. »Ich zahl ihr den Mopedführerschein, und dafür fahr ich mit dir ins Wellnesshotel.«

Vera fühlte sich überrumpelt.

»Mama, das ist Bestechung. Glaubst du nicht, dass du so was vorher mit mir besprechen solltest? Und was heißt überhaupt Mopedführerschein. Ich durfte damals mit 14 keinen Mopedführerschein machen«, protestierte Vera.

»Die Letta ist auch vernünftig und reif. Du warst das in dem Alter nicht«, sagte Hilda in einem Ton, der keine Widerrede zuließ.

»Und wer wird die vernünftige, reife 14-Jährige beaufsichtigen, wenn wir beide im Wellnesshotel sind?«, fragte Vera.

»Das habe ich schon arrangiert. Ich denke ja an die Bedürfnisse meiner einzigen geliebten Enkeltochter. Es sind eh Herbstferien. Sie nimmt einen Ferienjob im Reitstall an und kann dort essen und schlafen. Da kann sie jeden Tag reiten und verdient auch noch Geld. Weil ein bisserl was muss sie zum Moped, das ich ihr kaufen werde, schon dazuzahlen. Aus pädagogischen Gründen, verstehst du?«

»Ich verstehe. Was täte ich ohne dich?«, sagte Vera sarkastisch. Aber Sarkasmus war an ihre Mutter verschenkt.

»Gell, das frage ich mich auch manchmal. Du kannst echt froh sein, dass du mich hast«, konterte Hilda vergnügt. »Ich habe alles schon mit Letta geklärt. Der Reitlehrerhilfsjob ist ihr 1000-mal lieber, als mit ihrer Mutter einen Wellnessurlaub zu machen. Ich bitte dich, Wellnessurlaub mit der Mutter, wer will das schon?«

GEDANKEN EINER WASSERLEICHE

Viele Menschen denken, Wasserleichen würden automatisch ans Ufer gespült werden, aber das ist nicht immer der Fall. Die, die dort sterben, wo der See tief ist, bleiben gleich für immer unten. Ertrunkene, die nicht tiefer als 20 Meter unter Wasser liegen, können nach einigen Tagen nach oben an die Wasseroberfläche treiben. Aber auch das nur für zwei bis drei Tage. Werden sie in dieser Zeit nicht entdeckt, sinken sie wieder ab und tauchen nie wieder auf. Der See ist dann für immer ihr Grab.

6 SYLVIA, DIE MARKETING-QUEEN

Die Blaugrüne Mosaikjungfer ist eine sehr häufige Libellenart, aber ein typischer Einzelgänger: Ihr Revier verteidigt sie in der Paarungszeit vehement. Daher sieht man meist nur ein Exemplar in der Nähe eines Gartenteichs.

Spiritualität war für Sylvia Zieserl ein Fremdwort. Sie war weder religiös noch glaubte sie an eine andere übersinnliche, transzendente Realität. Und an Geister glaubte sie schon gar nicht. Wie sonst hätte sie in ein Haus ziehen können, in dem ein Mensch qualvoll verstorben war.

Sylvia war von diesem Haus immer schon schwer beeindruckt gewesen. Ein hypermoderner schwarzer Betonblock mit bodentiefen Glasfronten, der über Buchschachen und seinen Bauernhäusern thronte wie eine Trutzburg. Archaisch und gleichzeitig ein Statement moderner Architektur.

Die Vorbesitzerin wollte das Haus nach dem Todesfall so schnell wie möglich loswerden, aber das war gar nicht so einfach. Häuser, in denen Menschen verstorben waren, ließen sich nicht so einfach verkaufen. Der Makler, den sie beauftragte, tat wirklich sein Bestes. Aber der »Todesstern«, wie die Einheimischen den Betonbau in Anlehnung an »Star Wars« und die Geschehnisse getauft hatten, schien unverkäuflich. Bis Sylvias Scheidung durch war und diese mit einem Patzen Geld abgefertigt worden war. Sylvia war immer klar gewesen, dass sie bei der Scheidung gut aussteigen würde. Sie wusste einfach sehr viel über ihren Ex-Mann und dessen Pornopartys mit seinen Parteifreunden. Und ihr Schweigen darüber ließ sie sich teuer bezahlen. Sie wollte dieses Haus, und sie bekam dieses Haus. Auch wenn sich der ganze Bezirk das Maul darüber zerriss.

Eva, die Vorbesitzerin, bekam von dem Gerede nichts mit. Sie war auf einem Auslandsjahr in Südamerika, forschte dort im Amazonas für das Kompostunternehmen »Inkaerde« an der Zusammensetzung der immer fruchtbaren Erde Terra Preta und musste somit auch nicht mit ansehen, wie Sylvia Zieserl den von Eva über alles geliebten Bauerngarten schleifen ließ und stattdessen Gabionenwände errichten ließ. Gabionen – Steine in Käfigen. Was Schlimmeres gab es für die naturnahe Gärtnerin nicht. Oder doch? Vera, Johanna und Mathilde hätte schwören können, dass auch Glyphosat gegen Unkraut zum Einsatz kam. Rund um den Todesstern gab es keinen einzigen Halm, der wild wachsen durfte. Alles war getrimmt, gemäht, manikürt.

Die drei Frauen vom Gartenklub waren zum Grünschnittplatz gefahren und hatten von den dort entsorgten Stauden gerettet, was zu retten war. Sie hatten die entwurzelten, brutal aus der Erde gerissenen Pflanzen wieder eingesetzt und aufgepäppelt. Und von der Rose »Gebrüder Grimm« Stecklinge geschnitten und eingepflanzt, auf dass diese neue Wurzeln schlugen. »Wenn Eva zurückkommt, dann wird sie ein Teil ihrer Pflanzen bei ihrem Neuanfang begleiten«, so ihre Hoffnung.

Sylvia Zieserl wusste von all dem freilich nichts. Ihre Gedanken drehten sich um etwas ganz anderes. Wie wurde sie wieder Teil des gesellschaftlichen Lebens?

An der Seite von Harald Zieserl, dem Chef der »Pannonia Bau«, hatte sie zur burgenländischen High Society gehört. Charity-Veranstaltungen, Vernissagen, politische Events, berufliche Banketts und private Dinnerpartys. Als geschiedene Frau des Chefs der »Pannonia Bau« blieb ihr das nun alles verwehrt. Nicht einmal von ihren angeblichen Freundinnen wurde sie mehr eingeladen. Ein Pärchen lädt die anderen ein, hieß die Regel bei den privaten Zusammentreffen ihrer Ex-Freundinnen. Für Singlefrauen war da kein Platz. Vor allem nicht für fesche, berechnende Singlefrauen wie Sylvia, die den Ruf hatten, gerne ihre Finger nach verheirateten Männern auszustrecken. Insofern kam ihr der Job als Marketingdirektorin im »Fia mi« mehr als gelegen. Gut, dass ihr der Bürgermeister so wohlgesonnen war. Vitamin B war im Burgenland immer hilfreich. Die Tätigkeit selbst bereitete ihr kein Kopfzerbrechen. Sie hatte vor ihrer Ehe bereits als Marketingleiterin in einem großen Thermalhotel gearbeitet. So ein Miniresort mit nur 30 Zimmern würde sie mit links schupfen. Sie betrachtete den Stapel auf ihrem Schreibtisch. Das Programm für die erste Pressereise ins »Fia mi«, die gleich im Anschluss an das Soft Opening stattfinden sollte. Sie würde natürlich auch noch Mails aussenden. Aber echte Drucksorten hatten so etwas Gewichtiges.

Sylvia schnappte sich ihre Jacke und verließ das Haus. Ihre Nachbarin Elfriede Großschädel ließ geräuschvoll die Außenrollos herunterrasseln, als Sylvia zu ihrem Auto ging, das in der Einfahrt geparkt war. Elfriede Großschädel zeigte mit dieser Geste demonstrativ ihr Desinteresse am Tun der Zieserl. Tatsächlich war genau das Gegenteil der Fall. Sylvia konnte wetten, dass die Großschädel die meiste Zeit über die Gabionen spähte. Vielleicht sollte ich doch noch zusätzlich Thujen pflanzen, dachte Sylvia. Im Moment gab es bei ihr zwar nichts zu sehen, aber das würde sich bald ändern. Bei dem neuen Job im »Fia mi« würde sie sicherlich spannende Männer kennenlernen. Der Besitzer wäre eh irgendwie ihr Fall. Sie mochte erfolgreiche Männer.

Als Sylvia an ihrem neuen Arbeitsplatz in Litzelsdorf ankam, sah sie, dass das für diesen Tag angesetzte Fotoshooting bereits im vollen Gange war. Das Produktionsteam nutzte das frühe Morgenlicht für die Aufnahmen. Sylvia winkte dem Grüppchen Menschen zu, das am Seeufer stand. Ganz hinten am Ende des Fischteichs trieben zwei Ruderboote. In einem befand sich die bekannte Mode- und Porträtfotografin Lemonia Kaster.

Sylvia kannte sie nur aus den Zeitschriften. Von ihr würde ich mich auch gerne mal fotografieren lassen, dachte sie – das wären einmal Tinderfotos, die sich gewaschen hatten. Lemonia war bekannt dafür, den Blick für den richtigen Moment zu haben. Ihre Porträts waren fesselnd, lebendig, machten Menschen berühmt.

Auch jetzt war sie mit ganzem Einsatz bei der Sache. Soweit Sylvia es von hier aus erkennen konnte, kniete die Fotografin mit einem Bein auf der Sitzbank des Bootes und gab Anweisungen, während sie ein Bild nach dem anderen schoss. Im zweiten Boot warf sich ein Pärchen in immer neue Posen. Das Mädchen trug ein silbrig schimmerndes Kleid und Glitter-Make-up. Ihr männlicher Begleiter war in enge silberne Jeans gesteckt. Sein Oberkörper war nackt. Beide wirkten jung, sexy und androgyn. Die Aufnahmen waren für die Modestrecke eines bekannten Hochglanzmagazins bestimmt. Sylvia hatte die Location der Redaktion gratis zur Verfügung gestellt. Im Gegenzug dafür würde das Magazin über die Eröffnung des Hotels berichten. Eine Hand wäscht die andere. Sie verstand ihren Job.

Der Teich lag dunkel und friedlich vor ihr. Kleine Wellen schwappten gegen die mit Folie verkleidete Holzwand, die den Teich in zwei Bereiche teilte.

Der vordere, dem Hotel zugewandte Teil, war als Schwimmteich adaptiert. Es gab eine Liegewiese, ein Sonnendeck und eine Saunahütte, die optisch einem südburgenländischen Kellerstöckl nachempfunden war. Vom Steg konnte man gleich direkt in den Teich springen.

Im hinteren Bereich des Gewässers, dort, wo die Boote trieben, befanden sich mehrheitlich die Fische. Mehrheitlich deswegen, weil sich die Natur nicht an die vom Menschen gewollte Abtrennung ihres Lebensbereiches hielt. Es kam immer wieder vor, dass Vögel Fische fingen, mit ihnen davonflogen und dann ihren zappelnden Fang in den Badeteich fallen ließen. Dann lebten die glücklich dem Tode Entkommenen eben dort weiter. Auch die Wasserschlangen ließen sich von der Grenzmauer nicht aufhalten. Sylvia sah, wie sich eine vor ihr im Gras schlängelte. Sie beäugte sie kritisch. Spa-Gäste könnte man trotz aller Natursehnsucht nicht mit so einem Getier konfrontieren. Sie überlegte, welcher Fachmann für die Beseitigung von Wasserschlangen zuständig war. Ein Fischer? Ein Jäger? Ein Kammerjäger?

Als frischgebackene Marketingdirektorin auf Inspektionstour ging sie den Steg bis zum Ende entlang, drehte sich dann um und blickte zurück zur Anlage. Die Bungalows, die an halbe Weinfässer erinnerten, hatten alle eine spektakuläre Aussicht aufs Wasser. Auf der Wiese vor einem Bungalow machte ein Mann auf einer Matte eine Serie Kampfsportbewegungen. Karate? Kung Fu? Oder wie hieß das andere noch mal? Krav Maga? Irgend so was halt. Sylvia kannte sich da nicht so aus.

Das Hotel hat noch nicht eröffnet. Der muss also auch zum Team gehören, dachte sie.

Der Mann war komplett auf sein Training konzentriert. Der erinnert mich an den Hauptdarsteller in »Vikings«, dachte Sylvia. Die Haare an Nacken und Schläfen waren kurz. Das Deckhaar etwas länger. Sein markantes Gesicht war von einem getrimmten Sechstagebart bedeckt. Sieht aus wie ein Grazer Hipster, urteilte Sylvia.

Sie kam sich wie eine Voyeurin vor, als sie ihn bei seinen geschmeidigen Bewegungen beobachtete. Aber da hatte er sie auch schon bemerkt und hörte augenblicklich auf, mit Händen und Füßen in die Luft zu schlagen. Der Mann schnappte sich lässig eine Wasserflasche und ein Handtuch, kam auf sie zu und bildete sich blitzschnell ein Urteil über sie. Als Arzt, der täglich Dutzende Patientinnen behandelte, hatte er sich das angewöhnt.

Sylvia war eine dieser dunkelhaarigen Provinzschönheiten. Sie war sexy, aber nicht auf verführerisch kokette Art, sondern auf eine direkte, selbstbewusste, knallharte Weise. Sie war keine Princess Diana, sie war eine Margret. Alles an ihr war einen Tick too much. Ihre Haare waren nicht schwarz, sie waren pechschwarz. Ihre Haut war ein bisschen zu sehr gebräunt. Ihr Make-up – Sylvia hatte sich als Teenager die Brauen zu dünn gezupft und musste jetzt immer nachstrichen – zu stark konturiert. Sein Blick wanderte über ihren Körper. Und blieb an ihrem Busen hängen. Das hier war sein Metier. Der Busen war eindeutig gemacht, aber gut gemacht.

Er blickte wieder auf und lächelte. »Kann ich Ihnen helfen?«

Er war barfuß – im Oktober. Das musste ein »hitziger« Typ sein. Sylvia bemerkte, dass er für einen Mann außerordentlich schöne Füße hatte. Ein hoher kräftiger Spann, gerade Zehen mit gepflegten Zehennägeln. Ihr Blick wanderte höher. Der Bund der Hose war heruntergerollt und gab den Blick auf einen flachen durchtrainierten Bauch frei. Eine ganz feine Haarlinie zog sich in der Mitte des Bauches bis zum Nabel. Rasch hob Sylvia den Kopf und blickte dem Fremden fest in die Augen. Aber es war zu spät. An dem Flackern in seinen Augen und dem Zucken in seinem rechten Mundwinkel wusste sie, er hatte ihre taxierenden Blicke bereits bemerkt. »Ich bin wegen des Fotoshootings hier.« Sie deutete Richtung See. »Ich habe das für unser Hotel organisiert«, sagte Sylvia.

»Ach, die Frau Marketing«, sagte der Mann. Er sagte das wissend, aber auch ein bisschen süffisant.

»Die Frau Marketing hat auch einen Namen«, sagte Sylvia kühl und nannte ihn.

Der Kampfsportler nickte nur wissend und fing an, seinen rechten Oberschenkelmuskel zu massieren. Ganz so, als ob das Befinden seines Quadrizeps wichtiger wäre als Sylvia oder deren Identität.

»Und mit wem habe ich das Vergnügen?«, hakte Sylvia nach.

»Christoph«, sagte der Mann. »Ich kümmere mich um das Wohlergehen unserer Gäste.«

Er nahm einen Schluck aus der Wasserflasche und spannte dabei ganz bewusst seinen Bizeps an. Was für ein Poser. Sylvia gewann wieder Oberwasser.

»Animateur?«, fragte sie provozierend.

Christoph lachte schallend und schien kein bisschen

beleidigt zu sein. »Ich kann auch animierend sein, aber eigentlich bin ich Arzt. Ich bin der Meierhofer. Doktor Christoph Meierhofer. Auf gute Zusammenarbeit.«

Er streckte Sylvia die Hand hin. Sein Händedruck war warm und fest. Ein weiterer Pluspunkt nach dem flachen Bauch, den schönen Füßen und dem Sinn für Humor. Sylvia hatte die Angewohnheit, Männer auf einer Skala von eins bis zehn zu beurteilen. Doktor Christoph Meierhofer wäre rein optisch eine Acht. Sie war sich aber noch nicht sicher, ob seine offensichtliche Arroganz einen Punkteabzug oder Zusatzpunkte brachte. Sie beschloss, das weiter zu beobachten.
»Ah, ihr habt euch bereits kennengelernt.«
Sylvia fuhr herum.
Ophelia Radeschnig näherte sich mit raschen Schritten.
Sie streckte beide Hände nach Sylvia aus und ergriff deren Hände.
Für einen Augenblick glaubte Sylvia, sie wollte mit ihr Ringelreihen tanzen. Aber dann ließ Ophelia ihre Hände auch schon wieder los.
»Entschuldige bitte die Verspätung. Ich wollt ja auch von Anfang an bei den Aufnahmen dabei sein. Ist es okay, wenn wir uns duzen? Wir duzen uns alle hier im Team und jetzt, wo du fix zur ›Fia mi‹-Familie gehörst …«
Ophelias Ton war leichthin und verbindlich. Es wirkte, als würde sie ihre ganze Aufmerksamkeit Sylvia schenken. Aber Sylvia bemerkte, wie sie aus den Augenwinkeln immer wieder zu Christoph hinübersah.
Sylvia wusste, was diese Blicke bedeuteten. Sie konnte die Situation einordnen, weil sie ihr schon Dutzende Male ausgesetzt gewesen war. Das war so ein Frauen-Konkurrenz-Ding.

Diese Ophelia wollte gerade abchecken, ob Christoph an ihr Interesse hatte.

Hat er, dachte Sylvia, aber das sagte sie natürlich nicht.

GEDANKEN EINER WASSERLEICHE

Das Türkis des Wörthersees, das mich früher so fasziniert hat, kommt von dem vielen Kalk im Wasser. Die Kalkteilchen färben den Untergrund in Ufernähe hell. Das Sonnenlicht wird reflektiert. Und der Glitzer ist fertig. Hier, wo ich jetzt bin, ist kein Türkis. Weder heute, noch morgen, noch irgendwann. Ich habe die Grenze zur Dunkelheit schon vor langer Zeit überschritten. Mein Grab ist nass, kühl und moorig. Ab und zu kann ich über mir einen Hecht oder einen Karpfen erahnen. Sie dümpeln genauso belanglos im Wasser wie ich.

7 CHRISTOPH UND OPHELIA

Während der Paarung des australischen Wasserläufers sitzt das Männchen auf dem Rücken des Weibchens. Dieses sondert über zwei Drüsen hinter dem Kopf ein proteinreiches Sekret ab. Das Männchen kann nun eine Woche lang auf dem Weibchen reiten und dabei fressen und Sex haben.

Christoph war einer der wenigen Menschen, die wussten, dass Ophelia gar nicht Ophelia hieß, sondern Elke. Ölke, wie man sie in Kärnten genannt hatte. Aber der Name Ölke war Vergangenheit, ebenso wie das Kärntner Kaff, in dem sie früher gelebt hatte.

Mit der Vergangenheit abschließen, das war etwas, das niemand besser konnte als Ophelia. Es war immer schon ihre Überlebensstrategie gewesen.

Ophelia war drei Jahre alt gewesen, als sich ihre Mutter von ihrem Vater scheiden ließ. Die Mutter hatte beschlossen, sich nach der Trennung eine Auszeit zu nehmen. Um Abstand zu gewinnen, übernahm sie für den Sommer die Bewirtschaftung einer Almhütte in den Nockbergen.

Die Hütte war ein richtiges Heidi-Paradies. Sie roch nach dem Holz und dem Rauch der Holzöfen, dem Heu, das vor dem Fenster auf Gestellen getrocknet wurde. Und nach dem frisch gebackenen Brot und dem Apfelkuchen, den die Mutter für die Wanderer zubereitete, die alle paar Tage vorbeikamen.

Das Leben auf der Hütte war nicht einfach für die Mutter. Die Arbeit war schwerer, als sie, der Stadtmensch aus Klagenfurt, sich das vorgestellt hatte. Früh aufstehen, Ofen einheizen, Kühe füttern und melken, Stube, Lager und Küche putzen, Holz hacken, mähen, Toiletten reinigen, Gäste bewirten und nebenbei immer ein Auge auf das Kind haben.

Trotz der schweren Arbeit, der guten Luft und dem gesunden Essen konnte die Mutter nachts nicht schlafen. Sie hatte einfach zu viel im Kopf. Sie dachte darüber nach, was ihr Ex-Mann wohl gerade machte und vor allem mit wem er es machte. Sie dachte darüber nach, was sie ihm sagen würde, wenn sie ihn das nächste Mal sehen würde und was er darauf antworten könnte und wie sie darauf reagieren würde. Stundenlange Dialoge dachte sie sich in der Nacht aus, wenn sie wach lag und der Mond durch das Dachfenster schien. Oft hätte sie dann Lust gehabt, ihren Ex anzurufen und diese Gespräche tatsächlich zu führen, aber auf der Hütte gab es kein Telefon. Irgendwann war die Mutter so erschöpft, dass es den Gästen auffiel. Die schwarzen Ringe unter den Augen, ihre zunehmende, der Übermüdung geschuldete Ungeduld mit dem Kind. »Hier, ich gebe Ihnen was, das hat mir mein Arzt verschrieben. Das hilft super«, sagte einer der Wanderer zu ihr, als das Thema auf ihre Schlaflosigkeit kam. Die Wanderer zogen weiter Richtung Gipfel. Die Mutter nahm am Abend die Pillen, aber sie schlief deswegen nicht besser. Sie fing an zu schlafwandeln. Sie stieg über den Balkon aufs Dach und wanderte Richtung Vollmond, so lange, bis da kein Boden unter ihren Füßen mehr war und sie ins Bodenlose fiel. Den Aufprall spürte sie gar nicht mehr.

Die nächsten drei Tage tobte ein fürchterlicher Sturm auf der Alm. Als sich das Unwetter verzogen hatte und endlich wieder Wanderer vorbeikamen, fanden sie Kühe, die ob ihrer vollen Euter vor Schmerz brüllten. Vor der Hütte gleich neben der toten Mutter saß ein Kind. Es hatte sich von Katzentrockenfutter und dem schmutzigen Wasser, das sich gleich daneben in einer Schüssel befunden hatte, am Leben erhalten. Die Hütte roch nicht mehr nach Rauch und Heu und Brot und Apfelkuchen, sondern süßlich und eklig nach Tod und Verwesung. Überall waren Fliegen.

Ophelia kannte die Geschichte nur, weil sie Jahre später hörte, wie ihre Adoptiveltern darüber sprachen. Ihre eigenen Erinnerungen waren ausgelöscht. Sie war noch zu klein gewesen, um sich zu erinnern. Niemand würde je erfahren, was sie in den drei Tagen bis zu ihrem Auffinden empfunden oder getan hatte. Nicht einmal sie selbst. Aber etwas hatte sich verändert. Seit diesem Erlebnis hatte Ophelia nie wieder vor irgendetwas noch vor irgendjemandem Angst.

Ihre Furchtlosigkeit war für ihre Adoptiveltern, Inhaber einer riesigen Legehennenstation, erst überraschend, dann befremdlich. Die Ölke, wie sie sie damals nannten, war in der Schule eine Aufsässige, die sich auch mit älteren Grobianen und sogar mit den Lehrern anlegte. Als sie in die Pubertät kam, war es besonders schlimm, weil sie prinzipiell keine Grenzen akzeptierte. Sie sagte alles, was man nicht sagen durfte. Sie wagte alles, was man nicht wagen sollte. Als sie 14 wurde, wussten sich ihre Adoptiveltern nicht mehr zu helfen und gaben sie in ein Internat nach Salzburg. Dort lernte Ölke, was sie bis dahin noch nicht konnte. Sie lernte, im Einkaufszentrum zu stehlen, ohne erwischt zu werden. Sie lernte, wie man Ausweise fälschte und fortan in Klubs reinkam, die eigentlich erst ab 18 Jahren erlaubt waren. Und sie lernte, wie man den reichen Kids dort Milchzucker und zerdrücktes Speed als Koks verkaufte. Sie verlor ihre Jungfräulichkeit an ihren verheirateten Mathematiklehrer, welcher für diese Tat mit einer ausgezeichneten Note im Maturazeugnis bezahlte.

Danach wollte sie nichts wie weg. Sie ging als Ölke auf Selbstfindung und kehrte als Ophelia zurück. Sie war erst in einem indischen Ashram, dann in einer australischen Hippie-Kommune und – nachdem ihr Touristenvisum für Australien abgelaufen war – in einem Yogahotel in Kärnten untergekommen. Sie begann dort als Rezeptionistin. Der Chef hatte eine Schwäche für die attraktive Blondine mit den wasserblauen Augen und bezahlte ihr eine exzellente Ausbildung zur Yogalehrerin. Ophelia, die bereits gelernt hatte, dass im Leben nichts umsonst war, revanchierte sich mit sexuellen Gefälligkeiten. Ihr Chef brachte ihr ein paar neue Sextechniken bei und freute sich darüber, dass Ophelia im Bett eine überraschend aufgeschlossene Schülerin war.

Als sie Mitte 20 war, war sie eine von Millionen jungen Frauen auf der Welt, die ihr Seelenheil irgendwo zwischen der Yogaposition Herabschauender Hund, Räucherstäbchen, Engelskarten und Tantra suchte.

Sie hauste in einem kleinen Zimmer im Personaltrakt des Hotels, dessen Wände sie dunkelviolett gestrichen hatte. Indische Kissen lagen auf der Matratze, die ihr als Bett diente. Das Bettgestell hatte sie hinausbringen lassen. Erstens, weil sie sich so in dem kleinen Raum besser bewegen konnte, und zweitens, weil sie so eine stärkere Verbindung zu Mutter Erde fühlte. Das Zimmer roch nach Räucherstäbchen und Patchouliöl, ein Geruch, der sich auch in Ophelias Haut und Haaren festsetzte. Sie mochte Joints, Zehenringe, Batikshirts und alles, wo eine indische Gottheit drauf war. Sie fühlte sich auf eine angenehme Art verschmolzen mit ihrer Umgebung. Unsichtbar und genau deshalb sicher.

Dann trat Doktor Christoph Meierhofer in ihr Leben, und mit Ophelias innerem Frieden war es schlagartig vorbei. Doktor Christoph Meierhofer war genauso gut aussehend, clever und zielstrebig wie Ophelia, aber im Gegensatz zu ihr war er bei dem, was er tat, wesentlich erfolgreicher als sie. Auch er machte Yoga, ernährte sich bewusst und dachte über den Tellerrand hinaus, aber er roch nicht nach Patchouliöl, sondern nach »Black Afgano« von Nasomatto, einem sauteuren Nischenduft, auf den echte Parfumkenner sofort mit wissender Anerkennung reagierten.

Seine Zielgruppe waren keine verträumten Hippiemädchen auf Selbstfindung, sondern wohlhabende, gelangweilte Frauen, die ihr Dasein mit ein bisschen Spiritualität und ganz viel verjüngender Vitalmedizin beleben wollten.

Doktor Meierhofer war kein Gott in Weiß, er war ein Guru in Weiß.

Er sagte den Frauen, was sie essen sollten: auf keinen Fall Fleisch, Weizenmehl und Milchprodukte. Auf jeden Fall die von ihm designten Health Shots und Nahrungsergänzungsmittel.

Er sagte den Frauen, was sie tun mussten, um sich besser zu fühlen: auf keinen Fall Zigaretten, Alkohol und Zucker. Auf jeden Fall die von ihm kreierten Body&Mind-Sitzungen und Vitalinfusionen.

Und er sagte den Frauen, woran sie glauben mussten: auf keinen Fall so bleiben, wie man war. Auf jeden Fall disziplinierte Selbstoptimierung.

Dank Doktor Meierhofer kam nun eine ganz andere Klientel in das Yogahotel.

Waren die Frauen, die hier eine Yogawoche buchten, vormals fröhliche Studentinnen, eifrige Sekretärinnen und emsige Lehrerinnen gewesen, kamen nun zuhauf blasierte Inneneinrichterinnen, verrückte Schmuckdesignerinnen und orthorektische Food-Bloggerinnen.

Sie kamen bevorzugt aus Wien und München, in SUVs, die sich auf dem geschotterten Zufahrtsweg zum Kärntner Hotel zum ersten Mal die Reifen staubig machten. Sie erzählten von ihrem letzten Ayurvedaaufenthalt in Sri Lanka, Mauritius oder den Malediven und den Dienstboten, die ihnen dort jeden Abend ein Rosenbad eingelassen und Ingwershots serviert hatten. Sie trugen Yogahosen, die mehr kosteten als ein Zehnerblock Yogastunden bei Ophelia.

Und Ophelia beobachtete und lernte.

Die Frauen lehrten sie, dass das Leben mehr zu bieten hatte als ein lilagestrichenes Mitarbeiterzimmer und einen gutmütigen Chef, der es ihr im Bett gut besorgte.

Die Frauen demonstrierten, dass man reich, erfolgreich und spirituell inspiriert sein konnte, ohne sich dafür Tag für Tag abzurackern. Allerdings bedurfte es dazu einer essenziellen Zutat: Geld. Am besten in Form eines reichen Ehemannes.

Ophelia erkannte, wenn sie einen Mann finden wollte, der auf diese Art Frauen stand, musste sie diese Art von Frau werden. Also begann sie, die Frauen zu studieren. Die meisten dieser Frauen waren blond wie sie, aber das Blond der reichen Frauen war kühl und silbrig oder warm und beige, niemals so billig gelb wie ihr eigenes. Weil man so ein Blond nicht in der Tube kaufen konnte, fuhr Ophelia an ihrem freien Tag nach Klagenfurt und stellte sich als Frisurenmodel zur Verfügung. Bei günstigen Modeketten erwarb sie Kleidung und Accessoires, die so ähnlich aussahen wie die, die die Frauen trugen. Weiße Jeans und Designer Sneakers, hauchdünne Kaschmirpullis und filigrane Bändchen mit silbernen Anhängern, nudefarbenes Make-up von »Armani«. Bekam sie das Gewünschte nicht zu kaufen, stahl sie es. Da Ophelia niemals Angst hatte, fiel ihr das Stehlen leicht. Sie stahl in den angesagten Modeboutiquen und sie stahl von den Frauen selbst. Es war ein Leichtes, sich die Schlüsselkarte der Stubenmädchen auszuleihen und unbemerkt in die Gästezimmer zu schleichen, während die jeweilige Bewohnerin gerade von Doktor Meierhofer eine Sauerstoffbehandlung oder eine Eiseninfusion bekam. Ophelia war schlau, sie stahl nur von Frauen, die so viel Zeug mitgebracht hatten, dass sie den einen oder anderen Verlust gar nicht bemerkten. Und wurde doch einmal ein fehlendes Teil als vermisst gemeldet, so brachte sie es einfach zurück und nahm ein anderes.

Nicht nur Ophelia selbst veränderte sich optisch, auch ihre Opiumhöhle bekam ein Make-over. Die Wände wurden weiß gestrichen. Ein weiß getünchtes Bett mit weißen Gardinen als Baldachin zog ein, und dort, wo einst das Poster einer indischen Göttin an der Wand geklebt war, hing nun ein Stück Treibholz als Wanddeko. In diesem Ambiente trieben sie und Doktor Meierhofer es dann auch zum ersten Mal. Christoph war verblüfft. Er hatte angesichts der luftig leichten Umgebung Blümchensex erwartet. Ophelia war alles andere als Blümchensex.

Alles hätte so schön sein können, hätte Ophelia Geld gehabt. Aber Fakt war: Sie sah zwar reich aus, aber sie war immer noch arm, und Christoph Meierhofers Gier war größer als seine Geilheit. Als er unter seinen Patientinnen eine Salzburger Schönheitschirurgin kennenlernte, die ihm eine Partnerschaft in ihrer florierenden Praxis und in ihrem Bett anbot, verließ er das Yogahotel und Ophelia, ohne auch nur einmal darüber nachzudenken, was aus ihr werden würde. Er hätte sich keine Sorgen machen müssen, denn Ophelia hatte schon kurze Zeit später einen Plan B. Der Plan B hieß Arno Radeschnig.

GEDANKEN EINER WASSERLEICHE

Zwei Dinge kann ich Ihnen nicht beantworten: wie viele Leichen im Wörthersee liegen und wie viel Geld. Ich nehme aber an, es sind doch mehr Geldscheine als Leichen. Das liegt daran, dass heutzutage fast alle Badeshorts Taschen haben. Die Männer stecken sich einen Zwanziger ein oder einen Fünfziger oder sogar einen Hunderter, und dann hupfen sie ins Wasser und verlieren das Geld. Aber meine aktuelle Erkenntnis ist, besser Geld verlieren als das Leben.

8 JA, WO IST ER DENN, DER ZSOLT?

Die Forschung legt nahe, dass Sie nie mehr als drei Meter von einer Spinne entfernt sind.

Mathilde war nervös. Das Fingerfood, das sie für das Soft Opening vorbereiten sollte, war quasi ihre Feuerprobe als neue Küchenchefin im »Fia mi«. Wobei der Begriff Chefin nicht ganz stimmte. Es gab nämlich keine Küchenbrigade zu leiten.

»Wir sind noch in der Casting-Phase. Wir haben die richtigen Leute, die zu unserer Philosophie passen, noch nicht gefunden«, hatte ihr Ophelia erklärt.

Nun, dieser Zsoltán, der ihr heute Abend als Küchenhilfe zur Hand gehen sollte, war auf jeden Fall der Falsche, dachte Mathilde seufzend. Sie hatte noch nie jemanden Unmotivierteren getroffen als diesen Typen. Sie hatte ihm die Aufgabe gegeben, Salatherzen mit Gemüsepolenta zu füllen, zu einem Paket zu rollen und mit einem Schnittlauchhalm zu verschnüren.

»Szar« und »a francba«, rief der Zsolt alle fünf Minuten frustriert, wenn der Schnittlauchhalm unter seinen großen ungelenken Fingern zerriss. Auch ohne Ungarisch zu können, wusste Mathilde, dass er aufs Derbste fluchte.

Ihre zweite Küchenhilfe war Liam, ein ausgelernter Jungkoch, der beschlossen hatte, auf die Walz zu gehen, sprich durch Österreich zu ziehen und gegen Kost, Logis und Taschengeld Erfahrungen in so vielen Betrieben wie möglich zu sammeln. Über seine Abenteuer berichtete er auf Instagram. Allerdings hatte er bei seiner letzten Station zu viel preisgegeben. Sein Bericht darüber, dass der berühmte Wiener Haubentempel statt des angepriesenen, handgestrichelten heimischen Almochsenfleisches Massenware aus Übersee servierte, war in der Fünf-Sterne-Branche nicht gut angekommen. Fortan blieben für Liam die Türen der Spitzengastronomie versperrt. Daher also Litzelsdorf. Er erhoffte sich ob des prominenten Besitzers eine gute Story und viele Clicks. Mathilde hatte berechtigte Angst, dass er das Ganze sehr satirisch angehen würde, aber zumindest beherrschte der Junge sein Handwerk.

Er hatte nicht mit den Wimpern gezuckt, als sie ihm die weiteren Gerichte für das Eröffnungsessen vorgelesen hatte. Bohnensterz mit geräucherter Rahmsuppe, serviert in winzigen kleinen Tonschälchen. Rote-Rüben-Walnuss-Salat an Lindenblütenvinaigrette mit pannonischem Fladenbrot, winzige flambierte Palatschinken gefüllt mit papriziertem Kraut und Räuchertofu aus Rotenturm, überbackener Kürbis mit grünem Walnussöl, Topinamburgratin mit eingelegten Maiwipferln, Karottenküchlein mit Berberitzen-Apfel-Gelee.

Über die Frage, ob beim Soft Opening auch Fleisch serviert werden sollte, waren sich Ophelia und Sylvia in die Haare geraten. »Auf gar keinen Fall!«, hatte Ophelia gesagt.

»Da kommt die gesamte burgenländische Lokalprominenz, die wollen was Gescheites zwischen den Zähnen – für die ist ein Salat mit Putenstreifen vegan«, hatte Sylvia pragmatisch entgegnet.

Arno hatte schließlich eine Entscheidung getroffen: »Wir diskriminieren in unserem Resort niemanden. Wir catern auch für Omnivoren.«

Der Kompromiss war eine glückliche freilaufende Wildsau, die nach ihrem schnellen und hoffentlich schmerzarmen Tod nun als Wildschweinbratl in Kornelkirschensoße das Soft Opening begleiten durfte.

Sylvia hatte neben Bürgermeistern, Landesräten und Tourimusbeauftragten auch das Fernsehen eingeladen. Sie hatte gute Beziehungen in alle Richtungen. Vor allem, wenn die Entscheidungsträger Männer waren. Mathilde sah auf die Uhr. Es war 9 Uhr. Noch sieben Stunden bis zur Eröffnung.

*

Während in der Küche Hochbetrieb herrschte, stand Arno am flachen Ufer und blickte über das ruhige Wasser. Er schwitzte. Seine Hände wurden feucht, sein Mund trocken. Der rationale Teil seines Gehirns sagte ihm, dass ihm nichts passieren konnte. Er sollte doch nur mal kurz seine Zehen in den Teich halten. Vom Teich ging keine Gefahr aus. Es waren keine Fische zu sehen. Der Untergrund war hier am Ufer klar zu sehen. Trotzdem bedauerte er es, keine Gummistiefel angezogen zu haben.

Doktor Christoph Meierhofer und Ophelia standen neben ihm. Ophelia hielt seine Hand, die mittlerweile klatschnass war. Am liebsten hätte er ihre Hand losgelassen und seine Handfläche an der Hose abgewischt. Aber gleichzeitig hatte er Angst, dass er einfach umkippen würde, wenn er sie jetzt losließ.

»Siehst du«, sagte Ophelia zu Christoph, »ein klarer Fall

von Aquaphobie. Inzwischen ist es schon so schlimm, dass er nicht mal mehr badet. Er duscht nur mehr. Aber ich glaube, es wird schlimmer. Zum Glück hat er eine Glatze. Beim Kopfwaschen würde er die Krise kriegen.«

Hätte Arno nicht so viel Angst gehabt, hätte er jetzt Ophelia ordentlich den Kopf gewaschen. Wie konnte sie einem Mann, den er kaum kannte, solche intimen Details verraten. Sie untergrub seine Kompetenz, seinen Status, das ging gar nicht.

Ophelia schien seine Gedanken zu erraten. »Es ist alles gut, Arno. Christoph ist Arzt. Er muss wissen, was los ist, damit er sich ein Bild machen kann. Du musst ihm vertrauen, er wird dir helfen.«

Arno nahm seinen ganzen Mut zusammen und streckte den Fuß aus, um das Wasser zu berühren. Aber in dem Moment, als er das kühle Nass an seiner Haut spürte, überrollte ihn die Panikattacke. In seinem Hirn tauchten Bilder auf. Bilder, die er schon längst vergessen geglaubt hatte. Und auch die Bilder aus seinen Albträumen: Haie, Kraken, Meeresungeheuer. Er glaubte, keine Luft mehr zu bekommen. Er griff sich an den Hals, röchelte, strauchelte, fiel zu Boden, robbte rücklings auf allen vieren vom Ufer weg und blieb dann schwer atmend im Gras liegen. Er barg sein Gesicht in den Händen.

»Es wird immer ärger«, flüsterte Ophelia Christoph zu. »Vor vier Wochen hat er in einem Floating Tank eine Panikattacke bekommen. Seither geht gar nichts mehr. Es ekelt ihn sogar davor, Leitungswasser zu trinken.«

»Lass uns allein«, sagte Christoph zu Ophelia. Die zuckte kurz zusammen. »Bitte«, ergänzte er.

»Aber ...« Sie wollte widersprechen, aber dann zuckte sie mit den Schultern und ging zum Hotel zurück. »Wie du meinst.«

Christoph ließ sich neben Arno ins Gras sinken. Minutenlang sagte er gar nichts. Wartete, bis der andere Mann sich beruhigt hatte. Als Arnos Atem wieder gleichmäßig floss, begann er zu reden.

»Ich weiß, wie das ist«, sagte er.

»Einen Dreck wissen Sie«, sagte Arno und fuhr sich mit der Hand über die Augen.

Jetzt, da die Panikattacke vorbei war, fühlte er sich gleichermaßen beschämt und verärgert.

Wieso hatte er sich auf dieses Experiment eingelassen?

»Ich hatte das auch«, sagte Christoph.

Arno blickte ihn überrascht an.

»Panik aus dem Nichts. Ich weiß, wie das ist, wenn man sich nicht erklären kann, warum man plötzlich vollkommen ausrastet.«

»Ich war schon bei zig Ärzten«, sagte Arno. »Ich hab mich von oben bis unten durchleuchten lassen. Schilddrüse, Herz, die finden nichts. Sie haben nur gesagt, Stress, Alkohol, Nikotin oder Koffein begünstigen solche Attacken. Aber davon halte ich mich ohnehin fern. Ich hab ja einen Ruf zu verteidigen. Ich muss das leben können, was ich predige. Sonst ist alles aus. Ich hätte dieses Scheißhotel hier nicht herstellen sollen. Ein Hotel an einem Teich. Das war ein Fehler. Ein riesengroßer Fehler.«

»Wussten Sie, dass Wasser Erinnerungen speichert?«

Arno schaute überrascht auf.

»Wasser hat ein Gedächtnis«, sagte Christoph. »Alles, was passiert, alles, was mit Wasser in Berührung kommt, hinterlässt eine Spur. Wasser speichert Informationen. Die chemische Zusammensetzung ändert sich nicht, aber die Struktur. Die Wassermoleküle schließen sich in Gruppen zusammen wie ein Magnetband. Wir können dieses

Alphabet noch nicht lesen. Aber wir wissen, es reagiert wie ein Nervensystem. Wasser ist der größte Erinnerungsspeicher der Welt. Und weil Sie und ich zu 80 Prozent aus Wasser bestehen, passiert das auch in uns drinnen.«

Arno schüttelte zweifelnd den Kopf: »Gibt es auch Beweise für Ihre Theorie?«
»Haben Sie schon mal von Masaru Emoto gehört?«
Arno schüttelte den Kopf.
»Das war ein japanischer Wissenschaftler. Er hat Wasser unterschiedlichen Emotionen ausgesetzt und dann eingefroren. Wenn man dem Wasser Liebe und positive Emotionen entgegengebracht hat, waren die Eiskristalle wunderschön und gleichmäßig, hat man es beschimpft oder mit negativen Gefühlen konfrontiert, waren die Kristalle hässlich und ungeordnet. Das reinste Chaos. Am schlimmsten haben die Wasserkristalle ausgesehen, wenn man ›Hitler‹ gebrüllt hat. Beim Wort ›Liebe‹ waren sie am schönsten.«
»Klingt für mich nach esoterischem Humbug«, sagte Arno. »Weihwasser wird im Christentum aus denselben Gründen gesegnet«, sagte Arno.
»Es gibt mehr Dinge zwischen Himmel und Erde, als wir uns träumen lassen.«
»Und was soll ich jetzt tun?«, fragte Arno, »mich mit Weihwasser besprenkeln?«
»Sie könnten damit beginnen, das Wasser hier im Hotel zu strukturieren. Eine Anlage einbauen, die die Struktur der Wassermoleküle harmonisiert.«
Arno zögerte: »So was wie Granderwasser?«
Christoph nickte.
»Sie könnten auch Wasser aus der Marienquelle in Ollers-

dorf abfüllen, vielleicht lässt sich der Bürgermeister auf einen Deal ein.«

Ollersdorf war nur ein paar Kilometer von Litzelsdorf entfernt.

»Was ist so besonders an dem Ollersdorfer Wasser?«

»Der Sage nach ist Anfang des 17. Jahrhunderts aus einer Stelle im Ried Krautgärten ein Wasserstrahl aus dem Boden geschossen. Einige Tage später tauchte genau dort, wo das Wasser aus dem Boden sprudelte, eine Marienstatue auf.«

»Die hat aber sicher wer dorthin gestellt«, lachte Arno zynisch.

»Vielleicht«, sagte Christoph, »aber die Quelle wurde zum Wallfahrtsort, und das Wasser hat unheimlich viele Pilger geheilt. Vor allem, wenn man Krankheiten im Kopf hat. Hirn, Nerven, Augen, Rachen. Und vor 25 Jahren ist dann bestätigt worden, dass das Wasser zu 75 Prozent rechtsdrehend und somit aus radiästhetischer Sicht eindeutig als ›heilend‹ einzustufen ist«, führte er weiter aus. »Lokal und spirituell, besser geht es nicht.«

»Nun ja, das könnte bei unserem Zielpublikum gut ankommen.« Arno hätte es nie zugegeben. Aber bei aller Skepsis spürte er einen Funken Hoffnung. Wenn Wasser auf Gefühle reagierte, dann konnte es eventuell auch verzeihen.

*

Hilda war so aufgeregt, als ob sie auf Kreuzfahrt in die Karibik fliegen würde und nicht nur an den Fischteich drei Ortschaften weiter. Hilda sagte, sie führe in ein Vitalhotel. Mit dem Wort Retreat konnte sie nichts anfangen.

»Was soll das sein, ein Ritriiit?«, fragte sie ihre Tochter.

»Ein Rückzugsort für eine spirituelle Ruhepause«,

erklärte diese. »Ein Ort, wo man sich entspannt und Stress abbaut.«

Hilda lachte: »Den Stress macht ihr jungen Leute euch selber, ihr seid einfach nicht so belastbar wie unsere Generation. Burn-out, wenn ich das schon höre. Als ich jung war, hat es kein Burn-out gegeben. Wir hatten gar keine Zeit für ein Burn-out.«

Sie schleppte ihren weinroten Kunstlederkoffer zu Veras Auto. Es war der größte Koffer aus einem Dreierset, das sie vor 30 Jahren bei einem Katalogversand bestellt hatte. Er hatte keine Rollen. Vera half ihr, das Gepäckstück in den Kofferraum zu wuchten. »Wozu schleppst du das alles mit, Mama? Wir bleiben fünf Tage, keinen Monat.«

»Eine Frau muss für alle Eventualitäten gerüstet sein«, sagte Hilda. Dann schnappte sie sich ihre Handtasche und ihr Beautycase, letzteres ebenfalls aus weinrotem Kunstleder, und nahm auf dem Beifahrersitz Platz. Sie war noch extra beim Friseur gewesen und hatte ihre silberblonden Haare im Stil von Uschi Glas stylen lassen. Sie hatte dem Friseur genau erklärt, wie sie es haben wollte. Hilda wusste immer ganz genau, wie sie was haben wollte. Länge knapp über die Ohren, etwas gestuft und leicht antoupiert, mit Stirnfransen, die wie ein Vorhang ins Gesicht fielen. »Das verdeckt die Stirnfalten, da braucht man kein Botox«, hatte sie Vera erklärt. »Könntest du dir auch machen lassen, du hast auch welche.«

Vera antwortete nicht. Sie war mit den Gedanken noch ganz woanders. Hatte sie an alles gedacht? Ihre Tochter und deren Hund waren im Reitstall, die Nachbarin hatte sich bereit erklärt, Veras Hühner zu füttern, wenn sie im Gegenzug die Eier abnehmen durfte. Außerdem hatte ihr die Nachbarin einen top Tipp gegen die Mäuseplage gegeben: Pfefferminzöl. Angeblich sollte das die Biester vertreiben. Vera betete, dass das stimmte. Nicht, dass die Mäuse nur eine Aromatherapie verpasst bekamen.

Die Fahrt zu ihrer höchstpersönlichen Spatherapie dauerte statt der erwarteten 20 Minuten 30, weil die »Fia mi«-Hinweisschilder noch nicht geliefert und aufgestellt worden waren, und Vera und ihre Mutter orientierungslos in den Ortsteilen Bergen, Trift und Wald herumkurvten, bis sie endlich ein verwittertes Schild mit der Aufschrift »Fischteich« fanden.
Es war wohl nicht die Hauptzufahrtsstraße. Eher ein verwachsener Waldweg voller Schlaglöcher. Noch dazu regnete es. Dicke Tropfen klatschten gegen die Windschutzscheibe. Die Scheibenwischer wedelten wie verrückt. Vera bezweifelte, dass sie hier richtig waren. Was, wenn der Weg im Nirgendwo endete und sie keine Gelegenheit zum Umdrehen fand? Sie begann zu schwitzen. Musste sie dann die ganze Strecke im Rückwärtsgang zurückschieben? Gerade als sie bereit war, genau das zu tun, lichtete sich der Wald, es hörte auf zu regnen, und die Sonne kam wieder heraus. Sie bog um die Kurve, und die Aussicht, die vor ihr lag, war atemberaubend.
Vor ihr lag ein kleiner See, und genau darüber spannte sich majestätisch ein wunderschöner Regenbogen. Ihr Herz machte einen Sprung, so schön war das. Am Ufer des Sees standen ein lang gezogener Holzbau und einige Bungalows. Vera parkte den Wagen auf dem geschotterten Parkplatz und stieg aus. Sie nahm einen tiefen Atemzug. Die Luft war feucht und roch nach nassem Gras. Vögel zwitscherten. Bunte Staudenbeete mit blauen, weißen und lila blühenden Herbstastern säumten den Weg zum Eingang des Hotels.

»Hatten Sie eine angenehme Anreise?«, fragte die hübsche blonde Frau, die sich als Ophelia vorstellte und sie an der Rezeption in Empfang nahm.

»Ja, danke«, sagte Vera, bevor ihre Mutter mit einer lebhaften Schilderung der Irrfahrt beginnen konnte. Sie nannte ihren Namen und füllte das Gästeblatt aus.

»Ich bin vom ›Burgenländischen Boten‹, wir haben ja auch zwei unserer Leser hier zu Gast, können Sie mir sagen, ob die schon angekommen sind?« Ophelia checkte die Gästeliste.

»Ah ja, mein Mann holt die beiden gerade vom Bus ab. Wollen Sie inzwischen einchecken? Wir haben eines der Seestudios für Sie reserviert. Es ist die Nummer sieben, unten am Teich. Brauchen Sie Hilfe mit dem Gepäck?«

»Wir schaffen das schon«, sagte Hilda. Mit »wir« meinte sie natürlich Vera.

»Wir treffen uns um 18 Uhr im Foyer. Dann können Sie auch die anderen Gäste kennenlernen, die an unserer Soft Opening-Woche teilnehmen.« Ophelia überreichte Vera und Hilda den Schlüssel. Der Schlüsselanhänger war ein kleiner Fisch, leuchtend transparent und glänzend grün. Vera nahm ihn entgegen. Das glatt polierte Material fühlte sich angenehm in ihrer Hand an.

»Oh, ist das Edelserpentin?«, fragte sie. Ophelia nickte. »Ein ganz seltener, auf der Welt einzigartiger Halbedelstein, den es nur hier im Südburgenland gibt. Niko Potsch, ein lokaler Künstler, hat die Schlüsselanhänger für uns gedrechselt und geschliffen. Er schürft in den Steinbrüchen rund um Bernstein nach Edelserpentin.«

Vera nickte. »Ich habe schon von ihm gehört. Er hat auch ein Edelserpentinmuseum. Meine Tochter hat kürzlich mit der Schule einen Ausflug dorthin gemacht.«

»Edelserpentin gilt als Schutzstein gegen Gift, Schlangenbisse und Zauberei«, lächelte Ophelia. »Es heißt, man könne mit einem Edelserpentingefäß prüfen, ob ein Getränk vergiftet ist. Denn wenn das der Fall ist, zerspringt das Gefäß.«

»Der Bruder vom Mann von meiner schräg vis-à-vis Nachbarin hat zum Runden so einen Edelserpentinpokal geschenkt bekommen«, sagte Hilda. »Wenn man alt ist, wissen die Leute ja nie, was sie einem schenken sollen, und man kriegt lauter Blödsinn zum Geburtstag. Da ist es noch besser, sie schenken einem Geld, weil mit dem kann man zumindest was anfangen. Das wär gescheiter. Aber heutzutage denkt ja niemand mehr logisch.«

Ophelia wusste nicht, was sie darauf antworten sollte, also wechselte sie das Thema.

»Der Zsolt wird Sie zu Ihrem Zimmer bringen.«

»Zsolt«, sie rief in Richtung Ausgang. Und dann noch einmal: »Zsolt! Ja wo steckt er denn, der Zsolt?«

»Ist der Zsolt Ihr Hund?«, fragte Hilda scheinheilig.

Ophelia blickte sie irritiert an. Eine steile Falte bildete sich auf ihrer Stirn. »Aber nein, der Zsoltán ist unser Angestellter.«

»Zsolt?« Sie lief vors Haus Richtung Garten und kam dann unverrichteter Dinge zurück. Sie wirkte verärgert, versuchte das aber mit betonter Leichtigkeit zu überspielen.

»Ich kann den Zsolt leider nicht finden. Dann zeige ich Ihnen das Zimmer. Darf ich Ihnen das abnehmen?« Ophelia griff nach Hildas weinrotem Beautycase und dem Kleidersack mit Veras neuem repräsentativem Hosenanzug, den sie sich extra für schickere Events und Fototermine gekauft hatte.

Hilda griff nach ihrer Handtasche.

Vera schnappte sich seufzend den schweren Koffer ihrer Mutter und ihre eigene Segeltuchtasche.

Das ihnen zugedachte Studio war natürlich das, das am weitesten vom Haupthaus entfernt lag. Vera fluchte innerlich, während sie den unebenen Weg Richtung See hinunterstolperte.

Ophelia nutzte den Spaziergang, um ihnen das Konzept des »Fia mi« näherzubringen.

»Wir wollen hier eine Stress-Auszeit bieten, eine Möglichkeit, Kraft zu tanken, die Batterien wieder aufzuladen. Unsere Gäste sollen sich entschleunigen. Wir bieten jeden Morgen und Abend Meditation oder Yoga an. Zusätzlich kann man bei uns eine große Zahl von Zusatzleistungen in Anspruch nehmen: Tiefenentspannung, persönliche Stress-Coaching-Gespräche sowie Ernährungs- und Lebensberatung. Mit Doktor Christoph Meierhofer konnten wir einen absoluten Experten für ganzheitliche Medizin gewinnen. Unsere Gäste finden bei uns einen Ort, der gleichermaßen Raum bietet für Körper, Geist und Seele. Denn nur mit einem ganzheitlichen Blick auf uns selbst sind wir in der Lage, Veränderungen und Heilung zuzulassen und unseren Weg in neue Bahnen zu lenken.«

Für Vera hörte sich die Rede ein bisschen einstudiert an, so als würde Ophelia diesen Vortrag nicht zum ersten Mal halten.

»Bei der Barbara-Karlich-Show war auch einmal so ein Energetiker, der hat Löffel verbogen«, sagte Hilda.

»Nun, bei uns geht es eher um heilsame Energie. Um innere Stille und Frieden …«

Sie waren beim Studio angekommen. Ein moderner Holzkubus, die Vorderseite Richtung Teich war komplett verglast. Die hellgrauen Leinenvorhänge davor waren zugezogen.

Ophelia schloss das Studio auf und ging voran. Das Studio war gut geheizt und roch schwach nach Holz und ätherischen Ölen. Die drei traten ein. Vera blickte zuerst auf das Bett. Sie war erleichtert. Man hatte die beiden Betten, die normalerweise das Doppelbett bildeten, auseinandergerückt. Mit Hilda in einem Bett, das wäre ihr in ihrem Alter doch seltsam vorgekommen.

Aber irgendetwas stimmte nicht. Auf dem linken Bett fehlte die graue Überdecke. Die befand sich nämlich auf der Couch vor dem Fenster. Und darunter lag jemand. Im selben Moment, als Veras Blick auf die Couch fiel, bewegte sich die Decke, und Ophelia fing an zu brüllen. »Ich glaub, ich spinn, was soll das, steh sofort auf, Zsoltán! Ja gibt's das, der hat sich hier zum Schlafen hingelegt.«

Der Mann fuhr wie von der Tarantel gestochen hoch. Die Decke fiel zu Boden.

»Entschuldigung, Chefin. Ich hab gedacht, Zimmer sein frei. Hab nur kurze Pause gemacht.«

Er sprang auf und sah aus wie ein begossener Pudel, wie er da stand mit hochrotem Kopf und sich durchs schüttere Haar fuhr.

»Es tut mir so leid, das ist so unangenehm, und dass das auch gerade bei Ihnen passiert, das wird natürlich ein Nachspiel haben. Ich weiß gar nicht, was er sich dabei gedacht hat, normalerweise schläft er in seinem Auto, wenn er müde ist…« Ophelia wirkte plötzlich alles andere als harmonisch, still und friedvoll.

Es gab nur eine, die das Spektakel genoss.

»Ja, da ist er ja, der Zsolt«, sagte die Hilda vergnügt.

GEDANKEN EINER WASSERLEICHE

1860 hat Wilhelm Stieber, Königlicher Criminal-Polizei-Director beim Polizei-Präsidium zu Berlin, in seinem Werk »Practisches Lehrbuch der Criminal-Polizei« Folgendes über Wasserleichen geschrieben: »Man muss bei Leichen, welche im Wasser gefunden werden, erwägen, dass oftmals durch Schiffe, durch Stöße mit Stangen oder Rudern starke Beschädigungen entstehen können, welche erst nach dem Tode eingetreten sind.« Ich bin schon einmal angefahren worden, noch einmal passiert mir das nicht mehr.

9 DER ERSTE ABEND

Der Paarungstanz der Pfauenspinne, Maratus volans, ähnelt stark der Choreografie des bekannten YMCA-Tanzes. Wenn jedoch die YMCA-Tanzdarbietung des Spinnenmannes das Weibchen nicht beeindruckt, wird sie versuchen, ihn anzugreifen, zu töten und sogar zu fressen.

Hilda war noch immer bester Laune, als sie eine Stunde später mit Vera zur offiziellen Begrüßung auftauchte. Ein Grund dafür war das Drama mit dem Zsolt. Hilda liebte Dramen. Diese herrliche Geschichte mit dem schlafenden Aushilfsdiener würde sie noch in zehn Jahren zum Besten geben. Der andere Grund war die Flasche Uhudlerfrizzante, den Ophelia ihnen als Entschuldigung für die Umstände aufs Zimmer hatte schicken lassen. Uhudlerfrizzante, ein aus verschiedensten Uhudlerreben gekelterter Schaumwein vom Starwinzer Uwe Schiefer. »Am besten schnell trinken. Jetzt ist er noch schön kühl«, hatte der junge fesche Kellner bei der Übergabe gesagt. Hilda hatte den Rat beherzigt. Jetzt war sie auf angenehme Weise beschwipst. Ihre Augen glitzerten lebenslustig, auf ihren Wangen zeigten sich rote Flecken.

»Das muss der Kärntner sein, dem das alles gehört«, sagte sie aufgeregt zu Vera und deutete zum benachbarten Stehtisch, wo ein Mann telefonierte. »Der hat gerade ›a bissale‹ gesagt statt ein bisschen. Und ›ü‹ kann er auch keines sagen. Er hat grad Schlieessl gesagt, statt Schlüssel. Schlieessssll.«

»Mama bitte, lass den Mann doch telefonieren.«

Doch Hilda ließ ihre Kärntner Entdeckung nicht aus den Augen. Kaum hatte der sein Gespräch beendet, stürzte Hilda auf ihn zu.

»Sie müssen der Chef sein, Sie reden wie der Franz Klammer«, sagte Hilda entzückt. Sie redete so laut, dass die schwarzhaarige, vollbusige Frau im schwarzen Korsagekleid, die neben dem Glatzkopf stand, sich neugierig nach ihr umdrehte. Die Frau streckte die Hand aus. »Sylvia Zieserl, Marketingchefin ... und Sie sind?«

»Vera Horvath, ›Burgenländischer Bote‹, und das ist meine Mutter Hilda«, beeilte sich Vera.

»Ich weiß eh, wer Sie sind, Sie sind ja a Hiesige«, sagte Hilda. »Ihr Ex ist der ...«

»Wir freuen uns wahnsinnig über die Medienkooperation und Ihre Einladung«, unterbrach Vera schnell, bevor ihre Mutter der Hiesigen erzählen konnte, was sie alles an Drama-G'schichteln über die Zieserl und ihren Ex wusste. Die Scheidung war monatelang Bezirksgespräch Nummer eins gewesen.

»Arno Radeschnig, Ihr Gastgeber. Ich freue mich, Sie hier begrüßen zu dürfen.«

Jetzt war der Kärntner Dialekt einem klaren, weichen Hochdeutsch gewichen.

Hilda strahlte ihn an wie ein Groupie.

Hätte Hilda Arno 20 Jahre früher kennengelernt, wäre sie wohl nicht so begeistert von ihm gewesen wie heute. Mit seinen blond gefärbten langen Federn und den glänzenden Anzügen, die er damals gerne trug, wäre er für sie in die Kategorie »halbseidener Wörthersee-Prolo« gefallen.

Aber viel hatte sich seither verändert, vor allem, seit er Ophelia kannte. Als Arnos Haar vor ein paar Jahren immer dünner geworden war, hatte er es radikal abrasiert. Das Ergebnis hatte ihn selbst überrascht. Er wirkte mit Glatze nicht nur männlicher, sondern auch jünger. Seine graugrünen Augen wirkten größer, seine Wangenknochen kamen besser zur Geltung. Die Tatsache, dass er eine wirklich schöne Kopfform hatte – etwas, das ihm zuvor nie bewusst gewesen war – verlieh ihm, der zuvor immer etwas »billig« gewirkt hatte, etwas Edles, Erhabenes. Ophelia wählte mit ihm die Garderobe passend zum neuen Image aus. Kragenlose Hemden, hauchdünne schwarze Rollkragenpullover aus Kaschmir, perfekt geschnittene Chinos aus Leinen oder klassische Anzughosen aus Wolle. Rauleder-Sneaker, Chelsea Boots, einen Kamelhaarmantel. Arno hatte plötzlich Klasse.

Sein Aussehen, verbunden mit ihrem unfehlbaren Modegeschmack, sorgte dafür, dass er zweimal von einer Zeitschrift in die Top Ten der »Best angezogenen Männer Österreichs« gewählt worden war. Und das, obwohl er schon über 50 und damit weitaus älter als die meisten Mitbewerber gewesen war. »Arno Radeschnig ist wie guter Wein, er wird mit dem Alter immer besser«, hatte die Zeitschrift geschrieben.

»Möchten Sie ein Glas Wein?« Eine junge Kellnerin trat auf die Gruppe zu und bot ein Tablett mit südburgenländischen Rot- und Weißweinen an. Hilda griff nach zwei Gläsern Blaufränkisch und reichte eines davon Vera. »Wollen Sie auch eines?«, fragte sie dann ihren Gastgeber.

Der schüttelte den Kopf. »Danke, ich habe noch.«

In seinen Händen hielt er ein Whiskeyglas mit crushed Ice, Ginger Ale und Limettenschnitzen. Als Arno den Alkohol aufgegeben hatte, hatte er bemerkt, dass es gar nicht so leicht war, auf Partys und in Restaurants ein »erwachsenes Getränk« ohne Alkohol zu finden. Softdrinks und Säfte erinnerten ihn an Kindergeburtstage und wurden zumeist auch lieblos in billigen, zerkratzten Gläsern mit den Werbeaufschriften der Getränkemarken serviert. In seinem eigenen Hotel gab es deswegen eine große Auswahl an alkoholfreien Longdrinks, und sie alle wurden in schweren, teuren, perfekt geschliffenen Bargläsern serviert. Arno trank seinen Virgin Caipirinha aus und wandte sich dann an seine Gäste.

»Darf ich Sie an den Medientisch bitten«, sagte er und reichte Hilda galant den Arm. »Dann können Sie Ihre Kollegen kennenlernen, und ich kann Ihnen ein bisschen über uns und unser Konzept erzählen. Meine Frau haben Sie ja schon kennengelernt. Ophelia, Schatz?«

Ophelia saß bereits mit den anderen Gästen an der großen Tafel im Restaurant.

Ein großer Eichenholztisch, der mit einem grauen Läufer aus Leinen bedeckt war. Die Tischdeko bestand aus unzähligen Glasgefäßen mit schwimmenden Kerzen und getrockneten Hortensienblüten.

Kurz verglich Vera ihren schwarzen Hosenanzug mit Ophelias Outfit, um zu sehen, ob sie den Dresscode getroffen hatte. Die Erkenntnis ernüchterte sie. Ich sehe aus wie Buchmesse in Frankfurt, sie wie eine Boho-Prinzessin.

Ophelia hatte ihre blonden offenen Haare seitlich zurückgenommen und mit einer großen Holzklammer festgesteckt. Sie trug ein weißes kurzes Hippiekleid mit trompetenförmigen Ärmeln und Lochstickerei. Die Art von Hippiekleidern, die man in den teuren Boutiquen in Ibiza kaufen kann, nicht die, die man in Indien am Strand bekommt, bemerkte Vera. Und für den hauchdünnen Seidenschal, den sie um ihre Schultern trug, hatten sicher unzählige Seidenraupen ihre Kokons opfern müssen. Ophelias zart gebräunten Handgelenke zierten hauchdünne pastellfarbene Schnüre. An den feinen Kordeln befanden sich ebenso fragile Anhänger. Ein Herz, ein Kleeblatt, ein magisches Auge gegen den bösen Blick. Die Augen der Gastgeberin selbst schillerten türkis, als sie Vera und ihre Mutter begrüßte und fragte, ob der Sekt angekommen war. Das müssen Kontaktlinsen sein, dachte Vera, ich hätte schwören können, heute Nachmittag hatte sie noch hellblaue Augen.

»Vera, so schön, dich wiederzusehen, du siehst umwerfend aus. Bellissima!«

Das Kompliment kam von Herbert, dem Gewinner des Online-Preisausschreibens des »Burgenländischen Boten«. Ein fescher Mann mit zurückgegelten schwarzen Haaren, grauen Schläfen und einem gewinnenden Lächeln. Vera war erleichtert, ein vertrautes Gesicht zu sehen.

»Komm, setzt euch zu uns. Ist es nicht traumhaft hier? Herbert und ich freuen uns so, dass wir hier sind. Wir lieben das Südburgenland.«

Vera hatte die Tatsache, dass sowohl er als auch sein Freund Herbert hießen, anfangs verwirrend gefunden.

»Das geht vielen so, seit der letzten Kur in Bad Tatzmannsdorf stellen wir uns deshalb nur noch mit unseren Spitznamen vor«, hatten ihr die Herberts erklärt.

Der große schlanke Eisverkäufer, der aufgrund seiner adriatischen Vorfahren gerne den Vollblut-Italiener mimte, war Tennisarm. Benannt nach dem Leiden, das er sich beim ständigen Eiskugelfassen über der kalten Vitrine geholt hatte. Sein kleiner untersetzter Freund, der Taxifahrer mit dem Tom-Selleck-Bart, war Bandscheibe.

»Wobei, wenn wir weiter so viel Yoga machen, sind wir bald die beiden Namenlosen, so gut hilft das gegen unsere Wehwehchen«, scherzte der Taxifahrer. »Hast du gesehen, wer da drüben sitzt? Das ist Sky Dujmovits.«

»Wer?«

»Na, Sky Dujmovits, die Influencerin. Sie hat einen eigenen YouTube-Kanal und 100.000 Follower.«

»Nie von ihr gehört«, sagte Vera und drehte sich um.

Das Erste, was ihr durch den Kopf schoss, war, dass Sky Dujmovits schön war.

Nicht irgendwie schön, sondern so außergewöhnlich schön, dass Frauen, die man bisher für hübsch gehalten hatte, im Vergleich zu ihr nur mehr als »eh ganz nett« durchgingen. Sogar die optisch perfekte Ophelia stank neben Sky ab. Das Auffälligste an Sky war eine Flut an tizianrotem Haar, das in Kringellocken bis zu ihren Hüften reichte. Ihr Gesicht sah aus wie das einer Porzellanpuppe. Sie wirkte komplett ungeschminkt, und dennoch waren ihre herzförmigen Lippen blutrot, die Wimpern ewig lang, die Augen riesig. Augen so grün wie die Edelserpentinschlüsselanhänger, dachte Vera. Sky wirkte zerbrechlich und trainiert gleichzeitig. Wie eine Primaballerina. Sie hatte eine perfekt proportionierte Figur mit einem sanft gerundeten Busen. Sie war eine dieser Frauen, die man sonst nur im Film sah. In einem James-Bond-Film am Arm von Daniel Craig, mit einem geschüttelten Martini auf einer Jacht. Aber doch nicht am Fischteich in Litzelsdorf.

»Was sagst du?«, fragte Bandscheibe, der bemerkt hatte, dass Vera die Bloggerin anstarrte.

»Sie hat tolle Haare«, war alles, was Vera herausbrachte.

»Sie schneidet sie nie«, flüsterte Tennisarm. »Die Haare sind für sie Antennen zum Kosmos. Auf ihrem Blog hat sie auch geschrieben, sie würde nie Stirnfransen tragen, weil dann ihr drittes Auge verdeckt wäre und nicht mehr sehen könnte.«

»Und wer ist der Typ daneben?«

»Karel, ihr Insta-Husband«, klärte Bandscheibe sie auf.

»Ihr was?«

»Na, der Mann in ihrem Schatten. Der, der nicht nur eheliche Pflichten hat, sondern auch solche gegenüber den sozialen Netzwerken. Er muss sie den ganzen Tag fotografieren und filmen, und dafür darf er dann gratis in solche Resorts wie dieses hier mitfahren.«

Vera musterte Karel. Karel war ein hübscher Junge. Er hatte ein Babyface mit einem dichten dunklen Haarmop, der immer wieder über seine Augen fiel und den er ständig ohne nachhaltigen Erfolg aus der Stirn blies. Er hatte offenbar kein Problem damit, dass sein drittes Auge verdeckt war. Neben seiner berühmten schönen Frau spielte er eindeutig die zweite Geige. Und er tat das mit einem leicht verächtlichen Zug um den Mund, der ihm verblüffenderweise gut zu Gesicht stand.

So hatte Pete Doherty immer dreingeschaut, als er in den Noughties mit Kate Moss unterwegs war.

Hilda hörte dem Gespräch über Sky und Karel aufmerksam zu, während sie die Teller mit Aufstrich und Gebäck inspizierte, die bereits eingedeckt waren, um dann blitzschnell, ohne zu fragen, ihre Mini-Mohnsemmel gegen Veras Mini-Salzstangerl zu tauschen. Hilda mochte keinen Mohn, der blieb immer unter ihren Zahnbrücken kleben.

»Dein Vater hätte so was nie gemacht«, sagte Hilda zu Vera, »der wäre zu stolz für so was gewesen. Influencer-Husband. Ha! Da lach ich ja. Zu meiner Zeit hat das Günstling geheißen.«

»Sky war Model. Sie war sogar international erfolgreich. Aber dann ist sie magersüchtig geworden und in der Reha gelandet, und dort hat sie Yoga und ihre Spiritualität entdeckt. Hast du echt noch nie von ihr gehört? Sie ist in der Influencer-Szene mega berühmt«, erklärte der kleine Herbert, während er sein Joursemmerl mit Kürbiskerntopfen bestrich und davon ein bisschen auf die Tischdecke patzte. »Sei nicht so gierig«, sagte sein Freund.

»Ich hab halt Hunger«, entschuldigte sich der Kritisierte und fing an, mit den Fingerkuppen Brösel vom Tischtuch zu picken.

»Der erste Gang kommt gleich«, hörte sie Sylvia Zieserl sagen und dann zu Sky gewandt: »Es gibt südburgenländische Spezialitäten. Ganz viele davon sind vegan.«

»Ich esse nicht vegan«, hörten sie Sky entschieden sagen. Ihre edelserpentingrünen Augen waren panisch geweitet. »Ich esse makrobiotisch vegan.« Sie hatte eine melodische Stimme und ein rollendes R, was wohl mit ihrer Herkunft als Burgenlandkroatin zu tun hatte. Wir haben ein Problem, dachte Sylvia.

»Was soll das heißen, sie isst makrobiotisch vegan! Hätte mir das nicht irgendwer früher sagen können?« Mathilde war nahe daran loszubrüllen, obwohl sie sich geschworen hatte, niemals eine cholerische Küchenchefin zu werden. »Was soll das überhaupt sein, makrobiotisch vegan?«

Sylvia, die ihr gerade die Botschaft überbracht hatte, dass sie eine Makrobiotikerin unter den Gästen hätten, zuckte mit den Schultern: »Keine Ahnung, aber ich erwarte, dass du das hinkriegst. Sie ist ein Star. Wir können uns keine schlechte Presse erlauben.«

»Wenn sie ein Star ist, dann hätte ihr Manager vorab einen Rider mit ihren Sonderwünschen schicken sollen«, schnaubte Mathilde. Sie war mega gestresst. Der Zsolt war nutzlos. Sie hatte noch nie jemanden so langsam Zwiebeln schneiden gesehen. Und Liam verbrachte auch mehr Zeit mit Feixen und Posten, statt ihr zur Hand zu gehen, seit sie bei der Schäumchenfrage aneinandergeraten waren. Liam fand, geschäumte Soßen seien das Tüpfelchen auf dem i, in der Haubengastronomie machte man das so. Mathilde fand, diese Schäumchen sahen aus wie hingespuckt.

»Vielleicht kann dir der Herr Doktor helfen«, sagte Sylvia sarkastisch.

»Der wer?«

»Na dieser Doktor Meierhofer, du hast ihn doch bei der ersten Teambesprechung kennengelernt.«

»Könntest du ihn bitte fragen?« Mathilde wirkte leicht panisch. »Ich bin hier nicht als Laufmädchen der Küchenbrigade angestellt, sondern als Marketingleiterin«, sagte Sylvia spitz.

»Bitte, ich kann doch nicht im Kochgewand raus in den Speisesaal.«

»Ausnahmsweise«, knurrte Sylvia.

Als sie zurückkam, brachte sie nicht nur den Arzt mit, sondern auch ein in einen Baumwollsari gewickeltes Porzellanmesser.

Mathilde blickte überrascht. »Was ist das?«

Sylvia Zieserl klärte sie auf: »Die Instaliesl will, dass die Zutaten für ihr Essen nur damit geschnitten werden. Metall ist schlecht für die Energie ihrer Nahrung.« Sie zog abschätzig Luft durch die Nase ein.

Mathilde blickte Christoph Meierhofer fragend an. Sie hatte ihn schon am Vortag kennengelernt, wurde aber nicht ganz schlau aus ihm. Er wirkte als Einziger im Raum nicht gestresst, sondern von dem ganzen Spektakel unberührt, aber auf eine arrogante Art. Vielleicht lag das aber auch an der Frisur und dem Bart. Wie ein moderner Messias. Die Arroganz der Erleuchteten. Irgendwie regte sie diese lässige Gechilltheit auf.

»Das hat sie von Nena«, sagte der endlich.

»Die mit den 99 Luftballons?«

»Ja, die lässt angeblich auch nur Porzellanmesser an ihr Essen.«

»Krass«, kommentierte Liam. »In der Gastro ist das aber ziemlich gefährlich. Stell dir vor, das zerbricht und dann landen vielleicht Splitter im Essen.«

»Dann muss man halt aufpassen«, fuhr ihn seine Chefin an.

Und dann zu den anderen gewandt: »Und was soll ich jetzt damit schneiden und kochen?«

»Irgendwas mit Vollkorngetreide, Gemüse und Tofu wären passend«, sagte der Mediziner. »Habt ihr Algen?«

»Nein, wir sind ja nicht am Meer, sondern am Teich«, entgegnete Mathilde. »Aber wir haben Tofu und eingelegte Taglilienblüten aus Rotenturm, eine dort lebende Koreanerin stellt beides her. Kann ich gedämpften Buchweizen mit geräuchertem Tofu, Kürbisgemüse und Taglilien servieren?«

»Ich denke, damit ist sie glücklich«, sagte Christoph Meierhofer.

»Die verdeckt mit diesem Makrobiotiktheater doch eh nur ihre Essstörung«, meldete sich Liam zu Wort. Als angehender Haubenkoch favorisierte er die klassische französische Küche in ihrer gesamten butterschwangeren Üppigkeit. Wählerische Esser gingen ihm auf die Nerven.

»Und wenn schon«, sagte Sylvia Zieserl, »wir wollen gute PR von ihr, und wenn wir die kriegen, indem wir jedes

Buchweizenkorn einzeln mit diesem Porzellanmesser filetieren, dann tun wir das.«

Mit »wir« meinte sie natürlich Mathilde.

*

Draußen waren inzwischen die Gespräche in vollem Gang. »Wie kommt man darauf, ausgerechnet in Litzelsdorf ein Hotel zu bauen?«, fragte Vera.

»Nun, Frau Horvath, das Südburgenland ist eine der letzten Regionen Österreichs, die noch als touristischer Geheimtipp gelten«, sagte Arno. Er schwitzte. Er hatte es nie verstanden, dass Männer bei offiziellen Anlässen Anzug tragen und das Jackett auch bei Tisch anbehalten mussten, während die Frauen das Dinner in luftigen Kleidern genießen durften. Er tupfte sich mit der Serviette den Schweiß von der Stirn und erntete dafür einen mahnenden Blick von Ophelia.

Er räusperte sich, nahm einen Schluck Wasser und sprach weiter: »Bis auf den Kurort gibt es kaum eine touristische Infrastruktur. Den Boom vergangener Jahre hat man hier verschlafen. Aber das ist gut so, denn genau das ist nun das Kapital des Landes. Unberührte Natur, gastfreundliche Menschen. Genau das, was der moderne Gesundheitstourist heute sucht. Schaut euch einmal um.«

»Es ist echt schön hier«, lobte Tennisarm, »hier sieht es aus wie in der Toskana, nur mit Streuobstwiesen statt Zypressen.«

»Waren Sie immer schon spirituell?«, fragte er.

Arno schüttelte den Kopf. »Ganz und gar nicht. Ich war mal ein richtiger Partytiger. Ich hatte als Junger eine Agentur für Party und Events. Festivals, Konzerte, Schlagerparade.«

»›Rock am Nock‹ hat auch der Arno gegründet«, ergänzte Ophelia, »und die Fête Rouge am Wörthersee.«

»Da hatten Sie es sicher lustig«, sagte Hilda.

»Eine Zeit lang, ja«, sagte Arno und legte den Kopf schief. Vera beobachtete, wie sich dabei die Haut an seinem Nacken in Falten legte. Bei glatzköpfigen Männern fiel ihr das immer besonders auf. Auch ein kleines Ohrloch bemerkte sie an seinem wulstigen Ohrläppchen. Ob der Typ einmal ein Flinserl gehabt hatte? Wahrscheinlich.

»Lustig? Ha. Sagen wir mal, ich habe nichts ausgelassen. Aber irgendwann gab es keine Steigerung mehr für mich«, erzählte Arno. »Wenn man immer nur in der Nacht arbeitet, hat man keine Zeit für Familie oder echte Freunde. Meine erste Ehe ist daran zerbrochen. Aber Sie wissen ja, jede Krise ist eine Chance, also bin ich neue Wege gegangen.«

»Wohin?«, fragte Hilda.

»Wie meinen Sie das?«

»Na welchen Weg Sie gegangen sind?«

Arno lächelte. »Nun, wenn Sie das wörtlich meinen, zunächst einmal auf den spanischen Jakobsweg. Da hab ich zum ersten Mal in meinem Leben Menschen getroffen, denen es ähnlich ging. Die sich andere Fragen zum Leben gestellt haben. Aber ich habe eher den Weg der persönlichen Weiterentwicklung gemeint. Inneres Wachstum. Ich bin dann nach Kalifornien. Habe mich mit Neuro-Linguistischem Programmieren, Coaching und Erfolgstraining befasst. Und irgendwann hatte ich mir so viel Wissen angeeignet, dass ich dieses auch weitergeben wollte. Mit dem Wissen ist es wie mit der Liebe. Je mehr man davon weitergibt, desto größer wird beides.«

»Aber das Äußerliche ist Ihnen dennoch wichtig, oder?«, fragte Vera. »Immerhin fahren Sie einen Tesla.«

»Inneres Wachstum und Lifestyle schließen einander nicht aus«, sagte Ophelia schnell.

»Stimmt«, sagte Sky und tippte in ihr Smartphone, »ich hab auch ständig mit Lifestyle Shaming zu tun.«

»Du bist Bloggerin, deine Aufgabe ist es, andere zu inspirieren, dazu braucht es einen gewissen Lifestyle«, tröstete sie Karel.

»Sky ist immer noch ganz fertig, weil sie wegen des Plastikdeckels ihres ›Sky High‹ Merchandise Coffees letztens einen Shitstorm auf Instagram hatte«, fügte er hinzu.

»Man darf es nicht zu dogmatisch sehen«, sagte Arno und schenkte Sky ein konspiratives Lächeln. Karel reagierte darauf, indem er seine Hand auf den Oberschenkel seiner Frau legte.

»Es wird nie möglich sein, es allen recht zu machen. Wir kreieren hier ein liebevolles, achtsames und stilvolles Ambiente für unsere Gäste, dazu gehört es eben auch, dass wir die, die mit dem Zug oder Bus ankommen, mit einem E-Auto abholen«, sagte Ophelia. Sie wirkte ob des Themas leicht angespannt. Eine steile Falte hatte sich über ihrer Nase gebildet.

»Eine großartige Idee. Herbert und ich haben die Fahrt genossen. Und übrigens: Sie beide passen toll zueinander.« Bandscheibe versuchte, die Situation zu entspannen: »Wie haben Sie beide einander eigentlich kennengelernt?«

Arno blickte tief in sein Wasserglas, das immer noch unberührt vor ihm stand. Es wirkte, als würde er dort nach der Antwort suchen. »Sagen wir mal, ich war an einem sehr dunklen Ort, und sie war mein Licht«, sagte er schließlich. Und mit diesen Worten glättete sich die Falte auf Ophelias Stirn. Es wirkte, als ginge auch in ihrem Gesicht die Sonne auf.

Sky musterte Ophelia und Arno mit ausdrucksloser Miene. »Wir Kroaten sagen immer: *Čist račun, duga ljubav. Beglichene Rechnung, lange Liebe.*«

Ich habe keine Ahnung, was sie uns damit sagen will, dachte Vera. Aber obwohl alle neugierig dreinschauten, fragte niemand am Tisch nach.

»Kommt noch jemand mit an die Bar?«, fragte Arno nach dem Essen. Die beiden Herberts und Sky sagten sofort ja. Ich frag mich, was eine Makrobiotikerin in einer Bar will, wunderte sich Vera. Bei dieser Ernährungsform trinkt man doch keinen Alkohol. Aber sie verbiss sich einen Kommentar.

Hilda und Vera gingen zurück zu ihrem Seestudio. Vera war saumüde. Schlafen konnte sie dennoch nicht. Das lag daran, dass Hilda schnarchte wie ein halbes Sägewerk und es im Zimmer unerträglich heiß war. Zwei Stunden lang wälzte sie sich unruhig im Bett hin und her. Die Matratze war bequem, aber das Kissen härter als ihres daheim. Ihr Ohr schmerzte. Sie stand auf, um Wasser zu trinken, musste daraufhin eine Viertelstunde später pinkeln gehen. Keine 20 Minuten später hatte sie wieder Durst. Und dann musste sie natürlich wieder aufs Klo. Warum musste die Luft in Wellnesshotels immer so unerträglich heiß sein? Die Terrassentür ließ sich nicht kippen, nur zur Seite schieben. Vera hatte vor dem Zubettgehen zwar gelüftet, die Tür dann aber fest verschlossen, weil sie Angst hatte, dass ansonsten Mäuse, Käfer oder Spinnen ins Zimmer kommen könnten.

Sie sah auf die Uhr. 1.50 Uhr. Vor ihr lag noch eine lange Nacht. Sie hielt es nicht mehr länger aus, stand auf und tapste bloßfüßig Richtung Terrassentür. Sie stolperte im Dunkeln gegen Hildas Koffer, der halb unter dem Bett hervorragte, und stieß sich dabei die Zehen an. Vera zog scharf Luft ein und fluchte. Hilda grunzte ob der Störung, wachte aber nicht auf, sondern schnarchte nur eine Oktave höher weiter.

Vera machte einen weiteren vorsichtigen Schritt nach vorne, tastete nach den Vorhängen, schob diese zur Seite und öffnete die Terrassentür einen Spalt. Kühle Nachtluft strömte herein. Sie atmete tief ein. Sie blickte zum See. Es war Vollmond. Das Mondlicht ließ den Teich silbrig glänzen. Irgendwo in der Ferne rief ein Käuzchen.

Vera beschloss, das Risiko, von unliebsamen Eindringlingen heimgesucht zu werden, einzugehen und die Terrassentür offen zu lassen. Sie wollte schon zurück ins Bett gehen, da bemerkte sie zwei Gestalten auf dem Weg, der vom Haupthaus zu den Studios führte. Sky und Karel? Nein, Karel war schlanker. Dieser Mann war wesentlich größer und bulliger und ging leicht gebückt. Sie stutzte. Das waren Sky und Arno. Seltsam, dachte sie, wirklich seltsam. Und noch seltsamer war, dass Arno plötzlich stehen blieb, Sky fest umarmte und dann mit ihr in dem Pavillon neben der Seesauna verschwand.

GEDANKEN EINER WASSERLEICHE

Menschen stellen sich Untote so vor wie die Leichen, die sie kennen. In der Karibik, wo es tropisch feucht ist, sind Bakterien in ihrem Element. Eine Leiche schwillt an, die Nägel fallen ab, die Haut wird grünlich. So stellt man sich auf Haiti einen Zombie vor. In den Karpaten hingegen, wo es kühler, windiger und trockener ist, entstehen Leichen in Vampir-Optik. Fett- und Bindegewebe an Lippen oder Händen ziehen sich zurück. Es scheint, als würde die Leiche die Zähne blecken. Vampir oder Zombie – beides ist schöner als eine untote Wasserleiche.

10 MARKUS ORTNER WEISS MEHR, ALS ER SAGT

Die gemeine Schlammschnecke sollte nicht bewusst in Teiche eingesetzt werden, da sie sich manchmal an Wasserpflanzen vergreift und zudem potenzieller Zwischenwirt des Saugwurms Trichobilharzia ocellata, des Erregers der Badedermatitis, ist.

Arno schaute erst auf die Uhr, dann aus dem Fenster. Er hatte lange geschlafen. Gestern war es spät geworden. Er hatte leichtes Kopfweh. Die Uhr zeigte 8.30 an. Die Journalistentruppe kam gerade von der Schweige-Gehmeditation rund um den See zurück. Ophelia an der Spitze, dann die dunkelhaarige Bezirksjournalistin mit ihrer Mutter, gleich dahinter das schwule Pärchen. Der Kleinere hatte Nordic-Walking-Stecken dabei, auf die er sich beim Gehen immer wieder stützte, statt sie schwungvoll einzusetzen. Sky und ihr Mann waren etwas hinter der Gruppe zurückgeblieben. Arno beobachtete, wie die beiden Fotoaufnahmen vor dem See machten, der sich heute von seiner schönsten Seite zeigte.

Weiter hinten tauchte eine weitere Person auf. Ein kleiner drahtiger Mann mit kurzen blonden Haaren und runder Harry-Potter-Brille. Er hielt ein Fernglas in der Hand und richtete es auf den See. Es wirkte, als ob er Vögel beobachtete.

Arno sah, wie Ophelia stehen blieb und versuchte, den Mann mit Handzeichen aufzufordern, zur Gruppe aufzuschließen. Rufen konnte sie ja auf einer Schweige-Gehmeditation nicht.

Der Mann sah sie winken und marschierte los. Er hinkte ein bisschen. Irgendwie kam ihm der Mann bekannt vor. Arno duschte sich rasch, zog sich an und ging von der Privatwohnung im ersten Stock hinunter in den Empfangsbereich.

»Hatten wir gestern noch eine Anreise?«, fragte er Sylvia Zieserl, die er im Büro hinter der Rezeption fand.

Sylvia drehte ihr Handy um. Ihr Chef sollte nicht bemerken, dass sie gerade auf Tinder surfte. Eh ohne Erfolg. Die interessanten Männer im Südburgenland kannte sie schon alle, und die, die sie nicht kannte, lebten alle in Ungarn. Der Tinder-Radius ging nämlich aufgrund der Grenznähe bis Szombathely. Nicht, dass Sylvia etwas gegen Ungarn hatte. Sie sprach nur kein Ungarisch, und auf Englisch chatten war ihr zu mühsam. Sie würde den Radius bis Graz ausdehnen müssen. Oder noch besser bis Wien. Ja, Wien war anonym.

»Wie bitte?«, fragte Sylvia zerstreut.

»Ob wir gestern noch eine Ankunft hatten?«

Arno blickte sie auffordernd an. Er wirkte ein wenig fahrig, bemerkte Sylvia. Weniger souverän als sonst. Seine Augen waren gerötet.

»Ja«, bestätigte diese. »Das ›Kärntner Blatt‹ hat doch noch einen Kollegen geschickt. Sie wissen ja, da wollte der Chefredakteur selber kommen, aber er ist krank geworden. So hat er jetzt last minute einen freien Mitarbeiter geschickt. Der ist gestern sehr spät angekommen. Wir haben ihm noch Essen aufs Zimmer bringen lassen.«

»Wie heißt er?«, fragte er Sylvia.

»Ich muss nachschauen, die Reservierung war ja auf

seinen Chef.« Sylvia stand auf und ging knapp an Arno vorbei zum Computer. Sie straffte dabei die Schultern und wiegte ihre Hüften. Sylvia konnte nicht anders. Ob bewusst oder unbewusst, sie setzte sich immer vor Männern in Szene.

Arno konnte ihr Parfum riechen. Süß und blumig. Wie kandierte Rosen. Ihm wurde flau im Magen.

»Der Name, wie heißt der Typ?«

»Markus«, sagte sie mit einem kurzen Blick auf das Reservierungsprogramm.

»Markus Ortner.«

Sie merkte, wie ihr Chef blass wurde und die Kiefer aufeinanderpresste.

»Der hat mir gerade noch gefehlt«, murmelte er.

*

Die Journalistentruppe war nach der Gehmeditation gleich in den Frühstücksraum gegangen. Der Mann mit der Harry-Potter-Brille steuerte zielstrebig die Schlange am Buffet an und reihte sich hinter Vera und Hilda ein. »Ich konnte mich vorher bei dem Schweigemarsch nicht bekannt machen«, er lächelte breit. »Markus Ortner, ›Kärntner Blatt‹.«

Vera musterte den Neuankömmling interessiert, während Hilda die Vorstellung übernahm. Wenn Markus lächelte, standen seine oberen Eckzähne ein bisschen vor. Wie bei einem Vampir.

»Das sieht gut aus«, sagte er mit einem Blick auf Veras Teller, »Spinat-Omelette?«

»Wildkräutereierspeise mit Schafgarbe und Vogelmiere«, berichtigte ihn diese.

Liam stand hinter dem Tresen der kleinen offenen Schauküche. Eierspeise, Rührei und Omelette. All das beherrschte er aus dem Effeff. Die großen Sterneköche lassen die Jungköche, die sich bei ihnen bewerben, immer eine Eierspeise machen. Die Feuerprobe dafür, ob man ein Gespür fürs Kochen hat.

»Sky bittet, dass man ihr eine vegane Wildkräutereierspeise aus Seidentofu aufs Zimmer bringen lässt«, sagte Karel, der als Nächster an der Reihe war.

»Sie will im Zimmer essen?«, fragte Liam sicherheitshalber nach.

»Sie isst die ganz sicher nicht«, lachte Karel, »sie will sie nur fotografieren, für ihren Blog. Sky frühstückt nie.«

»Und danach?«, fragte Hilda.

Karel schüttelte den Kopf. Keine Ahnung. »Danach lässt sie das Essen wieder abservieren.«

»Es wird also weggeschmissen«, sagte Hilda und schüttelte tadelnd den Kopf. »Essen wegwerfen ist sehr verwöhnt und unerzogen. Früher hat man zumindest Sautrank aus so was gemacht. Aber das ist ja heute verboten. Jetzt wird das Essen weggeschmissen, und die Bauern müssen das teure Schweinefutter kaufen. Nix mehr mit Kreislaufwirtschaft. Eine Sauerei ist das.«

Es ist zumindest nicht sehr nachhaltig für eine Bloggerin, die auf nachhaltig tut, dachte Vera.

»Man könnte die Enten damit füttern«, schlug der Vampirmann vor.

»Ich glaub nicht, dass die Litzelsdorfer Enten auf Seidentofu stehen«, feixte Liam.

»Was ist der nächste Programmpunkt?«, fragte Hilda, als sie an der großen Tafel, die extra für die Journalistengruppe zusammengerückt worden war, Platz nahmen.

Vera kramte im Programm. »Yoga mit Sky. Sie gibt eine Extrasession für uns alle, die dann gestreamt wird. Wir müssen alle unterschreiben, dass wir einverstanden sind, gefilmt zu werden«, sagte Vera. Sie sah der Stunde mit gemischten Gefühlen entgegen. Sie war zwar sportlich, aber nicht sonderlich gelenkig und flexibel.

»Ich freu mich auf die Stunde«, sagte Hilda, »ich turne jeden Tag. Der Lilo Pulver ihre Turnstunden von früher sind jetzt auch auf Jutupp. Ich kann sogar noch den Türkensitz.«

»Ich bin nicht sicher, ob man noch Türkensitz sagt«, warf Vera ein.

»Dann halt Schneidersitz«, sagte Hilda vergnügt. »Auf jeden Fall kann ich das. Glaubst du, werden wir alle gefilmt? Sind wir dann auch auf Jutupp? Die Frau Fuith vom Bauernladen wird es nicht fassen können, wenn sie mich im Internet sieht.«

Sky hatte ihre Yogamatte schon auf der Wiese vor dem Resort ausgebreitet und wärmte sich auf, während die anderen noch frühstückten. In fließenden Bewegungen grüßte sie die Sonne, die schon ziemlich hoch am Himmel stand. Gerade stehen, Arme zum Himmel strecken, nach vorne beugen, Hände zum Boden, in die Planke gehen, dann den Hintern heben und den Kopf zum »herabschauenden Hund« senken.

Sky strahlte dabei etwas Erhabenes, Elegantes aus. Sie hatte Star-Appeal. Diese hohen Wangenknochen, diese dichten Wimpern. Und dann diese Haare. Sie könnte locker die Hälfte ihrer Haare an eine Organisation spenden, die daraus Perücken für Krebskranke machte, und danach immer noch Shampoowerbung für »L'Oréal« machen.

Sky trug sündhaft teures Yogagewand in Beerentönen, das ihre durchtrainierte Figur betonte. Natürlich hatte sie das Yogagewand gratis bekommen, um dafür zu werben, wie auch die Yogamatte, die Trinkflasche und den Ingwerdrink, der sich darin befand. Ihre Haut, ihre Haare und ihre Nägel wurden von ihren Werbepartnern und deren Produkten gepflegt und verschönert. Mit Erfolg. Sie wusste, dass Arno sie beobachtete. Sie sah zu ihm hin. Arno kam näher. Sky ließ sich wieder in die Planke fallen. Bei ihr sah diese Übung unglaublich mühelos aus. Dann sprang sie auf und begab sich in die Position der Kriegerin. Das vordere Bein war abgewinkelt, das hintere gestreckt. Der eine Arm zeigte gerade nach vorne, der andere nach hinten. Ihr Oberkörper war so aufrecht, als würde der höchste Punkt ihres Kopfes an einem unsichtbaren Faden nach oben gezogen. Sie wirkte stolz und stark, wie sie da so stand.

Arno kam näher: »Wegen gestern Abend …«

Sky lächelte. »Ich kann jetzt nicht … ich hab gleich Stunde.«

Sie berührte mit der rechten Hand den Boden und streckte den linken Arm Richtung Himmel.

»Wir müssen aber noch mal darüber reden.«

»Später«, sagte sie knapp.

Arno hörte Schritte und fuhr herum.

Die Journalisten waren da.

»Herr Radeschnig, so sieht man sich wieder«, sagte Markus.

»Was für eine Überraschung, wir haben Sie gar nicht erwartet«, erwiderte Arno. Er hatte seine Stimme und seine Emotionen im Griff. Er wusste, wie man herzlich klang, ohne herzlich zu sein.

»Der Chefredakteur war kurzfristig verhindert, also hat er mich als Freien geschickt. Auch weil er von dem Buch weiß, an dem ich arbeite.«

»Sie planen ein Buch?«, fragte Vera.

»Die Biografie von Herrn Radeschnig«, sagte Markus.

»Die nicht autorisierte Biografie«, sagte Ophelia, die wieder mal wie aus dem Nichts aufgetaucht war. Vera hatte langsam den Verdacht, diese Frau beherrschte die Kunst der Teleportation. Vielleicht lief sie aber auch nur besonders leise und leichtfüßig.

»Ich glaube, wir haben unseren Standpunkt klargemacht.«

»Seit Herr Radeschnig die österreichische Politspitze berät, ist er eine Person von öffentlichem Interesse«, entgegnete Markus gelassen. »Und überhaupt, bei Ihrer bewegten Vergangenheit …«

»Wir sollten das nicht hier ausdiskutieren«, sagte Arno warnend.

Er hatte bemerkt, dass Vera aufmerksam die Ohren gespitzt hatte.

»Wir müssen das auch gar nicht ausdiskutieren. Ich bin schließlich von Ihnen eingeladen worden, um über das Resort und seine Besitzer zu schreiben«, sagte Markus. Er klang verärgert.

»Können wir jetzt anfangen?«, fragte Sky. »Mir wird kalt, wenn ich hier nur rumstehe.«

»Natürlich«, sagte Ophelia. »Wir müssen ja im Zeitplan der Pressereise bleiben. Nach der Mittagspause ist die Wanderung zum Planetenweg in Bernstein angesetzt.«

Sie drehte sich abrupt um. Arno folgte ihr. Sky drehte in diesem Moment die zuvor aufgebaute Musikanlage an. Sphärische Yogamusik schallte über die Wiese. Dennoch hörte Vera, die sich wie bei jeder Turnstunde in die letzte Reihe gestellt hatte, ziemlich deutlich, was Ophelia Arno beim Weggehen ins Ohr zischte. »Wenn der einen Scheiß über dich schreibt, dann bring ich ihn um.«

GEDANKEN EINER WASSERLEICHE

Manche behandeln meine letzte Ruhestätte wie einen Müllabladeplatz. Letztes Jahr haben Taucher fast eine Tonne Sperrmüll aus dem See geholt. Es heißt, während des alljährlichen GTI-Treffens »verirrt« sich immer wieder eine ganze Menge Abfall ins Wasser; Flaschen, Einkaufswagen, sogar abmontierte Verkehrszeichen.

11 DER LIEBSTÖCKEL HAT MINIERFLIEGEN

Die Wasseramsel ist ein Unikum unter den Singvögeln. Sie erbeutet ihre ganze Nahrung tauchend unter Wasser. Dabei ist sie ziemlich heikel. Vegetarische Kost wird verschmäht und nur versehentlich verzehrt.

Mathilde war grantig. Schuld daran war Sky Dujmovits. Die Bloggerin hatte die Seidentofu-Eierspeise zwar fotografiert und gepostet – Hashtags #veganforever #preworkoutmeal #nourishyourbody #niceeats, #positivevibes, #whatskyeats#fia_mi_litzelsdorf – aber, wie Karel es prophezeit hatte, nicht gegessen. Nach der Yogastunde war sie aber doch hungrig geworden, denn sie hatte an der Rezeption ein zweites Frühstück bestellt. Um 11.30 Uhr, als Mathilde bereits alle Hände voll damit zu tun hatte, das Mittagessen vorzubereiten. »Kann die nicht noch eine halbe Stunde warten?«, fragte Mathilde genervt, als Sylvia ihr die Message überbrachte. »Was heißt, sie wünscht sich einen warmen Gerstenbrei? Bis der fertig ist, wird doch schon die Suppe serviert.«

Sylvia blickte sie ausdruckslos an. Ausdruckslos deshalb, weil das Botox bei ihr jedes Mienenspiel unterband. »Wenn die an Gerschbrein will, dann koch ihr den verdammten Gerschbrein.«

»Árpa zabkása«, sagte der Zsolt, als er sah, wie Mathilde hektisch Rollgerste und Wasser in den Druckkochtopf gab. Der Druckkochtopf war die einzige Möglichkeit, das Getreide rasch weich zu bekommen. Die Augen vom Zsolt, die immer müde und schwermütig wirkten, leuchteten auf. »Árpa zabkása. Ich können kochen.«

Mathilde zögerte, aber dann dachte sie nach. Warum eigentlich nicht? Das Burgenland und Ungarn lagen so nahe beieinander. Die beiden Länder teilten sich unzählige Traditionsgerichte. Und Rollgerste dämpfen war ja keine Hexerei. »Behältst du ihn im Auge?«, fragte sie Liam.

»Ich muss die Hauptspeise fertig machen.« Es gab Vollkornnudeln mit Eierschwammerln* und Kürbiskernpesto. Die Eierschwammerl waren im Litzelsdorfer Wald gebrockt** worden. Sie waren jung, frisch, fest und kleiner als die, die man im Geschäft kaufen konnte. »Nagerl« hatte ihr Vater immer dazu gesagt. Mathilde putzte die Eierschwammerl. Mit einer kleinen Bürste entfernte sie Tannenadeln und winzige trockene Laubstücke, die sich unter den Hüten verfangen hatten. Dabei passte sie auf, dass die feinen Lamellen nicht zu Schaden kamen. War einer der kleinen goldgelben Hüte besonders schmutzig, rieb sie ihn mit einem feuchten Tuch sauber. Ab und zu hatte sich ein Semmelstoppelpilz unter die Eierschwammerl geschummelt. Der war dann blasser, hatte Zapfen und keine Lamellen, war aber ebenfalls essbar. Das Schwammerlputzen war eine mühsame Arbeit. Eigentlich hätte das der Zsolt machen sollen, aber sie war sicher gewesen, der hätte ohnehin nicht die nötige Sorgfalt dafür gehabt und mit seinen ungeschickten Fingern die Hälfte der Schwammerln zerquetscht oder zerbrochen. Endlich war es geschafft. Mathilde erhitzte

---
* Pfifferlinge
** gesammelt

etwas Rapsöl in einer Pfanne und röstete erst fein geschnittenen Zwiebel und dann die Schwammerl darin an. Sofort wurde die Küche vom aromatischen Duft erfüllt. Sie schaltete den Dunstabzug ein. Während die Schwammerl gar zogen, schmeckte sie das Pesto ab, das aus frisch gerösteten Kürbiskernen, Distelöl, Balsamessig, geriebenem Ziegenkäse und Petersilie bestand.

»Ich muss kurz in den Küchengarten. Ich brauche noch mehr Petersilie.«

Die Kräuterspirale, die sich gleich hinter der Küche auf der Rückseite des Hotels befand, war schon vor dem Sommer angelegt worden. Ein dreidimensionales, spiralförmiges Kräuterbeet, bei dem sich die Beetfläche nach oben wendelte. So konnte das Sonnenlicht optimal genutzt werden, und es war möglich, den verschiedenen Kräutern durch unterschiedliche Bodenbeschaffenheiten gerecht zu werden.

Der Mittelpunkt des Beetes war auch der höchste Punkt. Dort, in sandigen, trockenen Höhen, wuchsen die Sonnenliebhaber: mediterrane Kräuter wie Majoran, Thymian und Ysop. Unmittelbar danach drängten sich im mittleren Bereich, wo die Erde feuchter und nährstoffreicher war, Gewürzfenchel, Petersilie und Schnittknoblauch. Und ganz unten, wo der Boden gut bewässert und am fettesten war, gediehen Dill, Bärlauch und Sauerampfer. Die Begrenzung der Schnecke bestand aus Steinen, die wie bei einer Trockenmauer so geschickt übereinandergesetzt waren, dass nichts wackelte. Die Ritzen waren mit Lehm verspachtelt. In ihnen blühten Hauswurzen und Mauerpfeffer.

Mathilde erntete einen Buschen Petersilie und knipste dann auch noch ein paar Zweige Orangen- und Zitronenthymian ab. Die zart duftenden Blättchen würden der Zwetschken-Tarte, die sie als Dessert geplant hatte, ein besonderes Aroma verleihen.

Ihr Blick schweifte über den Küchengarten. Der Liebstöckel, der stark wucherte, war außerhalb der Kräuterspirale gepflanzt worden. Aber irgendetwas stimmte mit der Pflanze nicht. Einzelne Blätter des »Maggikrautes« waren welk und wirkten dünn wie Pergament.

Mathilde bückte sich und bemerkte, dass auch die jungen Blätter seltsame Flecken aufwiesen. Sie tat das, was sie immer tat, wenn eine ihrer Küchenpflanzen in Not war: Sie rief Johanna an, die Chefin des »Klubs der grünen Daumen«.

Diese hob nach dem zweiten Läuten ab.

»Johanna, hallo, stör ich eh nicht? Ich glaube, der Liebstöckel geht mir ein. Und das, wo ich morgen ›Suppenwürze im Glas‹ machen wollte.«

Johanna war sofort bei der Sache.

»Sind die Flecken weiß oder rötlich?«

Mathilde überlegte. »Weder noch. Ich würd sagen, gelb.«

Johanna gab die nächste Anweisung.

»Wenn du genau schaust, sind da schwarze Tupfen?«

Mathilde rupfte sich ein Blatt ab und hielt es gegen die Sonne.

»Ja.«

»Das sind Minierfliegen«, antwortete Johanna. »Die Biester saugen die Blätter aus. Die können auch auf den Zeller und die Petersilie übergreifen. Das ist eine neue Plage bei uns im Südburgenland und liegt an der Klimaerwärmung. Die Viecher sterben im Winter nicht mehr ab. Schneid das Zeug gleich ab und wirf es in die Restmülltonne. Oder noch besser, verbrenn es ...«

Während Johanna weitersprach und auch das fachgerechte Heiß-Kompostieren als dritte Entsorgungsmöglichkeit in den Raum stellte, hörte Mathilde plötzlich Stimmen.

Sie drehte sich um, ließ das Telefon sinken, ging langsam Richtung Haupthaus zurück und schielte um die Ecke. Die Stimmen kamen aus dieser Richtung und klangen aufgebracht. Ein Streit. Mathilde war neugierig, und tatsächlich: Arno Radeschnig und ein Mann standen auf der Terrasse vor dem Speisesaal und diskutierten heftig.

»Das, was Sie schreiben wollen, entspricht keiner neutralen Sichtweise. Das ist Diskreditierung!«, rief Arno empört.

»Ha, Diskreditierung! Ich habe recherchiert, ich habe Zeugen.« Der Mann wirkte selbstsicher. Er lächelte. Seine oberen Eckzähne standen dabei ein bisschen vor.

Arno blickte ihn fassungslos an. »Wollen Sie mich erpressen? Ist es das, was Sie wollen? Auf das lasse ich mich nicht ein. Sie haben ja keine Ahnung, wie oft schon irgendein Idiot versucht hat, mich zu erpressen. Wenn jemand erfolgreich ist und Vermögen hat, wird er ständig erpresst. Wissen Sie, wie viele Mails ich ständig bekomme, in denen steht: ›Zahle Bitcoins oder ich veröffentliche ein Video, das dich beim Wichsen zeigt.‹ Über so was lache ich nur. Weil ich nicht vor dem Computer wichse. Genauso wenig wie ich das getan habe, was Sie mir vorwerfen. Das sind haltlose Behauptungen. Da lache ich darüber. Damit kommen Sie nicht durch. Niemals. Mit meinen Anwälten legen Sie sich besser nicht an.«

Der Mann mit der Harry-Potter-Brille fiel ihm ins Wort. »Ich habe mit Charlie Glawischnig gesprochen.« Er lachte so breit, dass es aussah, als würde er die Zähne fletschen.

Arno verstummte.

»Erinnern Sie sich noch an ihn?«

Mathilde würde die Antwort auf diese Frage nie erfahren, denn im selben Moment durchbrach lautes Gebrüll die Stille.

»Maaathiiielde!«

Mathilde fuhr herum. Sylvia rannte auf High Heels von

der Küche Richtung Kuchlgarten. Die Absätze ihrer High Heels bohrten sich dabei in die weiche Wiese. Sylvia knickte ein und fluchte, als sie bemerkte, dass sie Erde am Absatz kleben hatte.

»Mathilde, wo zum Teufel steckst du?«

»Ich komm ja schon.«

Mathilde gab ihre Lauschposition auf und hastete Richtung Kücheneingang zurück. »Warum brüllst du so? Was ist passiert? Ist jemand verletzt?«

Die Zieserl war so wütend, dass sich trotz des Botox der Hauch einer Zornesfalte auf ihrem geglätteten Gesicht abzeichnete. »Wie man es nimmt. Sie will uns auf jeden Fall wegen Körperverletzung und seelischer Grausamkeit klagen. Im Gerschbrein von der Instaliesl war ein G'selchtes*. Erklärst du mir bitte, wie das passieren konnte?«

Der Zsoltán und der Liam, die Sylvia Zieserls Wut ebenfalls abbekommen hatten, saßen betropetzt in der Küche, als Mathilde zurückkam. »Nix Fleisch, nur Suppen«, sagte der Zsolt trotzig.

Liam brachte da schon mehr Licht ins Dunkel. »Der Zsolt hat den Gerschbrein auf traditionelle Weise gemacht. Mit einer Einbrenn. Dafür hat er eh ein Pflanzenöl genommen und kein Schmalz. Und erst hat er die Einbrenn nur mit Salzwasser aufgegossen, aber das hat so fad geschmeckt. Da hat er halt noch einen Schöpfer Selchsuppen aus dem Topf mit dem Selchfleisch für das Personalessen dazu genommen. Und da muss wohl ein Fuzerl Selchfleisch mit reingerutscht sein.«

»Und warum hast du ihn nicht daran gehindert?« Mathilde sah den Jungkoch fassungslos an.

Liam zuckte mit den Achseln. »Die soll sich nicht so anstellen! Es war echt nur ein winziger Schöpfer Suppe.

---

* Gepökeltes Fleisch

Sie hat ja auch fast alles gegessen. Drum regt sie sich ja jetzt so auf. Dabei zeigt das doch, dass es ihr geschmeckt haben muss.«

»Sky hat geglaubt, der Gerstenbrei schmeckt nach Räuchertofu«, ergänzte Sylvia Zieserl grimmig, »bis sie das Fleischfuzerl gefunden hat, da ist sie durchgedreht. Und sofort zu mir ins Büro gelaufen, um sich zu beschweren.«

»Ihr spinnt ja komplett«, Mathilde blickte Zsoltán und Liam sauer an. »Einer Veganerin Fleisch zu servieren, ist echt unter aller Sau. Die vertritt eine Ethik, setzt sich für Tierwohl und Nachhaltigkeit ein, und ihr ignoriert das. Das ist ekelhaft.«

»Nix Fleisch, nur Suppe«, sagte der Zsoltán noch einmal.

Sylvia dachte an den medialen Shitstorm, den dieses Ereignis auslösen könnte.

»Ist euch nicht klar, dass ihr damit den Ruf des Resorts aufs Spiel gesetzt habt? Wenn die darüber bloggt, sind wir erledigt«, sagte die Zieserl schrill.

»Nix Fleisch, nur Suppe«, protestierte der Zsoltán erneut.

»Du hättest den nie kochen lassen dürfen«, wandte sich Sylvia nun an Mathilde. »Der ist eine Hilfskraft. Der soll Schwarzgeschirr abwaschen und Kartoffeln schälen. Basta.«

Zsolt schaute ob dieser abwertenden Bemerkung wieder genauso schwermütig wie immer.

»Dann brauch ich aber mehr Personal«, verteidigte sich Mathilde.

»Lenk nicht ab. Du bist verantwortlich«, sagte Sylvia. »Immerhin bist du die Küchenchefin. Es ist ganz alleine deine Schuld. Also lass dir was einfallen.«

»Erzähl ihr, das war Ersatzfleisch aus Kräutersaitlingen«, schlug Liam vor.

»Die ist Bloggerin, aber nicht blöd«, sagte die Zieserl.

»Wer ist nicht blöd?«

Arno Radeschnig stand in der Küche. »Die Gäste warten draußen im Speisesaal auf das Mittagessen, und hier wird gestritten. Was ist bitte los?«

Er blickte seine Belegschaft fragend an. Sein Specknacken legte sich dabei in Falten.

Sylvia Zieserl erklärte ihm die Misere.

Jetzt ist alles aus, dachte Mathilde. Sie fühlte sich doppelt schuldig. Weil sie Arno und den Mann mit den Vampirzähnen belauscht hatte und wegen des Fauxpas mit der Selchsuppe.

Ihr wurde ganz heiß im Magen, und sie spürte, wie ihr Herz bis zum Hals klopfte.

Arno Radeschnig hörte sich an, was passiert war.

»Ich rede mit Sky«, sagte er schließlich.

»Sie will uns verklagen«, sagte Sylvia Zieserl.

»Ich rede mit ihr«, wiederholte Arno. »Ich kann das handeln.«

Er wirkte seltsam ruhig und gefasst in dieser aufgeheizten Atmosphäre und hörte sich die ganze Geschichte aus allen Perspektiven an, bevor er sprach.

»Ich verstehe, dass sie angepisst ist. Aber ich werde ihr ein weiteres Gratiswochenende anbieten, das sie unter ihren Followern verlosen kann, und einen Auftritt bei meinem nächsten Podcast. Vielleicht können wir sie damit beruhigen. Aber das Ganze muss natürlich Konsequenzen haben.«

Er seufzte tief. Er fühlte sich unendlich gestresst. Er hätte jetzt alles für einen Gin & Tonic oder einen Whisky Sour gegeben, aber die Zeiten, in denen Mister Hennessy und Mister Jameson seine besten Freunde waren, waren leider vorbei.

Das Unangenehmste stand ihm noch bevor. Er blickte zu dem Ungarn. Fing dann an, mit fester Stimme zu sprechen.

»Zsoltán, es tut mir leid, aber wir müssen uns von dir trennen. Das war jetzt das dritte Mal, dass sich ein Gast über dich beschwert hat. Ich hab dich schon das letzte Mal gewarnt und dir gesagt, was passiert, wenn es so weitergeht. Komm bitte mit in mein Büro.«

Zsoltán stand auf und ging Richtung Ausgang. Er fluchte dabei leise auf Ungarisch.

Arno blickte sich im Gehen noch mal um und sah Mathilde forschend an: »Wo warst du eigentlich, als das alles passierte?«

Mathilde wurde rot. »Ich war im Kräutergarten. Ich habe den Liebstöckel auf Minierfliegen untersucht.«

In dem Moment, als sie den Satz aussprach, wusste sie, wie hirnrissig er klang.

*

Wäre Vera an diesem Tag pünktlich zum Mittagessen gegangen, hätte das folgende Gespräch nicht stattgefunden. Vera war aber nicht pünktlich. Also war Hilda vorgegangen, und als Vera das Studio eine Dreiviertelstunde nach ihr verließ, stieß sie mit Markus Ortner zusammen, der gerade dabei war, seinen Bungalow zu räumen.

»Du checkst schon aus?«, fragte sie überrascht.

»Ich bin hier nicht mehr willkommen«, sagte ihr Kärntner Kollege und zog seinen Rollkoffer Richtung Parkplatz. Weil die Räder auf dem holprigen Untergrund ins Schleudern kamen, hob er ihn kurzerhand auf und klemmte ihn unter den linken Arm. In der rechten Hand hielt er einen Kleidersack mit einem Anzug. Der Kleidersack schleifte am Boden. Er wirkte verärgert.

»Was heißt, du bist hier nicht mehr willkommen?«, fragte Vera.

»Guter Journalismus ist hier nicht willkommen«, sagte Markus. »Du kennst ja wohl das Sprichwort: Journalismus ist, wenn man etwas schreibt, das jemandem nicht gefällt. Alles andere ist PR.«

Vera sah ihn neugierig an. Markus Ortner räusperte sich.

»Die Radeschnigs haben ein perfektes Image von sich aufgebaut. Er der erfolgreiche Coach und Motivationstrainer, sie die ganzheitlich, holistisch denkende Frau an seiner Seite. Ein echtes Traumpaar unserer Zeit. Aber die beiden sind nicht so perfekt, wie sie tun. Ich könnte dir Geschichten erzählen …«

»Was für Geschichten?«, fragte Vera.

Aber als sie nachfragte, winkte Ortner nur ab. »Ich hab gesagt, ich könnte, aber ich kann nicht. Noch nicht. Aber in einem halben Jahr kannst du alles in meinem Buch nachlesen. Ich hab hier meine Mission erfüllt.«

Und mit dieser kryptischen Bemerkung beendete er das Gespräch und ließ Vera mit vielen Fragen und keinen Antworten zurück.

12 DER AUSFLUG NACH BERNSTEIN

Schlangen stellen sich manchmal tot, wenn sie Gefahr wittern. Die Westliche Hakennasennatter ist eine besonders gute Schauspielerin. Sie legt sich auf den Rücken, öffnet ihr Maul, lässt die Zunge heraushängen und stößt Verwesungsgeruch aus.

»*Bernsteinstraßen wurden im Altertum jene Handelswege genannt, auf denen unter anderem Bernstein von der Nord- und Ostsee nach Süden in den Mittelmeerraum gelangte. Bernstein im Südburgenland hat seinen Namen bekommen, weil die Via Magna, ein Seitenarm einer legendären Bernsteinstraße, einst durchs Tauchental führte.*
 In Bernstein befindet sich die höchstgelegene Burg des Burgenlandes. Von einem hohen Felsen aus blickt man weit über die ungarische Tiefebene. Die Räume der Burg sind prächtig möbliert mit allerlei Antiquitäten, zu denen der frühere Burgbesitzer Graf Ladislaus Almásy, Saharaforscher, Rennfahrer und in dem Film ›Der englische Patient‹ verewigt, einiges beigetragen hat …«

Mathilde stand zwischen den vorderen zwei Sitzreihen des kleinen Busses und las aus dem Tourismus-Folder vor. Weil sie in Bernstein wohnte, hatte Arno sie gebeten, bei dem Ausflug der Pressetruppe ein paar Worte über ihre Heimatgemeinde zu sprechen.

Mathilde bereute schon, dass sie zugesagt hatte.

»Reiseleiterin ist eindeutig kein Job für mich.« Ihr wurde sofort schlecht, wenn sie im Bus las, überhaupt wenn sie so wie jetzt entgegen der Fahrtrichtung stand.

Sie atmete tief durch, während sie versuchte, mit den Augen den nächsten Absatz zu finden. Aber da wurde sie schon von einem der beiden Herberts unterbrochen.

»Die Liebesgeschichte, die im ›Englischen Patienten‹ gezeigt wurde, ist Bullshit. Graf Almásy war nämlich schwul.«

»Und er ist auch nicht im Lazarett an den Brandwunden gestorben, sondern in Salzburg. Der Ärmste hat sich zu Tode geschissen. Amöbenruhr«, seufzte sein Freund.

»Aber zu Lebzeiten war er ein toller Mann«, schwärmte Tennisarm. »Ein echter Abenteurer. Wisst ihr, dass er bei einer seiner Expeditionen in die Sahara den Stamm der Magyarab gefunden hat? Nachfahren ungarischer Soldaten der osmanischen Armee aus dem 16. Jahrhundert. Das muss schon arg sein. Da ziehst du durch die Wüste, und auf einmal findest du Beduinen, die Ungarisch sprechen.«

»Also ich weiß nicht, ob die wirklich dasselbe Ungarisch gesprochen haben wie der Almásy. Wenn, dann eher so ein mittelalterliches Ungarisch«, wandte der andere Herbert ein und rieb sich den chronisch schmerzenden Rücken.

Während die anderen Businsassen in die Diskussion der beiden Almásy-Insider einstiegen, drehte sich Mathilde um und fixierte die Straße. Um die Übelkeit in den Griff zu bekommen, nahm sie einen Schluck aus ihrer Wasserflasche. Auf der Flasche war ein Pin-Up-Girl abgebildet. Mathilde hatte auf Rockabilly Festivals früher an Pin-Up-Contests teilgenommen. Einmal war sie mit einem Leo-Print-Petticoat-Kleid mit pinkfarbenem Tüllunterrock sogar ins Finale gekommen. Heute war sie mit Jeans, weißen Turnschuhen und himbeerrotem Twin Set für ihre Verhältnisse fast brav angezogen. Aber Make-up und Frisur waren glamourös wie immer. Die schwarzen Haare waren zu einer aufwendigen Hochsteckfrisur getürmt, die sie mit einem Bandana gezähmt hatte. Die beiden Herberts hatten ihr für den Style bereits Komplimente gemacht.

Der Bus schlängelte sich die 619 Höhenmeter hinauf. Links und rechts der Straße wuchsen Föhren. Es sah hier schon fast alpin aus. War es auch. Mathilde wusste, dass einige Bauern in der Gegend Bergbauernförderung bekamen und dass im Ortsteil Rettenbach 2019 die Grasski-Weltmeisterschaften ausgetragen worden waren. In Bernstein war es im Sommer immer ein paar Grad kühler als in den tiefer gelegenen Nachbarorten. Und im Winter, wenn sich der Nebel über das Südburgenland legte, befand man sich hier oft in sonnigen Höhen über den Wolken.

Der Bus blieb vor dem Felsenmuseum stehen. Mathilde stieg als Erste aus und atmete tief durch. Die Luft war klar, und die Sonne schien. Sie setzte ihre Cat-Eye-Sonnenbrille auf und wandte sich an die Gruppe.

»Wir werden jetzt den Planetenwanderweg entlang spazieren und dann zu den pannonischen Hügelgräbern wandern. Dort befindet sich der Serpentin-Energiegarten ...«

Mathilde verstummte. Keiner hörte ihr zu. Hilda war ins Café »Postkastl« gestürmt, weil sie aufs Klo musste. Sky und Karel hatten sich vor der ersten Station des Planetenweges, einer Skulptur, die die Sonne darstellen sollte, postiert und drehten ein Video.

Tennisarm war es schließlich, der ein Machtwort sprach

und die Gruppe zusammenfing und zum Weitergehen bewegte.

»Ich hätte gar nicht gedacht, dass der so eine natürliche Autorität hat«, sagte Vera leise zu Mathilde. »Er muss nicht einmal laut werden.«

Der selbsternannte Anführer hatte sich an die Spitze der Gruppe gesetzt und marschierte los, vorbei an zwei Skulpturen, die Jupiter und Saturn verkörperten, durch das Dorf, dann weiter in den Wald hinein.

Die Natur in Bernstein zeigte sich heute von ihrer schönsten Seite. Der Herbst hatte die Bäume bunt gefärbt. Mathilde liebte den Wald. Sie spürte die raschelnden Blätter unter ihren Füßen. Sie inhalierte den Schwammerlduft, der vom moosigen Boden aufstieg. Mathilde hoffte, einen Steinpilz zu erspähen, aber sie sah nur massenhaft weiße Pilze, die zwar dekorativ, aber nicht essbar waren. Ab und zu musste sie einzelnen Spinnenfäden ausweichen, die der Wind auf sie zuwehte. Spinnenfäden, die standen für den Altweibersommer, obwohl dieser doch schon längst in den Herbst übergegangen war.

»Ich war schon mal in Bernstein wandern«, unterbrach Hilda ihre Gedanken. »Die Wanderung hieß ›Weg mit dem Speck‹.«

»War das von den Weight Watchers organisiert?«, fragte der größere Herbert.

Hilda lachte. »I wo. Das war, weil wir auf den Kienberg gewandert sind und es dort eine Speckjause gab. Auf dem Kienberg gibt es eine Felshöhle, die Speckkammer heißt. Der Sage nach soll dort einmal eine Hexe gehaust haben, die hat Kinder gefangen, geräuchert und gebraten.«

Vera bemerkte, dass Sky absichtlich langsamer ging, um außer Hörweite von Hilda zu kommen. Vermutlich hatte sie an diesem Tag einfach genug von dem Thema Speck.

Mathilde war für eine Wanderung schon ziemlich exzentrisch gestylt, aber Skys Look war noch extremer. Sie trug Overknees aus derbem Leinen zu einem Wickelkleid aus schwarzem dünnem Loden, darüber einen riesigen karierten Schal, der fast so groß wie eine Picknickdecke war. Dazu einen Strohhut und einen Old School Rucksack aus veganem Leder. Vera kannte niemanden, der so in den Wald ging. Aber auf einem Social-Media-Post würde das Outfit vermutlich fantastisch aussehen.

»Ich hab mir vorhin deinen Instagram-Kanal angeschaut. Du machst das echt toll«, sagte Vera, um das Eis zu brechen. »Man hat sofort Lust, gesünder zu leben, wenn man dir folgt.«

Sky lächelte. »Diese Achtsamkeitsmeditation gestern war super«, schwärmte Vera weiter. »Und du hast total recht, man sollte viel mehr darüber nachdenken, wem und was man seine Aufmerksamkeit schenkt.«

Sky hörte sich Veras Schwärmereien an. Sie war geschmeichelt. Dennoch war sie vorsichtig. Vor allem, wenn Journalisten das Gespräch suchten.

Sie war gewöhnt, dass man ihr sagte, wie toll sie aussah. Aber hatte irgendjemand eine Ahnung, wie anstrengend das war? Immer gut auszusehen, schlank, aber nicht dürr. Wenn sie zu wenig aß, schrumpfte ihr Busen. Wenn sie dann wieder mehr aß, bekam sie einen Blähbauch, und die ganze Welt behauptete, sie wäre schwanger. Die Welt wartete ja nur auf ein Foto, auf dem sie schlecht aussah. Zu knochig, zu fett, zu muskulös. Da draußen waren Hunderte von Veras Kollegen, die nur auf einen bösen Schnappschuss lauerten, um zu beweisen, dass die schöne perfekte Influencerwelt gar nicht so schön und perfekt war. Jeden Tag Sky Dujmovits zu sein, war ein verdammt harter Job, und mit dem perfekten Aussehen allein war es noch nicht getan. Sie musste sich auch perfekt inszenieren und vermarkten.

»Es ist nicht so easy, wie alle glauben«, sagte Sky schließlich.

»Das achtsame Leben?«

Sie lachte. »Das Leben als Influencerin.«

»Wie meinst du das?«

Sky rang sich zu einer Antwort durch.

»Na ja, du bist Journalistin bei einer Wochenzeitung, wenn ich das richtig mitbekommen habe. Du hast einen Redaktionsschluss und gibst den Artikel ab, und danach ist für dich Feierabend. Als Influencerin musst du ständig präsent sein. Du hast den Druck, ununterbrochen neuen Content zu produzieren. Ich predige, dass man achtsam leben und nicht ständig am Handy sein soll, und dabei bin ich selbst ständig am Handy.«

»Ich bin auch ständig am Handy«, lachte Vera, »und meine Mutter ist sogar richtig social-media-süchtig und sie ist 77.«

Sky nickte bestätigend. »Ja, Social Media kann ganz schön süchtig machen. Bei mir kommt aber dazu, dass die Anzahl der Likes nicht nur meine Laune beeinflusst, sondern auch mein Business. Wenn du das professionell machst, bemerkst du erst, welche Maschinerie dahintersteckt. Wenn du Kunden hast, musst du liefern … Und ehe du es merkst, wirst du ausgequetscht wie eine Zitrone. Bis nichts mehr übrig ist«, erklärt Sky.

Ihr sehniger, durchtrainierter Körper hatte sich während dieser Erklärung noch mehr verhärtet.

Sky schob den Strohhut in den Nacken und senkte den Kopf, sodass ihr langes Haar wie ein Vorhang nach vorne fiel. Vera, die neben ihr ging, konnte ihre Mimik jetzt nicht mehr erkennen.

»Du könntest aufhören und was anderes machen?«, schlug Vera vor.

Sky nickte und richtete den Blick weiterhin auf den Boden. »Manchmal denke ich wirklich daran, Schluss zu machen.«

Das sollte die Letta mal hören, dachte Vera. Wie alle Teenager wollte auch ihre Tochter Influencerin oder YouTube-Star werden. Trotz Goodies und Gratisurlauben – es war ja doch nicht alles Gold, was glänzte.

Die Gruppe war mittlerweile bei den pannonischen Hügelgräbern angekommen. Mathilde hatte wieder ihren Info-Folder gezückt.

Im Bereich von Bernstein befinden sich etwa 40 Nordisch-Pannonische Hügelgräber, die die Kelten im ersten und zweiten Jahrhundert nach Christi errichtet haben. Die Toten wurden mit Kleidung und Schmuck sowie Speise- und Trankbeigaben in Gefäßen auf dem Scheiterhaufen verbrannt und dann in Urnen beigesetzt. Über dem Grab wurde ein großer Erdhügel aufgeschüttet.

Mathilde deutete nach links: »Hier wurde ein Schaugrab errichtet, damit man sich ansehen kann, wie so ein Hügelgrab aufgebaut wurde. Und hier hinten«, sie deutete nach rechts auf einen überwucherten ungepflegten Hügel, »ist ein echtes Grab.«

Ein fast 2.000 Jahre alter Erdhügel. Die Besucher waren beeindruckt. »Dass den im Laufe der Zeit niemand geschleift hat«, wunderte sich der italophile Herbert.

»Schatzsucher sind immer enttäuscht worden. Nach dem Ersten Weltkrieg haben Archäologen Gräber zuletzt untersucht. Man hat wohl gehofft, auf wertvolle Grabbeigaben zu stoßen, aber tatsächlich wurden auch diese vorab verbrannt«, erklärte Mathilde.

»Und was war hier?« Vera ging nach links zu einer Stelle, an der mehrere Schautafeln und große Felsbrocken arrangiert wurden.

»Das ist der Energiegarten«, sagte Mathilde. »Die Kelten haben ja ihre Toten nicht irgendwo vergraben, sondern an besonderen Kraftplätzen. Die Gemeinde hat vor ein paar Jahren eine Energetikerin kommen lassen, die diese Energiepunkte bestimmt hat. Sie hat auch die Schautafeln mitgestaltet.«

»Herzplatz. Denke mit dem Herzen und fühle mit dem Verstand, dann wirst du eins sein mit dir«, stand da.

Vera befühlte einen der riesigen Steine. Er fühlte sich warm und speckig an. »Ich bin ja nicht esoterisch, aber ich habe das Gefühl, ich spüre tatsächlich eine Energie. Es wurlt richtig.«

Klar, dass jetzt alle den Kraftplatz testen wollten. Der kleine Herbert bestätigte Veras Erfahrung. Sein Freund lachte ihn dafür aus. »Das Einzige, was wurlt, ist mein Bauch. Ich glaube, ich habe schon wieder Hunger.«

»Ich habe eine Jause mitgebracht«, sagte Mathilde, »Feuerfleck mit roten Zwiebeln und Kürbis.«

»Ist das eine Art Flammkuchen?«, fragte Karel.

»So ähnlich«, erklärte Mathilde, »quasi die traditionell burgenländische Variante. Wenn früher beim Brotbacken Sauerteig übergeblieben ist, hat man diesen ausgewalkt und auf die heiße Herdplatte gelegt. Und die gebackenen Fladen hat man dann mit Knoblauchschmalz bestrichen und mit Zwiebeln belegt.«

Mathilde fing Skys panischen Blick auf.

»Für dich habe ich natürlich eine vegane Variante«, sagte Mathilde hastig zu Sky. »Veganes Schmalz aus Röstzwiebeln, Kokosfett, Haferflocken und Sojasoße.«

Die Bloggerin nahm das belegte Fladenbrot entgegen

und biss gierig hinein. »Soll ich dich filmen?«, fragte ihr Mann.

»Diesmal würde ich gerne in Ruhe essen«, sagte sie kurz angebunden. »Ich setz mich da nach hinten auf den Baumstamm.«

»Sky mag es nicht, wenn man ihr beim Essen zusieht«, sagte Karel und zuckte entschuldigend mit den Schultern.

»Na hoffentlich speibt sie nicht wieder?«, flüsterte Hilda Vera ins Ohr.

»Was heißt, hoffentlich speibt sie nicht wieder?«

Vera zog Hilda weg von der Gruppe hinter das Schaugrab.

»Na, gestern nach dem Abendessen hat sie auch gespieben. Ich habe es gehört, weil ich gleich nach ihr im Restaurant aufs Klo gegangen bin. Und sie war in der Nebenkabine und hat gewürgt. So.«

Hilda machte Würggeräusche.

»Du glaubst, sie hat Bulimie?«

»Pffff Bulimie. Die ist schwanger!«

»Was? Wie kommst du darauf?«

»Ich seh so was. Die hat so einen Glow.«

»Mama, die hat einen Glow, weil sie für Glow Make-up wirbt. Der Glow ist geschminkt. Du kannst nicht einfach so herumlaufen und erzählen, dass jemand schwanger ist, ohne Beweise.«

»Erstens erzähle ich es nicht herum. Ich erzähle es dir, und auch nur, weil du mich gefragt hast. Und zweitens brauch ich keine Beweise. In meinem Alter sieht man das. Wie du aus Brasilien schwanger heimgekommen bist, hab ich das auch sofort gesehen.«

»Da war ich im fünften Monat und hatte zehn Kilo mehr«, sagte Vera. »Dass ich schwanger war, hat *jeder* gesehen!«

»Dann glaubst du mir's halt nicht. Wir können sie ja fragen, ob sie schwanger ist.«

»Einen Teufel werden wir tun. Man fragt fremde Frauen nicht einfach so, ob sie schwanger sind. Zum Schluss denkt sie dann, sie ist zu dick, und kriegt wirklich eine Essstörung.«

Aber Hilda war mit ihren Gedanken schon woanders.

»Da, mach ein Foto von mir neben dem Grab.« Hilda drückte ihrer Tochter das Handy in die Hand. »Das stell ich auf mein Facebook. Vielleicht werde ich auch noch Influencerin. Silver Influencerin.«

*

Es war ein langer Tag für Mathilde gewesen. Erst die Aufregung mit der Selchsuppe im veganen Gerstenbrei, dann der Ausflug nach Bernstein, dann noch das Abendessen und danach Küche putzen und die Vorbereitungen für den nächsten Tag.

Obwohl sie nur für ein Dutzend Leute kochte, schien die Arbeit im Resort nie ein Ende zu nehmen.

Wenn das Hotel richtig aufsperrte, würde sie eine komplette Küchenbelegschaft brauchen. Einen Koch für jeden Posten. Anders war das nicht machbar.

Sie öffnete die Tür zu ihrem Haus. »Gerhard, bist du zu Hause?« Gerhard hörte sie nicht. Er hatte Kopfhörer auf und tötete feindliche Kreaturen auf der Playstation.

Er nickte nur kurz, als sich Mathilde bemerkbar machte.

Mathilde hatte Schwammerlsoße und Vollkornnudeln mitgebracht. Normalerweise nahm sie kein Essen mit nach Hause. Aber die Schwammerlsoße wäre auf dem Kompost gelandet, und so hatte ihr Ophelia, die es hasste, wenn Ressourcen verschwendet wurden, erlaubt, die Reste mitzunehmen.

»Was gibt es zu essen?«, rief der Gerhard auch prompt.

»Ich mach dir gleich was warm, ich würd nur vorher gerne duschen«, sagte Mathilde.

Sie hasste es, wenn sie nach Küchendunst roch.

Sie schaltete das Backrohr ein und suchte eine Auflaufform für die Nudeln. Es gab keine saubere Auflaufform. In der Spüle türmte sich das schmutzige Geschirr. Obwohl sich der Geschirrspüler gleich darunter befand, stellte der Gerhard immer alles in die Abwasch. Mit spitzen Fingern fischte sie das mit Schmutzwasser vollgesogene Schwammtuch aus der Abwasch und wrang es unter fließendem Wasser aus.

»Kannst du bitte einmal deinen Dreck wegräumen«, rief sie genervt in Richtung Wohnzimmer.

»Kannst du bitte einmal nicht gleich loskeppeln, wenn du bei der Tür hereinkommst«, sagte der Gerhard.

Mathilde fing an, das saubere Geschirr auszuräumen und das benutzte in die Maschine zu schlichten. Sie suchte frische Küchenhangerln[*] heraus und nahm die schmutzigen, die der Gerhard mehr oder weniger alternierend zum Mund- und zum Tischabwischen verwendet hatte, mit ins Badezimmer und stopfte sie in die Waschmaschine. Sie hätte größte Lust gehabt, den Gerhard anzubrüllen, aber dann würde er wieder sagen, sie wäre eine Keifen, und der Abend würde mit einem Riesenwickel[**] enden, und dafür war sie heute echt zu fertig.

Sie stellte sich unter die Dusche. Sie schloss die Augen, als das heiße Wasser über ihren Körper prasselte. Sie shamponierte ihre Haare zweimal mit einer ihrer Haarseifen. Der minzfrische Schaum beseitigte den unangenehmen Küchengeruch. Ah, das war besser.

Sie drehte das Wasser ab, trocknete sich ab und schlug

---
[*] Geschirrtücher
[**] Streit

ihre Haare in ein Handtuch ein. Dann zog sie ein T-Shirt und einen Jogginganzug an und ging in die Küche zurück. Der Ofen war mittlerweile heiß geworden. Mathilde rieb etwas Käse über die Nudeln und stellte die Auflaufform ins Rohr.

Dann fing sie an, das Klumpert auf dem Esstisch beiseitezuschieben. Der Tisch war wie üblich mit dem beladen, was sich im Laufe des Tages angesammelt hatte: leere Bierflaschen, Kaffeehäferl, Gratiszeitschriften, unbezahlte Rechnungen.

»Sieht super aus«, sagte der Gerhard betont enthusiastisch, »ich verhungere.« Er rieb sich über den Bauch. Das T-Shirt spannte. Wahrscheinlich war es beim Waschen eingelaufen. Oder er hatte zugenommen. Als er sich zum Esstisch setzte und erwartungsvoll zurücklehnte, rutschte es hoch und Mathilde konnte seinen Bauchansatz sehen. Weiße Haut und ein Nabel, der sich nach außen wölbte.

Mathilde konnte den Blick nicht abwenden. Was für einen seltsamen Anblick dieser Nabel aus ihrer Perspektive abgab. Der Nabel war vertraut und fremd zugleich.

Gerhard fing an zu reden. Er hatte oft Rededrang, wenn er den ganzen Tag alleine vor sich hingewerkelt hatte. Ganz im Gegenteil zu Mathilde, die abends lieber schwieg.

»Heute war ein voll kreativer Tag für mich«, berichtete er. »Ich arbeite an einer neuen Skulptur. Sie steht für Kritik an der Leistungsgesellschaft. Ein riesiges Hamsterrad aus Stahl, und darinnen läuft eine Schaufensterpuppe. Und das Besondere, die Puppe hat acht Arme. Wie die indische Göttin Shiva. Du musst dir das nachher ansehen.«

Mathilde nickte nur. Einen Teufel würde sie tun. Sie hatte nicht die geringste Lust, noch mal vor die Tür zu gehen.

Gerhard nahm sich eine Portion überbackene Schwammerlnudeln und platzierte sie auf seinem Teller. Dann griff er zum Salzstreuer und bestreute das Gericht großzügig damit.

»Du könntest wenigstens kosten, bevor du nachsalzt«, fauchte Mathilde, »mein Essen ist gewürzt.«

»Da ist zu wenig Petersilie drinnen«, befand der Gerhard, während er mit vollem Mund kaute, »meine Mutter sagt immer, Petersilie ist das Wichtigste an einer Schwammerlsoße.«

»Dann gehst du am besten zu deiner Mutter«, sagte Mathilde.

Beim nächsten Bissen erwischte er ein großes Stück Käsekruste, das offenbar brennheiß war, denn der Gerhard riss den Mund auf und wachelte mit der Hand vor seinem Mund auf und ab. Tränen traten in seine Augen. »Bist du deppert, ich hab mir die Zunge verbrannt.«

Mathilde stand auf und rieb sich die Schläfen. »Ich habe Kopfweh, ich leg mich hin.«

»Du hast echt oft Schädelweh«, sagte der Gerhard.

»Das liegt an der Kopfwehpartie, mit der ich zusammen bin«, sagte Mathilde. Aber sie sagte es so leise, dass der Gerhard es nicht hörte.

GEDANKEN EINER WASSERLEICHE

Die Menschen denken nicht gerne an uns nicht geborgene Wasserleichen. Ich kann das gut nachvollziehen. Wer badet schon gerne im See und denkt an die Leichen, über die er gerade schwimmt? Nur an einem einzigen Tag werden wir zumindest in Gedanken lebendig. Am letzten Sonntag vor Weihnachten wird bei der Schiffsanlegestelle in Klagenfurt aller im Wasser verunglückten Menschen gedacht. Dabei wird ein Christbaum mit Lichtern geschmückt, anschließend feierlich geweiht und von den Tauchern im See versenkt.

13 SYLVIA SUCHT DAS GLÜCK

Manche Spinnenarten überreichen ihren zukünftigen Partnern ein Geschenk, wie zum Beispiel ein in Spinnenfäden gewickeltes totes Insekt, um sich zu einem Paarungs-Date zu verabreden. Kurios: Manchmal greifen die Spinnenmännchen auch zu Blätterfetzen oder Geschenken, die bereits von anderen Weibchen abgelehnt wurden.

Vera fand die Recherche im Wellnesshotel mühsamer als geplant. Sie sagte Recherche, nicht Urlaub, auch wenn es sich wie Urlaub anfühlte. Aber genau das war das Problem. Sie hatte das Gefühl, die Gastgeber wollten sie ständig einlullen und einkochen.

Die erhoffen sich einen lobenden Artikel wie aus dem Werbeprospekt, dachte sie. Aber für Vera hatte so eine Lobhudelei nichts mit echtem Journalismus zu tun.

Sie dachte nach. Wellnesshotels, die tolles Essen, Yogastunden, Ausflüge und Beautybehandlungen anboten, gab es wie Sand am Meer. Wodurch unterschied sich dieses Hotel? Das Besondere am »Fia mi« war sicher der berühmte Eigentümer, aber jeder Versuch, ein ernsthaftes Interview zu führen, war bis jetzt im Sande verlaufen. Der Mann gab außer Eigenlob und hohlen Marketingphrasen nichts Persönliches preis.

»Hör auf zu grübeln, genieß es lieber«, riet ihre Mutter.

»Das hier würde 400 Euro die Nacht kosten, wenn wir das bezahlen müssten. 400, stell dir das mal vor. In echtem Geld sind das 5.500 Schilling.« Hilda rechnete auch 20 Jahre nach der Euroeinführung noch gerne nach, was etwas in Schilling kosten würde.

Hilda liebte den Urlaub im Wellnesshotel. Auch wenn Vera ihr ständig erklärte, das wäre kein Urlaub, sondern eine Recherchereise. »Dann nenn es halt Recherchereise, wenn du dich damit besser fühlst, aber für mich ist es Urlaub«, beharrte sie. »Schau nur, diese Schokoladenmünze, die sie uns jeden Abend auf den Kopfpolster legen. Walnussnougat und Uhudlergelee. Pinkataler heißt der. Wie originell. Kann ich deinen auch essen? Und hast du schon die Gästepost gelesen?«

Hilda liebte die Gästepost. Die Gästepost, die von Sylvia Zieserl gestaltet wurde, verriet alles, was Hilda tagtäglich interessierte.

Das Datum: *Der 23. Oktober, der 24 Oktober, der 25. Oktober.* (Die Tage vergingen hier wirklich wie im Flug.)

Wie das Wetter werden würde: *Sonnig mit leichtem Westwind, 9 - 18 Grad.* (Das Südburgenland befand sich gerade in einer stabilen Hochdrucklage.)

Und ganz besonders wichtig: was es am Abend zu essen geben würde. Hilda liebte es, darüber zu sinnieren, ob sie als Vorspeise lieber *Pastinakensalat mit Birnen* oder *Gurken-Basilikum-Mousse* wählen sollte. Ob sie als Hauptgang *Gebackener Karfiol mit Walnuss-Gremolata* oder *Emmerrisotto mit Kürbis* bestellen würde. Und beim Dessert *Apfel Crumble* oder *Holundersorbet* entschied sie sich im Zweifelsfall für beides. Im Urlaub soll man keine Diät machen, war ihre Devise.

Ebenfalls in der Gästezeitung zu finden war das täglich wechselnde Aktivprogramm mit unterschiedlichen

Programmpunkten wie beispielweise: *7 Uhr Morgenyoga, 10.30 Uhr Medical Fitness mit Doktor Meierhofer, 18 Uhr Massagegriffe zur Selbstanwendung.*

Der Ausflugstipp des Tages: *Oberwarter Wochenmarkt, Burg Schlaining, Freilichtmuseum Bad Tatzmannsdorf, Sagmeister Mühle, Wanderung zum Dreiländereck …*

Und als Krönung der Motivationsspruch des Tages.

»Ich versteh nicht, warum der Ortner abgereist ist«, sagte Hilda beiläufig, als sie den Motivationsspruch für den vierten Tag ihres Urlaubs, pardon Rechercheaufenthalts las. Der Spruch erinnerte sie an den Ortner, weil Vera ihr erzählt hatte, dass der Journalist bei seiner überhasteten Abreise dubiose Anmerkungen zur Vergangenheit der Hotelbetreiber gemacht hatte.

»Was steht denn da?«, fragte Vera.

Hilda rückte ihre Lesebrille zurecht und las vor:

»Stolpere nicht über etwas, was hinter dir liegt.«

Auch Sylvia, die Verfasserin der Gästezeitung, fand, sie hätte den Spruch sehr gut gewählt. Aber nicht, weil sie bei der Auswahl an den Ortner gedacht hatte. Die Motivationssprüche waren von Tinder. Sylvia fand dort ständig irgendwelche Sapiosexuelle, die hofften, mit solchen geistigen Ergüssen Frauen zu beeindrucken. Sie konnte mit diesem Typ Mann und seinen ewigen Parabeln wenig anfangen. Aber für das »Fia mi« waren diese Sinnsprüche genau richtig.

Privat war Sylvia eher eine Frau klarer Worte. Ihr aktueller Tinder-Profilspruch lautete deshalb:

»Willst du mein nächster Fehler sein?«

Sie gab sich beim Onlinedating keinen Illusionen hin. Sie hatte erfahren müssen, dass sich auf Tinder vor allem Frösche tummelten. Nachdem sie bereits eine ganze Menge davon geküsst hatte, wusste sie nun zumindest, was sie nicht wollte. Kandidaten, die sofort nach links gewischt wurden, waren Männer, die sich mit Statussymbolen zeigten, die ihnen ganz sicher nicht gehörten (Jacht, Rennwagen, Hubschrauber), Männer ohne Foto, Männer, die von vielen hübschen Frauen umgeben waren, Männer mit unaufgeräumten Wohnungen im Hintergrund, Männer mit keiner oder schrecklicher Kleidung, Männer, die ihr zu esoterisch erschienen. Und selbstverständlich alle hässlichen Männer.

Blöderweise blieben bei diesen Standards nicht allzu viele Tinder-Männer übrig.

Sylvia benutzte die App deshalb mittlerweile ganz pragmatisch. Man muss das Ganze angehen wie Online-Shopping, war ihre Devise. Erst packt man einen Haufen Schuhe, pardon Männer in den Warenkorb, sortiert dann aus, bestellt eine Handvoll, probiert sie und wenn sie nicht passen, schickt man sie zurück, weil man ohnehin schon wieder die nächsten in den Warenkorb gelegt hat.

Aber heute war Sylvias virtueller Warenkorb leer. Sie wischte gedankenverloren über die Oberfläche ihres Smartphones. Ein Profil nach dem anderen wurde von ihr nach links geschoben. Darunter Gesichter, die sie schon öfter gesehen zu haben glaubte. Vielleicht sahen diese Typen auch alle gleich aus. Halbnackte Männer mit Tattoos, halbnackte Männer im Fitnesscenter, halbnackte Männer mit Hundewelpen. Notgeil und selbstverliebt, urteilte Sylvia über die Halbnackten. Wisch, wisch, wisch. Und schon waren sie weg. Sylvia war einer unkomplizierten Affäre nicht abgeneigt, aber auch Frauen, die die schnelle Nummer suchen, wollen begehrt werden, nicht bewundern müssen. Außerdem packte sie ihre Geschenke gern selbst aus.

Ihre Hand fuhr rhythmisch über die Glasscheibe ihres Smartphones. Da erspähten ihre Augen ein Foto, das ihr Interesse weckte. Die Hand mit den perfekt lackierten Fingernägeln im Farbton »Schwarze Kirsche« verharrte in der Luft. Der Mann, der ihr da entgegenblickte, war vollständig bekleidet, und auch wenn das Bild, das ihn offenbar bei einem Einsatz von »Ärzte ohne Grenzen« zeigte, schon ein paar Jährchen alt zu sein schien – er kam ihr äußerst bekannt vor. Sie kniff die Augen zusammen und lächelte wissend.

Dann las sie den Vorstellungstext. *Cool genug, um dir den Atem zu rauben, und smart genug, um ihn dir wieder zurückzugeben. Ich bin Arzt und kann dich – wenn es sein muss – reanimieren!* Chris, 44. Weniger als einen Kilometer von dir entfernt.

»Ich pack's nicht!«, sagte Sylvia, während sie ungläubig die weiteren Bilder betrachtete, die ihre erste Vermutung bestätigten. »Der Meierhofer ist auf Tinder. Unser Herr Doktor!« Dann lachte sie laut und swipte schwungvoll nach rechts.

Als sie zwei Stunden später wieder auf die App schaute, hatte sie ein »Match« mit ihm. Das hieß, er fand sie auch gut, und sie konnten sich jetzt über die App schreiben. Tatsächlich wartete schon eine Nachricht auf sie, und die bezog sich wohl auf ihr vorwitziges *»Willst du mein nächster Fehler sein?«*

Er hatte nur einen einzigen Satz geschrieben.

»Würde dir das gefallen?«

Sylvia grinste. Sie fühlte sich wie elektrisiert. Ein erwartungsvolles Ziehen in ihrem Unterleib. Sie mochte schlagfertige Männer. Und noch mehr liebte sie es, mit ihnen zu spielen. Denn schlagfertig sein, das konnte sie auch.

Rasch tippte sie in ihr Handy: »*Versuchst du etwa, Spannung aufzubauen?*«

Nur wenige Sekunden später flashte seine Antwort auf. »*Ich versuche es nicht, ich tue es.*«

Ihr Grinsen wurde breiter. Nicht schlecht, der Meierhofer. Die Antwort gefiel ihr, aber sie beschloss erst mal, nichts mehr zu schreiben.

Nur der Meierhofer, der dachte offenbar dasselbe. Denn er schrieb leider auch nichts mehr.

»Sylvia, wo bist du, die Journalisten haben gleich ihre Spa-Treatments, kann ich die Liste haben?«

Ophelia riss Sylvia aus ihrem Tinder-Gedankenkarussell. Sie war wie immer eine Erscheinung. Ihr bodenlanges Seidenkleid war über und über mit feinfedrigen Farnen bedruckt. Darüber trug sie eine hauchdünne wollweiße Kaschmirweste. Ihre blonden Haare, die sie mit einem Haarreifen aus dem Gesicht genommen hatte, wirkten wie ein Heiligenschein.

Ophelia sprach bestimmt, aber freundlich. Falsch freundlich, befand Sylvia. Die beiden Frauen wurden einfach nicht warm miteinander. Dabei waren sie sich gar nicht so unähnlich. Beide waren schlau. Beide waren dominant. Beide holten sich im Leben das, was ihnen gefiel. Aber Sylvia missfiel an Ophelia dieses aufgesetzte halb erleuchtete Getue. Dieses pseudomitfühlende Am-Arm-Fassen, wenn sie andere etwas fragte. Dieses achtsame In-die-Augen-Sehen, dieses ständige Interpretieren: »Ich spüre eine Blockade, möchtest du darüber sprechen?«

Sylvia hatte keine Blockaden, sie war der Arsch-ins-Gesicht-Typ. Aber falsch freundlich kann ich auch, dachte sie und lächelte verbindlich.

Sie druckte die Liste mit den Spa-Terminen aus und ging sie gemeinsam mit ihrer Chefin durch. »Gesichtsbehandlung mit Traubenkernöl für die Horvath, die Mutter will Mani-Pedi, die Bloggerin ein Blaufränkischbad. Und die Männer haben sich alle für die Triggerpunktmassage mit den getrockneten Maiskolben entschieden. Ich habe zwei freie Masseurinnen herbestellt, damit wir das alles unterkriegen. Die Kosmetik macht die Justyna aus Oberwart, die ab nächsten Monat unser Spa-Team einschulen wird. Die ist eine der Besten im ganzen Burgenland. Ich geh schon seit Jahren zu ihr …«

»Ich geh schon mal vor und lasse das Blaufränkischbad ein. Sky und ihr Mann wollen in der Spa-Kabine ein paar Storys posten. Da sollten wir sie nicht stören.« Sie schwebte von dannen.

In so einem Blaufränkischbad würde ich auch gerne abtauchen. Am liebsten mit dem Meierhofer, dachte Sylvia. Da wusste sie aber noch nicht, was als Nächstes geschehen würde.

14 DAS BLAUFRÄNKISCHBAD

Das Wasserkalb gehört zu den Saitenwürmern und ist drahtig steif wie ein Pferdehaar. Manchmal wird es von seinen Wirtstieren in eine Wasserlacke transportiert. Für das Wasserkalb kann ein solch temporäres Gewässer zur tödlichen Sackgasse werden.

»Kleopatra badete nicht nur in Eselsmilch, sondern gönnte sich hin und wieder auch ein Bad in Wein«, erzählte Ophelia, während sie das Blaufränkischbad zubereitete. Karel und Sky beobachteten ihre Gastgeberin interessiert. In der Kosmetikkabine stand eine große Edelstahlwanne, die mit Holz verkleidet war und dadurch an einen antiken Badebottich erinnerte. Die Wanne war bereits zur Hälfte mit heißem Wasser gefüllt. Neben dem Bottich stand auf einem Tisch ein Weinfass. Der Zapfhahn befand sich über der Badewanne. Ophelia öffnete ihn. Rotwein sprudelte in die Wanne.

»Der Blaufränkische ist eine burgenländische Paradesorte unter den Rotweinen«, erzählte Ophelia. »Das ›Fränkisch‹ bezieht sich nicht auf Frankreich, sondern auf die historische Region Franconia in Deutschland, aus der sich Franken entwickelt hat. Ein sehr kraftvoller, eleganter und komplexer Wein. Ich lasse jetzt zirka einen Liter Wein ein. Das reicht für die kosmetische Wirkung.«

»Kann man den auch einschenken? Fürs Foto wäre es gut, wenn Sky ein Glas in der Hand hätte«, sagte Karel.

»Ich trink ihn aber nicht«, sagte Sky alarmiert.

»Musst du ja nicht, du kannst den Wein ja nach dem Filmen ins Wasser schütten«, beruhigte sie ihr Mann.

»Diese Form der Vinotherapie nutzt eher die straffende Wirkung von Tanninen, Fruchtsäuren und Polyphenolen auf die Haut. Ich gebe zusätzlich Traubenkernöl und Weinlaubextrakt ins Badewasser, das wirkt entzündungshemmend und venenstärkend. Und für den guten Duft kommt ein bisschen ätherisches Uhudler-Duftöl dazu. Das riecht ganz zart nach Walderdbeeren.« Ophelia deutete auf das zartrosa Badewasser. »Das Bad soll ja nicht nur pflegen, sondern auch sinnliches Erlebnis sein.« Sie drehte den Zapfhahn wieder zu.

Karel sah auf die Uhr: »Meine Maiskolbenmassage ist in 30 Minuten. Ich würde sagen, ich mache jetzt ein paar Videos mit dir und lasse dich dann allein weitermachen, passt das?«

Sky nickte geistesabwesend. Sie trug ein Bikinioberteil mit Fransen und einen Sarong und war gerade dabei, ein Selfie zu machen. Sie wölbte ihre Lippen nach vorne, streckte den Arm nach rechts oben aus und schaute verführerisch in die Kamera.

»Hier ist die Glocke, sie ist mit der Rezeption verbunden. Läutet einfach, wenn ihr etwas braucht«, sagte Ophelia und verließ den Raum.

»Also los«, sagte Karel, als er mit seiner Frau allein war. »Schenk mir dein strahlendstes Lächeln, Baby.«

Eine Behandlungskabine weiter bekam Vera ihre Gesichtsmassage mit Traubenkernöl.

Sie lag zugedeckt auf der superbequemen vorgeheizten Kosmetikliege und genoss die pflegenden Streicheleinheiten. Diese Justyna hatte Zauberhände. Unter ihren kundigen Griffen entspannten sich Veras Gesichtszüge. Sie merkte, wie ihre Haut das Öl und die Wirkstoffe gierig aufnahm.

»Weintrauben enthalten in ihren Kernen und Schalen Resveratrol, ein hochwirksames Anti-Aging-Mittel, wirst sehen, nach dieser Behandlung siehst du aus wie neugeboren«, versprach Justyna lachend. Es war ein glockenhelles Lachen, das aus dem Herzen kam. Justyna war eine kleine, tatkräftige Person mit kurzen dunklen Haaren und blitzenden Augen, die den ganzen Tag Fröhlichkeit versprühte. Sie liebte ihren Job als Kosmetikerin und übte ihn mit echter Herzlichkeit aus, und das spürte man. Vera hatte ihr sofort das Du angeboten.

»So und jetzt kommt etwas ganz Besonderes: eine Sauvignon-Blanc-Maske!«

Sie pinselte eine hellgrüne Paste auf Veras Teint. Die Maske fühlte sich kühl und beruhigend an. »Da sind Viniferine drin, ein neu entdeckter Wirkstoff, der gegen Pigmentflecken hilft.«

»Nur her damit«, sagte Vera, »meine Flecken werden echt jedes Jahr schlimmer.«

»Ach, die paar Flecken, dafür hast du eine wunderbar feinporige, zarte Haut«, tröstete Justyna.

»Während die Maske wirkt, bekommst du eine Nackenmassage von mir. Ich hab hier ein vorgewärmtes Traubenkernsäckchen. Damit streiche ich deine Energiemeridiane aus.«

Wäre Vera eine Katze, hätte sie jetzt geschnurrt. Stattdessen dachte sie an Tom.

Der hatte es tatsächlich nach der beidseitigen Funkstille

geschafft, ihr eine Nachricht zu schicken, die aus ganzen Sätzen bestand und sogar das Wort »vermissen« enthielt. Das musste belohnt werden. Sie würde ihn heute anrufen.

Vielleicht könnten sie am Wochenende ins »Kosthaus 1814« zur Anna Szemes gehen. Die Anna machte das beste Beef Tatar von Pinkafeld bis Paris. Und erst ihre Burger mit knusprigen Pommes frites, so wie in Frankreich.

»Die Maske muss jetzt 20 Minuten einwirken«, sagte Justyna. »Ich lasse dich allein.« Vera nickte nur schläfrig. Justyna hatte ihr Pads auf die Augen gelegt, die ihre müden Lider beschwerten. So warm eingepackt auf dieser kuscheligen beheizten Liege, fühlte sie sich wie in einem Kokon. Das gedämpfte Licht, die sphärische Spa-Musik, die Aromalampe. Außerdem gab es keine störenden Nebengeräusche. Vera hasste es, wenn man bei der Kosmetik jedes Geräusch aus der Nachbarkabine mitbekam. Sie döste in Nullkommanichts ein und wachte von ihrem eigenen Schnarchen auf. In ihrem Mundwinkel hing ein Speichelfaden. Justyna stand im Raum und lachte, als sie Veras Verlegenheit bemerkte. »Mach dir nichts draus, wenigstens hast du dich entspannt. Ich war vorher schon mal drinnen, aber du hast so gut geschlafen, da habe ich mir gedacht, ich lass dich ein bisschen länger liegen.«

Vera bewegte ihre Gesichtsmuskeln. Die Maske war eingetrocknet und spannte. Es fühlte sich seltsam an. Justyna schien ihre Gedanken zu erraten: »Ich nehm dir die Maske mit einer warmen, feuchten Kompresse ab. Und dann bekommst du noch eine Ampulle und eine Pflege und wenn du möchtest, auch noch ein leichtes Tages-Make-up.«

Sie griff zu zwei kleinen Frotteetüchern, drehte den Wasserhahn auf, ließ Wasser in eine Schüssel und tauchte die Tücher darin ein.

Als Vera das Plätschern des Wassers hörte, spürte sie einen unangenehmen Druck auf der Blase. Würde sie bis zum Ende der Behandlung durchhalten? Vermutlich nicht. Was hatte Justyna vor? Pflege und Make-up, das konnte eine weitere halbe Stunde dauern. Sie druckste herum. »Könnte ich nur vorher noch ganz schnell aufs Klo ... Ich muss furchtbar dringend pinkeln. Das war sicher dieser Entschlackungstee vorher.«

»Gar kein Problem«, sagte Justyna, »einfach den Gang runter und dann die erste Tür links.«

Vera kletterte von der Liege und machte sich auf die Suche. Wo waren die noch mal? Ach ja, da hinten war das D-Zeichen. Nachdem sie die Toilette benützt hatte, fühlte sie sich wesentlich entspannter. Sie wusch sich rasch die Hände und grinste dabei ihr Spiegelbild an, das eine Frau mit Handtuchturban und grüner Paste im Gesicht zeigte. Die Maske hatte Sprünge bekommen. Sie sah aus wie die Disneyfigur Shrek – in uralt. Hoffentlich war die Haut unter der grünen Schicht wirklich so zart und makellos, wie Justyna es ihr prophezeit hatte.

Vera hastete den Gang zurück und stieß die Tür zum Treatment-Raum auf. Aber Moment mal – da waren keine Justyna und auch keine Liege. Da war eine Badewanne. Und darin lag jemand. Sie konnte im abgedunkelten Raum die Konturen eines Körpers in der Wanne sehen. Sie war im falschen Behandlungsraum. »Entschuldigung«, rief Vera. Aber die andere Person antwortete nicht. Sie wollte sich schon zurückziehen, da spürte sie instinktiv, dass etwas nicht stimmte.

»Hallo, ist alles okay?« Sie trat einen Schritt näher, schaute genauer in die Wanne und fuhr erschrocken zurück. Das Badewasser war blutrot. Die Frau darinnen bewegte sich nicht. Sie trieb knapp unter der Wasseroberfläche, nur die Nase schaute heraus. Ihre offenen Haare umspielten ihr Gesicht wie rotes Seegras. Augen und Mund waren geschlossen. Die Frau war Sky.

»Sky, alles okay mit dir?«

Vera trat näher. Im Raum roch es intensiv nach Alkohol. Sky reagierte nicht.

»Sky?«, rief Vera und dann noch einmal ganz laut »Sky«. Sie hatte den Drang, Sky zu berühren, aber gleichzeitig hatte sie Hemmungen davor. Das alles fühlt sich surreal an. Sky lag vor ihr, aber es kam ihr vor, als wäre sie nicht mehr da.

Veras Blick fiel auf Skys Arm, der aus der Wanne hing. Dann hörte sie einen Schrei. Es war ihr eigener. Sie stürmte aus der Kabine und stieß beim Eingang direkt mit Justyna zusammen. »Ich hab mir schon gedacht, dass du dich verlaufen hast, du hast so lange gebraucht. Du hast dich in der Tür geirrt. Ist alles in Ordnung?«

»Da, die Sky, schau, in der Wanne, irgendwas stimmt nicht mit ihr, ich glaub sie hat, sie ist ... sie ist ...« Vera war kalkweiß. Sie stammelte.

Karel kam aus der Kabine vis-à-vis. Sein Bademantel klaffte auf. Er hatte eine Papierunterhose an, die an die Massagekunden ausgegeben wurde. »Was ist los?«, fragte er Vera.

»Die Sky, sie ist ...« Noch bevor Vera den Satz beenden konnte, war Karel in das Behandlungszimmer mit dem Blaufränkischbad gestürzt. »Sky, Puppe, was ist mit dir?« Aber Sky reagierte nicht. »Ist sie ohnmächtig? Vielleicht hat sie sich an diesem Rotweinwasser verschluckt.« Er versuchte, seine Frau aus der Wanne zu ziehen. »Helft mir, so helft mir doch!«, brüllte er die Umstehenden an. »Sie braucht Hilfe. Seht ihr das nicht?« Plötzlich waren auch die beiden Herberts da, griffen nach einem Badetuch und halfen, Sky aus der Wanne zu hieven. Das rote Badewasser färbte das weiße Badetuch sofort rosa. Karel versuchte, die reglos am Boden Liegende mit Klapsen ins Gesicht aufzuwecken. »Wo ist der Meierhofer? Wir brauchen einen Arzt.«

»Habt ihr ihren Puls gefühlt?«, fragte Justyna. Der Puls. Vera blickte erneut auf Skys Unterarm, ihr Handgelenk war von unzähligen Bändchen und Armbändern geschmückt, aber knapp darüber klafften Schnittwunden, aus denen feine rote Rinnsale rannen.

Als Vera die Schnitte sah, wurde ihr schwindlig und schlecht zugleich. Sie überlegte, zur Toilette zurückzulaufen, aber es war bereits zu spät. Vera stürzte aus der Kabine und übergab sich in die riesige Monsterapflanze, die im Gang stand. Dann merkte sie, wie ihre Knie weich wurden. Sie setzte sich auf den Boden und lehnte sich mit dem Rücken gegen die Wand. Ihr Kopf fühlte sich ganz leicht an. Ihr war immer noch entsetzlich übel, und sie versuchte verzweifelt, die Bilder der klaffenden Wunden aus ihrem Kopf zu verdrängen.

»Was ist los?« Ophelia kam den Gang entlang gelaufen. Vera deutete zur Kabinentür. Ophelia war wohl sofort klar, dass die rote Flüssigkeit in der Badewanne nicht nur Rotwein war. »Sie hat sich die Pulsadern aufgeschnitten.« Ophelia griff nach dem Bademantel, der über dem Hocker neben der Wanne lag, und riss den Gürtel herunter. Dann band sie den Arm der Bloggerin ab. »Ich brauch noch einen Bademantelgürtel für den anderen Arm!«, rief sie.

»Lasst mich durch!« Der Meierhofer war plötzlich im Raum. Karel blickte hoch und wich zur Seite. »Machen Sie was!«, schrie er verzweifelt. Doktor Meierhofer sah die Frau, die vor ihm lag, prüfend an. Er hielt seine Wange so nahe an ihr Gesicht, dass sich sein Ohr knapp über ihrem Mund befand. Er wartete darauf, ihren Atem zu spüren. Seine Hand lag auf ihrem Brustkorb in der Hoffnung, eine Bewegung zu ertasten. Aber er spürte kein Lebenszeichen. »Keine Atmung«, sagte er mehr zu sich selbst als zu den anderen.

»Kann mir jemand helfen?« Ophelia reagierte. Noch während sie den zweiten Arm mit Herberts Bademantelgürtel abband, begann er mit einer Herzmassage. 30-mal aufs Herz drücken, zweimal beatmen, und noch einmal und noch einmal. »Macht's das Fenster auf, da stinkt es ja wie in einem Schnapsladen«, rief eine Stimme. Es war Veras Mutter. Irgendjemand befolgte den Befehl, zog die Vorhänge zur Seite, öffnete das Fenster. Licht fiel herein und beleuchtete den leblosen Körper auf dem Boden, dessen Haut unnatürlich gerötet war.

»Ich habe die Polizei und den Notarzt angerufen«, sagte Justyna. »Sie sind auf dem Weg.«

Doktor Meierhofer blickte nur kurz auf. »Ich hoffe, sie kommen bald.« Er schwitzte. Seine Stirn glänzte.

»Bringt die Leute raus!« Aber niemand folgte seiner Aufforderung. Karel kauerte in einer Ecke, hatte die Hände zu Fäusten geballt und kaute an seinen Fingerknöcheln. Die anderen glotzten nur. Auch Vera schielte wieder zur offenen Kabinentür. Sie sah aus dem Augenwinkel, dass ihre Mutter ihr Tablet gezückt hatte, und fotografierte. »Mama echt jetzt! Tu das sofort weg …«

Noch bevor ein Streit entbrennen konnte, trafen fast zeitgleich die Polizei und ein Rot-Kreuz-Sanitäter ein. »Ich bin über die App informiert worden«, sagte der junge Mann. »Ich bin aus dem Ort, deshalb konnte ich so schnell da sein.«

Doktor Meierhofer klärte ihn kurz auf. »Atem-Kreislauf-Stillstand.«

»Alle außer Doktor Meierhofer raus aus dem Raum«, befahl Ophelia. Ihr gehorchten die Anwesenden.

»Wollen Sie intubieren? Ich habe alles Notwendige in meinem First Responder Rucksack mit«, sagte der Sanitäter.

»Übernimmst du die Reanimation?« Der junge Mann nickte.

Mit geübten Bewegungen führte Meierhofer einen Schlauch in Skys Luftröhre. Am Ende des Schlauches wurde ein Beatmungsbeutel aufgesetzt. Effektiver als Mund-zu-Mund-Beatmung.

Sie hörten Männerstimmen am Gang. Die Polizei, die die Leute vor der Tür befragte und die Daten aufnahm. Endlich war auch der Notarzt da.

Er ließ sich ein Update geben. »Wie lange versucht ihr schon, sie wiederzubeleben?«, fragte der Notarzt den Meierhofer.

Der sah auf die Uhr. »26 Minuten.«

Der Notfallsanitäter klebte inzwischen bei Sky Reanimationselektroden auf. Das Display leuchtete auf. Auf dem Gerät erschienen nur Striche – Nulllinie.

Der Notarzt entschied: »Wir werden einen großvolumigen Venenzugang legen. Dann können wir ihr Volumen geben und Adrenalin spritzen.« Da Skys Pulsadern geöffnet und die Arme abgebunden waren, versuchte er zuerst, eine Nadel in ihrer Halsschlagader zu platzieren. »Ich krieg keinen Zugang zusammen«, sagte er grimmig.

Meierhofer wusste, was die brachiale Alternative war. Ein intraossärer Zugang. Mit einem Akkubohrer würden sie nun ein Loch in Skys Unterschenkelknochen bohren und ihr über diesen Weg Adrenalin direkt ins Knochenmark verabreichen. Der Bohrer surrte schrill, als er sich in Skys Bein bohrte. Der Sanitäter bearbeitete inzwischen weiterhin Skys Brustkorb.

Der Defibrillator meldete sich – Analysephase – »Patienten nicht berühren«. Alle blickten auf das Gerät, welches trotz Adrenalingabe weiter die Nulllinie anzeigte.

»Weitermachen – wir machen das jetzt noch eine halbe Stunde und wenn sich dann nichts tut ...«, sagte der Notarzt.

Er sprach den Satz nicht zu Ende.

Das Nächste, was er sagte, trug er auch in sein Protokoll ein. »Todeszeitpunkt 15.26 Uhr.«

15 DER »SEHR GUTE« WEISSE SPRITZER

Rebläuse können sich nicht nur durch Sex, sondern auch durch Klonen vermehren. Manche bilden Flügel aus und reisen Dutzende Kilometer weit durch die Luft, um an einem neuen Ort den Trauben die Lebenskraft auszusaugen.

Immer wenn Vera Tom traf, machte sie innerlich einen Check. »Bin ich noch scharf auf ihn?« Die Antwort war jedes Mal »Ja«. Tom war vor 25 Jahren mal das gewesen, was man im Südburgenland gemeinhin eine männliche Dorfschönheit nannte. Graue Augen mit bernsteinfarbenen Sternen in der Mitte der Pupillen, die zu blitzen begannen, wenn er sein unwiderstehliches bubenhaftes Lächeln aufsetzte. Ein sinnlicher Mund mit einer vollen Unterlippe, die trotzig und verwegen vorstand. Ein sehniger, muskulöser Körper, der immer durchtrainiert wirkte, obwohl sich Vera nicht erinnern konnte, dass Tom jemals Sport betrieben hätte. Joints rollen, Tequila-Flaschen kippen und Matratzensport mal ausgenommen.

Er war der unverstandene Rebell aus Rechnitz. Er hatte diese »Ich bin verdammt, aber du kannst mich vielleicht erlösen«-Ausstrahlung, mit der im Film und Rockbusiness Legenden geschaffen werden: James Dean, Robbie Williams, Kurt Cobain …

Mädchen wurden von seiner Aura angezogen wie Motten vom Licht. Sie wollten Tom retten. Und Tom ließ sich gerne retten. Immer und immer wieder. Solange Tom mit einer Frau zusammen war, gab er ihr das Gefühl, die Einzige zu sein, etwas Besonderes, das Zentrum seines Universums. Doch dann begannen seine Augen zu wandern, er entdeckte ein anderes Objekt der Begierde und zog weiter. Hinterließ einen Trümmerhaufen aus Liebeskummer, Herzschmerz und Vorwürfen. Obwohl Tom die Vorwürfe immer sehr unfair fand. Er hatte schließlich nie irgendeiner irgendetwas versprochen. Tom machte einfach das, was alle Dorfschönheiten so machten: Er nutzte sein gutes Aussehen und seinen Schmäh, um so viele Mädchen wie möglich flachzulegen.

Eine, die er flachgelegt hatte, war Vera gewesen. Allerdings war Vera intuitiver als seine anderen Eroberungen und hätte sich lieber die Zunge abgebissen, als zuzugeben, dass sie Tom gut fand. Das wiederum traf Tom zutiefst in seiner Eitelkeit, woraufhin er sich wieder mehr ins Zeug legte und sich erneut um sie bemühte.

So wurde aus dem One-Night-Stand ein Two-Nights-Stand und dann ein Three-Nights-Stand und irgendwann sogar ein Onehundred-Nights-Stand. Nur richtig zusammen waren sie nie. Beide erklärten sich gegenseitig immer und immer wieder, dass eine richtige Beziehung einfach kein Thema wäre. »Du wärst mir viel zu verantwortungslos und unreif«, log Vera. »Du wärst mir viel zu dominant und freiheitsliebend«, log Tom. Obwohl sie einander näherstanden, als sie es je zugaben, bewahrten sie absichtlich Distanz. In der berechtigten Hoffnung, dass diese Distanz das Feuer zwischen ihnen so lange wie möglich am Lodern halten würde.

Auf diese Art konnte Tom Vera immer wieder neu erobern, und Vera hatte das Gefühl, dass sie für ihn immer interessant blieb. Und dieses Spiel hatten sie nun ein Vierteljahrhundert später wieder aufgenommen.

Als Vera im »Kosthaus 1840« ankam, saß Tom schon an der Bar und trank einen »Sehr guten Spritzer«. Der »Sehr gute Spritzer« stand wirklich genauso auf der Karte und wurde seinem Namen absolut gerecht. Das österreichische Kultgetränk bestand hier halb und halb aus Grünem Veltliner aus eigenem Anbau und aus Sodawasser. Vera grüßte das Geschwisterpaar Oscar und Anna, das hinter der Bar stand, und nahm neben Tom Platz. »Noch einen Spritzer, bitte«, rief Tom Richtung Wirtsleute und küsste Vera zur Begrüßung auf den Mund. Er roch nach Eukalyptus und »Vetiver«, dem Rasieröl, das er immer verwendete.

Vera zog ihre Jacke aus und machte den »Bin ich noch scharf auf ihn«-Check, der wie immer ein positives Ergebnis brachte. Tom war längst keine Dorfschönheit mehr. Er hatte locker zehn Kilo mehr als früher, graue Bartstoppeln und Tränensäcke, die ihm ein verlebtes Aussehen gaben. Tom hatte lange ein Nachtlokal in der Oberwarter Discostraße betrieben, und das Nachtleben hatte seinen Tribut gefordert. Aber das Blitzen in den Augen, die trotzige Unterlippe, der Bad-Boy-Charme waren immer noch da. All over sah er mit seinen dichten Haaren, den vollen Lippen und den breiten Schultern immer noch geil aus, befand Vera.

Tom nahm einen tiefen Zug aus dem Henkelglas und schenkte Anna hinter dem Tresen ein bezauberndes Lächeln, bevor er sich Vera zuwandte. »Ich hab gehört, du bist schon wieder über eine Leiche gestolpert?«

»Wo hast du das gehört?« Vera war sich ganz sicher, dass die Medien nie über Selbstmorde berichteten, um Nachahmungstaten zu vermeiden.

»Deine Mutter hat die Frau Fuith aus dem Bauernladen angerufen, und die hat es der Nachbarin von meinem Getränkehändler erzählt, und der hat es dem Oscar erzählt, und der Oscar natürlich mir.«

Oscar Szemes prostete Vera bei der Erwähnung seines Namens freundlich zu. Oscar hatte ein sonniges Gemüt und versprühte, wie viele Winzer, immer eine Aura positiver Gemütlichkeit. Auch er hatte ein Henkelglas mit »Sehr gutem weißen Spritzer« in der Hand.

»Letztes Jahr die Leich im Garten, jetzt die Bloggerin im Blaufränkischbad. Tote säumen deinen Weg«, neckte Tom Vera.

»Hör auf, darüber Witze zu machen. Das war schrecklich, als ich sie gefunden habe.«

Tom sah sie ernst an. »Magst du darüber reden? Komm, gehen wir vor die Tür und rauchen eine.«

Vera rauchte nicht, außer mit Tom. Sie nickte. Gemeinsam setzten sie sich auf das Raucherbankerl vor dem Lokal, wo die Gastgeber wohlweislich Schaffelle und Fleecedecken platziert hatten.

Es war erst 18 Uhr, aber bereits stockdunkel. Ein scharfer Wind bog um die Ecke und trug den Geruch nach feuchtem Laub mit sich. Es herbstelte. Vera wickelte sich in eine Decke und sah zu, wie Tom ein Streichholz nahm, eine Zigarette entzündete, die zweite an der Glut der ersten entflammte und ihr diese dann reichte. Kurz war dabei sein Gesicht im Feuerschein zu sehen gewesen. Dann war wieder alles schwarz. Er bemerkte dennoch, dass sie ihn ansah, lächelte und legte einen Arm um sie. Die Glut der beiden Zigaretten tanzte in der Dunkelheit. Rauchen war scheiße, aber das Ritual hatte etwas rührend Verbindendes.

»Also erzähl«, sagte Tom.
»Es war furchtbar«, antwortete Vera, nahm einen Zug, inhalierte tief und legte die Zigarette sofort wieder weg. Ihr wurde schwindlig. Der Geschmack war ekelhaft. Und das Nikotin kribbelte bis in die Zehenspitzen.
»Ich bin versehentlich in Skys Kabine geraten, weil ich mich auf dem Weg zurück vom Klo verlaufen hatte.«
»Du musst immer pinkeln, und dein Orientierungssinn ist unter aller Sau«, sinnierte Tom.
Vera mochte es, dass Tom sie so gut kannte.
»Ich weiß. Also, ich bin in die Kabine hineingegangen und hatte sofort so ein ganz komisches Gefühl. Sky ist einfach nur im Wasser gelegen. Dass sie sich die Pulsadern aufgeschnitten hat, habe ich erst später gecheckt.«
»Wie ist es dir ergangen, als du sie gesehen hast?«
»Wie es mir ergangen ist?«
Vera überlegte. Ihre Antwort war heftiger, als sie es geplant hatte.
»Tom, das war eine Leiche. Tot. Ich hab sie eine Stunde vorher noch beim Mittagessen gesehen. Sie hat geredet, gelacht, sich beschwert, dass das Seidentofu-Schokoladen-Tiramisu so klumpig war. Sie hatte einen Mann, Freunde, Tausende Fans. Und plötzlich war da nur mehr dieser tote Körper. Ich kann nicht mal genau sagen, ob oder woran ich bemerkt habe, dass sie tot war. Es war mehr so ein Gefühl. Das, was da vor mir lag, das war nicht mehr sie.«
Vera rieb sich mit den Handflächen über Wangen und Augen. Zeige- und Mittelfinger der rechten Hand rochen nach Rauch und Nikotin. Ihr grauste. »Ich weiß auch nicht,

wie ich das anders erklären kann. Ob man es überhaupt erklären kann. Es ist irgendwie unerklärbar, unbegreiflich.«

»Hat sie Rasierklingen verwendet?«

»Nein, aber das Küchenmesser, das im Badewasser lag, war scharf.«

Vera berichtete vom Wiederbelebungsversuch und den anschließenden Befragungen durch die Polizei.

»Die wollten natürlich ganz genau wissen, wo sich jeder von uns aufgehalten hatte. Und ob jemand etwas gesehen oder gehört hätte. Aber niemand hat was gehört. Ich bin zurück in meine Kabine, weil da noch mein Gewand lag. Ich hab mir das Gesicht gewaschen. Ich hatte ja so eine Maske drauf, die schon ganz eingetrocknet war, und dann habe ich mich angezogen. Und als ich rauskam, habe ich gehört, wie sich die Ärzte und die Polizei unterhalten haben. Die Tür zum Tatort war nämlich nur angelehnt.«

»Du hast sie belauscht«, stellte Tom fest.

»Ja. Ich hab sie belauscht«, gab Vera zu.

»Und was hast du gehört, Miss Marple?«

»Der Notarzt hat gesagt, dass das sehr ungewöhnlich ist, dass eine junge, gesunde Frau so plötzlich stirbt. Und dass er auch nicht glaubt, dass jemand, der sich das Leben nehmen will, mit einem Messer in den Spa geht. Weil hier doch jeden Moment jemand reinkommen kann.«

»Außer sie wollte sich gar nicht umbringen, sondern nur Aufmerksamkeit erregen«, sagte Tom, »vielleicht war es ein Hilferuf.«

»Ja, aber da war noch was. Der ganze Raum hat intensiv nach Alkohol gestunken, obwohl bei der Vinotheraphie nur ein bisschen Rotwein ins Badewasser kommt. Und dann hat der Arzt noch gesagt, dass sie Vorverletzungen hatte.«

»Was für Vorverletzungen?«

»Schnittwunden auf den Armen und den Beinen und Würgemale am Hals.«

»Echt jetzt?«

»Ja, der Bestatter hat die Tote abgeholt und nach Oberwart auf die Pathologie gebracht. Die holen den Gerichtsmediziner aus Graz. Die werden sie obduzieren.«

»Na, Werbung für das Hotel ist das keine«, stellte Tom trocken fest. »Dafür gibt's keine Sternderl auf Trip Advisor. Wenn da die nackten Weiber im Spa abgestochen rumliegen wie die Schweinderl.« Er lachte. Er wurde immer sarkastisch, wenn er nicht weiterwusste. Vera nervte das. Sie versteifte sich. Tom bemerkte das und zog sie an sich. »Komm her«, sagte er und küsste sie auf die Stirn. »Du weißt doch eh, dass ich immer so blöd daherrede.«

Zwei Gestalten entfernten sich vom Lokal Richtung Parkplatz. Unter dem Schein der Laterne konnte man kurz ihre Gesichter erkennen. »Schau mal, da ist die Zieserl, die habe ich vorher im Restaurant gar nicht gesehen.« Tom deutete auf die Frau, die in Begleitung eines Mannes das Weingut verließ und Richtung Straße stöckelte.

»Hat die einen Neuen?«

Als Anlaufstelle für Nachtschwärmer kannte Tom die partyfreudige Ex des »Pannonia Bau«-Chefs natürlich.

»Das ist der Meierhofer«, sagte Vera leise. »Der Arzt aus dem ›Fia mi‹, der versucht hat, die Bloggerin zu reanimieren.«

Die beiden sahen, wie der Meierhofer einen Arm um die Taille der Zieserl legte.

»Ich glaube, der macht heute noch einen Hausbesuch bei ihr«, stellte Tom trocken fest.

*

Die Zieserl nahm den Meierhofer tatsächlich mit zu sich nach Hause. Und die beiden waren nicht die Einzigen, die dem Hotel an diesem Abend den Rücken gekehrt hatten. Nach dem, was heute im Spa passiert war, hatten auch andere das Weite gesucht. Karel wollte keine Nacht länger an dem Ort bleiben, an dem seine Frau gestorben war. Mathilde war noch am Nachmittag zum Gerhard gefahren und hatte die Zubereitung des Hotel-Abendessens Liam übertragen. Vera hatte ihrer Mutter erklärt, sie hätte heute ein Date mit Tom und würde dann gleich zu Hause schlafen. Es sei also sinnvoll, dass sie gleich auscheckte.

Die einzig verbleibenden Gäste im Hotel waren somit Hilda (»Ich habe noch eine Nacht gut, das sind 5.500 Schilling in richtigem Geld.«) und die beiden Herberts, die galant beschlossen hatten, Hilda und Ophelia nach dem schrecklichen Ereignis Gesellschaft zu leisten. Arno, der die gesamte Aufregung um die Tote im Spa verpasst hatte, würde erst morgen wiederkommen. Er war auf einem Motivationsseminar in Pamhagen. Wo der Zsoltán die Nacht genau verbrachte, wusste keiner. Aber tatsächlich interessierte es auch niemanden.

»Das ist also dein Haus«, sagte der Meierhofer zu Sylvia. Sie standen vor dem schwarzen Betonblock. »Ist das deine Nachbarin, die ist aber neugierig.« Christoph winkte der Frau, die am Fenster des Hauses vis-à-vis stand, übertrieben freundlich zu. Elfriede Großschädel ließ geräuschvoll das Rollo herunterrasseln.
   »Die schaut sicher noch immer zwischen den Lamellen durch, neugierige Goaß«, schimpfte Sylvia.
   »Na, dann geben wir ihr was zu schauen«, sagte der Christoph, zog sie an sich und küsste sie heftig. Er saugte

dabei an ihrer Lippe. Sylvia stöhnte. »Nicht so schnell, Herr Doktor.«

Er lachte nur und folgte ihr ins Haus.

»Nicht schlecht, die Hütte«, befand er, während sein Blick über die Designermöbel und die teuren Bilder an den Wänden schweifte. »War dein Ex-Mann so reich?« Er wusste, dass Sylvia geschieden war.

»Mein Ex-Lover«, berichtigte diese und ging zur offenen High-Tech-Küche. Sie drückte gegen eine der grifflosen Fronten, die sich wie von Zauberhand öffnete, nahm zwei Kristallgläser und eine Flasche heraus und schenkte in jedes der Gläser zwei Fingerbreit Whiskey ein.

Dann ging sie zum Kühlschrank, drückte auf einen Knopf und wartete, bis das Gerät die benötigten Eiswürfel ausspuckte.

»Fancy«, sagte der Meierhofer. »Und was ist aus ihm geworden, aus deinem Ex-Lover?«

»Tot«, sagte sie. Sie sah den Meierhofer prüfend an, während sie diese Worte ganz betont aussprach. Ihr rot geschminkter Mund verzog sich dabei zu einem süffisanten Lächeln.

Er kam näher und nahm ihr das Glas aus der Hand, stieß mit ihr an und nahm dann einen tiefen Schluck. »Du willst mir also erzählen, dass du so eine Eislady bist, die ihre Liebhaber umbringt, zersägt und in der Tiefkühltruhe lagert?«

Sylvia küsste ihn und biss ihn in die Unterlippe. Sie schmeckte nach Whiskey, süß und rauchig zugleich. »Warum, würde dir das Angst machen?«, fragte sie.

»Ich habe vor gar nichts Angst«, sagte der Meierhofer, schob ihr seine Zunge drängend in den Mund und hob sie hoch. Sylvia schlang ihre Beine um seinen Körper. Sie hatte ein enges pflaumenfarbenes Wickelkleid an, das dabei aufklaffte und den Blick auf sündteure »La Perla« Unterwäsche freigab. »Sieh an«, sagte der Meierhofer süffisant. »Man könnte annehmen, du hättest heute noch was vor.«

Er trug sie die paar Schritte zum riesengroßen Ecksofa und legte sie dort ab. »Spreiz die Beine«, befahl er. Sylvia gehorchte. »Ich werde es dir jetzt nach allen Regeln der Kunst besorgen, aber du wirst erst kommen, wenn ich es dir erlaube.«

Sylvia blickte ihn fragend und auch ein bisschen amüsiert an. Ein Player. Aber gut, sie würde mitspielen.

»Verstanden?«, fragte der Meierhofer.

»Verstanden«, sagte Sylvia und verkniff sich ein Lachen.

Er grinste und tauchte zwischen ihren Beinen ab. Sie zuckte zusammen, als sich sein Dreitagebart gegen ihre Labia rieb. Dann spürte sie seine weichen Lippen und seine fleischige Zunge, die sie erforschten. Sie spürte, wie er erst experimentierte, Druck und Geschwindigkeit variierte, um herauszufinden, was sie erregte. Dieser Doktor war ein Experte. In kürzester Zeit hatte er den Rhythmus gefunden, der ihr gefiel. Christoph nahm zufrieden wahr, wie Sylvia leise zu stöhnen begann. Er genoss die Macht, die er mit seiner Zunge hatte. Wie sie durch sein gekonntes Lecken Wachs in seinen Händen wurde. Ein zitterndes Bündel aus nacktem Begehren. Es gefiel ihm, wie sie immer feuchter wurde, der leichte Moschusduft, der salzige Geschmack. Er spürte, wie sie sich ihm immer stärker entgegenwand. Wie sich ihre Muskeln anspannten, sich ihr Atem beschleunigte, sie war so kurz davor zu kommen.

Er hob seinen Kopf und ließ von ihr ab. Ein frustrierter Seufzer kam aus ihrem Mund.

»Nicht aufhören.«

»Mein Spiel, meine Regeln«, sagte er nur.

Er tat das, was er angekündigt hatte. Er erregte sie bis zum Äußersten, aber er ließ sie nicht kommen, weder mit der Zunge noch mit den Fingern noch mit seinem Schwanz. Er brachte sie jedes Mal bis kurz davor, nur um dann aufzuhören und sich daran zu weiden, wie ihr Verlangen immer verzweifelter wurde. »Du musst ›bitte‹ sagen«, sagte er schließlich.

Sie schüttelte den Kopf und protestierte wütend. »Ich werde dich sicher nicht anbetteln!«

»Wir werden ja sehen.« Er grinste nur und begann wieder, mit ihr zu spielen. Drang erneut ganz langsam in sie ein, bewegte sich kaum, legte aber gleichzeitig ganz sanft den Daumen auf ihre Klitoris.

Sylvias Frustration wuchs und wuchs. Das war keine Erregung mehr, das war Folter.

Sie war so kurz davor. So kurz.

Er zog sich erneut zurück.

»Sag bitte.«

Ihre Augen waren geweitet. Sie sprang über ihren Schatten. Dann sollte er dieses verdammte Spiel eben gewinnen. »Bitte, du Arsch«, stieß sie gepresst hervor.

»Jetzt«, sagte er und stieß zu. Einmal und noch einmal, schneller und härter, und in der Sekunde, als er bemerkte, dass sie kam und dass ihr Körper anfing zu zucken und zu explodieren, fuhr seine Hand an ihre Kehle und er drückte zu.

Es kam so unerwartet und schnell, dass Sylvia nicht einmal mitbekam, was da mit ihr geschah. Sie bekam keine Luft mehr, und ihr Körper reagierte auf die Todesgefahr instinktiv und schüttete Adrenalin aus, das durch ihre Adern strömte. Sie sah rote Sterne und gleichzeitig fühlte sie sich ganz schwerelos, und noch dazu jagte gerade der heftigste

Orgasmus ihres Lebens durch ihren Körper. Dann wurde ihr schwarz vor den Augen. »Er bringt mich um«, dachte sie. »Jetzt ist alles aus. So ist also sterben.« In diesem Moment lockerte der Meierhofer den Griff.

Sylvia hustete und schluckte, dann fing sie an zu schluchzen. Ein heftiger Weinkrampf schüttelte sie. Christoph nahm sie in die Arme und schaukelte sie. »Shshshsh, es ist alles gut. Es war doch nur ein Spiel.«

Aber die Beruhigungsversuche hatten gerade den gegenteiligen Effekt. »Du verfickter Mistkerl!« Sie stieß ihn weg und trat nach ihm. »Du hättest mich umbringen können, du krankes Arschloch!«

»Ich bin Arzt, ich weiß, wo die Luftröhre und der Kehlkopf sind«, widersprach er ihr.

Sie sprang auf, rannte ins Bad. Zog sich einen Bademantel an, trank einen Schluck Wasser aus dem Zahnputzbecher. Ihre Kehle schmerzte. Tränen rannen über ihre Wangen. Sie setzte sich auf den zugeklappten Klodeckel.

Sie schluchzte und bemerkte, dass sie vor Aufregung Schluckauf bekam.

Christoph erschien in der Badezimmertür. »Verschwinde! Hau ab. Schleich dich! Ich will, dass du gehst.« Sie warf den Zahnputzbecher nach ihm. Der Becher war aus Melamin. Er flog gegen Christophs Brust, landete scheppernd auf den Fliesen.

Sylvia hatte sich in ihrem ganzen Leben noch nie so gedemütigt und benutzt gefühlt.

Christoph zog sich an. »Es tut mir leid. Aber sei bitte nicht so hysterisch. Ich geh ja schon. Du musst ja gewusst haben, was du willst. Du hast doch mein Tinderprofil gesehen.«

»Du sollst endlich abhauen!«, schrie sie. Ihre Stimme überschlug sich. Ihre Kehle schmerzte immer noch.

Christoph zog sich an, ging ohne ein weiteres Wort zur Tür und verschwand.

Sylvia schnappte sich ihr Handy. Sie würde diesen beschissenen Tinder-Account löschen. Jetzt sofort. Bevor sie es tat, sah sie noch einmal nach, was Christoph in sein Profil geschrieben hatte. Da stand es schwarz auf weiß. »Ich bin cool genug, um dir den Atem zu rauben, und smart genug, um ihn dir wieder zurückzugeben.«

Dann swipte sie zu ihrem eigenen Vorstellungssatz. »Willst du mein nächster Fehler sein?«

Man sollte in der Tat vorsichtig mit dem sein, was man sich wünscht.

16 DU SCHLÄFST NOCH?

Moderlieschen sind kleine Fische und im Teich recht nützlich, weil sie neben Plankton auch Mücken fressen. Der Name bedeutet nicht, dass sich diese Fischart gerne in modrigem Gewässer aufhält. Er leitet sich von dem Wort »mutterlos« ab, weil der Laich manchmal an den Füßen von Wasservögeln kleben bleibt und dann in andere Gewässer verschleppt wird, wo das Gelege dann mutterlos aufwächst.

»Du schläfst noch.« Hilda stand in Veras Schlafzimmer und sah sie tadelnd an. »Es ist schon fast Mittag. Die beiden Herberts haben mich heimgeführt. Weil du hebst ja nicht ab. Da hätt ich lang auf dich warten können. Wo doch in der Gästezeitung gestanden ist, dass man bis 10 Uhr auschecken muss.«

Vera fuhr hoch. »Mama, geht's noch? Was machst du hier? Du kannst doch nicht einfach in mein Schlafzimmer reinspazieren!«

»Ja, natürlich kann ich das, wennst nicht absperrst. Ich sag dir eh immer, dass du absperren sollst, weil irgendwann stiehlt dich noch wer. Man sperrt ab. Und überhaupt du, als alleinstehende Frau.«

Toms Kopf tauchte im Türrahmen auf. Er war im Badezimmer gewesen. Er trug weiße Boxershorts mit einem

Muster aus kleinen Pelikanen. Die Vögel sahen fitter drein als Tom. Der wirkte nämlich ziemlich übernächtigt und zerknittert. Er gähnte und kratzte sich am Kinn. »Guten Morgen, Frau Horvath.«

Hilda erstarrte kurz, fasste sich aber in Sekundenschnelle. »Guten Morgen, Herr Dunkel«, sagte sie steif.

Hilda siezte Tom konsequent, seit sie ihn als 20-Jährigen zum ersten Mal gesehen hatte.

Nicht, weil sie ihn respektierte. Das absolute Gegenteil war der Fall. Sie hatte den Dunkel Tom immer schon für einen Hallodri gehalten. Und mit dem Siezen wollte sie ihn bewusst auf Distanz halten. Distanz, die er ihrer Tochter gegenüber ärgerlicherweise noch immer nicht hielt.

»Raus, Mama.« Vera riss empört die Augen auf.

»Hier sieht's aus wie bei den Hottentotten«, sagte Hilda tadelnd, als sie den Rückzug antrat und über Veras Jeans stieg, die umgekrempelt am Boden lag.

»Hottentotten sagt man nicht mehr«, rief Vera ihr empört nach, »das ist kolonialistisch und diskriminierend.«

Hilda drehte sich um. »Was man alles nimmer sagen darf. Ich wollt dir eh nur erzählen, dass die arme Selbstmörderin obduziert wird, so eine Schande aber auch, weil das war so ein hübsches Mädel, und jetzt schneiden s' as von oben bis unten auf und … die nähen sie dann sicher ganz hässlich zusammen. Weil bei Toten gibt man sich ja keine Mühe beim Nähen. Ich hab da mal eine Dokumentation im Fernsehen gesehen, also über so eine Obduktion. Da nehmen sie dich aus, wie wennst ein Schweindl nach dem Schlachten ausnimmst, und danach stopfen sie die Organe einfach wieder rein. Voll unordentlich … wie bei den Hottento… also so schlampert halt. Obwohl, manchmal geben sie sich bei den Lebenden auch keine Mühe. Der Karner Gerlinde haben sie ein Muttermal im Gesicht weggenommen, und das ist dann nicht verheilt, und dann haben sie noch mehr wegschneiden müssen, und wie sie das vernäht haben, ist das so eine schiache Naht gewesen, und jetzt muss sie zu einem Schönheitschirurgen nach Graz, damit der das wieder richtet, und die Krankenkassa will das nicht zahlen …«

Vera fiel ihrer Mutter ins Wort.

»Wer hat dir das erzählt?«

»Na, die Karner Gerlinde selber.«

»Nicht das von der Karner Gerlinde ihrer Narbe. Das von der Selbstmörderin.«

»Na, dein Chef vom ›Burgenländischen Boten‹. Dem habe ich nämlich die Fotos gemailt, die ich gemacht habe, wie wir sie gefunden haben, und der hat sich sehr bedankt. Da kannst wieder einmal froh sein, dass du so eine geistesgegenwärtige Mutter hast. Weil eigentlich war das deine Pressereise, und du wirst ja fürs Schreiben und Fotografieren bezahlt, nicht ich. Und dann hat er gesagt, dass er sich sehr über meine Tatortbilder freut, weil bei der Selbstmörderin vielleicht wer nachgeholfen hat, sonst würde man sie ja nicht obduzieren.«

Hilda holte noch mal tief Luft und warf Tom einen verächtlichen Blick zu.

»Und jetzt fahre ich zur Letta in den Reitstall. Weil ich will euch ja nicht stören. Weil ich bin ja ein Mensch, der eine Privatsphäre respektiert.« Und mit diesen Worten verließ sie endgültig den Raum.

Vera sah Tom an. »Was sagst du dazu?«

Tom lachte: »Dass deine Mutter deine Privatsphäre respektiert?«, neckte er sie.

»Nein, dass das Ganze ein Mord sein könnte?«

Tom gähnte noch einmal. »Ehrlich gesagt habe ich einen Mordshunger.«

»Ich könnt uns Eierspeis machen«, sagte Vera.

»Vergiss die Eierspeis«, sagte Tom und beugte sich über Vera und küsste sie. Dass ich ihn zurückküsse, obwohl wir uns noch nicht die Zähne geputzt haben, ist ein eindeutiges Zeichen dafür, dass ich noch scharf auf ihn bin, dachte sie.

»Ich sperr nur schnell die Eingangstür zu«, sagte Vera.

»Bitte mach das«, sagte Tom, »nicht, dass deine Mutter noch mal zurückkommt, um unsere Privatsphäre zu respektieren.« Er hatte wieder dieses jungenhafte Glitzern in den Augen, als er sie an sich zog. Sex mit Tom war wie in der Zeit reisen. Er sorgte dafür, dass Vera sich jung, sorglos, unbeschwert fühlte. Niemand kannte sie besser als er. Er war fantasievoll, zärtlich, einfühlsam, aber dabei männlich dominant genug, sodass sie sich vollkommen weiblich fühlte. Er sah ihr währenddessen immer in die Augen.

»Ich bin so gerne mit dir«, sagte sie.

»Ich bin so gerne mit dir«, sagte er.

Immer blieb Tom danach eng umschlungen mit Vera liegen. Ewig lang. Barg seinen Kopf an ihrem Busen, hielt sie so fest, als wollte er sie nie wieder loslassen. Um sich dann immer genau in dem Moment von ihr zu lösen, wenn es am schönsten, am harmonischsten war. Dann spürte sie, wie er in ihren Armen unruhig wurde, nervös, getrieben.

»Ich muss los«, sagte er auch diesmal und grinste schief.

»Ich weiß«, sagte sie.

*

Nachdem Tom gefahren war, war Veras erster Weg zu Letta in den Reitstall. Wie immer, wenn Vera an Letta dachte, hatte sie ein chronisch schlechtes Gewissen. Nicht, weil sie diese Nacht mit Tom zusammen gewesen war. Nein, dieses schlechte Gewissen begleitete Vera schon seit Lettas Geburt.

Letta, genauer gesagt Violetta, war das Ergebnis einer kurzen, aber schwierigen Beziehung mit einem brasilianischen Modefotografen. Dieser hatte das Weite gesucht, nachdem die zwei blauen Striche auf Veras Schwangerschaftstest aufgeblitzt waren. »Damit will ich nichts zu tun haben, lass es wegmachen«, hatte er gesagt. Vera ließ »es« nicht wegmachen, aber seit dieser Aussage trennte Vera und Gabriel mehr als nur ein Kontinent. Dank Social Media wusste Vera, dass Gabriel in Buenos Aires für High-Fashion-Marken Kampagnen shootete. Gucci, Prada, Louis Vuitton, das ganze Programm. Seit Gabriel erfolgreich war, überwies er ab und zu freiwillig Alimente. Persönlichen Kontakt oder Anteilnahme an Lettas Leben gab es freilich nicht. Vera schmerzte das, weil Letta dadurch keinen Zugang zu Sprache und Kultur ihres Vaters hatte. Dadurch blieb ihrer Tochter die Hälfte ihrer Identität einfach verwehrt. Und das, obwohl Letta mit ihrem karamellfarbenen Teint, ihren schwarzen Augen und ihren wilden Locken ihrem Vater wie aus dem Gesicht geschnitten war.

Die ersten Lebensjahre verbrachte Letta mit ihrer Mama in Wien. Vera kehrte nach ihrer Karenz in ihrem Job als Redakteurin bei der Zeitschrift »Lust aufs Land« zurück. Letta war ein unkompliziertes, fröhliches Baby und schlief viel. Wenn Vera loszog, um Gärtner, Blumenzüchter oder Obstbauern zu interviewen, nahm sie Letta oft im Tragetuch mit. »Die sieht aus wie eine Puppe«, sagten die Interviewpartner oft. Es war eine friedliche, symbiotische Zeit.

Schwieriger wurde es, als Letta in den Kindergarten kam. Plötzlich war die Kleine ständig krank. »Das ist normal«, trösteten andere Mütter. Husten, Schnupfen, Magen-Darm-Virus. Kinder in diesem Alter stecken sich ständig gegenseitig an. Meist steckte Letta auch Vera an. Veras Krankenstände und Pflegeurlaubstage häuften sich. Ihre Chefs waren nicht begeistert.

Als eine Ressortleitung gesucht wurde, bekam eine jüngere, unerfahrenere Kollegin die Stelle, die eigentlich Vera zugestanden wäre.

Das kränkte Vera zwar, aber insgeheim war sie auch erleichtert. Sie schaffte ihr Arbeitspensum in der Redaktion auch so nur mit Mühe. Das Bemühen, einerseits einen guten Job zu machen und andererseits ihrer Tochter Mutter und Vater gleichzeitig zu sein, überforderte und erschöpfte sie zunehmend. Vera hatte kein Sicherheitsnetz, keine Familie vor Ort. Die meisten ihrer Freundinnen waren Single und kinderlos. Sie wollten ausgehen, Männer kennenlernen, Party machen und nicht bei Vera in der Küche sitzen, wo ständig das Kind reinplatzte und störte.

Dann wurde die Medienbranche von der Printkrise erfasst. Schuld waren natürlich die Smartphones. Die Menschen hörten auf, Magazine zu kaufen, und starrten fortan lieber jeden Tag stundenlang auf ihre Handys. Die Anzeigenkunden reagierten darauf und steckten ihr Geld lieber den Garten-Bloggern und Plantfluencern zu, als weiter in ein klassisches Magazin zu investieren. »Lust aufs Land« wurde immer dünner, machte Monat für Monat weniger Umsätze. Die Verlagschefs reagierten darauf, indem sie Leute entließen. Vera war eine der Ersten, der gekündigt wurde.

Ein paar Monate lang versuchte sie, sich in Wien als freie Journalistin durchzuschlagen, aber das Geld reichte hinten und vorne nicht. Hinzu kam, dass Letta, die mittlerweile zwölf Jahre alt war, im Gymnasium gemobbt wurde. »Geh dich waschen, du Murl«, rief der Anführer der Anti-Letta-Fraktion. »Dein Gesicht ist so dreckig.« Dann versuchte er, sie »zum Waschen« in die Kloschüssel zu tauchen. In letzter Sekunde kam eine Lehrerin dazu, die das Schlimmste verhindern konnte. Aber für Letta war der Albtraum noch lange nicht vorbei. Denn nun gingen die Schmähungen, die Beleidigungen digital weiter. Sie begann, sich zu ritzen.

»Das arme Kind muss aufs Land«, sagte Hilda, als sie von der Ritzerei erfuhr. »Sie braucht frische Luft, Tiere, neue Freunde. Das wird ihr guttun.«

»Das arme Kind«, damit begannen viele von Hildas Standardaussagen zu ihrer Enkeltochter.

»Das arme Kind hat keinen Vater.«

»Das arme Kind hat so eine exotische Hautfarbe und wird deswegen gemobbt.«

»Das arme Kind hat eine berufstätige Mutter und muss in den Hort gehen.«

»Das arme Kind bekommt nie etwas Gescheites gekocht.«

Vera zog mit dem armen Kind in das Haus, das einmal der Urlioma gehört hatte.

Hier am Land gab es zwar auch keinen Vater, aber eine Oma, die in der Nähe wohnte und die gut und gerne kochte. Hier gab es dank des Nachwuchses der US-Legionäre des regionalen Bezirksbasketballteams auch andere dunkelhäutige Kinder.

Anfangs war Letta das alles freilich reichlich egal. Sie hasste das Land, verbarrikadierte sich in ihrem Zimmer. Vera dachte schon, sie hätte mit dem Umzug einen schrecklichen Fehler gemacht. Doch dann tauchte Queen Latifah auf. Ein komplett zerrupftes Huhn, das im Hühnerstall des Nachbarn das letzte in der Hackordnung gewesen und deswegen ständig auf der Flucht war.

Queen Latifah war für Letta ein Grund, ihr Zimmer zu verlassen. Mithilfe von YouTube-Videos schaffte sie es, das Huhn handzahm zu machen und ihm ein paar einfache Tricks beizubringen. Queen Latifah riss Letta aus ihrer Lethargie, und Letta entdeckte, dass es am Land doch nicht so schlimm war, weil man hier Tiere halten konnte. Zum Huhn und der herrenlosen Katze, die schon seit Jahren im Garten der Urlioma wohnte, gesellte sich bald der rumänische Mischlingsrüde Herr Schröder. Das nächste Objekt ihrer Begierde war noch ein Eck größer. Seit diesem Sommer wünschte sich Letta ein Pferd. Und ein Mofa, damit sie jeden Tag zu ihrem zukünftigen Pferd fahren konnte. Das Pferd sollte idealerweise auf der Pony Ranch leben, wo Letta seit letztem Sommer jede freie Minute verbrachte.

Auch Vera mochte den Reitstall. Der Hof war umgeben von sonnigen Weiden und schattigen Wäldern, wo Kinder auf Ponys spielerisch das Reiten lernen konnten. Die Pferde wurden artgerecht gehalten und waren das ganze Jahr über draußen in der Herde auf saftigen Wiesen und im kühlen Wald und zogen sich nur zum Schlafen in den gemütlichen Offenstall zurück.

Kinder wurden hier spielerisch an den Umgang mit Pferden herangeführt. Sie durften die Ponys striegeln, frisieren und ihnen sogar mit Haarkreide Mähne und Schweif bunt einfärben. In den Reitstunden wurden Geschicklichkeitsübungen und Spiele organisiert. Es gab Pippi-Langstrumpf-Partys, man ging mit den Pferden schwimmen und organisierte Ponygeburtstage.

Das Ganze hatte so gar nichts mit dem Reitunterricht in Veras Jugend zu tun, bei dem ein Ex-Brigadier mit knallender Peitsche in der Mitte der Halle gestanden war und den Kindern Befehle entgegengebrüllt hatte.

Vera traf Letta in der Sattelkammer an, wo sie mit ihren Freundinnen Zaumzeuge einfettete.

Es roch nach Apfelshampoo, Heu, Pferdeschweiß, Leder und Sattelseife.

»Was, du bist schon da, ich will noch nicht heim.« Letta verzog schmollend den Mund. Die anderen Mädchen sagten knapp »Hallo«, schauten aber kaum auf, als Vera die kleine Kammer betrat. Herr Schröder war der Einzige im Raum, der sich freute, Vera zu sehen. Er rannte ihr bellend entgegen, wedelte mit dem Schwanz und stupste sie mit der Schnauze an.

Eine Katze, die eine Maus im Maul hatte, stolzierte am Türrahmen vorbei, drehte aber sofort um, als sie den Hund sah und ließ ihre Beute fallen, welche blitzschnell die Flucht ergriff. Vera schüttelte sich. Schon wieder diese verhassten Mäuse.

Das kleine Transistorradio, das an einem Haken an der Wand hing, spielte »Our House« von Madness, und Vera begann instinktiv, ein bisschen zur Musik mitzuwippen. Letta versank fast im Erdboden, als sie das sah. »Was machst du da?«, giftete sie und zog ihre Mutter hinaus aus der Sattelkammer. »Du bist sooo peinlich. Mach so was nie wieder.«

Fremdschämen war Lettas neueste Marotte im Umgang mit ihrer Mutter. Ganz egal, ob diese tanzte, sang, zu laut lachte oder roten Lippenstift trug, all das brachte sie auf die Palme.

Letta sah hinreißend aus, wie sie da so empört stand, mit ihrem übergroßen grünen »Save The Planet«-T-Shirt, den engen beigen Reithosen und ihren dichten Locken, die sie zu einem Pferdeschwanz gebändigt hatte. Am liebsten hätte Vera sie umarmt, aber sie wusste, das würde alles noch schlimmer machen. Wann war aus ihrem kleinen Mädchen diese pubertierende Göre geworden?

»Ich fahr noch nicht mit. Ich bleib bis morgen hier. Die Oma hat das erlaubt«, sagte Letta, und ihre Augen funkelten. »Und ein Geld hat sie mir auch gegeben.«

»Hat sie das«, sagte Vera nur. »Ja, und Hundefutter für Herrn Schröder hat sie auch mitgebracht, weil die Oma denkt immer an alles.«

Vera ignorierte den Seitenhieb. Sie beschloss, vernünftig zu reagieren und sich nicht provozieren zu lassen.

»Gut, dann fahr ich jetzt, ich muss eh noch was arbeiten«, sagte Vera und schüttelte resigniert die Schultern.

»Du musst immer arbeiten«, stellte Letta gnadenlos fest.

Vor Kurzem hatte Letta Vera noch bewundert, nun schien alles, was sie tat oder nicht tat, ein Fehler zu sein.

Vera verabschiedete sich ohne Umarmung und suchte Lisa, die Reitstallbesitzerin. Sie fand diese am Reitplatz, wo Lisa mit einem dicken gescheckten Pony Bodenarbeit machte. Lisa ging hinter dem Pony und lenkte es mit zwei langen Leinen, die links und rechts am Zaumzeug des Tieres befestigt waren. Das Pony war gerade dabei, über eine niedrige Wippe zu balancieren. Es schien komplett unbeeindruckt, als sich das Brett unter seinen Hufen beim Darübergehen bewegte. Lisa nahm beide Zügel in eine Hand und winkte, als sie Vera sah.

»Ist es wirklich okay, dass Letta noch bis morgen bleibt?«, fragte Vera.

»Natürlich«, sagte Lisa. »Letta ist so eine große Hilfe. Und außerdem so ein nettes, verlässliches und empathisches Mädchen.«

Schade, dass sie mir diese Seiten nicht mehr so oft zeigt, dachte Vera. Aber dann freute sie sich über das Kompliment. Irgendwas hatte sie bei Lettas Erziehung also doch richtig gemacht.

Vera ging zurück zu ihrem Wagen und fuhr nach Oberwart in die Redaktion. Im Auto roch es jetzt ganz schwach nach Pferden. Sie kramte in ihrer Handtasche nach einer Parfümprobe von Chanel »Eau Tendre« und verrieb ein bisschen davon in den Haaren. Vera mochte Pferdegeruch, aber sie war sich nicht sicher, ob der Chefredakteur des »Burgenländischen Boten« auch darauf stand.

»Na, deine Mutter ist vielleicht eine Nummer«, sagte dieser statt einer Begrüßung, als Vera in einer Duftwolke aus Rose, Jasmin, Quitte und Grapefruit bei der Tür hereinspazierte.

Vera kam gleich zur Sache.

»Stimmt das mit der Obduktion?«

»Ja, Sabine Dujmovits liegt im Neuen Krankenhaus in einem Kühlfach. Die warten dort auf den Gerichtsmediziner aus Graz.«

»Sabine? Sky heißt Sabine?«, wunderte sich Vera. Niemand wurde im Burgenland als Sky geboren. Aber auf Sabine hätte sie nicht getippt. Sabine war offenbar nicht so instagrammable wie Sky.

»Genau. Der Notarzt hat Bedenken hinsichtlich des Selbstmordes geäußert. Die Pulsadern waren bis auf die Sehnen durchgeschnitten. So tief schneidet keiner, der sich selbst was antut.«

»Und woher weißt du das mit den tiefen Schnitten?«

»Der Vater von dem Rotkreuzhelfer, der vor Ort war, ist der Taufpate von unserer Anzeigenverkäuferin.«

Vera lachte. Die guten alten Südburgenlandconnections. Hier waren die Buschtrommeln schneller als jedes High-Speed-Internet. Datenschutz konnte man hier vergessen.

»Die Polizei hat vorher angerufen. Die wollen auch noch mal mit dir reden«, sagte der Chefredakteur.

Er wandte sich ab und gab der Grafikerin, die schräg vis-à-vis an einem Bildschirm stand, Anweisungen. »Mach den Kasten hier größer und setz noch einen Zwischentitel ein.«

»Ich hab denen eh schon alles erzählt«, sagte Vera.

»Ja, den Litzelsdorfer Kieberern. Aber jetzt mischt die Oberwarter Kripo mit.«

»Aha.« Vera dachte nach. Kripo, das bedeutete eindeutig Mordverdacht.

»Is noch was? Ich bin heut ein bisschen im Stress.«

Der Chefredakteur des »Burgenländischen Boten« war immer im Stress.

»Die Fotos von meiner Mutter …«

»Was ist damit?«

»Die verwendest du eh nicht, oder?«

»Natürlich nicht«, sagte der Chefredakteur und wich ihrem Blick aus.

Vera wusste nicht, ob sie ihm glauben sollte.

GEDANKEN EINER ANDEREN WASSERLEICHE

Nie hätte ich gedacht, dass ich so enden würde. Menschen denken nicht gerne über ihren zukünftigen Tod nach. Alle wünschen sich, dass sie einmal friedlich einschlafen. Tatsächlich krepieren die meisten an Krebs. Ich dachte, ich wäre der klassische Kandidat für einen Herzinfarkt. Zu viel Stress, ich hatte immer zu viel Stress. »Wenn das so weitergeht, krieg ich noch einen Herzinfarkt«, hab ich immer gesagt. Denkste. Ich bin ganz anders gestorben. Erst war da dieser unglaubliche Schmerz. Alle Muskeln in meinem Körper haben sich krampfartig angespannt. Ich habe gebrüllt. Dann bin ich ins Wasser gefallen. Ich war paralysiert. Ich wollte mich bewegen, aber ich konnte nicht. Ich bin gesunken wie ein Stein. Ich habe reflexartig nach Luft geschnappt. Aber da war keine Luft. Nur Wasser. Widerstand. Kampf. Angst. Adrenalin. Schmerzen. Krämpfe. Bis zum erlösenden Blackout nach 52 unendlich langen Sekunden. Kurze Zeit später hörte mein Herz auf zu pumpen. Mein Hirntod trat nach circa zehn Minuten ein. Ich hatte mir das Sterben immer so vorgestellt wie im Film. Man geht durch einen hellen Tunnel, und am anderen Ende warten die geliebten Menschen, die vor einem verstorben sind. Stattdessen lag ich nun am Grund dieses Sees. Und das Verrückteste an meiner Situation: Nur zehn Meter weiter lag noch jemand, und dieser Jemand schien sich unglaublich zu freuen, mich zu sehen ...

17 ARNO BEI DER AKUPUNKTUR

Stichlinge sind kleine Fische, die ihren Namen ihren Rückenstacheln verdanken. Früher war der Dreistachelige Stichling so häufig, dass er in großen Mengen mit Zugnetzen gefangen und dann zu Fischmehl, Tierfutter, Brandsalbe (!) oder gar Düngemittel verarbeitet wurde.

Kontrollinspektorin Marlies Murlasits, eine robuste, durchsetzungsfähige Frau Mitte 50, galt als Expertin für Gewalt- und Sexualdelikte. Zumeist handelte es sich bei solchen Verbrechen um »häusliche« Gewalt- und Sexualdelikte. Sie selbst war äußerst glücklich verheiratet. Einen Umstand, den sie darauf zurückführte, dass ihr Mann seit 30 Jahren pendelte und daher unter der Woche außer Haus war. Der Karli arbeitete beim Zoll am Flughafen Wien-Schwechat. Es gab auch noch einen Sohn, den Mario, aber der war schon groß, lebte in Steinbrunn im Nordburgenland und kam nur mehr zu Ostern und zu Weihnachten heim nach Oberwart. Exakt an den Daten, an denen immer die Kamakurapartys stattfanden, Underground-Clubbings in memoriam an einen Klub, der längst Vergangenheit war. Heute stand dort, wo Generationen von burgenländischen Teenagern Jugenderinnerungen gesammelt hatten, ein Supermarkt.

Marlies hatte zwei schwarze Katzen aus dem Tierheim, die ihr unter der Woche Wärme und Nähe schenkten. Nero und Blacky. Marlies war, was Tiernamen anbelangte, nicht besonders einfallsreich.

Marlies mochte ihren Job bei der Oberwarter Kripo. Sie mochte ihren Vorgesetzten, Chefinspektor Franz Grandits, der, entgegen allen Spekulationen, seinen Nachnamen betreffend, nicht aus Stinatz kam, sondern aus Großpetersdorf stammte und auch kein Wort Kroatisch sprach. Marlies fand das schade. Sie hatte einmal einen Burgenlandkroaten als Freund gehabt und mochte die Melodie der Sprache. Mit Franz verband sie die gemeinsame Abneigung gegen Papierkram und menschliche Dummheit. Gegen die Dummheit der Menschen war kein Kraut gewachsen. Aber der von Kripobeamten zu erledigende Papierkram schien jedes Jahr mehr zu werden.

Franz saß vor einem Stapel Akten, der so hoch war, dass er sich bereits gefährlich in Richtung von Marlies' Schreibtisch neigte. Neben dem Stapel befand sich eine Glaskanne mit einer uringelben Flüssigkeit. Seit seiner letzten Gesundenuntersuchung wusste Franz, dass seine Cholesterinwerte gefährlich hoch waren, weshalb er versuchte, diese mit Löwenzahntee zu senken. Der bittere Geschmack sorgte allerdings dafür, dass er noch mehr Lust auf Süßes hatte als sonst. Marlies bemerkte, dass Franz am Kinn einen winzigen braunen Schmutzfleck hatte.

»Hast du dir wieder heimlich Nutella auf die Reiswaffeln geschmiert?«, fragte sie und deutete auf ihr eigenes Kinn.

»Du bist so eine gute Beobachterin, du solltest zur Kriminalpolizei gehen«, konterte der süffisant und wischte sich verschämt das Kinn mit einem Papiertaschentuch ab. Ein paar Papierflankerl blieben dabei in seinem Stoppelbart hängen.

Marlies beschloss, dass es besser war, das Thema zu wechseln. »Also, was haben wir im Fall Dujmovits?«, fragte sie.

»Ich weiß auch nicht, was ich davon halten soll«, sagte Franz. »Bei uns im Bezirk passiert so gut wie nie ein Mord. Und jetzt haben wir ein Mädel, das gleich dreimal umgebracht worden ist. Erwürgt, im Schnaps ersäuft und dann auch noch zur Ader gelassen. Da wollt einer wirklich auf Nummer sicher gehen.«

»Oder eine«, sagte Marlies. Sie war immer für Gleichberechtigung. »Was haben die Untersuchungen sonst ergeben?«

»Im Badewasser waren locker fünf Liter Grappa. Wenn der Alkohol über die Haut aufgenommen wird, ist ein Mädel von ihrer Statur in kürzester Zeit bewusstlos. Sie hatte tiefe Schnitte an den Pulsadern, weniger tiefe an der Innenseite der Oberschenkel und Würgemale. Und die Obduktion hat ergeben, dass sie schwanger war.«

»Wie weit war sie?«

»Noch am Anfang. Elfte Woche.«

»Wir müssen einen Vaterschaftstest machen.«

Franz schaute sie ernst an. »Du glaubst, dass ihr Mann nicht der Vater war?«

»Du hast gerade gesagt, die ist nicht einmal umgebracht worden, sondern gleich dreimal. Da stecken Emotionen dahinter. Rache, Eifersucht, Lust. Auf alle Fälle große Gefühle.«

Marlies nahm den Akt zur Hand und blätterte die Protokolle durch. »Wer war alles im Hotel, als sie starb?«

Sie ging die Liste der Personen durch.

»Was ist mit dem Hotelchef?«, fragte die Murlasits, »wo war der?«

»Der war auf dem Weg zu einem Kongress nach Pamhagen. Dort war er als Key Note Speaker gebucht.«

»War er wirklich schon auf dem Weg?«

»Gesichert ist nur, dass er um 18 Uhr in Pamhagen ankam.«

»Von Litzelsdorf nach Pamhagen sind es zweieinhalb Stunden, die Tat ist zwischen 14 und 14.30 Uhr passiert, er hätte also noch im Haus sein können.«

»Er hat aber kein Motiv«, erklärte der Chefinspektor. »Er hat sie bezahlt, damit sie Werbung für sein Hotel macht. Ein totes Testimonial ist keine gute Propaganda. Davon hat er nichts. Ganz im Gegenteil. Der Vorfall schadet ihm wirtschaftlich enorm.«

»Wir konnten ihm *noch* kein Motiv nachweisen«, beharrte Marlies. »Du sagst selber immer, dass man niemanden ausschließen soll, und er war in ihrem Umfeld.«

»Du immer mit deinen Verbrechen aus Sex und Leidenschaft«, sagte er. »Das kommt nur daher, weil du so lange bei der Sitte warst.«

Marlies war bei den letzten Protokollen angekommen.

»Lauter alte Bekannte. Die Horvath Vera. Diese neugierige Bezirksjournalistin. Aus dem Gartenklub. Und die Werderits Mathilde, die auch mit der im Gartenklub ist, ist sogar im Hotel angestellt. Als Köchin.«

»Willst mir jetzt weismachen, dass die beiden ein Verbrechen aus Leidenschaft begangen und die Bloggerin auf dem Gewissen haben?«

»Natürlich nicht«, sagte Marlies. »Aber sie wissen vielleicht mehr, als sie glauben. Denen ist möglicherweise etwas aufgefallen, was sie gar nicht zuordnen können. Etwas, das uns aber weiterhilft.«

»Na, wenn das so ist, trittst du am besten diesem Gartenklub bei«, sagte Franz.

»Weißt du was, das mache ich wirklich«, sagte Marlies. Sie hatte ihren Computer eingeschaltet und war zur Startseite vom »Klub der Grünen Daumen« gekommen.

»Das nächste Treffen ist morgen, am 1. November. Allerheiligen.«
»Worum geht es?«
»Um Grabbepflanzungen.«
»Na, wenn das nicht passend ist.«

*

Während die Oberwarter Kripo über ihren Akten brütete, wurde Arno einmal mehr vom Meierhofer malträtiert. Er hätte größte Lust gehabt, die Sitzung ausfallen zu lassen, aber er wusste nicht, was er sonst hätte tun sollen. Es waren keine Gäste mehr im Hotel.

Arno war sich gar nicht sicher, ob und wie die offizielle Eröffnung, die für Ende November geplant gewesen war, nach den jüngsten Ereignissen über die Bühne gehen sollte. Das Weihnachtsgeschäft konnte er sich in die Haare schmieren. Wenn er an die Sache mit Sky Dujmovits dachte, war ihm zum Heulen zumute.

Er empfand eine tiefe Sinnlosigkeit und Leere, eine Traurigkeit, die er vor niemandem zugeben konnte, nicht einmal vor sich selbst.

»Ich würde gerne mit Akupunktur beginnen«, sagte Doktor Christoph Meierhofer, als er den Gästebungalow betrat, in dem ein Massagebett aufgestellt war. Der Spa-Bereich war immer noch von der Spurensicherung gesperrt. Arno war froh darüber. Er hätte sich dort nicht wohlgefühlt.

Christoph öffnete eine sterile Packung mit hauchdünnen Nadeln. Arno zog sich bis auf die Unterwäsche aus und legte sich auf die Liege. Kalt war ihm hier nicht. Der Bungalow war wie immer überheizt. Er dachte kurz darüber nach, was der Meierhofer wohl über seine Versace-Unterhose dachte und ob er darin eine gute Figur machte.

Dann schämte er sich, dass das primitive Zurschaustellen von Männlichkeit überhaupt Platz in seinen durch zahlreiche Schulungen optimierten Gedankengängen fand.

Der Meierhofer war nur auf seine Arbeit konzentriert. »Am besten, Sie setzen sich erst mal an den Rand der Liege. Die ersten Nadeln kommen in den unteren Rücken.«

Christoph Meierhofer siezte Arno, obwohl er und Ophelia per Du waren und Arno auch die anderen Angestellten duzte. Arno hatte keine Lust, das zu ändern. Er war da altmodisch. Er wollte nicht mit seinem Arzt per Du sein. Du, Arno, dir fehlt was! Das ging einfach gar nicht.

Arno keuchte laut, als die Nadel in seine Haut fuhr. Er wusste nicht, warum er keuchte. Es war kein starker Schmerz im eigentlichen Sinn. Eher so, als hätte er einen elektrischen Stromschlag bekommen, direkt in sein Gefühlszentrum. Er spürte, wie sich der Muskel rund um die Einstichstelle unangenehm verkrampfte. In derselben Sekunde begannen sich seine Augen mit Tränen zu füllen. Es war, als hätte die Nadel einen Damm gebrochen. Und die ganze Traurigkeit, die er in sich getragen hatte, brach aus ihm heraus.

Arno wusste nicht mehr, wann er zum letzten Mal geweint hatte. Ich muss eine Depression haben, dieser Meierhofer macht mich noch ganz deppert, dachte er.

»Das war der Blasenmeridian«, sagte der Arzt. »Er steht psychologisch gesehen für den Begriff ›Loslassen‹. Sie können sich jetzt auf den Rücken legen.«

Arno legte sich hin und schloss die Augen. Es war dunkel im Raum. Er hoffte, dass die Tränen nicht hinter den geschlossenen Lidern hervortraten. Aber das Wasser in seinen Augen sickerte langsam durch die Wimpern. Er spürte, wie sich eine Träne ihren Weg bahnte und die salzige Flüssigkeit seine rechte Backe herunterrann. Es war ihm unangenehm, vor einem anderen Mann so emotional zu sein. Aber er konnte nichts gegen die Gefühle tun, die ihn überfielen.

Seine Reaktion auf die anderen Nadeln, die sich nun in seine Haut bohrten, war zum Glück weniger heftig. Er spürte die Einstiche, ein unangenehmes Pieksen, und die Nadel auf seinem Fußrücken fühlte sich elektrisch an und zog unangenehm. Aber das alles war erträglich.

Während ihn der Mediziner konzentriert mit Nadeln spickte, fing er gleichzeitig an zu erzählen.

»Haben Sie schon mal vom Kaiser Yu gehört?« Arno schüttelte den Kopf. Seine nasse Backe fühlte sich jetzt kalt an und juckte ein bisschen.

»Die Geschichte, die ich Ihnen jetzt erzähle, trug sich 3000 vor Christus in China zu. Damals suchte eine große Flut das Reich der Mitte heim, mit sturzflutartigen Regenfällen, die ganze Berge und Täler unter sich begruben. Ein Jahr nach dem anderen verloren Menschen ihr Zuhause und waren gezwungen, auf die Gipfel der Berge zu fliehen. Neun Jahre lang bauten die Menschen Dämme und Deiche, um das Wasser aufzuhalten. Aber erfolglos: Die Wasserflut stieg und stieg. Es schien, als ob nichts und niemand sie stoppen konnte. Da hatte ein junger Mann namens Yu eine Idee. Anstatt wie sein Vater weiter Dämme zu errichten, änderte er die Strategie und grub stattdessen Flussläufe, damit die Flut in den Ozean fließen konnte. Zusätzlich errichtete er ein Kanalsystem, sodass die Bauern mit dem Wasser ihre Reisfelder bewässern konnten. 13 Jahre lang widmete sich Yu dieser Arbeit. Es heißt, er watete so lange in dem schlammigen Wasser, bis die Haare auf seinen Beinen abgerieben waren; er arbeitete so lange unter der sengenden Sonne, bis seine Haut dunkelbraun war, und seine Hände hatten Schwielen ohne Ende.

Die Menschen verehrten Yu so sehr, dass sie ihm den Beinamen ›der Große‹ gaben. Und der damalige Kaiser Shun war von seiner Arbeit so beeindruckt, dass er ihm den Thron übergab.«

Arno sagte nichts. Er wusste, worauf Doktor Christoph Meierhofer hinauswollte, noch bevor dieser es aussprach.

»Wenn der Druck zu groß ist, helfen auch die stärksten Schutzmauern nicht. Man muss es fließen lassen.«

18 EIN VOGEL WIRD BEGRABEN

Wer im Garten ein Beet umgräbt, lockt rasch ein Rotkehlchen an. Dieses sucht in der aufgeworfenen Erde nach Würmern, Schnecken, Spinnen und Insekten.

Mathilde nahm den leblosen Körper vorsichtig in ihre Hände. Sie trug Einweghandschuhe. Sie hatte immer eine Schachtel davon in der Küche und benutzte sie, wenn sie Chilis schnitt. Eigentlich hatte sie keine Berührungsängste mit dem Tod. Das Federkleid des kleinen Vogels fühlte sich durch das dünne Material der Handschuhe immer noch flauschig an, aber der rundliche Körper war schon starr. Er musste frontal gegen die Glasfront des Speisesaals geflogen sein. Mathilde strich sorgsam über die Brustfedern des Rotkehlchens. Ein leuchtendes Rotbraun, das dem Vogel seinen Namen gab. Die dunklen Augen des Tiers waren gebrochen. Sie bettete das tote Tier in einen Karton, in dem sich vormals Briefumschläge befunden hatten. Die Sylvia hatte ihr den gegeben, wenn auch etwas kopfschüttelnd. Für einen toten Vogel brauchst du den? Wieso haust du den nicht einfach in den Biomüll? Mathilde hatte auf das komische rot-graue Halstuch geschaut, das die Sylvia um den Hals gebunden hatte und mit dem sie aussah wie eine AUA-Stewardess, und hatte nur »Weil so halt« gesagt. Wie hätte sie der Sylvia erklären sollen, dass sie immer schon gerne Tiere begraben hatte? Als Kind hatte sie tote Regenwürmer, Käfer und Schmetterlinge bestattet. Später ihre Haustiere – erst den Goldfisch, dann den Kanarienvogel und dann die Hauskatze. Selbstverständlich waren alle diese Kreaturen eines natürlichen Todes gestorben. Mathilde hatte in der Beisetzung etwas Tröstliches gefunden. Sie hatte die kleinen Grabstätten mit Kieselsteinen, Holzkreuzen und Wiesenblumen geschmückt und sich vorgestellt, wie die Seele des jeweiligen Tieres über die Regenbogenbrücke wanderte.

Sie nahm die Gartenschaufel und grub neben dem Rosenbusch ganz hinten im Küchengarten eine kleine Grube aus.

»Was machst du da?«

Mathilde fuhr herum.

Arno, ihr Chef, kam auf sie zu. Er war zuvor bei den Bungalows am See gewesen und hatte beschlossen, über den Hintereingang zurück ins Haus zu gehen. Gekleidet war er ganz in Schwarz. Schwarze Jeans, schwarzes Leinenhemd. Er hatte sich heute noch nicht rasiert. Die grauen Bartstoppeln gaben seinem gebräunten Gesicht etwas Verwegenes.

Arnos Stimme klang nicht vorwurfsvoll, nur neugierig. Als er näherkam, konnte Mathilde die kleinen Lachfältchen rund um seine Augen sehen. Ihr Herz machte einen Sprung. War es die Nervosität, bei etwas erwischt worden zu sein, oder die Tatsache, dass sie ihn toll fand?

»Ich habe die Küche sauber gemacht«, sagte Mathilde, »und als ich die Fenster geputzt habe, habe ich den toten Vogel bemerkt. Da dachte ich, ich begrabe ihn. Ich finde, jeder soll in Würde sterben.«

In dem Moment, als sie den letzten Satz ausgesprochen hatte, musste sie an die tote Bloggerin denken, und ein Blick in die Augen ihres Chefs genügte, um zu wissen, dass er das auch tat.

»Lass mich dir helfen«, sagte Arno. »Was kann ich tun?«
»Wir brauchen ein Holzkreuz«, sagte Mathilde ernsthaft. »Ich finde Birkenäste schön. Ich mag die Rinde. Und Kieselsteine und Blumen. Ist es okay, wenn ich zwei Chrysanthemen abpflücke?« Sie deutete auf das Beet seitlich am Weg zu den Bungalows.

»Ich glaube, das ist okay«, sagte Arno augenzwinkernd.

Sein erster Impuls war es gewesen, Mathilde zusammenzustauchen. Ihr zu erklären, dass er sie nicht dafür bezahlte, dass sie im Dienst tote Vögel begrub. Das war doch nicht normal! Aber andererseits, was war schon normal? Und zu tun gab es im Hotel für sie aktuell auch nichts mehr. Sobald die Küche fertig geputzt war, konnte er sie ebenso gut nach Hause schicken. Er musste sich mit Ophelia beraten, wie sie das Hotel weiterführen sollten. Später. Erst würde er das hier zu Ende bringen.

Er betrachtete Mathilde von der Seite. Eine ungewöhnliche Person. Sie trug die steingraue Küchenuniform mit der auberginefarbenen Schürze, die Ophelia ausgewählt hatte. Aber abgesehen von dieser Uniform, die total angesagt war, sah sie aus wie aus der Zeit gefallen. Mathilde hatte eine Figur, die ein wohlwollender Mensch als »vollschlank« und ein weniger wohlwollender als ein »bissi blad« bezeichnen würde. Arno fand sie weiblich und wohlgeformt. Mathilde war nicht groß. Sie hatte ausladende Hüften, einen großen Busen, runde Schultern und dralle Arme und Beine. Das Außergewöhnlichste an ihr war ihr Puppengesicht, das im Stil der 50er-Jahre geschminkt war. Blasser Teint, schwarzer Lidstrich, dichte schwarze Wimpern und beerenfarben glänzende Lippen. Und dann dieses lackschwarze Haar, das sie heute zu zwei Tollen geformt hatte. Wie gelockte Hörner sahen die aus.

»Ist was?«

Mathilde hatte bemerkt, dass Arno sie anstarrte.

»Nein, alles gut. Ich glaube, wir haben den Grabschmuck beisammen. Was passiert nun?«

Mathilde bettete den Vogel samt Karton in die Grube, schüttete die Erde darüber und fing dann an, die Grabstätte zu verzieren. Arno steckte das Kreuz in die Erde.

»Wenn ich jetzt allein wäre, würde ich singen. Aber ich bin nicht allein, darum ist mir das peinlich.«

»Das verstehe ich«, sagte Arno. »Ich habe auch Hemmungen, vor anderen zu singen.«

»Bei den Rotkehlchen singen auch nur die Weibchen. Sie singen kürzer und leiser als die Männchen«, erklärte Mathilde.

Arno wusste nicht, was er darauf sagen sollte. Er hatte sich noch nie Gedanken über den Gesang der Rotkehlchen gemacht.

»Wir schließen einfach die Augen und wünschen dem Vogel eine friedliche Reise«, sagte Mathilde schließlich. Arno machte die Augen zu. Aber er dachte nicht an den Vogel, sondern an jemand anderen. Auf einmal spürte er eine kleine kräftige Hand in der seinen. Der Händedruck hatte etwas Tröstliches.

Ophelia stand am Fenster und beobachtete die Szene. Sie stand schon seit 15 Minuten da und wusste nicht, ob sie amüsiert oder angefressen sein sollte. Ihr Mann und die pummelige Köchin benahmen sich wie Kinder, deren Meerschweinchen gestorben war. Dass Mathilde jetzt plötzlich die Hand ihres Mannes hielt, fand sie ein bisschen übertrieben. Eifersüchtig war sie aber keine Sekunde lang. In der Themenwelt, in der sie sich seit 15 Jahren bewegte, waren Berührungen normal, und die Köchin war so was von nicht ihre Liga. Sie sorgte sich mehr um Arno. Der wurde in den letzten Wochen immer launischer und unkonzentrierter.

Sie atmete tief durch und konzentrierte sich auf ihre Empfindungen. Doch, ja, sie war verärgert, sie spürte dieses nagende Gefühl in ihrem Solarplexus. Sie versuchte, das Gefühl zu analysieren. Wo kam es her, was wollte es ihr sagen?

Sie hob ihre Hände zu den Schläfen und begann, diese mit den Fingern zu massieren.

Sie verspürte Frust. Seit Jahren war sie diejenige, die alles zusammenhielt. Arno war nach außen hin der Erfolgsmensch, der Macher. Aber hinter jedem erfolgreichen Mann steht eine starke Frau, und Ophelia war diese Frau.

Sie hatte ihm im Hintergrund den Rücken freigehalten, die Fäden gezogen, ihn beraten, ihm geholfen, Entscheidungen zu treffen. Sie hatte das Tempo und den Rhythmus in ihrer Beziehung vorgegeben. Sie hatte ihn aufgefangen, wenn er erschöpft war und neue Kraft tanken musste. Sie hatte Arno kennengelernt, als dessen Existenz in Scherben lag. Sie hatte die Bruchstücke aufgeklaubt und wieder zusammengesetzt und über die Sprünge drübertapeziert. Und immer, wenn neue Sprünge aufbrachen, klebte sie noch mehr Papier darüber. Aber Arno war in den letzten Monaten nicht mehr derselbe. Die Panikattacken schienen in echte psychische Probleme auszuufern. Und dann auch noch der Tod der Bloggerin. Ophelia verfluchte den Tag, als sie diese Sky Dujmovits auf die Pressereise eingeladen hatte.

Alles schien aus dem Ruder zu laufen. Sie musste sich mit jemandem beraten. Sie würde Christoph suchen und ihn fragen, was sie als Nächstes tun sollten.

Sie ging hinunter ins Büro, wo sie Sylvia Zieserl am Computer fand. »Presse-Clippings«, sagte diese und deutete auf den Bildschirm. »Ein Bericht des ›Burgenländischen Boten‹ über uns, aber keiner, den wir als Werbung verbuchen können.«

»Hast du Christoph gesehen?«, fragte Ophelia.
»Nein, warum sollte ich?«, sagte Sylvia.
Sie sagte es eine Spur zu schroff.
Ophelia musterte sie aufmerksam und versuchte, die Schroffheit nicht persönlich zu nehmen. Wenn jemand unhöflich war, sagte es mehr über diese Person aus als über einen selbst.
Sylvia fühlte sich durch Ophelias bohrenden Blick genervt. Sie drehte sich demonstrativ weg. Ihr Halstuch war etwas verrutscht. Der Knoten befand sich jetzt seitlich am Hals. Ophelias Blick blieb daran hängen. Sie musste immer genauer hinschauen, wenn etwas nicht so war wie es sein sollte. Verkehrt zugeknöpfte Blusen, schiefe Bilderrahmen, Preispickerl auf den Schuhsohlen. Unter dem Knoten war ein winziger blauer Bluterguss. So groß wie ein Daumenabdruck.

Sie verließ das Büro und ging direkt zu Doktor Meierhofers Bungalow.
Sie hämmerte gegen die Tür.
Er öffnete sofort.
»Du bumst die Zieserl?«
Er sah belustigt aus.
»Was geht dich das an, du bist verheiratet.«
»Du hast sie gewürgt. Hast du die Bloggerin auch gewürgt?«
Jetzt sah er nicht mehr belustigt aus.

»Ich kenn deinen Fetisch«, sagte sie, »und ihr beide wart vorgestern gemeinsam im ›Kosthaus Szemes‹.«

»Wer sagt das?«

»Die geschwätzige Köchin hat getratscht. Du bist am Land, mein Lieber. Da erfährt jeder alles.«

Das stimmte in der Tat. Vera hatte Mathilde erzählt, dass sie den Arzt und die Marketingfrau im »Kosthaus« gesehen hatte, und Mathilde hatte diesen Tratsch Liam in der Küche erzählt. Und zwar so laut, dass Ophelia, die dabei war, im Speisesaal die welke Blumendeko zu entfernen, jedes Wort mitbekommen hatte.

Christoph schaute sich am Gang um. »Komm rein«, sagte er schließlich.

Ophelia blickte sich um. Christoph war erst so kurz hier im »Fia mi«, und dennoch hatte er dem Raum bereits eine persönliche Note gegeben. Statt der weißen Baumwoll-Hotelbettwäsche war eine anthrazitfarbene Leinenbettwäsche aufgezogen. An der Wand lehnte ein großflächig gerahmtes Schwarz-Weiß-Foto. Eine Aufnahme, aber so stark vergrößert, dass man mehrmals hinsehen musste, um zu erkennen, was es war. Die Stacheln eines Kaktus? Die Borsten einer Zahnbürste? Die Fasern einer Frucht? Daneben stand eine Stehlampe mit einem simplen, schwarzen kubischen Schirm. Ein Designklassiker. Ophelia wusste, dass sie teuer war, weil sie eine solche Lampe für die Lobby gesucht hatte, sich dann aber für ein günstigeres Modell entschieden hatte.

Sie wollte sich setzen, stutzte dann aber: »Wo ist die Couch?«

»Die habe ich rausbringen lassen.«

»Passte die nicht in dein Farbkonzept?«

Sie wusste, sie hatte den Nagel auf den Kopf getroffen. Die Couch war lindgrün gewesen, und in Christophs Welt war alles schwarz, weiß und grau.

Er war ein kompletter Fashion- und Interior-Nerd. Immer schon gewesen. Eine Zeit lang hatte sie gedacht, er wäre schwul, weil ihrer Erfahrung nach vor allem homosexuelle Männer so einen exquisiten Geschmack hatten wie Christoph. Aber dann hatte er sie eines Besseren belehrt.

Ophelia wollte sich nicht aufs Bett setzen, und auch der Schreibtischsessel schien ihr nicht angemessen. Also blieb sie stehen.

Obwohl sie hohe Korksandalen trug und Christoph barfuß war, überragte er sie um einen halben Kopf. Er trug Shorts und ein graues T-Shirt mit einem asymmetrischen Schnitt, dessen Ausschnitt nicht gesäumt, sondern nur gerollt war. Sie konnte sein Parfüm riechen. Es roch rauchig harzig, duftete nach Kardamom, Patschuli und Leder. Vermutlich von Tom Ford. Vermutlich war der Flakon schwarz. Wenn man Christoph einen grünen Parfümflakon schenken würde, würde er ihn vermutlich umfüllen oder wegschmeißen.

Christoph warf sich aufs Bett und stützte seinen Kopf mit dem Ellenbogen auf.

»Es stört dich also, dass ich mit der Sylvia im ›Kosthaus‹ war.«

Ophelia lehnte sich an die Wand gegenüber. »Es stört mich, dass du mein Personal würgst, und vielleicht auch meine Gäste.«

»Ich habe Sky Dujmovits nicht angerührt, außer bei dem Versuch, sie wiederzubeleben. Dass du mir das überhaupt zutraust, ist unglaublich.«

»Aber das mit der Sylvia gibst du zu?«

»Ich brauche nichts zugeben. Ich bin single, sie ist single, das ist ein freies Land. Oder bist du etwa eifersüchtig?«

Er sah Ophelia forschend an.

Die hielt seinem Blick stand.

»Unsinn, das mit uns ist 1.000 Jahre her. Ich liebe meinen Mann, ich würde alles für ihn tun.«

»Alles?«, forschte Christoph.

»Alles«, sagte Ophelia und blickte ihm fest in die Augen. »Absolut alles. Deswegen habe ich dich auch hergeholt, damit du ihm hilfst, dieses Wassertrauma zu überwinden. Damit er endlich wieder er selbst ist.«

Christoph sah sie kryptisch an. »Elke, wir kennen uns länger, als dir lieb ist. Auch du hast dich verändert. Manchmal bin ich mir nicht sicher, wer mehr Hilfe braucht: Arno oder du.«

»Wie meinst du das?«

»Ich weiß, wie ehrgeizig du bist. Du bist sehr weit gekommen, seit wir uns damals kennengelernt haben. Das alles hier ist dein Traum, nicht der von Arno. Und jetzt schwimmen euch gerade die Felle davon. Die Tote im Spa. Arno funktioniert nicht mehr so, wie er soll …«

Sie unterbrach ihn. »Ich habe dich hergeholt, damit du das Problem löst.«

»Ich kann ihm nur helfen, wenn er sich helfen lassen will. Und derzeit habe ich nicht das Gefühl, dass er sich mir gegenüber öffnen will. Er hat ein Trauma. Es muss irgendwas in seiner Vergangenheit passiert sein, das ihn belastet. Weißt du, was das sein könnte?«

Ophelia presste die Lippen zusammen. Ihre Augen fixierten die riesigen Halme auf dem Bild. Vielleicht waren das auch unglaublich vergrößerte Insektenbeine.

Sie wusste nicht, was sie sagen sollte, denn in diesem Moment wurde ihr bewusst, dass sie gar nicht wollte, dass Christoph herausfand, was Arno so belastete. Ganz im Gegenteil. Er durfte es auf gar keinen Fall erfahren. Aber wenn sie das jetzt aussprach, würde er misstrauisch werden.

»Gib ihm ein bisschen Zeit«, sagte sie deshalb nur. »Dieser Todesfall im Spa hat ihn sehr mitgenommen. Setzen wir die Behandlung für ein paar Wochen aus. Du kannst natürlich trotzdem bis zur Eröffnung hierbleiben.«

»Wie du meinst«, sagte Christoph.

Sie blickte ihn fest an. Christoph war nicht blöd. Täuschte sie sich oder sah sie in seinen Augen einen Funken Argwohn?

19 DER GARTENKLUB LIEBT FRIEDHOFSBLUMEN

Die hochgezüchteten Garten-Chrysanthemen mit ihren gefüllten Blüten sind als Bienenweiden ungeeignet. Chrysanthemen mit einfachen, ungefüllten Blüten sind für Bienen hingegen eine wichtige Nahrungsquelle im Herbst, wenn die meisten anderen Pflanzen schon verblüht sind.

Marlies Murlasits fuhr durch das Oberwarter Industriegebiet Richtung Johannas Hofladen und passierte dabei einen Kreisverkehr nach dem anderen. Ihr wurde beim Herumkurven fast schwindelig. Neben den Kreisverkehren standen große Werbetafeln, die auf Halloween-Veranstaltungen und -Aktionen aufmerksam machten. Halloween. Das gab es im Südburgenland auch noch nicht so lange. Früher gab's nur den Krampus, der als höllischer Gefährte des Heiligen Nikolaus freilich erst fünf Wochen nach Allerheiligen sein Unwesen trieb. Marlies Murlasits hatte als junges Ding noch Krampuskarten bekommen. Verheißungsvolle Ansichtskarten, die man in der Trafik oder beim Gemischtwarenhändler kaufen konnte.

Auf den meist in feurigem Rot, Schwarz und Gold gehaltenen Illustrationen wurden leicht bekleidete Frauen vom Krampus – einer teuflischen Gestalt mit heraushängender Zunge – erotisch umgarnt. Darunter standen Sinnsprüche wie: »Wer sich beim Küssen spröd benimmt, der Krampus kommt und lehrt's geschwind.« Die Frauen auf den Karten wirkten nicht allzu unglücklich darüber, dass sie von einer Höllenkreatur sexuell begehrt, bezirzt, entführt oder gar mit der Rute bedroht wurden. Vielmehr schien es, als würde das Benehmen des Bösewichts ein wohliges Schauern bei ihnen auslösen. Die Krampuskarten wurden immer und ausnahmslos anonym verschickt. Heimliche Grüße aus der Hölle sozusagen. Oft verrieten sich die Verfasser später doch irgendwie. Noch öfter blieb man aber mit der Frage zurück: War der Kartenschreiber wirklich ein heimlicher Verehrer? Oder doch nur die beste Freundin, die sich einen Spaß erlaubt hatte? Und gar nicht so selten kehrten die Mädchen den Spieß um. Schickten Krampuskarten an ihre Lehrer und hatten dann wochenlang Angst, dass diese womöglich die Handschrift erkannt hatten.

Marlies war so in ihre Gedanken vertieft, dass sie um ein Haar an Johannas Hofladen vorbeigefahren wäre. Dabei waren das große Holzschild und die Gartendekoration am Tor nicht zu übersehen. Altes Emaille-Geschirr, Schmalztöpfe und Reindl, bei denen die Glasur abgeplatzt war, und die jetzt mit Astern und Hauswurzen bepflanzt waren. Die Kriminalbeamtin bremste scharf ab und parkte sich dann am Straßenrand ein. Dort standen schon etliche Autos hintereinander. Alle mit zwei Reifen am Gehsteig. Als Polizistin störte Marlies das, aber sie war nicht hier, um Parksünder zu bestrafen, sondern um mehr über den Gartenklub zu erfahren. Und da war eine polizeiliche Anzeige wohl kein guter Einstieg in die Runde.

Marlies war sich nicht sicher, was man zu einem Gartenklubtreffen trug. Gummistiefel, Holzpantoffeln, eine grüne

Schürze und Strohhut? Das erschien ihr nun doch zu verkleidet. Sie trug wie fast immer beigefarbene Sportschuhe, eine Bundfaltenhose, die hinten einen Dehnbund hatte, einen weiten, langen Pullover und eine gefütterte Allwetterjacke. Marlies besaß nur lange Pullover, weil sie darunter sowohl Speckröllchen als auch Dienstwaffe gut verbergen konnte. Heute war sie nicht im Dienst und daher unbewaffnet.

»Ah, Frau Murlasits, schön, dass Sie gekommen sind«, Johanna begrüßte die Neuangekommene herzlich. Marlies war glücklich, dass sie nicht »Frau Inspektor« gesagt hatte. Sie konnte dieses ewige »Frau Inspektor« nicht leiden. Außerdem war sie inkognito hier. Die anderen Frauen musterten sie. Die Frauen waren auch »normal« angezogen und sahen nicht aus wie aus einer Gartencenterreklame, bemerkte Marlies. Die Horvath Vera schaute sie überrascht an und grüßte ein bisschen hölzern. Mit der Horvath war Marlies schon ein paar Mal aneinandergeraten. Immer dann, wenn die neugierige Lokaljournalistin sich allzu sehr in die Polizeiarbeit eingemischt hatte. Im Fall Sky Dujmovits war sie jedoch eine wichtige Zeugin.

»Wir wollten gerade mit der Gartenführung beginnen. Wir behandeln heute das Thema Chrysanthemen«, sagte Johanna.

Friedhofsblumen, dachte Marlies. Sie musste es wohl laut gedacht haben. Denn die Gartenbesitzerin sah sie mit ihren grünen Augen direkt an und erwiderte lächelnd: »Nicht nur.«

Dann begann Johanna mit ihrem Vortrag: »Die Chrysantheme stammt aus Asien, und der Name bedeutet ›Goldblume‹. Viele Chrysanthemen sind frosthart und blühen pünktlich vor Allerheiligen, daher ihre Verwendung als Friedhofsblume. Heute kann man in Blumenhandlungen und Gartenmärkten rund ums Jahr Blumen aus aller Welt kaufen. Aber früher konnte man die Gräber nur mit den Blumen schmücken, die auch im Garten vorhanden waren. Und die meisten Chrysanthemen fangen an zu blühen, wenn die Tage kürzer werden. Also ideal, um an diesem Feiertag die Gräber nochmals frisch zu schmücken. Aber kommt mal mit. Ich zeig euch was.«

Johanna führte die Gruppe zu einem großen bunten Staudenbeet. Hier wuchsen Blumen in jeder nur erdenklichen Farbe und Form. Kleine und große, schneeweiße, feurig gelbe, blutrote und zartrosafarbene. Manche der Blüten waren kugelig bauschig, andere sahen aus wie ein buntes Gänseblümchen, das ein Kind irrtümlich in einer Fantasiefarbe gezeichnet hatte.

»Was seht ihr?«, fragte Johanna.

»Das da sind Astern«, sagte Vera und zeigte auf die lila Blüten ganz hinten.

»Margeriten?«, fragte Mathilde und deutete auf weiße Blumen mit dottergelbem Auge. »Und die pinken mit dem gelben Auge sind Sonnenhut, oder?«

»Das sind auf jeden Fall Chrysanthemen«, sagte Isabella und deutete auf einen großen kugelrunden, tiefroten zauseligen Blüten-Pompon: »Die habe ich nämlich auch daheim.«

»Ich verrate euch jetzt was«, sagte Johanna und lächelte verschwörerisch. »Das sind alles Chrysanthemen. Die gibt es nämlich inzwischen in allen Farben und Formen. Wenn ihr unterschiedliche Sorten daheim im Garten anpflanzt, kann es sogar leicht passieren, dass diese sich verkreuzen und ihr eine neue Art schafft.«

Ein erstauntes Raunen ging durch die Runde.

Marlies, die sich einmal furchtbar geärgert hatte, als ihre

Schwiegermutter ihr Chrysanthemen geschenkt hatte, sah die Pflanzen plötzlich mit ganz anderen Augen.

Johanna beugte sich zum Staudenbeet und streichelte über die Blütenköpfchen. »Ich mag Chrysanthemen, weil sie das Gartenjahr verlängern; man hat bis zum ersten Schnee etwas Blühendes im Garten. Und ich mag den Geruch. Hier, riecht einmal.« Sie zupfte ein paar Blüten und Blätter ab, zerquetschte diese leicht mit den Fingern und reichte die Pflanzenmasse dann weiter.

Vera inhalierte tief. »Riecht nach Blumenhandlung. So grasig, grün.«

»Gutes Stichwort«, sagte Johanna. »Wenn ihr im Herbst Chrysanthemen im Topf kauft und dann im Garten aussetzt, werdet ihr sie nicht weiterbringen. Da trifft euch dann keine Schuld. Denn das, was ihr im Handel zu kaufen bekommt, stammt aus Pflanzenfabriken. Das sind Gewächshausanlagen, in denen sich Klima, Licht und Tageslänge per Knopfdruck steuern lassen. Und da wachsen die Pflanzen dann in den Töpfen heran, vollautomatisch, ohne dass sie der Mensch je berührt, und wenn ihr dann so eine künstlich hochgezüchtete Topfpflanze in euren Garten verpflanzt, habt ihr im Frühling nur mehr einen toten Strunk in der Erde stecken. So spät im Herbst blühende Pflanzen sollte man generell im Frühling pflanzen, damit sie Zeit haben, kräftige Wurzeln zu bilden und sich zu bestocken. Am besten, ihr kauft bei einem renommierten Staudengärtner wie dem Sarastro oder dem Oberleitner, oder ihr stupft euch irgendwo eine Pflanze ab.«

»Was heißt abstupfen?«, fragte Marlies. Sie war beeindruckt, was es über die Friedhofsblume so alles zu wissen gab. »Abstupfen, das heißt ein Stück Pflanze mit Wurzelstock mit dem Spaten abstechen und wieder eingraben«, erklärte Johanna. »Chrysanthemen sind Stauden. Im Winter verkümmert die oberirdische Pflanze, und im Frühling treibt sie neu aus. Aber der Wurzelstock ist immer da. Und über den lassen sich Stauden ganz einfach teilen. So, und jetzt gemma ins Haus. Die Mitzi wird uns zeigen, wie die Südburgenländer früher Grabgestecke gemacht haben.«

Ins Haus hieß in diesem Fall in die Wirtschaftsküche, Johannas Arbeitsplatz neben dem Laden, in dem sie Seifen siedete, Obst und Gemüse einrexte und Trockenblumensträuße und Kränze band. Schön warm war es hier. In der Ecke brannte ein Beistellherd. Die Buchenscheite knacksten, und es roch nach Holz und Feuer. »Ich brat euch ein paar Kestn*«, sagte Johanna. »Frischen Sturm** gibt es auch.« Bei Johanna gab es immer etwas zu essen und zu trinken.

Die Regale im Raum waren vollgeräumt. Die Wirtschaftsküche war auch Johannas Lager. Hier gab es Dosen mit selbst gemachtem Quittenkäse, Körbe mit handgestrickten Socken, Reisigbesen und Keramikformen, Seifenstücke, Teemischungen, Kräutersalze und Räucherwerk und dazwischen stapelweise Koch- und Gartenbücher.
Der Tag dieser Frau muss 48 Stunden haben, dachte Marlies. Auf dem großen Holztisch in der Mitte des Raumes war allerhand Material vorbereitet. Tannenreisig und blaustichige Zypressenzweige, Efeuranken, getrocknete Blütenstände, Hagebutten, getrocknete Disteln, Fichtenzapfen, Moos …

---

* Esskastanien, Maroni
** Vergorener Traubensaft

Mitzi hatte vor Aufregung rote Backen, als Johanna ihr das Wort erteilte. Die Altbäuerin hatte ihr ganzes Leben auf einem Hof in der südburgenländischen Einschicht im Nirgendwo zwischen Grodnau und Rettenbach zugebracht und war noch nie weiter gereist als bis Eisenstadt. Sie redete zwar gerne und viel, aber selten vor Gruppen. Reden schwingen ist was für Pfarrer, Lehrer und Bürgermeister, pflegte sie zu sagen. Johanna hatte sie dennoch zu dem Vortrag motiviert, weil Mitzi als Einzige wusste, wie die Südburgenländer früher Allerheiligengestecke gemacht hatten.

»Oisdann*«, sagte Mitzi, zupfte ihr grobes Schultertuch zurecht und zog eine vollbeladene Kiste unter dem Tisch hervor. »Ois Erstes brauch ma a Ruim.**« Sie nahm eine Stoppelrübe aus der Kiste. Ein kindskopfgroßes cremeweißes Wurzelgemüse, das im oberen Drittel leicht lila gefärbt war. »Kennt a jeda va eich dei Ruim? Friacha homma dei olle dahuam ghobt, owa hiaz baun de nimma so vü Leit au, wei wer hodn heit eppa no Schweindl dahuam?«***

Vera liebte es, wenn Mitzi Heanzisch sprach. Das klang wie singen. Sie konnte sich noch an die Rübenberge im Erdkeller der Urlioma erinnern. Die Stoppelrüben wurden als Schweinefutter über den Winter gelagert. Und wenn im Frühling das Grün oben am Schopf der Rüben neu austrieb, hatte die Urlioma diese bitteren Triebe gedünstet und mit Kartoffeln verspeist. Die Ruamsprossen waren das erste frische Gemüse im Jahr und eine Delikatesse.

---

* Also dann.
** Als Erstes brauchen wir eine Rübe.
*** Kennt jede von euch diese Rüben? Früher haben wir die alle zu Hause gehabt, aber heute bauen sie nicht mehr so viele Leute an, weil wer hat denn heute noch Schweine daheim?

Ein Allerheiligengesteck mit einer Futterrübe? Marlies war verwirrt. Aber Mitzi klärte sie gleich auf. Die Rübe war so wasserhaltig, dass angespitzte Zweige und Blumen, die man hineinsteckte, lange frisch blieben. Die Rübe war sozusagen das natürliche Pendant zu den Steckschwämmen, die in modernen Blumenhandlungen verwendet wurden, und dabei auch noch umweltfreundlich und voll kompostierbar.

Johanna ging in den Garten und kam mit einem Armvoll bunter frisch geschnittener Chrysanthemen zurück. »Hier, tobt euch aus. Lasst eure Fantasie spielen.«

Alle nahmen rund um den großen Holztisch, der nach Bienenwachspolitur duftete, Platz.

Marlies wählte einen Sessel vis-à-vis von Vera und Mathilde. Irgendwie musste sie das Gespräch auf das »Fia mi« bringen, aber ohne dabei wie eine aufdringliche Kiewerin zu wirken.

Der Zufall kam ihr zu Hilfe.

Vera wollte das Ende der Rübe gerade abschneiden, damit der Boden des potenziellen Gestecks eine Standfläche bekam, rutschte dabei aber mit dem stumpfen Messer, das sie in der Hand hatte, mehrmals ab.

»Jetzt würd ma das Porzellanmesser von der Sky brauchen«, sagte Mathilde, »das war so scharf, damit hast ein Blatt Papier teilen können.«

»Welches Porzellanmesser?«, fragte Marlies so beiläufig wie möglich. Mathilde sah auf. Vera hatte ihr im Garten zugeflüstert, dass die Neue im Gartenklub bei der Kiewerei[*] wäre. Sie war wie alle, die sich zu Skys Todeszeitpunkt im Hotel befunden hatten, schon mehrmals als Zeugin befragt worden, einmal von der Litzelsdorfer Polizei und dann von einem dicken Kripobeamten

---

[*] Polizei

namens Grandits und jemandem aus Eisenstadt. Sie war sich ziemlich sicher, dass sie das Porzellanmesser erwähnt hatte, oder etwa nicht? Sie wurde nervös. Sie wollte nichts Falsches sagen.

»Sky Dujmovits schreibt darüber oft auf ihrem Blog«, kam ihr Vera zu Hilfe. »Sie will, ich meine, sie wollte, dass ihr Essen niemals mit Metall in Berührung kommt. Es verbreite schlechte Energie. So wie die Metallschrauben in Holzbetten, die angeblich den Schlaf stören. Außerdem würde Metall Salat und Gemüse schneller zum Oxidieren bringen. Eine Avocado, die man mit einem Metallmesser schneidet, wird schnell braun. Mit einem Porzellanmesser geschnitten, bleibt die Schnittfläche angeblich länger grün.«

»Soso«, sagte Marlies, während sie Hagebuttenzweige und eine orange Chrysantheme namens »Dixter Orange« anspitzte und in die Wasserrübe steckte.

»Aber die Tatwaffe war dann ein normales Messer, zumindest haben sie das doch in der Badewanne gefunden, oder?«, sagte Mathilde und wurde rot. Das Porzellanmesser mit dem Sari war noch immer bei ihr in der Küche. Sie wollte nicht, dass das in irgendeiner Weise mit dem Tod von Sky in Verbindung gebracht wurde.

»Schon komisch«, sagte Johanna, die den Kursteilnehmerinnen über die Schultern schaute und Veras und Mathildes Ausführungen gelauscht hatte. »Da macht sie so ein Theater mit dem Porzellanmesser, und dann schneidet sie sich die Pulsadern mit einem normalen Messer auf.«

Vera sagte nichts: Die Gerüchte, dass bei dem Selbstmord jemand nachgeholfen hatte, waren offenbar noch nicht bis zu Johannas Hofladen vorgedrungen. Kaum zu glauben eigentlich, da hier Gerüchte gehandelt wurden wie warme Semmeln. Ob sich Johanna absichtlich unwissend stellte?

Es juckte sie, den Mordverdacht anzusprechen. Aber dann mahnte sie sich zur Geduld. Sie wollte erst wissen, was die Kripobeamtin im Schilde führte. Die war doch sicher nicht wegen der Rübengestecke zum Gartenstammtisch gekommen.

Vera hatte es endlich geschafft, die Rübe abzuflachen. Sie platzierte diese in einer irdenen Schüssel und griff nach einer modernen Chrysantheme, deren Farbe sie an Softeis erinnerte. Die Oberseite der Blüten war vanillegelb, die Unterseite erdbeerrosa. Zusammen mit Efeu, Moos und getrocknetem Bischofskraut würde das ein tolles Gesteck für das Grab der Urlioma ergeben. Das Bischofskraut hieß auch Zahnstocherblume, weil man in orientalischen Ländern Teile des Blütenstandes zur Herstellung von Zahnstochern verwendete. Die Zahnstocher schmeckten aromatisch, weil das Bischofskraut mit der Wilden Möhre verwandt war.

»I moch a Gsteck fü'd oarmen Söln*«, verkündete Mitzi und arrangierte rotgoldene Blumen, die an die Farben der burgenländischen Flagge erinnern.

»Für wen?«, fragte Grete. Die Künstlerin war aus Wien ins Südburgenland gezogen und verstand Mitzis Dialekt nur schwer. »Na, für die armen Seelen. Für die Toten, die niamd** mehr haben.«

»Hab ich dir schon erzählt, der Gerhard hat vom ›Fia mi‹ einen Auftrag bekommen.« Mathilde wechselte das Thema.

»Echt, nein, hast du nicht. Das freut mich.« Vera wusste,

---

* Ich mache ein Gesteck für die armen Seelen.
** niemanden

dass Gerhards Erfolglosigkeit die Beziehung belastete. Nicht, weil die Mathilde sich jemals beschwert hätte. Das hätte sie nie getan. Sie wusste es, weil sich der ganze Bezirk bereits ein Urteil gebildet hatte. Der Gerhard war ein Möchtegernkünstler, der nix hackelte, und es war nur eine Frage der Zeit, wie lange es die tüchtige Mathilde mit dem Nichtsnutz aushalten würde.

»Ich hab dem Chef erzählt, was der Gerhard so macht, und der hat sich gestern mit dem Gerhard getroffen und eine Skulptur bestellt. Die wird bei der Eröffnung vorgestellt.«

Mathilde strahlte.

Vera freute sich mit ihr. »Und er zahlt echt gut«, sagte Mathilde. Sie flüsterte Vera eine Zahl zu, die wesentlich höher war als das, was Vera im Monat beim »Burgenländischen Boten« verdiente. Marlies hörte zwar nicht, was da geflüstert wurde, aber sie sah genau hin. Und weil sie bei einer Fortbildung für Kriminalbeamte einmal Lippenlesen gelernt hatte, wusste sie jetzt auch, wie viel Geld da fließen sollte. Es war echt obszön viel Geld.

So viel Geld fürn Kollaritsch Gerhard sein schiaches Graffl*. So blöd kann echt nur a Zuagroasta sein, dachte sie.

---

* Hässliches Gerümpel

20 WIE WAR HALLOWEEN?

Vampirfledermäuse, die sich ausschließlich von Blut ernähren, gibt es nur in Süd- und Mittelamerika. Die 28 in Österreich vorkommenden Fledermausarten ernähren sich von Insekten. Eine Kolonie von 50 Mückenfledermäusen kann im Sommerhalbjahr ganze 15 Kilogramm Insekten fressen.

»Wie war die Halloween-Tour gestern?«, fragte Vera Letta. Mutter und Tochter saßen beim Sonntagsfrühstück, obwohl es eigentlich schon Mittag war. Vera hatte Palatschinken mit Nussfülle und Schokosoße gemacht. Ein Gericht, das Letta liebte. Lettas dunkle Augen leuchteten, als sie zur Sprühsahne griff und in kreisenden Bewegungen einen großen Berg Schlagobers auf dem Teller erschuf.

Vera spürte, dass Letta gute Laune hatte und gesprächig war. Das galt es auszunutzen. Seit ihre Tochter ein Teenager war, achtete sie genau auf deren Gefühlsthermostat.

Eigentlich war Letta mit 14 schon zu alt für Halloween-Umzüge, aber sie hatte sich bereit erklärt, mit den Nachbarsbuben loszuziehen. Die Nachbarin hatte sie mit 20 Euro »überredet«. Sie hatte die Kleinen geschminkt und ihnen beim Verkleiden geholfen. Der achtjährige Leo war als Vampir losgezogen, sein sechsjähriger Bruder als

Marshall, der Dalmatiner, aus »Paw Patrol«. Vera hatte nicht verstanden, was an einem Dalmatiner aus einer Kinderserie gruselig sein sollte, aber sie hatte Halloween noch nie verstanden.

»Also, wie war die Tour?«, fragte Vera noch einmal ungeduldig.

Letta lachte. »Lustig. Aber ich glaube, die Leute in Sankt Martin waren sich nicht sicher, was wir von ihnen wollten. Als Erstes waren wir bei dem jungen Architektenpärchen. Die haben gewusst, was zu tun ist, als wir ›Süßes, sonst gibt's Saures‹ gerufen haben. Sie hatten Naschzeug vorbereitet und den Buben etwas davon in deren Kübel gegeben. Aber dann sind wir zur alten Graf Aloisia, und die hat uns die Zuckerl weggenommen und dafür Geld zugesteckt, fünf Euro für jeden. Eigentlich ein super Geschäft.«

»Die hat euch mit dem Krampus verwechselt«, sagte Vera. »Der Krampus gibt ja Nüsse und Mandarinen und Zuckerl her und will dafür Geld.«

»Die Buben waren verdutzt, aber zu schüchtern, um was zu sagen, also haben wir das Geld genommen und sind weiter zu den Neubauers. Die Frau Neubauer hat uns aufgemacht, und da wurde es dann ganz komisch. Ich glaub, die Leute bringen echt schon alle Bräuche durcheinander.«

»Was ist passiert?«, fragte Vera.

»Nun, die hat weder Zuckerl noch Geld hergegeben, aber sie hat gesagt, wir sollen reinkommen, Allerheiligenstriezel essen, und mir hat sie einen Schnaps angeboten.«

»Hast den getrunken?«, fragte Vera streng.

»Natürlich nicht«, sagte Letta. »Ich mag keinen Schnaps. Brrr«, sie schüttelte sich, und ihre dunklen Locken flogen. »Aber der Allerheiligenstriezel war gut. Mit viel Hagelzucker und ohne Rosinen.«

»Es irritiert mich, dass du weißt, wie Schnaps schmeckt«, sagte Vera.

Letta ignorierte die Bemerkung und befand, dass es klüger war, das Thema zu wechseln.

»Hast du gesehen, was auf Insta abgeht, wegen Skys Tod?«

Vera schüttelte den Kopf.

»Na, ihr Mann führt jetzt ihren Kanal weiter, und er macht eine Story nach der anderen.«

Letta zückte ihr Tablet und spielte ein Video ab. Karel war darauf zu sehen, weinend und auf den Knien, ein Foto von Sky in der Hand. Dann hörte man seine Stimme. »Ich weiß, sie will, dass ich weitermache. Ihre Mission fortsetze. Aber ich weiß noch nicht, wie ich das jemals schaffen soll. Heute habe ich erfahren, dass Sky schwanger war. Wie soll ich damit je fertig werden?« Die Stimme verstummte. Darunter war ein Link zu einem Spendenaufruf. Karel hatte ein Crowdfunding ins Leben gerufen. Eine Organisation, die Bloggern psychischen Beistand leisten würde, damit diese mit dem enormen Druck in ihrem Beruf besser fertig wurden.

Vera war verblüfft. Sie wandte sich an ihre Tochter: »Und wie nimmt das Netz die ganze Geschichte auf?«

»Total unterschiedlich«, sagte Letta. »Die Leute sind gespalten. Ihre Fans sind empathisch und leiden mit. Die sagen, dass es Sky schwer hatte. Sie musste immer authentisch und perfekt sein – aber konnte es nie allen recht machen. Ständig wurde sie kritisiert und fertiggemacht. Die einen haben sie beschimpft, weil sie vegan war, und die anderen, weil sie gebrauchte Lederschuhe getragen hat.«

»Gebrauchte Lederschuhe?«

»Ja. Second-Hand-Schuhe, weil Second Hand nachhaltig ist.«

»Ach so, und was sagen die Kritiker sonst noch?«

»Sie finden, dass den Bloggern alles hinten reingeschoben wird und dass sie keine echten Sorgen haben. Und manche glauben, dass Karel nur Fame aus der Sache rausschlagen will. Er ist ja selber Influencer, aber kein erfolgreicher.«
»Weißt du mehr über Karel?«
»Einer aus meiner Klasse kennt die Familie. Die sind unglaublich g'stopft. Designerfetzen, teure Autos. Karel ist ein verwöhntes Bubi. Er hat zur Firmung eine Rolex bekommen und mit 18 einen Audi A6. Einfach so. Der Vater ist Schönheitschirurg. Es heißt, er hätte der Sky die Nase gemacht. Karel hat Sky angeblich zufällig bei der Nachuntersuchung im Wartezimmer kennengelernt. Aber ich glaube nicht, dass das ein Zufall war. Der hat sich die schon ausgesucht.«

Vera hörte aufmerksam zu. Wie erwachsen und reflektiert ihre Tochter geworden war. Wenn sie nicht gerade rebellierte oder ihr erklärte, wie unendlich peinlich sie war.
»Kann ich das den Hühnern geben?« Letta griff nach einer Schüssel, in der eine misslungene zerrissene Palatschinke lag. Vera nickte. Die erste Palatschinke misslang ihr immer. Sie würde Mathilde fragen, warum das so war.

Queen Latifah wartete schon unter den Arkaden und gluckste glücklich, als sie ihren Lieblingsmenschen sah. Dank Lettas Pflege war das Huhn, das einst das letzte in der Hackordnung des nachbarlichen Hühnerhaufens war, von einem zerrupften Gerippe zu einer stattlichen Henne herangewachsen. Ihre beiden Töchter, die Junghühner Beyoncé und Britney, hielten respektvoll Abstand zu der Glucke.

Vera schnappte sich das Tablet und sah sich noch ein paar neue Beiträge zu Sky Dujmovits an. Karel, der für die Charity Skys Garderobe versteigerte. Karel, der online über das Design des Grabsteins abstimmen ließ. Karel, der Trauersprüche postete. *Niemand, den man wirklich liebt, ist jemals tot.* Das ist von Hemingway, dachte Vera. Irgendwie fand sie es befremdlich, dass Karel den Tod seiner Frau derart ausschlachtete. Karels Followerzahlen waren laut Letta in den letzten Tagen ordentlich gewachsen. Das bedeutete, er würde nun auch mehr Werbegeld für jedes bezahlte Turnschuh- oder Haargel-Posting auf seinen Kanälen bekommen.

Ich muss mich um meinen Artikel über das »Fia mi« kümmern, dachte Vera. Die Sylvia hatte sich schrecklich aufgeregt, dass der »Burgenländische Bote« nur über den Todesfall im Spa berichtet hatte, aber die versprochene Urlaubsreportage über das Hotel noch ausstand. »Wir hatten eine Abmachung!«, hatte sie gesagt. »Wir haben vier Tage lang vier Leute von eurem Blattl beherbergt und durchgefüttert. Das entspricht einem Werbewert von mindestens einer Doppelseite. Ich erwarte den Bericht!«

Vera sah ihre Notizen und Gesprächsaufzeichnungen durch. Das Interview, das Arno Radeschnig ihr gegeben hatte, war substanzlos. Er schwärmte einzig von der unberührten Natur, von Entspannung und Entschleunigung, von Ganzheitlichkeit und Regionalität. Schöne Worte, die für jedes Wellnessresort von hier bis Timbuktu passen würden. Aber kein Inhalt. Der Mann könnte in die Politik gehen. Sie beschloss, erst mal eine Internetrecherche zu machen. Es gab Hunderte Einträge zu seinen Seminaren, Büchern und Podcasts. Immer ging es um Selbstverwirklichung und Erfolg. »Mehr als eine Million Menschen hat er nach eigenen

Angaben schon persönlich unterrichtet, mehr als fünf Millionen Mal sind angeblich seine Bücher, Filme und Audioprogramme verkauft worden, in denen er den Menschen erklärt, wie sie zu Erfolg finden. Eine amerikanische Studie hätte ergeben, dass jeder Mensch im Leben etwa 20 große Chancen hat«, las Vera im Netz. »Der Erfolgreiche nehme jede zweite wahr, die Erfolglosen dagegen nur eine einzige.« Immer ging es um den Glauben an die unbegrenzten Möglichkeiten. Man müsse nur seine Einstellung ändern, ein bisschen anders denken, und schon würde die Welt zum Wunschkonzert.

Wenn es nur so einfach wäre, dachte Vera.

Über Ophelia gab das Netz gar nichts preis. Frau Radeschnig hatte nicht einmal Social-Media-Konten. Die war wohl nicht so der digitale Typ. Ob sie was zu verheimlichen hatte? Hatte der Kärntner Journalist nicht Andeutungen in diese Richtung gemacht?

Vera beschloss, ihn anzurufen. Sie kramte nach der Visitenkarte des Kollegen und wählte die Handynummer. Es läutete zehnmal, niemand hob ab. Es gab auch keine Mailbox.

Auf der Rückseite der Visitenkarte war auch die Nummer seiner Redaktion abgedruckt. Vera zögerte kurz, dann rief sie an.

Eine Frau hob ab. »›Kärntner Blatt‹, guten Tag, was kann ich für Sie tun?«

Vera stellte sich vor. »Kann ich bitte mit Markus Ortner sprechen?«

»Es tut mir leid, Herr Ortner ist auf Recherche.«

»Können Sie mir sagen, wo ich ihn erreichen kann?«

»Das geht leider nicht, aber Sie können gerne eine Nachricht hinterlassen oder ihm eine E-Mail schreiben.«

Vera dachte nach.

»Ich verstehe, dass Sie mir da keine Auskunft geben können, aber ich erreiche ihn auch am Handy nicht. Und ich brauche ihn ganz dringend. Ich bin eine Kollegin aus dem Burgenland, und wir waren gemeinsam auf der Pressereise im ›Fia mi‹ und haben zusammen ein Interview gemacht. Aber mein Smartphone hat das Gespräch nicht aufgezeichnet, und deshalb wollte ich den Markus fragen, ob er mir seinen Mitschnitt schicken kann. Wir hatten das Interview nämlich zu zweit. Und jetzt habe ich Redaktionsschluss und brauche das Material ganz dringend«, log Vera.

»Ich verstehe«, sagte die Rezeptionistin, »aber ich kann Ihnen leider wirklich nicht weiterhelfen, laut meinen Infos war Herr Ortner bis vorgestern im ›Fia mi‹, aber hat sich noch nicht zurückgemeldet. Es waren ja auch Feiertage.«

Vera zögerte. Sollte sie der Frau erzählen, dass Markus schon nach einer Nacht wieder abgereist war? Dann entschied sie sich dagegen. Vielleicht hatte er seine Gründe. Sprechen musste sie ihn trotzdem. Auf der Visitenkarte stand auch eine private Adresse.

Sie legte auf und rief Tom an. Der hob sofort ab.

»Hast schon wieder Sehnsucht? Du hältst es echt keine Woche ohne mich aus.«

Vera ignorierte die Pflanzerei und kam gleich zur Sache.

»Fahrst morgen mit mir an den Wörthersee?«

»Ist es nicht schon zu kalt zum Baden?«

»Ich muss einen verschwundenen Kollegen suchen!«

»Was du dir immer für G'schichtln ausdenkst, nur um Zeit mit mir zu verbringen.«

»Tom, jetzt sei einmal ernst!«

»Wow, so streng heute, die Frau Horvath. Okay, ich fahr ja mit.«

»Danke. Ich bin morgen um 7 Uhr früh bei dir.«

»Geht's vielleicht noch früher?«
»Gerne, ich komm um 6.30 Uhr.«
»Das mit dem ›noch früher‹ war ein Spaß.«
»Ich mein das aber ernst. Bis morgen um 6 Uhr dann.«

✳

Christoph stand vor Sylvias Haus. Er wollte die Sache mit ihr in Ordnung bringen. Das Ganze war doch bloß ein blödes Missverständnis gewesen. Sie hatte ihn seit dem misslungenen Date keines Blickes mehr gewürdigt. Er nahm es ihr zwar nicht übel, aber er hatte lieber klare Verhältnisse. Er mochte es nicht, wenn es Animositäten am Arbeitsplatz gab.

Kurz hatte er überlegt, ob er ihr Blumen mitbringen sollte, aber er war nicht so der Rosenkavalier. Also hatte er sich für Champagner entschieden. Champagner ging immer.

Christoph mochte keine Massenchampagner. Er hatte sich deshalb für einen Brut Rosé von Chapuy entschieden. Ein Familienbetrieb mit achteinhalb Hektar Grand-Cru-Lagen in Oger an der Côte des Blancs. Der Rosé Champagner, den die dort anboten, war ganz passabel. Rosé Champagner war ja in den letzten Jahren ein grässliches Modegetränk geworden. Mit der Konsequenz, dass das Meiste, was man im Handel bekam, teures rosa Blubberwasser mit unharmonischer Süße war. Nein, der Champagner, den er ausgesucht hatte, war klar und elegant mit dezenten, frischen Kirschnoten, Mandeln, Orangenschalen, leichten Biskuitnoten. Er würde gut zu Hummer passen oder zu Flusskrebsen. Man war ja im Burgenland und nicht an der Atlantikküste. Wenn das heute gut lief, konnte er sie ja als zweite Wiedergutmachung auch noch zum Essen ausführen. Mathilde hatte ihm vom »Kochtheater« in Oberwart erzählt. Dort wurden beste regionale Zutaten auf höchstem Niveau serviert. Genau sein Geschmack.

Die Nachbarin stand am Gatter und starrte ihn an, während Christoph die Gegensprechanlage bediente und darauf wartete, dass sich das elektrische Tor automatisch öffnete. Oben an der angelehnten Haustür stand Sylvia in einem eng anliegenden Jogginganzug aus weißem Samt. Sie musste sich gerade die Zehennägel frisch lackiert haben, denn zwischen ihren Zehen steckten Wattebällchen. Die Nägel waren in einem dunklen matten Blauton lackiert. Christoph war nicht so ein Fan dieser Farbe. Das sah aus wie Blutergüsse. So, als ob der Frau jemand mit voller Gewalt auf die Zehen getrampelt wäre. Aber er sagte lieber nichts. Er war ja hier, um Frieden zu schließen, und nicht, um noch mehr Unfrieden zu stiften.

»Ah da schau her, der Würger«, sagte Sylvia auch prompt.

»Ich bin hier, um mich zu entschuldigen, das Ganze war ein Missverständnis, das Tinderprofil …«

»… gibt dir auch kein Recht, mich zu würgen, bis ich ohnmächtig werde. Du hättest mich fast umgebracht.«

»Kann ich bitte reinkommen und dir alles erklären, ich bin in friedlicher Mission hier.« Er streckte ihr die Champagnerflasche wie ein Friedensbeil entgegen.

Sylvia blickte ihn an. Wie ein Monster sah Christoph heute tatsächlich nicht aus. Weniger arrogant als sonst. Es gefiel ihr, dass der überhebliche Doktor mit eingezogenem Schwanz zu Kreuze kroch. Sie zuckte mit den Achseln und gab die Tür frei. »Okay, dann komm halt rein, bevor dich der neugierige Krampen sieht.«

Was sie nicht wusste: Der neugierige Krampen war schon da. Hinter der Thujenhecke. Und die Nachbarin Elfriede Großschädel war ganz aufgeregt über das, was sie gerade gehört hatte. Sie hatte natürlich wie immer gelauscht. Die Tatsache, dass die Zieserl jetzt schon am helllichten Tag Herrenbesuch hatte, war eine willkommene Unterbrechung in ihrem öden Alltag gewesen.

»Gewürgt und fast umgebracht hat der die Zieserl«, berichtete sie keine fünf Minuten später ihrer Nachbarin, der sie als Vorwand fürs Gerüchtestreuen ein paar Eier vorbeibrachte. »Stell dir das vor. Ich bin wirklich mit meinen Nachbarn gestraft. Letztes Jahr der perverse Architekt und jetzt sogar ein Würger in der Nachbarschaft. Lauter G'sindel, das da in unser schönes Südburgenland zieht.«

21 VERA UND TOM IN KÄRNTEN

Die Wasserspinne legt unter Wasser unterschiedliche Wohnbereiche an, unter anderem Sommerglocken zum Wohnen und zur Paarung, und Ernährungsglocken, in denen sie ihre Beute frisst. Entdeckt man Wasserspinnen im Teich, dann sollte man die Gelegenheit nutzen, ihr abwechslungsreiches Unterwasserleben zu beobachten.

Der Nebel lag wie eine milchige Decke über dem Wörthersee. Es waren kaum Menschen auf der Straße, als Vera ihren Wagen die schmale Straße Richtung Pörtschach lenkte. Die Stimme aus dem Navi leitete sie zu der eingegebenen Adresse.

»Das hat er sicher geerbt«, sagte Tom, als sie vor einem großen Haus mit Giebeldach, Balkonen und dunkler Holzverkleidung stoppten.

»Wie kommst du darauf?«, fragte Vera.

»Weil sich so ein Haus direkt am See heute kein normaler Mensch mehr leisten kann. Und selbst wenn er im Lotto gewonnen hätte, Seegrundstücke werden hier so gut wie nie verkauft.« Tom gähnte. Die drei Sätze waren das Ausführlichste, was er bis jetzt von sich gegeben hatte. Auf der Fahrt nach Kärnten war er einsilbig gewesen. Den Spruch »Morgenstund hat Gold im Mund« hielt Tom für ausgemachten Schwachsinn.

Vera parkte ihr Auto, stieg aus dem gut geheizten Wagen und fing sofort an zu frösteln. Sie spürte, wie sich ihre Schultern verkrampften, als die kalte, feuchte Seeluft durch ihre Kleidung kroch. Außerdem war sie übernächtigt. Aus lauter Angst zu verschlafen, war sie schon um 4 Uhr früh aufgewacht und hatte danach nicht mehr einschlafen können.

Ein niedriger Jägerzaun begrenzte den mit Raureif überzogenen Rasen vor dem Haus. Vera öffnete das Tor und marschierte Richtung Eingangstür. Im Carport befand sich ein silberner VW Passat. Die Nummerntafel begann mit KL. Klagenfurt Land. Auf dem Fußabstreifer vor der Tür standen ein paar schmutzige Gummistiefel. Es gab zwei Knöpfe an der Gegensprechanlage, neben beiden war der Name Ortner zu lesen. Ortner privat, Ortner Büro. Vera betätigte beide Tasten. Sie hörte, wie drinnen im Haus die Türglocken schrillten. Sie wartete ein paar Minuten. Läutete erneut. Wartete wieder. Nichts passierte.

»Da ist keiner daheim«, sagte Tom und deutete auf die heruntergezogenen Rollläden.

»Na super. Jetzt sind wir umsonst hergefahren«, jammerte Vera.

»Was hast erwartet?«, fragte Tom. »Das war mir eh klar. Er wird ja kaum zu Hause sein und nur deshalb nicht ans Telefon gehen, um dich zu ärgern.«

»Aber sein Auto ist da. Vielleicht hatte er einen Herzinfarkt und liegt tot im Haus«, sagte Vera.

»Hmm, ganz sicher«, sagte Tom wenig überzeugt. »Vielleicht ist er weggeflogen und mit dem Taxi zum Flughafen nach Klagenfurt. Du ziehst zwar die Toten an, aber deshalb muss nicht gleich jeder sterben, der dir über den Weg läuft. Komm, lass uns mal hinters Haus gehen.«

Die hintere Seite, die dem See zugewandt war, war wesentlich moderner, als die von der Straße aus sichtbare Fassade vermuten ließ. Ein großer Wintergarten grenzte an eine überdachte Terrasse. Von dort führten ein paar Trittsteine zu einem kleinen Steg, an dem ein Elektroboot angebunden war. Eines von der teuren Sorte, mit polierter Holzverkleidung. Das Boot war mit einer grauen Plane abgedeckt. Der See wirkte friedlich und dunkel. Der Horizont verlor sich im Nebel. Das Wasser am Ufer war trüb.

»Komisch, dass das Boot noch im Wasser liegt«, sagte Tom. »Ich hätt das schon längst eingewintert.«

Vera lief zum Wintergarten, hielt die Hände seitlich an ihre Schläfen, um die Spiegelung der Glasverkleidung auszublenden, und spähte durch die Scheibe. Sie sah eine braune Ledercouch. Einen runden Tisch mit drei Freischwingern aus Stahlrohr. Regale mit Büchern, einen antiken Holzschreibtisch, einen großen Arbeitssessel. Das musste wohl der Bereich »Ortner Büro« sein.

Während Tom noch das Boot inspizierte, wandte sich Vera den Blumentöpfen auf der Terrasse zu. Halb erfrorene Pelargonien und ein paar Küchenkräuter darbten in Terrakottatöpfen vor sich hin. Die Stängel waren braun und verdorrt. Vera drehte einen Topf nach dem anderen um. Sie hatte die Hoffnung, dass sich unter einem ein Zweitschlüssel befand.

Ihre Hoffnung wurde enttäuscht.

»Und jetzt?«, fragte sie Tom.

»Lass uns erst mal irgendwo was frühstücken«, sagte der. »Es ist gerade einmal kurz nach 8 Uhr früh. Ich brauche jetzt wirklich einen Kaffee.«

»Okay«, sagte Vera, der auch nichts Besseres einfiel.

Sie gingen zurück zu Veras Wagen und stiegen ein. Vera

legte den Sicherheitsgurt an und blickte in den Rückspiegel, da sah sie, dass zwei Parkplätze hinter ihr ein Wagen einparkte. Eine blonde Frau in Jeans, Stiefeletten und Parka stieg aus und ging Richtung Ortner-Haus.

»Schau mal, Tom«, wisperte sie aufgeregt. »Glaubst du, das ist seine Freundin?«

Die Frau zog einen Schlüssel aus ihrer Handtasche. Sie sperrte die Haustür auf, ging hinein und verschwand.

»Los, komm, wir fragen, ob sie was weiß.« Vera hatte plötzlich Hummeln im Hintern. Sie schnallte sich wieder ab. Ihre Hand tastete nach dem Türgriff. Tom hielt ihren Arm fest. »Warte noch.«

»Worauf soll ich warten?« Geduld war wirklich nicht Veras Stärke.

»Warte einfach mal, okay?«

Vera sah ihn verärgert an. »Ich weiß wirklich nicht, auf was ich warten sollte ...«

»Vera, bitte.« Er legte beschwichtigend die Hand auf ihren Oberschenkel.

Vera verstummte.

Die Tür ging wieder auf. Die Blonde trug jetzt Leggings und hatte Plastik-Crocs an. Sie hatte eine gelbe Plastikmülltüte und eine Papiertragetüte mit der Werbeaufschrift eines Supermarktes in Händen. Sie ging zu dem überdachten Mistplatz neben dem Carport und warf den Müll in die dafür vorgesehenen Tonnen. Die gelbe in den Restmüll, die andere ins Altpapier.

»Ha, ich wusste es, das ist die Putzfrau«, sagte Tom.

»Woher wusstest du das?«, fragte Vera überrascht. »Es hätte genauso gut seine Freundin sein können. Oder willst du etwa behaupten, dass manche Frauen aussehen wie Putzfrauen und andere nicht?«

»Quatsch, aber es ist Montag, 8 Uhr in der Früh. Da sind

die Chancen, dass die Putzfrau kommt, höher, als dass die Geliebte unangekündigt vorbeischneit.«

»Du und deine männliche Logik«, sagte Vera.

»Pass auf, was meine männliche Logik als Nächstes tut!«

Tom grinste, stieg aus dem Auto, schlenderte zum Altpapiercontainer und schnappte sich die Papiertragetasche, die die Putzfrau gerade entsorgt hatte. Dann ging er ganz gemütlich zum Auto zurück. Er warf die Papiertragetasche in den Fußraum hinter dem Rücksitz und stieg wieder ein.

»So, mögliches Beweismaterial gesichert, jetzt kannst du die Putzfrau befragen.«

»Du bist total irre«, sagte Vera, »was, wenn sie zurückgekommen wäre und dich gesehen hätte?«

»Na, wenn schon«, sagte Tom. »Mir wäre schon was eingefallen. Je normaler man sich bei so einer Aktion verhält, desto weniger verdächtig wirkt man. Weißt du nicht mehr, wie ich einmal einen Barhocker in unserer Lieblingsdisco für dich gestohlen habe? Ich habe ihn einfach genommen, bin damit die Stiegen raufspaziert und hab ihn in den Kofferraum gegeben. Niemand hat mich gefragt, was ich damit mache. Und wenn, hätte ich gesagt, ich bring ihn zum Reparieren.«

Vera schüttelte den Kopf. »Spätestens, als du selbst Wirt wurdest, hätte dir das leidtun müssen.«

»Na, jetzt fladern die Gäste halt bei mir, ausgleichende Gerechtigkeit«, lachte Tom. »Obwohl, Barhocker haben sie mir noch keinen gestohlen, nur Spirituosen und Gingläser und Aschenbecher. What goes around, comes around.«

Vera rollte mit den Augen, aber eher so, wie man mit den Augen rollt, wenn man denkt, man müsse es aus erzieherischen Gründen tun. Tom würde sich nie ändern.

Das Gespräch mit der Putzfrau war kurz und unergiebig. Die junge Frau hatte auch keine Ahnung, wo Herr Ortner war. Sie kam jeden Montag um 8 Uhr für vier Stunden. Herr Ortner war selten vor Ort, wenn sie putzte.

Vera und Tom genossen in der Bäckerei Wienerroither ein ordentliches Frühstück und befragten so gestärkt danach die Ortnerschen Nachbarn. Vera erzählte wieder die Geschichte von der angeblich misslungenen Tonbandaufnahme als Grund für ihre Nachforschungen. Leider konnte ihr keiner der Nachbarn helfen. Niemand hatte Markus Ortner in der letzten Woche gesehen.

Kurz nach Mittag waren Vera und Tom wieder im Burgenland. »Kommst noch mit rauf?«, fragte Tom, als Vera ihn nach Hause brachte.

»Was tun?«

»Ausrasten«, sagte Tom und schaute treuherzig. »Ich bin so fertig von dem frühen Aufstehen. Ich muss mich jetzt ganz dringend ausrasten. Du nicht?«

Er nahm Veras Hand. Die Bettgeschichte mit Tom führte zu nichts. Er würde sie nie »seine Freundin« nennen, immer nur »eine Freundin«, und auch wenn Vera so tat, als wäre das okay, tat es weh. Es gab ihr ein Gefühl der Unzulänglichkeit. Sie war nicht schön, nicht schlank, nicht begehrenswert genug, sonst würde er sich in sie verlieben und gar nicht anders können, als richtig mit ihr zusammen sein zu wollen. Aber Tom hatte ihr mehrmals klargemacht, dass er nicht mit ihr zusammen sein wollte. »Ich hab dich sehr gern«, sagte er, oder »Ich hab dich lieb«. Und das sagte er auch nur, wenn er betrunken war.

Wenn Letta so einen Typen abschleppen würde, würde sie sagen: »Vergiss den, das führt zu nichts.« Aber sie vergaß Tom nicht, sie schlief weiter mit ihm. Weil sie den Herzschmerz, den er ihr zufügte, nur dann nicht spürte, wenn er in ihr war.

Vera sah Tom in die Augen. Die Augen waren das Einzige an ihm, das genauso aussah wie damals. Grau, aber nicht kalt. Von der Mitte der Pupille entfaltete sich ein brauner Stern. Der Stern war die Pforte zum Zeitreisen. Vera tauchte kopfüber in den Stern, und es war wieder 1997.

Als Vera und Tom nach dem Ausrasten erwachten, war es schon dunkel. »Verdammte Winterzeit«, fluchte sie, als sie sich eilig ankleidete und nach Hause raste. Vera hasste es, dass es nach der Umstellung der Uhr im Herbst so früh dunkel wurde.

»Wo warst du?«, fragte Letta vorwurfsvoll. »Es hat schon gedämmert, als ich um 16 Uhr aus der Schule gekommen bin, und die Hühner waren noch nicht eingesperrt. Wenn denen was passiert wäre. Du weißt genau, dass der Marder kommt, wenn es dämmert.«

»Ich weiß. Es tut mir leid!«, sagte Vera. Es kam immer öfter vor, dass Letta sich wie eine Erwachsene benahm und sie sich in der Rolle des verantwortungslosen Kindes wiederfand.

Vera hatte die Papiertragetasche mit Markus Ortners Altpapier mit ins Haus genommen.

Sie zog Gummihandschuhe an. Sie hatte Angst, eklige Sachen darin zu finden. Kaugummis oder gar vollgeschneuzte Taschentücher. Aber das Altpapier ihres Kärntner Kollegen war zum Glück sehr sauber und ordentlich. Fast schon zu ordentlich. Es enthielt vorwiegend alte Ausgaben des »Kärntner Blatts« und ein paar aufgeschlitzte Fensterkuverts, die wohl Rechnungen oder Behördenbriefe enthalten hatten. Weiters misslungene Ausdrucke von Artikeln, bei denen die Druckertinte zu Ende gegangen war. Die Themen waren vernachlässigbar: »Volksschule

Neubau genehmigt«, »Christkindlmärkte starten«, »Autohaus erweitert«. Eine Einkaufsliste hatte sich auch ins Altpapier verirrt. Milch, Eier, Bananen, Thunfisch, Tomaten, Geschirrspülersalz, Mülltüten.

Langweilig, dachte Vera enttäuscht. Auf ein paar Zetteln hatte ihr Kollege herumgekritzelt. Kleine Kreise, Spiralen, Strichmännchen. Was man halt so kritzelt, wenn man telefoniert. Ab und zu war auch eine dürftige Notiz dazwischen. »Rauchfangkehrer 14.10.« oder »Reifen – zurückrufen.«

Vera begann, die Ausgaben des »Kärntner Blatts« durchzublättern. Auf einem Flugblatt, das der Zeitung beilag, hatte Markus Ortner ebenfalls gekritzelt. Vera konnte genau vier Wörter entziffern. Charlie Glawischnig Maria Loch. Das letzte Wort war aber extrem undeutlich geschrieben. Es konnte auch Maria lacht, Marie liebt oder Maria Licht heißen.

22 OPHELIA EKELT SICH

Wenn sich die Teichschlange nicht gerade an Wasserpflanzen oder im Schlamm am Grund des Teiches aufhält, dann windet sie sich nach oben Richtung Wasseroberfläche. Angst braucht man vor ihr jedoch nicht zu haben. Dieses harmlose Vieh ist nur einen Zentimeter lang und mit dem Regenwurm verwandt.

Die Glocken läuteten laut und energisch. Die Einheimischen sagten, sie würden die Glocken gar nicht mehr hören. Ihr Hirn würde es einfach ausblenden. Arnos Hirn blendete nichts aus. Er fand das Geläute lästig. Früher wurden Glocken geläutet, damit die Bauern wussten, wie spät es war. Je nach Stand der Sonne war es beim Glockenläuten entweder 6 Uhr, 12 Uhr oder 18 Uhr. Aber die Bauern heute hatten ohnehin ein Handy, das ihnen rund um die Uhr verriet, wie spät es war. Arno war Atheist. Er hatte sich auf der Bezirkshauptmannschaft über die frühmorgendlichen Kirchenglocken beschwert. Das Gebimmel würde potenzielle Wellnessgäste aus dem Schlaf reißen. Die Dame am Gemeindeamt hatte auch nur milde gelächelt. Ein Lächeln, das ihm signalisierte, dass er sich »brausen« konnte. Glockengeläute als Zeitangabe hatte in der heutigen Zeit zwar seine Berechtigung verloren, aussichtsreich war eine Klage aber nur, wenn der »Arbeitslärm in der Nachbarschaft« in den Nachtstunden von 22 bis 6 Uhr erfolgte.

Und die Morgenglocken läuteten nicht *vor* 6 Uhr, sondern *um* 6 Uhr. Wenn das Arno nicht passte, konnte er nur den Wohnsitz ändern.

»Ophelia?« Arno machte sich auf die Suche nach seiner Frau. Das Hotel war leer. Er hatte die Angestellten heimgeschickt, die offizielle Eröffnung verschoben. Ein leeres Hotel strahlte Verlassenheit und Trostlosigkeit aus. Arno ging die Stiegen zur Privatwohnung hinauf. Er rief noch einmal nach seiner Frau. Keine Antwort. Da hörte er das Rauschen von Wasser. Die Tür zum Badezimmer war nur angelehnt. Er stieß die Tür auf. Ophelia lag in der Badewanne, die schon zu zwei Dritteln gefüllt war. Aus dem Wasserhahn, der Teil einer überteuerten minimalistischen Armatur war, floss weiter Wasser in die Wanne.

Ophelia hatte die Augen geschlossen. Sie hatte ihn nicht eintreten gehört. Weiße Kopfhörer steckten in ihren Ohren. Vermutlich lauschte sie einem ihrer Meditations-Podcasts. Arno wollte sie nicht erschrecken. Er trat vorsichtig näher und überlegte, wie er sich am besten bemerkbar machen sollte. Das Wasser war rot. Arno erschrak kurz. Dann schaltete sich sein Verstand ein. Das ist ihr Entspannungsbad mit Arnika, dachte Arno. Das färbt das Badewasser immer rot. Er atmete tief durch. Da fiel ihm auf, dass es im Raum nicht nach Arnika roch. Es roch nach etwas anderem. Metallisch, süß, ein bisschen faulig. Es roch wie unten im Kühlhaus, wenn ein halbes Reh geliefert wurde.

»Ophelia?« Er beugte sich über sie, streckte die Hand aus, um sie zu berühren, aber im selben Moment riss sie die Augen auf, umfasste mit beiden Händen seinen Hals und drückte zu. Arno war überrascht. Er versuchte, nach ihren Armen zu greifen, sie wegzuschieben, verlor dabei das Gleichgewicht, strauchelte und fiel in die Wanne.

Ophelia lag jetzt unter ihm und begann zu sinken. Wie tief war diese Wanne? Ophelia hatte noch immer seinen Hals umfasst und zog ihn mit eisernem Griff unter Wasser. Arno bekam keine Luft. »Warum tust du das?«, wollte er brüllen, aber als er den Mund öffnete, strömte nur rotes Wasser hinein und kein Wort heraus. Gemeinsam sanken sie tiefer und tiefer. Sie waren nicht mehr in der Wanne. Sie waren in einem See. Ophelia lachte. Ihre Haare umgaben sie wie ein Heiligenschein. Dann veränderte sich ihr Gesicht, wurde zu einem anderen. Er kannte dieses Gesicht. Das Blut gefror in seinen Adern. Nein, dachte er, nein. Bitte nicht. Er schlug um sich, er strampelte, aber es half nichts. Er wusste, er würde sterben.

»Arno, wach auf, wach auf!« Ophelia schüttelte ihren Mann. Sie spürte, wie sein Herz hämmerte, als sie seinen Brustkorb berührte. Er saß jetzt aufrecht im Bett, schweißgebadet, mit panischem Blick.

Ophelia brauchte gar nicht auf die Uhr zu schauen. Die verdammten Glocken läuteten. Es war kurz nach 6 Uhr früh. »Du hast wieder schlecht geträumt«, sagte sie.

Arno ließ sich zurück ins Kissen fallen. Erleichterung durchflutete ihn. Doch Ophelia konnte die Angst, die wie ein Film auf seiner Haut lag, noch immer riechen.

»Was hast du geträumt?«, fragte sie.

»Ich weiß es nicht«, log Arno, obwohl er sich nur zu gut erinnern konnte. »Du weißt doch, wie Träume sind. Man wacht auf, und sie sind einfach weg.«

Es war das dritte Mal seit Skys Tod, dass er einen Albtraum hatte.

Er schlug die Tuchent zurück.
»Wohin gehst du?«, fragte sie.
»Pinkeln«, sagte er.
Arno ging ins Badezimmer, klappte den Klodeckel hoch und urinierte. Am Badewannenrand stand das tiefrote Entspannungsbad aus seinem Traum.

Ophelia sah ihm nach, wie er den Raum verließ. Ein mittelgroßer, mittelalter Mann, der ein bisschen schwammig um die Mitte wurde. War das noch der Mann, für den sie bis vor Kurzem durchs Feuer gegangen war? Sie konnte ihm den Verrat nicht verzeihen. Warum hatte er sie nicht von Anfang an eingeweiht? Ihr alles erzählt? Warum vertraute er ihr nicht?
Sie hatte sich diesen Mann als Ehemann ausgesucht. Damals war er freilich alles andere als mittelmäßig gewesen.
Damals hatte Arno eine Aura von Macht und Kompetenz umgeben.
Sie hatten sich bei einem Feuerlauf kennengelernt. Ophelia hatte vorgemacht, wie es ging. Angstbefreit und leichtfüßig war sie über die glühenden Kohlen geschritten. Arno war ihr nachgerannt. Danach waren sie sich high vom Adrenalin und den Endorphinen in die Arme gefallen. Arno war damals ein anderer gewesen. Er war laut, er hatte Charisma, er stand immer und überall im Mittelpunkt. Er war genau der Mann, den sie immer gesucht hatte.
Am Abend nach dem Feuerlauf kamen sie sich im Whirlpool des Wellnesshotels näher. Ophelia hatte Signale ausgesandt, starke Signale. Ein verheißungsvoller Augenaufschlag. Eine leichte Berührung an seinem Unterarm, während sie mit ihm sprach. Eine doppeldeutige Bemerkung, die in voller Unschuld vorgetragen wurde: Ist dir auch so heiß wie mir? Die Art, wie sie den Kopf schief legte,

eine Haarsträhne um ihren Finger wickelte und aus dem Gesicht strich, wenn er einen Witz erzählte.

Ob er später mit ihr in das beheizte Außenbecken des Spa-Hotels gehen würde. Na no na ned, dachte Arno.

Sie waren die einzigen Gäste, die sich nach dem Abendessen im Whirlpool einfanden. Es war eine sternenklare Nacht. Ophelia saß ihm gegenüber, zupfte an ihrem winzigen Bikini herum, blickte in den Himmel und redete über große und kleine Wägen. Arno hörte ihr gar nicht zu. Sein Schwanz war schon so steif, dass man ihn als Abschleppstange hätte verwenden können. Zum Glück hatte er kurz zuvor den Rücken und den Hintern waxen lassen. Er war zu allem bereit. Er schloss die Augen und überlegte, was sein nächster Move sein würde.

Da spürte er ihre Hand an seinem Oberschenkel. »Hast du was dagegen, wenn ich mich näher zu dir setze?«

Was für eine Frage! Scheißt der Bär im Wald? Ist der Papst katholisch?, dachte Arno.

Ophelia hatte sich auf seinen Schoß gleiten lassen und die Arme um ihn gelegt. »Du spürst es auch, diese Energie, die zwischen uns ist«, hatte sie in sein Ohr geflüstert. Er spürte vor allem seine Erektion, die in seiner Lycra Speedo gefangen war. Er zog sie heftig an sich und küsste sie stürmisch. Ihre Zähne schlugen dabei in der Dunkelheit kurz gegeneinander. »Langsam«, flüsterte sie, während sie sich weiter an seinem Schwanz rieb.

Er schob ihr Bikinioberteil hoch und begann, ihre Brüste zu kneten. Ophelia stöhnte und schloss die Augen. Sie küsste ihn wieder. Ihre kleinen weißen Zähne bohrten sich in seine Lippen. Er spürte, wie sie seinen Schwanz aus der Badehose befreite und sich auf ihn setzte. »Nimmst eh die Pille?«, fragte er, sie nickte und begann sich zu bewegen. Sie war eine Göttin. Es gelang ihr mühelos, den perfekten Rhythmus zu finden. Sie schmiegte sich an ihn, ließ sich fallen, ging völlig auf in der Leichtigkeit, die ihr das Wasser gab. Ihre Lust riss ihn einfach mit. Der Kick, möglicherweise erwischt zu werden, machte Arno zusätzlich geil. Sie, die das Tempo diktierte, kam als Erste, und zwar so gewaltig, dass er sie küssen musste, um ihre Lustschreie zu ersticken. Dann kam auch er, so intensiv, dass er danach sekundenlang um Luft rang.

Ophelia stand auf, lächelte, stieg aus dem Pool und schnappte sich ihr Handtuch und trocknete sich ab, als wäre die heiße Nummer, die sie da gerade im Wasser geschoben hatten, nie passiert. Dieses nüchterne Verhalten verwirrte Arno. Das war normalerweise sein Part. »Sehe ich dich wieder?«, fragte er. »Ich weiß nicht«, sagte Ophelia und frottierte ihr nasses Haar: »Männer, die so leicht zu haben sind, interessieren mich eigentlich nicht.« Arno stand der Mund offen, als er sah, wie Ophelia in der Dunkelheit verschwand.

Sie ging in ihr Zimmer, duschte ausgiebig und schob sich dann vorbeugend eine Vaginaltablette gegen eine Candida-Infektion in die Scheide. Eigentlich fand sie Sex im Pool eklig, und eine Pilzinfektionen war das Letzte, was sie sich einfangen wollte. Aber dieses Opfer hatte sie bringen müssen. Sie wusste, was passieren würde. Ein Mann wie Arno war gewohnt, dass Frauen ihn toll fanden, mit ihm zusammen sein wollten. Nichts machte ihn mehr verrückt als eine schöne Frau, die den Spieß umdrehte, die immun gegen seinen Charme war. Eine, die sich nicht an ihn klammerte oder in seine Welt eintauchen wollte.

Arno war von Frauen umgeben, die sich von seiner Spendabilität angezogen fühlten. Männer wie Arno kauften Menschen und hielten es dann den Menschen vor, dass sie käuflich waren. In diese Falle würde Ophelia nicht tappen. Sie zog sich zurück, aber sie verlor Arno nie aus den Augen.

Seinen Absturz erlebte sie erste Reihe fußfrei. Zu viel Alkohol, zu viele Drogen, die Frau weg. Einzig die Eventfirma war ein Selbstläufer, aber das nur, weil da inzwischen ein fähiger Geschäftsführer am Werk war.

Als Arno am Tiefpunkt war, rief ihn Ophelia an. Arno freute sich, als er ihre Stimme hörte. Er sagte, er wüsste nicht, was er als Nächstes tun sollte. Ophelia wusste es. Sie fuhr zu ihm und zeigte ihm den Weg. Den Jakobsweg. Die ersten Tage waren ein Desaster. Arno war kein Pilger. Er verabscheute die dreckigen Schlaflager, die seltsamen Gestalten, denen er begegnete: Krebskranke, Gescheiterte, Bigotte. Aber er wollte sich vor dieser rätselhaften Blondine an seiner Seite keine Blöße geben. Die meisten Frauen, die er kannte, waren viel zu offensichtlich. Sie trugen ihr Herz auf der Zunge, ließen sich sofort in die Karten schauen. Ophelia war mysteriös, das gefiel ihm. Und das Beste an Ophelia war, dass auch sie ihn kaum kannte. Er konnte sich an ihrer Seite komplett neu erfinden.

Bei jedem Kilometer gewann sie sein Vertrauen ein Stück mehr.

Ophelia wiederum handelte nicht aus Berechnung, wie ihr viele später vorwarfen. Sie hatte es sich einfach in den Kopf gesetzt, sich nie wieder im Leben in einen armen Mann zu verlieben. Und Arno war reich und charismatisch und machte es ihr leicht, Gefühle für ihn zu entwickeln. Er war eine ganz andere Liga Mann als ihre bisherigen Liebhaber. Zum Teil lag das sicher daran, dass er fast 20 Jahre älter war. Er war selbstbewusst, aber nicht arrogant, eloquent, aber nicht nervig, galant, aber nicht schleimig. Sie mochte es, dass er ihr in den Mantel half, die Autotür für sie aufhielt, diskret alle Rechnungen beglich.

Und Arno? Er hielt Ophelia einfach für perfekt. Schön, unabhängig, intelligent, verständnisvoll, ohne ihn mit Launen oder Alltagskram zu nerven. Arno hatte sich immer gerne mit schönen Frauen umgeben, aber selten hatte ihn eine emotional so berührt wie sie. Je mehr Zeit er mit ihr verbrachte, desto lieber gewann er sie. Ophelia schlug ihm vor, mit ihr nach Kalifornien zu gehen. In ein Retreat, das sie schon immer gerne besucht hätte, allerdings hatte sie es sich früher nie leisten können. Dort, in der Wüste von Santa Monica, begann Arnos Verwandlung. Er inhalierte die spirituellen Anleitungen zur Selbstoptimierung, gleichzeitig erkannte er auch das Businesspotenzial. Der alte Macher kehrte zurück. Er wusste, er konnte das Gelernte vermarkten. Als Arno und Ophelia nach einem halben Jahr nach Österreich zurückkamen, war er ein Mann mit einer Mission und sie seine Frau. Ophelia stellte sicher, dass das Jawort, das sie sich in Surf City barfuß am Strand gegeben hatten, auch in Österreich galt. Sie hatte Arno komplett verändert. Die langen gefärbten Haarsträhnen waren einer Glatze gewichen, die glänzenden Anzüge nordischer Eco-Design-Kleidung, der Porsche einem Tesla.

Sie waren jetzt ein Pärchen, das abends Gerichte eines israelischen Fernsehkochs ausprobierte und dazu »Orange Wein« aus der Südsteiermark trank. Ihre Küche sah aus wie aus einem französischen Landhaus, die Fliesen an der Wand waren aus Portugal, die Wandfarbe, ein dunkles Schlammgrau, hieß »Elephant's Breath«. Aus den Sonos-Boxen waberten Klangteppiche, gewoben aus kubanischer Volksmusik, britischem Pop und französischem Jazz. Derselbe Mix, der auch die angesagten Boutique-Hotels der Welt beschallte. Sie lasen kluge Bücher, auf Arnos Nachttisch lag »Radikale Hoffnung – Ethik im Angesicht kultureller Zerstörung« von Jonathan Lear, und führten kluge Gespräche.

Aber innerlich war Arno immer noch der neureiche Pascha, der gerne im Mittelpunkt stand, Raum beanspruchte und es mochte, wenn ihm die anderen die Füße küssten.
Ophelia gewährte ihm in der Öffentlichkeit diese Präsenz. Sie hatte kein Problem damit, solange sie im Hintergrund die Fäden ziehen konnte. Bis vor Kurzem war sie sicher gewesen, dass sie der Puppenspieler war und er die Marionette. Dann hatte sie entdeckt, dass er seit einem halben Jahr regelmäßig Geld an Sky Dujmovits überwies – sehr viel Geld. Sie hatte Arno nicht darauf angesprochen. Er durfte ja nicht wissen, dass sie seine Online-Bankzugangsdaten kannte.
Ihr war etwas viel Besseres eingefallen. Statt ihn zur Rede zu stellen, hatte sie Karel und Sky auf die Gästeliste der Pressereise gesetzt. Arno hatte nichts dazu gesagt. Was hätte er auch sagen sollen? Sky war eine der erfolgreichsten Bloggerinnen im deutschsprachigen Raum und eine Burgenlandkroatin. Sie war perfekt als Botschafterin für ihr Resort.

Ophelia hatte den Zsolt angewiesen, für sie zu spionieren. Schon am dritten Tag hatte er etwas zu berichten: Der Chef und die Bloggerin hatten sich am Abend heimlich beim Pavillon neben der Sauna getroffen. Zsoltáns melancholisches Gesicht war ihr beim Überbringen der Nachricht noch schwermütiger erschienen. Da hatte es bei Ophelia ausgesetzt. Würde ihr Mann sie gegen ein jüngeres Model austauschen? Das durfte nie passieren. Sie hatte Karel von den Überweisungen und dem Treffen in der Sauna erzählt. Vielleicht war das ein Fehler gewesen. Der Kleine war ein Hitzkopf. Ob er Arno damit konfrontiert hatte?

Sie dachte an ihr eigenes Herz. Nie hätte sie gedacht, dass Liebe und Hass so nahe zusammenliegen.

Arno? Was machte der so lange am Häusel? Ach, da war er ja wieder. Sie drehte sich zur Wand, als sie ihn zurück ins Schlafzimmer kommen hörte. Ihr Mann tapste zurück ins Bett und kroch unter die gemeinsame Decke. Ophelia hatte ihm den Rücken zugedreht. Arno umarmte sie von hinten. Er kuschelte gerne. Die gemeinsame Doppeldecke war auch seine Idee gewesen.

Ophelia konnte immer noch den trockenen Angstschweiß auf seiner Haut riechen. Sauer und ranzig. Sie barg die Nase in ihr Kissen, das nach dem Waschpulver der Oberwarter Bio-Reinigung duftete, in die das Hotel die Bettwäsche zum Waschen brachte.

Sie spürte sein Glied an ihrem Hintern. Kurz befürchtete sie, dass er Sex von ihr wollte. Dann hätte sie sich jetzt nämlich ins Zeug werfen müssen. Arno hatte es gerne, wenn die Frau alles machte. Wenn sie oben war oder ihm einen blies. Von Nutten geprägt. Das Glied, das an ihrem Po klebte, war schlaff. Kurz darauf hörte sie Arno schnarchen. Als sie sicher war, dass er tief genug schlief, löste sie sich aus seiner Umarmung und ging unter die Dusche.

23 KAREL PACKT AUS

Neben Insekten erbeutet die Gerandete Jagdspinne auch Kaulquappen und kleine Fische, die sie mit ihrem Gift blitzschnell tötet und anschließend an Land schleppt, um sie dort zu verspeisen.

Wenn jemand im Südburgenland richtig viel Geld hat, lebt er entweder in einem reduzierten, von Architektenhand designten Betonklotz oder in einem selbst entworfenen Palast.

Karels Vater, Primarius Universitäts-Dozent Doktor Rudolf Krautsack, war eindeutig der Palasttyp. Die riesige schönbrunnergelbe Villa am Waldrand war ein Prunkbau der Sonderklasse. Es gab Säulen, Giebel, Stuck und gemauerte Balkone. Die großzügige Grünfläche rund um das Gebäude war mehr Park als Garten. Sie beinhaltete ein dreigängiges Buchsbaumlabyrinth, gekieste Wege, Rosensträucher und jede Menge Statuen. Einem Touristen, der noch nie in Europa war, hätte man einreden können, dass dies einst die Sommerresidenz von Kaiserin Sisi war. Tatsächlich war das private Märchenschloss des Schönheitschirurgen erst in den Nullerjahren erbaut worden. Als er genügend Titten ausgestopft, Visagen gestrafft und Nasen geradegemeißelt hatte, um sich diesen Lebenstraum zu erfüllen.

»Komisch, dass man mit Mitte 20 noch zu Hause wohnt«, sagte Chefinspektor Franz Grandits auf der Fahrt zur Krautsack-Villa zu seiner Kollegin. »Überhaupt als Ehepaar.«

»Die Hütte ist riesig, und die beiden bewohnen dort, laut Internet, eine ganze Etage«, entgegnete diese.

»Er heißt Dujmovits und nicht Krautsack. Ungewöhnlich, dass dieser Karel den Namen seiner Frau angenommen hat«, stellte Franz fest.

»Das machen jetzt viele«, sagte Marlies, »oder sie nehmen einen Doppelnamen an, aber Krautsack-Dujmovits ist schon etwas …«, sie suchte nach dem richtigen Wort, »speziell.«

»Einen Doppelnamen wählen oder den Namen der Frau annehmen, das ist jetzt modern, gell?«, fragte Franz.

»Vielleicht, aber das ist doch nur fair«, antwortete diese, »warum soll immer die Frau ihren Namen aufgeben?«

Insgeheim fragte sie sich aber, ob Karel den Namen wirklich aus Gründen der Gleichberechtigung angenommen hatte. Der Namen Dujmovits war dank Skys Berühmtheit eine Marke. Eine profitable Marke. Und Karel hatte sich mit dieser Aktion aus dem Schatten seines Vaters gelöst.

Marlies wickelte ihre Käse-Kimchi-Semmel aus der Folie. Das Kimchi hatte sie kurz nach der Sauerkraut-Session im Gartenklub selber fermentiert. Mathilde hatte ihr ein Rezept dafür geschickt Es schmeckte wesentlich besser, als es roch.

Grandits kurbelte das Fenster runter. »Wos is des? Des fäult wie Sau. Wehe, du patzt davon was auf den Sitz.«

Grandits war gewöhnt, dass seine Kollegin ständig aß. Er hatte auch nichts dagegen. Er hatte keine empfindliche Nase. Leberkäse- und Döner-Duft im Wagen fand er sogar anregend. Aber das, was sich Marlies gerade zwischen die Lippen schob, stank, als wenn jemand erst Kohl gegessen und dann gleichzeitig einen Schaß gelassen und gespieben hätte.

»Das ist eine koreanische Spezialität«, sagte Marlies beleidigt. »Fermentiertes Gemüse, eines der gesündesten Gerichte der Welt.«

»Das kannst als Biowaffe einsetzen«, brummte Franz. »Da«, er reichte ihr ein Pfefferminzzuckerl, »bitte iss das, bevor wir reingehen. Sonst kippt uns der Bua bei der Befragung um, wenn du ihn anhauchst.«

Der Bua sah auch ohne Marlies' Kimchi-Atem aus, als würde er gleich umkippen. Karel war blass und übernächtigt, als er den Polizisten die Tür öffnete. Seine Augen hinter den dicken Brillengläsern wirkten vergrößert, die Lider geschwollen. Er hatte dunkle Schatten unter den Augen.

»Haben Sie schon lange eine Brille?«, fragte Marlies anstatt einer Begrüßung. Es war das Erste, was ihr durch den Kopf gegangen war. Sie hatte den ganzen Vormittag damit zugebracht, sich Social-Media-Content mit Karel und Sky anzusehen. Auf keinem einzigen Bild hatte er eine Sehhilfe getragen.

»Normalerweise habe ich Kontaktlinsen, aber die vertrage ich gerade schlecht«, sagte er. Auf dem Tisch lagen zusammengeknüllte Papiertaschentücher.

»Mein Beileid«, flüsterte Marlies beschämt.

»Es ist doppelt scheiße, seit ich weiß, dass sie schwanger war«, sagte er und drehte den Kopf zur Seite.

Sein Profil sah nicht männlich aus, sondern wie das eines traurigen Kindes.

»Wussten Sie nicht, dass sie schwanger war?«

Karel schüttelte den Kopf.

»Ich glaube auch nicht, dass es Sky wusste. Sie hätte es mir sicher sofort gesagt, aber sie hatte Probleme mit ihrem Zyklus. Wegen …«

»Wegen was?«

»Nun, es ist ja bekannt, dass sie früher magersüchtig war. Seither hatte sie immer Probleme mit den Hormonen. Und, na ja, wenn man zu dünn ist … das bringt da alles durcheinander. Da bleibt der Eisprung aus, hat ihre Ärztin gesagt.«

»Sie haben also nicht verhütet? Wollten Sie Kinder?«

»Wir haben auf natürliche Weise verhütet. Da gibt es viele Möglichkeiten.«

Rausziehen zum Beispiel, dachte Franz Grandits, aber das sagte er natürlich nicht. Das wäre unangebracht gewesen.

»Und Kinder?« Karel fuhr sich durch die Haare: »Ja, irgendwann wollten wir schon welche, natürlich. Aber es ist nicht so einfach für Influencer.«

»Warum, es gibt doch so viele Baby-Blogger?« Marlies sah ihn fragend an. Sie hatte letztens nach einem Geschenk für ihre Nichte gesucht, die ein Baby bekommen hatte. Dabei war sie auf einen Blog gestoßen. In dem Blog hatte eine wunderschöne junge Frau mit Säugling im Tragetuch nicht nur pädagogisch wertvolles Spielzeug promotet, sondern auch vorgeführt, wie man püriertes Biogemüse in dekorative Formen goss und einfror. Das hatte so appetitlich ausgesehen. Marlies hatte gleich selber Lust bekommen. Nicht auf ein Baby, aber aufs Pürieren und Einfrieren. Und den altrosa-schlammfarbenen Kaschmir-Jogginganzug, den das Baby angehabt hatte, hätte sie auch gerne in ihrer Größe gehabt.

»Also, warum ist es nicht so einfach für Influencer?«, fragte Franz.

»Nun, die High-Fashion-Marken stehen nicht so auf Mamis und Papis«, sagte Karel.

»Die wollen junge, coole, unabhängige Leute für die Promotion. Ich kenn einen Fall, da wurde eine Bloggerin von einer Parfümmarke geschasst, nachdem sie schwanger geworden war. Und Sky macht ja auch noch Yoga. Ihr Körper ist ihr Kapital. Mit Baby fällt sie mindestens ein halbes Jahr aus.«

»Sie wussten also nicht, dass Ihre Frau schwanger war. Zu den Schnittwunden können Sie aber schon was sagen, oder? Die müssen Ihnen ja aufgefallen sein, wenn Sie miteinander intim waren?« Marlies sah ihr Gegenüber fragend an. Sky hatte nicht nur an den Handgelenken, sondern auch an den Innenseiten der Oberschenkel Verletzungen gehabt. Hauchdünne Schnitte. Manche frisch und rot, andere rosig glänzend, andere schon älter, vernarbt und silbrig schimmernd.

Karel stieß tief hörbar Luft aus. »Sie hat sich geritzt, wenn sie Stress hatte. Auch so eine alte Angewohnheit von früher. Aber wir hatten das im Griff. *Sie* hatte das im Griff. Sie war auch besessen von dem Porzellanmesser. Aber es war wirklich nur Stressabbau.«

»Und zum Stressabbauen hat sie sich dann auch ein paar Doppler Schnaps ins Badewasser geschüttet und sich selbst gewürgt, oder?« Franz merkte, dass er sarkastisch klang. Das wollte er nicht. Er war ein Profi. Er wurde nicht schnell emotional. Aber irgendwas an diesem Jungspund provozierte ihn.

Marlies räusperte sich. »Wir müssen jetzt Ihre Fingerabdrücke und Ihre DNA nehmen.«

Karel fuhr hoch. »Das ist ein schlechter Scherz. Glauben Sie etwa, denken Sie vielleicht …«

»Wir glauben gar nichts«, beschwichtigte ihn die Polizistin. »Das ist reine Routine. Wir überprüfen alle, die sich an diesem Tag bekanntermaßen im Hotel und im Spa aufgehalten haben.«

Karel ging aufgeregt auf und ab und fuhr sich durchs Haar. Sein Haaransatz unter dem dichten Mopp, der ihm immer wieder ins Gesicht fiel, war schon sehr hoch für sein Alter. Das erste Anzeichen für Geheimratsecken. In 20 Jahren würde er eine Glatze haben. »Trotzdem. Ich mach das nicht. Was ist, wenn ich das verweigere? Ich finde das unerhört, dass Sie mich überhaupt in Betracht ziehen. Ich möchte das erst mit unserem Anwalt besprechen.«

Marlies und Franz schwiegen einvernehmlich. Wenn man schon so lange als Team zusammenarbeitete wie die beiden, wusste man intuitiv, wie man sich verhielt. Manchmal war es zielführend, einfach zu schweigen.

Während der bebrillte Mittzwanziger wie ein aufgescheuchtes Hendl auf und ab lief, standen Marlies und Franz stoisch wie Statuen. Karel hatte ihnen keinen Sitzplatz angeboten. Marlies hätte aber auch gar nicht gewusst, wo sie sich hätte hinsetzen sollen. Auf den tief gelegten Cockpitstuhl für die Playstation? Oder lieber auf einen der beiden Barhocker neben der chromblitzenden Küche? Als dritte Option gab es noch eine dottergelbe Couch, aber dort schlief schon eine schnarchende französische Bulldogge. Das Tier musste blind und taub sein. Normalerweise wurden Marlies und Franz bei ihren Hausbesuchen von Hunden prinzipiell angeknurrt oder ausgebellt.

Über dem schnarchenden Hund hing ein Foto. Es zeigte Karel und Sky sich küssend in der Küche.

Die beiden standen so nah beieinander, dass nicht mal ein Blatt Papier dazwischen gepasst hätte. Sky trug einen kurzen pflaumenfarbenen Kimono, der ihr feuerrotes Haar noch mehr zur Geltung brachte. Karel war mit einem weißen Feinripp-Unterhemd bekleidet. Sky hatte die rechte Hand auf Karels Brust gelegt. Dieser hatte ihr angewinkeltes rechtes Bein angehoben, sodass ihr Knie in Höhe seiner Hüfte war.

Es sah ein bisschen aus wie beim Tangotanzen. Das Bein war nackt. Auch Skys halber nackter Hintern war zu sehen. Dass man nicht den ganzen nackten Hintern sah, lag daran, dass der Fotograf geschickt eine Packung proteinhältige Shakes im Bild positioniert hatte. Die bauchigen Flaschen, die an Handgranaten erinnerten, standen auf der Anrichte vor dem Pärchen. Darunter war ein Schriftzug: #letsexplodetogether

Karel war Marlies' Blick gefolgt. Er schien augenblicklich zu vergessen, dass er eigentlich seinen Anwalt anrufen wollte. »Das war der Instapost, mit dem die Sky und ich die 150.000er Marke geknackt haben«, erklärte er.

»150.000er Marke?«, fragte Franz.

»150.000 Follower«, sagte Karel.

»Verdient man mit so einem Pärchen-Werbepost mehr als jeder für sich alleine?«, fragte Franz Grandits.

»Die finanziellen Details mit den jeweiligen Brands sind vertraulich«, antwortete der junge Mann steif, »unser Anwalt setzt die Verträge auf.« Karels Gesicht verdunkelte sich wieder und fing beim Stichwort »Anwalt« an, in sein Handy zu tippen. Er drehte sich von den Beamten weg, während er dem Hausjuristen kurz die Sachlage erklärte.

»Und, was sagt er?«, fragte Marlies, als Karel den Anruf beendet hatte.

»Er hat gesagt, ich kann es machen. Wenn ich unschuldig bin, habe ich nichts zu verlieren.«

»Und, sind Sie unschuldig?«

Der Junge brauste auf. »Natürlich bin ich unschuldig. Aber ich bin ihr Ehemann. Ich war mit ihr in dem Raum. Ich war wahrscheinlich der Letzte, der sie lebend gesehen hat, bevor ... Klar sind meine Fingerabdrücke und meine DNA überall. Ich habe Angst, dass Sie mir was anhängen wollen.«

»Sie können uns schon vertrauen, dass wir Hinweise richtig einordnen«, sagte Marlies ruhig, während sie schnell und geübt Karels Fingerabdrücke einscannte und mit einem Wattestäbchen in seine Mundhöhle fuhr.

Karel zuckte kurz zurück, als sie ihm dabei näherkam. Ob sie wirklich Mundgeruch vom Kimchi hatte?

Marlies beendete ihr Werk und sprach weiter: »Außerdem helfen Sie uns, den Täter zu überführen. Das wollen Sie doch, oder?«

»Natürlich will ich, dass Sie das Schwein finden«, sagte Karel. Oder die Sau, genderte Marlies automatisch, aber sie sagte es nicht laut. Sie fand es sowieso gemein, dass die armen Schweine verbal missbraucht wurden, wenn Menschen etwas Schlimmes taten.

»Haben Sie einen Verdacht, wer das getan haben könnte?«, fragte Grandits.

Der Junge raufte sich die Haare. »Keine Ahnung, wir hatten schon Neider. Und Creeps. Ich hab Ihren Kollegen in Eisenstadt schon alle Hassposts weitergeleitet, die wir in den letzten Monaten bekommen haben. Einer hat geschrieben, Sky soll auf ihren Bildern nicht so blöd grinsen, sonst schneidet er ihr die Mundwinkel auf wie im Film ›Der Batman on Joker‹.«

Marlies nickte wissend. Die Kollegen in Eisenstadt hatten den Möchtegernjoker schon überprüft. Ein biederer Familienvater aus Oberpullendorf mit Alibi. Einer, der im Netz seinen Frust loswurde.

»Der Radeschnig ist sie ziemlich angestiegen«, sagte Karel plötzlich.

»Ist er das?«, fragte Marlies überrascht, »er war doch auch euer Kunde und hat für die Teilnahme an der Pressereise bezahlt.«

»Ja, er hat uns als Paar gebucht. 1.000 Euro pro Tag.«

Jetzt hat er offenbar vergessen, dass die finanziellen Details vertraulich sind, dachte Marlies.

1.000 Euro am Tag. Im nächsten Leben werde ich auch Blogger, dachte Grandits. »Und was war eure Leistung? Ähm, ich meine Gegenleistung?«

»Es war ein ganzes Medienpaket. Wir haben über das Resort berichtet. Videos gemacht, Storys, Blogpost, ein Social-Media-Gewinnspiel, Drohnenfilme, das Übliche. Am Sonntag hätte Lemonia Kaster noch die Kampagne mit uns fotografiert. Für die Werbemittel des Hotels. Aber dazu ist es ja nicht mehr gekommen … Brauchen Sie sonst noch was von mir?« Er sah auf seine Smartwatch. »Ich muss nämlich gleich live gehen …«

Er drehte sich um und klappte den Laptop auf. Schnell klickte er das Fenster weg, das am Bildschirm geöffnet war. Marlies hatte es dennoch gesehen und erkannt, was es war. Die Startseite eines Online-Casinos.

Franz räusperte sich.

»Im Moment war das alles«, sagte Marlies. »Eines noch …«

»Ja?« Karel sah etwas ungeduldig auf.

»Sind Sie nach Karel Gott benannt? Dem tschechischen Sänger von der Biene Maja?«

Karel schüttelte den Kopf und starrte sie erstaunt an. Die Frage hatte sie auch ungeschickt gestellt. Wie hätte ein Mittzwanziger Karel Gott und die Biene Maja kennen sollen.

»Nein«, sagte Karel. »Meine Mutter war aus Holland. In Holland sagt man zu Karl auch Karel.«

»*War* aus Holland?«, fragte Franz nach.

»Sie ist tot«, entgegnete er einsilbig. »Sie war Radiologin. Sie hat die Mammografien gemacht, bevor mein Vater die Brust-OPs durchgeführt hat. Sie ist an Krebs krepiert. Scheiß Strahlen.«

*

»Was hältst du von dem?«, fragte Marlies, als sie wieder mit ihrem Kollegen auf dem Weg zurück zum Posten war.

»Ich werd aus dem nicht schlau, aber ich werde aus der ganzen Generation nicht schlau«, sagte Grandits. »Als wir jung waren, haben wir uns politisch engagiert, von Festivals wie Woodstock geträumt, wir wollten die Welt ändern. Und die Jungen heute, die wollen nur gut aussehen und shoppen und andere zum Shoppen anstiften und dafür Kohle kassieren. Und die Kohle hauen sie dann beim Onlinepoker wieder raus.«

»Es sind nicht alle so«, sagte Marlies.

»Aber der schon«, brummte Franz.

»Glaubst, stimmt das mit dem Radeschnig, dass der sie angestiegen ist?«, sinnierte Marlies.

»Wir werden das überprüfen. Aber zuerst fahren wir auf die Tankstelle und kaufen einen Lufterfrischer. Denn in dem Auto stinkts noch immer. Bist sicher, dass du dein grausliches Gemüsezeugs nicht auf den Sitz gepatzt hast?«

24 MATHILDE BEMÜHT SICH

Furchenschwimmer haben an den Vorderbeinen scheibenförmige Saugnäpfe. Mit diesen halten sich die Schwimmkäfer während der Paarung am Weibchen fest.

Mathilde nahm den hauchdünn geschnittenen Rohschinken vom Zickentaler Moorochsen aus dem folierten Papier. Sie hob mit Daumen, Zeigefinger und Mittelfinger jedes Blatt genau in der Mitte hoch, sodass die Ränder herunterhingen, und knüllte es dann mit einer leicht drehenden Bewegung locker zusammen. Der Schinken roch gut, rauchig, würzig. Und das Ergebnis sah aus wie eine rosafarbene bauschige Blüte. Eine Schinkenblume nach der anderen dekorierte sie kreisförmig auf dem grauen Steingutteller. Rundherum arrangierte sie fein geschnittene Paprikaringe, Paradeiserscheiben und winzige Radieschen. Mathilde hatte beschlossen, sich mehr Mühe zu geben. Nicht nur mit dem Rohschinken, sondern auch mit dem Gerhard.

Mathilde wusste, dass sie das war, was Männer im Dorfwirtshaus eine keifate Oide nannten. Sie konnte einfach nicht den Mund halten, wenn sie etwas störte. Und am Gerhard störte sie jede Menge. Dass er so schlampert war, dass er in den Tag hineinlebte. Dass er nichts von den Dingen sah, die im Haus zu tun waren. Wenn der Abfluss verstopft war, die Thermenwartung anstand oder die Mistkübel abgeholt wurden, war es immer Mathilde, die sich um alles kümmerte. War sie in der Arbeit und konnte die Termine nicht wahrnehmen, erinnerte sie den Gerhard daran. Nachdrücklich, oft und zumeist auch in scharfem Ton, weil sonst ja nichts passierte.

Im Bett passierte auch schon lange nichts. Sie wusste schon gar nicht mehr, wann sie und der Gerhard das letzte Mal Sex gehabt hatten. Vor acht Monaten? Nein, eher vor neun. Mathilde hatte zweimal die Initiative ergriffen und war beide Male abgeblitzt. Danach war ihr ohnehin nicht stark ausgebildetes weibliches Ego so erschüttert gewesen, dass sie das Thema ad acta gelegt hatte. Vielleicht war sie dem Gerhard ja mittlerweile einfach zu dick geworden. Sie hatte immer schon Probleme mit ihrer rundlichen Figur gehabt.

Sie steckte sich ein Stück Schinken in den Mund. Schinken war in der Paleo-Diät erlaubt. Mathilde war nicht nur Köchin, sie war auch Diät-Expertin. Sie kannte alle Programme von der Hollywooddiät bis zum Teilfasten. Dann würde sie heute eben Paleo machen.

Mathilde wusste genau, wann sie ihre erste Diät gemacht hatte. Mit zwölf Jahren, nachdem sie beim Schwimmunterricht bemerkt hatte, dass ihr Bauch viel weiter rausstand als der der Klassenkolleginnen. Die Diätanleitung aus einer Jugendzeitschrift für Mädchen basierte auf reinem Kalorienzählen. Ziel war es, unter 1800 Kalorien zu bleiben. Mathilde hatte in der Früh zwei hartgekochte Eier (156 Kalorien) gegessen, zu Mittag einen Kopfsalat ohne Dressing (56 Kalorien) und am Abend eine große Tafel Trauben Nussschokolade (1470 Kalorien). Obwohl sie mathematisch ganz klar unter dem gesetzten Limit geblieben war, hatte sie kein Gramm abgenommen. Mathilde löste noch ein Stück Schinken aus dem Papier. Es erschien ihr zu unregelmäßig, um daraus eine schöne Rose drehen zu können. Also brachte sie es zum Verschwinden, indem sie es rasch aufaß.

Sie wusste genau, warum sie dick war. Es lag an ihrer Kindheit. An diesem verdammten Lángosstand ihrer Eltern.

Der Lángos war den Ungarn und Burgenländern das, was für den Wiener die Burenwurst war und für den Amerikaner der Hot Dog. Bei dem beliebten Snack handelte es sich um eine Germteigflade, die erst in Fett frittiert und traditionell mit reichlich Sauerrahm und geriebenem Käse belegt wurde. So kam ein klassischer Lángos schnell mal auf 800 Kalorien.

Am Lángosstand von Mathildes Eltern gab es den Lángos pur mit oder ohne Knoblauchöl, aber auch noch in anderen hochkalorischen Varianten. Es gab den Toastlángos, bei dem Schinken und Käse eingebacken wurden. Es gab Debreziner Lángos – da wurde eine scharfe Wurst mit Lángosteig umhüllt, bevor alles in die Fritteuse kam. Und der absolute Overkill, sowohl was den Fettgehalt als auch die Kalorienanzahl anbelangte, war der Käsekrainerlángos.

Der Lángosstand von Mathildes Eltern hatte Räder, lange bevor das Wort »Food-Truck« erfunden wurde. Er war ein umgebauter Wohnwagen, den man überall dort hinbringen konnte, wo Kundschaft zu finden war. Die beste Kundschaft war die, die vor dem Saufen eine »g'scheite Unterlage« anstrebte oder im Vollrausch Lust auf etwas Deftiges bekam.

Also schleppte Mathildes Vater den Lángosstand überall dorthin, wo gerne und viel gesoffen wurde: Zeltfeste, Feuerwehrfeste, Volksfeste der Parteien, Ausstellungen, Messen, Märkte, Kirtage.

Die Eltern waren stolz darauf, dass ihr Lángosteig selbstgemacht war. Mathilde sah ihrem Vater gerne zu, wie er den Teig vorbereitete. Wie er aus Germ, Milch und etwas Mehl ein Dampfl machte und dieses dann mit Mehl und Milch zu einem hellen Brotteig verknetete. Wie er mit seinen großen Händen kleine Teigstücke abriss, zu Kugeln formte und mit der Hand zu Fladen presste und diese mit einem scharfen Messer mehrfach einritzte. Aus logistischen Gründen fror er immer einen Teil der Teiglinge ein. Aber Mathilde schmeckten die Lángos am besten, wenn der Teig frisch in die Fritteuse kam. Das Ergebnis war dann eine goldbraune fettgebackene Flade, die außen knusprig und innen weich und flaumig war.

Der Vater und die Mutter waren ein gutes Team. Der Vater war ein Angehöriger der ungarischsprachigen Minderheit im Südburgenland, hieß Bela und war ein ruhiger Mann mit einem imposanten Auftreten, einem imposanten Schnurrbart und einem noch imposanteren Bauch. Die Mutter, Elisabeth, war knapp einen Meter 60 groß, kugelrund und sprühte vor Energie. Elisabeth war bekannt für ihren Schmäh und ihre Schlagfertigkeit. »Wenn die Lángos-Liesl amoi stirbt, muast dera ihre Goschn no extra daschlogn*«, sagten die Leute.

Die Lángos-Liesl konnte mit ihrer resoluten Art b'soffene Streithansl in kürzester Zeit zur Räson rufen. Sie richtete jedem das G'stell vire,** der ihre Regeln nicht befolgte. Die Regeln waren erstens: keine Streitereien oder Schlägereien vor dem Lángosstand. Zweitens: keine politischen

---
* Wenn die Lángos-Liesl einmal stirbt, wird man ihren Mund extra erschlagen müssen.
** Zur Räson rufen

Diskussionen, weil diese unwillkürlich zu Streitereien und Schlägereien führten. Drittens: keine Papierln, Servietten oder Dosen auf den Boden werfen. Und viertens: nicht in der Fettn irgendwo im Umkreis von 100 Metern hinbrunzen oder hinspeibn.

Einmal hatte ein Besoffener die Hose heruntergezogen, um in die Büsche neben dem Lángosstand zu urinieren. Da war die Lángos-Liesl aus dem Wagen gestürmt und hatte ihm den Frittierkorb, der gerade noch im heißen Fett gehangen war, gegen den nackten Hintern geknallt. Das Gittermuster blieb dem Mann als Branding am Arsch für immer erhalten. Und die Lángos-Liesl wurde nach dieser Tat im Bezirk zur offiziellen Respektsperson und zur lebenden Legende.

Mathilde half von klein auf nach der Schule im Lángosstand mit. Sie lernte von ihrem Vater, wie man Lángos zubereitete, und von der Mutter, wie man diese an den Mann oder an die Frau brachte. Das Trinkgeld, das sie dafür von den Kunden bekam, investierte sie erst in Comics und Naschzeug, später in CDs und Make-up. Bis auf die Tatsache, dass Mathilde sich immer zu dick fühlte – ein Umstand, den die noch dickeren Eltern als Unsinn abtaten –, war die Welt für sie in Ordnung.

Doch dann kam die »Inform 1998«, und alles änderte sich. Mathilde war gerade 15 geworden. Die »Inform« war die größte Landwirtschaftsausstellung des Burgenlandes und gleichzeitig ein gesellschaftliches Großereignis. Es gab ein Weinzelt, in dem regionale Weine in Gläsern, die mit einem Muster aus grünen Weinranken verziert waren, angeboten wurden. Es gab ein Bierzelt, in dem Volksmusikgruppen auftraten. Es gab ein Discozelt für die Jungen. Und es gab einen Vergnügungspark, in dem sich alle trafen. Dort, zwischen Autodrom, Maiskolbenbrater, Zuckerwattespinner, Schießstand und Kettenkarussell, stand auch der Lángosstand von Mathildes Eltern. Weil die »Inform« zehn Tage lang fast rund um die Uhr lief, teilte sich die Familie die Schichten auf. Mathilde arbeitete von 9 Uhr bis 15 Uhr, die Mutter von 15 Uhr bis 21 Uhr und der Vater von 21 Uhr bis 4 Uhr früh. Mathildes Schwester Caro war damals noch zu klein, um mitzuhelfen, deshalb blieb sie daheim bei der Oma.

Mathilde lief nach ihrem Dienst immer kurz nach Hause, stellte sich unter die Dusche, um den Frittierölgeruch und den Knoblauchgestank loszuwerden, zog sich um und fuhr dann zurück auf die »Inform«, um ihre Freundinnen zu treffen. Freund hatte sie zu ihrem großen Bedauern immer noch keinen. Aber es gab einige, die ihr gefielen, und wenn man jeden Tag stundenlang auf dem Informgelände im Kreis flanierte, war die Chance, einen von ihnen zu treffen, recht hoch.

Der Bursche, der Mathilde am besten gefiel, hieß Ronny und sah aus wie Elvis Presley. Er hatte eine Haartolle, trug karierte Hemden mit abgeschnittenen Ärmeln und lange spitze Cowboystiefel. In den Jugendmagazinen, die Mathilde las, wurde dieser Stil »Rockabilly« genannt und die Stilcodes erklärt. Mathilde kaufte sich ein T-Shirt mit Ankermotiv, trug einen geschwungenen Lidstrich auf und knotete sich ein getupftes Tuch in den Pferdeschwanz. Alles in der Hoffnung, Ronny würde sie auf der »Inform« als Seelenverwandte erkennen.

Am ersten »Inform«-Wochenende lief Mathilde Ronny dreimal über den Weg. Beim dritten Mal bildete sie sich ein, er hätte ihr zugezwinkert. Vielleicht hatte er aber auch nur Rauch ins Auge bekommen.

Bei den Runden mit ihren Freundinnen kam Mathilde auch immer wieder am elterlichen Lángosstand vorbei.

»Schau, das ist der Tagada-Adi, der isst aber oft Lángos bei euch«, sagte eine.

Mathilde stutzte, als sie den kleinen, dünnen braun gebrannten Mann mit seinen halblangen schwarzgefärbten Haaren und seinem Cowboyhut aus Leder am Lángosstand lungern sah. Vor allem, als sie registrierte, mit welch hungrigem Blick dieser ihre Mutter anschaute.

Jeder auf der »Inform« kannte den Tagada-Adi. Das Tagada war das beliebteste Fahrgeschäft im Vergnügungspark. Eine Scheibe mit einer durchgehenden Sitzbank am Rand. Die Scheibe drehte sich nicht nur, sondern bewegte sich mittels Druckluft auch noch ständig auf und ab.

Der Tagada-Adi, der das Fahrgeschäft betrieb, saß in einem kleinen Hütterl mit einem Schiebefenster aus Plastik, das nicht größer war als ein Dixie-Klo. »Auf geht's, Chips bitte an der Kassa lösen«, rief er, und »Auf ein Neues! Los, einsteigen, junge Dame, das Gefühl von Freiheit wartet!« Waren genug Kunden an Bord, startete er das Fahrwerk mit einem lauten »Jetzt geht's rund« und ließ die Drehscheibe anfahren und dann immer wilder tanzen. Unerfahrene Tagada-Benutzer blieben sitzen und klammerten sich die ganze Zeit verzweifelt an die Haltestange hinter ihnen, während ihre Steißbeine durch die wilden Hopser des Gefährts ein ums andere Mal geprellt wurden. Hübsche Mädels wurden vom Tagada-Adi besonders durchgeschüttelt. Ihr theatralisches Geschrei war Musik in seinen Ohren. Aber die coolen Kids standen auf, gingen in die Mitte des Fahrwerks, wo man die Hopser am wenigsten spürte, und versuchten, mit weit ausgebreiteten Armen eins mit der Scheibe zu werden.

Die Mathilde mochte den Tagada-Adi nicht, weil sie ihn boshaft fand. Er schien es zu genießen, wenn seine Fahrgäste Angst bekamen oder die Gesichter schmerzverzerrt verzogen. Wenn eine Person dann endlich stürzte und vielleicht auch noch zu kreischen begann, schickte der Tagada-Adi immer ein schadenfrohes »Hoppala« hinterher. Ihre Mutter schien die Abneigung aber nicht zu teilen. Die lachte immer wie ein Hutschpferd, wenn er zu ihr an den Stand kam.

Dass mehr im Busch war als nur Sympathie, merkte Mathilde, als der Tagada-Adi einmal vor ihren Augen das fettige Papier, in dem sein Lángos eingewickelt gewesen war, zusammenknüllte und direkt vor dem Stand auf den Boden warf. Denn das Ungeheuerliche passierte: Die Mutter reagierte nicht darauf. Sie schimpfte nicht mit dem Tagada-Adi. Sie lachte nur blöd weiter.

Dann kam der Tag in Mathildes Leben, der alles veränderte. Der letzte Tag der »Inform«, der traditionell mit einem Feuerwerk endete. Statistisch gesehen regnete es am letzten Tag der »Inform« meistens. Aber in diesem Jahr schien die Sonne.

Ein Glückstag, dachte Mathilde, und das war es dann auch. Denn der Ronny war wieder da. Er stand beim Stand vom Kaufhaus Polster und trank einen Spritzer. Mathilde und ihre Freundin stellten sich einen Meter daneben hin. Mathilde trug einen Jeansrock, eine Leopardenbluse und rote Lippen, und dann passierte das Unglaubliche, der Ronny beachtete sie. Er fragte, ob sie Feuer hätte. Mathilde zückte mit zitternden Händen die Streichhölzer mit dem Werbeaufdruck des Lángosstands. Und eine Minute später waren sie im Gespräch.

Der Ronny hatte schon glasige Augen und lallte ein bisschen, aber Mathilde war dennoch im Glück. Als das Feuerwerk begann, nahm er sie an der Hand und rannte mit ihr los. »Da hinter dem Zelt sieht man mehr«, sagte er. Das war natürlich eine Lüge. Das Feuerwerk war ja am Himmel oben, das sah man von überall am »Inform«-Gelände. Aber Mathilde ließ sich gerne hinter das Zelt ziehen. Bis sie sah, dass da schon jemand war. Ein kopulierendes Pärchen. Aber was noch viel schockierender war: Der Mann hatte einen ledernen Cowboyhut, und die Frau war kugelrund. Mathilde ließ den Ronny stehen und rannte davon. Es knallte und blitzte, während sie nach Hause lief. Rote, grüne, blaue und gelbe Leuchtkörper explodierten laut knallend über ihr. Es regnete Sterne, der Himmel glühte. Mathilde nahm es gar nicht wahr. Sie dachte nur an die schrecklichen Bilder im Kopf. Ihre Mutter und der Tagada-Adi. Der 6. September 1998 war nicht nur der letzte Tag der »Inform«, es war auch der Tag, an dem Mathilde ihr kindliches Urvertrauen verlor. Sie konnte ihrer Mutter nach diesem Tag nie wieder in die Augen schauen und dem Vater auch nicht. Eigentlich hätte Mathilde am Montag mit einer neuen Schule beginnen sollen. Sie war für den Tourismuszweig der Höheren Bundeslehranstalt in Oberwart angemeldet. Stattdessen änderte sie ihre Pläne und nahm eine Lehrstelle zur Köchin in einem Wellnesshotel in Tirol an. Nur weit weg von daheim sein. Alles vergessen. Am Tag vor ihrer Abreise färbte sie sich die Haare schwarz und fuhr nach Wien in ein Vintage-Geschäft in der Neubaugasse, um neue Kleider zu kaufen. Das gesamte Geld, das sie im Sommer verdient hatte, investierte sie in neue Garderobe: ein Polkadots-Kleid mit weitschwingendem Tellerrock, eine Bluse im Vichy-Karo, eine schwarze Corsage im Burlesque-Style, echte Nylons mit Naht, weiße Pumps im Fifties-Look und Lockenwickler. Die alte Mathilde ließ sie am Lángosstand zurück. Sie erfand sich neu.

Mathilde wusch sich die Hände, fuhr dann verstohlen hinten in ihren Hosenbund und zupfte ihren Hüftstring im

Vintage Style zurecht. Sie hatte das kirschrote Spitzending online im Sale gekauft. »Wenn etwas im Sale landet, hat das einen Grund«, hatte ihre Mutter immer gepredigt. Der Grund bei diesem Teil war, dass es kratzte und in der Poritze unangenehm einschnitt. Oder sie war einfach zu alt und zu fett für solche Mode.

»Ist heute ein besonderer Tag?« Gerhard kam in die Küche geschlurft und beäugte den Teller mit den Schinkenrosen misstrauisch. Sein erster Gedanke war, dass er sicher Mathildes Geburtstag oder den Jahrestag vergessen hatte. Denn dann stand ihm jetzt ein Gekeife bevor. »Nein, ich dachte nur, ich mach es uns nett«, sagte Mathilde. »Auch, um den Auftrag zu feiern. Wie weit bist du da eigentlich?« Sie hatte die Frage ganz freundlich und harmlos gestellt. Aber der Gerhard kannte sie zu gut. Er wusste, dass sie ihm auf den Zahn fühlte, weil sie nicht daran glaubte, dass er den Termin schaffen würde.

Er glaubte ja selber nicht daran. Er hatte immer noch keine zündende Idee für das Projekt. Nur vage Visionen.

»Ich dachte an einen Käfig, den man ins Wasser lässt, so einen, in dem man im Mittelalter die Bäcker ertränkt hat, wenn sie zu kleine Brotlaibe gebacken haben. Das hätte so was Sozialkritisches«, sagte er.

»Ich glaube nicht, dass ein Wellnesshotel ein Folter- und Mordwerkzeug ausstellen will«, sagte Mathilde stirnrunzelnd. Ein Stück Rohschinken hatte sich unangenehm zwischen ihren Backenzähnen festgesetzt. Sie versuchte es erfolglos, mit der Zunge zu befreien.

»Du verstehst das nicht«, sagte Gerhard. »Du bist eben keine Künstlerin.«

Er belegte ein Stück Schwarzbrot mit Schinken, legte ein Gurkerl drauf und biss hinein. Ein paar Brösel fielen auf sein orange kariertes Hemd und verloren sich optisch augenblicklich im Muster.

»Was soll das heißen, ich bin keine Künstlerin, ich bin Köchin. Kochen ist auch eine Kunst. Darum heißt es ja Kochkunst.«

»Willst du jetzt echt Kochen mit Bildhauerei vergleichen? Kochen ist Frauenarbeit, Hausarbeit von mir aus ein Handwerk, aber keine Kunst.« Gerhard ging zum Kühlschrank, machte eine Dose Bier auf, leerte die Hälfte in einem Zug und rülpste dann hörbar.

»Und was ist mit der Haubengastronomie, all den Spitzenköchen?«, begehrte Mathilde auf.

»Das ist etwas anderes, das sind Männer«, feixte Gerhard, trank die Dose aus, zerknüllte diese und warf sie in den Mist.

»Die Dose gehört nicht in den Restmüll«, keifte Mathilde.

Der Gerhard ignorierte die Bemerkung und machte sich noch eine Dose auf.

So viel also zum Thema harmonische Mahlzeit, dachte sie, während sie mit Tränen in den Augen in der Lade des Esstischs nach einem Zahnstocher kramte. Am liebsten hätte sie dem Gerhard damit die Augen ausgestochen. Stattdessen bohrte sie in ihrem Zahnzwischenraum herum, bis das Zahnfleisch zu bluten begann. Es tat weh. Aber der Rohschinken steckte bombenfest. Der Schmerz machte sie noch wütender.

»Und überhaupt, was soll das heißen, Spitzenköche sind immer Männer? Du bist so ein chauvinistisches Arschloch«, brüllte sie. Ihre Zunge fühlte sich schon ganz aufgerieben an von dem Versuch, dieses blöde Schinkenstück herauszulösen. Sie fuhr sich mit Daumen und Zeigefinger in den Mund und versuchte, den Rohschinken zu fassen und herauszuziehen.

»Sexy«, sagte der Gerhard.

»Leck mich«, sagte Mathilde.

Sie rannte ins Badezimmer und suchte nach der Zahnseide. Der scharfe Faden brachte das malträtierte Zahnfleisch noch mehr zum Bluten, aber endlich löste sich die Fleischfaser. Erleichterung erfasste sie, als der unangenehme Druck zwischen den Zähnen endlich nachließ. Ihr Zahnfleisch tat noch immer weh und fühlte sich wund an.

Von wegen keine Künstlerin. Sie würde den Gerhard verlassen. Sie würde zehn Kilo abnehmen. Sie würde in die Stadt ziehen, eine Haube erkochen, und dann würde sie zu malen beginnen. In ihrer Fantasie sah sich Mathilde in einem umgebauten Dachboden vor einer Leinwand stehen. An den Wänden lehnten Bilder, die sie gemalt hatte. Großartige, farbenprächtige Bilder. Bilder in denen Essen die Hauptrolle spielte. Pralle violette Trauben, rosa Schinkenkeulen, goldgelbe Brotlaibe. In ihrer Fantasie trug sie mit Spitzen besetzte Shorts und ein Hemd, das mit Ölfarbe bespritzt war, und rauchte, während sie mit kritischem Blick die letzten Farbtupfer auf ihr fast vollendetes Meisterwerk pinselte. Die »Stray Cats« dröhnten aus den Boxen, und es roch nach Kaffee und Croissants und Himbeermarmelade. Ein Bett gab es natürlich auch in ihrem soeben erfundenen Studioloft. Dort lag ihr neuer Liebhaber. Einer, der sie und ihre Kunst zu schätzen wusste.

Mathilde nahm ihre Jacke und ging, ohne ein weiteres Wort zu Gerhard zu sagen, aus dem Haus. Als sie die Tür zuknallte, flog der selbst geflochtene Türkranz aus Hagebuttenzweigen auf den Boden. Mathilde machte sich nicht die Mühe, diesen wegzuräumen.

25 GERHARD WIRD VON DER MUSE GEKÜSST

Die Ruderwanze bildet an Bauch, Rücken und zwischen den Flügeldecken Luftpolster. Diese sorgen im Wasser für einen enormen Auftrieb. Darum müssen sich Ruderwanzen ständig am Gewässergrund oder an Pflanzen festkrallen. Verlieren sie den Halt, werden sie so stark aufgetrieben, dass sie wie ein Korken über die Wasseroberfläche hinausschießen.

Gerhard blickte Mathilde wortlos nach, als diese aus dem gemeinsamen Haus stürmte. Dann ging er in seine Werkstatt und nahm eine Axt. Er war so wütend. Er musste irgendwohin mit seiner Wut. Und er wusste auch schon, wohin damit. Heute war der alte Apfelbaum dran. Er ging mit der Axt in der Hand zu dem halbtoten Baumgreis, beäugte diesen kurz, dann hob er das Werkzeug an und schlug zu.

Die Axt krachte mit voller Wucht gegen den Baum. Das Holz, das mit grauweißen Flechten überzogen war, ächzte und splitterte. Die Mistelbuschen in der Krone des Baumes zitterten. Es war ein alter Apfelbaum. Der viel zu kurze, verbogene Stiel war namensgebend für die Sorte: Krummstiel.

In vielen Stielgruben wucherte eine fleischige Nase, Auswüchse der Frucht, die den dicken, knopfig-kurzen Stiel zur Seite drückten. Jetzt, Anfang November, lagen zahlreiche Äpfel auf dem Boden. Die überreifen waren von Mäusen, Schnecken und Insekten angefressen. Ein letztes Festessen vor dem Winter.

Viele Äpfel hatten rostrote Faulstellen. Andere waren zu dunkelbraunen Mumien geschrumpft. Auf der ledrig verschrumpelten Haut hatten sich weiße Schimmelflecken gebildet. Das Fallobst verströmte einen süßlich modrigen Duft.

Gerhard fixierte den Stamm und schlug noch einmal zu. Und noch einmal. Die Wut gab ihm Kraft. Der Baum musste weg. Er kümmerte hier schon viel zu lang vor sich hin.

Der Krummstiel war zwar bekannt dafür, auch mit rauem Klima fertigzuwerden. Aber seit der Nachbar entlang der Grundstücksgrenze hohe Fichten gepflanzt hatte, stand der Baum ganzjährig im Schatten, und damit begann sein schleichender Untergang. Insofern war die Axt jetzt sein Gnadentod.

Die Kerbe im Stamm, die das scharfe Beil hinterlassen hatte, sah aus wie eine klaffende Wunde. Holzspäne lagen auf dem Boden. Gerhard hackte unermüdlich auf den Baum ein. Er spürte, wie seine Schulter schmerzte, wie ihm der Schweiß vom Nacken den Rücken hinunterrann.

Er schnaufte und stöhnte. Er hatte vergessen, wie anstrengend es war, einen Baum von Hand zu fällen. Gemeinsam mit dem Vater war er als Bub jedes Jahr in den Wald gegangen, um einen Christbaum zu fällen. Die romantischen Erinnerungen daran waren geblieben. Wie schweißtreibend die Arbeit mit der Axt war, hatte er verdrängt. Außerdem war Fichtenholz viel weicher als Apfelholz.

Gerhard holte aus und schlug zu, wieder und wieder. Er merkte, wie die Haut seiner Hände, die in den Arbeitshandschuhen steckten, brannte und schmerzte. Der Keil, den er ins frische rötlichbraune Holz getrieben hatte, war noch nicht tief genug. Und Gerhard wurde langsam müde. Er traf die angepeilte Stelle, an der die Klinge das Holz treffen sollte, immer schlechter.

Vielleicht sollte er es einfach bleiben lassen und warten, bis seine Motorsäge von der Reparatur zurückkam. Dafür musste er aber erst das Geld zusammenhaben, um die Rechnung zu bezahlen. Mathilde anpumpen, war zwecklos. Die würde ihm nur vorhalten, was er ihr schon alles schuldete.

Und andererseits, so dick war der Stamm wieder auch nicht. Er durfte nur nicht aufgeben. Gerhard dachte an den Streit mit Mathilde. Er merkte, wie der Ärger wieder in ihm hochstieg. Sauer wie Magensäure, wenn er Sodbrennen hatte.

Streits mit Mathilde begannen immer wie aus dem Nichts. Meist, indem sie ihn im halblustigen Tonfall kritisierte. »Haben wir wieder die Partybeleuchtung an?«, fragte sie zum Beispiel, wenn sie abends nach Haus kam und irgendwo eine Lampe brannte, die ihrer Ansicht nach nicht brennen durfte. Wegen des Stromverbrauchs wäre es. Dabei waren doch eh überall diese Energiesparlampen drinnen. Letztens hatte Mathilde sogar das Licht im Raum abgedreht, während der Gerhard dort am Computer spielte. »Der Bildschirm leuchtet eh von innen«, hatte sie nur sarkastisch gemeint.

Die Unterbrechung hatte ihn abgelenkt, und sein Computer-Avatar wurde wegen des Stresses, den die Mathilde machte, erschossen. Dabei war er gerade dabei gewesen, ein neues Level zu erreichen.

»Dunkel wie in einem Popschloch. So hast es am liebsten!«, hatte Gerhard daraufhin gebrüllt. Der Auftakt zu einer Grundsatzdiskussion. »Ich zahl die Rechnungen und nicht du. Und wenn du schon nichts beitragst, dann könntest wenigstens im Haushalt helfen.«

Als ob sie sich helfen lassen würde. Am Anfang hatte er es ja noch versucht. Aber nichts, was er getan hatte, war gut genug gewesen für Mathilde. Wenn er den Geschirrspüler einräumte, räumte sie in Tetris-Manier alles wieder um. »Das Besteck gehört mit den Klingen und Zinken nach unten in den Geschirrkorb, sonst verletzt man sich ja beim Ausräumen«, hatte sie gekeift. Gerhard war sich ziemlich sicher, dass sie ihn das letzte Mal angekeift hatte, weil er das Besteck mit den Griffen nach oben eingeräumt hatte. Damals war das Argument gewesen, das Geschirr würde so nicht gescheit sauber werden. Dieser Frau war einfach nicht zu helfen.

Er holte kräftig aus und schlug dreimal fest hintereinander auf den Baum ein. Unglaublich, wie hart und widerstandsfähig das Holz war.

Der Ärger über Mathilde gab ihm Kraft. Diese blöde Funsen. Er schlug die Axt so fest er konnte gegen den Apfelbaum. Das Holz splitterte und krachte. Die Axt blieb im Stamm stecken.

»Aaaarggggg«, brüllte Gerhard laut. Der Frust, den er nun verspürte, war unglaublich, er riss an der Axt, aber die bewegte sich keinen Millimeter. Es war, als hätte der Baum die Klinge verschluckt. Gerhard stützte sich mit dem rechten Fuß am Baumstamm ab, lehnte sich zurück und zerrte mit beiden Händen an der Axt. Nichts. Vor lauter Wut trat er ein paar Mal kräftig gegen den Stamm.

Die Tritte brachten Bewegung in den Baum. Ganz oben in der Krone löste sich ein Apfel, fiel senkrecht hinunter und dem Gerhard genau auf den Kopf. Weil der Apfel von so hoch oben kam, war das so schmerzhaft, als hätte ihn ein Kieselstein getroffen. Gerhard erschrak, ließ den Griff der Axt los, verlor das Gleichgewicht und stürzte nach hinten. Jetzt lag er da auf dem Rücken wie ein Käfer, inmitten der gärenden Äpfel. Ein halb verfaulter Apfel klebte an seiner Wange. Sein Kopf dröhnte. Er merkte, wie Tränen aufstiegen. Tränen der Scham. Er war ein Mann, ein Mann, der Stahl bog und Eisen schmolz, und nun hatte ihn dieser verdammte Apfelbaum bezwungen.

Er rappelte sich hoch. Er blickte auf.

Das Werkzeug steckte immer noch fest im Stamm. Der Griff stand waagerecht weg. Der Baum hatte eine Krone, die aus zwei dominierenden Leitästen bestand. Die Leitäste ragten wie ein Ypsilon in die Höhe. Wie Arme, die sich Hilfe suchend in die Höhe streckten. Es sah aus, als ob der Baum ermordet worden war. In diesem Moment hatte Gerhard eine Eingebung. Er war wie elektrisiert. Er wusste jetzt, wie das Kunstwerk auszusehen hatte, das er beim Radeschnig installieren würde. Er sah es genau vor sich.

*

Arno fiel rücklings ins Wasser. Er fiel wie ein Stein, sank tiefer, als er es erwartet hatte. Das Wasser war kalt. Er bekam Wasser in die Nase, schlug mit den Armen um sich, strampelte mit den Beinen. Er hatte die Augen beim Hineinfallen geschlossen gehabt, aber jetzt öffnete er sie, um sich zu orientieren. Er war unter dem Boot. Das, was er sah, ließ ihn erschrecken.

Das Wasser war nicht blau oder schwarz, es war rot.

Er machte ein paar hektische Schwimmzüge, paddelte im Kreis, bevor ihm die Luft ausging. Er musste hinauf, Sauerstoff schnappen. Er strampelte Richtung Wasseroberfläche, rang nach Luft. Da packte ihn plötzlich jemand von hinten, griff nach ihm. Arno trat um sich, aber die Person hatte Bärenkräfte. Sie klammerte sich an ihn. Arno merkte, wie er gemeinsam mit ihr sank. Er schlug um sich. Aber sie war direkt hinter ihm, und seine Schläge hatten unter Wasser und aus dieser ungünstigen Position heraus nicht genug Wirkung. Er konnte den Körper, der wie ein bleiernes Gewicht an seinem Rücken hing, nicht abschütteln. Arno spürte, wie ihm die Luft ausging. Überall war plötzlich rotes Wasser. In seinen Augen, in seinem Mund, in seiner Nase, in seinen Lungen. Jetzt geriet er in Panik. Die Todesangst setzte nun auch bei ihm übermenschliche Kräfte frei. Er packte die Hände und Arme, die ihn eisern umklammerten, und versuchte, den Griff zu lösen. Es gelang ihm, ihre Umklammerung etwas zu lockern. Sie griffen zwar sofort wieder nach ihm, aber nicht schnell genug. Arno hatte sich mittlerweile etwas umdrehen können. Jetzt war seine Gegnerin nicht mehr frontal hinter ihm. Er konnte sich besser verteidigen. Sie umklammerte nun seine Schultern, seinen Hals, drückte ihn nach unten. Aber das war eine Chance für Arno, denn nun, von Angesicht zu Angesicht, konnte er sie angreifen. Er ballte seine rechte Hand zusammen, zog sie an sein Kinn und schlug ihr dann die Faust frontal ins Gesicht. Ihr Kopf flog zurück. Ihre Hände lockerten sich ein wenig. Arno stieß sie weg, trat nach ihr, traf sie, schaffte es, sie abzuschütteln. Nur weg von ihr. Weg, raus aus ihrer Reichweite. Folgte sie ihm? Nein, sie wirkte wie erstarrt. Während er panisch von ihr wegstrampelte, sah er sie zum letzten Mal: ihren starren Körper, ihre weit aufgerissenen Augen, den geöffneten Mund. Das Blut, das fast stoßweise aus einer Wunde am Hals oder Hinterkopf trat und sich mit dem türkisblauen Wasser des Sees vermischte. Seine Ohren rauschten, seine Lungen schmerzten. Luft, er brauchte Luft. Er musste nach oben, rauf zum Licht. Und sie? Sie schien von ihm wegzutreiben. Nein, sie sank, sie sank nach unten in die Dunkelheit. Ihre langen Haare umspielten sie wie eine Medusa. Die rote Wolke begleitete sie fast wie ein Heiligenschein. Und dann schrie jemand.

Es war ein lauter, wahnsinniger, animalischer Schrei. Jemand, der so aus vollen Hals schreit, schreit seine Frustration hinaus, seinen Ärger, seinen Schmerz. Die Frau, die wie eine Wahnsinnige schrie und vermutlich gerade die Knötchen auf ihren Stimmbändern zum Platzen brachte, war Ophelia. Er hatte diesen Schrei schon ein paar Mal gehört. In der Vergangenheit hatte es ihn irritiert und verstört. Sie hatte ihm erklärt, dass das einfach ihre Art wäre, Dampf abzulassen. Sie müsse einfach losschreien, wenn ihr alles zu viel wurde. Es war für sie die einzige Methode, nicht durchzudrehen.

Er hatte versucht, ihr als Coach andere Methoden näherzubringen. Achtsamkeit, Meditation, Reset der Gedanken. Aber all das half Ophelia nicht. Sie wollte weder meditieren noch wollte sie sich vorstellen, ihr Frust wäre eine giftgrüne Wolke in ihren Lungen, die sie mit jedem Atemzug ausstoßen konnte. Sie wollte einfach nur wie eine Irre schreien.

Heute war Arno froh über diesen Tick. Denn sie hatte ihn mit ihrem Schrei aus seinem Albtraum geweckt. Er stand auf, verließ die Couch, auf der er sein Nachmittagsschläfchen gehalten hatte, und ging ins Badezimmer, wo Ophelia gegen das Waschbecken gelehnt stand und schrie.

»Komm her«, sagte er und breitete die Arme aus. »Komm her. Ich verspreche dir, alles wird gut.«

*

Als Christoph und Sylvia das »Kochtheater« in Oberwart betraten, fingen ein paar Leute an, hinter vorgehaltener Hand zu tuscheln. Sylvia ignorierte es, so gut sie konnte.

»Haben Sie reserviert?«, fragte der Kellner, der Daniel hieß, freundlich.

»Ja, auf Würger«, sagte Christoph. Sylvia prustete los.

Wenn jemand in Oberwart richtig gut essen wollte, kam er um das »Kochtheater« nicht herum. Die besten Köche des Landes hielten hier regelmäßig Kochevents ab, für die man vorab Tickets lösen musste wie für einen Theaterbesuch. Die Teilnehmerzahl war streng limitiert, denn die Sitzplätze in der modernen eleganten Schauküche waren begrenzt. Christoph hatte den letzten Zweiertisch am Fenster ergattert. Die Stimmung hier war fantastisch, entspannt, lebendig. Gäste, die lachten, sich unterhielten. Ihre Wortfetzen vermischten sich mit funkiger Soulmusik. Martin Schuster, der Inhaber des »Kochtheaters«, war für seinen exzellenten Musikgeschmack bekannt.

Galant rückte Christoph Sylvia den Sessel zurecht, als sich diese setzte. Gut sah sie aus in ihrem taubenblauen Kaschmirkleid, das ihre Figur perfekt betonte. »Wie geht es dir?«, fragte er.

Sylvia war am Nachmittag von der Kriminalpolizei befragt worden.

»Wir haben eine Zeugenaussage von einer besorgten Nachbarin. Diese hat angegeben, sie hätte zufällig gehört, dass Herr Doktor Meierhofer Sie gewürgt hätte und versucht haben soll, Sie umzubringen.«

»Meine besorgte Nachbarin ist eine böse Tratschen, der ständig die Fantasie durchgeht, seit ihr afghanischer Callboy nach Wien gezogen ist«, hatte Sylvia cool entgegnet. Der Bluterguss am Hals war zum Glück schon verheilt. Insofern stand Aussage gegen Aussage. Sie hatte keine Lust, die Details ihres Sexlebens vor der Oberwarter Polizei offenzulegen.

»Mich haben die auch gegrillt«, sagte Christoph.

»Und was hast du gesagt?«

»Dass ich einvernehmlichen Sex mit der attraktivsten Frau aus dem Bezirk Oberwart hatte.«

Sylvia lachte.

»Hast du nicht.«

»Hab ich doch.«

Christoph winkte Daniel herbei und bestellte eine Flasche Champagner.

»Trotzdem möchte ich mich gerne revanchieren für die blöden Unannehmlichkeiten.«

Sylvia hob die Augenbrauen. »Und da glaubst du, ein Essen reicht.«

Christoph lächelte. Er sah eigentlich richtig nett aus, wenn er lächelte, viel weniger präpotent als sonst.

»Es ist ein ganz besonderes Essen. Ein Fünfgang-Menü von Georg Gossi. Das Thema ist ›Wok in der Wart‹.«

Er begann, die Speisenfolge vorzulesen: Jakobsmuscheln mit Grammeln, Miso und Süßkartoffeln; Güssinger Karpfen gebacken mit Pak Choi, Szechuansoße und Sushireis; knuspriger Schweinebauch mit Blunzenxiaopao, Hoisin und Kimchi; Kokos-Rahmschmarrn mit Mango.

»Ich weiß, dass der Gossi kocht wie ein Gott, aber um mich wieder auf süß zu kriegen, musst dir schon mehr einfallen lassen als ein Abendessen.«

Christoph legte die Stirn in Dackelfalten. »Hmm, was könnte ich dir sonst als Wiedergutmachung anbieten. Ich bin Vitalmediziner. Eine Eiseninfusion vielleicht, Hyalurondrinks. Botox und Filler habe ich auch im Programm. In der Salzburger Ordi, die ich mit meiner Kollegin führe, biete ich das alles an.«

Sylvia warf in gespielter Empörung die Serviette nach ihm. »Du hast mich gewürgt und fast umgebracht, und jetzt bietest du mir als Wiedergutmachung Beauty-Treatments an? Soll ich mich dadurch besser fühlen? Wenn ich eine normale Frau wäre, wäre ich jetzt tödlich beleidigt und würde aufstehen und dich hier sitzen lassen.«

»Du bist aber keine normale Frau«, sagte Christoph und nahm ihre Hand. »Und ehrlich gesagt taugt mir das.«

»Okay«, sagte Sylvia. »Dann will ich die Eiseninfusion und Botox und Filler und Micro-Needling, das habt ihr sicher auch.«

»Haben wir«, bestätigte Christoph und lachte schallend.

Daniel brachte den Champagner und schenkte zwei Gläser ein. Sylvia ergriff den langen eleganten Stiel des Glases und sah, wie die Kohlensäurebläschen in der blassgoldenen Flüssigkeit um die Wette tanzten. »Sprudel ist der einzige Alkohol, den ich immer trinken kann, weil er belebt und nicht müde macht.«

Christoph stieß mit ihr an. »Wird gut sein, ich habe mit dir heute nämlich noch einiges vor. Ich denke, ich muss auch noch auf einem anderen Gebiet einiges gutmachen.«

26 MATHILDE UND VERA GEHEN IN DEN WALD

Am Rücken und hinter den Ohren des Feuersalamanders sitzen Giftdrüsen, die Salamandrin verspritzen können. Mit Hilfe dieses Gifts kann der Feuersalamander Füchse, Hunde oder Katzen in die Flucht schlagen.

Mathilde schlüpfte in ihre klobigen Wanderstiefel. Ihre Tritte hallten schwer, während sie durch das Haus ging und alles Nötige zusammensuchte. Einen handgeflochtenen Korb aus Weidenzweigen. Eine Baumwolltasche, nur als Reserve, für den Fall, dass der Korb nicht ausreichen würde. Ein kleines Messer, dessen Griffende mit einer winzigen Bürste versehen war. Eine Thermosflasche mit Tee. Ihr Telefon.

Sie wusste, dass ihre lauten Schritte den Gerhard aufwecken könnten und dass es nicht rücksichtsvoll war, um 6 Uhr früh so herumzupoltern. Aber dass der Gerhard immer bis in die Puppen schlief, ging ihr schon lange auf die Nerven. Dann wachte er halt mal früher auf. Schadete ihm sicher nicht. Sie war immer noch richtig sauer wegen des Streits am Vortag.

Als sie in der Dämmerung aus dem Haus ging, stolperte sie fast über ein paar Trümmer Alteisen, die der Gerhard dort deponiert hatte. Mathilde fluchte leise.

Es war frisch draußen. Sie zog eine Haube aus der Jackentasche und setzte sie auf. Eigentlich mochte sie keine Hauben. Die drückten ihre Stirnfransen immer so platt. Sie würde ihren Pony nass machen und mit der Rundbürste in Form föhnen müssen, bevor sie später ohne Haube unter die Leute ging.

Sie sah die Scheinwerfer von Veras Wagen, der die Einfahrt heraufrollte. Vera öffnete von innen die Beifahrertür. »Guten Morgen, Süße, wie geht's dir?«

»Bescheiden, ich hatte gestern eine wilde Diskussion mit dem Gerhard.« Sie erzählte Vera, was passiert war. Diese nickte mitfühlend.

»Ich hab dir die Sitzheizung angemacht. Es ist ja arschkalt heute«, sagte Vera dann.

Vera war nicht nur fürsorglich, sie schien auch immer mit der Welt im Reinen zu sein. Aber sie war auch single. Manchmal fragte sich Mathilde, ob Veras Ausgeglichenheit damit zu tun hatte, dass sie keinen Partner hatte, der tagtäglich an ihren Nerven zerrte. Sie wusste von der Langzeit-Affäre mit Tom, und aus Mathildes Warte hatte ein Mann für gewisse Stunden nur Vorteile.

»Bist du sicher, dass noch Schwammerl wachsen?«, fragte Mathilde zweifelnd. »Es ist schon Anfang November.«

»Johanna ist überzeugt davon«, sagte Vera. »Alles ist so, wie es sein muss. Es hat in den letzten Nächten stark geregnet. Der Regen ist ›gescheit‹ in den Wald hineingegangen. Der Mond ist im Zunehmen, knapp vor Vollmond. Es ist tagsüber wärmer als sonst um diese Jahreszeit.«

»Na, wenn Johanna es sagt.« Mathilde spürte, wie ihr Po wohlig warm wurde. Ein unerwarteter Luxus. Patsy hatte keine Sitzheizung, und ihre Achsen lagen auch viel zu tief für Waldtouren.

Vera bog Richtung Neustift in einen Güterweg ab, der in einen Feldweg mündete. Sie parkte den Wagen auf einer Wiese am Waldrand. Nebelschwaden waberten über das Grün. Schwammerldunst.

»Eigentlich müsste ich dir jetzt die Augen zubinden«, sagte Vera zu Mathilde, »weil die Plätze noch von der Urlioma sind, und ich habe ihr geschworen, sie niemals zu verraten.«

»Ich schwöre, dass ich niemals ohne dich hierherkommen werde«, sagte Mathilde feierlich.

Während die beiden Frauen Richtung Wald stapften, erinnerte sich Vera daran, wie sie damals als kleines Kind denselben Weg mit der Urlioma gegangen war. 35 Jahre war das jetzt her, und trotzdem waren die Erinnerungen noch so lebendig, als wäre es gestern gewesen.

Die Urlioma hatte sie auch immer kurz nach Sonnenaufgang aus dem Bett geholt. »Mia miassn ganz in der Friah gehn, weil sunst kemmen dei Mundl und brockn uns ois weg.*« Dass die Wiener auf Sommerfrische, Landpartie oder Verwandtenbesuch auch die Wälder unsicher machten, war der Urlioma ein Dorn im Auge gewesen.

Die Urlioma hatte immer einen Kranz Extrawurst und ein paar Scheiben Schwarzbrot dabeigehabt, damit sie und die Vera dann gleich im Wald frühstücken konnten. Das Trinken hatte sie meistens vergessen. Die Vera vergaß heute immer noch aufs Trinken, und das nicht nur, wenn sie in den Wald ging.

Die Pilze, die die Vera und die Urlioma fanden, wurden gebacken, gebraten, zu Suppen und Rahmsoßen verkocht,

---

* Wir müssen in der Früh los, denn sonst kommen die Wiener und sammeln alles vor uns auf.

eingelegt und für den Winter getrocknet. Aber nur die schönen Pilze. Die wurmigen wurden ebenfalls getrocknet und an die fahrenden Händler aus der Stadt verkauft. Diese »Umadumgeher« zahlten damals 250 Schilling, rund 18 Euro, für das Kilo Trockenpilze. Vera, die beim Suchen geholfen hatte, bekam nach Abschluss des Handels dann immer extra Taschengeld, für das sie sich »Manner« Stollwerk kaufte. Klebrige, zähe Karamellzuckerl, die als Plombenzieher verschrien waren.

Als Vera älter wurde, hatte sie die Urlioma gefragt, ob es nicht gemein wäre, den fahrenden Händlern wurmige Pilze anzudrehn. »Geh wo«, hatte die Urlioma gesagt, »wos dei zsammkafn, kummt eh ois in d' Suppenwirz.*« Seither hatte Vera die flüssige Suppenwürze, die im Gasthaus im selben Tragerl stand wie Salz- und Pfefferstreuer, nie wieder angerührt.

Vera und Mathilde gingen los. Der Boden war dicht mit Laub bedeckt, das bei jedem Schritt raschelte. Die Luft roch feucht und modrig. Wie Kompost. Ab und zu gesellte sich ein Hauch von scharfem frischem Harzgeruch dazu. »Wir könnten wieder einmal eine Pechsalbe machen«, sagte Mathilde. Die Salbe aus frischem Baumharz galt als Wunderwaffe der Natur gegen allerlei Wehwehchen.

»Mach dir nicht die Finger klebrig«, sagte Vera, als sie sah, dass Mathilde einen borkigen Stamm begutachtete, an dem das Harz in dicken, zähen Tränen herabfloss. »Wir sind wegen der Pilze da.«

Das Wort Pilz, oder besser gesagt Büüz, beschrieb im Südburgenland ausschließlich die Steinpilze. Alles, was kein Steinpilz war, war ein Schwammerl. Die Urlioma hatte aber auch die Pilze unterschieden. Die Sommersteinpilze mit

---
* Was die zusammenkaufen, kommt eh alles in die Suppenwürze.

ihren hellbraunen, oft aufgesprungenen Kappen und den etwas schlankeren Stielen nannte sie Woazbüüz, weil sie immer dann zu finden waren, wenn der Weizen heranreifte.

Die Steinpilze, die ab Oktober wuchsen, nannte sie Herrenpilze. Knackige, gedrungene Exemplare mit dunklen samtigen Kappen, die über Nacht aus dem feuchten Erdreich schossen und erfreulicherweise fast immer madenfrei waren.

Die beiden spazierten weiter den Hohlweg entlang. Die Bäume spannten über ihnen ein Blätterdach. Ein wahres Feuerwerk an Farben. Goldgelbe Birken-, ziegelrote Buchen- und orangefarbene Ahornblätter. Nur die Blätter der Eichen waren so blassbraun wie Kaffeefilter.

Unkundige Schwammerlsucher laufen sofort in den dichten Wald hinein. Dabei wachsen Pilze doch gerne an Wegrändern und Waldsäumen. »A Stapüz wochst net duat, wo d'Fichtn so eng zsamm sein*«, hatte die Urlioma ihr eingeschärft. Der Steinpilz liebte Mischwälder aus Eichen, Buchen und Kiefer. Auf steinigem Untergrund und in der Nähe der bunten Fliegenpilze fühlte er sich auch wohl.

Vera atmete tief ein. Sie liebte den Geruch des Waldes. Sie mochte es, wenn das Sonnenlicht durch die Baumkronen drang und auf dem mit Laub bedeckten Boden bunte Muster zeichnete. Die trockenen Blätter raschelten unter ihren Schuhen. Nur ein paar Schritte vor ihr kroch ganz langsam und steifbeinig ein schwarz-gelb gefleckter Feuersalamander über den Weg. Bald schon würde er in seinem Unterschlupf in die Winterstarre verfallen. Vera blieb stehen und hielt den Atem an. Die Feuersala-

---

* Ein Steinpilz wächst nicht dort, wo Fichten eng zusammen stehen.

mander waren selten geworden. Sie freute sich jedes Mal, wenn sie ein Exemplar sah. »Wusstest du, dass die 40 Jahre alt werden können?«, flüsterte Mathilde. Vera schüttelte den Kopf, aber der Gedanke gefiel ihr. Vielleicht war sie schon als Kind mit der Urlioma genau diesem Feuersalamander begegnet.

Mathilde entdeckte rechts am Weg am Fuß einer Kiefer einen Pilz, der wie ein riesiger Badeschwamm aussah. »Da schau, eine Krause Glucke, ich liebe die.«

Sie griff nach ihrem Messer und schnitt den riesigen Fruchtkörper ab. »Das sind mindestens vier Kilo, da gehen sich ein paar Mahlzeiten aus.«

»Wär ideal fürs Hotel«, sagte Vera. »Wie geht es da jetzt eigentlich weiter?«

Mathilde zuckte die Achseln. »Wir haben noch immer zugesperrt. Ich geh einmal die Woche rein, führe Bewerbungsgespräche mit Jungköchen, probiere neue Rezepte aus. Plane Menüs. Die Radeschnigs wollen in einem Monat wieder aufsperren. Bis dahin soll auch Gerhards Skulptur fertig sein. Ich hoffe, er schafft das. Er ist schrecklich mit Deadlines.«

Vera sah sie mitfühlend an. Dass der Gerhard ein Deadlinejunkie war, passte zu dem Bild, das sie vom Freund ihrer Freundin hatte.

»Wie kommst du eigentlich mit den Radeschnigs klar?«

»Sie ist seltsam«, sagte Mathilde, »wie ein Roboter. Man weiß nie, was sie wirklich denkt, aber er ist nett.« Sie musste an das Vogelbegräbnis denken und an Arnos Hand, die sich warm und fest angefühlt hatte. Sie merkte, wie sie unwillkürlich zu lächeln begann.

Vera riss sie aus den Gedanken.

»Was glaubst du, wer die Sky umgebracht hat?«

»Niemand, den wir kennen«, sagte Mathilde. »Das kann nur ein Verrückter gewesen sein. Irgend so ein Social-Media-Troll, der durchgedreht ist. Das Netz ist voll von Irren. Und jeder kann einfach in den Spa reinspazieren. Das Hotel hat keine Videoüberwachung. Arno will jetzt eine installieren lassen. Auch für den Parkplatz.«

Die beiden drangen immer tiefer in den Wald vor. Eigentlich hatte Vera im Alltag ein schlechtes Orientierungsgefühl. Beim Gebrauch einer Karten-App am Handy war sie immer der Punkt, der sich vom Ziel entfernte. Aber den Weg zu den geheimen Schwammerlplätzen der Urlioma fand sie im Schlaf. Erst musste man an dem dichten Fichtenwald vorbei. Eine dunkle Monokultur, die auf Vera immer irgendwie bedrückend wirkte. Dann musste man rechts abbiegen, in einen tiefen Graben hinunterklettern, über einen kleinen Bach steigen und auf der anderen Seite wieder die Böschung hochsteigen. Mathilde keuchte. Sie hatte keine gute Kondition. Auch Vera schnaufte und schwitzte. Aber die Mühe lohnte sich. Hier oben sah der Wald aus wie im Märchenbuch. Fliegenpilze wuchsen in einem runden Hexenkreis. Schlanke Birken und mächtige Buchen reckten ihre Kronen der Morgensonne entgegen. Hellgrüne Moospolster federten die Schritte der Besucherinnen ab. »Da schau.« Vera wäre fast über einen Steinpilz gestolpert, dessen samtig braune Kappe aus dem bunten Laub hervorlugte.

Wie immer, wenn sie einen Pilz sah, der so perfekt war wie dieser hier, machte ihr Herz vor Freude einen Sprung. Sie griff zu ihrem Smartphone und macht ein Bild, bevor sie den Steinpilz vorsichtig aus der Erde drehte, um das feine Myzel nicht zu verletzen. Sie schnupperte an ihrem Fund. Kein Pilz roch besser als ein frischer Steinpilz. Dann nahm sie das Messer und befreite damit den Stiel von Erdresten.

»Schau dich um«, sagte sie zu Mathilde. »Wo einer ist, sind noch mehrere.«

Mathilde blickte sich konzentriert um. Sie hatte die Erfahrung gemacht, dass es manchmal etwas dauerte, bis ihre Augen fokussiert genug waren, um die braunen Pilze in ihrem braunen Umfeld wahrzunehmen. Sie drehte sich um die eigene Achse, ging ein paar Schritte nach rechts und fand hinter einem kleinen Nadelbaum drei Steinpilze nebeneinander. Auch diese waren jung und fest. Johanna hatte recht gehabt. Die Pilze waren wirklich über Nacht aus dem Boden geschossen. Die Körbe und Tragetaschen der beiden Frauen füllten sich in Windeseile. »Da war schon wer«, sagte Vera, als sie in ein anderes Waldstück kamen, in dem umgedrehte Braunkappen und abgeschnittene Pilzstrünke am Boden lagen: »Schau, was die für eine Wirtschaft hinterlassen haben!«

Vera und Mathilde bedeckten ihre Fundstellen immer mit Laub, damit die Standorte geheim blieben. »Na und«, sagte Mathilde, »Die haben auch keine Zauberbrille. Niemand sieht alle Pilze.«

»Manchmal hätt ich gerne so eine Zauberbrille, bei der die Pilze zu leuchten beginnen, wenn man durchschaut«, sagte Vera.

»Das wär ja fad«, sagte Mathilde. Sie träumte schon von der Schwammerlsuppe, die sie heute Abend zubereiten würde. Erst geschälte Kartoffeln würfeln, in Wasser bissfest kochen, dann Suppengewürz dazu. Wenn die Kartoffeln weich werden, die blättrig geschnittenen Steinpilze dazugeben und ein paar Minuten mitkochen. Dann Mehl mit Rahm absprudeln und damit die Suppe binden. Ganz zum Schluss mit Petersilie, Salz und Pfeffer abschmecken.

Und dazu ein Stück frisch gebackenes Bauernbrot mit Pilzbutter.

Sie merkte, wie ihr Magen schon beim Gedanken an das Gericht zu knurren begann.

»Schau mal, da sind Totentrompeten.« Trompette de la mort, wie die Franzosen den trichterförmigen Pilz aufgrund seiner grauen bis schwarzen Färbung nannten. Mathilde hatte einmal ein Kochpraktikum im Elsass gemacht. Der dortige Küchenchef hatte die Totentrompeten immer mit Cognac flambiert. Sie selbst liebte es, den Würzpilz zu trocknen und daraus Pilzpulver zu mahlen. Die festen ledrigen Pilze bildeten hier am Fuße der Rotbuche einen dichten Teppich und ließen sich ganz leicht aus der Erde drehen.

»Ich liebe es, dass die Herbsttrompeten nie Würmer haben«, sagte Vera angesichts des Madentraumas ihrer Kindheit.

»Und sie enthalten ganz viel Vitamin B12«, sagte Mathilde, »das ist gut für die Nerven. Ich werde mir ein Rezept für das Hotel einfallen lassen. Von wegen traditionell südburgenländischer Medizin.«

Der Korb in ihrer Hand wog schwer. Das Reservesackerl war auch schon gut gefüllt. Vera nahm sich jedes Mal vor, kein Sackerl zu verwenden, weil darin die Pilze beim Transport gequetscht wurden, aber immer siegte die Bequemlichkeit. Einmal war es ihr passiert, dass sie, nachdem Korb und Sackerl bereits voll gewesen waren, weitere traumhaft schöne Pilze gefunden hatte.

Die waren viel zu begehrenswert gewesen, um sie einfach im Wald zurückzulassen.

Da hatte Vera ihre Jacke ausgezogen und ihren Fund darin eingeschlagen. Kurz hatte sie damals auch überlegt, wie sie ihr T-Shirt und ihren BH zu Transportgefäßen umwandeln könnte. Nur die Angst, einem anderen Menschen zu begegnen, hatte sie davon abgehalten, diesen Plan in die Tat umzusetzen und mit nacktem Oberkörper durch den Wald zu laufen. Apropos anderer Mensch ...

»Lass uns umdrehen«, sagte sie zu Mathilde. »Nicht, dass uns der Förster erwischt. Weißt eh, mehr als zwei Kilo darf man eigentlich nicht pflücken. Die Mitzi hat er einmal erwischt, und weißt du, was dann passiert ist?«

»Nein, was? Hat sie eine Strafe zahlen müssen?«

»Schlimmer! Der Förster hat ihr die Pilze abgenommen und ist darauf herumgesprungen. Wie ein Rumpelstilzchen.«

Mathilde sah sie groß an. »Er hat die Pilze zertrampelt? Eine schreckliche Vorstellung. Die arme Mitzi. Die ganze Mühe umsonst.«

Die Freundinnen gingen mit ihrer Beute zurück in Richtung Auto. Am Rückweg ging es steil bergauf. Ein paar Mal mussten sie deswegen stehen bleiben und verschnaufen. Einmal kippte Veras Korb dabei um, die Pilze kullerten die Böschung hinunter und wurden unter viel Geflüche und Geschnaufe wieder eingesammelt.

Als sie rund 100 Meter vom Wagen entfernt waren, fing Veras Telefon zu piepsen an. »Was ist das?«, fragte Mathilde.

»Ich hatte im Wald drinnen keinen Empfang, und jetzt ist das Signal wieder da und die Nachrichten kommen geballt herein.«

Vera stellte ihren Korb ab und griff nach dem Handy.

»Hat das nicht bis nachher Zeit?«, fragte Mathilde. »Wir sind eh gleich da. Nicht, dass der Förster uns noch auf den letzten Metern erwischt.«

Vera schüttelte den Kopf. »Nein, das muss was Dringendes sein, vielleicht die Letta.«

Sie schaute auf das Display: Aber es schien nicht Lettas Handynummer auf, sondern die des Chefredakteurs vom »Boten«.

»Mein Boss. Ich ruf ihn besser gleich zurück«, sagte sie.

»Servus. Was gibt es so Dringendes?«, fragte sie betont fröhlich, als die Verbindung hergestellt war.

Wie immer kam der Chefredakteur gleich zur Sache.

»Du warst doch vorgestern in Kärnten und hast den Ortner Markus gesucht«, stellte ihr Boss fest.

»Ja«, sagte Vera. Sie hatte ihrem Chef davon erzählt. Sie wusste aber nicht genau, worauf dieser hinauswollte.

»Sie haben ihn gefunden. Er ist wieder aufgetaucht …«

»Echt, das ist ja super«, fiel sie ihm ins Wort, »der kann uns sicher mehr zu den Radeschnigs erzählen, als in der Pressemappe von der Zieserl steht.«

»Nix is super«, unterbrach sie der Chefredakteur. »Der ist aus dem Wörthersee aufgetaucht.«

»Wie meinst du das? Der ist aus dem Wörthersee aufgetaucht? Ist der Eistaucher?«

»Nix Eistaucher. Als Wasserleiche ist der wieder aufgetaucht. Der ist tot, Vera. Die APA hat es vor einer Stunde gebracht.«

27 MATHILDE UND ARNO TRINKEN MALZKAFFEE

Mit bloßem Auge kaum sichtbar, befinden sich auch im Süßwasser Kleinkrebse. Gefährlich sind diese nicht. Wer sie verschluckt, merkt davon nichts.

Arno hatte den Kopf in die Hände gestützt. Er hatte gerade ein Video-Telefonat beendet, und was er gesehen hatte, hatte ihm nicht gefallen. Er sah dem Porträt auf seiner Homepage immer weniger ähnlich. Die Glatze war eine gute Idee von Ophelia gewesen. Es gab nichts Peinlicheres als Männer in einem gewissen Alter, die versuchten, kahle Stellen zu überkämmen. Allerdings stand ihm die Glatze nur, wenn er fit und ausgeschlafen war.

Hohlwangig, mit tiefen Furchen rund um Mund und Nase und dem schlaffen Hals, den die Kamera in seinem Computer so unvorteilhaft in Szene setzte, sah er aus wie ein Krebskranker. Krank und alt. Skys Tod hatte ihn mehr mitgenommen, als er es sich selbst oder gar jemand anderem eingestehen konnte.

Er hätte gerne mit Ophelia darüber gesprochen, aber er wusste nicht, wie er es anstellen sollte. Sie war ihm in den letzten Wochen immer fremder geworden. Er fürchtete, es hatte mit seinen Panikattacken zu tun. Ophelia, seine furchtlose Ophelia, war ein Mensch, der Schwäche verachtete.

Sie hatte ihn an einem Tiefpunkt in seinem Leben kennengelernt. Doch damals war er nur desorientiert und durch den Wind gewesen. Ein bisschen neben der Spur, wie ein Rockstar vor der notwendigen Rehab. Aber er war nicht schwach gewesen. Heute fühlte er sich kraftlos. Vielleicht lag es auch am Altersunterschied. Er war 56, steuerte auf den 60er zu. Sie könnte seine Tochter sein. Er spürte, dass Ophelia sich ihm entzog. Ihr Körper verkrampfte sich, wenn er sie in der Nacht umarmte. Er wollte mit ihr schlafen, weil er sich nach der Wärme ihres Körpers sehnte. Weil er in ihr aufgehen wollte, Erleichterung und Versöhnung suchte. Aber ihre Reaktionen auf seine Berührungen blieben routiniert und auf eine befremdliche Art teilnahmslos. Sie begab sich in jede von ihm initiierte Stellung. Sie machte bei allem mit. Aber es war, als wäre ihr Kopf nicht wirklich bei der Sache, als wären ihre Gedanken anderswo. Arno fühlte sich nach dem Sex mit Ophelia wie ein schmutziger alter Mann, der seine Frau zur Ausübung ihrer ehelichen Pflichten genötigt hatte. Er konnte auf dieses Gefühl verzichten.

Tagsüber war sie immer dieselbe. Ihr Gesichtsausdruck war gleichmütig, ihr Lächeln verbindlich, ihre Stimme freundlich. Aber er bemerkte im Glanz ihrer Augen immer öfters Trübungen, die von Unverständnis und Verachtung zeugten. Ophelia fing an, ihn zu bedauern. Genauso gut hätte sie ihm gleich die Eier abschneiden können. Er hatte das alles so satt. Er stand auf und sah zum Fenster hinaus. Der See war heute ganz ruhig, fast friedlich. Er würde jetzt da hinuntergehen und seine Zehen ins Wasser halten. Das konnte doch nicht so schwer sein. Er brauchte keinen Psychodoktor und keine Esoterikscheiße, um das zu tun. Er würde es alleine schaffen. Er stand auf und marschierte in den Garten Richtung Steg.

*

Mathilde lenkte Patsy Richtung Litzelsdorf. Sie drehte die Musik lauter. »This ole house« von Shakin' Stevens. Alt, aber gut. Sie drehte lauter. In der Kurve schlingerte Patsy ein bisschen. Der Plüschwürfel, der mit einem Saugnapf am Innenspiegel befestigt war, zitterte leicht. Würfel galten in der Rockabilly-Szene als Glückssymbol. Vielleicht wartete das Glück schon nach der nächsten Kurve. Der Tag hatte besser begonnen als erwartet. Gerhard hatte heute ausnahmsweise nicht bis in die Puppen geschlafen, sondern war ganz früh aufgestanden und hatte mit seinem Kunstwerk für Arno begonnen. Das war gut. Allerdings drosch er jetzt nonstop auf Eisen ein. Das war schlecht. Der Lärm war kaum zu ertragen.

Mathilde hatte deswegen beschlossen, ins »Fia mi« zu flüchten. Es gab zwar offiziell nichts zu tun, aber Arno bezahlte weiterhin ihr Gehalt, also konnte sie sich auch nützlich machen. »Wer arbeiten will, findet auch eine Arbeit«, hatte ihr Vater immer gesagt. Mathilde dachte nach. Als Erstes würde sie heute Kräutersalz herstellen. Aus Thymian, Rosmarin, Oregano, Bohnenkraut, Schnittknoblauch, Winterheckenzwiebeln und Petersilie. All diese Kräuter mussten geerntet werden, bevor der angekündigte Frost kam. Mathilde würde die Kräuter mit Steinsalz zu einer Paste vermahlen. Diese Paste würde sie dann im Backrohr bei 50 Grad trocknen und anschließend mörsern und in dekorative Gläser füllen. Sie freute sich schon auf das aromatisch duftende Ergebnis.

Mathilde fuhr um das Hotel herum und parkte Patsy auf der Nebenstraße hinter dem Haupthaus. Sylvia Zieserl hatte ihr eingeschärft, dass der geschotterte Hotelparkplatz beim Eingangsbereich nur für Gäste war. Auch dann, wenn gar keine Gäste da waren so wie heute. Mathilde stieg aus und ging am See vorbei Richtung Küche. Sie blickte zum Wasser und hielt Ausschau nach den Enten. Mathilde fiel ein märchenhaftes Zitat aus dem Film »Grüne Tomaten« ein. Stockenten warten, bis sie festfrieren, und dann fliegen sie los und nehmen den See mit. Sie musste schmunzeln. Der See war noch da und die Enten auch. Ihre Augen wanderten das Ufer entlang. Schilf, Gras, Zyperngras und Binsen waren diese Woche zurückgeschnitten worden. Nur noch kurze Stoppel ragten aus dem Wasser heraus, das heute dunkel und modrig aussah. Das lag wohl auch an den vielen Blättern, die faulig auf der Wasseroberfläche trieben. Die tiefstehende Nachmittagssonne beleuchtete nur mehr einen kleinen Abschnitt des Sees. Der größte Teil lag im Schatten. Auch der Steg. Doch halt – da bewegte sich etwas. Mathilde sah genauer hin und bemerkte genau in der Mitte der Anlegebrücke eine Gestalt.

Ein Mann, der gekrümmt dastand und sich ans Herz griff und dann ganz langsam zu Boden sank. Mathilde erschrak. Es sah aus, als hätte er einen Anfall. Mathilde erkannte den Mann. Es war ihr Chef, Arno Radeschnig. Sie lief los. Sie strauchelte auf dem weichen Boden, knickte kurz ein, fluchte und ignorierte den stechenden Schmerz in ihrem Knöchel. Humpelnd lief sie weiter.

Als sie beim Steg ankam, kniete Arno auf den Brettern. Sein Gesicht war von einem Schweißfilm überzogen. Und nicht nur sein Gesicht. Auch die Glatze glänzte. Er keuchte.

Mathilde rang ebenfalls nach Atem. »Alles okay?« Sie berührte ihn am Arm. »Soll ich einen Arzt holen? Ist der Meierhofer da?« Arno schnaufte nur. Er gab ihr keine Antwort. Mathilde wusste nicht, was sie als Nächstes tun sollte. Zum Haus laufen und den Meierhofer suchen? Erste Hilfe leisten? Aber wie? Ihr Erste-Hilfe-Kurs war vor ewigen Zeiten gewesen. Damals, als sie den Führerschein gemacht hatte. Sie konnte sich nur mehr an den »Heimlich-Griff« erinnern. Aber ob der in dieser Situation angebracht war? Vermutlich nicht. Sie kramte nach ihrem Handy. Sie würde die Rettung rufen oder den Notarzt. Wie war überhaupt die Nummer der Rettung? 133? Nein, das war die Polizei. Da spürte sie plötzlich Arnos Hand, die ihr Handgelenk umklammerte. »Nein, lass, es geht schon, mir fehlt nichts«, keuchte er.

Er richtete sich auf, legte seine Hand auf ihre Schulter und stützte sich schwer auf sie. Zum ersten Mal war Mathilde froh, dass sie nicht so ein magersüchtiger zerbrechlicher Krampen war und Arno gut halten konnte. Sonst wären sie wohl beide in den See gefallen.

Langsam gingen die beiden zurück in Richtung Hotel. Arno schien sich etwas zu entspannen. Dafür fühlte Mathilde ein Kribbeln im Magen. Arno war ihr so nah, sie konnte ihn riechen. Sandelholz. Sandelholz und frischer Schweiß.

»Mir fehlt nichts. Das war nur eine Panikattacke«, sagte Arno hölzern. »Aber es geht schon wieder. Es tut mir leid, dass ich dich beunruhigt habe. Danke für deine Hilfe. Du kannst mich jetzt allein lassen. Wirklich. Es passt schon.«

»Sicher nicht«, sagte Mathilde. »Sie kommen jetzt mit in die Küche. Ich meine, du kommst jetzt mit in die Küche.«

Mathilde fand es immer noch komisch, ihren Chef zu duzen, obwohl er ihr längst nicht mehr so fremd war wie am Anfang des Dienstverhältnisses. Das Vogelbegräbnis hatte sie Arno nähergebracht, und jetzt gerade dieser Anfall auf dem Steg. Trotzdem traute sich Mathilde nicht nachzufragen, was da eigentlich genau passiert war.

Arno folgte ihr in die Küche und setzte sich auf einen Holzstuhl. Er wirkte ganz in seine Gedanken versunken. Er hatte die Ellenbogen auf seine Oberschenkel gestützt und den Kopf in seine Handflächen und schwieg.

Mathilde reichte ihm ein Glas Wasser. Sie wusste auch nicht, was sie sagen sollte. Was tat man in so einer Situation? Sie hatte in Krisen immer nur einen Gedanken. Essen.

»Ich habe gestern neue Desserts ausprobiert. Ich habe einen Orangen-Polenta-Kuchen gemacht«, sagte sie schließlich. »Magst du ein Stück?«

Eigentlich hatte sie den Kuchen als Jause für sich mitgebracht, aber das Stück war groß genug, um es zu teilen.

Arno blickte auf. Seine Augen wirkten leer. Hatte er sie überhaupt gehört? Sie wiederholte die Frage. Erst wollte Arno das Angebot ablehnen. Er hatte überhaupt keinen Hunger. Aber dann überlegte er es sich anders. »Warum nicht?«, sagte er.

Mathilde teilte den saftigen goldgelben Kuchen in zwei Teile. »Es ist ein ganz neues Rezept«, erzählte sie. Wenn sie vom Kochen und Backen sprach, fühlte sie sich auf sicherem Terrain und verlor ihre Schüchternheit. »Erst habe ich Karamell gekocht und in eine Springform gegossen, dann darauf geschälte Bio-Orangenscheiben verteilt. Und erst ganz am Schluss habe ich den Polentateig in die Form gegeben und gebacken.«

Arno stach mit der Dessertgabel in den Kuchen und kostete ein Stück. Er kaute zufrieden.

»Als ich klein war, hat meine Mutter uns immer zum Frühstück Polentasterz serviert. Dazu gab es Malzkaffee mit viel Milch. Das war in Kärnten so üblich.«

»Magst du einen?«, fragte Mathilde.

»Einen Malzkaffee? Trinkt den noch irgendwer?«, fragte Arno.

»Ich schon«, sagte Mathilde. »Mich macht Koffein nervös.«

Mathilde wärmte in einer kleinen Emaillekanne auf niedriger Flamme die Milch am Herd, gab dann drei Löffel Malzkaffee in die Filtermaschine und bereitete die Getränke zu.

Arno deutete auf die Filtermaschine. »Habe ich die gekauft?« Mathilde schüttelte den Kopf.

»Nein, das ist meine.« Arno lächelte und trank einen Schluck.

»Ist gut, der Kaffee. Ich sollte dir die Maschine abkaufen.« Dann nahm er noch ein Stück Kuchen, aß erst die Orangen, zerteilte den Rest mit der Gabel und gab die mundgerechten Stücke in die Kaffeetasse.

»Alte Gewohnheit«, sagte er entschuldigend.

»Ich habe Aquaphobie«, sagte er schließlich. »Ich dachte heute, ich könnte das Problem mit meinen Techniken überwinden, aber da habe ich mich wohl getäuscht.«

»Aquaphobie, ist das Angst vor Wasser?«, fragte Mathilde.

Arno nickte.

»Das kann ich nachvollziehen«, sagte Mathilde.

»Kannst du das«, sagte Arno und lächelte zweifelnd.

»Absolut«, sagte Mathilde. »Ich erzähle dir jetzt was. Als ich fünf oder sechs Jahre alt war, habe ich mir zum Geburtstag eine Erdbeertorte gewünscht. Ich habe aber im Februar Geburtstag, und meine Eltern fanden es wohl blöd, im Februar Erdbeeren einzukaufen, also haben sie mir eine Schokoladentorte gemacht. Ich weiß nicht, was mich an diesem Tag geritten hat, aber wie ich die Torte gesehen habe, bin ich ausgezuckt. Ich habe gebrüllt wie am Spieß. Ich will eine Erdbeertorte, ich will eine Erdbeertorte! Ich hab mich gar nicht mehr beruhigt. Ich habe mich richtig reingesteigert. Bin immer hysterischer geworden. Meine Eltern haben nicht gewusst, was sie mit mir machen sollen, weil ich nicht aufgehört habe zu toben.« Sie machte eine Pause.

»Und was ist dann passiert«?, fragte Arno.

»Mein Vater hat mich unter die Dusche gestellt. Gleich so wie ich war. Mit dem Gewand. Damit ich aufhöre zu schreien. Eine Schockbehandlung.«

»Und hat es gewirkt?«, fragte Arno.

»Ja«, sagte Mathilde. »Es war echt ein Schock. Ich weiß noch, wie mir das Wasser übers Gesicht und über die Haare gelaufen ist. Und ich keine Luft mehr bekommen habe vor Schreck. Und ich nicht wegkonnte, weil mein Vater mich unter dem Duschstrahl festgehalten hat. Er muss dabei selber ganz nass geworden sein.«

Arno sah sie mit gerunzelter Stirn an.

»Du darfst dir jetzt nichts Falsches denken. Er war kein böser Vater. Ich wurde daheim total verwöhnt.« Mathilde dachte an den ruhigen, großen freundlichen Mann mit dem Schnurrbart. »Er hat sich halt einfach nicht mehr anders zu helfen gewusst. Aber vergessen habe ich diesen Tag nie. Und das, was damals passiert ist, wirkt heute noch nach. Seit damals mag ich es nicht, wenn beim Schwimmen mein Kopf unter Wasser ist. Ich kann auch nur Brustschwimmen, und den Kopf halte ich hoch wie eine Ente. Ich bin immer total verspannt nach dem Schwimmen.«

Arno lachte. »Das Thema Schwimmen liegt bei mir noch in weiter Ferne.«

»Du könntest ja einmal klein anfangen. In der ›Avita Therme‹ ist das Babybecken höchstens 20 Zentimeter tief, Babysteps sozusagen.«

»Kommst du mit?«, fragte Arno. »Vielleicht überwinden wir unsere Traumata gemeinsam.«

Er würde nie erfahren, was Mathilde darauf geantwortet hätte, denn während diese noch abwog, was schlimmer war – im Wasser mit dem Kopf unterzutauchen oder vor ihrem Chef einen Badeanzug zu tragen –, stand Ophelia in der Küche.

»Arno, hier bist du also, ich suche dich schon überall«, sagte sie leise. »Die Polizei ist da und hat ein paar Fragen an dich.«

28 ARNOS BEKENNTNIS

Als sehr guter Schwimmer stellt die Ringelnatter im Teich zuerst ihrer Lieblingsbeute, den Wasser- und Teichfröschen, nach. Dann werden die Molche gefressen und zuletzt die Teichfische.

Marlies Murlasits hatte eine seltsame Angewohnheit. Immer, wenn sie zwecks Befragungen in die Wohnungen von Zeugen und Tatverdächtigen kam, verglich sie diese mit ihrer eigenen. Sie betrachtete diese Wohnungen wie Ausstellungsräume in einem Möbelhaus. Sie überlegte, welche der Möbel, Bilder und Accessoires sie auch gerne hätte und welche ein absolutes No-Go waren.

In der Wohnung der Radeschnigs gefiel ihr die unverputzte Ziegelwand hinter dem riesigen ecrufarbenen Leinensofa. Marlies überlegte, was wohl zum Vorschein kommen würde, wenn sie den Putz von ihrer Wohnzimmerwand schlagen würde. Bei der Vorstellung, wie viel Dreck das machen würde, ließ sie den Gedanken sofort wieder fallen. Marlies hatte eine L-förmige Rattansitzgarnitur. Den Dreck würde sie nie wieder aus dem Geflecht herausbekommen. Selbst wenn sie alles mit Leintüchern abdecken würde, könnte der feine Staub in alle Ritzen dringen. Die Garnitur während des Umbaus in ein anderes Zimmer zu bringen, war auch keine Option. Man müsste sie dafür auseinandernehmen. Das war ein Risiko. Marlies hatte die Garnitur gebraucht gekauft. Im Zuge der Überstellung war sie zerlegt und wieder zusammengebaut worden. Der Karli hatte unglaublich geflucht, als beim Versuch, das L wieder zusammenzustecken, zwei Verbindungsstücke zerbrochen waren. Im Endeffekt hatte er die Couch dann notdürftig zusammengenagelt und geleimt. Ein echter Pfusch war das gewesen. Marlies hatte seither immer das Gefühl, dass die Sitzfläche leicht schief war. Vielleicht sollte sie auch gleich eine neue Sitzgarnitur kaufen. Aber so eine helle Leinencouch wie die der Radeschnigs war keine Option, wenn man zwei schwarze Katzen im Haus hatte. Vielleicht gab es eine Alternative zur Ziegelwand. Eine Ziegelwandtapete. In der Kellerbar hatte Marlies auch eine Fototapete. Sonnenuntergang mit Pärchen unter der Palme. Marlies' Freundin Susi hatte sie ihr zum 50er geschenkt, weil sie das Pärchen so an die Kuschelrockplatten ihrer gemeinsamen Jugend im »Happy Night« in Grafenschachen erinnerte. Karli und Mario fanden die Fototapete schrecklich. Deshalb hatte Marlies diese in der Kellerbar an die Wand geklebt. Diesen Bereich des Hauses nutzte schon lange niemand mehr.

Die Kellerbar hatte Marlies ihren Eltern zu verdanken, die das Haus gebaut hatten. In den 1960er- und 1970er-Jahren war es im Südburgenland todschick gewesen, so ein Partystüberl zu haben. Der Sinn hatte sich Marlies nie richtig erschlossen. Hatten ihre Eltern wirklich so wilde Feiern geschmissen, dass es notwendig war, einen eigenen Raum einzurichten, um die Wohnzimmermöbel zu schonen? Marlies konnte sich das nicht vorstellen. Ihre Eltern waren biedere Leute gewesen. Der Vater Schuldirektor, die Mutter Hausfrau. Es gelang ihr beim besten Willen nicht, sich die beiden bei einem Saufgelage oder gar einer Orgie vorzustellen. Vermutlich war die Kellerbar damals einfach eine Modeerscheinung gewesen, so wie heute ein Carport.

Sie hörte Schritte. Arno kam mit Ophelia im Schlepptau ins Wohnzimmer. Er ging vor seiner Frau, bemerkte Marlies. Es waren Kleinigkeiten wie diese, die viel über eine Beziehung aussagten. Entweder er gab in der Ehe den Ton an, oder sie ließ ihn in dem Glauben, dass es so war.

»Was kann ich für Sie tun?« Arno sah die beiden Polizisten an. Er öffnete dabei leicht die Arme und wandte sich den Besuchern zu. Eine einladende Geste. Arno war Trainer und Coach. Ob er diese Geste wohl bewusst setzte? Sie fand Arno attraktiv, aber nicht schön. Er hatte einen Specknacken. Seine Nase wirkte, als wäre sie mindestens einmal gebrochen worden. Tiefe Falten zogen sich von der Nasenwurzel bis zu den Mundwinkeln. Falten, die Menschen bekamen, denen irgendwann im Leben einmal etwas so Schlimmes passiert war, dass ihnen im wahrsten Sinne des Wortes das Gesicht heruntergefallen war. Falten, die einem Gesicht etwas Trauriges, Schwermütiges verliehen. Bei Arno wurde dieser Eindruck von seinen Augen gemildert. Helle scharfsinnige Augen. Drumherum unzählige Lachfältchen. Feine Linien, die sich bis zu den Ohren zogen. Er hatte in seinem Leben wohl auch jede Menge Spaß gehabt.

Marlies' Blick wanderte vom Gesicht tiefer, um den Mann in seiner Gesamtheit einzuschätzen. Arno trug ein dünnes, graues langärmliges T-Shirt mit V-Ausschnitt. Ein paar Brusthaare waren zu sehen. Einige davon grau. Ihr Blick blieb an seiner Halskette hängen. Silber oder Weißgold mit einem Kreuz als Anhänger. Ob er wohl gläubig war?

»Darf ich Ihnen etwas zu trinken anbieten, Kaffee, Tee, Wasser?« Ophelia plauderte freundlich drauflos. »Wir haben hier energetisiertes Wasser. Arno hat diese Woche eine Granderanlage installieren lassen.«

»Für mich ein Glas Leitungswasser bitte«, sagte Franz.

»Danke, gerne auch für mich«, sagte Marlies höflich.

Die dunkelgraue hochglänzende Küchenzeile war Teil des offenen Wohnraums. Es wirkte nicht so, als würde hier oft gekocht werden. War vermutlich nicht notwendig, wenn man in einem Hotel wohnte und eine eigene Küchenbrigade hatte, die einem rund um die Uhr jeden kulinarischen Wunsch erfüllte.

Arno nahm zwei kunstvoll geschliffene Gläser aus einem Hochschrank und drehte dann den Wasserhahn über der Spüle auf. »Wir haben hier auf Knopfdruck kochendes oder eiskaltes Wasser«, erklärte er.

So was hätte ich auch gerne daheim, dachte Marlies.

»Möchtest du einen Tee?«, fragte Arno seine Frau. Diese nickte. Arno füllte eine Tasse mit 100 Grad heißem Leitungswasser. Marlies war beeindruckt. Er selbst bereitete sich einen Espresso mit einer Kapselmaschine zu. »Wir verwenden ausschließlich kompostierbare Kapseln«, erklärte Ophelia. In dem Moment, als sie den Satz aussprach, wurde Marlies bewusst, dass er eine Rechtfertigung war. Ophelia schien davon auszugehen, dass man als Inhaberin einer Kapselmaschine grundsätzlich Erklärungsbedarf hatte.

Arno stellte die Getränke auf den Esstisch aus grober weiß geölter Eiche und bat die Besucher, Platz zu nehmen. Marlies griff nach ihrem Wasserglas. Bleikristall, das schwer in der Hand lag. Es war wohl für Whisky gedacht. Sie wusste nicht, ob es an der Energetik lag oder an der Schwere des Gefäßes. Das Wasser schmeckte hier edler als daheim.

»Sie wissen, warum wir hier sind?«, fragte Franz.

»Nun ich denke, es geht um Sky Dujmovits«, sagte Arno und lächelte verbindlich.

»Teilweise«, sagte Marlies. »Es geht auch um einen anderen Gast, den Sie kürzlich hier beherbergt haben: Markus Ortner.«

Arno blickte überrascht drein. »Markus Ortner? Was ist mit ihm?«

»Nun, wir würden gerne wissen, warum er die Pressereise so schnell abgebrochen hat«, antwortete Marlies.

»Ich habe keine Ahnung«, sagte Arno. »Ich frage unsere Gäste nicht, warum sie früher abreisen. Das kann viele Gründe haben. Berufliche, private. Prinzipiell geht mich das nichts an.«

»Aber Markus Ortner war nicht irgendein Gast. Er war von Ihnen eingeladen. Er war ein Journalist, von dem Sie sich einen positiven Bericht erwartet haben. Da erkundigt man sich doch, ob etwas nicht gepasst hat, wenn so jemand vorzeitig die Koffer packt«, hakte Franz jetzt nach.

Arno trank einen Schluck Espresso. Er trank zu hastig und verbrannte sich die Lippen. »Wie ich schon sagte: Es steht mir nicht zu, Rückschlüsse auf das Verhalten meiner Gäste zu ziehen oder Erklärungen einzufordern.«

»Wir haben Aussagen von Gästen. Es soll Spannungen zwischen Ihnen und Herrn Ortner gegeben haben. Angeblich wollte er eine Biografie über Sie schreiben?«, sagte Marlies.

Hilda Horvath hatte ihr das erzählt. Marlies hatte nicht gewusst, wie sie die Infos einschätzen sollte. War die Pensionistin nur eine Wichtigtuerin, oder hatte sie ihre Ohren und Augen tatsächlich überall gehabt? Bei alten Leuten, die so g'schaftig taten wie diese Horvath, war beides möglich. An Arnos Reaktion leitete sie ab, dass Letzteres der Fall war.

Dieser stützte sich mit den Händen am Eichentisch auf

und ging in eine Konfrontationshaltung. »Ha! Biografie. Das sind doch haltlose Geschichten. Und selbst wenn es wahr wäre. Das ist alles schon so lange her. Das interessiert doch niemanden mehr.«

»Mein Mann meint, dass Herr Ortner über seine frühere Karriere als Eventveranstalter berichten wollte, und zwar basierend auf Aussagen seiner damaligen Mitbewerber«, sagte Ophelia. »Die Eventszene ist eine Schlangengrube. Und wir werden nicht zulassen, dass der gute Ruf meines Mannes ruiniert wird, nur weil sich irgendjemand nachträglich wichtigmachen will und irgendwelche alten Partystorys aus den 1990ern aufbauscht.«

Ophelia sprach verbindlich, fast sanft. Wie eine Puppe. Sie sah auch aus wie eine Puppe. Jede Locke fiel perfekt onduliert über ihre schmalen Schultern. Ihr Make-up war makellos. Keine einzige der sorgfältig getuschten Wimpern klebte an einer anderen. Ihr Nagellack in zartem Pastellrosa hatte keinen einzigen Kratzer. Frauen, deren Nagellack so perfekt war, waren Marlies prinzipiell verdächtig. Das Einzige, was Rückschlüsse darauf zuließ, dass sie ein Mensch aus Fleisch und Blut war, war die rhythmisch pulsierende Ader auf ihrer rechten Schläfe.

»Und wie weit würden Sie gehen, um das nicht zuzulassen?«, fragte Marlies lauernd.

»Wie meinen Sie das?« Arno wirkte verwirrt. »Nun, wir werden ihn vor Gericht zerren, wenn er Lügen über mich verbreitet.«

»Würden Sie auch über Leichen gehen?«, fragte Franz.

Arno antwortete nicht. Es schien ihm die Sprache verschlagen zu haben.

»Um welche alten Geschichten geht es denn konkret?«, fragte Marlies.

»Da fragen Sie am besten Herrn Ortner selbst, er hat mich nicht in seine Recherchen eingeweiht. Das war ja das Problem. Ich hätte ihm die Biografie gerne autorisiert. Aber genau das wollte er nicht.«

»Wir können ihn nicht mehr fragen«, sagte Franz.

»Was soll das heißen, Sie können ihn nicht mehr fragen?«

»Markus Ortner ist tot. Seit mindestens einer Woche. Seine Leiche ist im Wörthersee zwischen Pörtschach und Velden ans Ufer gespült worden.«

Arno erbleichte, und seine Gesichtszüge drohten ihm zu entgleiten. »Das kann nicht sein«, sagte er.

»Doch«, sagte Franz trocken. »Möchten Sie Fotos sehen? Kein schöner Anblick.«

Arno winkte ab.

»Schauen Sie, Herr Radeschnig, die Fakten sind folgende: Ein Kärntner Journalist droht, brisantes Material über Sie zu verbreiten. Zeugen berichten von einem Streit. Und dann reist der Mann ab, wird nie wieder von einer Menschenseele gesehen, und eine Woche später fischt man ihn tot aus dem Wörthersee. Da stimmt doch was nicht.«

»Ich kann es gar nicht gewesen sein. Ich war seit Monaten nicht mehr in Kärnten«, sagte Arno aufgebracht.

»Sie könnten jemanden bezahlt haben.«

»Das müssen Sie mir erst einmal beweisen. Ich habe damit nichts zu tun. Das ist ein Zufall.«

»Genauso ein Zufall wie der, dass ein anderer Gast Ihres Hotels im Blaufränkischbad ertrinkt?«

Arno richtete sich auf. »Sie wissen, dass ich gar nicht im Haus war, als Sky ... als Frau Dujmovits ... als ihr das passiert ist ... Ich war auf dem Weg nach Parndorf. Überprüfen Sie doch meine Handydaten.«

Das hatten Franz und Marlies tatsächlich schon getan, aber trotzdem war hier irgendwas oberfaul.

Franz räusperte sich: »Zwei Todesfälle in so kurzer Zeit in Ihrem Umfeld. Das sind schon sehr viele Zufälle.«

»Wo wir gerade Sky Dujmovits erwähnt haben«, sagte Marlies, »Sky Dujmovits war schwanger.«

»Ich weiß«, sagte Arno leise.

Ophelia wandte abrupt den Kopf in seine Richtung, verzog aber keine Miene.

»Sie wussten es?«, Marlies war überrascht, mit dieser Antwort hatte sie nicht gerechnet.

»Wir werden jetzt bitte Ihre Fingerabdrücke und Ihre DNA nehmen, vor allem im Hinblick auf den Zustand von Sky Dujmovits«, sagte die Kontrollinspektorin bestimmt.

»Die Laborkosten können Sie sich sparen. Ich kann Ihnen gleich sagen, was herauskommt«, sagte Arno und atmete tief ein und aus.

Marlies und Franz warfen sich fragende Blicke zu.

»Sind Sie der Vater ihres Kindes?«, platzte Franz heraus.

»Ihres Kindes?« Arno wirkte verwirrt. »Natürlich nicht. Ich bin *ihr* Vater. Sky ist meine Tochter.«

Eine Teetasse fiel klirrend zu Boden und zerbrach auf den schiefergrauen Steinen. Ophelia blickte kurz auf die Scherben zu ihren Füßen. Dann drehte sie sich um und verließ den Raum.

Marlies und Franz warfen sich vielsagende Blicke zu. Dann wandte sich Franz an Arno. »Ihre Frau scheint überrascht zu sein. Wusste sie nicht, dass Sky Ihre Tochter ist?«

»Ich weiß es selbst noch nicht lang«, sagte Arno. »Skys Mutter, das war eine einmalige Sache. In einem anderen Leben. Sie hat mich erst vor Kurzem darüber informiert.«

Ophelia kehrte mit einer Kehrichtschaufel und einem kleinen Besen zurück in den Raum.

»Selbstverständlich wusste ich es«, sagte Ophelia seelenruhig. »Mein Mann und ich haben keine Geheimnisse.«

Sie fing an, die Scherben aufzusammeln. »Das kann man kleben«, sinnierte sie. Sie blickte Marlies mit ihren blauen Augen an. »Kintsugi.«

»Wie bitte?«

»Kintsugi. Die asiatische Technik, Scherben mit goldfarbenem Kleber zu kitten. Haben Sie noch nie davon gehört?«

Marlies schüttelte den Kopf.

»Brüche haben eine Bedeutung. Die goldenen Nähte, die zerbrochenen Teile wieder zusammenfügen, das unterstreicht die Unvollkommenheiten und macht das Objekt einzigartig.«

Ophelia musste sich an einer Scherbe geschnitten haben. Sie steckte ihren Zeigefinger in den Mund und lutschte kurz daran. Dann streichelte sie mit der unverletzten Hand zärtlich die Scherbe und blickte dann lange zu Arno.

»Das Leben ist Chaos, verändert sich stetig und ist nie perfekt. Aber das ist okay. Tatsächlich sollten wir Unvollkommenheit lieben.«

Marlies war nicht sicher, ob sie von der zerbrochenen Tasse sprach oder von ihrem Mann.

29 SKY DUJMOVITS WAR EINE SCHÖNE LEICH'

Die Ufer-Totengräber sind Aas-Käfer, die sehr gut fliegen können, was wichtig ist, um Kadaver schnell aufzufinden.

Die Tatsache, dass die tote Bloggerin die Tochter des Kärntner Hoteliers gewesen war, wurde im Südburgenland schnell Thema Nummer eins. Vor allem, seit Arno in die Offensive gegangen war und in seinem Arno Radeschnig Podcast mit dem sinnigen Untertitel »Verbundenheit und Urvertrauen« offen über die Sache gesprochen hatte.

Vera hörte sich die im Internet abrufbare Audiosendung bereits zum zweiten Mal an. Neue Erkenntnisse brachte ihr das freilich keine.

Arno gab an, er hätte vor über einem Vierteljahrhundert einen One-Night-Stand mit Skys Mutter gehabt. Das Ganze wäre auf einer Party am Wörthersee passiert. Eine einmalige besoffene Geschichte. Das Mädel wäre sehr jung, sehr hübsch und sehr in Partylaune gewesen. Arno war damals noch jung, noch hübsch und ebenfalls sehr in Partylaune gewesen.

Es folgte eine kurze Pause und bedeutungsvolles Schweigen, bevor Arnos Stimme erneut erklang. Die Stimme klang nun reuig. »Damals habe ich noch Alkohol getrunken.«

Er hatte eine Psychologin als Gesprächspartnerin zu seinem Podcast geladen, damit das Ganze klang wie ein professionelles Interview und nicht wie ein Monolog oder gar wie ein Geständnis. Die Psychologin machte eine kluge Bemerkung zu gesellschaftlich anerkannten, funktionierenden Alkoholikern in Österreich.

Arno stimmte ihr traurig zu und fuhr dann mit seiner Geschichte fort.

Er hatte die Frau von der Party nie wieder gesehen. Er hätte sich auch keine Gedanken gemacht. Nach so einer G'schicht sagte man früher: »Ich ruf dich an«, und tat es nicht. Da gab es noch keine Social-Media-Plattformen, auf denen man sich gegenseitig weiterverfolgen konnte. Die Sache wäre für ihn erledigt gewesen.

Die Psychologin sagte ein paar kluge Sätze über die Auswirkungen von Social Media auf das Dating-Verhalten in digitalen Zeiten, bevor Arno mit seiner Story fortfuhr.

Vor drei Monaten sei dann Sky bei ihm aufgetaucht und habe ihn damit konfrontiert, dass sie das Ergebnis dieser Nacht war und er somit ihr Vater wäre. Sky hätte es selbst erst vor Kurzem erfahren. Die krebskranke Tante, bei der sie aufgewachsen war, hätte es am Totenbett verraten und damit ein Versprechen gebrochen, das sie einst Skys Mutter Tamara gegeben hatte.

Der Test hätte zweifelsfrei ergeben, dass Sky seine Tochter war. Seine Tochter, die ihm erzählte, dass sie nun selbst ein Kind erwartete. Er hätte also durch Skys Tod nicht nur seine eben erst wiedergefundene Tochter verloren, sondern darüber hinaus auch sein Enkelkind.

Die Psychologin bedauerte Arno wegen dieses doppelten Verlustes.

Vera spürte ebenfalls Bedauern, aber auch ein anderes Gefühl – Ungläubigkeit. Irgendwas stimmte da nicht. Die Story klang wie eine Folge aus einer dieser Telenovelas, die sich Hilda nachmittags reinzog. Mit einem gravierenden Unterschied: In Hildas Telenovela hätte Sky ihren Tod ohnehin nur vorgetäuscht und wäre als Racheengel wieder auferstanden.

Im echten Leben lag sie im Kühlhaus der Oberwarter Bestattung, und es sah nicht so aus, als würde sie jemals wieder aufstehen.

Der Gerichtsmediziner hatte ganze Arbeit geleistet. Er hatte einen großen Schnitt vom Brust- bis zum Schambein gemacht und jedes einzelne Organ seziert. Dann hatten sie die Ergebnisse notiert, die Organe zurück in die Bauchhöhle gelegt und diese mit groben Stichen zugenäht. Jetzt stand Sky nur noch eines bevor: ihr allerletzter öffentlicher Auftritt.

Die Trauerfeier von Sky Dujmovits sollte am offenen Sarg stattfinden und gestreamt werden. Das hatten sich die Fans von Sky gewünscht. Dafür musste Sky wieder hübsch sein.

Und es gab nur eine, die das zuwege brachte – Betty.

Betty aus Pinkafeld war einst nach Los Angeles geflogen, um Maskenbildnerin in Hollywood zu werden. Auf der Visagistenschule erfuhr sie, dass in Hollywood nicht nur Lebende geschminkt wurden, sondern auch Tote. Diese wurden nämlich bevorzugt am offenen Sarg verabschiedet. Und dafür musste man was gleichschauen.

Betty erkannte rasch, dass Tote zu schminken zwei große Vorteile hatte: Die Konkurrenz unter den Pinselschwingern war kleiner, und die Kunden redeten nicht zurück. Sie drohten auch nicht mit Klage, wenn sie die Wimperntusche nicht vertrugen. Tote bekamen keine Allergie mehr. Verstorbene juckte rein gar nichts.

Während ihrer zweijährigen Ausbildung lernte Betty alle Tricks, um Toten wieder Lebendigkeit ins Gesicht zu zaubern. Mit diesem Wissen ging sie nach Österreich zurück und machte die erforderlichen Ausbildungen und Prüfungen. Die in der Wirtschaftskammer wollten den amerikanischen Leichenmalkurs natürlich nicht von vorneherein als Gewerbeberechtigung anrechnen. Dann gründete sie ihre eigene Bestattungsfirma, »Gut gebettet mit Betty«.

»Gut gebettet mit Betty« machte Verabschiedungen am offenen Sarg im Südburgenland populär. Und Betty wurde berühmt dafür, 80-jährige tote Omas wieder wie 50 aussehen zu lassen. Schon nach einem einzigen Beitrag in der TV-Sendung »Burgenland Heute« war Betty ein Star.

Bettys ganz besondere Gabe war es, die ihr anvertrauten Toten ebenfalls wie Stars aussehen zu lassen. Hier ein bisschen Filler, um eingesackte Gesichtszüge wieder anzuheben. Da rosa getöntes Formaldehyd zur Color Correction. Betty kannte alle Tricks.

Auch Sky blühte unter ihren Händen wieder auf. Erst wusch Betty die Tote von Kopf bis Fuß und behandelte Skys ewig langes Haar mit ganz viel Conditioner.

Sky wäre vermutlich sauer gewesen, weil der Conditioner Silikone enthielt, die sie zu Lebzeiten als umweltschädlich erachtet hatte. Aber Sky hatte nichts mehr zu sagen, und Betty sah sich als Künstlerin. Kunst kommt von künstlich, so ihre Devise. Dann brachte die Bestatterin die Mähne der Bloggerin mit einem Föhn-Lockenstab in Form. Im Nacken hatte Sky ein paar verfilzte Strähnen. Betty kämmte diese aus, so gut sie konnte. Ein paar Knoten waren hartnäckig. Die schnitt sie ab. Ohne zu wissen, dass sie gerade Antennen zum Universum kappte.

Das Make-up trug sie erst direkt vor der Aufbahrung auf. Das war wichtig, damit die Schminke auf dem Gesicht nicht austrocknete. Tote Haut produziert weder Fett noch Feuchtigkeit. Betty arbeitete deshalb auch immer mit besonders reichhaltigen Produkten. Primer, Cremerouge, flüssiger Highlighter. Noch ein Hauch rosa Lipgloss, und Sky sah zum Anbeißen aus. Sie legte ein Stück Klarsichtfolie über das Gesicht der Verstorbenen, damit die Schminke einziehen konnte und ihr Kunstwerk bis zum großen Auftritt geschützt blieb. Die Folie würde sie erst auf dem Friedhof entfernen. Sie betrachtete zufrieden ihr Werk und verglich es mit dem Bild von Sky auf ihrem Handy. »Du siehst aus wie neu, Schätzchen, alles Gute für deine letzte Reise.«

*

»Hast du die Parte von der Sky gesehen?«, fragte Hilda Vera.

»Warum soll ich ihre Parte gesehen haben? Ich habe keine bekommen, ich bin ja nicht mit ihr verwandt«, entgegnete Vera. Hilda schnaufte.

»Da muss man sich halt informieren. Das steht alles im Internet.« Sie zückte ihr iPad. »Da schau, Gutgebettetmitbetty.at, ich hab dir doch eh einen Link geschickt.«

»Du warst, du bist, du wirst immer unvergessen sein«, las sie den Sinnspruch auf der Todesanzeige vor. »Ist das nicht schön?«

Wie viele ältere Menschen dachte Hilda Horvath oft und gerne an den Tod. Gemeinsam mit ihrer besten Freundin, der Kerschbaumer Resi, machte sie Ausflüge zu den Friedhöfen in der Umgebung, um nach einem geeigneten Liegeplatz für ihre ewige Ruhe zu suchen.

Die Kerschbaumer Resi war die Haushälterin vom Pfarrer. Manche sagten, sie war mehr als das. Wie man das am Land halt gerne sagt, wenn der Pfarrer und seine Haushälterin gar zu vertraulich miteinander sind. Beweisen konnte das freilich niemand. Und fragen traute sich auch keiner. Nicht einmal Hilda. Denn so was gehört sich einfach nicht. »Ein Pfarrer is auch nur ein Mann. Besser die Resi als ein Ministranten-Buberl«, sagte die Hilda nur. Manchmal war sie unglaublich pragmatisch.

Nach jedem dieser Ausflüge wurden Vera und Letta über den aktuellen Stand ihrer Recherchen informiert. Der eine Friedhof hatte nur mehr freie Plätze in schattiger Lage, was die Grabbepflanzung einschränken würde. Auf dem anderen war eine frühere Todfeindin beerdigt, das ging natürlich gar nicht.

»Weil wenn ich neben der liegen muss, habe ich nie eine Ruhe«, erzürnte sich Hilda.

Der dritte Friedhof war zwar idyllisch, aber zu weit weg.

»Wenn du länger als 20 Minuten fahren musst, kommst mich ja nie besuchen«, stellte Hilda spitz fest. Gräber, die nicht besucht wurden, waren Hilda ein Dorn im Auge. »Verstaubte Laternen, Plastikblumen, runtergebrannte Kerzen, da kann man sich ja gleich ›Meine Familie schert sich nicht um mich‹ auf den Grabstein meißeln lassen«, grummelte sie.

»Ich komm dich sicher besuchen«, sagte Letta treuherzig. »Du musst mir nur dein Auto vererben.«

Sie schüttelte ihre dunklen Locken und strahlte Hilda mit ihren Nutellaaugen an. Ein winziges Grübchen zierte ihre linke Wange.

Vera fand es unglaublich, wie berechnend die 14-Jährige war. Wie die … ja, wie die Hilda selber. Die beiden standen einander um nichts nach. Wahrscheinlich störte es die Hilda deshalb nicht.

»Klar kriegst du mein Auto«, sagte sie vergnügt, »du bist ja mein Lieblingsenkelkind, das einzige, das ich habe.«

Das Lieblingsenkelkind war immer schon käuflich gewesen. Vera hatte Letta als Baby nicht getauft. Ihr Plan war: Ihre Tochter sollte später ihren Glauben frei wählen dürfen. Reif und reflektiert. Letta traf schon mit zehn die reife und reflektierte Entscheidung, wie ihre Oma Katholikin zu werden. Das zahlte sich gleich in doppelter Hinsicht aus. Die Oma spendierte ein weißes Kleid, das man traditionell zur Erstkommunion trug, und 1.000 Euro in bar.

Hilda überließ Dinge nicht gerne dem Zufall. Deshalb hatte sie auch schon das Geld für ihre eigene Beerdigung auf einem Sparbuch hinterlegt. Sie hatte einen Grabstein reserviert – heller grauer Naturstein mit einem verschnörkelten schmiedeeisernen Metallkreuz. Und einen Sarg ausgesucht – Kirschholz, ausgekleidet mit beigefarbenem Satin.

»Ich war bei der neuen Leichenbestatterin in Oberwart«, erzählte sie. »Die hat einen eigenen Ausstellungsraum mit amerikanischen Modellen. Mir kommt vor, die sind größer geschnitten, weil die dort alle so blad sind. Das kommt von dem ganzen Fast Food und den Wachstumshormonen im Fleisch. Drum sehen die Amis aus wie die Truthähne, die sie dauernd essen. Ich esse gar kein Putenfleisch mehr, wegen der Antibiotika.«

Sie gestikulierte aufgeregt mit den Händen. Die Hände waren mit Leberflecken übersät. Vera fragte sich, ob sie auch mal solche Flecken bekommen würde. Vielleicht sollte sie sich eine Handcreme mit UV-Schutz kaufen.

»Hast du bei der Bestatterin auch echte Leichen gesehen? Und warst du im Sarg probeliegen?« Letta gefiel das Thema Leichenschau. Aber die war ja auch verliebt in Vampire. Hilda kicherte nur. »Vielleicht. Auf jeden Fall hat mir die Bestatterin versichert, dass sie mich einbalsamieren und sehr schön schminken wird. Weil man will ja was gleichschauen, auch wenn man tot ist.«

»Mama, kannst du bitte aufhören, so morbid daherzureden«, sagte Vera.

»Ich rede nicht morbid daher, ich plane. Weil ich will, dass das alles gescheit erledigt ist. Das Begräbnis von der Sky ist übrigens morgen Nachmittag. Du fährst mich hin. Dann können wir gleich schauen, ob es dort noch freie Liegeplätze gibt, die mir gefallen könnten.«

Vera nickte. Sie hatte ohnehin vorgehabt, zu Skys Beerdigung zu gehen. Die Bilder aus dem Spa verfolgten sie noch immer in ihren Träumen. Vielleicht konnte sie nach dem Begräbnis endlich mit der Sache abschließen.

*

Vera schien es, als würden die Glocken am Friedhof besonders laut schlagen, als Skys Beerdigung eingeläutet wurde. Ein drängendes, forderndes, mahnendes Geläute war das.

»Was für eine schöne Leich'«, sagte Hilda entzückt, als sie mit Vera am Arm die Aufbahrungshalle betrat, in der Sky im offenen Sarg lag. Mit »schöner Leich'« bezeichnete sie nicht nur Bettys gelungene Make-up-Künste. »Schöne Leich'« bedeutete auf gut österreichisch, dass das Begräbnis pompös war. Die Kosten dafür übernahm Arno. Es war das Mindeste, was er für seine Tochter tun konnte, sagte er.

Karel hatte dagegen keine Einwände. Obwohl er sich das Begräbnis locker hätte leisten können. Schon allein mit dem Livestream der Trauerfeier würde er auf YouTube ein Vermögen machen.

»Was ist der letzte Post einer toten Bloggerin?«, hatte Letta Vera gefragt.

»Keine Ahnung«, hatte diese geantwortet.

»Post mortem.«

Vera hatte drei Sekunden gebraucht, bis die Pointe des Witzes gesickert war.

»Hahaha.«

Letta war nicht zum Begräbnis mitgekommen. Sie war kein Fan von der Dujmovits gewesen. Dafür waren Hunderte andere Fans erschienen. Teenager, halbe Kinder, blass, verweint, verstohlen Fotos machend. Noch ein allerletztes Selfie mit der toten Sky im Hintergrund. Die Fans drückten den Altersdurchschnitt auf dem Begräbnis drastisch. Normalerweise war das Publikum hier eher 70 plus. Jalou-Hexen wie Hilda. Also solche, die durch die heruntergelassenen Jalousien spähten, um nur ja alles mitzubekommen, was im Dorf vor sich ging, und für die Begräbnisse ein gesellschaftliches Highlight waren. Wer stand neben wem? Wer war nicht gekommen? Wer trauerte nicht genug?

Es war noch immer ungewöhnlich warm für Anfang November. Auswirkungen der Klimakrise? Vera wusste es nicht. Aber Fakt war, dass sich die Jahreszeiten nach hinten verschoben. Mittlerweile war es im Südburgenland bis Weihnachten warm. Der Winter mit seiner Eiseskälte brach erst im Februar herein. Wenn überhaupt. Wenn es heuer wieder keinen gescheiten Winter gibt, haben wir nächstes Jahr eine Schädlingsplage, dachte Vera. Nacktschnecken, Buchsbaumzünsler und Borkenkäfer, sie alle würden zusätzliche Generationen bilden …

»Unmöglich, keine Strümpf!« Hilda riss sie aus ihren Gedanken. Die Unmögliche, die keine schwarzen Strümpfe anhatte, war Ophelia. Sie trug ein schwarzes Etuikleid und darüber eine Stola, die ihre Schultern bedeckte. Nackte Schultern bei einem Begräbnis waren für Hilda auch eine Sünde. »Schaut aus, wie wenn sie zu einem Cocktailempfang will.«

Hilda war natürlich angemessen angezogen. Sie trug ein schwarzes Strickkleid vom Modehaus Höllerl. Sie fuhr immer zum Stammhaus nach Fürstenfeld. Dazu schwarze blickdichte Strümpfe und vernünftige Schuhe. Also solche mit Fußbett, in denen man auch gehen und stehen konnte. Die Schuhe waren aus der »Gloriette« in Stegersbach. Einer Hemdenfirma, die zum Outlet mutiert war, und in der man vernünftige Schuhe zu vernünftigen Preisen bekam.

Vera litt in ihren unvernünftigen Schuhen. Schwarze Stiefletten mit Sechs-Zentimeter-Absatz, die ihr ungewohnt hoch vorkamen. Ihre Fußballen brannten. Das kam davon, wenn man den ganzen Sommer in Flip-Flops und Turnschuhen rumläuft, da verlernt man, auf Absätzen zu gehen, dachte sie. Sie verlagerte ihr Gewicht nach hinten und krallte die Zehen zusammen. Da musste sie jetzt durch. Das Begräbnis würde mindestens eineinhalb Stunden dauern.

Schon allein die Verabschiedung zog sich, dank hollywoodreifer Dramaturgie, in die Länge.

Offenbar hatte sich Karel von berühmten Filmen inspirieren lassen.

Es gab eine berührende Rede des jungen Witwers (Vier Hochzeiten und ein Todesfall), gefolgt von einer mitreißenden Diashow mit Bildern aus Skys Leben (Tatsächlich Liebe).

Schlussendlich gab es auch noch einen Nervenzusammenbruch eines verzweifelten weiblichen Fans (Magnolien aus Stahl). Der Fan klappte just in dem Moment zusammen, als der Sarg zugemacht wurde, aber dieser Zwischenfall stand nicht im Drehbuch.

Dann wurde der schneeweiße Sarg zu den Klängen von »Bye Bye Baby« von den »Bay City Rollers« aus der Halle hinausgetragen und langsam in das dunkle Loch hinabgelassen. Der Geruch von feuchter kalter Erde lag in der Luft. Vera hatte ein beklemmendes Gefühl in ihrem Kehlkopf und unter ihrem Brustbein. Bilder der toten ausgebluteten Sky tauchten in ihrem Kopf auf.

Sie stand etwas abseits unter einem großen Baum und hatte im Gegensatz zu Hilda weder kondoliert noch eine weiße Rose oder ein Schäufelchen Erde ins offene Grab geworfen.

Sie redete sich ein, dass sie von hier einen besseren Überblick hatte, aber eigentlich wollte sie unbewusst Distanz zu den Geschehnissen aufbauen. Außerdem taten ihre Füße weniger weh, wenn sie sich gegen den Baum lehnte.

Vera spürte, dass sich von hinten eine Person näherte. Sie drehte sich um. Mathilde. So ganz in Schwarz hatte sie die Freundin gar nicht erkannt. Mathilde trug entweder bunte Fifties-Klamotten in Pink oder Kirschrot oder ihre Kochuniform.

»Ganz schön konventionell, das Begräbnis«, flüsterte Mathilde leise. »Ich hätte mir gedacht, sie wird verbrannt und ihre Asche wird dann in Bali verstreut oder so. Ein kompostierbarer Kartonsarg hätte auch zu ihr gepasst. Mit bunten Handabdrücken ihrer Fans drauf.«

»Vermutlich hätte ihr das gefallen, aber mit 24 hat man wohl noch keine letzte Verfügung aufgesetzt. Da denkt man noch nicht ans Sterben«, antwortete Vera.

Sie selbst hatte schon darüber nachgedacht. »Ich lass mich auf jeden Fall verbrennen. Ich hasse die Vorstellung, dass mich einmal die Würmer fressen«, sagte sie bestimmt.

»Ich nicht«, sagte Mathilde. »Ich hab mal einen Film gesehen. Da richtet sich die Leiche im Krematorium noch einmal auf, bevor sie zerfällt. Voll gruselig ist das. Und außerdem soll es stinken wie Sau.«

»Stimmt es, dass der Radeschnig das alles bezahlt hat?«, wechselte Vera das Thema.

»Ja, die Sache hat ihn echt mitgenommen.«

»Echt, das sieht man ihm gar nicht an. Er wirkt so gefasst.«

Arno in Anzug und mit schwarzer Sonnenbrille wirkte aufgrund seiner Glatze und seiner bulligen Statur auf Vera eher wie ein Türsteher aus dem Rotlichtmilieu als ein trauernder Vater.

»Das täuscht«, sagte Mathilde eifrig. »Er ist sensibler, als es scheint. Er hat Panikattacken.«

»Wirklich?« Vera musterte Mathilde überrascht. »Was für Panikattacken?«

»Ich bin zufällig dazugekommen, als er eine hatte. Am See unten war das. Erst habe ich gedacht, er hat einen Herzinfarkt. Es sah genauso aus. Er hat sich an die Brust gegriffen, ist zusammengesackt. Aber Arno hat mir gesagt, er hat das seit drei Monaten. Immer wenn er am Wasser ist.«

»Und dann stirbt auch noch die wiedergefundene Tochter. Das hat ihm wohl den Rest gegeben.«

»Ja. Ich meine … natürlich hat ihn das mitgenommen. Da siehst du, wie empfindsam er ist«, verteidigte Mathilde Arno mit glühenden Backen.

»Mathilde! Bist du verliebt in deinen Chef?«, fragte Vera unverblümt.

»Natürlich nicht«, sagte Mathilde empört. »Und überhaupt. Der ist verheiratet. Und ich hab den Gerhard.«
»Aha«, sagte Vera. Es klang nicht sehr überzeugt.

»Da seid's ihr ja«, sagte Hilda tadelnd. »Ich such euch schon überall.«

Sie wirkte aufgebracht.

»Alles okay, Mama?«

»Nix ist okay. Ich hab gerade mit der Kerschbaum Resi geredet. Die hat mir vielleicht eine G'schicht erzählt. Stell dir vor, die Unger Liesl hams ins Heim gegeben. Und die arme Liesl glaubt immer noch, sie ist nur vorübergehend dort und darf wieder nach Hause. Aber das Zuhause gibt es gar nicht mehr. Das haben ihre Kinder schon verkauft. An irgend so einen Zuagroasten. Verlogene Bagage.«

Die Unger Liesl war auch eine Jalou-Hexen-Freundin von der Hilda. Nur war nach einem Oberschenkelhalsbruch wochenlang nichts mit Jalousien-Spechteln gewesen. Die Sache mit den rumänischen Pflegerinnen hatte auch nicht funktioniert, weil die Unger Liesl die Pflegerinnen immer nur beschimpft und drangsaliert hatte. Mit der Unger Liesl war noch nie gut Kirschen essen gewesen. Vera verstand schon irgendwie, dass die berufstätigen Kinder sich nicht anders zu helfen gewusst und die pflegebedürftige Unger Liesl ins Heim gegeben hatten. Das sagte sie auch zu Hilda: »Obwohl, das Haus hättens nicht gleich verkaufen müssen«, fügte sie hinzu. »Das ist schon arg.«

»Na ja, das hams verkaufen müssen, weil das Heim so teuer ist«, gab Hilda unwillig zu. »Die Unger Liesl ist nämlich in Maria Licht. Das ist dieses Schicki-Micki-Pensionistenheim in der Nähe von der Tochter, die nach Villach geheiratet hat.«

»Wo ist sie?«

»Na, in Maria Licht, hörst du mir nicht zu?«

Vera fühlte sich wie elektrisiert. *Maria*. Hatte sie nicht vor Kurzem über irgendetwas im Zusammenhang mit dem Wort *Maria* nachgedacht? Was war das gewesen?

Sie ging mit Hilda und Mathilde zum Ausgang. Ihre Fußsohlen brannten inzwischen schon wie Feuer. Sie war froh, dass sie sich in den Fahrersitz plumpsen lassen konnte. *Maria, Maria* ... Was war das schnell gewesen?

Sie startete den Wagen und fuhr los. Pass auf beim Rückwärtsfahren, da hinten ist ein Zeitungsstand! Fast wäre Vera gegen den Aufsteller für die Gratiszeitungen gefahren.

In diesem Moment fiel bei ihr der Groschen. Maria, die Zeitung, Charlie Glawischnig. Charlie Glawischnig war nicht in einer Ortschaft namens Maria Licht. Er war vielleicht in einer Pflegeeinrichtung, die so hieß. Charlie Glawischnig in Maria Licht. Das musste sie überprüfen.

30 DIE SENIORENRESIDENZ

Beim Gerangel um die Weibchen im Wasser kann es passieren, dass ein Erdkrötenmännchen sich nicht an ein Weibchen, sondern an ein anderes Männchen klammert. Wenn dieses den Irrtum bemerkt, fiept das umklammerte Männchen. Das nennt man dann Befreiungsruf.

Im Leben gibt es echt keine Zufälle, dachte Vera, als sie mit ihrer Mutter die Auffahrt zur »Seniorenresidenz Maria Licht« in Villach hinauffuhr. Da war dieser Charlie Glawischnig doch tatsächlich im selben Altersheim gelandet wie die Unger Liesl. Und er würde sich immer über Besuch freuen, so das Ergebnis ihres Telefonats. Vera hatte sich als Mitarbeiterin des Markus Ortnerschen Buchprojektes ausgegeben. Es ginge um eine Recherche. Die Tatsache, dass Karl Glawischnig Markus Ortner kannte und keine weiteren Fragen stellte, reichte ihr als Bestätigung, auf der richtigen Spur zu sein.

Das Heim war bis 1989 ein Hotel mit dreieinhalb Sternen gewesen. Dann hatten die Inhaber befunden, dass eine Seniorenresidenz wesentlich lukrativer war als ein Dreieinhalbsterne-Hotel. Jetzt stand neben dem alten Haupthaus, das optisch auf Schlosshotel machte, ein moderner funktionaler Zubau. Dort befanden sich die Pflegestation, die

Arztpraxis für Innere Medizin und Diabetologie sowie eine Naturheilpraxis und eine Praxis für Physiotherapie.

»Hübsch ist es hier«, sagte Hilda. Die ganze Fahrt über hatte sie nur auf die verantwortungslose Bagage geschimpft, die die Unger Liesl ins Heim gesteckt hatte, und nun reichte schon der Anblick des Foyers aus, um die Geschichte mit ganz anderen Augen zu betrachten. »Ein starker Charakter ändert seine Meinung«, war einer von Hildas Lieblingssprüchen.

Der Empfangsbereich verströmte die Aura angestaubter Eleganz. Das lag zum Großteil an den gedämpften Pudertönen der Teppiche und Textilien. Staubiges Altrosa, staubiges Pfirsich, staubiges Pistaziengrün. Das Farbschema erinnerte an die Glasur italienischer Zuckermandeln. Die Einrichtung wirkte wie aus dem letzten Drittel des Heine-Katalogs, Rubrik »Geschmackvolle Stilmöbel«. Es gab Sessel mit gedrechselten Beinen, Tische mit Wurzelholzfurnier und Stehlampen mit Messingfüßen, die beigefarbene, üppig mit Quasten verzierte Lampenschirme trugen.

Es sah nicht aus wie in einem Heim. Es roch auch nicht so. Vera hatte ein olfaktorisches Gemisch aus Desinfektionslösung, Putzmittel, Küchendunst und dem Geruch alter Menschen erwartet. Aber hier im Foyer duftete es nach Blumen, auch wenn das gar nicht möglich war. Der Blumenstrauß auf dem Sideboard in Wurzelholzoptik war aus Plastik und Kunstseide. Täuschend echt freilich. Vera schnupperte verstohlen daran. Ob die Seidenblumen mit Raumparfüm eingesprüht waren? Doch die künstlichen Lilien rochen nach nichts. Vermutlich gab es irgendwo einen elektrischen Diffuser, der alle 15 Minuten eine Wolke Raumparfüm in das optisch stilvolle, verstaubte Entree sprühte.

Vera und Hilda meldeten sich an der Rezeption an. Diese war auch ein Überbleibsel des ehemaligen Hotels und zwecks frischer Optik in gelblich weißem Schleiflack gestrichen. Auf dem Rezeptionstresen lag ein Stapel Prospekte. Die Frau, die darauf abgebildet war, hatte schlohweißes Haar, blitzblaue Augen und sah keinen Tag älter aus als 40. So sah die Werbeindustrie also das perfekte Role Model für die Generation 70 plus. Vera drehte das Prospekt um. Auf der Rückseite hatte das Role Model einen männlichen Silver Ager an der Seite, sie liefen Hand in Hand über einen Strand. Der männliche Silver Ager lachte so breit, dass man jede einzelne Jacketkrone sah. Das Prospekt warb für Vorsorge-Sparpläne.

Die Unger Liesl war bester Laune, als sie Vera und Hilda im Speisesaal empfing. Das lag erstens daran, dass sie der Ansicht war, sie wäre in einem luxuriösen Sanatorium, das sie ohnehin bald wieder verlassen würde. Und zweitens, dass das Personal hier ihre ständigen Forderungen und Unverschämtheiten wesentlich lockerer wegsteckte als die Rumänin, die von der Liesl zuletzt im Burgenland rund um die Uhr beleidigt worden war.

Die Rumänin war immer in Tränen ausgebrochen und hatte sich damit zu Liesls größtem Bedauern jeder weiteren Diskussion entzogen. So machte Mitmenschen triezen wirklich keinen Spaß.

Die Unger Liesl meinte es nicht wirklich böse. Sie konnte nur nicht anders. Sie hatte früher in einem Amt mit Personenverkehr gearbeitet. Da hatte sie es sich angewöhnt, den nie enden wollenden Strom an Antragstellern effizient zu behandeln. Und irgendwann war aus der Effizienz Schroffheit geworden und dann aus der Schroffheit Unhöflichkeit.

»Ah, ihr habt mir etwas mitgebracht, sehr gut.« Die Unger Liesl stürzte sich auf die Tüte mit Illustrierten und beäugte die Schlagzeilen: »Prinzessin gesteht: Mein Hund hat meine Ehe zerstört«, »Dschungelcamp – Modeschöpfer besiegt Kakerlake« und »Skandal, Bergdoktor plant vegetarische Hochzeit.«

Vera fand, dass die Unger Liesl wie eine Kröte aussah. Glubschaugen, teigige Finger, eine Haut, die trotz ihrer fülligen Statur eine Nummer zu groß wirkte und deswegen Falten warf. Der Faltenwurf begann schon auf der Stirn und setzte sich dann am Hals fort, wo die Hautfalten wellig im Ausschnitt ihrer Bluse verschwanden. Wie es tiefer unten aussah, wollte sich Vera gar nicht ausmalen.

»Habt ihr mir keine ›Burgenländische Volkszeitung‹ mitgebracht«, fragte die Unger Liesl. »Ich muss ja wissen, was daheim los ist.«

»Ich hab den ›Burgenländischen Boten‹ dabei«, sagte Vera.

»Die ›BVZ‹ ist besser«, befand die Liesl. »Die haben die besseren Journalisten.«

»Du, pass auf, was du sagst, die Vera ist eine gute Journalistin!« Wenn es um ihre Tochter ging, stieg Hilda sofort auf die Barrikaden.

»Ich lasse euch jetzt allein«, sagte Vera. »Ich hab noch einen Termin mit einem anderen Bewohner hier.« Sie sagte absichtlich Bewohner und nicht Gast. Wenn die Unger sie noch mal beleidigte, würde sie Insasse sagen. Aber die Unger hörte ihr schon gar nicht mehr zu, weil gerade ihr Essen gebracht wurde. Schollenröllchen in Weißweinsoße mit rautenförmig geschnittenen Karotten und Zucchini. Die Reste der Zucchinirauten würden morgen als Gemüsepüree serviert werden und die Reste vom Püree übermorgen als Suppe. Aber das wusste die Unger noch nicht.

Vera ging zurück ins Foyer. Ein Mann ohne Hose kam ihr entgegen. Knochige, mit blauen Adern überzogene Beine. Er wirkte verwirrt. »Mir ist etwas passiert«, sagte er und zeigte auf einen mit Blumenmuster überzogenen Lehnstuhl. Jetzt roch es im Foyer nicht mehr nach Blumen. Er wollte Vera am Arm packen, aber diese entzog sich ihm blitzschnell. »Es kommt gleich wer«, sagte sie und hoffte, dass dem so war. Dann meldete sie den Vorfall an der Rezeption und ließ sich den Weg zu Charlie Glawischnigs Appartement erklären. Der Aufzug war nachträglich eingebaut worden und riesig. Darin konnte man Krankenbetten transportieren oder auch aufgebahrte Leichen. »Dritte Etage«, sagte eine Stimme aus dem Lautsprecher. Die Stimme klang ein bisschen nach Chris Lohner. Aber nur ein bisschen.

Vera stieg aus, suchte Appartement 3033 und klopfte.

»Herein«, knarzte eine Männerstimme.

Vera öffnete die Tür.

Charlie Glawischnig saß in einem Lederfauteuil, den man im Möbelhaus wohl in der Abteilung »TV-Sessel/Relaxsessel« finden würde. Ein majestätisch wirkendes Ein-Personen-Polstermöbel. Es passte so gar nicht zur restlichen Einrichtung in herrschaftlichem Puderrosa. Er saß aufrecht mit geradem Rücken. Ein schlanker Mann in den 60ern, die grauen Haare etwas zu lang. Sie fielen in den Kragen seines hellblauen Hemdes. Er trug eine dunkelblaue Hose mit braunem Gürtel und braune Schuhen. Dazu dunkelblaue Socken.

Auf dem Beistelltisch stand ein Tablett mit dem Mittagessen. Die gleichen Schollenröllchen, die die Kröte vorher unten im Speisesaal in ihren Schlund gesteckt hatte. Aber dieser Teller war unberührt, die zu einem Schiffchen gefaltete Stoffserviette unangetastet.

»Entschuldigen Sie bitte«, sagte Vera, »ich wollte Sie nicht beim Mittagessen stören.«

Der Mann deutete anklagend auf den Teller. »Ich esse das sicher nicht!«

»Mögen Sie keinen Fisch?«

»Doch«, der Mann schaute sie verschwörerisch an, »ich liebe Fisch. Aber die hier wollen mich vergiften.«

War das ein Scherz? Komische Art von Humor, dachte Vera.

Sie ging auf dem Mann zu und stellte sich vor. »Vera Horvath, ich bin eine Kollegin von Markus Ortner ... wir haben telefoniert.«

Der Mann musterte sie misstrauisch. »Ich kenne keinen Markus Ortner.«

Es klopfte erneut. Eine junge Frau in weißen Jeans und einem bordeauxroten Polo kam herein. Auf dem Polo war das Logo von Maria Licht aufgestickt. Darüber ein Namensschild »Conny«.

»Also, Herr Glawischnig, Sie haben ja schon wieder nichts gegessen. Wenn das so weitergeht, müssen wir den Herrn Doktor informieren.«

»Ihr wollt's mich ja nur vergiften«, schimpfte der Mann im Fernsehsessel.

»Meine Tochter ist Zeugin«, er deutete auf Vera.

»Ach, Sie sind seine Tochter.« Conny war überrascht. »Ich kenne nur Ihre Schwester. Ich wusste nicht, dass es zwei Töchter gibt.«

Sie verstummte, als sie Veras panisch verneinenden, Hilfe suchenden Blick sah.

»Ich nehme das mit«, sagte sie und trug das Tablett hinaus.

Vera folgte ihr auf den Gang und stellte sich kurz vor. »Ich bin nicht seine Tochter. Es geht um ein Buchprojekt, das ein Bekannter von mir begonnen hat. Ich habe mit ihm deswegen auch vorab telefoniert. Aber Herr Glawischnig scheint sich nicht mehr zu erinnern.«

»Sie dürfen das nicht persönlich nehmen«, sagte Conny zu Vera. »Es ist die Krankheit. Er vergisst viel und redet sich noch mehr ein. Lesen Sie ihm was vor. Das beruhigt ihn meistens.«

Vera ging zurück ins Zimmer. Glawischnig hatte sich inzwischen eine Packung Zwieback aufgerissen. »Der ist originalverpackt, den können sie nicht vergiften. Schlau, was?«, sagte er.

»Sehr schlau«, lobte Vera.

Auf dem Nachtkästchen lag ein Buch. Sherlock Holmes, ein Sammelband mit Detektivgeschichten von Sir Arthur Conan Doyle.

»Ich lese Ihnen was vor«, sagte Vera und schlug das Buch auf.

Wenn sie schon nichts erfahren würde, konnte sie zumindest eine gute Tat begehen.

Bis Hilda und Liesl alle Tratschereien aus dem Bezirk Oberwart ausgetauscht hatten, würde es sicher noch ein Weilchen dauern.

Sie las das erste Kapitel von »Der Hund von Baskerville«.

»Sherlock Holmes, der für gewöhnlich morgens sehr spät aufstand, wenn er nicht – was allerdings nicht selten vorkam – die ganze Nacht auf gewesen war …«

Das Vorlesen schien Charlie tatsächlich zu beruhigen. Schon nach wenigen Minute nickte er in seinem Relaxsessel ein. Vera war schon versucht, das Buch zuzuschlagen, da bemerkte sie ein Eselsohr, ganz am Schluss. Die ursprünglich leere Seite nach den Danksagungen war mit Bleistift eng bekritzelt. Sie überflog die Notizen.

Sybille – Tochter – kommt immer montags – hat einen neuen Freund, Thomas, dunkle Haare – ist Steuerberater. Langweilig.

Krankenschwester mit großem Busen, massiert gut – geil – Achtung – kein happy ending – keine Nutte!!!

Conny – kommt dreimal täglich – verdächtige Person – Achtung vor Giftanschlag – nicht unbeobachtet lassen.

Es waren Gedächtnisnotizen eines Demenzkranken.

Die meisten ähnelten sich. Bezogen sich aufs Personal oder auf Verwandte und Freunde.

Doch ein Eintrag stach heraus:

Markus – Autobiografie – Arno und seine Hure – Boot

Vera nahm schnell ihr Handy, fotografierte die Seite und steckte das Telefon dann zurück in ihre Handtasche. Keine Sekunde zu früh. Denn Charlie war aufgewacht.

»Warum liest du nicht mehr?«, fragte er vorwurfsvoll.

»Ich hab dir immer vorgelesen, als du klein warst.«

»Ich muss jetzt gehen«, sagte Vera.

»Aber wir müssen noch die Fische füttern«, quengelte Charlie.

»Welche Fische?«

»Na, die im Wörthersee. Vernünftiges Anfüttern ist nicht schädlich. Zwar werden durch das Anfüttern düngende Nährstoffe in die Gewässer eingebracht, durch den Fischfang werden aber Nährstoffe entnommen. Das an vielen Seen herrschende Anfütterungsverbot macht also in der Regel wenig Sinn«, dozierte Charlie.

Vera überlegte kurz. Letta hatte als Kind einen unsichtbaren Freund gehabt. Vera hatte bei diesen Fantastereien einfach mitgespielt.

»Was fressen die Fische?«, fragte sie also.

»Na, Zwieback«, sagte Charlie und stand auf und klopfte sich die Krümel von seinem Hemd. Dann griff er nach einer Jacke, die am Messinghaken neben der Tür hing. »Los, komm, wir gehen zum See.«

Der See war eigentlich ein Springbrunnen, und Fische waren weit und breit keine zu sehen.

Charlie störte das nicht. Er warf dennoch Zwiebackbrocken ins Wasser.

Er reichte Vera die Packung. »Hier, magst du auch einmal?«

»Fressen Fische eigentlich auch Wasserleichen?«, fragte sie.

Charlie sah sie überrascht an. »Wie meinst du das?«

»Na ja, man sagt ja oft, ich werf dich den Fischen zum Fraß vor.«

»Das kommt darauf an, wie tief die Leiche liegt. Im Wörthersee liegen sie meist so tief unten, dass sie nie wieder auftauchen, weil der Wasserdruck sie unten hält. Und so tief unten gibt es auch keine Fische.«

»Der Ortner Markus ist wieder aufgetaucht«, sagte Vera.

»Der Ortner Markus muss aufpassen. Die Frau ist eine berechnende Kanaille.«

»Welche Frau?«

Charlie schüttelte die letzten Zwiebackkrümel in den Springbrunnen. Dass die Packung schon leer war, brachte ihn aus dem Konzept.

»Ich habe vergessen, wie sie heißt.«

Charlie wirkte plötzlich betrübt. »Das Mädel ist auch nicht mehr hochgekommen«, sagte er traurig. »So ein tragischer Unfall. Geht die uns einfach über Bord.«

»Welches Mädel?«

»Na, die von der jugoslawischen Agentur. Bildhübsch war die, echt schade um sie.«

»Herr Glawischnig, ich habe Ihnen schon 100-mal gesagt, Sie sollen keinen Zwieback in den Springbrunnen werfen, das verstopft die Pumpe!« Die Rezeptionistin näherte sich mit schnellem Schritt. Charlie drehte sich um: »Und ich habe Ihnen schon 100-mal gesagt, ein Anfütterungsverbot macht wirklich keinen Sinn«, sagte er steif.

Während die Rezeptionistin weiter rügte, erklang auf einmal aus dem Speisesaal ein markerschütternder Schrei, gefolgt von einer wüsten Schimpfsalve. Kurz darauf stürmte Hilda aus dem Hotel. »Lass uns fahren!«, befahl sie. »Ich habe mich verquatscht.«

In ihrem Windschatten humpelte die Unger Liesl am Rollator die Behindertenrampe herab. »Dei Gfrasta, dei Ölendigen! I wü sufurt zruck und mia deis mit meine eigenen Augn auschaun ... wei des kau jo nit sei, wenn die deis echt gmocht hom owa dann *...«

»Es ist sicher nur ein Missverständnis«, sagte Vera, während sie nach ihrem Autoschlüssel kramte.

Charlie stand noch immer mit dem leeren Zwiebacksackerl am Brunnenrand und beobachtete, wie die Kröte versuchte, ebenfalls ins Auto zu steigen, aber von Hilda vehement gehindert wurde. »Jetzt sei doch vernünftig, Liesl, du hast es doch so schön da. Wie in einem Fünfsternehotel. Und ich komm dich auch ganz bald wieder besuchen. Und ich nehm dir auch eine ›BVZ‹ mit.«

»Auf Wiedersehen, Herr Glawischnig«, sagte Vera.

Der blickte sie nur ausdruckslos an. Ohne Fischfutter

---

* ... Weil das ja nicht sein kann, wenn die das echt gemacht haben, aber dann ...

schien sein Leben keinen Sinn zu machen. Aber plötzlich ging ein Leuchten über sein Gesicht.

»Jetzt weiß ich wieder, wie die arme kleine Hur vom Radeschnig geheißen hat!«, rief er. »Tammy. Tammy. Ja genau. Die Tammy war das.«

31 ARNO UND MATHILDE IN DER THERME

Taumelkäfer sind nicht in der Lage, geradeaus zu schwimmen, sondern drehen Kreise und Spiralen. Sie können fliegen und auch tauchen, müssen sich dann aber unter Wasser an Pflanzenstängeln festhalten, um durch ihren Auftrieb nicht wie ein Korken an die Oberfläche katapultiert zu werden.

Arno hatte seit Jahren keine Drogen mehr genommen. Aber aktuell verspürte er den Drang, sich so richtig zu panieren. Er hätte jetzt alles für eine Line gutes Koks gegeben. Er sehnte sich nach der Euphorie, die die Droge ihm früher beschert hatte. Das Gefühl, jung, stark, glücklich und unbesiegbar zu sein.

Es gab nur zwei Probleme. Sein letzter Dealer war 2008 an einer Überdosis gestorben. Und außerdem war Arno aktuell Hauptverdächtiger zweier Mordermittlungen. Kein guter Zeitpunkt, um mit Suchtgiftmissbrauch zu liebäugeln.

Die Oberwarter Kieberer hatten Arno aufs Kommissariat bestellt und fünf Stunden lang vernommen. Zwei Kärntner Kollegen waren auch dabei gewesen. Junge Typen. Das war einerseits gut, weil die ihn nicht von früher kannten und somit nicht voreingenommen waren. Für sie war er nicht das arrogante, partygeile Wörtherseearschloch, sondern ein seriöser Coach und Hotelier.

Andererseits war es komisch gewesen, von halben Kindern verhört zu werden. Aber Kinder regierten jetzt die Welt. Arno wusste noch genau, wie ihm das mit den Kindern und der Weltherrschaft zum ersten Mal aufgefallen war. Es war vor zwei Jahren gewesen. Er war nach Mallorca geflogen, und als er am Gepäckband stand, kamen der Pilot und die Stewardessen seiner Maschine vorbei. Und der Pilot sah so jung aus, dass sich Arno wunderte, dass der überhaupt einen Führerschein hatte, geschweige denn einen Flugschein. Das nächste Kind war ihm dann im Spital untergekommen, als sich Arno ein Hautanhängsel am Augenlid entfernen lassen musste. Solche lästigen Hautanhängsel seien eine Alterserscheinung, hatte ihm die Zwölfjährige, die sich als Ärztin ausgab und das Laserskalpell schwang, erklärt. Deprimierend war das gewesen. Irgendwann war dann auch ein Kind aus derselben Spielgruppe Bundeskanzler geworden. Das war dann der letzte Beweis für Arno, dass er wirklich alt geworden war.

Die Kinder aus Kärnten hatten viel Zeit damit verbracht, immer dieselben Fragen zu stellen. Sie hatten ihn aufgefordert, jedes einzelne Gespräch, das er je mit Sky und Markus Ortner geführt hatte, wiederzugeben. Immer und immer wieder. Sie hofften, er würde sich dabei irgendwann einmal widersprechen. Aber Arno widersprach sich nicht. Er war Rhetoriker und NLP-Trainer. Wenn er etwas gut konnte, dann war es reden.

Er verstand ja irgendwie, warum sie ihn grillten. Da starb erst seine gerade aufgetauchte Tochter und dann ein Journalist, der ihm mit unangenehmen Enthüllungen gedroht hatte. Wäre Arno ein Kinderpolizist gewesen, würde er sich auch befragen.

Dennoch war er genervt. Die Befragungen waren lästig, anstrengend und nicht zielführend. Sie konnten ihm nichts nachweisen. In Skys Mordfall hatte er nicht einmal ein Motiv. Bei Markus Ortner gab es keinen Beweis, ja nicht einmal ein Indiz dafür, dass Arno ihn nach dessen Abreise jemals wiedergesehen hatte. Außerdem, und das wussten auch die Babypolizisten aus Kärnten nur zu gut, war der Ortner eine Krätzen. Der hatte ständig Leuten ans Bein gepinkelt und deshalb jede Woche Morddrohungen erhalten. Da gab es Dutzende andere da draußen, die aufgrund ihrer Animositäten mindestens genauso verdächtig waren wie Arno.

Und dann war ja nicht einmal bewiesen, dass der Ortner wirklich ermordet worden war. Die Gerichtsmedizinerin hatte überblähte Lungen und Diatomeen – Kieselalgen – in den inneren Organen nachweisen können. Hinweise für Tod durch Ertrinken in einem Naturgewässer. Argumente für »aufrechten Kreislauf bei Wassereintritt«, wie das im Gerichtsmedizinerjargon hieß. Auf jeden Fall schied die Theorie »tot ins Wasser geworfen« damit eher aus. Welcher Täter würde sich schon die Mühe machen, einen Mann in einem See zu ersäufen und dann in einem anderen zu versenken?

Hinzu kam, Ortner hatte auch keine äußeren Verletzungen. Nichts deutete auf einen Kampf hin oder gar darauf, dass er k.o. geschlagen worden wäre. Das Einzige, was die Gerichtsmedizinerin notiert hatte, waren oberflächliche Hautläsionen im Genitalbereich. Dass man diese Verletzungen überhaupt noch erkennen konnte, lag an der Jahreszeit. Der Leichnam wies nach dieser kurzen Zeit im kalten Wasser kaum Fäulnisveränderungen auf. Zwei winzige

Läsionen, eine am Penis, die andere in der Leiste, wurden bei der Obduktion notiert. Aber deren Ursache konnte wer weiß was für Gründe haben. Die Menschen hatten ja heute die eigenartigsten Fetische und Sexualpraktiken. Wo die sich überall Klammern und Nadeln hinsteckten... Wie zur Bestätigung hatte die Spurensicherung in Markus Ortners Computer auch Links zu Pornos gefunden.

Was man leider nicht auf dem Computer gefunden hatte, war das Manuskript der geplanten Arno Radeschnig-Biografie, von der die alte Frau Horvath bei ihrer Zeugeneinvernahme der Polizei erzählt hatte. Es gab zwar ein Exposé für das geplante Buch, aber der Inhalt war mehr als vage. Der Verlag, mit dem Markus Ortner korrespondiert hatte, wusste auch nichts Genaueres. Man hätte sich zwar für das Projekt interessiert, aber noch kein konkretes Anbot gelegt. Also hatte der Journalist entweder die Biografie auf einem anderen Computer geschrieben, oder er hatte noch gar nichts geschrieben und war ein Dampfplauderer. Wie man es drehte und wendete, die Ermittler kamen nicht weiter.

*

Arno war erschöpft, als er von der Befragung heimkam. Er hätte Ophelia gerne von den Babypolizisten erzählt, aber seine Frau sprach nicht mehr mit ihm. Sie hatte eine Tasche gepackt, die Wohnung verlassen und war in jene Seesuite gezogen, die am weitesten vom Haupthaus entfernt war.

Arno kannte Ophelias »strafendes Schweigen« aus früheren Differenzen.

Als Coach wusste er, wie er dieses Verhalten einzuordnen hatte.

Ophelia hatte sich diese passiv-aggressive Art, einen Menschen tage- oder wochenlang zu ignorieren, wahrscheinlich als Kind oder in früheren Beziehungen abgeschaut und angeeignet.

Einem Klienten, der an seiner Stelle wäre, würde er jetzt raten: »Gib ihr zu verstehen, dass du zu 100 Prozent Verantwortung dafür übernimmst, dass du sie verletzt hast.«

Ein guter Rat, aber in der Realität hatte er keinen Bock darauf.

Irgendwann wird sie sich schon beruhigen, sagte er sich. Spätestens, wenn wir wieder aufsperren, muss sie wieder mit mir reden.

Sein Magen knurrte. Er beschloss, hinunter in die Hotelküche zu gehen. Er hoffte, dass Mathilde dort war. Die Hoffnung wurde erfüllt.

Die Köchin stand am Herd und goss eine streng riechende Flüssigkeit in Flaschen. Er mochte ihr Gesicht, es war rund und weich und wohlgenährt. Ein freundliches Gesicht.

»Was wird das?«, fragte er und zeigte auf die Flaschen.

Mathilde schaute auf. »Vier-Räuber-Essig«, sagte sie. »Ein echtes Zaubermittel für die Abwehrkräfte!«

»Vier Räuber?«, fragte Arno.

»Ja, das Rezept stammt aus der Pestzeit«, sagte Mathilde ernsthaft. »Als in Südfrankreich 1720 die Pest umging, starben die Menschen wie die Fliegen. Nur vier Räubern konnte die Seuche nichts anhaben. Die zogen umher und plünderten die Häuser der Pesttoten. Als sie gefasst wurden, verrieten sie ihr Geheimnis und bekamen deshalb Strafmilderung.«

»Dieser Trank hilft gegen die Pest?« Arno zeigte fragend auf die Flaschen.

»Er steigert die Immunabwehr«, bestätigte Mathilde. »Das ist ein Oxymel. Oxy heißt sauer und mel Honig. Ein Essigauszug mit Honig und ganz vielen Kräutern.«

»Was für Kräuter?«, fragte Arno.

»Rosmarin, Pfefferminz, Lavendel, Engelwurz, Kampfer, Muskat, Gewürznelken, Wermut, Wacholderbeeren«, zählte Mathilde auf. Sie nahm dabei die Finger zu Hilfe, machte dann eine Pause, bevor sie auch den kleinen Finger der rechten Hand ausstreckte: »Und Knoblauch.«

»Ah, Knoblauch«, sagte Arno. »Mein Großvater hat auch immer Knoblauch gegessen, für die Abwehrkräfte, und Zwiebeln, da hat er reingebissen wie in einen Apfel ...«

»Wir gehen morgen in die Therme«, platzte Mathilde heraus.

»Wer wir?«, fragte Arno. Er wusch sich die Hände an der Spülstation und öffnete dann das Kühlhaus. Der Raum war fast leer, jetzt, wo keine Gäste da waren, aber er fand ein großes Stück Bergkäse und zwei Paprikaschoten, die an der Spitze schon ein bisschen weich waren. Brot zum Aufbacken war auch da.

»Soll ich dir was zum Essen richten?«, fragte Mathilde.

»Nein, lass nur«, sagte Arno. »Ein Käsebrot richten, das schaffe ich gerade noch. Also, wer fährt in die Therme?«

»Mein kleiner Neffe und ich«, sagte Mathilde. »Ich meine ja nur. Falls du Lust hast, in einem Liegestuhl zu sitzen und das Kinderbecken zu betrachten, wir wären in der Nähe, als moralische Unterstützung.«

»Vielleicht mag ja deine Frau auch mitkommen?«, fügte sie fragend hinzu.

Sie hoffte, insgeheim, dass Ophelia keine Lust hatte. Sie wusste nie, was sie mit Ophelia reden sollte. Sie hatte Ophelia nur erwähnt, weil sie auf keinen Fall wollte, dass Arno auf komische Gedanken kam. Vielleicht wollte sie so auch nur die Tatsache kaschieren, dass sie selbst komische Gedanken hatte.

Mathilde war sich plötzlich nicht mehr sicher, ob das alles wirklich so eine gute Idee war. Im Schwimmbad mit dem Chef? Aber es war ja kein normales Schwimmbad, sondern eine Heiltherme voll mit Kurgästen. Und ihr Neffe war dabei. Und sie würde ihren Bademantel nicht ausziehen. Ganz sicher nicht.

»Wann seid ihr dort?«, fragte Arno, während er den Käse und die Paprikaschoten bedächtig in Scheiben schnitt. Auf die Frage, ob Ophelia mitkommen wolle, stieg er gar nicht ein.

»Ich hab so an 14 Uhr gedacht«, sagte Mathilde.

»Gut«, sagte Arno. »Wir treffen uns um 14 Uhr im Foyer.« Er nahm seinen Teller. »Ich esse das oben«, sagte er. Er lächelte. »Hier stinkt es einfach zu schlimm nach deinem Räubertrank.«

*

Das Burgenland assoziiert man nicht unbedingt mit Wolkenkratzern. Dennoch gibt es welche. Die drei berüchtigtsten stammen aus den 1970er-Jahren und stehen in Eisenstadt, Mattersburg und in Oberwart. Der in der Landeshauptstadt ist 51 Meter hoch, die anderen rund 36. Die Betonblöcke wurden nicht nur nach funktionalen Gesichtspunkten geplant, sondern auch nach sozialen. Deswegen hat jede Wohnung einen kleinen Balkon. Von manchen dieser Balkone ist schon jemand gesprungen. »Der schönste Punkt in Oberwart ist ganz oben am Hochhaus. Das ist nämlich der einzige Punkt, an dem man das Hochhaus nicht sieht«, lautet ein alter Oberwarter Schmäh*. Der Schmäh war zwar

---

* Witz

von den Parisern gestohlen und betraf ursprünglich den Eiffelturm, aber das wusste in Oberwart keiner. Mathilde fuhr mit dem Lift fast ganz nach oben. Dort wohnte ihre Schwester Caroline mit ihrem Mann Peter und ihrem Sohn Camillo.

Caroline und Camillo aßen zu Mittag, als Mathilde die kleine niedrige Wohnung betrat. Essen mit Camillo war eine Herausforderung. Er aß Speisen nur dann, wenn sie weder kalt noch feucht waren. Er war jetzt vier und hatte aus diesem Grund in seinem ganzen Leben noch kein einziges Blatt Wurst zu sich genommen – er konnte sie ja wegen der feuchten Kühle nicht angreifen. Die armen Verkäuferinnen im Supermarkt waren immer ganz perplex, weil das Kind im Gegensatz zu allen anderen das obligatorische Blattl Extrawurst an der Wursttheke konsequent ablehnte.

Camillo kaute gerade an einem trockenen Kornspitz, als Mathilde die Küche betrat, um ihn für den Thermenausflug abzuholen. Er grinste sie fröhlich an. »Er hat in der Früh eh was Gescheites gegessen, Porridge mit warmem Kompott, aber ich habe einfach genug davon, dreimal täglich warm für ihn zu kochen«, sagte Caro und zuckte entschuldigend mit den Achseln. »Morgen ist er zu einer Geburtstagsfeier eingeladen. Das wird dann wieder Hardcore, weil die angebotenen Speisen garantiert nicht seinem exquisiten Geschmack entsprechen.«

»Wir können in der Therme später Kinderschnitzel mit Pommes essen«, sagte Mathilde.

»Solang die Pommes nicht in kaltem feuchtem Ketchup getränkt sind«, sagte Caro und zog eine Grimasse. »Letztens hat er deswegen einen Heulanfall bekommen.«

»Das wird sich schon auswachsen«, tröstete Mathilde sie und strich ihrem blonden Neffen über die Haare.

»Danke, dass du ihn heute Nachmittag nimmst«, sagte Caro. »Ich muss dringend für meine nächste Prüfung lernen.« Caro machte auf dem zweiten Bildungsweg eine Ausbildung zur Immobilienmaklerin. Mathilde vermutete, sie machte das auch aus persönlichen Gründen, weil sie aus dem Hochhaus wegwollte.

»Kommen Vera und Letta auch mit in die Therme?«, fragte Caro. Die beiden hatten Mathilde das letzte Mal begleitet.

»Nein, aber ich treffe dort meinen Chef«, sagte Mathilde so beiläufig wie möglich. Besser sie erwähnte Arno jetzt, sonst würde es Camillo später tun.

»Ach«, sagte Caro und musterte ihre Schwester misstrauisch. »Dann würd ich mich aber abschminken, bevor ich mit ihm ins Wasser gehe, sonst verrinnt womöglich noch dein Eyeliner.«

Mathilde lief rot an.

»Ich geh nicht ins Wasser und Arno auch nicht. Er hat Angst vor Wasser und versucht so, seine Phobie zu überwinden.«

»Pass auf«, sagte Caro nur und drückte ihr den Rucksack mit Camillos Schwimmsachen in die Hand. »Mehr sag ich gar nicht, nur: Pass auf, was du tust.«

*

Arno stand schon im Foyer der Therme und betrachtete einen Drehständer mit Souvenirs, der vor dem Thermenshop stand. Kaffeehäferl mit Vornamen. Julia und Markus waren ausverkauft. Jürgen und Carina gab es noch im Überfluss. Waren das seltenere Vornamen, oder gingen deren Namensvertreter nicht so oft in die Therme? Vielleicht mochten Jürgens und Carinas auch einfach keine personalisierten Tassen für Heißgetränke. Es gab eine Arno- und eine Mathilde-Tasse, aber keine für Ophelia. Das hätte ihn auch sehr überrascht.

Arno wirkte erleichtert und nervös zugleich, als er Mathilde und ein blondes Kind durch die automatische Schiebeglastür kommen sah.

»Ich zahle das«, sagt er, als Mathilde vor der Kasse ihr Portemonnaie zückte. »Das ist ja quasi eine Therapiestunde.« Er lächelte und trottete dann hinter Mathilde und Camillo Richtung Umkleideareal, das nach Geschlechtern getrennt war.

»Wir ziehen uns jetzt um und treffen uns dann auf der anderen Seite bei den Becken«, sagte Mathilde. »Wir müssen beim großen Hauptbecken vorbeigehen, um zum Kinderbecken zu gelangen, ist das ein Problem?«

Arno verneinte. »Ich glaube nicht. Bislang hatte ich noch keine Panikattacke, wenn ich an einem Pool war, bei dem ich den Untergrund sehen konnte.«

»Gut«, sagte Mathilde.

Arno hatte Mathilde verschwiegen, dass er vor dem Thermenbesuch ein Xanor[*] genommen hatte. Aus Angst vor der Angst, aber noch mehr aus Angst vor der Peinlichkeit. Er wollte vor Mathilde auf keinen Fall schwach wirken.

Die Luft, die ihm beim Betreten der Schwimmhalle entgegenschlug, war warm und feucht. Es roch schwach nach Saunaöl und dem Weichspüler der unzähligen Frotteebadetücher und -mäntel.

Die Therme war heute gut besucht, aber rund um das Babyplanschbecken waren noch zahlreiche Liegestühle frei.

---

[*] Ein Arzneistoff aus der Gruppe der Benzodiazepine, der zur kurzzeitigen Behandlung von Angst- und Panikstörungen eingesetzt wird.

Arno ließ sich in den Freischwinger neben Mathilde fallen und wippte nach hinten. Er sah sich um, das Beruhigungsmittel wirkte. Er verspürte keine Angst. Allerdings war hier auch nichts, das ihm hätte Angst einjagen können. Das Babybecken war eher eine Pfütze als ein ernstzunehmendes Gewässer. Er sah sich um. Eine junge Mutter bespaßte ein Baby, das in einem Schwimmreifen steckte. Eine zweite zog ihrem Sohn einen Frotteeumhang mit Hasenohren über. Arno fragte sich, warum Kleidung für Kleinkinder so oft Tierkostüme waren. Hätte die Mutter lieber ein Kaninchen gehabt als einen Sohn?

Die Kaninchenmutter sah neugierig zu ihm herüber. Die denkt sicher, ich bin ihr Mann, dachte Arno. »Wie alt ist Ihr Enkerl?«, fragte die Kaninchenmutter just in diesem Moment.

Arno versuchte, nicht allzu gekränkt dreinzuschauen.

»Das ist mein Neffe Camillo, er ist vier«, sagte Mathilde. »Magst du mit dem Camillo spielen?«, fragte die Frau, die Arno gerade bis aufs Mark gekränkt hatte, das Kaninchen. Es nickte so heftig, dass die Hasenohren wackelten.

Die Kaninchenmutter hatte ein ganzes Arsenal an Wasserspielzeug mit. Kleine Eimer, Wasserräder, Bälle. Sie schien froh zu sein, dass ihr Sohn einen Spielgefährten gefunden hatte und sie vom Becherfüllen und Bällewerfen erlöst war.

Mathilde fühlte sich befangen. Außerdem war ihr wahnsinnig heiß in dem dicken Frotteebademantel, den sie auf keinen Fall ausziehen wollte. Arno hatte da weniger Hemmungen. Sein Bademantel hing schon auf dem Haken an der Säule neben der Liege.

Er sieht richtig gut aus für sein Alter, dachte Mathilde und musterte ihn verstohlen, aber ausgiebig. Arno war kräftig, aber nicht fett. Keine Männertitten, kein allzu ausgeprägter Bauchansatz. Seine Brust war leicht behaart. Er trug neutrale dunkelgraue Badeshorts. Zum Glück keine peinliche Speedo, wie manche aus der Generation 50 plus. Nur das Kreuz, das in der Kuhle unterhalb des Halses ruhte, missfiel ihr. Mathilde hatte nichts gegen Kreuze. Aber Männerschmuck fand sie generell affig. Arno blickte zu ihr rüber. Oh nein, er hat bemerkt, dass ich ihn angeschaut habe, hoffentlich merkt er nicht, dass ich was von ihm will. Sie wurde leicht panisch und spürte, dass ihr noch heißer wurde.

Rasch wandte sie sich ab und fing an, Camillo für die gelungene Inbetriebnahme eines Wasserschaufelrades euphorisch zu loben.

Wann zieht die endlich ihren Bademantel aus, ich würd schon gerne wissen, wie sie untendrunter aussieht, dachte Arno. Im Gegensatz zu Mathilde reflektierte er den Gedanken nicht auf einer Metaebene. Arno war ein Mann, und das war ein ganz normaler männlicher Gedanke. Da gab es nichts zu überdenken.

Mathilde schwitzte. »Soll ich uns was zu trinken holen?« Sie deutete mit dem Kopf Richtung Poolbar.

»Lass mich, was magst du, ich geh schon.« Arno kippte mit der Liege wieder nach vorne, sodass seine Füße den Boden berührten. Er tastete mit den Zehen nach seinen Flip-Flops.

»Nein, lass mich das machen, du hast doch schon den Eintritt bezahlt«, widersprach Mathilde vehement: »Wenn du nur bitte auf Camillo schauen könntest …«

»Ja klar, natürlich. Einen Virgin Caipirinha bitte.«

Mathilde ging die paar Schritte zur schwimmenden Bar und ließ sich vom Barkeeper zwei Virgin Caipirinha geben. Sie hätte zwar lieber einen »normalen« Caipirinha gehabt, um ihre flatternden Nerven zu beruhigen, aber Caro würde sie umbringen, wenn sie wüsste, dass sie beim Babysitten Alkohol trank. Und das zu Recht. Als Mathilde zurückkam, gab Arno gerade den Schiedsrichter für ein Spritzpistolenduell.

»Die Mama von dem da musste kurz wohin«, erklärte er.
»Du kannst gut mit Kindern«, sagte Mathilde.
Im selben Moment hätte sie sich am liebsten auf die Zunge gebissen.

Arno hatte ja gerade sein Kind verloren. Seine Tochter Sky. Ein großes Kind, aber dennoch.

»Danke, ich habe einen Sohn aus erster Ehe«, sagte Arno und nahm einen tiefen Zug vom Caipirinha. Er stutzte. Das war Alkohol.

Auch Mathilde bemerkte den Irrtum des Barkeepers.
»Das Virgin hat er wohl überhört. Ist das ein Problem?«

Arno zögerte nicht lange. Sicher würde er ein Glas vertragen können. Er war jetzt ein anderer Mensch als früher. Damals, als er nie gewusst hatte, wann er aufhören sollte. Heute hatte er sich unter Kontrolle.

»Wie alt?«, fragte Mathilde.

»Was? Wer?« Die Tatsache, dass er nach Jahren endlich wieder einen richtigen Drink in Händen hielt, hatte Arno verwirrt.

»Dein Sohn, wie alt ist er?«

»33«, sagte Arno, »aber ich habe ihn seit Jahren nicht gesehen. Seine Mutter ist nach der Scheidung mit ihm nach Südafrika. Da war er acht. Wir hatten dann nicht mehr so viel Kontakt, wie ich es mir rückwirkend gewünscht hätte.«

Er trank noch mal aus dem Cocktailbecher.

»Südafrika?«, fragte Mathilde.

»Ja, sie ist mit einem Lodgebesitzer aus dem Krüger Nationalpark durchgebrannt.«

»Echt?« Mathilde machte große Augen.

Die Leute, die sich in ihrem Bekanntenkreis scheiden ließen, zogen nach Fürstenfeld oder nach Hartberg, maximal nach Wien. Aber nie an eine so exotische Destination wie den Krüger Nationalpark.

»Ich war nicht ganz unschuldig an der Scheidung«, sagte Arno. »Ich hatte damals ein Eventunternehmen, war jede Nacht unterwegs. Sie hat sich wohl vernachlässigt gefühlt.« Er trank noch einmal. Jetzt war fast nur mehr gecrushtes Eis in seinem Becher. Mathilde vertauschte sein Getränk unauffällig mit ihrem. Arno vertrug sicherlich mehr als sie. Sie würde an seinem Eis nippen, während er auch ihren Cocktail haben konnte. Irgendwie fand sie auch die Idee, dass sie jetzt gerade etwas gegen ihre Lippen drückte, das eben noch seine berührt hatte, aufregend.

Arno wusste auch nicht, warum er Mathilde das alles erzählte. Sie war seine Köchin, verdammt noch mal. Aber sie hatte so etwas Angenehmes, Warmherziges, fast Mütterliches, obwohl sie um etliche Jahre jünger war als er. Außerdem war er eingelullt: von ihrer Präsenz, von der feuchten Wärme in der Therme, vom Beruhigungsmittel und von den zwei Caipirinhas. Obwohl er ja dachte, er hätte nur einen gehabt.

Er hatte komplett vergessen, wie angenehm es war, so »dahinzutrickern«. Das Gefühl war besser als Sex, besser als Liebe, es war wie eine warme Decke, die ihn beruhigte und gleichzeitig gesprächig machte.

Also redete er einfach weiter. Er redete weiter, als sie ins Thermenrestaurant gingen, wo Camillo die Krise bekam, weil sich neben den Würsteln ein Klacks kalter feuchter Senf am Teller befand. Er redete weiter, als Mathilde den Senf mit einer Papierserviette vom Teller wischte und das heulende Kind tröstete. Er redete weiter, als der Bub vom

Schwimmen und Heulen und Essen müde wurde und sie zurück in die Schwimmhalle gingen, wo das Kind auf einer Liege sofort einschlief. Die anderen Mütter und ihre Kinder waren schon gegangen. Jetzt hatten Mathilde, Camillo und Arno den ganzen Bereich für sich.

Weil es inzwischen dämmerte, holte Arno zwei weitere Caipirinhas von der Pool Bar, die er wieder fast zur Gänze allein trank.

Und Mathilde? Sie hörte ihm einfach zu. Sie fand es faszinierend, Arnos Lebensgeschichte zu lauschen. Er war ein guter Erzähler und hatte schon so viel erlebt. Die Partys, all die Berühmtheiten, die er auf seinen Events getroffen hatte, seine Zeit in Amerika. Was der schon alles getan hatte in seinem Leben. Nicht so wie der Gerhard. Der Gerhard redete nichts und tat nichts. Zumindest nichts Aufregendes. Er drosch entweder auf Eisenstücke ein oder tötete Zombies auf dem Bildschirm oder er machte Unordnung.

Außerdem mochte sie Arnos Stimme. Sie war tief und voll. Wie von einem Radiomoderator. Und er hatte so ein euphorisch spitzbübisches Timbre.

Mathilde fühlte sich mittlerweile so wohl und sicher, dass sie den Bademantel auszog. Sie hatte darunter einen Badeanzug im Fifties Style an. Der Badeanzug war navyblau mit feinen weißen Streifen und aus einem festen Stretchgewebe. Der dichte Stoff drückte ihren Bauch flach, formte den Po und hob ihren üppigen Busen. Arnos Augen glitzerten, als sein Blick über ihre Kurven glitt.

»Du bist eine sehr attraktive Frau«, sagte Arno.

Mathilde errötete. »Wir sind wegen deiner Wasserangst da«, sagte sie. »Oder war das nur ein Vorwand? Weil sehr ängstlich wirkst du heute nicht.«

Arno schüttelte den Kopf. »Nein, kein Vorwand. Und nur weil ich hier betrunken meine Zehen ins Babybecken halten kann, heißt das nicht, dass ich morgen nicht wieder eine Panikattacke bekomme.«

»Hast du inzwischen darüber nachgedacht, was der Auslöser sein könnte? Also, ob du auch so ein Trauma hattest wie ich damals, das mit der Dusche. Vielleicht hast du irgendwas verdrängt.«

Arno sah ihr fest in die Augen. Seine Augen glitzerten glasig. Das musste der Alkohol sein. Mathilde hielt dem Blick stand. »Ich weiß eh, was der Auslöser war«, sagte Arno schließlich.

»Du weißt es?« Mathilde sah ihn überrascht an.

»Ich habe eine Frau getötet«, sagte Arno schließlich.

»Du hast *was*?«

»Ich habe eine Frau getötet«, sagte Arno noch einmal. Seine Stimme zitterte jetzt ein bisschen.

»Es war ein Unfall, aber es hätte nicht so weit kommen müssen.«

»Das ist furchtbar«, sagte Mathilde schließlich leise, »du tust mir leid.«

Arno lachte. Es war ein dünnes, künstliches Lachen. »Ich tu dir leid? Sie kann dir leidtun. Sie war 20. Sie hatte noch ihr ganzes Leben vor sich, aber ich habe es vermasselt. Damit muss ich leben.«

»Du tust mir trotzdem leid«, sagte Mathilde. »Das war ein Unfall. Du kannst nichts dafür. Du wolltest doch nicht, dass sie stirbt.«

Arno sagte nichts.

Auch Mathilde schwieg.

»Darf ich dich noch was fragen?«, sagte sie schließlich.

»Ja, nur zu«, sagte Arno.

»In der Küche hast du gesagt, du hast die Panikattacken seit einem Vierteljahr, warum erst jetzt?«

Arno räusperte sich. Er schien seine Worte genau abwägen zu wollen. Wie weit konnte er Mathilde ins Vertrauen ziehen?

Er räusperte sich noch einmal, bevor er antwortete.

»Warum gerade jetzt? Weil mich meine Vergangenheit eingeholt hat. Ganz einfach. Dem Karma entkommt man nicht. Ich glaube, wir gehen besser.« Er stand auf und schwankte ein bisschen. Er tat ihr so unendlich leid.

Mathilde blickte sich um. Es war jetzt ganz dunkel in der Therme, der Kinderbereich war komplett verlassen. Camillo schlief noch immer tief und fest. Das warme Wasser hatte ihn ausgeknockt. Sie nahm ihren ganzen Mut zusammen stand auf und umarmte Arno. »Es tut mir so schrecklich leid für dich«, wisperte sie.

Es war eine impulsive Geste, fast ohne sexuelle Hintergedanken. Aber Arno spürte nur ihren Busen, ihren warmen Körper, die Hände um seinen Nacken und reagierte sofort darauf. Seine Lippen suchten ihre und er fing an, sie zu küssen. Was tu ich da, was passiert da gerade, dachte Mathilde. Das ist kompletter Irrsinn. Ich küsse meinen verheirateten Chef in aller Öffentlichkeit in der »Avita Therme«. Vernünftig wäre gewesen, sofort auseinanderzugehen. Vernünftig wäre gewesen, die Flucht zu ergreifen. Vernünftig wäre gewesen, die Finger von ihm zu lassen. Aber Mathilde war nicht vernünftig, also küsste sie ihn einfach zurück.

32 DER OBERWARTER BAUERNMARKT

Die Sumpfgrille ist in der südlichen Steiermark weit verbreitet, weil sie die Wärme liebt. Sie macht durch surrenden Gesang auf sich aufmerksam.

Der Oberwarter Bauernmarkt ist ein eigener Mikrokosmos aus Standln und Ausstellern, der sich jeden Samstagmorgen aufs Neue zusammenfügt. Ort des Geschehens ist der Oberwarter Park, eine versiegelte, zubetonierte, geschotterte Fläche, auf der sich die letzten paar Kastanienbäume, die noch nicht der Motorsäge zum Opfer gefallen sind, redlich bemühen, den Begriff *Park* irgendwie zu rechtfertigen. Die Fassaden der Häuser rundherum sind von einer schmucklosen Zweckmäßigkeit, an die sich die Oberwarter gewöhnt haben und die sich die Zuagroasten schönreden.

Vielleicht liegt es an diesem Umfeld, dass die schönen Dinge, die es hier am Markt zu kaufen gibt, so besonders schön und geschmackvoll wirken. Dass neben den ausdruckslosen Fassaden die Gesichter der Menschen, die sich hier jeden Samstag treffen, so besonders herzlich und freundlich wirken. Sie stehen in aller Herrgottsfrühe auf, um ihre Waren anzubieten. Saftige blaubereifte Zwetschken, orangefarbene kaltgeräucherte Lachsforellen, knusprige goldbraune Brotlaibe, knackige feuerrote Paprikaschoten, schwarz glänzende Blutwürste.

Hier treffen Jungfamilien auf Altachtundsechziger, urbane Zuagroaste auf einheimische Pensionisten. An jeder Ecke kann man sich ein Lächeln abholen.

Nach dem Eintreffen der Menschen kann man die Uhr stellen. Um 8 Uhr taucht gewöhnlich Johanna mit ihrem grasgrün lackierten Hollandrad auf und füllt den Fahrradkorb mit frischem Gemüse. Gegen 8.30 Uhr machen die Oberwarter Hausfrauen ihre Besorgungen und tauschen beim Einkaufen Rezepte aus. Ein Gespräch wie das folgende entspinnt sich: »Zwei Handvoll Vogerlsalat bitte.« – »Wie machen Sie den ab?« – »Mit Himbeeressig und Dijonsenf.« – »Muss ich auch mal probieren. Ich kenn den nur klassisch mit Kernöl und Apfelessig.« – »Schafkäsewürfel sind auch super dazu.« – »Ja, vor allem gebraten im Speckmantel.«

Um 10.30 Uhr treffen die Langschläfer ein und raufen sich bei der Mehlspeisfrau um die letzten Schaumrollen, bevor der Markt kurz nach 11 Uhr wieder seine Zelte abbricht.

Mathilde hätte sich auch mit verbundenen Augen auf dem Oberwarter Wochenmarkt zurechtgefunden. Das lag daran, dass alle Aussteller immer an exakt derselben Stelle zu finden waren. Ab und zu war natürlich auch einmal einer krank oder auf Urlaub, aber dann blieb dessen Standplatz eben leer. Eine Lücke, in die sich nie jemand anderer drängen würde.

Ganz hinten rechts befand sich Mathildes erste Anlaufstelle: der Zirni mit seinem Kaffee. Der Zirni war aus Oberwart, der Kaffee war aus Italien. Der Zirni fuhr mit seinem Lieferwagen höchstpersönlich einmal im Monat nach Triest, um den Rohkaffee zu holen. Geröstet und gemahlen wurde dieser dann im Südburgenland. Rund um den Zirni stand eine Handvoll männliche Aussteller und Besucher, die sich eine Pause gönnten. Die Männer hatten es nicht eilig, zu ihren Ständen zurückzukehren oder ihre Besorgungen zu machen. Ihre Frauen und Töchter schupften das schon. Der Zirni wusste, dass die Männer ihre Pause gerne in die Länge zogen, und ließ sich daher beim Kaffeezubereiten absichtlich ein bisschen Zeit. Ab und zu ging auch ein Flachmann herum. Das war halt echte männliche Solidarität. Aber Mathildes Kaffee hatte der Zirni schon fertig, kaum dass er sie erblickt hatte. Er drückte ihr einen Becher mit einer Melange* und ein Sackerl Zucker in die Hand, noch bevor sie die Bestellung aufgeben konnte. Er wusste ohnehin genau, wie sie ihren Kaffee mochte. Für diese Aufmerksamkeit liebte Mathilde den Zirni.

»Ist die Vera schon da gewesen?«, fragte sie.

Zirni zwirbelte seinen langen geflochtenen Vollbart. »Vor fünf Minuten, ich glaube, sie wollte zum Jandl.«

Der Jandl war Marktfahrer und Geschirrtandler. Sein Stand war ein Traum für alle, die gerne kochten. Es gab Berge von pastellfarbenem Emaillegeschirr, Torten- und Kuchenformen, Siebe, Reiben, Schüsseln, hilfreiche Küchenutensilien und Keksausstecher in allen nur erdenklichen Formen. Mathilde hatte auch einmal einen Ausstecher in Virusform entdeckt. Aber vielleicht war das auch nur eine verbogene Schneeflocke gewesen.

Sie hörte Veras lautes Lachen schon von Weitem. Der Jandl Andreas zeigte der Vera gerade einen selbst fabrizierten Gutschein. Der Gutschein war ein angeschlagenes Emaillehäferl, auf das der Jandl zwei Titten gemalt hatte. Darunter hatte er »Für neue Töpf« geschrieben.

---

* Milchkaffee

Vera lachte schallend. Drum mögen sie die Männer, weil sie auch Herrenwitze lustig findet, dachte Mathilde. Sie warf einen Blick in Veras Korb. Aufgrund der darin befindlichen Waren wusste sie sofort, bei welchen Ständen ihre Freundin schon gewesen war. Ein Tatzerl Apfelfleck vom Nöhrer, ein in Papier eingeschlagenes Bauernbrot vom Goger, ein Stück Bergkäse vom Red, ein Glas Leberaufstrich von den Kleins.

»Ich muss noch zum Herrn Kaiser«, sagte Vera. Der Herr Kaiser wurde als Einziger am Markt von Mathilde und ihr mit »Herr« angesprochen, obwohl er weder alt noch förmlich war. Warum das so war, wussten sie nicht mehr. Das war halt so. Der Herr Kaiser war Gemüsehändler. Er handelte nicht nur mit Salat, Karotten, Zwiebeln und Lauch, sondern auch mit Jungpflanzen, manchmal auch mit nicht mehr ganz so jungen. Vera hatte einmal im Juni Paprikapflanzen bei ihm gekauft, die schon reife Früchte trugen. Sie hatte das sehr praktisch gefunden. Heute kaufte sie rotschalige Erdäpfel, weil man mit den rotschaligen Krumpern* alles machen kann. Die sind universell.

»Können wir uns wo hinsetzen?«, fragte Mathilde. Sie brannte darauf, Vera vom gestrigen Nachmittag zu erzählen. Sie hatte am Telefon schon Andeutungen gemacht, aber die Geschichte von Angesicht zu Angesicht zu erzählen, war etwas ganz anderes. Das war fast so, als würde man alles noch einmal erleben. Die beiden Frauen ließen sich auf einer der Parkbänke nieder.

»Also, wie war es mit dem Radeschnig in der Therme?«, fragte Vera, die wusste, was sie zu fragen hatte, und schob

---

* Krumbirnen = Erdäpfel

sich ein Stück Apfelfleck in den Mund: »Magst auch ein Stück?«

Mathilde blickte hungrig auf die angebotene Mehlspeise, schlug diese dann aber aus. Sie hatte gestern in der Therme beschlossen, eine Woche Low Carb zu machen, um ihre Cellulite auszuhungern.

»Also er war ziemlich besoffen, aber daran war ich schuld. Ich habe ihn angewassert.«

»Mathilde, Mathilde!« Vera schüttelte den Kopf und blickte sie tadelnd an. Aber die Empörung war natürlich nur gespielt.

»Das war schon gut, dass er angewassert war, weil er mir urviel erzählt hat, es ist einfach nur so rausgesprudelt. Ich glaube, er kann mit seiner Frau nicht so gut reden.«

»Und was hat er alles erzählt?«

Mathilde überlegte. Arno hatte ihr das mit dem tödlichen Unfall im Vertrauen erzählt.

Aber sie wusste, sie konnte es einfach nicht für sich behalten. Sie musste es Vera erzählen.

Sie würde das tun, was jede vernünftige Frau in dieser Situation tun würde. Sie würde es Vera *ebenfalls* im Vertrauen erzählen. Vera war keine Tratschen. Und Mathilde war einfach fürchterlich schlecht mit Geheimnissen.

»Also gut«, sagte sie, »aber du darfst es niemandem weitererzählen. Versprich es.«

»Ja, ich verspreche es.« Vera hatte ihr Frühstück verputzt und rieb sich die Hände an den Jeans ab.

»Er hat eine Frau umgebracht.«

»Er hat was? Was, welche Frau?« Vera fuhr hoch. »Nicht sag, er hat dir gestanden, er hat die Sky umgebracht?«

»Nein, nicht die Sky. Und auch nicht mit Absicht. Es war ein Unfall. Es ist urlang her. Das ist irgendwann in den 1990ern passiert. Er hat es wohl auch verdrängt. Aber jetzt hat er dieses Hotel am Teich, und da ist diese Wasserpanik wohl wieder hochgeschwappt. Im wahrsten Sinne des Wortes. Er hat auch noch so komische Andeutungen gemacht. Irgendwas von seiner Vergangenheit, die ihn eingeholt hat.«

Mathilde drehte sich um: »Sag, ist das da hinten der Tom?« Im selben Moment, als sie den Satz ausgesprochen hatte, bereute sie es. Denn der Tom war nicht allein. Er stand mit einer schwarzhaarigen langbeinigen Frau beim fremden Käsestand und fütterte sie mit Käsewürfeln. »Oh nein«, sagte Mathilde, als sie sah, wie das Gesicht ihrer Freundin erstarrte.

Mit einer fremden Frau beim fremden Käsestand, das war doppelter Betrug, an der Vera und am Wochenmarkt.

Der fremde Stand gehörte nicht zur wöchentlichen Ausstellercommunity und befand sich deshalb ein bisschen abseits. Es war einer von diesen fahrenden Käsehändlern, die auch auf Jahrmärkten, Messen und vor Einkaufszentren ihr Glück versuchten und nun schauen wollten, ob es auch in Oberwart etwas zu holen gab.

Als treuer Mensch kaufte man selbstverständlich nicht dort ein, sondern bei den regionalen Käseverkäufern, die jeden Samstag da waren. Das verstand sich wohl von selbst.

Aber Tom und Treue, das war immer schon ein Ding der Unmöglichkeit gewesen.

Die Frau hatten sie noch nie hier gesehen, und sie war ziemlich aufgemascherlt für den Bauernmarkt. Sie hatte ein Sweatshirtkleid an, das so kurz war, dass man nicht wusste, ob es ein Sweatshirt oder ein Kleid war. Und darüber eines dieser glänzenden Designerdaunengilets, bei dessen Preiszetteln Normalverdiener Schnappatmung bekamen.

»Vielleicht eine Steirerin oder eine Wiener Zuagroaste«, überlegte Mathilde.

Was noch viel prekärer war als das Outfit und die potenzielle Herkunft der Fremden, war, dass Toms Hand auf ihrem Arsch lag.

»Lass uns gehen, bevor er uns sieht«, sagte Vera, schnappte ihren Korb und stakste steif quer durch den Park Richtung Hochhaus davon. Mathilde folgte ihr.

Sie verspürte Mitleid mit Vera, aber auch Enttäuschung. Jetzt konnte sie ihre Geschichte von gestern nicht fertig erzählen. Die Geschichte, die damit geendet hatte, dass Arno sie gestern geküsst hatte. Wobei das vielleicht gar kein Ende war, sondern ein Anfang.

33 DAS AURIKELTHEATER

Wurzelläuse leben in Kolonien im Wurzelbereich von Pflanzen und lassen diese welken und sterben. Sie hinterlassen Wachsausscheidungen rund um die Pflanzenwurzeln und scheiden Honigtau aus, der von Roten Wiesenameisen gesammelt wird.

»Die Polizei tappt im Dunkeln.« Kontrollinspektorin Marlies Murlasits legte schnaubend den »Burgenländischen Boten« weg. Was für eine idiotische Headline. Sie hasste diese Plattitüde. Sie tappte maximal im Dunkeln, wenn sie in der Nacht aufs Klo musste, was mit zunehmendem Alter leider immer regelmäßiger passierte. Eigentlich fast jede Nacht und immer zwischen 3 Uhr und 4 Uhr. Das waren sicher die Wechseljahre. Oder die Leber. Laut traditioneller chinesischer Medizin hatte man was an der Leber, wenn man um diese Zeit aufwachte. Marlies dachte nach. Vielleicht war es aber auch nicht die Leber, sondern die Lunge gewesen. Sie konnte sich nicht mehr erinnern. Aber über eine mögliche Lungenkrankheit wollte sie jetzt auch nicht nachdenken. Sie widmete sich wieder dem Artikel.

Die Verfasserin war diese Horvath Vera. Das war eh klar gewesen. Wenn die wüsste, was ihr Kollege Franz und sie schon an Zeit und Arbeit in diesen Fall gesteckt hatten. Und wie viel Schreibarbeit da schon angefallen war. Wenn es so einfach wäre, den Täter zu überführen, hätten sie den Fall schon längst zu den Akten gelegt. Aber dieser Sky-Dujmovits-Mord war eine echte Zecke, eine richtige Lästwanze.

Ihr Kollege Franz blickte über ihre Schulter und schüttelte den Kopf, als er die Titelseite des »Botens« sah. »Lass uns noch mal mit dem Vater reden«, sagte er dann.

»Mit dem Radeschnig?«

»Nein, mit dem, bei dem sie aufgewachsen ist.«

Die beiden Polizisten überraschten René Dujmovits, als er gerade dabei war, in seinem Vorgarten hohe Blumentöpfe in ein lila lackiertes Bücherregal zu stellen.

»Was wird das?«, fragte Franz, nachdem Marlies und er den Mann begrüßt hatten.

»Ein Aurikeltheater«, sagte René Dujmovits kurz angebunden.

Er spürte eine gewisse Überlegenheit, als er die fragenden Gesichter der Polizisten sah. Er hatte natürlich erwartet, dass diese keine Ahnung hatten, wovon er sprach. Wer interessierte sich auch heutzutage noch für Botanik?

»Aurikel sind Blumen, Show-Primeln, echte Diven, aber wunderschön.« Der Mann streichelte über einen der Töpfe. »Es gibt Tausende Sorten in allen nur erdenklichen Farbkombinationen.«

»Und mit denen spielen Sie dann Theater?«, fragte Franz. Es klang ein bisschen sarkastisch, aber das war beabsichtigt. Er überspielte so den Ärger über die Präpotenz, die sein Gegenüber ausstrahlte. Er mochte es nicht, wenn er bei einem Thema nicht Bescheid wusste. Blumen waren so ein Thema.

»Ein Auricula-Theater ist eine Freiluft-Schauvitrine für besonders wertvolle Auricula-Primeln, weil sie hier vor Wind und Regen geschützt sind«, dozierte René Dujmovits. »Eine Praxis, die in England bis ins 18. Jahrhundert zurückreicht. In Sissinghurst steht ...«

Er verstummte mitten im Satz. Den Polizisten zu erklären, dass Sissinghurst einer der berühmtesten Gärten Englands war, würde zu weit führen.

»Man sieht nur die Blätter in den Töpfen. Die treiben wohl erst im Frühling aus. Sind das Stauden?«, bemerkte Marlies.

René Dujmovits blickte sie an. Die Frau wusste zumindest, was eine Staude war. Mit der konnte man sich unterhalten. »Sehr richtig, Auricula-Primeln sind Stauden, sie ziehen im Herbst ein und treiben und blühen im Frühling. Ich habe sie gerade umgetopft, um Wurzelläusen vorzubeugen. Diesen Schädling erkennt man an einem weißen wolligen Belag an den Wurzeln. Man muss die Wurzeln mit heißem Wasser und einer Bürste reinigen.«

René Dujmovits strich zärtlich über die Blätter und lächelte.

Es war das erste Mal, dass Marlies ihn lächeln sah. Beim ersten Gespräch nach Skys Tod hatte der Mann wie versteinert gewirkt. Das war aber auch verständlich gewesen. Er hatte einen doppelten Schicksalsschlag erlitten. Erst starb die Frau an Krebs, dann wurde die Ziehtochter tot aufgefunden.

Das Lächeln stand ihm. Dujmovits war einer dieser Männer, die auch noch mit 53 wie ein Kind aussahen. Ein altes Kind freilich, aber ein Kind. Vermutlich hatte er schon immer so ausgesehen. Große Augen, eine Himmelfahrtsnase, das Haar gescheitelt, wie ein Schulbub in einem Erich-Kästner-Roman.

Er war nicht besonders groß, seine Hände und Füße wirkten zierlich. Die Gartenhandschuhe würden mir auch passen, dachte Marlies, und die Gummistiefel auch.

Ihre Menschenkenntnis sagte ihr, dass es klug war, noch ein wenig beim Thema Aurikel zu bleiben, bevor sie dann über ein Thema sprechen mussten, das sicher schmerzhaft für den Mann war.

»Die Töpfe sind schön«, sagte sie schließlich. Die Töpfe waren lang und schmal und in verschiedenen Grün- und Blautönen glasiert. Die Farben erinnerten an die Adern in Schimmelkäse.

Dujmovits lächelte noch einmal. »Nicht wahr? Die sind ein Traum. Das sind spezielle Aurikeltöpfe. Maria Binder aus Bernstein fertigt sie an.«

Franz begann, unruhig von einem Fuß auf den anderen zu steigen und zu schnaufen. Das tat er immer, wenn er ungeduldig wurde, aber Marlies ließ sich nicht beirren.

»Was ist so besonders an einem Aurikeltopf?«, fragte sie.

Dujmovits schien sich über ihr Interesse zu freuen.

»Primeln haben eine lange Pfahlwurzel und brauchen daher ein schmales, tiefes Gefäß, um sich wohlzufühlen. Der Fachmann nennt diese Form ›Long Tom‹«, sagte er und hielt ihr zur Anschauung einen Topf entgegen, bevor er fortfuhr. Marlies strich über die seidenmatte Oberfläche.

»Die Binder Maria sagt immer, man sollte Pflanzen nicht in irgendein Gefäß stopfen. Ein Topf ist immer auch ein Lebensraum. Sie sorgt dafür, dass dieser Lebensraum stimmig ist und passt. Die meisten wählen Farbe und Form von Blumentöpfen passend zum Haus oder zur Terrasse aus. Ich finde aber, ein Topf soll zur Pflanze, zu deren Optik und deren Bedürfnissen passen. Er soll ihre Schönheit hervorheben.«

Franz schnaufte jetzt so laut wie eine Französische Bulldogge beim Gassigehen.

Dujmovits musterte ihn mit einem wissenden Seitenblick. »Aber ich will Sie nicht mit meinen Blumen langweilen. Sie sind ja sicher wegen etwas anderem da. Sollen wir hineingehen?«

Sie gingen ins Haus und nahmen auf der Eckbank in der Küche Platz. Dujmovits saß mit dem Rücken zum Herrgottswinkel. Es wirkte, als wäre das sein Stammplatz. Als Marlies ihm gegenüber Platz nahm, überlegte sie kurz, wo wohl seine verstorbene Frau immer gesessen hatte. Wahrscheinlich nicht auf der Bank. Sondern auf einem der beiden Stühle. Damit sie schnell aufspringen und etwas aus der Küche holen konnte. Wie das Frauen oft taten. Wo wohl die Tochter früher gesessen hatte? Und wie muss es sich wohl gegenwärtig anfühlen. Heute. Wenn man immer diese leeren Plätze anstarren musste.

Die Essecke war in bäuerlich rustikalem Stil eingerichtet. Nur das leicht schimmernde dunkelblaue Tischtuch aus bügelfreiem Kunstfasersatin wollte nicht ganz dazu passen. Marlies kannte diese Tischtücher, die gab es zweimal im Jahr beim Diskonter. Immer vor Muttertag und vor Weihnachten. Ein potenzielles Geschenk für ältere weibliche Verwandte, die sagten, sie würden nichts brauchen, weil sie eh schon alles hatten.

Dujmovits glättete das Tischtuch mit der Hand, als wolle er ein paar unsichtbare Brösel wegwischen. Dann sprang er noch einmal auf und stellte eine Flasche Mineralwasser und drei Gläser auf den Tisch. Das Mineralwasser war die Eigenmarke vom Diskonter.

»Haben Sie herausgefunden, wer der Sabine das angetan hat?«, fragte er schließlich.

Franz blickte den Kindmann lange an. »Die Tatsache, dass Arno Radeschnig der leibliche Vater von Sabine ist, bringt eine ganz neue Dynamik in den Fall. Wir würden gerne von Ihnen hören, warum Ihre verstorbene Frau das so lange für sich behalten hat.«

Dujmovits griff nach der Flasche und schenkte Mineralwasser in die Gläser.

»Ich glaube, ich muss ein bisschen ausholen«, sagte er dann. »Das ist jetzt alles schon sehr lange her, aber ich denke, es ist wichtig, um es zu verstehen ...« Er setzte sich hin und begann mit seiner Geschichte. Marlies wandte sich ihm zu. Sie hoffte, dass es eine gute Geschichte war, sonst würde das Geschnaufe vom Franz nicht auszuhalten sein.

*

Dujmovits kam aus sehr einfachen Verhältnissen. Der Vater arbeitete im Straßenbau. Die Mutter nähte in einer Unterwäschefabrik BH-Träger an Büstenhalter. René wurde 1968 geboren. In einer Zeit, als viele Burgenlandkroaten es für besser hielten, sich anzupassen, zu assimilieren. Die Kinder sollten es einmal besser haben. »Einer Minderheit anzugehören, ist nie gut«, sagte die Mutter. Sie wurde wegen ihres Akzents in der Fabrik oft als »die Krowodin« verspottet. Die Mutter wollte, dass die Kinder ein schönes, klares Deutsch sprachen. Der Vater fand das nicht. Er war stolz auf seine Wurzeln. »Unsere Vorfahren wurden hier in der Grenzregion als Bollwerk gegen die Türken angesiedelt. In verwüsteten Landstrichen und öden von Agrarwirtschaftskrisen geplagten Gebieten, wo es durch Krieg und Krankheit einen Arbeitskräftemangel gab. Kanonenfutter hätten wir sein sollen. Aber wir Krowodn sind nicht verreckt, wir haben überlebt. Darauf kann man sich schon was einbilden«, sagte er.

Er spielte auf die Türkenkriege an. Als türkische Truppen zwischen 1526 und 1683 immer wieder ins damalige Westungarn einfielen und ganze Dörfer niederbrannten und ausradierten.

Der Vater sang mit dem kleinen René kroatische Lieder und schrieb ihn in die Tamburizza-Gruppe des Dorfes ein. Und als er Mitte der 1970er-Jahre befördert wurde, war endlich genug Geld für einen Urlaub da. Natürlich fuhr man nach Jugoslawien. Dort konnte man sich zumindest verständigen. Dachte man. Für die Jugoslawen hörte sich das Burgenlandkroatisch jedoch genauso umständlich und geschwollen an wie das Mittelhochdeutsch der Ritter und Burgfräulein für einen Deutschsprachigen in der Gegenwart. Eingezwängt zwischen deutscher und ungarischer Umgebung hatte sich das kroatische Idiom seit der Ansiedlung 1533 kaum verändert. Fehlende Worte wurden einfach durch Deutsche ersetzt. Ja cú nam kupit woschmaschin. Ich kauf uns eine Waschmaschine.

Der Vater hatte sich von einem Freund ein Auto geliehen, das stark genug war, den ebenfalls geliehenen Wohnwagen zu ziehen. Die orangefarbene Lackierung des Opel Admiral passte zu den orange-braun karierten Vorhängen im Wohnwagen.

In der winzigen Küche des Wohnwagens türmten sich Rexgläser und Konserven. Eingelegte Bohnen und Fisolen, Ravioli, Leberstreichwurst, Gulaschsuppe und Bauernschmaus. Die Mutter war sich nicht sicher, wie das so war mit dem Essen in Jugoslawien, deshalb wollte sie auf Nummer sicher gehen.

Die Familie überquerte frohgemut die Grenze nach Jugoslawien, cruiste am Sommersitz des jugoslawischen Sonnenkönigs Marschall Josip Broz, genannt Tito, vorbei und erreichte dann nach vielen Stunden endlich ihr Ziel: die Insel Rab in Kroatien. Dort am Campingplatz sollte der Urlaub beginnen.

Die Mutter wollte schon den Campingkocher anwerfen, aber der Vater sagte, dass man sich zur Feier des Tages etwas gönnen und in ein Restaurant gehen werde. In einer kleinen Konoba* verliebte sich der achtjährige René erstmalig. Mit einer Inbrunst, zu der nur Achtjährige fähig sind. Er verliebte sich in die besten faschierten Laberl** seines Lebens, die hier Ćevapčići hießen.

Einen Tag später verliebte er sich erneut. Diesmal war das Objekt seiner Begierde aber kein Fleischlaberl, sondern die achtjährige Tochter des Supermarktbesitzers am Campingplatz. Ein staatlicher kommunistischer Supermarkt, in dem es seiner Erinnerung zufolge genau sechs Dinge zu kaufen gab: Milch, Brot, Käse, Wurst, Marmelade und Sonnenmilch. Das Mädchen hieß Marija, hatte dunkle Locken und fragte ihn, warum er so komisch daherreden würde. Marija hatte noch nie von Burgenlandkroaten gehört.

In diesem Sommer sammelte René Eindrücke, die er sein ganzes Leben lang nie vergessen würde.

Die Hitze im Wohnwagen, wenn er morgens in aller Herrgottsfrühe aufwachte, weil es draußen schon hell war. Der feuchte Geruch der Gemeinschaftsduschen, zu denen er zweimal täglich mit dem Toilettetascherl unterm Arm marschierte. Die Mühsal, ständig das grellbunte Plastikgeschirr abwaschen zu müssen, in dem die Mutter die aufgewärmte Konservenkost servierte. Die jungen Eisverkäufer, die Eiskugeln mit dem Eisportionierer in die Luft warfen und dann mit der Tüte auffingen.

Und dann Marija. Immer wieder Marija. Ihr zuliebe verbrachte er mehr Zeit im Supermarkt als am Strand. Bei seinen Besuchen im Supermarkt trug er orangefarbene Schwimmflügerl. Das lag daran, dass die Mutter ihm diese

---
* Gasthaus, Restaurant
** Faschierte Leibchen = Buletten

morgens anzog und ihm einschärfte, diese nur ja nie abzunehmen. Denn René konnte nicht vernünftig schwimmen, und das bedrohliche Meer lag ja nur einen Steinwurf entfernt.

Sogar Marijas Eltern, die als aufrechte Kommunisten eine Aversion gegen die verwestlichten Burgenlandkroaten hatten, mussten einsehen, dass gegen diese Kinderliebe kein Kraut gewachsen war. »Mala riba«, kleiner Fisch, so nannte ihn Marijas Mutter irgendwann. »Warum tut sie das?«, fragte er Marija. »Du siehst halt so aus«, sagte sie und deutete auf die Schwimmflügerl.

Die Familie fuhr fortan jeden Sommer nach Rab. Im Winter schrieb René Marija Briefe und Postkarten, sehr zur Freude des Vaters, denn die Briefe mussten natürlich in Kroatisch verfasst werden. Im Sommer, als René 14 wurde, küssten er und Marija sich am Strand. Im Sommer darauf küsste sie einen anderen. René hatte den Sommer als den schlimmsten seines Lebens empfunden. Aber es sollte noch schlimmer kommen. Denn als er im Jahr darauf wiederkam, war die Familie – Marija hatte inzwischen noch eine kleine Schwester bekommen – weggezogen und zwar an einen Ort, an dem der Vater keinen Sommerurlaub machen wollte. Nach Sarajevo. In den nächsten Jahren hörte René nur sporadisch von Marija. Er war inzwischen 28, war der Erste in der Familie, der studierte – Hoch- und Tiefbau. Sie hatte geheiratet, ihn sogar zur Hochzeit eingeladen. Er hatte keine Zeit, kein Interesse. Dann brach 1991 der Jugoslawienkrieg aus. Der Kontakt riss komplett ab. Nur wenn im Fernsehen über die Gräueltaten und ethnischen Säuberungen berichtet wurde, wurde es ihm ganz anders. Und dann kam dieser Tag, der sein Leben für immer veränderte. René wusste sogar noch die Uhrzeit. Es war der 10. Oktober 1996 um 10.40 Uhr, als es an der Tür seiner Wohnung in Wien läutete. René wollte erst gar nicht aufmachen. Er hatte seinen Fernseher nicht angemeldet und war deshalb immer auf der Hut vor der GIS. Er hatte höchsten Respekt vor den Vertretern der Gebühren Info Service GmbH. Die konnten jederzeit unangemeldet vor der Tür stehen und Einlass begehren. Unangenehme Kerle waren das. Er schlich auf Socken zur Eingangstür und spähte durch den Türspion. Da stand eine magere Frau mit einem Baby. Zeugen Jehovas, dachte er erleichtert. Mit denen werde ich fertig. Aber die Frau war keine Zeugin Jehovas. Die Frau war Marija. Hohlwangig, mit blauen Schatten unter den Augen und einem bitteren Zug um den Mund. Aber ohne Zweifel Marija.

»Deine Eltern haben mir die Adresse gegeben«, sagte sie. »Ich hoffe, es ist okay, wenn ich so unangemeldet reinplatze. Hast du kurz Zeit?«

René nahm sich nicht kurz Zeit. Er nahm sich lange Zeit. Sehr lange. 26 Jahre lang nahm er sich Zeit. Bis Marija starb.

Erst war sie nur ein Übernachtungsgast, dann eine Mitbewohnerin, irgendwann seine Verlobte. »Ich hab sie immer lieber, je länger sie da ist«, hatte René seinen Eltern erklärt. Was er ihnen nicht erklärte, war, dass er sich auf eine seltsame Art geehrt fühlte, dass seine Kinderliebe jetzt wirklich seine Freundin war. Er hatte immer das Gefühl gehabt, er wäre nicht ihre Liga gewesen. Sie, die stolze schöne Kroatin, und er, der kleine Fisch mit der komischen Aussprache. Und jetzt konnte er für sie sorgen, sie beschützen. Marija wollte nicht darüber reden, was in der Vergangenheit passiert war. Der serbische Mann, die kroatischen Eltern. Tot, alle tot. Die kleine Schwester wahrscheinlich auch tot. Das Baby hatte sie bei ihr gelassen, bevor sie verschwunden war. Jetzt war es halt ihr Baby. Sie hatte ja sonst niemanden. Außer dem Baby und jetzt dem René. Sie zogen von Wien zurück ins Südburgenland. Am Land war es besser für ein Kind.

Als sie heirateten, war das Baby zwei und tapste in der katholischen Pfarrkirche zum Heiligen Martin in Schachendorf voraus und streute Blumen.

Sabine sollte ein Einzelkind bleiben. Marija verabscheute Sex. Irgendwas war ihr im Krieg passiert. Aber darüber wollte sie auch nicht reden.

René akzeptierte das, und Marija akzeptierte, dass er für Sex ins Oberwarter Puff ging.

Geredet wurde über diese Vereinbarung freilich nie. René ging immer zur selben Prostituierten. Eine warmherzige, vollbusige Frau in seinem Alter, die sich Linda nannte, aber eigentlich Gerlinde hieß. Mit Gerlinde konnte er sich auch unterhalten, nicht nur schnackseln. Das war ihm wichtig. Er war Gerlinde genauso treu wie Marija. Als Marija starb, war René unendlich traurig. Jetzt hatte er auch keine Lust mehr auf Sex. Er wollte nur in Gerlindes Armen liegen und ihr von Marija erzählen. Sie machte ihm dafür einen Sonderpreis. Er hatte Fotos von Marija in einer Cloud gespeichert, damit er sie Gerlinde zeigen konnte. Auf einem ganz alten Foto aus dem Vermächtnis seiner toten Frau, das er mit dem Handy abfotografiert hatte, war auch die verschwundene Schwester abgebildet.

»Die kenn ich, das ist die Tamara«, sagte Gerlinde, als sie das Foto sah.

»Nein, du musst dich irren, dass ist die Daria, die Schwester meiner Frau. Sie war Model.«

»Model?« Gerlinde lachte. »Wenn die Model ist, bin ich Heidi Klum. Mit der bin ich Mitte der 1990er in Kärnten um die Häuser gezogen, wenn ich dort auf Saison war. Die war genauso eine wie ich. Nur hat die im Gegenzug zu mir

Karriere gemacht. Ein Edel-Escort war das, und ich bin in der ›Roxy Bar‹ gelandet. A fescher Hos wor des, die Tamara. Aber die war ja auch ein gutes Eck jünger als ich. Und sie hatte diese hohen slawischen Wangenknochen. Die macht dir kein Schönheitschirurg. Mit denen musst geboren werden.«

René hatte seine Geschichte beendet. In der Küche war es so still, dass man glaubte, eine Stecknadel fallen zu hören. Franz schnaufte kein bisschen. »Und wann war dieses Gespräch mit Frau Gerlinde …?«, fragte er schließlich.

Sie sah den kindlichen, sanften Mann, der ihnen so ernsthaft und offen seine Lebensgeschichte erzählt hatte, fragend an. Und René fiel zum ersten Mal auf, dass er tatsächlich keine Ahnung hatte, wie Gerlinde, die zweitwichtigste Frau in seinem Leben, mit Nachnamen hieß.

»Das ist noch nicht lange her. Zwei Monate, vielleicht zehn Wochen. Die Marija ist ja erst im Sommer gestorben.«

»Und bei unserem Erstgespräch haben Sie nicht daran gedacht, uns das zu erzählen?«

Dujmovits zuckte mit den Schultern. »Ich habe mir gedacht, dass es doch eine Verwechslung war …« Er schüttelte den Kopf.

»Mir war das auch peinlich, das mit der Gerlinde. Aber ich habe nachgedacht. Das darf mir nicht peinlich sein. Weil die Gerlinde ist ein wertvoller Mensch, auch wenn sie eine Gewerbliche ist.«

Er machte eine Pause.

»Ist noch was?«, fragte Marlies.

»Also ja, da war vorgestern diese Journalistin da und hat gesagt, dass das doch stimmen könnte, dass die Daria ein Escort war, weil sie in Kärnten recherchiert hat, und der Herr Radeschnig hatte auch so einen Ruf mit seinen Partys damals. Also da gibt es vielleicht doch einen Zusammenhang.«

»Welche Journalistin?«, fragte Franz Grandits eisig.

René stand auf und kramte in einer Schale auf der Kommode. »Moment. Ich hab vergessen, wie sie heißt, aber sie hat mir ihre Karte dagelassen.«

Er reichte den Polizisten eine hellgraue Visitenkarte.

Die beiden Inspektoren konnten sich schon denken, welcher Namen darauf stand, bevor sie ihn entziffern konnten.

Vera Horvath, freie Journalistin, im Auftrag des »Burgenländischen Boten«.

34 VERA HAT IMMER DAS BUMMERL

Beim sprichwörtlichen Wurm im Apfel handelt es sich nicht um einen echten Wurm, sondern um die Larve eines Schmetterlings, des Apfelwicklers (lateinisch Laspeyresia pomonella). Der Schädling verbreitet sich rasch und kann ganze Ernten vernichten.

»Bist du am Nachmittag daheim?«, fragte Vera. Ihre Hand, die das Telefon hielt, war klamm. Ihr ganzer Körper fühlte sich versteinert an, seit sie Tom heute mit dieser Fuffi am Markt gesehen hatte. Aber sie wollte mit ihm darüber reden. Sie wollte, dass sich das aufklärte. Das musste doch ein Missverständnis gewesen sein, oder?

Tom zögerte: »Ich wäre jetzt daheim, aber ich muss um 16 Uhr noch mal weg.«

Vera war sauer. Na super, er schiebt mich zwischendurch ein, hat danach wohl noch was Besseres vor. Wie wenig muss ich ihm wert sein. »Ich bin in 20 Minuten bei dir«, sagte sie.

Tom wohnte am Csaterberg, einem idyllischen Hügel, der mit 365 Metern Höhe wohl nur im Südburgenland als Berg durchgeht – oder in England. Die geringen Ausmaße machte der Hügel aber mit einer Besonderheit wett. Die Weinbauern am Csaterberg sind steinreich, denn ihre

Weinstöcke wachsen auf Süßwasseropalen. Auf einer Fläche von einem Quadratkilometer kann man hier zwischen den Weinreben überall Schätze aus dem Boden buddeln. Jaspis, Glasopal, Feueropal. Halbedelsteine in allen Formen und Größen. Vom kleinen Schiefer bis zum großen Gesteinsbrocken. Die Opaldecke, die den Weinbauern das Pflügen erschwert, ist den Wissenschaftlern ein Rätsel. Warum ist all das gerade hier entstanden? Bei dieser gewichtigen Frage scheiden sich die Geister. Einig ist man sich nur darüber: Der Wein, der auf diesem besonderen Boden gedeiht, schmeckt auch besonders. Welschriesling, Weißburgunder, Sauvignon Blanc, Blaufränkischer. Es sind Weine, die Geschichten erzählen. Sie sind geprägt von den geheimnisvollen Süßwasseropalen, dem kargen Schieferboden, den heißen Sommertagen und kühlen Herbstnächten.

Die Reben sind vor Wind und Wetter geschützt vom schattigen Hochwald, der das kleine Weinbaugebiet am Hügel umgibt. Wälder wie aus dem Märchenbuch. Hier findet man Rehe und Wildschweine, und wenn die Zeit reif ist, mehr Schwammerl, als man tragen kann. Es gibt auch einen Schmetterling, der nach der Gemeinde benannt ist, zu der der Csaterberg gehört. Die Gemeinde heißt Kohfidisch. Und der Schmetterling *Laspeyresia Kohfidischiana*.

Vera musste an den Schmetterling denken, als sie die steile kurvige Straße zum Csaterberg hinauffuhr. Auf der Waldstraße stand ein Schild mit der Aufschrift »Schneller«.

Vera gab Gas. Ein Falter knallte gegen die Windschutzscheibe. War das jetzt der schützenswerte Kohfidischiana gewesen? Hoffentlich nicht.

Dann lichtete sich der Wald. In den pittoresken Gassen am Csaterberg reihten sich alte Häuser und Kellerstöckl aneinander. Auch Tom besaß so ein Haus. Das Erdgeschoss hatte er zur Bar umgebaut, darüber wohnte er. Die Tür zur Gaststube stand weit offen, als Vera ankam.

Tom stand hinter dem Tresen und polierte Gläser, hielt sie prüfend gegen das Licht, das durch die Kastenstockfenster fiel. Im Lichtstrahl tanzten Staubflocken. In der Bar roch es so, wie es in jedem Lokal, in dem vernünftig gefeiert wird, am helllichten Tag riecht. Säuerlich dumpfe Wein- und Bierdünste hatten sich mit dem künstlichen Frischearoma des desinfizierenden Putzmittels vermischt. Nur nach Toms selbst gebranntem Gin roch es heute nicht. Obwohl die Bar doch dafür berühmt war.

Tom hatte einen guten Geschmack. Das hatte er auch beim Umbau dieses 150 Jahre alten Hauses am Csaterberg bewiesen. Er hatte den Dachstuhl gehoben und neue Fenster einbauen lassen, damit der ehemalige Dachboden, in dem einst Hornissen und Siebenschläfer hausten, für ihn bewohnbar wurde. Aber im Parterre, dort, wo die Bar war, hatte er den Charakter des Streckhofes so gut wie möglich bewahrt. Er hatte den alten Dielenboden mitsamt seinen Astlöchern neu geschliffen und lackiert, die Wände mit unebenem handverriebenem Reibputz ausgekleidet. Auch die Inneneinrichtung war im Stil eines burgenländischen Landhauses gehalten. In der Ecke des Raumes war der runde Stammtisch, drumherum eine Sitzbank. Daneben drei kleinere Holztische mit dazu passenden Stühlen, die einst in der Dorfschule gestanden hatten. Die Sitzkissen aus graubeigem Hausleinen passten zu den Vorhängen. Gemütlich, aber kitschbefreit. An den Wänden hingen gerahmte Bleistiftzeichnungen. Eine zeigte das Haus, in dem sie sich befanden, von außen. Sogar der Marillenbaum vor der Tür war darauf verewigt. Im Sommer lagen jeden Morgen so viele vollreife Früchte auf dem Boden, dass man mit dem Aufklauben kaum nachkam und aufpassen musste, dabei nicht von einer Wespe gestochen zu werden.

»Magst was trinken?«, fragte Tom. Er sah fertig aus, aber tat er das nicht oft?

Immer, wenn er fertig war und seine Augäpfel gerötet waren, wirkten seine grünbraunen Augen einen Tick grüner als sonst. Flaschengrün, hatte Vera mit 18 in ihr Tagebuch geschrieben und dabei an eine Bierflasche gedacht. Vermutlich an »Beck's«, denn das kam damals gerade in Mode.

Kurz überlegte sie, ob sie ein Bier bestellen sollte, aber dann bedachte sie, dass es vermutlich doch besser wäre, nüchtern zu bleiben.

»Nur ein Wasser«, sagte sie.

»Mit Sprudel oder ohne?«

»Mit.«

Vera setzte sich auf einen der Barhocker.

Tom füllte eine Karaffe mit Soda vom Zapfhahn und stellte ein Glas, das mit grünen Weinreben verziert war, daneben. Was für ein Zufall. Die gleichen Gläser habe ich heute beim Jandl am Markt gesehen, dachte Vera. Ihre Gedanken rotierten. Der Markt. Wer war diese Frau gewesen?

Sie wollte nicht gleich mit der Tür ins Haus fallen, also redete sie zuerst mit ihm über die Ermittlungen im Mordfall. Erzählte Tom von der Begegnung mit Skys Ziehvater.

Tom hörte zu, stellte kluge Fragen, sagte die richtigen Sachen zum richtigen Zeitpunkt.

Als sie ihm die Geschichte von der Prostituierten aus Oberwart erzählte, lachte er. »Das ist ja wieder typisch, die feschen Hasen machen in Kärnten als Escort Karriere, und der Ausschuss landet bei uns in Oberwart.«

»Weißt du, wer mir mehr über diese Escortszene erzählen kann?«, überlegte Vera.

»Frag die Zieserl, ihr Ex-Oider war Experte auf dem Gebiet. Der soll die wildesten Partys für seine Parteifreunde geschmissen haben«, lachte Tom. »Und so haaß*, wie die nach der Scheidung auf den ist, erzählt sie dir alles, was sie weiß.«

»Keine blöde Idee«, sagte Vera.

Sie saßen und redeten, wie sie immer geredet hatten. Sie verstanden sich, wie sie sich immer verstanden hatten. Aber irgendwie war da dennoch etwas, das anders war. Etwas lag in der Luft. Etwas, das nicht greifbar war, kaum spürbar. Sie spürte es nur für ein paar wenige Sekunden. Er spürte, dass sie es spürte. Dann war es wieder weg.

Sie kamen zu dem Punkt, an den sie immer kamen. Der Punkt, an dem sie miteinander hinauf in sein Schlafzimmer gingen. Veras Gedanken überschlugen sich. Jetzt oder nie. Wenn sie ihn auf die Tussi vom Markt ansprechen wollte, dann musste sie es jetzt tun. Oder sie ignorierte es. Aber hatte sie überhaupt ein Recht, ihn zur Rede zu stellen? Sie waren ja nicht zusammen. Also nicht richtig. Sie waren Freunde. Freundschaft plus. Und Tom hasste nichts mehr, als wenn Frauen versuchten, ihn einzuengen. An die Leine zu legen, wie er es nannte.

Vera beschloss, die Sache fallen zu lassen. Sie stand auf und umarmte Tom von hinten, drückte sich an ihn. »Lass uns nach oben gehen«, wisperte sie. Sie stellte sich auf die Zehenspitzen, küsste ihn in den Nacken, nahm seine Hand und zog ihn Richtung Stiegenaufgang.

Auf halbem Weg stoppte Tom plötzlich.

---

* Verärgert

»Was ist?«, fragte Vera.

Tom ließ ihre Hand los. »Hast du dir überlegt, wie lange das mit uns noch so gehen soll?«

Vera erstarrte. »Willst du jetzt mit mir über unsere Zukunft reden? Jetzt?«

»Ja, ich glaube, wir sollten reden. Hier. Jetzt.«

Er ging mit ihr zum Stammtisch. Sie setzten sich.

Vera blickte auf die Tischplatte. Ihre Augen blieben an einem länglichen Brandmal hängen. Eine Zigarette musste vom Rand eines Aschenbechers gerutscht sein und hatte beim Verglühen eine Spur auf dem Eichenholz hinterlassen.

»Das mit uns …«, sagte er, »wie lange geht das jetzt?«

»Es ist gerade ein Jahr«, sagte sie.

»Eben«, sagte er. »Es ist ein Jahr, seit du wieder im Südburgenland lebst und das mit uns wieder rennt. Ein Jahr, das ist der Zeitpunkt, wo man entscheiden sollte, wie es weitergeht. Ob es ernst wird. Vielleicht habe ich deswegen angefangen, darüber nachzudenken. Hast du nie darüber nachgedacht?«

Er sah sie an und raufte sich die Haare. Vera spürte, dass er dieses Gespräch schon am liebsten hinter sich hätte.

»Nein«, sagte sie. Sie hatte nie darüber nachgedacht, wie es weitergehen sollte, weil es für sie gar keine Option gab. Sie wollte nicht, dass es endete.

»Ich habe mir gedacht, wir sollten damit aufhören«, sagte Tom und verbog seine verschränkten Finger so stark, dass seine Knöchel knackten. »Wir sollten uns weiter treffen, unbedingt, aber nur als Freunde. Ich will mich weiter mit dir treffen.«

»Ich will mich auch weiter treffen«, sagte sie tonlos.

»Aber das andere führt zu nichts«, fuhr er fort.

Seine Worte kamen bei Vera an, aber sie verstand sie nicht. Wie meinte er das? Passierte das jetzt gerade wirklich?

Machte er gerade Schluss mit mir? So unerwartet musste der Zusammenprall mit ihrem Auto für den Kohfidischiana gewesen sein.

Sie sagte noch immer nichts. War immer noch damit beschäftigt, die Wörter, die ihr da entgegenkamen, zu erfassen und in ihrem Hirn zu sortieren.

Aber Tom redete schon weiter. Er redete rasch. Ohne Punkt und Komma. Als wolle er dieses Gespräch so schnell wie möglich hinter sich bringen.

»Und außerdem«, sagte er, »es gibt da jemanden. Es ist noch nichts, vielleicht wird da auch nie was. Aber wenn das was wird, will ich es nicht mit einer Lüge beginnen.«

»Wie heißt sie?«, fragte Vera und versuchte, den Schmerz zu ignorieren, der ihr ins Herz schoss, weil sie wusste, dass sie kein Recht hatte auf diesen Schmerz.

»Das tut nichts zur Sache«, sagte Tom.

»Bitte«, sagte sie.

»Carina«, sagte Tom.

»Ich hab dich heute mit ihr am Markt gesehen, du hast sie mit Käsewürfeln gefüttert.« Vera benötigte ihre ganze Konzentration, um die Kontrolle über ihre Gesichtszüge zu behalten. Neutral dreinschauen. Nur nicht weinen. Nur nicht weinen. Sie fixierte das Brandloch in der Tischplatte.

»Bist du in mich verliebt?«, fragte er.

Sie sah ihn an. Schüttelte stumm den Kopf.

In diesem Moment spürte sie wirklich keine Liebe. Nur Leere.

»Bist du in mich verliebt?«, fragte sie. Er verneinte.

Sie merkte, wie ihr Tränen in die Augen schossen.

»Es tut mir leid, dass ich jetzt so emotional bin«, sagte sie.

»Du fühlst dich zurückgewiesen«, sagte er.

Sie nickte.

»Wir müssen ja nicht ausschließen, dass wir es wieder tun«, sagte er. »Wahrscheinlich werden wir es eh wieder tun.«

»Nein, dann lassen wir es besser ganz«, sagte sie.

Vera griff fahrig nach dem Bummerlzähler, der neben den Schnapskarten am Tresen stand. Sie schob die grünen und roten Holzkugeln des Bummerlzählers über den jeweiligen Drahtbogen erst zur einen Seite, dann wieder zur anderen. Ganz mechanisch. Ein Bummerl nach dem anderen. Ein Bummerl bekam man, wenn man beim Schnapsen* eine Runde verlor. Das Lieblingslied der Urlioma hieß »Ana** hat immer des Bummerl«. Vera hatte als Kind immer gedacht, es hieße »Anna hat immer das Bummerl« und sich gewundert, warum ausgerechnet immer die Anna verlor. In ihrer aktuellen Situation musste es wohl heißen: Vera hat immer das Bummerl.

Er zog sie noch einmal an sich. Sie ließ es zu. Sie barg den Kopf an seiner Brust. Seine Haut, heiß wie immer, roch nach Minze und Tom.

»Ich hab dich doch auch voll gern«, sagte er. Seine Stimme klang belegt.

»Es wundert mich, dass du darüber sprichst, dass du von dir aus über uns sprichst. Das hast du noch nie getan«, sagte sie.

»Ich habe es nicht getan, weil ich wusste, dass ein Gespräch darüber genau an diesem Punkt enden würde, an dem wir jetzt sind. Ich trag das schon seit Wochen mit mir herum, aber ich will kein Orschloch sein«, sagte er. »Weder zu dir noch zu jemand anderem. Also zu der, die ich kennengelernt habe, falls da etwas entsteht. Obwohl ich das vielleicht gar nicht erwähnen hätte sollen. Weil mich

---

* Kartenspiel
** Einer

das in drei Wochen vielleicht gar nicht mehr interessiert. Das kriegt jetzt hier zu viel Gewicht.«

Vera wusste, dass sie den Namen Carina für immer unsympathisch finden würde. Egal, was passieren würde.

Es war alles gesagt. Er umarmte sie lange. »Ich ruf dich morgen an«, sagte er. Das hatte er noch nie gesagt.

Als sie nach Hause fuhr, merkte sie, wie paradox das Ganze war. Während er mit ihr Schluss gemacht hatte, hatte sie sich mit ihm emotional verbundener gefühlt als je zuvor.

35 SYLVIA, DIE ESCORT-EXPERTIN

Wassermilben sind spinnenartige Insekten, die in geraumer Vorzeit des Lebens auf dem Lande überdrüssig wurden und die deshalb ins Wasser, zum überwiegenden Teil ins Süßwasser, ausgewandert sind.

»Männer, die sich mit Mitte 40 noch Tom nennen, kann man nicht ernst nehmen«, sagte Hilda, »und aus Rechnitz tut man sich nicht einmal einen Hund heim.« Es war das erste Mal, dass Vera ein negativer Kommentar ihrer Mutter über Tom fröhlich stimmte.

Trotzdem konnte sie nicht aufhören, an ihn zu denken. Er war in ihren Gedanken immer präsent. Wie ein weißes Rauschen im Hintergrund. Hinzu kam, die Buschtrommeln hatten ihr zugetragen, wer Toms Neue war. Carina Krottenstein. *Die* Carina Krottenstein. Die erfolgreichste Gartenbuch-Autorin des Landes. Sie hatte vor drei Wochen eine Lesung in Toms Lokal gehalten. Den Rest konnte sich Vera zusammenreimen.

»Die Oide ist voll getuned«, sagte Mathilde. Sie versuchte, Vera aufzuheitern, indem sie ihr Bilder der Krottenstein von deren Social-Media-Accounts zeigte, auf denen die Autorin so prall wirkte wie ein mampfender Goldhamster.

»Schau dir mal diese Augen an. Diese nach oben gezogenen Augenbrauen, dieser erstaunte Micky-Mouse-Blick – die muss einen urschlechten Beautydoc haben.« Die Konkurrentin ausrichten war das Mindeste, was sie tun konnte, um Vera fröhlich zu stimmen.

»Außerdem hat sie bei ihren Auftritten immer ein Blaudruck-Dirndl an, obwohl sie gar keine Burgenländerin ist, sondern eine Zuagroaste«, fuhr Mathilde fort. »Das ist kulturelle Aneignung. Ha!«

Vera lächelte müde. Die Tatsache, dass die Krottenstein Bestseller schrieb, war Salz in ihren Wunden. Vera träumte wie alle Journalisten davon, auch irgendwann einmal ein Buch zu schreiben. Irgendwann. Wenn die Zeit reif war. Das Problem war nur: Die Zeit war nie reif.

»Alle Journalisten haben ein Buch im Kopf, zumeist ist es besser, es bleibt auch dort«, lautete ein bekanntes Zitat. Vera fürchtete, dass an dem Ausspruch etwas Wahres dran war.

»Komm, wir fahren zur Zieserl!«, sagte Mathilde. »Du wolltest sie doch über die Escort-Szene aushorchen.«

»Ich weiß nicht«, sagte Vera. »Ich kenn die nicht so gut. Ist es nicht schräg, wenn ich einfach bei ihr anläute und frage: Ach übrigens, wie ist das so mit teuren Nutten, dein geschiedener Mann soll ja mit denen verkehrt haben.«

»Genauso kannst mit der reden«, lachte Mathilde. »Die Sylvia ist keine, die um den heißen Brei herumschwafelt. Die fährt auch immer allen mit dem Arsch ins Gesicht. Ich weiß, wovon ich rede. Ich arbeite mit ihr.«

Eine halbe Stunde später kamen die beiden am Ortsrand von Buchschachen an. Für Vera war es höchst seltsam, das Haus zu besuchen, das einst ihre Freundin Eva bewohnt hatte.

Ohne Evas lieblichen Cottage Garten wirkte der moderne schwarze Betonblock noch dominanter, fast bedrohlich.

Sylvia stand im Vorgarten und blickte zur Ostseite des Grundstücks, das an den Garten ihrer ewig neugierigen Nachbarin Elfriede Großschädel angrenzte. Arbeiter waren dabei, den Zaun zu Sylvias Gunsten zu versetzen. Sie begrüßte Vera und Mathilde mit kurzem Kopfnicken.

»Ich hab das Grundstück nachmessen lassen«, sagte Sylvia, und Genugtuung schwang in ihrer Stimme mit. Sie dämpfte eine Zigarette mit ihrem Absatz in der Wiese aus, auf der ein Rasenmähroboter seine Kreise zog. »Die alte Hex hat ihren Zaun auf meinem Grund errichtet. Mindestens 70 Zentimeter zu weit auf meiner Seite. Jetzt darf sie alles wieder abreißen.« Eine Baggerschaufel griff nach einer Pflanze, die die Großschädel wohl ebenfalls unberechtigt auf Sylvias Grundstück gepflanzt hatte. Eine Engelstrompete war das. Sylvia hob die Kippe auf und warf sie in den Mistkübel vor dem Haus.

Vera wunderte sich nach einem Jahr im Südburgenland noch immer darüber, wie viele Menschen hier rauchten. Gesunde Landluft. Von wegen.

»Was wollt's ihr hier?«, fragte Sylvia und musterte Vera und Mathilde forschend. Sie hatte eine selbstbewusste Stimme. Dunkel, fordernd und ein bisschen spöttisch.

»Vera recherchiert zu den Vorkommnissen im ›Fia mi‹, und wir dachten, du könntest uns vielleicht weiterhelfen.«

»Na, dann kommt's halt rein, ihr zwei Fragezeichen«, sagte Sylvia amüsiert und spielte damit auf die Kinderdetektivserie »Die drei Fragezeichen« an.

Als sie ins Wohnzimmer des Architektenhauses kamen, war das Erste, das Vera bemerkte, dass es anders roch. Damals, als Eva noch hier wohnte, hatte es nach selbst gebackenem Brot gerochen, nach frisch gekochter Marmelade und den Kräutern, die die gartenbegeisterte Freundin überall zum Trocknen aufgehängt hatte. Jetzt roch es schwer und schwül nach einem öligen Tuberosenduft und außerdem ganz schwach nach kaltem Rauch.

Tuberosenduft soll Männer verrückt machen. Tuberosenöl wurde schon von den alten Ägyptern zur Aromatherapie verwendet und soll im 19. Jahrhundert dann gegenüber jungen Frauen verboten worden sein, aus Angst, dass es einen spontanen Orgasmus auslösen könnte. Vera hatte sich dieses Wissen in Johannas Gartenklub angeeignet. Die Gefahr, hier spontan zum Höhepunkt zu kommen, hielt sie aber für vernachlässigbar. Vera bekam von so schweren Blütendüften höchstens Kopfweh.

»Also, worum geht es genau?«, fragte Sylvia.

»Skys Mutter war vermutlich eine Nobelprostituierte, ein Escort am Wörthersee. Aber wir wissen so gut wie nichts über die Szene«, platzte Mathilde raus.

»Ihr wollt's was über Huren wissen, und da glaubt ihr, ich bin Expertin«, sagte Sylvia belustigt.

Na toll, dachte Vera. Das läuft ja genau wie befürchtet.

»Ja also, weil wir dachten ... also die ›Pannonia Bau‹ war damals überall in den Medien. Es gab da diese Gerüchte. Sexpartys auf Parteikosten. Und dein Mann, ähm Ex-Mann ...« Sie rang nach Worten.

Sylvia schien ihr Unbehagen zu genießen.

Sie lehnte sich in dem mit weißem Leder bezogenen Freischwinger zurück und hob amüsiert ihre etwas zu schmal gezupften dunkel nachgestrichenen Augenbrauen.

»Ihr denkt schon richtig«, sagte sie schließlich. »Ich hab mich bei meiner Scheidung sehr intensiv mit dem Thema befasst. Ich hatte sogar einen Detektiv beauftragt. Wissen ist Macht. Aber ich werde nicht darüber reden. Mein Mann und ich sind zu einem Agreement gekommen. Ein gutes Agreement.« Sie blickte sich um und klopfte dann mit ihren Gelnägeln gegen das Stahlrohrgestänge der Sessellehne. Die Kunstnägel trommelten im Stakkatotakt.

»Wir wollen auch nix über deinen Ex und die ›Pannonia Bau‹ wissen, nur wie das Business überhaupt so läuft mit Partyhostessen für anspruchsvolle Gentlemen, oder wie das so heißt«, erklärte Mathilde.

»Okay, darüber können wir reden. Wollt ihr was trinken?«
Sylvia erhob sich und holte eine Flasche Prosecco aus dem Kühlschrank. Der Kühlschrank schien vor allem Flaschen zu enthalten.

Vera bekam von Prosecco genauso Kopfweh wie von Tuberosenparfüm, aber jetzt war nicht der richtige Moment, empfindlich zu sein.

Sylvia schenkte drei Gläser ein, zündete sich dann eine Zigarette an und blies den Rauch gedankenverloren in die Luft. Sie war eine attraktive Frau. Vielleicht ein bisschen herb. Die Haare zu schwarz. Die Augenbrauen zu stark konturiert. Ihre Lippen kräuselten sich leicht, wenn sie an der Zigarette zog. Raucherfältchen, dachte Vera. Die kräftig geschminkte Haut wirkte grobporig und fahl. An der Nase hatte sich das Make-up in den Poren abgesetzt. Lauter winzige orangebeige Punkte.

»Also der Irrglaube ist, dass es bei High Class Escorts vorrangig um Sex geht«, erklärte Sylvia. »Politiker, Geschäftsleute, die sind nach langen Konferenzen müde. Die wünschen sich ein paar schöne Stunden, gepflegte Unterhaltung, Zärtlichkeit, eine Massage. Es gibt sogar welche, die wollen um ein Mädchen werben, ihm Geschenke machen. Sie lieben den Reiz des Eroberns. Auch wenn es nur Einbildung ist.«

»Und dafür, dass sie einer den Hof machen dürfen, zahlen sie was?« Mathilde machte große Augen.

»Sie zahlen sogar umso mehr, je weniger sie sexuell kriegen«, bestätigte Sylvia. »Diese Männer wollen die perfekte Illusion der Klassefrau. Eine Frau, die vollkommen ist. Luxusprostituierte sind auch Luxusware. Die sind nicht nur schön. Die strahlen Klasse aus. Sie tragen Designerklamotten, Platinschmuck, farblich abgestimmte Seidendessous, dezentes Make-up, tolle Haare. Das sind keine Halbseidenen. Sondern Frauen, die sich distanziert geben, gepflegt Konversation machen. Ihm die Verführerrolle überlassen. Die spielen die Romantische, die Zärtliche. Sonst machen die wenig. Je höher der Preis, desto weniger tut ein Edel-Escort im Bett. Die tun alle so, als würden sie das nur ausnahmsweise machen, weil der Typ so toll ist. So eine lässt sich nicht auf die Titten pinkeln. Für Perversionen gibt's billigere Weiber.«

»Echt jetzt?« Vera war von diesem plakativen Beispiel leicht schockiert. Sylvia schien ihr Entsetzen zu genießen. »Die ganz teuren Mädls sind perfekte Schauspielerinnen. Die Männer wollen die Illusion, dass sie keine Professionellen sind. Sie wollen die Vorstellung einer perfekten Beziehung. Eine Frau, die ihnen nie auf die Nerven geht, die nie lästig ist, die nicht ständig was will so wie die lästige Oide* daheim.«

»Warum nehmen sie sich dann keine Geliebte?«, fragte Mathilde. »Da hätten sie echte Gefühle und müssten kein Geld ausgeben.«

---

* Alte

»Weil eine Geliebte ein Risiko wäre. Diese Männer sind reich, eine Scheidung würde sie ein Vermögen kosten. Stell dir vor, die Geliebte steht plötzlich vor der Tür, weil sie sich verliebt hat und mehr will.«

Ihre Mundwinkel zogen sich nach unten. Jetzt hatte sie einen bitteren Zug um den Mund. Auch wenn sie bei der Scheidung das Haus bekommen hatte, so ganz ohne Verletzungen war die Trennung von ihrem Ex-Mann wohl doch nicht abgelaufen.

»Ich fasse zusammen: Diese Männer zahlen nicht für den Escort, sie zahlen dafür, dass sie danach in Ruhe gelassen werden. Und für diese Scharade zahlen sie Tausende Euro?«, hakte Vera nach.

Sylvia zuckte mit den Achseln. »Die sind reich. Bei dieser Klientel spielt Geld keine Rolle. Es geht wohl auch um Kontrolle, um die Macht, sich alles kaufen zu können. Auch eine Traumfrau.«

»Und über wen laufen Buchungen und Bezahlung?«

»Das rennt meist über Agenturen. Diese sitzen oft im Ausland, wegen der Steuer. Und die Polizei ist machtlos. Man kann ihnen Förderung von Prostitution und ausbeuterische Zuhälterei ankreiden. Aber das ist gar nicht so leicht zu beweisen, denn Freier und Mädchen halten natürlich dicht.«

»Haben die Mädchen dort mehr Rechte als andere im Rotlichtmilieu?«

Sylvia zuckte die Achseln. »Keine Ahnung. Aber es gibt Agenturen, die investieren richtig in ihre Mädchen. Schicken sie erst mal auf eine Benimmschule und bringen ihnen Kultur und Bildung bei, bevor sie sie auf Freier loslassen. Die werden dressiert wie Showponys, bevor sie in die Zirkusarena dürfen. Designerfetzen, Fitnesscenter, Friseur, Kosmetik, Schönheits-OPs. Die Zuhälter sind oft Frauen, die selber High Class Escorts waren und wissen, wie es läuft. Und bei diesen Investitionen werden die schön aufpassen, dass ihnen kein Pferdchen abhandenkommt. Und schon gar kein erfolgreiches Rennpferd.«

»Skys Mutter muss aber zumindest eine Zeit lang aufgehört haben, sie war ja mit ihr schwanger.«
»Blöd gelaufen«, sagte Sylvia. »Mich wundert, dass sie sie nicht abtreiben geschickt haben.«
»Sie hat das Kind im Winter bekommen, bei der Schwester in Kroatien geparkt und ist dann pünktlich zur Sommersaison zurück nach Kärnten«, sinnierte Vera.
»Und dann ist sie verschwunden«, sagte Mathilde.
Laut diesem Charlie ist sie im Wörthersee ersoffen, dachte Vera. Aber sie wollte die Zieserl nicht weiter in ihre Recherchen einweihen.
»Ich fahr noch mal nach Kärnten«, sagte Vera. Sie wandte sich an Mathilde. »Da muss es doch eine Spur geben. Und du horchst den Radeschnig aus!«
Bildete sie sich das ein, oder errötete Mathilde ein bisschen?
Sie verabschiedeten sich von Sylvia. Als diese die Tür öffnete, waren die Baggergeräusche wieder laut zu hören. Jetzt mussten auch noch die Thujen dran glauben. »Die Thujen waren unten eh schon ganz kahl und schiach«, sagte Sylvia, die mit ihnen nach draußen gekommen war. »Ich lass neue nachpflanzen.«
»Eine Benjeshecke wäre besser für die Natur«, sagte Mathilde leise.
»Eine was?«
»Eine Benjeshecke. Das ist eine Totholzhecke. Ein super Sichtschutz und gut für Nützlinge.«
»Ich denk darüber nach«, sagte Sylvia. Dann wechselte sie unvermutet das Thema und wandte sich an Vera.

»Ich hab gehört, der Dunkel Tom ziagt mit der Krottenstein um die Häuser. Tut mir echt leid für dich, Vera.«

Vera hasste es, wenn ihr Name so ausgesprochen wurde. In diesem mitleidigen Tonfall, in den Leute verfallen, wenn sie dir klarmachen wollen, dass sie es gut mit dir meinen.

Sie merkte, wie sich ihre Schultern verspannten. Sie drehte sich Richtung Zieserl. Versuchte, unberührt dreinzuschauen, aber sie wusste, ihr Gesicht verriet mehr, als sie preisgeben wollte. Vielleicht hatten ihre Mundwinkel gezuckt, vielleicht waren ihre Augen für eine Sekunde kummervoll verhangen gewesen.

Sie schwieg. Was sollte sie auch sagen? Ein Blick in Sylvias Gesicht verriet ihr, dass diese im Bilde war.

»Mach dir keine Sorgen, die gibt dir den eh wieder z'ruck«, sagte die Zieserl und zwinkerte ihr aufmunternd zu.

Darauf wusste Vera nun erst recht nichts zu sagen. Wie war das jetzt bitte gemeint?

Verwirrt ging sie zu ihrem Auto, als ihr Handy zu läuten begann. Sie kramte in ihrer Handtasche. Fand das Handy nicht, schüttete den Inhalt der Handtasche auf die Motorhaube. Da war es ja. Fast wäre das Telefon zu Boden gefallen. Die Anruferkennung verriet ihr den Namen des Anrufers. Es war der Chefredakteur des »Burgenländischen Boten«.

Vera nahm den Anruf an.

»Ja, hallo, was gibt's?«

Die Stimme ihres Chefs klang atemlos.

»Der ›Fia mi‹-Mörder ist gefasst.«

»Was soll das heißen, der ›Fia mi‹-Mörder ist gefasst. Wer ist gefasst? Von wem redest du?«

»Die Polizei hat vor zwei Stunden den Hausdiener verhaftet. Dieser Zsoltán Szabo hatte in Ungarn schon Vorstrafen. Gewalt und Nötigung. Der Radeschnig hatte ihn ja rausgeschmissen, weil sich die Dujmovits über ihn beschwert hat. Er hatte also ein Motiv. Und nun haben sie in seinem Auto auch noch die sechs leeren Grappaflaschen mit seinen Fingerabdrücken gefunden. Du kannst aufhören rumzuschnüffeln, der Fall Dujmovits ist gelöst.«

Vera blickte zu Sylvia Zieserl, die noch immer am Gartentor stand und neugierig zu ihr hinübersah.

»Ich leg jetzt auf, aber ich komm in die Redaktion. Ich bin in einer halben Stunde bei dir.«

Vera brachte Mathilde nach Hause und erklärte ihr im Auto kurz den neuen Stand der Dinge.

»Bitte kein Wort zu irgendjemandem«, beschwor sie die Freundin, »Redaktionsgeheimnis, das soll nicht der ganze Bezirk wissen, bevor wir erscheinen.«

»Klar«, sagte Mathilde und überlegte, mit wem sie über das »Geheimnis« reden konnte, ohne Vera in Schwierigkeiten zu bringen. Denn reden musste sie mit jemandem darüber, das war einfach in ihrer Natur. Ich rede mit dem Arno, dachte sie. Als Betroffener wusste dieser sicher eh schon über die Entwicklungen im Mordfall Bescheid, oder? Nun, sie würde es herausfinden.

Vera kam in der Redaktion an. Wie immer bedauerte sie es, kein fixes Mitglied der Redaktion zu sein. Sie mochte die Atmosphäre in diesem Büro. Aber dieses hier war wirklich klein. Vier Schreibtische, durch Trennwände abgeschirmt, gab es hier. Die zwei fixen Redakteure waren beschäftigt. Sie hatten Kopfhörer auf, die den Lärm der Welt schluckten.

Die Sekretärin, eine kleine rothaarige Frau mit Brillengläsern so dick wie Aschenbecher, schlichtete gerade ein paar Bücher ins Regal mit der Aufschrift »Zur freien Entnahme«. Freiexemplare, die die Verlage zur wohlwollenden Rezension an die Zeitung schickten. Nicht alle schafften es auf die Buchseite des »Burgenländischen Botens«.

»Nimm dir nachher eines mit«, sagte sie freundlich zu Vera. Vera nickte dankbar. Wer würde schon ein Geschenk ausschlagen?

Dann ging sie Richtung Glaskobel, in dem der Chefredakteur saß.

»Ich weiß nicht, irgendwie kann ich nicht glauben, dass der Zsolt der Mörder sein soll«, sagte Vera zweifelnd, während sie auf dem Computer ihres Chefs die Presseaussendung der Polizei durchlas. Um den Text besser lesen zu können, beugte sie sich dabei über ihren am Computer sitzenden Chef. Dabei bemerkte sie, dass dieser leicht nach Schweiß roch. Sie wich zurück und sah ihn an. Er roch nicht nur schlecht, er sah auch schlecht aus.

Ihr Boss wirkte zerstreut und sah aus, als hätte er seit Tagen nicht geschlafen. Seine Augen waren blutunterlaufen, die Frisur zerstrubbelt, das Hemd zerknittert. Vera hatte den Verdacht, dass der Mann in der Redaktion übernachtete. Dem war vermutlich auch so. Es gab Gerüchte, dass seine Freundin ihn im Streit immer wieder einmal aus der Wohnung warf.

»Was ist da nicht zu glauben?«, sagte ihr Chef ungehalten. »Es gibt genügend Beweise. Die Grappaflaschen mit seinen Fingerabdrücken. Er konnte als Angestellter problemlos in die Küche, um die Tatwaffe an sich zu nehmen. Und er war schon früher gewalttätig gegen Frauen gewesen. Es gibt auch eine Aussage von Skys Witwer, dass Zsoltán Szabo seine Frau gestalkt haben soll. Er soll sogar einmal in ihrem Zimmer auf sie gelauert haben. Sie kam vom Yoga zurück, und da lag er ganz frech auf ihrem Sofa.«

»In unserem Hotelzimmer war er auch, er ist auf der Couch gelegen, als wir eingecheckt haben. Aber da wirkte er eher müde als bedrohlich.«

»Und das ist dir nicht komisch vorgekommen? Dass ein Angestellter so wenig Respekt vor der Privatsphäre der Gäste hat?«

Vera schaute zweifelnd drein.

»Wo haben sie eigentlich die Grappaflaschen gefunden?«

»In seinem Auto. Vera, es gibt ein Teilgeständnis. Er hat zugegeben, Schnaps in das Badefass geschüttet zu haben, um der präpotenten Bloggerin einen Streich zu spielen. Weil die Sky so eine verwöhnte ›Zezn‹ gewesen sei und sich immer so angestellt hätte bei Alkohol und Fleisch. Aber von wegen Streich. Die Kripo ist überzeugt, er wollte sich für den Rauswurf rächen. Erst hat er Grappa ins Badewasser geschüttet, um sie zu betäuben, und dann hat er ihr die Pulsadern aufgeschnitten, um einen Selbstmord vorzutäuschen. Ein Motiv, kein Alibi, ein Teilgeständnis, unzählige Indizien. Das is a g'mahte Wiesn. Und unsere Aufmachergeschichte. Ich brauch den Text bis Donnerstag von dir und ich will keine unnötigen Spekulationen, denn ...«

Vera fiel ihrem Boss ins Wort.

»Und warum hat er die Flaschen nicht früher entsorgt und ist längst über alle Berge?«

»Sein Auto war kaputt. Er musste auf ein Ersatzteil warten. Vielleicht wollte er auch Gras über die Sache wachsen lassen. Sich nicht gleich nach Ungarn absetzen, um sich nicht verdächtig zu machen.«

»Wo war er dann die letzten zwei Wochen?«

»Am Eisenberg. Ein anderer Ungar hat ihm einen Job bei der Weinlese besorgt. Die Trauben für die Spätlesen mussten eingebracht werden.«

Vera nickte. Sie mochte keine Spätlesen. Sie fand den Wein, der aus Trauben, die erst spät im Herbst geerntet wurden, viel zu süß. Aber es gab einen großen Markt dafür.

»Ich fahr trotzdem noch mal nach Kärnten, bevor ich die Story schreibe«, sagte Vera.

»Wenn es dir Spaß macht, aber dann bitte privat, Kilometergeld kannst dafür keines verrechnen.«

Vera verdrehte innerlich die Augen. Schnorrer, dachte sie.

»Was hast du gesagt?«

Vera fuhr zusammen.

Fuck, offenbar hatte sie laut gedacht!

»Schau, dass du weiterkommst«, knurrte der Chefredakteur.

Vera suchte schleunigst das Weite. Nur beim »Zur freien Entnahme«-Regal bremste sie sich noch kurz ein und schnappte sich ein Buch. Das Cover hatte ihre Aufmerksamkeit erregt. Blumenranken, die ein Herzzeichen formten. Und darüber der Titel. »Gartenliebe« stand da in großen Lettern.

Erst als sie das Buch im Auto auf den Beifahrersitz legte und ihre Gleitsichtbrille aufsetzte, die sie aus Eitelkeit fast nie trug, konnte sie den Namen der Autorin entziffern: Carina Krottenstein.

36 VERA UND CHARLIE LEIDEN

Im Laufe der Zeit hat sich eine Symbiose zwischen Malermuscheln und Bitterlingen entwickelt. Die Fischweibchen legen ihre Eier mit Hilfe ihrer Legeröhren in den Atemschlitz der Muschel, wo diese im Mantelraum Schutz finden und sich im Atem- und Filterwasserstrom der Muschel entwickeln. Die Larven der Malermuschel wiederum graben sich mithilfe ihrer Haken in die Haut der Bitterlinge ein und reifen dort zu kleinen, vollentwickelten Muscheln heran.

In der digitalen Welt ist jede potenzielle Lösung nur einen Fingerwisch entfernt. Leidet man zum Beispiel unter Liebeskummer, hat man mit ein bisschen Gewische am Smartphone sofort Hunderte Coaches an der Hand. Therapeuten und Psychologen, die Frauen in Veras Situation in Beiträgen, Podcasts und Hörbüchern erklären, wie man so schnell wie möglich darüber hinwegkommt. Sie erklären, wie man »seine innere Göttin« reanimiert oder ein »Abschiedsritual« zelebriert, um den Partner, der einen ohnehin nie verdient hat, in Frieden loszulassen.

Viele dieser Inhalte sind sogar gratis! Man bezahlt indirekt, indem man zwischendurch Werbungen über Zungenschaber oder Noppensocken mit Akupunktureffekt über sich ergehen lassen muss. Eine besonders grausliche Werbung wirbt für eine Drahtschlinge, mit der man sich Eiterpatzen von den Mandeln kratzen kann. Diese Eiterpatzen seien nämlich der Grund für unliebsamen Mundgeruch. Tausende Menschen bestellen diese Eiterpatzenkratzer, während sie Liebeskummertrostinhalte konsumierten. Vielleicht ist man ja verlassen worden, weil man Mundgeruch hat.

Auch Vera war diese Werbung zugespielt worden, während sie sich Content zum Thema »Verletzlichkeit macht stark« reingezogen hatte. Ihr hatte so gegraust, dass sie sofort weggeklickt hatte. Sie ging zweimal im Jahr zur Mundhygiene und war sich ziemlich sicher, keinen Mundgeruch zu haben. Die nächste Werbung, die ihr eingespielt wurde, war eine Anzeige für Carina Krottensteins neues Werk. Das hatte sie nun davon, dass sie die Konkurrentin gegoogelt hatte. Die Werbe-Algorithmen hatten sofort darauf reagiert und ihr Interesse registriert. Vera hatte daraufhin den Laptop zugeklappt.

Sie fühlte sich nicht bereit, sich am eigenen Schopf aus dem Sumpf ihres Liebeskummers zu ziehen. *Seltsam, wie sicher man sich fühlt, wenn man unglücklich ist, und wie unsicher, wenn man glücklich ist.* Diesen Spruch hatte Vera mit 20 super passend für ihre Beziehung, oder sollte man besser sagen, Nicht-Beziehung zu Tom gefunden. Und er passte heute noch immer. Im Unglück hatte sie sich immer sicherer gefühlt. Wenn es mit Tom gut lief, schwebte die nächste Katastrophe hingegen wie ein Damoklesschwert über ihr, sodass sie ihr Glück gar nicht richtig genießen konnte.

Vera hatte beschlossen, erneut nach Kärnten zu fahren, um Charlie zu besuchen. Und statt sich während der Fahrt das besserwisserische, pseudoempathische Gebrabbel der Internetcoaches anzuhören, tat sie das, was sie immer tat, wenn Tom ihr das Herz gebrochen hatte: Sie hörte Musik. Nicht irgendeine Musik. Sondern die 250-Kilometer-Playlist.

Die 250-Kilometer-Playlist war im Sommer 1997 entstanden, als Vera 18 war und Tom ihr das erste Mal das Herz gebrochen hatte.

Die Playlist hieß 250 Kilometer, weil Vera und ihre damalige beste Freundin, die damals ebenfalls notorisch unter Liebeskummer litt, in einer Nacht 250 Kilometer lang sinnlos auf der Autobahn auf und ab gefahren waren. Sie taten das, damit sie richtig laut Liebeskummermusik hören konnten. In der Untermietwohnung, die die beiden damals bewohnten, wäre bei so lauter Musik die Polizei gekommen. Im Auto ging das. Und bei richtigem Liebeskummer braucht es nun mal richtig laute Musik. Man muss die Bässe im Bauch spüren.

Die Original-Playlist war auf einer Musikkassette aufgezeichnet worden. Zwar war 1997 schon die CD auf dem Vormarsch, aber Veras damaliges Auto – ein alter roter Honda Civic – hatte nur ein Kassettendeck gehabt, also hatte sie die Playlist auf einer Sony Kassette aufgenommen. Die A-Seite war ein Mitschnitt aus ihrem damaligen Lieblingsklub »Kamakura« und enthielt Songs, die man auf der Tanzfläche betrunken und verzweifelt mitgrölen konnte: Where is my mind/»Pixies«, Should I stay or should I go/»The Clash«, Just can't get enough/»Depeche Mode«, Love will tear us apart/»Joy Division« …

Die B-Seite war mit Liedern bespielt, die Vera damals aus dem Radio aufgenommen hatte, hauptsächlich Herz-

Schmerz-Nummern: Holding out for a hero/»Bonnie Tyler«, Here I go again/»Whitesnake«, Black Velvet/»Allanah Myles«, Bring me some water/»Melissa Etheridge« – und ganz schlimm emotional – Ich liebe Dich/»Clowns und Helden«.

Es war ein wilder Mix aus Punkrock, Elektronikpop, Gitarrenklassikern, Independent Music, New Wave und kitschigen Rockballaden. Ein musikalischer Bogen, der mehrere Jahrzehnte Musikgeschichte abdeckte. Jede Emotion war dabei ... von der Euphorie des Verliebens bis zur tiefen Depression des Verlassenseins.

Bei der Original-Kassetten-Aufnahme hatten ständig die Radiomoderatoren reingequatscht. Heute hörte Vera die Playlist längst auf Spotify und erwartete an manchen Stellen immer noch, wie in ihrer Erinnerung abgespeichert, die störenden Stimmen des Hitparaden-Präsentators zu hören, der Lieder nie ganz ausgespielt hatte. Aber in der sterilen Digitalversion quatschte natürlich niemand rein.

Vera startete den Wagen, rief die Playlist ab und drehte die Lautstärke hoch. Die Playlist beamte sie wie eine Zeitmaschine in die Vergangenheit, spülte Erinnerungen hoch, hatte alles konserviert, was jemals zwischen ihr und Tom passiert war. Der ganze Rollercoaster an Gefühlen.

Der Duft seiner Haut, seine Berührungen, seine Stimme, sein Lächeln. Seine Hand, die manchmal die ihre genommen hatte, wenn er neben ihr im Auto saß. Seine Finger, die sich in ihre verschränkten. Vera hatte dann immer Angst gehabt, er könnte ihre Hand loslassen, wenn diese zu warm, zu feucht werden würde. Tom hatte ihre Hand nie losgelassen, nicht einmal beim Schalten.

Sie hatte sich gut gefühlt, wenn er ihre Hand hielt, sicher.

Aber immer, wenn es so richtig gut lief, passierte etwas Paradoxes. Tom distanzierte sich von ihr. Er war nicht mehr erreichbar, er provozierte einen Streit, er interessierte sich plötzlich für eine andere.

»Warum vergisst du den Trottel nicht?«, fragte ihre Freundin im Winter 1997, als Tom zum dritten Mal in vier Monaten mit Vera Schluss gemacht hatte.

»Er ist der Einzige, bei dem ich mich spüre«, hatte Vera in postpubertärer Dramatik ausgerufen. Und das war die Wahrheit. Vor Tom war alles lauwarm. Ihre Kindheit, ihre Jugend. Alles war so oberflächlich dahingeplätschert. Die Beziehung zu Tom brachte ihr emotionale Höhen und Tiefen, die sie sich nie hätte träumen lassen. Euphorische Glücksgefühle, rasende Liebe, tiefster Kummer.

Die Freundin von damals hatte sich drei Monate nach der 250 Kilometer Fahrt und nachdem sie ihren eigenen Liebeskummer überstanden hatte, mit einem Versicherungsvertreter verlobt. »Ich will jemanden, bei dem ich mich sicher und geborgen fühle, und niemanden, der mich verrückt macht«, hatte sie gesagt.

Jetzt, über 20 Jahre später, hatte die Freundin drei Kinder, ein Penthouse in Wien und ein Ferienhaus in Kitzbühel. Vera war Single, hauste im halb verfallenen Urliomahaus, weil sie sich nichts Besseres leisten konnte, und ließ sich immer noch von Tom verrückt machen.

Vera musste an ihre eigene Tochter Letta denken. Letta hatte sich im letzten Jahr geritzt. Als Grund hatte sie angegeben, auf diese Art könne sie sich spüren. Der Apfel fällt nicht weit vom Stamm. Tom war Veras Ritzen.

Die ersten eineinhalb Stunden während der Fahrt nach Kärnten gab sich Vera ganz der Musik hin und weinte stumm vor sich hin. Tränen liefen über ihre Wangen. Das Salz brannte auf ihrer Haut. Nach 90 Minuten war die Playlist zu Ende gespielt. Zweimal 45 Minuten. So lange war die Kassette damals gewesen. Bei der Autobahnstation Völkermarkt stoppte Vera, weil sie sich unglaublich durstig fühlte. Sie ging zuerst aufs Klo, wusch sich die Hände und das verheulte Gesicht. Den 50-Cent-Gutschein, den man auf der Autobahnraststätte als Gegenwert für die Klogebühr bekam, nahm sie mit zur Kassa. Die Sachen hier waren so teuer, dass jeder Cent zählte.

Sie kaufte eine große Flasche Mineralwasser, eine Box Mozartkugeln für Charlie und ein Bounty mit Bitterschokoladenüberzug. Den Kokosriegel mit dunkler Schokolade gab es nur auf Tankstellen. Nie im Supermarkt. Der Mix aus bitterer Schokolade und süßem Kokos tröstete sie. Sie hatte sich jetzt ausgeweint und fühlte sich auf eine seltsame Art schwerelos und erleichtert.

Die restliche Fahrtstrecke absolvierte Vera ohne Musik und Tränen. Sie erreichte die Seniorenresidenz und parkte auf dem Besucherparkplatz.

Sie überprüfte ihr Aussehen im Rückspiegel, bevor sie ausstieg. Das Gesicht, das ihr entgegenblickte, war fleckig und blass. In ihrer Handtasche fand sie eine Minitube Handcreme, mit der sie sich das trockene Gesicht eincremte, und einen Lippenstift, den sie auf die Lippen und die Wangen tupfte. Der Insta-Hack für einen natürlichen Glow. Nur bei mir funktioniert das nicht. Ich sehe aus wie ein Clown, dachte Vera. Aber dann musste sie lächeln. Es war ohnehin egal, wie sie aussah. Sie besuchte einen Demenzkranken. Der würde im Nullkommanichts vergessen, wen oder was er sah. Der wusste vermutlich auch gar nicht mehr, dass sie schon einmal hier gewesen war.

Tatsächlich entdeckte sie in Charlies Augen keine Spur des Wiedererkennens, als sie sein Zimmer betrat. Er blickte sie nur erwartungsvoll an. Wie beim letzten Mal saß er aufrecht in seinem Relaxsessel. Die Lehne war ganz senkrecht gestellt. Er wirkte frisch rasiert. Der Duft eines Rasierwassers lag in der Luft. »Pino Silvestre«. Veras Opa hatte dasselbe benutzt. Im Hintergrund lief ein Radio.

Vera überreichte Charlie die Pralinen. »Sind die sicher nicht vergiftet?«, fragte er misstrauisch.

»Aber nein«, sagte Vera. »Schauen Sie doch, die sind originalverpackt.«

»Man könnte mit einer Nadel Gift in die Bonbonniere gespritzt haben.« Charlie kniff misstrauisch die Augen zusammen.

»Die Verpackung ist aus ganz hartem Plastik«, beruhigte ihn Vera. »Da bekommt man keine Nadel durch.«

Sie wechselte schnell das Thema, bevor Charlie die Unversehrtheit des Klebebandes, die die Verpackung umgab, infrage stellen konnte.

»Wie geht es den Fischen?«

Charlie strahlte. Er redete gerne über Fische.

Vera zog einen Sessel heran, setzte sich Charlie gegenüber und lauschte dessen Ausführungen über das richtige Anfüttern.

»Das an vielen Seen herrschende Anfütterungsverbot macht in der Regel wenig Sinn«, dozierte Charlie.

Das hatte er schon das letzte Mal gesagt. Aber bitte. Sie ließ ihn reden. Sie wollte wieder eine Verbindung zu ihm herstellen, bevor sie die Katze aus dem Sack ließ.

Charlie wollte jetzt doch eine Mozartkugel essen. Vera öffnete die Verpackung und gab ihm eine der in Stanniolpapier gewickelten Pralinen.

Charlie biss davon ab. »Ich mag kein Marzipan«, sagte

er tadelnd. Zum Glück spuckte er die Mozartkugel nicht aus, sondern schluckte sie trotz seines Widerwillens gegen Marzipan brav hinunter.

»Ich würde Ihnen gerne ein Foto zeigen«, sagte Vera. Sie hatte das Bild, das Daria Dujmovits zeigte, von René Dujmovits' Handy abfotografiert. Sie öffnete das Bild und streckte Charlie das Display entgegen.
Sie schaute ihn an, lächelte. Er beugte sich vor. Seine Augen flackerten kurz auf.
»Charlie, kennen Sie diese Frau?«
Charlie starrte erst auf das Bild, dann zu Vera.
Sie versuchte, Blickkontakt zu halten. Das Aufblitzen in seinen Augen verlosch wieder.
»Ich weiß nicht«, sagte Charlie verwirrt. »Kann ich bitte noch eine Mozartkugel haben?«
»Sie mögen kein Marzipan«, sagte Vera frustriert, aber dann reichte sie ihm doch noch einmal die Box. Offenbar hatte er auch das inzwischen vergessen. Die zweite Praline aß er mit größtem Vergnügen.

Während er aß, fixierte er das Bild, das an der Wand hing. Ein Kunstdruck von Bruegel. Das Bild hieß »Die Bauernhochzeit« und zeigte eine Festtagsgesellschaft und zwei Speisenträger, die ein Brett mit einem Haufen Teller trugen. Vera kannte das Bild, weil der Druck im Burgenland in vielen Wirtshäusern hing. Irgendwann musste sie recherchieren, warum das so war. Sie tippte auf ein Werbegeschenk – von der Raika oder vom Lagerhaus. Das Original befand sich jedenfalls im Kunsthistorischen Museum in Wien. Vera folgte Charlies Blick und betrachtete nun ebenfalls das Bild.
An der weiß gedeckten Tafel in einer großen Scheune

herrscht lebhaftes Gedränge. Die Gäste sitzen auf derben Holzbänken ohne Lehne sowie auf einfachen Hockern und feiern. Nur die Braut sitzt allein in der Mitte des Tisches, mit niedergeschlagenen Augen und gefalteten Händen. Sie darf, wie es damals Sitte war, weder essen noch sprechen.

Sie merkte, dass auch Charlie die Braut fixierte.

»Das ist die Tammy«, sagte er plötzlich leise. Sein Mund verzog sich, die Mundwinkel sanken herab, dann öffnete er den Mund, und ein seltsames Geräusch kam aus seiner Kehle. Ein dumpfes Stöhnen.

»Charlie, was hast du? Was ist los?« Vera merkte gar nicht, dass sie zum Du übergegangen war.

Charlie war jetzt extrem gestresst, er wippte mit dem Oberkörper vor und zurück, schlug die Hände vors Gesicht und murmelte undefinierbares Zeug. Und auf einmal kam aus seinem Mund ein klagender Ton. So wie ein Hund aufjault, den man tritt. Nur, dass der Charlie nicht aufhörte zu winseln.

Oh nein, was habe ich angestellt, dachte Vera.

Sie sprang auf und versuchte, den Mann zu beruhigen. Panik erfasste sie. Sie ergriff seine knochigen Hände, die mit Leberflecken übersät waren, und redete auf ihn ein. »Es ist alles gut, Charlie, es ist alles gut. Du bist in der Seniorenresidenz. Das mit der Tammy ist alles schon lange her. Alles ist gut.«

Charlie jaulte weiter, nicht mehr so laut. Es war jetzt eher ein Wimmern.

»Magst du noch eine Mozartkugel?« Sie reichte ihm die Packung.

Charlie schlug danach. Die Kugeln flogen durchs Zimmer. Vera hob sie rasch auf. Redete weiter auf Charlie ein wie auf ein Kind. »Schau, Charlie, die Sonne scheint. Du musst nicht traurig sein. Es ist ein herrlicher Tag.«

Was konnte sie sonst noch sagen? Endlich hatte sie eine Eingebung.

»Wir können die Fische füttern gehen? Fische ... die Fische müssen gefüttert werden.«

Endlich hörte Charlie auf, diesen furchtbaren Ton zu erzeugen.

»Ja, die Fische«, sagte er. Er hörte auf zu wimmern. »Du hast recht: Wir müssen die Fische anfüttern.«

Er stand auf und ging zum Ausgang, wo seine Jacke hing.

»Kommst du?«, sagte er zu Vera, die noch dabei war, die letzten paar Minuten zu verarbeiten.

»Ist alles okay?« Eine Pflegerin steckte den Kopf zur Tür herein. »Ich habe ein Geräusch gehört.«

Es war nicht Conny, sondern eine andere Frau als das letzte Mal. Sie war älter, hagerer, wirkte strenger.

»Das Geräusch, das war das Radio«, log Vera. »Ein Zusammenschnitt von Starmania, der Talentshow. Sie haben die schlechtesten Bewerber gebracht, und wir haben versehentlich lauter gedreht.«

Zum Glück schien die Frau diesen Bullshit zu glauben.

»Wir gehen Fische füttern«, sagte Charlie und dann zu Vera gewandt:

»Nimm bitte das Fischfutter mit.«

Die Pflegerin wirkte beruhigt. »Das will er jeden Tag. Passen Sie bitte nur auf, dass er nicht wieder Zwieback in den Springbrunnen wirft. Es ist besser, Sie gehen mit ihm zu dem kleinen Bach unterhalb vom Parkplatz. Da gibt es zwar auch keine Fische, aber die Vögel mögen das Brot.«

»Das an vielen Seen herrschende Anfütterungsverbot macht also in der Regel wenig Sinn«, dozierte Charlie.

Vera nickte. Wie hielten das die Pflegerinnen hier nur aus? Die Frau verschwand wieder.

»Wo ist das Fischfutter?«, fragte Vera.

»In meinem Nachtkasterl«, sagte Charlie, während er sich auf die kleine Bank neben der Garderobe setzte und seine Jacke zuknöpfte.

Vera ging zu dem kleinen Kasten neben dem Bett und öffnete die Tür.

Dort drinnen befand sich eine große Schuhschachtel, in der Charlie Dinge zu horten schien.

Eine halb volle Packung Zwieback, eine leere Zigarettenschachtel, ein Ladekabel, Prospekte von einer Werbefahrt, ein Schlüsselanhänger mit einem Plastikhund, dem ein Ohr fehlte, ein Haargummi, ein Handschuh.

Sie hatte mal gelesen, dass Demenzkranke gerne Dinge horten. Nun, hier in der Seniorenresidenz war der Platz für Messietum natürlich limitiert, aber in dieser Schachtel schien Charlie seine Sammelleidenschaft auszuleben.

Sie hob die Zwiebackpackung auf, um den restlichen Inhalt der Schachtel zu inspizieren, und stutzte kurz. Da lag ein Kugelschreiber mit dem Logo des »Burgenländischen Boten«. Hatte Charlie den das letzte Mal aus ihrer Tasche geklaut? Und wenn ja, wann? War sie vielleicht am Klo gewesen und hatte ihre Handtasche unbeaufsichtigt im Raum gelassen? Möglich. Vielleicht hatte sie den Kuli auch hier vergessen, obwohl sie sich nicht erinnern konnte, das letzte Mal, als sie hier war, etwas geschrieben zu haben.

»Kommst du?«, rief Charlie ungeduldig.

»Ja«, sagte Vera, nahm den Zwieback und war schon dabei, die Tür des Kasterls zuzuschmeißen, da fiel ihr noch ein weiterer Gegenstand auf. Ein USB-Stick mit dem Logo des »Kärntner Blatts«.

Blitzschnell griff sie danach und ließ den Stick in ihrer Hosentasche verschwinden.

»Was machst du da?«

Charlie stand plötzlich hinter ihr.

Sie sah ihn erschrocken an.

Er wirkte wütend.

Scheiße, er hat gesehen, was ich getan habe, dachte Vera.

Charlie hob die Hand, als wolle er sie schlagen.

Vera wich instinktiv zurück und stieß mit dem Kopf gegen die Nachttischlampe. Einen kurzen Moment glaubte sie, Sterne zu sehen.

Charlie griff nach ihr und riss den Zwieback an sich.

»Gib her, ich nehm das. Ich trau dir nicht. Ich weiß, dass du meine Fische vergiften willst!«, zischte er böse.

37 UND WAS IST DANN PASSIERT?

Die Möhrenfliege mag keine Zwiebeln und die Zwiebelfliege keine Karotten (Möhren). Wenn man beide Gemüsesorten nebeneinander anpflanzt, ist die Chance, dass die Fliegen ihre Eier hier ablegen, somit wesentlich geringer.

»Und was ist dann passiert?« Mathilde saß mit Vera am Küchentisch im Urliomahaus und hörte sich die Zusammenfassung von Veras Kärntenausflug an.

»Ich konnte ihn zum Glück beruhigen«, sagte Vera. »Dass ich den Datenträger geklaut habe, hat er gar nicht bemerkt. Wir sind dann zum Bach gegangen und haben den Zwieback ins Wasser geworfen. Dann habe ich ihn zurück auf sein Zimmer gebracht und bin so schnell wie möglich heimgefahren. Ich wollte ja wissen, was auf dem Stick drauf ist.«

»Und was ist drauf?«

Vera machte eine Pause. »Ich weiß es nicht, der Datenträger ist beschädigt.«

»Echt jetzt?«, Mathilde stieß hörbar Luft aus. Die Enttäuschung war ihr anzusehen.

»Zeig einmal her.«

Sie betrachtete Veras Fundstück und drehte und wendete das Teil in alle Richtungen.

Es war ein ganz normaler USB-Stick, auf der Plastikhülle war das Logo des »Kärntner Blatts« aufgedruckt. Das K war schon ein bisschen abgekratzt.

»Ich denke mir, dass Markus Ortner bei Charlie auf Besuch war, ihn vielleicht interviewt hat. Und der Stick war seine Sicherheitskopie. Vielleicht hat er bemerkt, dass der Stick kaputt war und ihn weggeworfen. Und Charlie hat ihn aus dem Mistkübel gerettet und aufbewahrt.«

»Oder Charlie hat ihn geklaut und versucht, damit Fische zu füttern«, sagte Mathilde. »Fragen kannst du ihn wohl kaum? Du hast erzählt, er ist dement.«

»Ich habe mit der Pflegerin gesprochen«, sagte Vera. »Bei Charlie ist die Krankheit rasend schnell vorangeschritten. Er kam vor einem dreiviertel Jahr in die Seniorenresidenz, weil er immer vergessen hatte, den Gasherd auszuschalten. Seine Familie hatte Angst, er würde mitsamt seiner Wohnung abbrennen. Damals war er aber vor allem schusselig und vergesslich. So komplett desorientiert und paranoid wie jetzt ist er erst seit ein paar Monaten.«

»Im schlimmsten Fall ist gar nichts Wichtiges drauf, und er hat den Stick einfach irgendwo gefunden«, dämpfte Mathilde Veras Hoffnung.

Vom Eingang her waren Schritte zu hören. Herr Schröder, der Hund von Veras Tochter Letta, bellte aufgeregt und lief zur Tür. Hilda war unangemeldet vorbeigekommen. Der Mischlingshund liebte Veras Mutter, weil diese immer einen Leckerbissen dabeihatte. Auch diesmal zog Hilda einen Plastikbeutel mit einem extrem übel riechenden getrockneten Schweinsohr aus ihrer Handtasche. Ein paar Borsten standen entlang der Ohrmuschel ab. Vera schüttelte sich. Begeistert grub Herr Schröder seine Zähne in das Mitbringsel.

»Na, da schaut's schon wieder aus«, sagte Hilda statt einer Begrüßung. »Du hättest wenigstens z'sammräumen können, wenn du Besuch hast. Grüß dich, Mathilde.«

Sie blickte sich um.

Das Urliomahaus war so klein und hatte so wenig Stauraum, dass es immer ein bisschen unordentlich aussah. Auf der Küchenkredenz lagen zerfledderte Taschenbücher, ein Buschenschankkalender und jede Menge Samenpäckchen mit Wintersalaten. Vera war noch nicht dazu gekommen, diese auszusäen. In der Glasvase am Tisch stand ein Strauß Dahlien. Das Blumenwasser war gelblich und trüb, die Dahlien waren halb vertrocknet, aber immer noch dekorativ.

Daneben stand ein Teller mit Nussstrudel, den Mathilde mitgebracht hatte. Ein paar Brösel waren zu Boden gefallen. Herr Schröder würde sich später darum kümmern. Der Holzfußboden im Urliomahaus war uneben und abgetreten, die Kastenstockfenster ließen nur wenig Licht herein. Das Haus war das absolute Gegenteil von allem, was Architekten unter modernem zeitgemäßem Wohnen anpriesen. Aber gerade deshalb war es hier unglaublich gemütlich. Im Beistellherd brannte fast rund ums Jahr ein Holzfeuer. Es roch nach Buchenholz, dem Bienenwachs, mit dem der Küchentisch eingelassen war, und nach frischem Kaffee.

Vera sah, wie ihre Mutter zur Herdplatte blickte, auf deren Rand die »Bialetti«, ein klassischer Espressokocher aus Aluminium, stand.

Der traditionelle Herd hatte unterschiedliche Temperaturzonen. In der Mitte war er am heißesten, perfekt, um Kaffee aufzubrühen, der Rand der Platte hatte eine Warmhaltefunktion.

»Magst einen Kaffee, Mama?«

Hilda nickte: »Aber nicht zu stark, nicht, dass ich noch mehr Herzklopfen bekomme. Ich reg mich eh schon den ganzen Tag auf.«

»Was ist denn passiert?«, fragte Mathilde und ignorierte Veras warnende Blicke.

Die Frage »Was ist denn passiert?« führte meist zu langatmigen Monologen. Hildas Reden starteten meistens bei der immer schlechter werdenden Qualität des TV-Programms: »Im Fernsehen spielen s' auch nur mehr lauter Blödsinn.«

Danach wechselte sie gerne nahtlos zum Thema Politik: »Alles Verbrecher, jetzt haben s' mir wieder zehn Euro von der Pension abgezogen.« Und endeten dann in düsteren Prophezeiungen: »Bald ist das Geld eh nix mehr wert.«

Diesmal war das Problem aber in Hildas persönlichem Umfeld zu orten. »Du weißt doch, dass neben mir das ehemalige Ostovits-Haus ist. Also das, wo letztes Jahr die Ostovits Erika rausgestorben ist. Also stell dir vor. Da ist jetzt eine eingezogen, die hat echt keinen Genierer. Die glaubt echt, die kann sich alles erlauben. Heut hat die ihr Auto geputzt und ihre dreckigen Autodacken auf meinen Zaun gehängt. Ich bin natürlich sofort rüber und hab erklärt, dass das so nicht geht. Weil das ist mein Zaun. Den hab ich errichten lassen, nachdem dein Vater gestorben ist. Gott hab ihn selig.«

Hilda blickte zur beleuchteten Plastikmadonna im Herrgottswinkel. Die Madonna war ein Souvenir aus Brasilien. Das zweite Souvenir, das Vera mit nach Hause gebracht hatte, war Letta gewesen.

»Mama, musst du mit allen Nachbarn Streit anfangen?«, seufzte Vera.

»Wieso ich? Ich fang keinen Streit an. Ich würd nicht im Traum daran denken, meine dreckigen Dacken über anderer Leute Zäune zu hängen. Ich bin ein sehr nachbarschaftlicher Mensch. Aber es gibt Benimmregeln. Ich will der Frau ja nichts unterstellen. Aber ich will eine Ordnung haben. Manche wissen es einfach nicht besser. Die haben keine g'scheite Kinderstube gehabt. Also kann sie mir eigentlich noch dankbar sein, dass ich ihr Benehmen beibringe.«

Vera schenkte einen Fingerbreit Kaffee in eine Porzellantasse, die mit dem Bild einer blau blühenden Hortensie verziert war, und füllte das starke Gebräu dann mit warmer Milch auf.

Hilda schnupperte an dem Getränk. »Das riecht komisch. Ist das eh eine echte Milch und nicht so ein Sojaklumpert wie das, das sie uns im ›Fia mi‹ serviert haben? Weil mein Facebook hat gesagt, dass diese Sojamilch ganz künstlich ist, voller Es. Und schlecht für die Regenwälder ist sie auch.«

»Das ist Milch vom Bauernladen. Deine Freundin Frau Fuith hat sie mir verkauft.«

»Na dann wird's schon passen«, sagte Hilda und nahm sich ein Stück Nussstrudel.

»Ist der von dir, Mathilde? Sehr gut. Man merkt, dass du der häusliche Typ bist. Drum hast du auch einen Mann. Männer mögen Frauen, die kochen und backen können. Vielleicht kannst du der Vera beibringen, wie man einen g'scheiten Nussstrudel macht.«

Vera ignorierte die subtile Kritik an ihrem Beziehungsstatus, die bei dieser Bemerkung mitschwang.

»Auf jeden Fall hat die Funsn mit den Dacken sich dann eh entschuldigt. Seht ihr. Man muss die Menschen nur erziehen. Sie ist rübergekommen und hat mir eine Packung ›Mon Chérie‹ und ein Buch geschenkt. ›Im Namen der Rosen!‹ Das Buch hat sie selber geschrieben. Die Frau ist nämlich Autorin. Du könntest auch einmal ein Buch schreiben, Vera. Weil ein richtiges Buch lesen sicher mehr Leute als das, was du jede Woche für den ›Burgenländischen Boten‹ verzapfst. Vor allem, wenn das Buch gut ist. Die Krottenstein soll dir ein paar Tipps geben.«

»Wie kommst jetzt auf die Krottenstein?«

»Na, weil die Krottenstein heißt, die die Dacken über meinen Zaun gehängt hat und mir dann ihr Buch geschenkt hat. Das habe ich gerade erzählt. Hörst du mir eigentlich zu?«

»Die Krottenstein ist neben dir eingezogen? *Die* Carina Krottenstein?« Vera hörte, dass ihre Stimme leicht hysterisch klang.

»Ja *die*, die ich mein, heißt Carina Krottenstein. Was ist das Problem?«

»Das ist eine mega erfolgreiche Gartenbuchautorin«, verriet Mathilde. »Und wir haben sie am Samstag mit dem Tom am Bauernmarkt gesehen.« Der zweite Satz war einfach aus ihr herausgesprudelt. Vera warf ihr einen bösen Blick zu.

Aber die Freundin war gegen böse Blicke immun. Natürlich wollte Hilda jetzt alle Details wissen. Mathilde war noch nie gut darin gewesen, Dinge für sich zu behalten.

Und Hilda wusste, wie man Leute aushorcht.

»Geh, hör ma auf! Wenn die echt so erfolgreich ist, wie du sagst, was wird die dann mit dem Dunkel Tom am Hut haben? Die find sich doch was Besseres als den«, sagte Hilda auch prompt.

»Der Tom hat die Krottenstein mit Käsewürfeln gefüttert«, erzählte Mathilde weiter, »obwohl er doch mit der Vera zusammen ist.«

»Wir sind …«, begann Vera. Aber dann führte sie den Satz nicht weiter. Ihre Beziehung zu Tom war zu kompliziert, um sie in Worte zu fassen.

»Ich weiß, wie oft du dir wegen dem Trottel die Augen ausheulst«, sagte Mathilde heftig. Es klang wie eine Rechtfertigung für ihre Indiskretion.

»Und was habt ihr dann gemacht am Markt?«, fragte Hilda.

»Wir haben uns umgedreht und sind gegangen«, sagte Vera. »Was hätten wir denn sonst machen sollen. Glaubst, ich schau denen auch noch beim Turteln zu?«

»Na, ich hätte ihn konfrontiert«, sagte Hilda forsch. »Ich wäre hingegangen und hätte ihn gefragt, wer das ist. Und dann hätte ich gefragt, ob die keine Händ hat, ob die behindert ist, weil man die füttern muss.«

Vera fiel die Kinnlade herunter.

»Das hättest du nicht gesagt. Und überhaupt. Man sagt nicht mehr behindert.«

Sie schämte sich immer ein bisschen, wenn ihre Mutter vor anderen so reaktionär daherredete, obwohl sie es zumeist nicht in böser Absicht tat. Diesmal war sie sich aber nicht so sicher.

»Natürlich hätte ich es gesagt«, sagte Hilda auch prompt und kicherte: »Nicht zu einer echten Behinderten, aber zu der schon. Wenn die mit deinem Mann rummacht, dann gnade der Gott.«

Vera setzte zu einer weiteren Belehrung zum Thema Wortwahl und Inklusion an, musste dann aber zugeben, dass die Vorstellung dieser Szene sie ein bisschen aufmunterte. Vor allem, weil Hilda soeben Tom als »deinen Mann« bezeichnet hatte.

Mathilde sah Hilda überhaupt nur mehr bewundernd an. Vielleicht hatte sie auch Tipps, wie man dem Gerhard ein bisschen die Wadln viererichten konnte.

»Gibt's eigentlich was Neues in der ›Fia mi‹-G'schicht, du wolltest ja gestern nach Kärnten fahren?«, fragte Hilda. »Weil ich hab ja wieder mal auf den Hund und das Kind schauen dürfen.«

Vera brachte ihre Mutter auf den neuesten Stand.

»Und das ist der Stick?« Hilda deutete auf den USB-Datenträger.

Vera und Mathilde nickten.

»Du könntest ihn dem Neubauer Manfred geben, der hat auch mein Facebook repariert, als das letzte Woche kaputt war.«

Vera schaute zweifelnd drein. »Jemand hat das Facebook repariert« konnte auch bedeuten »jemand hatte das Passwort zurückgesetzt, weil Hilda das alte vergessen hatte«.

»Vom Neubauer hab ich auch schon gehört«, sagte Mathilde. »Der kennt sich super mit Computern aus und macht auch Datenrettung.«

»Kann man einen Stick retten?«

»Probieren kannst du es ja«, sagte Mathilde.

»Siehst du, da kannst du wieder mal froh sein, dass du so eine gescheite Mutter hast«, strahlte Hilda. »Ich habe zwar nicht studiert, aber ich habe Hausverstand.« Sie klopfte sich mit dem Zeigefinger an die Stirn. »Wo ist eigentlich mein Enkelkind?«

»Die Letta ist hinten in ihrem Zimmer und macht Hausübung.«

»Ich nehm sie mit zu mir und mach ihr ein Schnitzi«, bestimmte Hilda. »Weil bei dir gibt es ja nie was Gescheites.«

Sie sah Mathilde an. »Du musst der Vera wirklich dringend das Kochen beibringen, damit sie sich noch einen Mann findet. Weil mit der Schönheit ist es in ihrem Alter bald vorbei.«

38 MARLIES HAT ZWEIFEL

Blutegel saugen sich an der Haut ihrer Opfer fest und können selbst dickes Kuhfell in wenigen Sekunden durchdringen. In 30 bis 60 Minuten kann ein Egel bis zum Fünffachen seines Körpergewichts saugen. Danach muss er bis zu einem Jahr lang keine Nahrung mehr aufnehmen.

Marlies Murlasits blickte aus dem Fenster. Der Rasen vor ihrem Haus war weiß. Jeder einzelne Grashalm war von Reif bedeckt. Bei näherer Betrachtung standen die Eiskristalle wie kleine Stacheln von den Halmen ab. Der erste Frost in diesem Jahr. Das Gras war zu lang. Marlies' Mann hatte versprochen, es am Wochenende zu mähen, wenn er von seinem Dienst in Wien nach Hause kam. Jetzt war es vermutlich zu spät dafür. Über Nacht hatte der November beschlossen, sein wahres Gesicht zu zeigen. Gestern noch 18 Grad plus, heute minus eins. Wieder ein Jahr, in dem die Übergangsjacke im Schrank bleiben konnte.

Marlies lebte mit ihrer Familie in einem Haus, das in den 1960er-Jahren erbaut worden war. Ein kleines, schmuckloses einstöckiges Gebäude mit einem spitzen Giebeldach, einfach verglasten Fenstern und einer schlechten Isolierung. Es gab eine Förderung, wenn man sein Haus mit Dämmplatten aus Styropor verkleidete. Aber Marlies' Nachbar war bei der Feuerwehr und hatte sie davor gewarnt. Styropor brennt wie Zunder. »Ge, hear ma auf mit dem Klumpat. Den Dreck kaust net leschn. Waunns bei eich brennat wird, bleibt va dera Hittn nix iwa*«, hatte der Feuerwehrmann gesagt.

Marlies hatte in ihrem Polizistinnenleben schon einige Brandleichen gesehen. Kein schönes Ende. Sie goss sich noch etwas Kaffee und Milch in ihre Tasse und starrte weiter aus dem Fenster. Das tat sie immer, wenn sie nachdachte.

Der Garten, der ebenfalls in den 1960er-Jahren angelegt worden war, hatte über die Jahre seine Proportionen verändert. Es war wie bei einem Wohnzimmer, das man einrichtet, um dann Jahre später zu bemerken, dass Sofa, Sessel und Tisch mit einem Wachstumszauber belegt worden waren und alle anderen Einrichtungsgegenstände an die Wand drückten.

Thujen, flache Latschengehölze und Fichten waren trotz jährlichen Rückschnitts zu klobigen Monstern ausgewachsen. Sie nahmen den anderen Sträuchern im Garten das Licht weg. Der Boden unter den Nadelgehölzen war braun und öde. Das gehört alles weg, dachte Marlies. Und der Zaun gehört auch neu gemacht. Der fällt ja schon zusammen.

Der braune Jägerzaun war so niedrig, dass ihn jeder halbwegs fitte Einbrecher locker überspringen konnte. Andererseits – welcher Eindringling wäre schon so blöd, bei einer Kriminalbeamtin einzubrechen?

Außerdem war das Gartentürl ohnehin nie versperrt. Es

---

* Hör mir auf mit dem Kram. Den Dreck kann man nicht löschen. Wenn es brennt, bleibt von dieser Hütte nichts übrig.

war nur mit einer Drahtschlaufe zu schließen. Weil das mit dunkelbrauner Holzschutzfarbe gestrichene Türl schon alt war und ein bisschen schief in den Scharnieren hing, musste man es immer anheben, bevor man die Drahtschlaufe über den Zaunpfosten hängen konnte.

Waschbetonplatten führten vom Gartentor Richtung Haus. Die Platten waren mit Laub bedeckt. Zumindest die Blätter muss ich heute wegkehren, nahm sich Marlies vor.

Aber noch war ihr schlichtweg zu kalt, um hinauszugehen. Ihre Gedanken schweiften ab. Obwohl sie heute frei hatte, konnte sie nicht aufhören, über ihre Arbeit nachzudenken.

Eigentlich schien der Fall Sky Dujmovits gelöst. Uneigentlich hatte Marlies höchste Zweifel daran, dass sie mit Zsoltán Szabo den richtigen Täter hatten. Franz hatte ihre Bedenken weggewischt. »Geh bitte, Marlies, der Mann hat selbst zugegeben, den Grappa ins Fass geschüttet zu haben. Als das Mädel dann ohnmächtig im Wasser lag, hat er geglaubt, sie ist tot, und ihr die Pulsadern geöffnet, damit das Ganze wie Selbstmord aussieht.«

»Das Ganze fühlt sich für mich nicht richtig an«, hatte Marlies gesagt.

»Unsere Ermittlungen basieren nicht auf Gefühlen, sondern auf Fakten«, hatte Franz gesagt. Er war froh gewesen, dass der Fall vom Tisch war. Der Obmann des Fremdenverkehrsvereins hatte schon Druck gemacht. »Wie sieht das denn aus, wenn in einem burgenländischen Wellnesshotel Gäste umgebracht werden und der Mörder frei herumläuft? Da kommt doch niemand mehr zu uns ins schöne Südburgenland. Das ist eine wirtschaftliche Katastrophe!«
Eine Katastrophe! Jetzt, wo der mutmaßliche Mörder weg-

gesperrt war, konnte man wieder zur Tagesordnung übergehen.

Marlies' Telefon läutete.

Die Handynummer auf dem Display sagte ihr nichts. Sie nahm den Anruf dennoch an.

»Marlies?«

»Georg?«

»Ja, wie geht es dir?«

»Ma, jetzt hätt ich dich fast nicht erkannt, ich habe deine Nummer nicht eingespeichert.«

Sie hatte seit vier Jahren nichts mehr von ihrem ehemaligen Kollegen gehört.

Marlies und Georg waren gemeinsam in einer Abteilung der Kriminalpolizei tätig gewesen, die sich mit Sexualstraftaten und häuslicher Gewalt befasste.

Die Fälle, mit denen Marlies dort konfrontiert wurde, waren mit der Zeit immer schockierender geworden.

»Wenn ich das noch länger mache, verliere ich meinen Glauben an die Menschheit«, hatte Marlies irgendwann festgestellt und sich versetzen lassen. Auch Georg hatte die Abteilung gewechselt. Das Letzte, was Marlies von ihrem ehemaligen Kollegen gehört hatte, war, dass er nach Wien gezogen war und in der IT-Abteilung des Bundeskriminalamtes Pädophile im Darknet jagte.

»Was kann ich für dich tun?«

Marlies hielt sich nicht mit dem Austausch von Höflichkeiten auf, sondern kam gleich zum Punkt. Sie spürte, dass Georg nicht aus privaten Gründen anrief. Das hatte er auch in den letzten Jahren nie getan.

»Ich hab schon versucht, dich am Posten zu erreichen, aber die haben mir gesagt, dass du heute frei hast, da dachte ich, probiere es am Handy.«

»So dringend?«

»Der Staatsanwalt wird eine Hausdurchsuchung anordnen. Bei einem Typen, der bei dir im Bezirk gemeldet ist. Eigentlich geht's um eine G'schicht, an der du grad dran bist. Drum wollte ich auch vorher persönlich mit dir reden.«

»Red weiter«, sagte Marlies und blickte auf den Bodensatz ihrer leer getrunkenen Kaffeetasse. Ein paar Krümel brauner Zucker klebten am Löffel, der immer noch in der Tasse steckte. Georgs Stimme drang an ihr Ohr.

»Er hat Videos im Netz verkauft.«

»Was für Videos? Kinder?«

»Nein, keine Kinder. Zum Glück. Aber schlimm genug. Es geht Richtung Snuff.«

Marlies richtete sich auf und straffte die Schultern, als wolle sie sich unwillkürlich gegen das Böse da draußen wappnen.

Snuff, das waren Fotos und Filme von echten Vergewaltigungen oder Morden. Die Ware wurde nicht über Websites gehandelt, sondern in IRC-Chats, in Usernet-Foren, in geschlossenen Benutzergruppen.

»Wie heißt er?«

»Dujmovits.«

»Und wie noch?« Marlies wusste die Antwort schon, bevor Georg sie aussprach.

»Karel.«

»Schick mir den elektronischen Akt«, sagte Marlies. Sie blickte auf die Uhr. 8.30 Uhr. Ihr freier Tag war inoffiziell beendet.

»Hab ich schon.«

»Ich ruf dich in einer Stunde an. Dann besprechen wir die Details.«

»Ist gut«, sagte Georg.

Marlies zog sich um und verließ das Haus. Als sie über

die Waschbetonplatten ging, raschelte das Laub unter ihren Füßen. Aber das Laub würde warten müssen.

*

Karel Dujmovits hatte schon bei der letzten Befragung der Kriminalpolizei schlecht ausgesehen. Heute sah er aber absolut beschissen aus. Grauer Teint, blutunterlaufene Augen, die Lippen trocken und aufgesprungen, weil er in der stundenlangen Befragung Tausende Male mit der Zunge darüber gefahren war. Ganz und gar nicht instagrammable sah er aus, der Karel.

Die Nachricht, dass sein Anwalt in Kitzbühel war und daher der Einvernahme leider nicht beiwohnen konnte, hatte ihm den Rest gegeben. Der Verdächtige trug einen schwarzen übergroßen Hoodie einer Designermarke. Am Bund des Pullovers waren lauter Gs aufgedruckt. Guess, Gucci? Marlies wusste es nicht. Es war ihr auch egal. Alles, was für sie jetzt zählte, war, was im Gehirn dieses Mannes vorging.

Im Gegensatz zu Karel stand Marlies unter Strom. Das musste das Adrenalin sein. 72 Stunden waren seit ihrem Telefonat mit Georg vergangen. 72 Stunden, in denen sie kaum gegessen und wenig geschlafen hatte. Sie war mit ihrem Kollegen Franz fieberhaft das Material durchgegangen, das Georg übermittelt hatte. Sie hatten den Ablauf der geplanten Hausdurchsuchung und ihre Verhörstrategie besprochen. Dann war der Hausdurchsuchungsbefehl der Staatsanwaltschaft hereingekommen, und sie hatten zugeschlagen. Karels Computer, der Laptop, das Handy, das iPad. Alle diese Geräte waren jetzt bei der Spurensicherung. Und Karel, ja Karel, der saß vor ihnen. Auf einem simplen harten Holzstuhl, auf dem schon vor ihm andere Verdächtige mürbe geworden waren.

»Schauen Sie, Herr Dujmovits«, sagte Marlies, »unsere Kollegen von der IT in Wien beobachten Sie schon länger. Wir wissen, dass Sie dieses Material im Darknet verkauft haben.« Marlies deutete nach rechts.

Wären sie statt am Posten in Oberwart in einem Verhörraum einer coolen Fernsehserie gewesen, hätte Marlies jetzt einen Knopf gedrückt und das belastende Videomaterial auf einer riesigen Kinoleinwand abgespielt. In Ermangelung einer Kinoleinwand blieb nur ihr Laptop. Sie wählte ein Video an und drückte auf Play.

Das Video zeigte ein Pärchen. Der Mann trug eine Maske. Die Frau trug eine Kapuze, aber darunter schauten tizianrote Haare heraus, die fast bis zum Boden reichten. Sky hatte solche Haare gehabt. Die Frau kniete am Boden. Sie war gefesselt. Die Armgelenke an die Fußknöchel gebunden. Es sah aus wie bei einer Hinrichtung.

Der Mann näherte sich der Frau von hinten.

Man konnte in Nahaufnahme sehen, wie er begann, die gefesselte Frau zu ritzen. Akkurate Schnitte entlang der Rückseite und Innenseite ihrer Schenkel, höher und immer höher. Das Blut floss über die schneeweiße Klinge des Porzellanmessers. Marlies drückte auf Schnelldurchlauf. Übersprang ein paar Szenen. Sie stoppte an der Stelle, an der der Mann begann, die Frau zu würgen. Man sah, wie sich ihr Körper anspannte, wie Todesangst in ihr hochkroch. Wie sich jeder Muskel verkrampfte. Wie ihr Körper sich aufbäumte, die Fesseln anspannten. Bis auf einmal jedes Leben aus ihrem Körper zu weichen schien. Sie kippte zur Seite. Wie zur Überprüfung packte der Mann den Hinterkopf an Kapuze und Haaren, hob den

Kopf der Frau hoch und ließ ihn dann zurück auf den Boden knallen.

Es war diese letzte Szene, die Marlies am meisten fertiggemacht hatte. Diese Entmenschlichung. Es rann ihr kalt den Rücken hinunter.

»Wir brauchen wohl nicht darüber diskutieren, was wir uns da gerade angeschaut haben. Der Film zeigt, wie Sie Ihre kürzlich ermordete Frau foltern und vergewaltigen«, sagte Franz.

Karel lächelte. Aber es war ein seltsames Lächeln. Seine Mundwinkel gingen dabei nicht hoch, sondern nur nach hinten.

»Was soll ich dazu sagen. Das ist doch nur gestellt«, sagte er heftig. »So ein Video finden Sie auf jeder Pornoplattform. Deswegen holen Sie mich her? Und außerdem, Sky wollte das. Ich habe Ihnen doch gesagt, dass sie auf Messer steht. Wir haben damit Extrageld gemacht. Man kann uns dafür moralisch verurteilen. Aber das ist nicht strafbar.«

»Jemand, der auf einem Berg lebt, wird nie auf die Idee kommen, ein Boot zu bauen«, sagte Franz. Das war ein Zitat des bekannten Medienpädagogen Jo Groebel. Eine Parabel dafür, dass mediale Anregung Auslöser von Taten sein kann.

Marlies sah ihn überrascht an. So ein hochphilosophisches Zitat hatte sie von ihrem oft raubeinigen Vorgesetzten nicht erwartet. »Es gibt immer Nachahmer«, fügte sie hinzu. »Gerade Sie als Blogger sollten sich der sozialen Verantwortung bewusst sein.«

»Schauen Sie«, Karel presste kurz seine rissigen Lippen aneinander, »das Video ist ein halbes Jahr alt. Wenn Ihre Computergenies was in der Birne hätten, hätten sie das herausgefunden. Und dann wüssten sie auch, dass Sky danach nicht tot war.«

Damit hat er recht, dachte Franz. Wenn wir keinen unmittelbaren Zusammenhang zum Tathergang herstellen können, müssen wir ihn laufen lassen.

Ein Kollege trat ein, der sich weiter mit diesem Bürschchen befassen würde. Drohungen waren bei Vernehmungen verboten. Aber der Kollege hatte so eine anschauliche Art, Haftunerfahrenen zu erzählen, was ihnen im Gefängnis theoretisch blühen könnte.

Von totaler Erniedrigung bis Vergewaltigung eines Häftlings war schließlich alles schon vorgekommen. Hatte er nicht die Doku »Der Minusmann« gesehen? Natürlich gäbe es eine Strafminderung, ein »besseres« Gefängnis, eine kürzere Haftzeit, wenn er mit der Polizei kooperieren und gestehen würde.

Er selbst verließ mit Marlies den Raum.

»Was meinst du?«, fragte seine Kollegin.

Franz sah das Ganze recht nüchtern. Es gab Indizien, die für Zsoltán Szabo als Mörder sprachen. Vor allem der Fakt, dass dieser zugegeben hatte, Grappa ins Bad geschüttet zu haben, war ein belastendes Teilgeständnis.

Nun gab es zwar dieses neue Video, das für Karel Dujmovits' Gewaltbereitschaft sprach. Aber das Video lieferte keine Beweise, die ihn als Mörder überführten.

»Ich weiß nur, dass uns die Zeit davonläuft«, sagte Franz mit einem Blick auf die Uhr. »Wir dürfen ihn nur 48 Stunden hierbehalten. Wenn er nicht gesteht und wir nichts finden, was eine Verbindung zum Tathergang ergibt, müssen wir ihn laufen lassen. Das Video allein reicht nicht. Es könnte tatsächlich einvernehmlich hergestellt worden sein.«

»Das Video ist krank«, sagte Marlies, aber sie wusste, dass Franz recht hatte. Sie hatte schon krankere Videos gesehen, die auch einvernehmlich produziert worden waren. Aber wer geht ins Darknet, wenn er nichts zu verbergen hat?

Franz nickte. Er sah müde aus. Vielleicht war es aber auch das kalte Licht der Neonröhren, die den Gang beleuchteten. Manchmal wusste Marlies nicht, was mehr erschöpfte: die Vernehmung an sich oder die menschlichen Abgründe, denen man sich dabei stellte.

Sie entdeckte einen Riss in der Wand. War der letzte Woche auch schon da gewesen? Sie konnte sich nicht erinnern.

»Vielleicht findet die Spurensicherung in den nächsten Stunden noch was auf den Computern«, sagte Marlies.

»Vielleicht«, sagte Franz, aber es klang nicht sehr überzeugt.

39 LIEBE GEHT DURCH DEN MAGEN

Der Wels ist der größte Süßwasser-Raubfisch und wird bis zu zwei Meter lang. Er frisst gerne kleine Enten oder andere Wasservögel.

Es heißt, dass Männer an Frauen Parfüms anziehend finden, die sie an die Bäckereien ihrer Kindheit erinnern. So sollen im deutschsprachigen Raum viele Männer Vanilleparfüms lieben, weil sie der Duft an Vanillekipferl und Vanillepudding erinnert, Speisen, die sie mit Geborgenheit assoziieren. Amerikanische Männer, die mit Apple Pie aufgewachsen sind, sollen hingegen ganz verrückt nach Apfel- und Zimtnoten sein.

Für Kärntner müsste man dann wohl ein Parfum erfinden, das nach einem Kärntner Reindling riecht. Nach Butter, Zucker, Zimt und Rosinen, dachte Mathilde, während sie den Germteig auswalkte und mit zerlassener Butter und eben diesen Zutaten bestreute. Mit geschickten Fingern faltete sie den Teig zusammen und setzte diesen dann in eine gebutterte Rein, eine runde Emailleform, die dem Reindling seinen Namen gab.

Der Kärtner Reindling war Arnos Lieblingsspeise.

Mathilde ließ das Hefegebäck noch einmal 30 Minuten neben dem Herd aufgehen. Die Tür ging auf. Gerhard kam herein. »Was backst denn da Gutes?«, fragte er neugierig.

»Das ist nicht für dich, das ist für meinen Chef.«

Gerhard schaute enttäuscht drein. »Warum bäckst du dem was? Hat er Geburtstag oder willst dich einschleimen?«

»So ähnlich«, sagte Mathilde.

Vera hatte ihr aufgetragen, Arno über seine Vergangenheit auszuhorchen.

»Der soll dir mehr über Skys Mutter erzählen«, hatte sie Mathilde eingeschärft.

Mathilde kam sich unglaublich wichtig vor. Leute aushorchen, das war etwas, was sie aus dem Effeff beherrschte. Sie war ein neugieriger Mensch, und durch ihre warmherzige Art öffneten sich andere ihr rasch. Dass sie ein bisschen in Arno verliebt war, machte das Ganze noch prickelnder.

Gerhard hatte natürlich keine Ahnung, dass sie in Arno verliebt war. Wie sollte er auch?

Mathilde ärgerte es ein bisschen, dass Gerhard nicht die Spur eifersüchtig zu sein schien. Auf die Idee, dass der Arno sie anziehend finden könnte, kam er wohl gar nicht.

Gerhard hatte tatsächlich keinen blassen Schimmer. Er sah in Arno ausschließlich den visionären Geschäftsmann. Endlich ein Auftraggeber, der ihm künstlerisch komplett freie Hand gab.

Gerhard hatte nach seinem Heureka-Moment unter dem Apfelbaum wie ein Besessener an dem Kunstwerk für das »Fia mi« gearbeitet.

»Wenn du zum Radeschnig fährst, kannst du dir gleich meine Installation anschauen«, sagte Gerhard. »Ich bin heute mit dem Aufbau fertig geworden.«

»Echt?« Mathilde versuchte, nicht zu überrascht zu klingen.

»Das hast dir wohl nicht gedacht, dass ich das schaffe«, sagte Gerhard leicht verletzt.

»Doch, natürlich«, sagte Mathilde und fügte versöhnlich hinzu: »Ich bin stolz auf dich.«

Gerhard sah sie überrascht an.

Dass Mathilde ihm etwas Nettes sagte, war schon länger nicht vorgekommen. Er wusste freilich nicht, dass da ein bisschen das schlechte Gewissen mitklang. Denn eigentlich dachte Mathilde schon längst an Arno. Sie legte zwei Finger auf ihre Lippen. Arno hatte sie das letzte Mal nach der Therme geküsst. Vielleicht würde er es wieder tun.

*

Mathilde sah ein bisschen aus wie Rotkäppchen, als sie im »Fia mi« auftauchte.

Das lag an ihrem neuen roten Wintermantel und dem Weidenkorb, in dem sich der Reindling befand, den sie mit einem Geschirrtuch zugedeckt hatte. Ihre Backen waren auch rot. Das lag an der Novemberkälte. Sie sah Gerhards Kunstwerk schon von Weitem. Es war auch nicht zu übersehen.

Gerhard hatte ihr von seinem Heureka-Moment beim Fällen des Apfelbaums erzählt. Nicht einmal, sondern Dutzende Male. Gerade so, als ob er Moses wäre und Gott ihm die Zehn Gebote diktiert hätte.

Die Y-Form des Apfelbaums und die Axt, die waagerecht im Stamm steckte, hatten ihn an die Form eines pannonischen Ziehbrunnens erinnert, und er, der Künstler, hatte diesen Brunnen nun komplett neu interpretiert.

Traditionelle Ziehbrunnen waren einst typisch für die

pannonische Tiefebene, die sich vom Burgenland bis nach Ungarn erstreckt. Viehhirten gruben diese Brunnen, um rasch und unkompliziert Wasser schöpfen zu können. Man kennt sie von Postkarten und aus Freilichtmuseen. Und manchmal steht auch noch irgendwo ein Original in der Landschaft.

Die Konstruktion, mit der man Wasser aus dem Brunnen holt, besteht aus einem hohen gegabelten Holzstamm, auf dem ein meterlanger Querbalken balanciert wie bei einer Kinderwippe. An der einen Seite des Balkens hängt ein Kübel. Damit kann man aus einigen Metern Tiefe Wasser heraufbefördern. Ein Stein, der auf der anderen Seite des Balkens angebracht ist, dient als Gegengewicht mit Hebelwirkung. Will man den pannonischen Ziehbrunnen bedienen, schlingt man einfach lange Seile um den Schwebebalken und zieht entweder am einen oder am anderen Ende, um den Querbalken zu bewegen.

Mathilde trat näher. Gerhards Kunstwerk war natürlich nicht nur eine einfache Holzkonstruktion aus einem gegabelten Holzstamm, auf dem ein Balken balancierte. Bei ihm war der Steher ein eiserner Mensch.

Wie die meisten von Gerhards Schöpfungen wirkte auch diese bedrohlich.

Mathilde fand, dass die fast drei Meter große Kreatur gar nicht wie ein Mensch, sondern wie eine Kreuzung aus Terminator und Ritterrüstung aussah. Die Metallgestalt hatte ihre Arme zum Himmel gestreckt. Die Finger hatte Gerhard besonders detailgetreu ausgeformt. Sie erinnerten an die Hand in dem Gemälde in der Sixtinischen Kapelle. Finger, die nach Gott ausgestreckt waren. Aber etwas Wichtiges fehlte: der Kopf.

Mathilde hörte Schritte näherkommen. Sie drehte sich um. Es war Arno. Er lächelte.

»Warum hat der keinen Schädel?«, fragte Mathilde. Es war eher laut gedacht, denn in ihrer praktischen Art konnte sie die Frage selbst beantworten: Weil dann kein Platz für den Balken gewesen wäre. Zwischen den Schultern ruhte der Holzstamm zum Wasserschöpfen.

»Ich denke, weil der Mensch von heute kopflos agiert. Er ist kopflos und trägt die Last der Welt auf seinen Schultern«, sagte Arno.

»Das muss man aber dazuschreiben, das versteht sonst keiner«, sagte Mathilde.

Im gleichen Moment schämte sie sich ein bisschen. Stellte sie gerade den tieferen Sinn von Gerhards Arbeit infrage? Es war nicht nett, den eigenen Mann zu dissen.

»Ich finde, das ist das Schöne an solchen modernen Skulpturen. Jeder kann hineininterpretieren, was er möchte«, sagte Arno diplomatisch.

»Geht es da tief runter?« Mathilde zeigte auf das Loch im Boden, über dem der Kübel an einem Seil schwebte.

Arno zuckte mit den Achseln: »Der Brunnenschacht war immer schon da, aber ich habe nie nachgeschaut. Es werden schon ein paar Meter sein bis zum Grundwasser. Da kommt noch ein Holzzaun rundherum. Damit ja niemand reinfällt. Der alte Zaun war komplett morsch, den hat dein Mann abgerissen. Und deine Freundin aus dem Gartenklub, Johanna, sie hat angeboten, rund um den Zaun passende Stauden zu pflanzen. Es ist schon schön, wenn man am Land wen kennt, der wen kennt.«

Er sah Mathilde an. Sie erwiderte den Blick einen Tick länger als üblich.

Er freut sich, dass er mich kennt, dachte sie und freute sich auch.

Sie trat näher an den Brunnen heran und blickte in das kreisrunde dunkle Loch, das sich zu ihren Füßen auftat. Der

Durchmesser des Loches war geschätzt eineinhalb Meter. Der Schacht bestand aus übereinander geschichteten quadratischen Steinen. Ganz tief unten ließ sich schwarz glänzend der Wasserspiegel erkennen.

»Bitte komm zurück, ich kann gar nicht hinsehen«, sagte Arno.

»Macht dich das nervös«, sagte Mathilde neckisch und ging noch einen Schritt näher. »Ich muss nachsehen, ob da nicht der Froschkönig drinnen sitzt.«

Sie beugte sich über den Brunnenrand.

»Huhu, Froschkönig, bist du da?« Mathildes Stimme hallte ganz schwach als Echo wieder, als sie sich über den Brunnen beugte. Sie wandte sich zu Arno.

»Ich weiß, dass du Angst vor Wasser hast, aber es ist nicht gefährlich. Ich steh nur hier. Aber hier oben ist kein Wasser. Schau, es kann nichts passieren.«

Sie beugte sich noch ein Stückchen vor und warf dem imaginären Froschkönig Kusshändchen zu. Ein Stein am Brunnenrand löste sich und fiel in den Schacht. Man hörte ihn dumpf ins Wasser platschen.

Das Nächste, was sie spürte, war, dass Arno sie von hinten packte.

Sie erschrak zu Tode. Adrenalin raste durch ihren Körper. Genauso wurde man als Mädchen gepackt, wenn einen ein älterer stärkerer Bub im Schwimmbad ins Wasser schmiss.

Ihr Körper hatte diese Erinnerung gespeichert. Sie kam schneller in ihrem Hirn an als das Wissen, dass er ihr doch niemals nie schaden würde. Oder?

Die Panik erfasste sie dennoch.

Natürlich schubste Arno sie nicht, er riss sie zurück. Hielt sie fest. Ließ sie noch immer nicht los, umklammerte sie. »Ich hab dich, ich hab dich, ich hab dich«, sagte er immer und immer wieder.

»Arno, lass los, du tust mir weh.«
Der Griff, mit dem er sie umklammerte, war eisern. Mathilde versuchte, seine Hände zu lösen, aber es gelang ihr nicht. Sie bekam fast keine Luft. Sie hörte ihr Herz klopfen, oder war es seines? Sie roch, dass er schwitzte.
»Bitte lass los«, sagte sie. »Bitte!«
Endlich kamen ihre Worte bei ihm an.
Er ließ sie nicht los, lockerte die Umklammerung aber gerade so weit, dass sie sich umdrehen konnte.
Seine Augen glänzten glasig. Waren so traurig, als ob die Last der Welt sich nun hier befand und nicht mehr auf den Schultern des kopflosen Ritters ruhte.
Mathilde reagierte total impulsiv. Sie umarmte ihn und drückte kurz ihren Kopf gegen seine Brust.
»Es ist alles gut, es ist nichts passiert. Es tut mir leid. Ich hätte das nicht machen sollen, es ist nur ein Spaß gewesen. Ich hab nicht gewusst, was es in dir auslöst.«
Sie kam sich jetzt wirklich blöd vor. In dem Brunnen war Wasser. Klar, dass er überreagieren würde. Auch wenn er in der Therme noch so cool gewesen war, der Mann hatte ein Trauma.
Sie hob den Kopf, streichelte mit beiden Händen über sein Gesicht.
Er ließ sie los. Seine Arme baumelten jetzt schlaff herab.
In Mathilde gewann der praktische Verstand überhand. Sie trat einen Schritt zurück.
»Ich sag dir jetzt was: Du brauchst Zucker. Wir gehen in die Küche, und ich mach dir einen Kaffee und dann kriegst du ein Stück von meinem Kärntner Reindling. Als Wiedergutmachung für den Schock, den ich dir bereitet habe.«
»Ein Kärntner Reindling?« Arno schien aus seiner Trance aufzuwachen.

»Ja.« Mathilde kam ein bisschen in Erklärungsnot. »Ich wollte einfach etwas Positives beitragen, weil die letzten zwei Wochen sicher nicht leicht für dich waren. Wegen des Hotels, das jetzt zu hat, und vor allem wegen dem, was mit Sky passiert ist. Und wenn ich eine Scheißzeit habe, tut es mir auch gut, wenn ich eine Mehlspeise aus meiner Kindheit esse. Bei mir sind es Schokoschnitten mit Zitronenglasur. Kennt ihr die auch in Kärnten?« Sie merkte, dass sie zu viel redete, ins Plappern kam, aber das Plappern schien Arno gutzutun.

Er hatte sich wieder gefasst. »Ein Reindling klingt hervorragend«, sagte er.

»Mathilde?« Die Stimme kannte sie. Ein Mann kam den Weg entlang. Das war der Gerhard. War der wirklich erst um die Ecke gebogen oder war er schon länger da gewesen? Hatte er vielleicht gesehen, dass sie Arno umarmt hatte? Mathilde lief rot an. Hoffentlich nicht.

Sie versuchte, seine Mimik zu deuten. Gerhard sah eigentlich drein wie immer. Aber was machte der da? Hatte er ihr nachspioniert? War er etwa doch eifersüchtig? Der Gedanke gefiel Mathilde sogar ein bisschen.

»Ich habe heute mein Handy hier liegen lassen«, sagte Gerhard. Das Smartphone lag auf dem Edelserpentinblock neben dem Eisenmann, in dem der Name des Kunstwerks eingraviert war. »Der Wasserschöpfer von Gerhard Kollaritsch«.

»Blöd, dass es grad das Handy war, das ich vergessen habe, und nicht etwas anderes, sonst hätte ich dich anrufen können, dass du es mir mitnimmst«, sagte er zu Mathilde.

»Es ist gut, dass Sie da sind«, sagte Arno zu Gerhard. »Wir haben gerade erkannt, dass dieses Loch im Boden viel zu gefährlich ist. Auch wenn da noch ein Zaun drum herum kommt. Wir sollten da noch ein Gitter darüberlegen.«

»Hmmm ...« Gerhard legte seine Stirn in Falten. »Ein Gitter würde die philosophische Ausrichtung des Kunstwerkes total ändern. Ein Gitter steht für Gefängnis. Wenn das Wasser eingesperrt ist, kann der Wasserschöpfer seinen schöpferischen Akt nicht ausüben.«

Mathilde kannte Gerhard. Diese Diskussion würde länger dauern, hoffentlich nicht zu lange.

Am liebsten hätte sie gebrüllt: »Hearst, dein depperter Wasserschöpfer kann gar nicht schöpferisch schöpfen, weil der kein Hirn hat. Weder in echt noch in seinem nicht vorhandenen Metallschädel!« Aber solche Diskussionen mit Gerhard führten zu nichts.

»Ich hab noch was in der Küche zu erledigen«, sagte sie leichthin und dann zu Gerhard gewandt: »Ich sehe dich später zu Hause.«

Sie hoffte, dass Arno noch in die Küche nachkommen würde und mit ihr Kaffee trinken und Reindling essen würde, wie sie es ihm angeboten hatte. Aber vor Gerhard wollte sie die Einladung nicht wiederholen. Nicht, dass er auf komische Gedanken kam.

Sie ging in die Hotelküche. Kühl war es hier. Sie ging zum Thermostat an der Wand und drehte die Temperatur ein paar Grade höher. Dann verband sie ihr Smartphone mit der kleinen Lautsprecherbox und wählte eine Playlist des Supreme Music Club. Die Box gehörte Liam. Was der wohl trieb? Mathilde hätte nie gedacht, dass sie den Jungkoch mal vermissen würde. Sogar der unfähige Zsolt ging ihr ab. Der ganze Teamspirit in der Küche. Sie war mit so großen Hoffnungen hierher ins »Fia mi« gekommen. Nichts davon hatte sich bisher erfüllt. Die Küche wirkte verlassen. Ein Raum, der nicht genutzt wurde, verlor sofort seine Seele. Sie seufzte, nahm einen großen graublauen Keramikteller aus dem Regal und stürzte den Reindling darauf.

Im Gegensatz zu einem Gugelhupf hatte das Gebäck kein Loch in der Mitte. Dadurch wirkte der Reindling sehr plump. Gar nicht appetitlich. Bevor man seine inneren Werte entdeckte. Arno wirkte auch plump und war dennoch so feinfühlig. Sie war wirklich in ihn verliebt. Das musste sie sich wieder abgewöhnen. Das führte zu nichts. Sie suchte nach dem Staubzucker und einem Sieb und fing dann an, Zucker über das Germteiggebäck zu sieben. Die Kruste des Reindlings war feucht und fett. Die erste Zuckerschicht wurde sofort durchsichtig, glasig. Sie siebte noch mehr Zucker darüber. Eine gelblich matte Zuckerkruste bildete sich. Sie siebte weiter. Der puderfeine Zucker fiel auf das süße Backwerk wie Schnee, tanzte in der Luft. Die Luft, die sie einatmete, schmeckte plötzlich süß.

Sie löffelte Malzkaffeepulver in die Filtermaschine. Goss frisches Wasser in den Tank. Drückte den Startknopf. Nach wenigen Minuten konnte sie den Kaffee riechen. Mit Musik und Kaffeeduft wirkte die Küche schon viel lebendiger.

Wo blieb Arno nur? Sie sah auf die Uhr. Es war schon eine halbe Stunde vergangen. So lange konnte man doch nicht über ein blödes Gitter diskutieren. Sie sah aus dem Fenster. Das Kunstwerk konnte man von hier nicht sehen. Die Küche lag auf der Rückseite des Hotels. Das Einzige, was Mathilde bemerkte, war, dass es bereits dunkel wurde. Sie blickte auf die Uhr, es war 16.20 Uhr. Verdammte Normalzeit. Warum mussten die immer noch jedes Jahr die Uhren zurückstellen? Sie wünschte sich Sommerzeit für immer.

Sie beschloss, den ersten Kaffee ohne ihn zu trinken. Sie musste nur noch die Milch wärmen. Sie öffnete den Kühlschrank für Milchprodukte. Dieser war fast leer. Aber in der Lade ganz hinten war noch ein Tetrapak Milch. Mathilde hockte sich vor die geöffnete Kühlschranktür und checkte das Haltbarkeitsdatum. Die Milch war abgelaufen. Aber das musste noch nichts heißen. Ungeöffnet hielten Milchprodukte viel länger als angegeben. Sie drehte den Plastikverschluss auf und schnupperte am Inhalt. Die Milch roch tadellos.

Sie spürte, dass jemand in den Raum kam. Mathilde wollte sich aufrichten, aber durch das minutenlange Hocken war ihr linkes Bein eingeschlafen. Sie verlor das Gleichgewicht, schwankte ein bisschen, hielt sich an der Kühlschranktür fest und zog sich hoch. »Na, Zeit wird's, ich hab mich schon gewundert, wie lang das dauert«, platzte es aus ihr heraus. Das klang ein bisschen vorlaut. So sprach man nicht mit seinem Chef. Aber ihre Beziehung zu Arno fühlte sich nicht mehr so an, als ob er ihr Chef wäre. Sie drehte sich um.

Im nächsten Moment spürte sie einen unglaublichen Schmerz. Ihr ganzer Körper verkrampfte sich. Ihr Körper wollte dem Schmerz nachgeben. In Mathildes Kehle sammelte sich ein Schrei. Aber der Krampf unterdrückte ihn. Nur ein leises, verzerrt gurgelndes Geräusch schaffte es an die Oberfläche. Wie lange dauerte dieser Schmerz noch? Der Schmerz suchte sich einen Weg durch sämtliche Muskeln. Wie lange musste sie diese Folter noch ertragen? Sie wollte die Augen schließen, den Schmerz aussperren. Aber sie konnte ihre Augen nicht mehr bewegen. Ihre Lider blieben offen. Ihr Schmerz blieb. Wie lange noch? Wie lange? Als die harte Emailleform des Reindlings gegen ihren Kopf knallte, war es die pure Erlösung.

40 UND BITTE BRING PIZZA MIT

Biolumineszenz – also die Fähigkeit, Licht zu erzeugen – findet man nicht nur bei Insekten, auch Krebse, Tintenfische und Tiefseefische benutzen diese optischen Signale. Sie imitieren so andere Körperformen und -umrisse oder einen Köder, um damit ihre Beute anzulocken.

Vera saß vor ihrem Laptop. Der bäuerliche Esstisch in der Urliomaküche war für ein ergonomisches Arbeiten um zehn Zentimeter zu hoch, deshalb waren Veras Schultern und ihr Nacken chronisch verspannt. Natürlich hätte sie sich endlich einen richtigen Schreibtisch anschaffen können. Sie wusste nur nicht, wohin damit. Das Urliomahaus war einfach zu klein.

Dennoch galt auch hier das Sprichwort: Platz findet sich in der kleinsten Hütte. Wenn man auf der Eckbank rund um den Holztisch sehr eng zusammenrückte, konnten hier auch fünf oder sechs Menschen sitzen. Diese Menschen mussten sich halt sehr mögen.

Links neben der Küche gab es ein extrem zugiges Badezimmer, das zuletzt in den 1970er-Jahren renoviert worden war, wie man an der Prilblumenoptik der Fliesen unschwer erkennen konnte.

Rechts von der Küche war das Wohnzimmer, in dem gerade einmal eine Eckcouch und das Bücherregal Platz fanden. Mehr Stellplatz gab es nicht, denn es war ein Durchgangszimmer. Durch das Wohnzimmer ging es ins ehemalige Schlafzimmer der Urlioma, das Vera mittels Rigipsplatten in zwei längliche Räume geteilt hatte. Veras Schlafzimmer war komplett von einem 160 Zentimeter breiten Boxspringbett ausgefüllt. Die pflaumenfarbene Leinenbettwäsche, die mit weißem Passepartout gerahmten Drucke, die Zimmerpflanzen in den Hängeregalen, all das waren Einrichtungsideen, die Vera bei Pinterest unter dem Suchbegriff »tiny bedrooms« gefunden hatte.

Tatsächlich hatte sie auch unter den Schlagworten »tiny bedrooms for couples« gesucht, weil sie doch wollte, dass das Schlafzimmer auch Tom gefiel. Verfluchter Tom. Der Teufel sollte ihn holen. Allzu oft hatte er ohnehin nicht hier übernachtet. Ihren Liebhaber mit nach Hause nehmen, wenn Letta daheim war, kam für Vera nicht infrage.

Im Zimmer ihrer Tochter standen ein Hochbett und darunter ein Schreibtisch, an dem Letta ihre Hausaufgaben machte. Oder auch nicht. Vera war sich da nicht so sicher. Wenn Letta nach ihr käme, würde diese die Aufgaben wohl auch im Schulbus abschreiben.

Als sie hierhergezogen waren, hatte Vera tagsüber oft an Lettas Schreibtisch gearbeitet, aber jetzt war das Zimmer Teenager-Sperrgebiet. »Zutritt für Erwachsene strengstens verboten«, stand auf dem Schild an der Tür.

Vera rotierte mit dem Kopf. Ihre Halswirbel knackten. Ob wohl Yoga dagegen half? Sie suchte auf YouTube nach einem passenden Video mit Yogaanleitungen. Ein Video von Sky wurde angezeigt. Das Video war in den letzten Wochen Zigtausende Male aufgerufen worden. Im Internet lebte sie für immer weiter. Vera drückte auf »Play«.

»Die schwerste Übung bei Yoga ist, auf die Matte zu

steigen«, sagte Sky und schüttelte ihre tizianrote Mähne. Vera gab ihr vollkommen recht. Das Schwerste war bereits geschafft. Die Matte lag ausgerollt vor ihr. Sie wollte soeben zum Sonnengruß ansetzen, da poppte in der Vorschau der Eingang einer neuen E-Mail auf. Absender: Manfred Neubauer. Betreff: Deine Daten.

Vera sprang auf, schob die Matte beiseite, zog den Sessel heran und öffnete die Mail. Ihr verspannter Nacken musste warten. Mit klopfendem Herzen öffnete sie den WeTransfer-Link. Der Techniker hatte die Daten auf dem Stick tatsächlich auslesen können. Es waren drei Audiofiles. Alle datiert. Aufzeichnungen von Gesprächen zwischen Markus Ortner und Charlie Glawischnig.

Das erste Interview war vor über einem Jahr geführt wurden.

»Es ist Zeit, endlich darüber zu sprechen, was damals passiert ist«, sagte Charlie. »Ich fürchte mich nicht vor den Konsequenzen. Ich weiß, dass ich langsam verblöde. Ich kenne den Verlauf meiner Krankheit. Ich glaube nicht an Wunder. Mir ist es lieber, ich kann die Geschichte erzählen, solange ich noch bei klarem Verstand bin, als dass ich später irgendwas daherbrabble, das fehlinterpretiert wird. Können wir anfangen?«

»Die Aufnahme läuft bereits«, sagte Markus Ortner.

»Dann hören Sie mir jetzt gut zu«, sagte Charlie.

Vera hörte zu. Sie hörte gut zu. Als die Aufnahme zu Ende war, griff sie zum Telefon. Sie musste sofort mit Mathilde sprechen. Aber Mathilde hob nicht ab. Der Anruf ging direkt auf die Mailbox.

Vera sah aus dem Fenster. Stockdunkel. Sie blickte auf die Uhr. Es war kurz vor 17 Uhr. Sie wusste, dass die Freundin heute zu Arno gefahren war, um ihn im wahrsten Sinne des Wortes einzukochen. Aber vielleicht war sie auch schon wieder daheim und hatte nur ihr Handy auf lautlos.

Sie rief Gerhard an. Der meldete sich sofort.

»Ist die Mathilde da?«

»Nein, die müsste noch im ›Fia mi‹ sein.«

Gerhard wirkte nicht besorgt, eher verärgert. »Keine Ahnung, warum sie dort immer so lange zu tun hat, obwohl eh keine Gäste da sind«, fügte er verstimmt hinzu.

Vera wählte die Festnetznummer des Hotels, aber da lief nur ein Tonband. »Wellness Retreat ›Fia mi‹, wir haben derzeit Betriebsurlaub, für Reservierungswünsche hinterlassen Sie bitte Ihren Namen und Ihre Telefonnummer, wir rufen Sie gerne zurück.«

Vera stand auf und ging nervös im Zimmer auf und ab. Sie unterdrückte den Impuls, Tom anzurufen, um die Sachlage mit ihm durchzudiskutieren. Tom war ihr Partner in Crime. Er kannte die halbe Geschichte. Aber er hatte sie abserviert. Sie musste alleine damit klarkommen. Ohne Tom. Sie dachte fieberhaft nach. Als Erstes musste sie die Audiofiles an die Kripo schicken. Schon allein, um selbst keine Probleme zu bekommen. Von wegen »Zurückhaltung von Beweismaterial«.

Sie nahm die Visitenkarte, die ihr die Kripobeamtin beim Gartenklubtreffen gegeben hatte, und verfasste dann eine Mail mit den angehefteten Dateien. Frau Inspektor? Frau Kommissarin? Wie redete man eine Kripobeamtin richtig an? Vera wusste es nicht, also schrieb sie nur FYI. For Your Information. Englisch konnte die Kripo hoffentlich.

Dann nahm sie ihre Jacke. Herr Schröder spitzte die Ohren. »Dich nehm ich auch mit«, sagte Vera. Sie ging zum Zimmer ihrer Tochter, um sich zu verabschieden. Aus dem Raum tönte laute Rapmusik. Sie öffnete die Tür einen

Spalt. »Ich muss noch mal kurz weg. Ich nehm den Hund mit. Der muss eh noch mal raus.«

Letta nickte nur und hob den Daumen. »Und bitte bring mir aus Oberwart eine Pizza mit. Ich mag eine Salamipizza, bitte?«, quengelte Letta.

»Klar, mache ich. Ich bin in einer Stunde wieder da«, fügte Vera hinzu.

Dass das nicht stimmte, wusste sie zu diesem Zeitpunkt noch nicht.

Arno blickte auf die Uhr. 17 Uhr und stockfinster. Der Kaffee, den Mathilde ihm versprochen hatte, war sicher schon kalt. Aber er hatte erst noch ihren Künstlerehemann hinauskomplimentieren müssen, der nicht aufhören wollte, über die tiefere Aussage des Wasserschöpfers zu schwafeln.

Danach war er noch kurz im Büro gewesen, um ein paar dringende Überweisungen zu machen. Heute war der 15., Zahltag beim Finanzamt. Wie immer, wenn man noch kurz etwas am Computer erledigen wollte, hatte es dreimal so lange gedauert wie geplant. Aber dafür war nun alles erledigt, und er konnte zum gemütlichen Teil des Nachmittags übergehen.

Er freute sich schon auf den Reindling, den Mathilde ihm in Aussicht gestellt hatte.

Hoffentlich war sie nicht sauer, dass er sie hatte warten lassen.

Ophelia strafte ihn seit dem letzten Streit ja immer noch mit Missachtung. Er sah zu dem Bungalow am anderen Ende der Anlage, in dem Licht brannte. Vielleicht sollte er Ophelia einfach zur Kaffeejause dazubitten. Dann würde sie sehen, dass ihre dumme Eifersucht auf Mathilde grundlos war. Er straffte die Schultern, verließ das Büro, schloss ab und ging dann durch den Garten Richtung Appartementanlage. Auf halbem Weg kamen ihm Zweifel. Und wenn das nun doch keine so gute Idee war? Vielleicht war dann Mathilde sauer. Er hatte sie ja in einer betrunkenen sentimentalen Anwandlung in der Therme auf den Mund geküsst. Vielleicht machte sie sich jetzt Hoffnungen. Er wollte sie nicht enttäuschen. Frauen waren so kompliziert. Selbst in seinem Alter blieben sie ihm ein Rätsel. Arno machte wieder kehrt und ging Richtung Haupthaus zurück.

Da sah er eine Gestalt neben dem Wasserschöpfer stehen. Rund um das Kunstobjekt waren Solarlampen installiert. Ihre Leuchtkraft reichte nicht aus, um den Menschen, der da stand, zu identifizieren. Aber Arno erkannte den roten Mantel. Der Rotkäppchenmantel. Das Rotkäppchen beugte sich über den Brunnen.

»Mathilde? Was machst du da schon wieder?«, rief er erstaunt.

Er lief auf den Brunnen zu.

Die Gestalt drehte sich um, nahm die Kapuze ab.

Er hatte sich nicht geirrt. Es war Mathildes Mantel. Aber es war nicht Mathilde, die ihn trug.

»Mathilde, ich bin nicht Mathilde«, höhnte Ophelia. »Aber ihr Männer seid so deppert, könnt eine Frau nicht von der anderen unterscheiden. Allein, dass du uns verwechselst, sagt alles über dich aus. Und das nach allem, was ich für dich getan habe. Ich habe dir den Ortner vom Hals geschafft. Ich hab dich immer nur beschützt und jetzt …«

Die letzten Worte spuckte sie hasserfüllt vor ihm aus.

»… und jetzt erkennst mich nicht einmal. Verwechselst mich mit dem bladen Bauerntrampel.«

Arno erstarrte.

»Was meinst du damit? Du hast mir den Ortner vom Hals geschafft?«, fragte er leise.

»Ich bin nach Kärnten und bin mit ihm mit dem Elektroboot raus auf den See. Dort, wo vor 20 Jahren die Sache passiert ist, die dich bis heute verfolgt. Wenn das rausgekommen wäre, wärst du ruiniert gewesen, ich wäre ruiniert gewesen.« Sie deutete auf das Hotel. »All das wäre ruiniert gewesen«, zischte sie. »Also habe ich dafür gesorgt, dass es ein Geheimnis bleibt. Für immer.«

Arno merkte, wie ihm gleichzeitig heiß und kalt wurde. »Was hast du getan?«, fragte er mit Nachdruck.

Der Mond trat hinter einer Wolke hervor und beleuchtete Ophelias Gesicht. Es war geisterhaft blass, ihre riesigen blauen Augen hatte einen irren, unnatürlichen Glanz.

Sie ist verrückt geworden, dachte er.

»Er war ein Verräter«, sagte sie bitter. »Er wollte dich verraten. Ich hab nur getan, was getan werden musste.«

»Ophelia, lass uns bitte ins Haus gehen und in Ruhe darüber reden. Wir finden eine Lösung.«

»Ich hab bereits eine Lösung gefunden«, sagte Ophelia und lachte höhnisch. »Ich hab die Lösung direkt in meiner Hand.«

»Ophelia, bitte nimm Vernunft an. Glaub mir, mit so was kann man nicht leben. Du musst mir erzählen, was passiert ist. Der Ortner ist ertrunken. Aber egal, wie das passiert ist, ich steh das mit dir durch. Wir nehmen die besten Anwälte, wenn es sein muss. Aber lass uns ins Haus gehen und darüber reden.«

»Ich geh nicht mit dir ins Haus, da drin liegt deine Schlampe.« Ophelia lachte noch einmal. Es war ein irres Lachen. Sie deutete mit dem Finger auf Arno: »Denn jetzt bist du der Verräter, du hast unsere Liebe verraten.«

Arno machte einen Schritt auf Ophelia zu. Sein Mitgefühl wich langsam einem Gefühlscocktail aus Entsetzen, Verachtung und Wut.

»Bitte hör auf, dich so verrückt zu gebärden. Du bist ja hysterisch. Reiß dich zusammen. Und das mit der Mathilde …« Seine Stimme wurde immer lauter in der Hoffnung, seine Worte würden so eher bei ihr ankommen: »Das mit der Mathilde. Es ist nicht so, wie du denkst.«

»Ha, das sagen sie alle«, keuchte Ophelia. »Es ist nicht so, wie du denkst. Natürlich ist es so, wie ich denke. Mich kannst du nicht mehr für blöd verkaufen. Deine Schlampe habe ich auch fertiggemacht.«

»Was? Wie meinst du das? Was hast du getan?« Arno verlor die Geduld, er versuchte, Ophelia am Arm zu packen, aber sie wich zurück.

»Bleib mir vom Leib!«, kreischte sie.

Sie wich noch einen Schritt zurück. Richtung Brunnenloch. Arno konnte gar nicht hinsehen.

»Ophelia, pass auf!« Er streckte den Arm nach ihr aus.

»Du pass auf, du mieser Verräter. Ich hab gesagt, du sollst mir vom Leib bleiben. Ich werde dir zeigen, was ich mit dem Ortner gemacht habe, was ich mit deiner Schlampe gemacht habe, was ich mit jedem mache, der mich verrät.«

Sie fuhr mit der Hand in die Manteltasche, und als sie diese wieder hervorzog, befand sich darin eine gelbe Elektroschockpistole. Sie richtete den Taser auf Arno und drückte ab. Zwei Pfeile mit Metalldrähten trafen ihn in den Unterleib. Bohrten sich durch den Stoff bis in seine Haut. Der eine fuhr durch seine Leinenhose, der andere drang durch das T-Shirt direkt in den Bauch. In der nächsten Sekunde jagten 50.000 Volt durch seinen Unterleib. Was nun folgte, waren für Arno die schlimmsten Schmerzen seines Lebens. Er war nicht mehr Herr seines Körpers. Ein Krampf erfasste jeden einzelnen Muskel. Ihm sackten die Beine weg, er klappte direkt vor dem Brunnenloch zusammen, schrie. Ein grauenhafter gequälter Schrei, der durch die Litzelsdorfer Nacht drang. Fünf Sekunden dauerte die Elektrofolter. Fünf Sekunden, die wie eine Ewigkeit waren. Und als er dachte, es sei vorbei, drückte sie noch einmal ab. Jetzt konnte er nicht mehr schreien. Er wollte nur mehr sterben. Und sie musste seine Gedanken erraten hatte. Denn nachdem sie ein drittes Mal abgedrückt hatte, riss sie die Drähte aus seinem Körper und rollte seinen gefolterten bewegungslosen Körper über den Brunnenrand.

Arnos verkrampfter geschundener Leib fiel in das dunkle Loch und klatschte in das eiskalte schwarze Wasser. Das ist das Ende, dachte er, halb ohnmächtig. So fühlt es sich also an, wenn man stirbt.

41 ICH MUSS DEN KÜBEL RUNTERLASSEN

Die Finger und Zehenspitzen des Laubfrosches bestehen aus scheibenförmigen Haftballen, mit denen er sich wie mit Saugnäpfen an Ästen und Blättern festhalten kann.

Als Arno ins schwarze kalte Wasser fiel, wurden alle seine Albträume Realität. Er war noch immer paralysiert und konnte nur mit fassungslosem Erstaunen wahrnehmen, wie Angst und Panik eine Intensität annahmen, die jenseits seiner bisherigen Vorstellungskraft lag.

Er spürte bei seinem Aufprall an der spiegelglatten Oberfläche nicht nur das Wasser, sondern auch die Wellen der Panik über ihm zusammenschlagen. Sein verkrampfter Körper sank wie ein Stein. Seine Augen und sein Mund waren von seinem letzten qualvollen Schrei immer noch geöffnet. Das eiskalte Wasser lähmte ihn zusätzlich. Er spürte, wie das schwarze abgestandene Nass in seinen Mund und in seine Nase eindrang. Sein Herz drohte zu zerspringen. Kann man aus Angst sterben? Und dann just in dem Moment, als er glaubte, sein Herz sei explodiert, fühlte er sich mit einem Mal ganz ruhig. Wie im Auge des Tornados. Im Zentrum seiner schlimmsten Ängste war es ganz still. Friede, endlich Friede. Er war erlöst. Er hatte für seine Schuld gebüßt. Er konnte endlich sterben.

Aber dann ließ der Krampf nach. Und das Adrenalin, das sein Körper als Reaktion auf die Elektrofolter gebildet hatte, schoss durch seine Adern. Der Überlebenstrieb setzte ein. Arno begann zu strampeln und um sich zu schlagen. Er tauchte auf. Er schrie. Er versuchte, sich an den Steinen am Brunnenrand festzuhalten, hochzuziehen. Aber die Steine waren glitschig. Er rutschte ab. Er sank wieder zurück in das Wasser, in die schwarze Kälte. Über ihm im Mondlicht schwebte an einem Seil ein gusseiserner Kübel. Viel zu weit weg, um ihn zu erreichen. Er musste da raus. Etwas weiter über ihm waren die Steine des Brunnens nicht so rutschig, nicht so glatt. Er versuchte, sie zu greifen, wieder und wieder. Rutschte ab, wieder und wieder, seine Fingernägel brachen ab. Blut rann über seine Finger. Er spürte es nicht. Er schrie. »Hilfe, Hilfe!« Aber niemand kam. Wer würde ihn hier schon hören? Da vernahm er plötzlich Hundegebell.

Vera hatte vor dem Hotel geparkt und ging dann mit Herrn Schröder an ihrer Seite in Richtung Haupteingang. Dort, auf der Wiese vor dem Hotel, befand sich auch Gerhards Installation. Schwach beleuchtet. Archaisch, bedrohlich, wie alles, was Gerhard schuf. Ein kopfloser eiserner Ritter mit einer Eisenstange auf den Schultern, an deren Ende ein Seil montiert war, an dem ein Kübel hing, der über einem Brunnenloch baumelte. Und da, neben dem Brunnenrand, lag etwas Rotes. Mathildes Mantel. Lag da Mathilde? Vera rannte los. Herr Schröder dachte, es sei ein Spiel, und fing an, bellend neben ihr herzulaufen. Vera hatte den Brunnen erreicht. Da war keine Mathilde. Nur ihr roter Mantel, der ausgebreitet auf dem Boden lag.

»Hilfe«, schrie jemand und dann noch einmal »Hilfe!«. Gurgelnd, hohl, verzweifelt. Die Stimme kam aus dem Loch im Boden.

Mathilde? War sie in den Brunnen gefallen? Nein, es war eine Männerstimme. Herr Schröder lief zum Loch im Boden und bellte vehement. Vera beugte sich über den Brunnenrand. Plötzlich ging der Scheinwerfer neben der Installation aus. Sie konnte in der Dunkelheit fast nichts erkennen. Was, zum Teufel, war das? Ein Stromausfall, ausgerechnet jetzt?

Aber auch ohne Licht musste sie etwas tun. Sie beugte sich über den Rand, erkannte die Umrisse eines Menschen. Ein kahler Kopf, Augen, die vor Schreck geweitet waren, Hände, die sich ihr entgegenstreckten. Da war ein Ertrinkender im Brunnen. Und dieser Jemand brauchte dringend Hilfe. Sie musste die Feuerwehr rufen. Wo war ihr Handy?

Sie durchwühlte ihre Tasche. Fand es nicht. Das Telefon musste im Auto sein. Sie hatte bei der Herfahrt die Pizzeria in Oberwart angerufen und eine Salamipizza bestellt. Sie musste es auf der Ablage liegen gelassen haben. Sollte sie zurücklaufen und es holen? Nein, was, wenn es dann zu spät war? »Ich bin hier, ich helfe Ihnen«, rief Vera, obwohl sie keine Ahnung hatte, wie.

Der Kübel mit dem Seil. Sie musste den Kübel erreichen. Ihn in den Brunnen lassen. Dann konnte sich dieser Jemand zumindest daran festhalten. Aber der Kübel baumelte außerhalb ihrer Reichweite. Wenn sie versuchte, ihn zu fassen, könnte sie selber in den Brunnen stürzen.

»Hilfe, ich kann nicht mehr«, rief der Mann. Die Versuche, aus dem Brunnen zu klettern, hatten ihn ermüdet. Jetzt mobilisierte er seine letzten Kräfte, versuchte, sich mit

Händen und Füßen irgendwie seitlich im Brunnenschacht abzustützen. Aber er verlor immer wieder den Halt.

Vera lief zum anderen Ende des Wasserschöpfers. Sie musste die Eisenstange hochheben.

Hoffentlich ließ sich diese bewegen wie bei einem richtigen Brunnen. Die Gestalt, die sich ihr von hinten näherte, nahm sie nicht wahr.

Vera griff nach der Eisenstange und drückte diese nach oben. Hatte sie sich bewegt? Wenn, dann nur minimal. Sie ließ die Stange kurz los, um neue Kräfte zu sammeln. In diesem Moment traf sie etwas im Rücken. Dann ein unglaublicher Schmerz, ein Krampf. Sie schrie vor Schmerz, sank auf die Knie, kippte seitlich ins nasse Gras.

Als Nächstes hörte sie, dass ihr Hund aufjaulte.

Dann ein ohrenbetäubender Schuss. Lauter als die Knaller zu Silvester, lauter als die Böller bei einer Hochzeit, lauter als Gewehrsalven bei der Treibjagd. Der Schuss musste ganz in ihrer Nähe abgegeben worden sein.

Eine laute Stimme ertönte. Harsch, dominant, weiblich. »Hände hoch, Polizei, legen Sie die Waffe auf den Boden. Ich will Ihre Hände sehen. Wird's schon!«

Vera wagte nicht aufzustehen, aber sie hob den Kopf. 20 Meter von ihr entfernt stand Marlies Murlasits mit gezückter Dienstwaffe und hielt eine Person in Schach, die dicht neben ihr stand.

Die Person ließ eine gelbe Pistole fallen und hob ganz langsam, fast wie in Trance, die Hände.

Die Person war Ophelia Radeschnig. Sie lächelte sanft und streckte die Hände aus. Es sah aus, als wolle sie Ringelreihen tanzen. Stattdessen ließ sie sich ganz friedlich von Marlies Handschellen anlegen. Ophelia war nicht dumm, sie wusste, wann sie verloren hatte.

Eine halbe Stunde später ging es im »Fia mi« zu wie in

einem Bienenstock. Polizisten, Feuerwehr, Rettung tauchten auf. Überall Fahrzeuge, Stimmen, Anweisungen.

Vera hörte den Tumult und sah die Scheinwerfer, bekam das rege Treiben aber nur am Rande mit. Sie war in die Lobby des Hotels gebracht worden. Herr Schröder wich nicht von Veras Seite. Er wirkte unverletzt. Ophelia hatte ihn wohl nur getreten.

Ein Rotkreuzsanitäter untersuchte sie. Es war derselbe, der damals gekommen war, als Sky gestorben war. »Heast, do spüüts sa si oh[*]«, sagte er, kratzte sich am Kopf und verfiel in den Dialekt. »Do draußn geths zua wia im Fernsehn, wie in an Landkrimi.«

»Des kaust wui sogn[**]«, erwiderte Vera. Wenn jemand so sprach, wie die Urlioma früher gesprochen hatte, verfiel sie automatisch in den Singsang des Heanzischen.

Die Kriminalbeamtin trat auf sie zu. »Mädel, du hast echt Glück gehabt«, sagte Marlies zu Vera und musterte sie. »Wenn du die Eisenstange in den Händen gehalten hättest, während du getasert wurdest, dann frage nicht.«

»Du bist gerade zur rechten Zeit gekommen«, sagte Vera zu Marlies. »Woher ... woher wusstest du, dass ich ...«

»Als du mir die Files geschickt hast, habe ich vermutet, dass du gleich herfahren und Arno zur Rede stellen würdest«, sagte Marlies. »Das wollte ich verhindern, immerhin geht es um laufende Ermittlungen. Da geht es einfach nicht an, dass uns eine Journalistin ständig ins Gehege kommt.« Sie versuchte, streng dreinzuschauen, aber irgendwie gelang es ihr nicht.

»Wie geht es dem Radeschnig?«, fragte Vera.

»Die Feuerwehr hat ihn aus dem Brunnen befreit und

---

[*] Hör mal, da spielt es sich ab.
[**] Das kannst du wohl sagen.

ins Landeskrankenhaus gebracht. Deine Freundin Mathilde ist auch dort. Wir haben sie bewusstlos in der Küche gefunden. Sie wurde ebenfalls getasert und hat eine Platzwunde am Kopf. Aber sie dürfte zum Glück einen ziemlich harten Schädel haben. Im Krankenwagen war sie schon ansprechbar.«

»Ich muss eine Salamipizza abholen«, sagte Vera plötzlich.

»Bitte?«

»Ich habe in Oberwart eine Salamipizza bestellt, die muss ich abholen.«

»Ich kann nicht zulassen, dass du noch Auto fährst. Du bist mit 50.000 Volt getasert worden. Du stehst vermutlich noch unter Schock.«

»Wie der Politiker auf YouTube?«

»Wie wer?«

»Na, dieser Politiker, der hat sich für ein Video freiwillig tasern lassen, um zu zeigen, dass Taser eh nicht so schlimm sind. Es war dann aber doch schlimm.«

»Wir haben das einmal in der Polizeiausbildung am eigenen Leib probiert, es ist schlimm«, bestätigte Marlies. »Also bitte ruf jemanden an, dass er dich abholt. Und auch die Pizza, wenn's sein muss.«

Vera gab nach. »Okay.«

Sie scrollte durch den Kurzwahlspeicher ihres Telefonbuchs. Eine Handvoll Namen poppten auf. Vera überflog sie. Sie scrollte nach unten. Eigentlich kamen nur zwei infrage. Ihre Mutter oder Tom? Wer war das kleinere Übel?

42 SIE FAHREN EINE DUCATI?

Der Seerosenblattkäfer frisst See- und Teichrosenblätter und richtet dabei viel Schaden an. Verblüffenderweise ist dieser Käfer ein schlechter Schwimmer. Fällt er ins Wasser, schafft er es kaum, wieder aufzutauchen, und ertrinkt. Wer Seerosenblattkäfer bekämpfen möchte, drückt deshalb die befallenen Blätter einige Zentimeter unter Wasser und fixiert sie dort, um die Käfer zu ersäufen.

Vera rief Johanna an. Johanna holte Vera vom Fischteich ab, brachte sie nach Hause und kochte ihr einen mitgebrachten Tee mit Rosen und Kardamom. Die getrockneten Rosenknospen waren aus ihrem eigenen Garten, der Kardamom von Freunden aus Sri Lanka. »Das beruhigt«, sagte sie. Johanna buk fluffig knusprige Palatschinken, gefüllt mit ihrer selbst gemachten Marillenmarmelade, die Letta vergessen ließen, dass sie eigentlich Lust auf Salamipizza gehabt hatte.

Johanna überzog Veras Bett neu und sprühte Lavendelwasser über die aufgeschüttelten Pölster. »Ich will sichergehen, dass du gut schläfst«, sagte sie nur. »Nirgends schläft es sich besser als in einem frisch gemachten Bett.« Eine Freundin wie Johanna war das große Los.

Vera schlief ein, kaum, dass ihr Kopf den Polster berührt hatte.

Für Marlies war an Schlaf nicht zu denken. Das Erste, was sie in der Polizeistation Oberwart erwartete, war ein wütender Franz, der ihr wegen des Alleingangs gehörig den Kopf wusch. »Bist du von allen Geistern verlassen? Ich dachte, du bist heimgefahren, um dich auszuruhen, stattdessen fährst du ins ›Fia mi‹, ohne mir ein Wort zu sagen, und bringst dich in Lebensgefahr!«

»Ich wollte nur diese übereifrige Horvath abfangen, bevor sie die Radeschnigs wegen dem Ortner seinen Aufzeichnungen narrisch macht«, sagte Marlies. »Ich hab die Horvath mehrmals angerufen, aber sie hat nicht abgehoben. Da dachte ich, schau auf dem Heimweg lieber vorbei.«

»Du hättest mich auch von unterwegs anrufen können«, knurrte Franz.

»Auf welcher Basis? Aufgrund einer Vermutung, die auf weiblicher Intuition beruht?«, erwiderte Marlies. »Für dich zählen ja nur Fakten.«

»Marlies, wir sind nicht nur Arbeitskollegen, wir sind auch Freunde.« Marlies verstummte. Das hatte Franz noch nie gesagt. Marlies wurde ganz warm ums Herz.

»Ich weiß«, sagte sie leise. »Und jetzt lass uns über die Fakten reden.«

»Ich habe mit einem Arzt telefoniert, der bei ›Amnesty International‹ war«, sagte Franz. »Die beiden Läsuren an Markus Ortners Unterleib, die bei der Erstobduktion festgestellt wurden, können seiner Ansicht nach durchaus von einem Taser stammen. Er kennt solche Verletzungen. Das Gerät wird oft für Folterzwecke missbraucht.«

»Dann werden wir uns mal mit der Dame darüber unterhalten«, sagte Marlies. »Ich möchte mir zuvor noch mal die Aufzeichnungen vom Ortner anhören, da geht es vor allem um alte G'schichteln, die ihren Mann in keinem guten

Licht dastehen lassen. Drogen, Prostitution, ein vertuschter Motorbootunfall, bei dem vor einem Vierteljahrhundert ein Mädchen ertrunken sein soll. Interessanterweise soll der Unfall in derselben Bucht passiert sein, in der der Ortner angespült wurde.«

Franz seufzte. »Und dann ist da noch die Sache mit Sky Dujmovits.«

Marlies blickte auf die Uhr. »Morgen um 10 Uhr müssen wir den Karel Dujmovits laufen lassen. Er hat keine Ahnung, dass die Radeschnig verhaftet ist, und wir sollten unbedingt noch mal mit ihm reden, bevor wir ihn gehen lassen müssen und er erfährt, dass es eine weitere Verdächtige gibt.«

»Ich nehm mir nur noch schnell einen Kaffee«, sagte Marlies. Die schwarze Brühe, die sich in der Kanne der Filtermaschine befand, sah aus, als würde sie schon seit Stunden auf der Warmhalteplatte vor sich hin dunsten. Marlies goss sich dennoch eine Tasse ein und löste dann zwei große Löffel Zucker in dem Gebräu auf. Sie verzog angewidert den Mund, als sie das bittersüße Getränk hinunterstürzte.

»Los geht's«, sagte sie. »Unterhalten wir uns mal eine Runde mit der Frau Radeschnig.«

Ophelia saß auf demselben Stuhl, auf dem vor wenigen Stunden Karel gesessen war, aber ihre Körpersprache war eine ganz andere. Sie saß aufrecht, gefasst, fast stolz. Und sie lächelte, als sie die Polizisten hereinkommen sah. Ihre blonden Haare umspielten ihr Gesicht in fingerbreiten Locken, die aussahen, als wären sie eben erst mit einem Lockenstab geformt worden. Sie hat zwei Menschen getasert, einen davon niedergeschlagen und den zweiten in den Brunnen gestoßen, und ihre Frisur sitzt immer noch, dachte Marlies. Unglaublich.

»Möchten Sie auch einen Kaffee?«, fragte sie. Sie hatte beschlossen, in diesem Spiel der »Good Cop« zu sein.

»Nein, danke«, sagte Ophelia. »Ich trinke keinen Kaffee.«

»Wir haben auch Löwenzahntee«, witzelte Franz.

»Löwenzahntee wäre nett«, sagte Ophelia. Sie lächelte ihn breit an.

Franz ging aus dem Raum und kam mit einer Tasse uringelber Flüssigkeit zurück.

Na gut, dann spielt halt er den guten Cop, dachte Marlies.

»Frau Radeschnig, Sie haben bei der Verhaftung angegeben, Sie wollten Ihrem Mann und seiner ...«, Marlies blickte auf ihre Notizen, »seiner bladen Schlampen ... eine Lektion erteilen. Wie kamen Sie darauf, dass die beiden eine Affäre hatten?«

»Ich habe Zsoltán Szabo bezahlt, meinem Mann hinterherzuspionieren.«

Franz blickte sie ob dieser Offenheit erstaunt an. »Zsoltán Szabo. Der Zsoltán Szabo, Ihr Angestellter, der in Eisenstadt in Untersuchungshaft ist?«

Ophelia nickte: »Genau. Er hat meinem Mann natürlich hinterherspioniert, bevor er von Ihnen verhaftet wurde. Er hat meinen Mann und diese Schlampe in der Therme gesehen, schmusend. Er hat mir Handyfotos geschickt.«

»Das muss Sie sehr verletzt haben«, sagte Franz.

Ophelia blitzte ihn an: »Es hat mich wütend gemacht, weil Arno alles ruiniert. Alles, was ich für uns aufgebaut habe.«

»Haben Sie Ihren Mann damit konfrontiert?«

»Ich habe nichts von den Bildern gesagt, nur dass er von jemandem gesehen wurde und er sich nicht deppert spielen soll.«

»Sie haben ihn also bedroht«, sagte Marlies.

Ophelia fuhr auf. »Ich habe ihn nicht bedroht, ich habe ihn beschützt. Ich habe ihn die ganzen acht Jahre, in denen wir uns kennen, beschützt. Er war ein alkoholkrankes Wrack, als ich ihn das erste Mal getroffen habe. Ich habe ihn aufgerichtet. Ich hab dafür gesorgt, dass er seinen Weg findet, dass er wieder Erfolg hat. Wenn ich nicht gewesen wäre, wäre er untergegangen. Ich habe ihm jeden Stein aus dem Weg geräumt, bevor er zum Problem wurde …«

»Und Markus Ortner war so ein Problem?«, hakte Marlies ein.

»Markus Ortner hat mich erpresst. Er hat gesagt, er wüsste etwas aus der Vergangenheit meines Mannes. Also bin ich nach Kärnten gefahren und habe mich mit ihm unterhalten.«

»Wann war das?«, hakte Franz ein.

»Gleich am Tag, nachdem er die Pressereise abgebrochen hatte. Da waren alle anderen auf einem Ausflug in Bernstein.«

Marlies blätterte im Akt. »Laut Doktor Meierhofer waren Sie an diesem Tag im Ressort. Hat er für Sie gelogen?«

Ophelia schüttelte den Kopf. »Er hat mich in der Früh und am Abend gesehen, und ich habe ihn einmal bei einem Stopp von unterwegs angerufen und so getan, als ob ich in der Wohnung wäre. Daher dachte er wohl, ich wäre die ganze Zeit da.«

Marlies ärgerte sich, als sie das hörte. Da hatten ihre Kollegen wohl bei den Zeugenvernehmungen ordentlich geschlampt.

»Und wie sind Sie so schnell nach Kärnten und wieder zurück? Ihr Auto war laut dem Meierhofer die ganze Zeit am Parkplatz.«

»Mit der Ducati meines Mannes.«

»Echt, Sie können Ducati fahren?«, entfuhr es Franz überrascht.

Marlies unterdrückte mit Mühe ein Stöhnen. Das war wieder so typisch Franz. Warum sollte eine Frau nicht Motorrad fahren können. Dafür brauchte man nun wirklich keinen Penis. Jetzt fehlte es nur, dass Franz nach technischen Details der Ducati, statt nach weiteren Details im Fall fragte. Zum Glück riss er sich zusammen.

»Und was ist dann in Kärnten passiert?«

»Der Ortner, dieser Schleimbeutel, hat mir ganz wichtig von Tonbandaufnahmen erzählt. Ein gewisser Charlie, ein alter Freund vom Arno, soll ihm erzählt haben, was die beiden früher so getrieben haben. Partys, Drogen, Huren … Als ob er mir damit was Neues erzählt hätte.

Ich hab gesagt, mit so was kann er mich nicht erpressen, denn das waren die 1990er. Das war damals normal. Aber da hat er gelacht und gesagt, dass das noch nicht alles wäre. Er ist mit mir mit seinem Elektroboot rausgefahren in die Bucht zwischen Pörtschach und Velden und hat dort sein blödes Tonbandgerät rausgeholt. Und ich hab mir anhören müssen, wie dieser Charlie behauptet hat, der Arno und er hätten damals im Koksrausch ein Mädel auf dem Wörthersee überfahren. Und dann hat der Ortner gelacht und gesagt, dass diese Aufnahme den Arno ruinieren würde. Da wäre es nichts mehr mit Coaching für den Kanzler.« Sie machte eine bedeutungsschwere Pause.

»Und dann?«, forschte Marlies.

»Wissen Sie«, Ophelias wasserblaue Augen schauten die Polizistin groß an, »ich habe eine sehr gute Menschenkenntnis. Ich hab dem Ortner sein gehässiges Grinsen gesehen und gewusst, der lasst uns nie in Ruhe. Ich habe in der linken Hosentasche einen Goldbarren gehabt. Haben Sie gewusst, wie klein Goldbarren sind? Grad mal so groß wie zwei Packerl Kaugummi. Die Leute glauben ja immer, so ein Goldbarren ist so groß wie ein Ziegelstein. Nun, er ist klein, aber schwer. Und in der anderen Hosentasche hab ich den Taser gehabt. Der war viel größer, aber leichter.«

Sie lächelte und nahm einen Schluck vom Löwenzahntee. Sie fuhr mit der Zunge über ihre Lippen. Sie schien den Geschmack zu genießen. »Ich habe mich für das Leichtere entschieden.«

*

Marlies und Franz machten eine Pause, um sich zu beraten. Das war eines der schnellsten Geständnisse in Marlies' langer Laufbahn als Kriminalbeamtin gewesen. Ophelia hatte mit unglaublicher Selbstverständlichkeit erzählt, dass sie den Journalisten getasert und zugesehen hatte, wie dieser in den See gefallen und darin versunken war. Danach hatte sie das Boot zum Haus zurückgelenkt. Fingerabdrücke gab es keine, weil sie Handschuhe getragen hatte. Sie war ja nicht blöd. Danach hatte sie sich auf die Ducati geschwungen und war zurück nach Litzelsdorf gefahren.

Marlies schwirrte der Kopf. Sie musste sich konzentrieren. Zum aktuellen Stand der Ermittlungen war es ganz wichtig, dass sie die Verdächtigen mit nichts konfrontierte, das diese nicht wissen konnten. Sie durfte also Ophelia nicht über Karels Aussagen informieren und umgekehrt. Der Inhalt der Tonaufnahmen von Markus Ortner waren auch tabu, weil sie nicht wusste, wie viel davon Ophelia tatsächlich gehört hatte. Und das Gespräch mit René Dujmovits und die Vermutungen, die diese in ihr geweckt hatten, waren auch kein Thema.

Sie stürzte noch eine Tasse extrem ekligen Kaffees herunter. Franz reichte ihr eine Reiswaffel mit Nutella. Marlies war dankbar über den Zuckerschub. »Wir sollten weitermachen, solange sie so gesprächig ist«, sagte Franz knapp.
Ophelia saß noch im Besprechungsraum. Zwei andere Polizisten hatten inzwischen die Stellung gehalten. Die Tasse mit Löwenzahntee war frisch gefüllt. Ophelia hielt diese in ihren perfekt manikürten Händen. Marlies sah ein kleines Tattoo am Handgelenk. Eine Acht, das Unendlichkeitszeichen, in den beiden Schleifen der Zahl je ein Buchstabe A und O. Das A&O einer unendlichen Liebe. Arno und Ophelia.

Franz nahm das Gespräch auf.
»Wann haben Sie erfahren, dass Sky Dujmovits Arnos Tochter ist?«
»Als Sie beide zu uns nach Hause kamen und uns damit konfrontiert haben.«
Marlies erinnerte sich, wie Ophelia eine Tasse hatte fallen lassen.
»Sie haben aber so getan, als wüssten Sie längst Bescheid.«
Ophelia fuhr mit dem Zeigefinger über den Rand des Gefäßes, das vor ihr stand. »Ich weiß.«
»Sie haben uns also was vorgespielt?«, provozierte Marlies.
»Ich wollte nicht als unwissende Idiotin dastehen.«
»Haben Sie Zsoltán Szabo auch hinter Sky herspionieren lassen?«
»Ja, das habe ich.«
Marlies hob die Augenbrauen.

»Weil Sie dachten, Ihr Mann hätte mit ihr eine Affäre.«
Ophelia blickte in ihr Getränk, als würde sie am Grund der Tasse die Antwort auf diese Frage finden.
»Ich war nicht die Einzige, die das dachte. Karel ist das Ganze anfangs auch komisch vorgekommen.«
»Es geht jetzt nicht um Karel Dujmovits, sondern um Sie. Sie waren also eifersüchtig? Morde werden oft aus Eifersucht begangen.«
»Und wann hätte ich den Mord begehen sollen? Ich habe in Karels Anwesenheit das Bad eingelassen und bin dann ins Büro zu Sylvia Zieserl. Ich habe es nicht verlassen, bis die Journalistin die Tote gefunden und um Hilfe gebrüllt hat. Warum sollte mich die Sylvia decken?«
»Vielleicht haben Sie sie bezahlt«, stellte Franz fest.
»Vielleicht haben Sie auch Zsoltán Szabo dafür bezahlt, den Mord für Sie zu begehen. Sie sind ja eine Frau, die Goldbarren in der Tasche mit sich rumträgt«, stichelte Marlies.
»Habe ich nicht«, Ophelia sprang auf und brachte dabei den Tisch ins Wanken. Löwenzahntee spritzte auf die furnierte Spanholzplatte. »Ich habe Ihnen die Wahrheit über den Ortner gesagt, und ich lüge Sie auch jetzt nicht an.« Die letzten Worte spuckte sie fast heraus: »Ich habe Sky Dujmovits nicht umgebracht.«
Wenn Marlies in den letzten 25 Jahren Polizeidienst eines gelernt hatte, dann, dass alle Verdächtigen lügen. Sie wusste selbst nicht, warum sie dennoch das Gefühl hatte, dass die Frau, die ihr gegenübersaß, diesmal die Wahrheit sagte.

43 DAS IST NICHT MEIN MESSER

Jahrelang galt der Zander als besonders schwer zu fangen. Nur kleinste Köderfische, lebend an langen dünnen Posen angeboten, versprachen Aussicht auf Erfolg. Seit man Gummifische mit Action-Funktion als Köder verwendet, hat sich das geändert.

»Geh nach Hause und schlaf ein bisschen«, sagte Franz eine Stunde und drei Kaffee später unter vier Augen zu Marlies. »Aber was ist mit Karel? Wir können ihn nur mehr bis morgen früh um 10 Uhr hierbehalten. Vielleicht kriegen wir doch noch was aus ihm raus. Die Radeschnig hat auch gesagt, er wäre eifersüchtig gewesen. Ich spüre richtig, dass der uns was verheimlicht.« Sie biss sich auf die Lippe.

»Marlies, bitte geh heim. Du hast die letzten vier Tage kaum geschlafen. Komm morgen früh wieder her.«

Seufzend gab Marlies nach. In dieser Nacht schlief sie schlecht. Sie träumte davon, von Ophelia vor dem Fischteich in Litzelsdorf getasert zu werden. Sie erwachte schweißgebadet. Wo hatte die Frau überhaupt einen Polizeitaser her? Ach ja, aus dem Internet, hatte sie gesagt. Alles bekam man heute im Internet.

Sie duschte und studierte ihren Kleiderschrank. Am liebsten hätte sie nach ihrem Lieblingssweatshirt gegriffen. Der Stoff war innen aufgeraut und ganz weich wie eine Umarmung. Gemütlich, aber leider viel zu casual. Sie zog eine hellblaue Bluse und eine dunkelblaue Weste mit Polokragen heraus. Bei den Rosenheim Cops trug die eine Kommissarin pastellfarbene Lederjacken, die maximal bis zum Bauchnabel reichten. Sie hatte sich immer darüber gewundert. Wie konnten die so das Holster für die Dienstwaffe verdecken. Warum dachte sie jetzt an die Rosenheim Cops?

Sie fuhr auf den Posten. Vor der Polizeistation stand ein schwarzes matt lackiertes Mercedes Coupé mit Wiener Nummerntafel. »Der Anwalt vom Dujmovits ist da«, sagte Franz. Sie brauchte nur einen Blick auf den arroganten Mittvierziger mit den genagelten Schuhen zu werfen, um zu wissen, woran sie war.

»Was sind das für lächerliche Spielchen? Was erwarten Sie sich davon, meinen Mandanten ohne jegliche Beweisgrundlage bis zur letzten Sekunde hierzubehalten? Das ist reine Schikane«, fuhr er sie an. Eine Wolke von Diors »Eau Sauvage Intense« stieg ihr in die Nase.

Sie blickte auf die Uhr an der Wand im Dienstzimmer, die direkt unter dem Bild des Bundespräsidenten hing. 9 Uhr. Da konnte der Schnöselanwalt noch so toben. Karel Dujmovits würde in einer Stunde den Posten verlassen, aber keine Sekunde früher. Maximal 48 Stunden, sagte das Gesetz, und 48 Stunden würde er hierbleiben.

Marlies löffelte gemahlenen Kaffee in die Filtermaschine, nahm deren Wassertank und ging zur Leitung, um diesen aufzufüllen. Da spürte sie ihr Telefon in der Westentasche vibrieren. Sie stellte den Tank ab und griff nach dem Handy. Ihr Herz klopfte, als sie die Anruferkennung sah.

»Georg, hallo.«

»Bist du schon auf dem Posten?«

»Ja.« Sie hielt sich nicht mit Höflichkeiten auf. »Hast du was gefunden?«

Georg fasste sich ebenfalls kurz.

»Es ist noch ein Bild aufgetaucht von derselben IP-Adresse. Die war zwar verschleiert, aber wir konnten sie dennoch zurückverfolgen. Ich schick es dir durch.«

Marlies ging zu ihrem Computer, rief ihre Mails ab, öffnete den jpg-Anhang, den Georg von der E-Mail-Adresse des Bundeskriminalamtes geschickt hatte, betrachtete es stirnrunzelnd und wählte dann den Befehl drucken.

Sie nahm den Ausdruck, steckte ihn in den Akt und ging hinaus auf den Gang, um Franz zu suchen. Der Kollege kam ihr entgegen. Dort tigerte auch Karels Anwalt verärgert auf und ab. Er umkreiste sie wie eine lästige Fliege. Eine Fliege, die nach »Eau Sauvage Intense« roch. »Wollen Sie wirklich bis Punkt 10 Uhr warten, bevor Sie meinen Mandanten gehen lassen? Das ist reine Willkür. Ich werde mich am Landeskriminalamt beschweren.«

»Sie können gleich mitkommen«, sagte Marlies, »folgen Sie uns bitte in den Vernehmungsraum. Wir lassen Ihren Mandanten gleich holen.«

Franz sah sie fragend an. Marlies machte ihm mit den Augen ein Zeichen, das Franz als »Ich erklär dir gleich alles« interpretierte.

»Was soll das?«, empörte sich der Anwalt.

»Das werden Sie gleich erfahren«, sagte Marlies. »Wenn Sie sich bitte zehn Minuten gedulden. Ich möchte nur kurz mit meinem Kollegen sprechen.«

Es war 9.50 Uhr, als sie zu viert im Vernehmungsraum saßen. Marlies, Franz, Karel und der Anwalt.

»Wir haben nicht viel Zeit, also mache ich es kurz«, sagte Marlies, zog das Bild aus der Akte und legte es vor Karel auf den Tisch.

»Gestern haben Sie uns erklärt, dass das Video, das wir Ihnen vorgespielt haben, nicht in Zusammenhang mit den Ereignissen stand, die zum Tod Ihrer Frau geführt haben.«

Sie holte tief Luft.

»Nun, dieses Bild tut es.«

Karel blickte auf das Foto. Es zeigte Skys Arm, der aus der Spa-Badewanne im »Fia mi« hing. Die Pulsadern waren geöffnet. Blut tropfte aus der klaffenden Wunde. In der rechten Ecke des Bildes war eine Männerhand mit einem Messer zu sehen. Das Messer schien über dem Opfer zu schweben.

»Ein Video gibt es auch«, sagte Marlies. »Es wurde von Ihnen ins Darknet gestellt. Sie haben Ihrer Frau die Pulsadern aufgeschnitten?«

Karel war schneeweiß geworden.

»Ist das eine Frage oder eine Anschuldigung?«, fragte der Anwalt steif.

Marlies blickte zur Decke und atmete tief durch. Mit dieser Schmeißfliege im Raum würde die Befragung Stunden dauern. Aber sie würde ihre Antworten bekommen. Sie würde erfahren, was wirklich geschehen war. Die Wahrheit kam früher oder später meistens ans Licht.

Karel schien das ebenso zu sehen, denn zu ihrer Überraschung packte er jetzt aus. Er schloss kurz die Augen, bevor er zu reden begann und sich an alles, was an diesem Tag im Spa passiert war, erinnerte.

*

»Vinotherapie nutzt eher die straffende Wirkung von Tanninen, Fruchtsäuren und Polyphenolen auf die Haut«, erklärte Ophelia. »Ich gebe zusätzlich Traubenkernöl und Weinlaubextrakt ins Badewasser, das wirkt entzündungshemmend und venenstärkend. Und für den guten Duft kommt ein bisschen ätherisches Uhudler-Duftöl dazu. Das riecht ganz zart nach Walderdbeeren.« Sie deutete auf das zartrosa Badewasser. »Das Bad soll ja nicht nur pflegen, sondern auch ein sinnliches Erlebnis sein.« Sie drehte den Zapfhahn wieder zu.

Karel sah auf die Uhr: »Meine Maiskolbenmassage ist in 30 Minuten. Ich würde sagen, ich mache jetzt ein paar Videos mit dir und lasse dich dann allein weiter machen. Passt das?«

Sky nickte geistesabwesend. Sie trug ein Bikinioberteil mit Fransen und einen Sarong und war gerade dabei, ein Selfie zu machen. Sie wölbte ihre Lippen nach vorne, streckte den Arm nach rechts oben aus und schaute verführerisch in die Kamera.

»Hier ist die Glocke, sie ist mit der Rezeption verbunden. Läutet einfach, wenn ihr etwas braucht«, sagte Ophelia und verließ den Raum.

»Also los«, sagte Karel, als er mit seiner Frau alleine war. »Schenk mir dein strahlendstes Lächeln, Baby.«

Sky stieg in die Wanne. Tränen stiegen ihr in die Augen. Waren das die ätherischen Öle? Wenn sie es nicht besser wüsste, würde sie glauben, sie badete in purem Rotwein. Karel blickte sich zufrieden um. »Ich habe einen neuen Kunden, der zahlt ein Vermögen, und das Setting hier ist perfekt.« Er blickte sich um. »Ich platziere die Kamera am besten hier. Warte, ich suche den richtigen Winkel.« Er spielte minutenlang mit der Position des Smartphones, bis er endlich zufrieden war.

»Lass das Bein aus der Wanne hängen. Und kannst du deinen Unterkörper anheben, sodass man mehr sieht? Wir fangen mit ein paar Ritzern am inneren Unterschenkel an. Wo ist das Messer?«

»In meiner Tasche.«

Karel ging zu der violetten »Hermès«-Tasche und kramte darin.

»Da ist es nicht.«

»Doch, das muss da sein.«

»Ist es nicht.«

»Ach, das muss noch in der Küche sein.«

»Na super, was machen wir jetzt?«

»Dann hol es halt.«

»Ich geh ja schon. Entspann dich inzwischen, Baby.«

Karel verließ den Raum und lief Richtung Küche, aber da war niemand. Die hatten wohl alle Pause. Skys Messer war nirgendwo zu sehen. Es würde viel zu lange dauern, alles zu durchsuchen. Im Frühstücksraum bremste er sich ein. Da, neben der Schale lag ein Obstmesser. Das würde es zur Not auch tun.

Als er zurückkam, hatte er das Gefühl, dass mit Sky etwas nicht stimmte. Sie lag in der Wanne und kicherte.

»Was ist denn mit dir los?«

»Nix, ich find das alles so lustig. Lächerlich lustig.«

»Reiß dich bitte zusammen.«

Karel setzte seine BDSM-Maske auf.

Sky bekam einen Lachkrampf, als sie ihn anblickte.

»Bist du high?«, fragte er streng.

»Wovon soll ich high sein?«

»Hör mal, wir stagen hier einen Mord, du kannst da nicht blöd rumlachen.«

»Ich mach, was ich will, ich bin der Star.«

Sky hatte bei den früheren Videos immer gerne mitgespielt. Sie hatte einen Fetisch für Messer. Und ritzen fand sie geil. Die scharfe Porzellanklinge, die Blutstropfen auf ihrer schneeweißen Haut, das Gefühl, wenn danach die Endorphine einschossen.

Karel hatte ihr auch nie wirklich wehgetan. Das hatte auf den Videos immer nur so gewirkt. Für die Perversen da draußen. Aber je länger sie das machte, desto weniger Bock hatte sie, eine Wichsvorlage für die Perversen da draußen zu sein. Das Geld war auch keine Motivation mehr. Sie hatte genug Geld. Restaurants, Reisen, schöne Kleider, Parfüm – all das bekam sie ohnehin gesponsert. Sie wollte weniger Stress, mehr Zeit, mehr Normalität. Vielleicht ein Baby. Ihre Regel war letzten Monat ausgeblieben. Sie hatte mit Karel noch nicht darüber gesprochen, weil sie ohnehin so selten die Regel bekam. Aber seit sie Arno gefunden hatte, war dieses Familienthema allgegenwärtig. Wo kam sie her, wo wollte sie hin?

»Ich will nicht mehr«, sagte sie.

»Was heißt, du willst nicht mehr, da geht es um wirklich viel Geld.«

»Ich scheiß auf das Geld.« Sie stand auf, torkelte und fiel ins Wasser zurück. Was war mit ihr los? Sie fühlte sich wirklich high.

Sie versuchte noch einmal aufzustehen.

Karel kam näher und drückte sie in die Wanne zurück.

»Du bleibst da drinnen. Du hast einen Job zu machen.«

»Ich scheiß auf den Job. Ich hab dir gesagt, ich habe keinen Bock mehr. Ich habe keinen Bock mehr auf dich«, zischte sie. »Ich mach Schluss. Mit dir, mit allem. Ich will so nicht mehr leben.« Sie verzog ihr Gesicht. Einen Augenblick lang sah es so aus, als würde sie zu weinen anfangen. Aber dann warf sie den Kopf zurück und lachte wieder provozierend. »Ich will endlich frei sein.«

Karel wurde wütend, ein böser Verdacht keimte in ihm auf. Was hatte Ophelia ihm erzählt, er solle besser auf seine Frau aufpassen?

»Aber auf den Radeschnig hast Bock!«, zischte er.

»Wie kommst denn auf das?«

»Der Hausdiener hat euch in der Nacht in den Pavillon neben der Sauna gehen sehen.«

»Wir haben nur geredet.«

»Das sagen sie alle.«

»Verdächtigst du mich jetzt, dass ich den Radeschnig vögel?« Sie lachte hysterisch. »Du hast so einen Klopfer. Der Radeschnig ist mein Vater.«

»Ja, und ich bin deine Urgroßmutter.«

Das hatte sie jetzt davon, dass sie Karel nicht von Anfang an eingeweiht hatte. Er glaubte ihr nicht. Aber sie hatte einfach kein Bedürfnis gehabt, ihn in ihre Spurensuche einzubeziehen. Noch nicht. Karel war so geldgeil. Er hätte sofort begonnen auszurechnen, wie viele Alimente Arno ihr schuldete, von dem potenziellen Erbe, das ihr als verlorene Tochter einmal zustehen würde, ganz zu schweigen. Seine Gier hätte dieses zarte Pflänzchen einer Verbindung, die sie zu Arno aufbaute, sofort vernichtet.

»Er ist wirklich mein Daddy«, sagte sie.

»Dein Sugar Daddy vielleicht.«

»Fängst du jetzt wieder mit einer deiner grundlosen Eifersuchtsarien an?«

»Was heißt grundlos. Die Leute reden schon«, zischte Karel. Eigentlich hatte er sich diese Diskussion für später aufgehoben. Erst wollte er das Video unter Dach und Fach bringen. Aber jetzt war es zu spät. Die Worte hatten seinen Mund schon verlassen.

»Und was reden die Leute?« Sky schloss die Augen, einen Augenblick wirkte es, als wäre sie gelangweilt, dabei kämpfte sie nur mit dem Schwindelgefühl, das sie auf einmal packte.

»Dass ich besser auf dich aufpassen soll. Was du treibst.«

»Ich treib gar nichts. Ich sag's dir noch mal. Wir haben nur geredet.«

»Du lügst doch.«

Karel trat an den Wannenrand. Er spürte die Eifersucht in seinem Körper wie ein grünes Gift, das durch seine Venen rann. Er beugte sich über Sky.

»Worüber habt ihr geredet?«, fragte er drohend.

»Sag ich ja, darüber, dass er mein Daddy ist.« Sie machte eine kurze Pause, bevor sie weitersprach: »Und dass du mich nur ausnutzt. Dass alles, was wir verdienen, für dein Scheiß Computer-Poker rausgeht.«

Klatsch. Die Ohrfeige kam so schnell und unerwartet, dass Sky nicht reagieren konnte. Ihre Wange brannte.

»Spinnst du«, schrie sie.

Sie musste aus diesem Bad raus. Sie griff zum Wannenrand. Sie schaffte es nicht, sich hochzuziehen. Sie rutschte zurück und schlug sich den Kopf an. Der Schmerz ärgerte sie. Sie ließ ihren Frust an Karel aus. Sie wusste, wie sie ihn am besten treffen konnte.

»Dann hab ich den Radeschnig halt gevögelt.« Ihre Augen waren glasig, sie grinste diabolisch. »Und den Meierhofer auch. Die sind alle mehr meine Liga als du. Und alle haben mich besser gevögelt als du«, lallte sie.

Karel spürte, wie sich das grüne Gift in seinem Magen entzündete. Ein Feuerball aus Wut und Verzweiflung. Das war immer schon sein Problem gewesen. Dass er rasend eifersüchtig war, und Sky wusste das. »Das sagst du nur, um mich zu provozieren.« Er sah ganz blass aus. Blass und verzweifelt.

Sky lachte. »Vielleicht, vielleicht auch nicht. Und du wirst es auch nie erfahren. Es ist auch egal. Weil es aus ist mit uns.

Mit diesen Videospielchen, mit allem. Hörst du, es ist aus. Du kannst scheißen gehen, du Psycho.«

Karel trat mit dem Messer auf sie zu. Sky sah die Klinge aufblitzen.

»Was ist das? Das ist nicht mein Messer! Ich will das nicht. Geh weg damit.« Sie schlug nach ihm, wollte schreien. Das durfte nicht passieren. Er ließ das Messer fallen, legte die Hände um ihren Hals und würgte sie. »Du wirst jetzt mitspielen«, zischte er. Ihr Hals fühlte sich in seinen Händen an wie ein flatterndes Vögelchen. Er drückte zu, er hatte keine Hemmungen. Er hatte schon oft zugedrückt. Diesmal brauchte er fast gar keine Kraft, um sie auf die andere Seite zu transportieren.

Schlafen legen, hatten sie das immer genannt, wenn sie die teuren Videos für das Darknet produziert hatten. Sie trieb jetzt wirklich im Wasser, als ob sie schlief. Ihre Augen waren geschlossen. Die Haare wogten im Wasser. Ihr makelloser Körper. Der zart gerundete Busen, ihr flacher Bauch, das glatt rasierte Dreieck zwischen ihren langen Beinen. Karel sah den Körper, aber was er ebenfalls sah, waren andere Männer. Männer wie der Radeschnig oder der Meierhofer.

In seiner grenzenlosen Eifersucht stellte er sich vor, wie sie sich an diesem Körper ergötzten, ihn erforschten, benutzten.

Das musste aufhören. Er nahm ihren Unterarm, hob das Messer auf, das am Boden lag, und zog die Klinge durch ihr Fleisch. Aber nein, so billig kam sie ihm nicht davon. Bevor er ihr auch noch den zweiten Arm aufschlitzte, ging er zum Handy, das noch immer in Filmposition war, und drückte auf REC.

44 ES SCHNEITE

Karpfen können bis zu 50 Jahre alt werden. Man nennt den Karpfen auch Friedensfisch, da er Fischen und anderen größeren Tieren nicht nachstellt.

Es schneite. Der erste Schnee im Jahr. Es war kein starker Schneefall. Nur einzelne winzige weiße Schneekristalle, die vom Himmel fielen. Vera blickte aus dem Fenster. Die Schneeflocken fielen auf den See, schmolzen. So, als hätten sie nie existiert.
 Vera räusperte sich und startete die Sprachaufzeichnung auf ihrem Smartphone.
 Sie blickte Arno an. »Sind Sie so weit?«
 Arno nickte. Er wollte zu der ganzen Sache nur ein einziges Interview geben, und er wollte es ihr geben.
 »Was ist damals passiert, Herr Radeschnig?«
 Arno fuhr sich über den Kopf. Er spürte die Stoppeln des nachwachsenden Haares. Er hatte in den letzten Tagen nicht daran gedacht, sich den Kopf zu rasieren. Er wusste nicht, wo er anfangen sollte.
 »Es war ... Es war eine ganz andere Zeit«, sagte er schließlich.

1995 war Arno 29 Jahre alt und wurde fürs Partymachen bezahlt. Arno wusste, wie man eine geile Party schmiss.

Denn richtig feiern können ist eine Gabe. Und die Leute bezahlten ihm ein Vermögen für diese Gabe. Arno war der Meisterkomponist des Hedonismus.

Alles begann mit Firmenveranstaltungen für Luxus-Brands. Eine Kosmetikpräsentation war dank Arnos Vorschlag, diese in einem Nachtklub abzuhalten, gleich weniger fad. Vor allem, weil er die zündende Idee hatte, auf den Toiletten Drag Queens zu positionieren, die den gelangweilten Life-Style-Journalistinnen Komplimente streuten und Lippenstifte anboten. »Hier darling, you look gorgeous, probier mal, diese Farbe steht dir sicher phänomenal.«

Von den Lippenstiften ging es zu Spirituosen. Arno ließ Burlesque-Tänzerinnen in übergroßen Champagnerkelchen strippen. Dann ging es um Autos. Highlight war ein Wettrennen zwischen einem neuen Sportwagen und einer mit goldener Body-Paint-Farbe bestrichenen nackten Amazone auf einem weißen Araberhengst. Und das waren nur die Events, die in die Medien kamen.

Nicht in die Medien kamen die Pyjamapartys im Hugh-Hefner-Style, die er für die Partei ausrichtete. Nicht in die Medien kam die Geburtstagsfeier eines Stahlindustriellen, der sich eine Shanghai-Party auf hoher See wünschte – inklusive Opiumhöhle im Rumpf des Schiffes. Und nicht in die Medien kam die Antike-Griechenland-Feier einer ehemaligen Miss World, bei der die Kränze der Gäste nicht aus Lorbeerlaub, sondern aus Marihuanablättern bestanden.

Es waren diese Events, die ihn richtig reich und berühmt machten. Jeder, der sich zur High Society zählte oder zählen wollte, wollte nun eine Feier von ihm ausgerichtet haben. Arno hatte die Latte hoch gelegt, und es wurde fortan erwartet, dass er sie immer höher legte. Noch verrücktere Ideen, noch schärfere Mädchen, noch bessere Drogen. Es gab keine Limits, keine Tabus und zum Glück noch keine

Smartphones, die alles aufzeichneten, keine Social-Media-Kanäle, auf denen man vorgeführt wurde.

Arno war zu diesem Zeitpunkt bereits mit einer Kärntner Hotelierstochter verheiratet und hatte einen kleinen Sohn. Seine Familie bekam er allerdings nicht allzu oft zu sehen.

Sie waren wie Wettermännchen. Wenn seine Frau und sein Sohn schliefen, machte Arno Party. Kehrte er am Morgen ins Häuschen zurück, um sich schlafen zu legen, startete seine Familie den Tag.

Sein Leben auf der Überholspur war nicht unanstrengend, aber noch war er jung, sprühte vor Kraft, und wenn ihn die Energie verließ, gab es immer noch Hilfsmittel. Böse Zungen behaupteten, Arno hätte bereits selbst ein Alkohol- und Drogenproblem kultiviert. Aber das stimmte natürlich nicht. Er hatte kein Problem mit Koks und Wodka. Er hatte nur dann ein Problem, wenn er nichts zum Ziehen und zum Saufen hatte.

Und dann war da auf einmal Tammy. Er hatte sie gebucht, bei der internationalen Agentur, bei der er immer die besten Escorts buchte. Die Agentur für die 1A-Kunden. Kunden, die bei einer Nutte nicht nur Schönheit und sexuelles Talent, sondern auch Klasse, Eleganz und Bildung suchten. Nicht, dass es davon allzu viele in seiner Klientel gab, aber einige doch.

Tammy kam in sein Büro, um sich vorzustellen, und innerhalb von drei Minuten war es um Arno geschehen. Irgendwas an ihr berührte ihn. Worte reichen nicht, um zu beschreiben, was er damals bei dieser ersten Begegnung empfunden hatte.

Sie sah aus wie ein Engel. Ein Engel mit einem perfekten Puppengesicht, hüftlangen blonden Locken, einer dunklen brüchigen Stimme und einer alten Seele. Nicht, dass er sich verliebt hätte. Er lebte schließlich in der Realität und nicht in einem Hollywoodfilm. Er war nicht Richard Gere und sie war nicht Julias Roberts. Aber er wollte nicht, dass die schmierigen, fetten Industriellen, die schleimigen Politiker, die machoiden Scheichs diese Frau in die Finger bekamen. Er wollte sie für sich. Also gönnte er sie sich. Sie wurde seine Begleiterin für den Sommer.

Tammy war die perfekte Begleitung. Sie wusste, wie man einem Mann das Gefühl gab, begehrenswert zu sein, auch wenn alles nur eine Scharade war. Wie man seinen Blick einfing, dann die Augen senkte, lächelte und dann bedeutungsvoll in die Ferne schaute. Ganz so, als ob dort etwas Spannendes auf einen warten würde, das es zu entdecken gab.

Sie wusste, wie man sich einem Mann zuwandte, wenn er sprach. Ein interessierter Augenaufschlag, ein zustimmendes Nicken. Sie trug elegante körperumspielende Seidenkleider, die nie zu viel preisgaben, außer, wenn sie es wollte. Ein Ausschnitt, der verrutschte und einen Blick auf ihren zart gerundeten Busen gewährte. Ein Schlitz, der beim Gehen plötzlich aufklaffte und ein perfekt geformtes Bein freigab. Das unschuldige Lächeln, wenn sie diese Spielchen spielte. Der überraschte Augenaufschlag, wenn Arno ihr sagte, dass ihr weißes Kleid im UV-Licht des Klubs komplett durchsichtig war und er sogar den landing strip ihres Schamhaars sehen konnte. »Wirklich, echt? Hab ich gar nicht bemerkt.« Sie errötete sogar wie ein Schulmädchen, als sie das sagte.

Sie benahm sich nie wie eine Nutte, und er behandelte sie auch nie so. Es war der Sommer seines Lebens. Ein einziger Rausch aus Flirten, Lachen, Saufen, Koksen, Ficken und Feiern.

Dann kam der Herbst, und sie fuhr nach Hause, nach Kroatien, wo sie herkam.

Arno nahm den Abschied nicht allzu schwer. Sie war süß, aber sie war ein Escort, eine privilegierte Sexarbeiterin. Jetzt hatte sie Urlaub. Sie würde schon wieder auftauchen. In der nächsten Saison. Und das tat sie auch. Die Agentur hatte Arno angerufen, ob er sie wieder buchen wollte. Für wen oder was hatte nie jemanden interessiert.

Es war der Sommer 1996. Tammy stand am Steg. Er hatte sie herbestellt. Sie war genauso schön wie im letzten Sommer, vielleicht noch weiblicher.

»Sind wir nicht allein?«, fragte sie mit einem überraschten Blick, als sie seinen Freund Charlie sah.

»Charlie nimmt uns mit dem Boot raus, er hat sich eine ›Pedrazzini‹ gekauft, der reiche Sack.« Arno lachte: »Wir können später unser Wiedersehen feiern.«

Er legte seine Hand auf ihren Hintern und tätschelte ihre Pobacke. Täuschte er sich oder sah er den Anflug einer Enttäuschung in ihrem Gesicht?

»Kannst es nicht erwarten, den kleinen Arno wiederzusehen?«

Oh Gott, war die Meldung schlecht. Arno schämte sich schon dafür, während er den Satz aussprach. Aber irgendwas an ihrer Art hatte ihn provoziert, einen tiefen, schlechten Witz zu reißen.

War sie etwa in ihn verliebt? Also diese Komplikation brauchte er wirklich nicht. Sie war eine Nutte. Hatte sie sich aufgrund des exklusiven Arrangements in irgendwas reingesteigert?

Er musterte sie: »Alles okay?«

Sie lächelte leichthin: »Ja, alles okay, ich wollte dir nur was erzählen, aber das hat Zeit.«

Sie gingen an Bord der »Pedrazzini«. Arno steuerte das Boot. Charlie hatte zwar die Kohle, sich so was Edles zu kaufen, aber ein Schiffspatent, um sein Baby zu lenken, hatte er nicht.

Sie fuhren in die Bucht zwischen Velden und Pörtschach. Es war ein perfekter Sommertag. Der See leuchtete türkis. Sie waren jung, es war Sommer, die Sonne schien, der Champagner stieg ihnen schneller zu Kopf, als ihnen lieb war.

Tammy stand neben ihm, zog sich aus und rieb sich vor seinen Augen von oben bis unten mit Sonnenöl ein. Sie tat so, als würde sie nicht bemerken, dass Arno ihr zusah, wie sie das Öl mit lasziven Bewegungen über ihren Busen und ihren Bauch strich. Das Sonnenöl roch nach Ferien.

Er spürte, wie sein Schwanz in der Hose zuckte.

Ihre Hand fuhr unter den Saum ihres Bikinihöschens. »Man muss sich auch am Rand der Badekleidung einschmieren, da bekommt man besonders schnell einen Sonnenbrand«, erklärte sie lachend.

Für einen Sekundenbruchteil war eine kleine Narbe ganz unten am Bauch über dem Schamhügel zu sehen.

»Was hast du da?«, fragte Arno.

»Ich bin im Frühling operiert worden.«

»Wegen was?«

»So ein Frauending.«

Arno fragte nicht weiter nach.

Tammy begab sich auf die Liegefläche und räkelte sich in der Sonne.

»Heiß ist es heute, gell?«

Charlie war in der Kajüte verschwunden. »Ich geh mich nur frisch machen«, sagte er.

»Der ist schon so fett, hoffentlich verschüttet er da unten nicht das ganze Koks«, sagte Arno zu Tammy.

Aber Charlie schaffte es, sich genug Koks in die Nase zu befördern, um größenwahnsinnig zu werden. »Ich will fahren, lass mich mal«, quengelte er komplett high und versuchte, Arno vom Steuer zu verdrängen.

Arno wollte es ihm erst ausreden. Aber dann dachte er: Scheiß drauf. Ist doch sein Boot. Motorbootfahren ist auch nicht schwerer als Autodrom fahren.

Außerdem hatten ihn die Hitze und Tammys Öl-Performance geil gemacht. Er wollte sich jetzt ebenfalls ein Näschen gönnen und dann ein bisschen mit ihr rummachen.

Er ging zum Ziehen ebenfalls in die Kajüte. Das war am praktischsten. Nicht, weil er seine Sucht hier auf dem Boot vor irgendjemandem verheimlichen musste. Aber dort gab es glatte Ablageflächen, um das Koks mit seiner schwarzen American-Express-Karte fein zu hacken. Schon während er damit beschäftigt war, spürte er, wie die Motoren aufheulten und Charlie einen auf Rennfahrer machte. Dieser Trottel.

Arno musste sich links und rechts festhalten, als er die Stufen zurück hinaufwankte. Charlie fuhr jetzt, als wolle er eine Motorbootregatta gewinnen.

»Nicht so schnell, da vorne ist ein Surfer«, brüllte Arno ihm zu.

Der Surfer sprang vor Panik ins Wasser, als Charlie mit der »Pedrazzini« haarscharf an ihm vorbeizog.

Aus dem Augenwinkel sah Arno, dass Tammy versuchte, von der Sonnenliege nach vorne zu robben, vermutlich wurde es ihr hinten zu abenteuerlich.

»Hör auf mit dem Scheiß«, sagte er zu Charlie.

»Mir wird schlecht«, stöhnte das Mädchen und beugte sich über die Reling.

Arno tastete sich schwankend zu ihr vor. »Alles okay?«

Sie nickte. Ihre Fingerknöchel, die das Geländer umklammerten, waren weiß.

»Lehn dich nicht so weit hinaus. Du fliegst noch ins Wasser.«

»Mir ist so schlecht«, stöhnte Tammy.

Dann legte sich das Boot plötzlich in die Kurve. Fast hätte Arno das Gleichgewicht verloren und wäre nach hinten geflogen. Die »Pedrazzini« machte eine Achterschleife. Jetzt drückte ihn die Fliehkraft nach vorne, Richtung Tammy. Er spürte, wie diese wie von einer unsichtbaren Hand über die Reling gezogen wurde. Er versuchte, sie festzuhalten. Aber ihre Haut war ölig. Er konnte sie nicht festhalten. Sie entglitt ihm wie ein Fisch. Das Letzte, was er sah, waren ihre langen Haare, die im Wind wehten, bevor sie im Wasser landete. Arno flog nach vorne. Sein Kinn schlug gegen das Geländer. Er biss sich auf die Zunge und spürte einen metallischen Geschmack. Es rumpelte, das Boot bremste abrupt, kam schwankend zu stehen. Arno fing an, Blut zu spucken und panisch zu brüllen. »Du Trottel. Was soll das? Du bringst uns alle um. Sie ist ins Wasser gefallen. Oida. Ich seh sie nirgends. Verflucht, wo ist sie?« Das Koks verstärkte seine aufkommende Paranoia zusätzlich.

Charlie stand da wie eine Salzsäule. »Sie ist reingefallen. Echt? Das wollt ich nicht. Aber sie kann doch schwimmen. Oder?« Arno merkte, wie ihm der Schweiß ausbrach. Jetzt, wo der Fahrtwind fehlte, war es drückend heiß. Eine Fliege surrte um seinen Kopf. Er ging ans Steuer und legte den Rückwärtsgang ein. Schob zurück auf Höhe der Boje, wo sie den Rumpler gehört hatten.

Er scannte den See. Es war alles wie immer. Andere Boote und Surfer in einiger Ferne. Die Wellen klatschten gegen den Bug des Bootes.

Arno raufte sich die Haare. »Ich seh sie nicht. Charlie, hearst, ich seh sie nicht.«

Sie musste da sein. Da irgendwo unten. Er musste sie suchen. Er musste sie finden. Er sprang. Arno fiel wie ein Stein, sank tiefer, als er es erwartet hatte. Das Wasser war kalt. Er bekam Wasser in die Nase, schlug mit den Armen um sich, strampelte mit den Beinen. Er hatte die Augen beim Reinfallen geschlossen gehabt, aber jetzt öffnete er sie, um sich zu orientieren. Er war unter dem Boot. Das, was er sah, ließ ihn in Panik geraten.

Das Wasser war nicht blau oder schwarz, es war rot.

Er machte eine Pause in seiner Erzählung. Die Erinnerung daran machte ihn heute noch fertig. Arno schlug die Hände vors Gesicht und rieb sich heftig über die Augen. Als er die Hände wieder wegnahm, blickte er Vera an. Seine Augen waren blutunterlaufen, die Lider waren rot und geschwollen.

»Sollen wir eine Pause machen? Möchten Sie was trinken?«, fragte Vera und deutete auf das Wasserglas, das vor ihm stand.

Arno griff danach. Als er es zum Mund führte, zitterte seine Hand fast unmerklich.

Er hatte Angst vor Veras nächster Frage. Aber die Frage war unausweichlich.

»Und was ist dann passiert?«, fragte sie.

Er seufzte tief. »Erst einmal gar nichts. Zuerst haben wir uns eingeredet, sie hat uns einen Streich gespielt und ist an Land geschwommen. Aber dem war nicht so. Sie war einfach vom Erdboden verschluckt. Das rote Wasser. Die Schiffsschraube muss sie voll erwischt haben. Wir haben uns den ganzen Sommer lang gefürchtet, dass ihre Leiche irgendwo angespült wird, aber als auch das nicht passiert ist, haben wir es vertuscht. Charlie kommt aus einer Industriellenfamilie, der hatte Kohle wie Heu. Außerdem war er gerade dabei, Karriere in der Partei zu machen. Er wollte keine Scherereien.«

»Aber es war doch ein Unfall«, sagte Vera.

Arno schnaufte verächtlich.

»Jeder hat gewusst, wie wir damals unterwegs waren. Die Medien hätten das ausgeschlachtet. Den Charlie hätte das seine Karriere in der Partei gekostet.«

»Und Sie Ihre Ehe und Ihr Business«, sagte Vera.

Arno nickte nur. »Ich war ein Feigling. Wir haben es mit Geld gelöst, so wie alles damals.

Charlie hat der Escort-Agentur eine Million Schilling bezahlt. Das sind auf Euro umgerechnet nicht einmal 70.000 Euro. Wiedergutmachung für den Kollateralschaden hat er es genannt. 70.000 Euro für ein Menschenleben. Das war weniger, als das scheiß Boot gekostet hat. Ich hab dann noch mal dieselbe Summe draufgelegt. Schmerzensgeld für ihre Familie.«

»Kannten Sie die Familie?«

»Natürlich nicht, darum hat sich die Agentur gekümmert.«

»Glauben Sie, dass das Geld je angekommen ist?«

»Ich weiß es. Die Agenturchefin war selber einmal ein Edel-Escort. Die war zwar knallhart, aber ganz tief innen hatte sie doch einen weichen Kern. Die hat einen von ihren Bodyguards runtergeschickt, der hat einen Deal mit der Schwester gemacht. Die Tammy hätte einen Arbeitsunfall gehabt. Und das Geld wäre für ihr Stillschweigen darüber. Die Schwester war vom Jugoslawienkrieg schwer traumatisiert. Die hätte schon aus Angst vor diesem Schlägertypen niemals ein Wort gesagt. Und in dem Moment, als sie das Geld nahm, hing sie selbst mit drin.«

Sie hat allen erzählt, ihre Schwester sei Model in Mailand. Das klingt natürlich besser als Callgirl in Kärnten, dachte Vera und erinnerte sich an das Gespräch mit René Dujmovits.

»Ahnten Sie, dass Tammy ein Kind hatte, Ihr Kind?«

Arno fing an, sein Ohrläppchen zu kneten.

»Wenn ich jetzt Nein sage, lüge ich. Diese Narbe, die ich am Boot bemerkt habe. Ich hatte natürlich schon Frauen mit Kaiserschnittnarben gesehen. Sagen wir so, ich wollte nicht näher darüber nachdenken. Sie war ja ein Escort. Ich habe keine Ahnung, was sie in den Wochen vor unserer Buchung getrieben hat. Selbst wenn sie nach der Saison in Kärnten ein Kind bekommen hätte, hätte ich nicht sicher sein können, dass es meines war. Aber als ich das Geld runterschickte, habe ich natürlich schon an diese Möglichkeit gedacht.«

»Sky wurde am 17. März 1996 geboren«, sagte Vera. Sie hatte, als sie begonnen hatte, den Fall zu recherchieren, den Zeugungstermin mit Hilfe eines Internetprogrammes ausgerechnet. »Sie musste zwischen dem 10. Juni und dem 8. Juli 1995 gezeugt worden sein.« Aber eigentlich war das Zahlenspiel belanglos. Denn Arnos Vaterschaft war durch den Test längst bewiesen.

Die letzten Stücke des Puzzles musste Arno liefern.

Er schien ihre Gedanken erraten zu haben.

»Wir können gleich weitermachen, aber ich brauche jetzt echt einen Kaffee. Wollen Sie auch einen?« Vera nickte. Ja, so viel Zeit musste sein.

Arno ging nicht zur chromblitzenden Espressomaschine an der Bar, sondern zu Mathildes kleiner Filtermaschine. Inzwischen wusste er, wo sie die Dose mit dem Malzkaffee aufbewahrte. Er wärmte Milch, vermischte diese mit dem Kaffee und kam mit zwei dampfenden Häferln zurück.

»Trinken Sie eh Milch?«

Vera nickte.

»Wie geht es Mathilde?«

»Gut, sie war drei Tage im Neuen Krankenhaus in Ober-

wart, Gehirnerschütterung. Sie hat zum Glück einen Dickschädel. Ich sehe sie am Nachmittag.«
»Grüßen Sie sie bitte.«
»Mach ich.«
Vera schaltete die Aufnahme wieder ein.
»Wann hatten Sie das erste Mal Kontakt mit Sky?«
Arno blies über die Tasse und nahm dann einen kleinen Schluck. Der Kaffee war noch heiß.
»Das war kurz vor Ostern. Sie kam zu einem meiner Vorträge. Danach hat sie mich abgepasst. Ich wusste nicht, dass sie berühmt war. Ich kenne keine Blogger. Sie hat mich gefragt, ob ich Interesse an einer Kooperation hätte. Sie hat mir gefallen, also habe ich sie zum Abendessen eingeladen.«
Sie hat ihm gefallen, dachte Vera. Spürte man nicht, wenn das eigene Kind vor einem stand? Die Frage lag ihr auf den Lippen, aber dann verkniff sie sich diese.
»Beim Essen hat sie mir dann gesagt, dass die Tante, bei der sie aufgewachsen ist, ihr am Totenbett erzählt hätte, ich wäre ihr leiblicher Vater. Sie hat mir ein Foto ihrer Mutter gezeigt. Es war Tammy.«
»Wusste sie, dass ihre Mutter ein Escort war?«
Arno schüttelte den Kopf. »Nein, sie dachte, sie wäre ein Model. Ich habe das Ganze runtergespielt, gesagt, wir hätten eine kurze Affäre gehabt. Sie wollte einen Vaterschaftstest. Sie war so enthusiastisch. Ich habe sie immer nur angesehen, habe versucht, eine Ähnlichkeit zu finden. Zu Tammy, zu mir. Sie war bildschön wie ihre Mutter. Mir sah sie nun wirklich nicht ähnlich. Nur ihre Fingernägel. Die waren so geformt wie meine, lang und eckig. Aber das hätte ein Zufall sein können. Wie viele Fingernägelformen gibt es? So unterschiedlich sind Fingernägel auch wieder nicht, oder?«
»Hat sie von dem Geld gewusst?«

»Sie dachte, es wäre die Auszahlung einer Versicherungssumme gewesen. Da hat sie gar nicht nachgefragt. Sie wollte einfach nur alles über ihre Mutter wissen. Sie hat alle Erinnerungen wieder aufgewühlt.«

Arno blickte zum Fenster, zum See. Aufs Wasser.

»Als ich mit Ophelia dann über Ostern auf die Malediven geflogen bin, hatte ich meine erste Panikattacke. Danach haben wir den Vaterschaftstest gemacht. Er war positiv.«

»Sie haben ihr nichts vom Auftauchen Ihrer Tochter erzählt?«

»Nein. Ich wollte das erst mal für mich klären und einordnen. Ophelia – nun, Sie kennen sie. Sie hat so lange mit mir darum gekämpft, dass meine Vergangenheit hinter mir liegt. Sie hat so viel mitgemacht mit mir. Dieses Hotel war mein Dankeschön an sie. Dass Sky meine Tochter ist, hätte sie furchtbar aufgeregt. Sie ist nicht so der Patchwork-Typ.«

Er lächelte bitter.

»Deswegen habe ich Sky gebeten, es auch noch niemandem zu erzählen. Am Anfang war sie damit einverstanden. Nicht einmal ihr Mann war eingeweiht. Aber dann wurde sie immer ungeduldiger. Sie wollte, dass ich mich zu ihr bekenne. Erst hab ich sie mit Geld und Geschenken ruhiggestellt. Aber sie wollte mehr, sie wollte Anerkennung. Auf der Pressereise hat sie um eine Unterredung unter vier Augen gebeten. Wir haben uns in dem Pavillon bei der Sauna getroffen.«

»Ich habe Sie gesehen«, sagte Vera.

»Der Zsolt hat uns auch gesehen und das Ganze brühwarm meiner Frau erzählt, und diese dann Karel.« Arno hatte diese Information von der Polizei bekommen. »Der war wohl auch so ein eifersüchtiges Häferl. Wohin das dann geführt hat, wissen wir.« Er sah in die Kaffeetasse, als würde er dort nach einer Erklärung für alles suchen.

Wenn die Leute doch mehr miteinander als hinterrücks übereinander reden würden, dachte Vera.

»Und dann ist das Ganze eskaliert.« Arno räusperte sich. Er trank seinen Kaffee aus. »Sind wir fertig?«

Vera nickte.

»Was werden Sie jetzt machen?«

»Das alles wird verkauft. Hier hält mich nichts mehr. Hier bin ich erledigt. Ich nehme mir jetzt einmal eine Auszeit. Schweigekloster oder ein Ashram. Eines davon wird es schon werden. Ich muss mich neu sortieren, mich für die Gerichtsverhandlung meiner Frau wappnen.«

Steckt der das wirklich alles so locker weg?, dachte Vera. Seine Tochter und sein zukünftiges Enkelkind tot, seine Frau im Gefängnis.

Arno schien ihre Gedanken zu erraten: »Ich bin zwar selbst Coach, aber auch Selbsthilfe hat ihre Grenzen.«

Als er ihr zum Abschied die Hand schüttelte, umarmte sie ihn spontan. Er blickte sie verwundert an. Sein Atem roch ganz schwach nach Cognac.

EPILOG

Vorsichtig erhitzte Vera den angespitzten Blumendraht über der Kerze. Ruß bildete sich rund um das Metallende. Sie fuhr mit der Drahtspitze über der Flamme hin und her in der Hoffnung, diese würde sich dann schneller erhitzen. Geduld war noch nie ihre Stärke gewesen. Als sie probierte, den Draht in den Boden der Kerze zu bohren, verbog sich dieser. Er war wohl doch noch nicht heiß genug gewesen, um mühelos in das Wachs zu gleiten.

Sie warf einen Seitenblick auf Mathilde. Die stellte sich nicht so ungeschickt an. Drei gleich lange Drähte steckten bereits im Boden ihrer violetten Stumpenkerzen. Geschickt versenkte Mathilde diese in den Adventkranz, um die Kerze zu befestigen. Dann bog sie die Drahtenden, die nun auf der Unterseite des Kranzes herausragten, nach innen um.

Oida, das ist eine Fitzelarbeit. Vielleicht klebe ich meine Kerzen einfach mit der Heißklebepistole an, überlegte Vera.

Johannas Adventkranz war natürlich der schönste, obwohl er ganz schlicht war. Die Chefin des »Klubs der Grünen Daumen« hatte ein Metallband, das einst ein Weinfass zusammengehalten hatte, mit Tannenreisig umkränzt. Die Tannenzweige hatte sie selbst im Wald geschnitten. Dazwischen steckten einzelne Mistelzweige. Vier scharlachrote dicke Kerzen und auf Hochglanz polierte Rosenäpfel zierten den Kranz. Das war alles. »Ich mag bei den Adventkränzen kein Tschiri-Tschari«, sagte Johanna bestimmt.

Ein Tablett mit Johannas legendärem Glühmost machte die Runde. Das genaue Rezept verriet sie niemandem, aber Vera konnte Apfelmost, Zimtrinde, Nelken herausschmecken. Vielleicht auch Sternanis, Piment und Kardamom.

Vera sah über den Tisch zu Marlies hinüber, die gerade dabei war, aufwändige Dreifachmaschen zu knoten. »Das sieht super aus«, lobte Vera. Die Kripobeamtin war nun schon das vierte Mal zum Gartenstammtisch gekommen und auf dem besten Weg, ein fixes Mitglied im »Klub der Grünen Daumen« zu werden.

»Gibst du mir bitte die Heißklebepistole, Frau Journalistin, oder muss ich jetzt Frau Redaktionsleiterstellvertreterin sagen?«, scherzte Marlies.

Vera lachte. An den Titel musste sie sich selbst erst gewöhnen. Arnos Interview war für den »Burgenländischen Boten« die Story des Jahres gewesen. Sie war die Einzige, mit der Arno Radeschnig persönlich gesprochen hatte. Das »Kärntner Blatt« hatte für die Abdruckrechte eine stolze Summe bezahlt. Und als Teile des Interviews online gingen, brach sogar kurzzeitig die Website des »Burgenländischen Boten« zusammen. Mit dem Ergebnis, dass der Vorstand des Verlags in Eisenstadt auf Vera aufmerksam wurde und beschloss, sie fix ins Team zu holen.

Vera hatte jetzt nicht nur eine fixe Anstellung, einen Schreibtisch und einen Ficus Benjamin, den irgendjemand an ihrem Arbeitsplatz zurückgelassen hatte. Ihr war auch ein Fotograf zur Seite gestellt worden, mit dem sie losziehen konnte, wenn es spannende Storys im Bezirk zu recherchieren gab. »Du arbeitest ab jetzt mit Max Mustermann«, so die Weisung. Das erste Mal, als sie den Namen hörte, dachte Vera, der Chefredakteur würde sich einen Scherz mit ihr erlauben.

Aber der Pressefotograf hieß wirklich so. Seine Eltern Leo und Tina Mustermann hatten ihm den Namen Max gegeben, weil sie es witzig fanden, dass ihr Sohn einen Platzhalternamen hatte. Wäre ihr Nachname Müller gewesen, hätte ihre Tochter wohl Lieschen geheißen.

Max rebellierte gegen dieses Los, indem er sich trotz 08/15 Namen zu einem besonders außergewöhnlichen Menschen entwickelte. Er hatte außergewöhnliche Hobbys – Geocaching, Escape Room Games. Er beherrschte eine außergewöhnliche Fremdsprache – Birmanisch – und er sah mit seinen halblangen dunklen Haaren, den fast schwarzen Augen und der römischen Nase auch sehr speziell aus. Wobei Vera nicht einmal genau sagen konnte, ob Max »außergewöhnlich fesch« oder »interessant hässlich« war. Ihrer Ansicht nach hatte er das Gesicht eines Shape Shifters. Es wechselte ständig zwischen diesen beiden Extremen.

»Ich finde, der sieht geil aus. Du solltest dir was mit dem anfangen«, sagte Mathilde.

»Never fuck the office«, antwortete Vera. »Und außerdem, einer, der in dem Alter noch Single ist, der hat meist auch einen außergewöhnlich großen Poscher*.«

»Du bist doch auch Single und hast keinen Poscher«, sagte Mathilde nur.

Vera war sich da nicht so sicher.

In Wahrheit kiefelte Vera natürlich noch an der Tom-Sache. Obwohl auch diese Geschichte eine ungewöhnliche Wendung genommen hatte:

Letzten Dienstag hatte Vera die Bilder für die »Bei uns im Bezirk«-Seiten ausgewählt. Die »Bei uns im Bezirk«-Seiten waren die beliebteste Rubrik der Lokalzeitung. Hier wurden alle Feste, Eröffnungen, Segnungen und Jubiläen

---

* Einen Vogel haben

abgefeiert. Hier lächelten 100-jährige Muaterln* mit Kopftuch genauso begeistert in die Kamera wie frisch gekürte Marillenköniginnen oder Taferlklassler, die am Weltspartag vom Bankdirektor persönlich ihre erste Spardose in die Hand gedrückt bekamen.

Als Vera die Bilder für die »Bei uns im Bezirk«-Seiten auswählte, war ihr ein Foto in die Hände gefallen, das sie hocherfreut hatte. Zwei Menschen Arm in Arm in Tracht. Die beiden sahen aus wie das Almdudlerpärchen. Das wird der Aufmacher, jubelte sie.

Die Bildunterschrift hatte Vera mit größtem Vergnügen ins Redaktionssystem geklopft: »Gartenbuch-Autorin Carina Krottenstein gibt ihre Verlobung mit TV-Regisseur Willibald Bundschuh bekannt.«

Die Krottenstein strahlte auf dem Bild, als hätte sie das große Los gezogen. Hatte sie vermutlich auch. Mathilde, die immer alles als Erste erfuhr, berichtete, dass die Krottenstein schon ewig auf einen Heiratsantrag ihres Langzeitlovers gespitzt hatte. Der Flirt mit Tom hatte dessen Eifersucht geschürt und die Sache beschleunigt. Vera konnte sich die Schadenfreude kaum verkneifen.

Auch Gerhards Kunstwerk hatte nach den Ereignissen im »Fia mi« größere Medienpräsenz bekommen. Der Wasserschöpfer schaffte es in den Chronikteil zahlreicher Tageszeitungen.

Seitdem stand Gerhards Telefon nicht still. »Gestern hat ein Hotelier aus Tirol angerufen. Der will jetzt auch so eine Installation. Der Gerhard hat den Preis verdreifacht, weil er ja jetzt berühmt ist, und der Tiroler hat das sofort geschluckt. Die im Westen haben ja ein ganz anderes Preisniveau als wir hier im Burgenland«, sagte Mathilde wichtig.

---

* Mütter

Mit dem Gerhard lief es viel besser, seit er endlich wieder Erfolge verbuchen konnte. Er war jetzt besser gelaunt und motivierter, und das Beste, er bezahlte jetzt auch eine Putzfrau. Mathilde musste sich wirklich anstrengen, um noch was zu meckern zu finden.

»Was wirst du jetzt beruflich weiter machen?«, fragte Johanna Mathilde. »Den Job beim Radeschnig bist ja los.«

»Die haben mich über den Winter stempeln geschickt, aber im Frühling kann ich dort wieder anfangen.«

»Im ›Fia mi‹?«

»Das heißt dann nicht mehr ›Fia mi‹, sondern anders. Ich darf nur noch nicht sagen, wie.«

Mathilde schaute geheimnisvoll drein und strich sich mit den Händen über die drallen Hüften, die heute in einem Bleistiftrock steckten, auf dessen Stretchstoff Schwalben turtelten.

Johanna lächelte. Sie wusste, wenn sie nachfragte, würde ihr Mathilde den neuen Namen sofort verraten. Man sah Mathilde an, dass sie fast platzte und richtig darauf wartete, angebettelt zu werden, die Info preiszugeben. Genau deswegen verkniff sich Johanna die Frage.

»Echt, das Hotel hat wer gekauft? Wer denn?«, forschte Vera stattdessen nach.

Mathilde biss sich auf die rot geschminkten Lippen. Etwas Lippenstift blieb dabei auf ihrem rechten Schneidezahn hängen.

»Ich darf noch nicht darüber reden, aber hier sind wir eh unter uns.«

Sie sah sich nach allen Seiten um, so als wolle sie mögliche Spione orten, und wandte sich dann wieder an Johanna, Vera und Marlies.

»Ihr dürft es aber niemandem verraten, schwört es.«

»Wir schwören«, grinste Vera, die Mathilde ebenfalls gut

kannte und vermutete, dass sie diesen Schwur auch schon anderen abgenommen hatte.

Mathilde beugte sich konspirativ über den Tisch und flüsterte verschwörerisch:

»Die Zieserl hat eine Investorengruppe gefunden und wird das Hotel übernehmen und gemeinsam mit dem Meierhofer führen.«

»Nicht wahr!« Vera fiel fast die Heißklebepistole aus der Hand.

»Ja«, Mathilde hatte vor Aufregung rote Backen, »es heißt, die sind jetzt zusammen. Auf jeden Fall wird das Konzept komplett geändert. Nix mehr mit Selbstoptimierung, sondern Genuss und Luxus. Der Meierhofer macht hier eine Dependance seiner Salzburger Lifestyle Medical Praxis.«

»Passt eh besser zu den beiden«, lachte Vera. »Botox und Champagner statt Maiskolbenmassagen und Mate-Tee.«

»Und ich krieg endlich eine richtige Küchenbrigade und ein größeres Budget für Lebensmittel«, freute sich Mathilde. »Das nachhaltig Regionale bleibt zum Glück. Das gilt nämlich auch bei der Klientel, die sie ansprechen wollen, als neuer Luxus.«

Die lukullische Trendwende spiegelte sich interessanterweise auch bereits in Mathildes Tattoo wider. Das Gemüse-Potpourri hatte Gesellschaft bekommen. In Form eines explodierenden rosa Cupcakes, der Sterne versprühte.

Vera sah auf die Uhr. In zehn Minuten würde Max sie abholen. Vera und der Fotograf sollten gemeinsam einen Mann besuchen, der behauptete, er hätte in seinem Kartoffelacker die Schale des Heiligen Martin gefunden.

Schnell klebte Vera eine Walnuss, ein Bockerl und eine getrocknete Orangenscheibe auf ihren Kranz und ärgerte sich, dass die Heißklebepistole dabei Fäden zog. Fast hätte sie versucht, die Fäden mit den Fingern zu entfernen, in letzter Sekunde erinnerte sie sich, dass der Klebstoff brennheiß war. Sie hatte schon eine schmerzhafte Blase am Daumen. Sie brauchte keine weitere. Schnell klebte sie noch ein kleines Reh aus Plastik auf den Kranz. »So, fertig«, sagte sie.

»Machst du keine Schleifen?«, wollte Mathilde wissen.

»Nein danke, ich bin eher für Purismus.«

»Du bist einfach nur faul«, neckte sie diese.

»Und untalentiert. Nein, ernsthaft, ich muss los, den Mann interviewen, der behauptet, das sagenhafte Trinkgefäß unseres Landespatrons gefunden zu haben.« Sie sah aus dem Fenster.

»Manche tun echt alles, um in die Zeitung zu kommen«, feixte Mathilde kopfschüttelnd. »Viel Spaß.«

Vera warf einen Blick aus dem Fenster. Max Mustermann wartete schon auf dem Parkplatz.

Mathilde folgte ihrem Blick. »Also, ich würd den nicht von der Bettkante stoßen.«

»Ich dachte, du bist endlich wieder happy mit dem Gerhard«, sagte Vera mit gespielter Strenge. Ihre Augen blitzten dabei amüsiert.

Sie verabschiedete sich von den anderen und trug dann ihren Adventkranz zum Parkplatz.

Max grinste sie an und blickte etwas amüsiert auf das schiefe Tannengebilde. »Sieht toll aus«, schwärmte er mit dem übertriebenen Enthusiasmus eines Kindergärtners, der einen Dreijährigen für den ersten Kopffüßler lobt.

»Fuck off«, lachte Vera. »Das Ding ist scheußlich, und ich weiß es.«

Sie stieg zu Max in den Wagen und schnallte sich an.

»Also auf zu dem Mann, der uns beweisen wird, dass der Heilige Martin sein Vorfahre und somit ein Burgenländer und kein Ungar war«, sagte Vera und zog die Augenbrauen hoch.

»Ich weiß nicht, was der uns damit sagen will. Burgenländer? Ungar? Damals war hier doch alles Pannonien«, resümierte Max.

»Ich habe übrigens gerade Polizeifunk gehört, während ich auf dich gewartet habe, in Oberwart ist irgendwas passiert …«

»Du hörst den Polizeifunk ab?«, fragte Vera ungläubig.

»Du nicht?«

Im nächsten Moment stürmte Marlies aus dem Hofladen und rannte zum Auto.

»Siehst du, die Kripo ist schon alarmiert«, sagte Max und beobachtete, wie Marlies den Parkplatz so rasant verließ, dass der Schotter unter den Reifen ihres Wagens wegspritzte.

»Na, worauf wartest du dann, nichts wie hinterher«, rief Vera.

»Und die Schale des Heiligen Martin?«

»Hearst, selbst wenn der Scherben echt sein sollte, liegt der schon seit 1.700 Jahren dort, da machen ein paar Stunden mehr oder weniger auch nichts mehr aus. Bitte fahr ihr nach.«

»Wennst meinst«, sagte Max, rückte seine Sonnenbrille zurecht, um seine Augen vor der tief stehenden Wintersonne zu schützen, und fuhr los.

THE END

PARKER POST

Immer als erstes informiert, bist du als Empfänger der Parker Post, die alle ein bis zwei Monate erscheint.

www.martinaparker.com/newslettersignup
oder folge ihr auf Instagram: martina_parker_schreibt

LESEPROBE AUFBLATTELT

KAPITEL 1 - ISABELLA UND FERDI IM WALD

Isabella spürte, wie sich die borkige Rinde der Linde durch den dünnen Stoff ihres T-Shirts drückte und ihre linke Pobacke taub wurde. Sie hätte den Gesäßmuskel gerne massiert. Aber das ging nicht, weil sie in Ketten lag. Ihre Handgelenke waren in Handschellen verwahrt. An denen war eine Eisenkette befestigt, die der Ferdi meterweise im Baumarkt gekauft hatte. Der Verkäufer hatte ihn nicht einmal gefragt, wozu er diese denn brauchte.

Isabella war an die Linde gekettet. Sie blickte nach links zu Ferdi, der an eine Buche gefesselt war. Er fing ihren Blick auf und zwinkerte ihr aufmunternd zu. »Alles okay?« Sein schmales Gesicht wirkte besorgt.

Isabella nickte. Nie hätte sie zugegeben, dass sie Angst hatte. Angst vor dem, was möglicherweise gleich passieren würde.

Sie wetzte auf ihrem Hintern hin und her. Irgendetwas kitzelte sie am Nacken. Hoffentlich keine Feuerwanzen, dachte sie. Die kleinen roten, übel riechenden Insekten hätten ihr jetzt noch gefehlt. Aber das kam davon, wenn man der Natur so nahe war. Man wurde ein Teil von ihr.

Isabella überlegte, ob der Baum auch Angst hatte. Sie wusste, dass Bäume soziale Wesen waren, verbunden über Wurzelspitzen und mit einem unterirdischen Netz aus Pilzmyzellen als Telefonleitung. Waldbäume kümmern sich umeinander. Junge Bäume füttern die alten und schwachen mit Zuckerlösung. Kranke und von Insekten befallene Bäume warnen die gesunden über chemische Botenstoffe vor der potenziellen Gefahr. Die noch Unversehrten wappnen sich daraufhin mit Bitterstoffen vor Fraßschädlingen oder strömen Gerüche aus, die Nützlinge anziehen. Ein Wunder der Natur. 500 Jahre hatte dieser südburgenländische Wald so überlebt, war groß und stark geworden. Aber gegen das Unheil, das nun drohte, war der Wald machtlos.

Isabella hörte die Geräusche schon lange, bevor sie das Unheil sah. Der Boden unter ihr vibrierte. Die riesige Maschine in der Größe eines Schützenpanzers durchpflügte den Wald und walzte dabei alles nieder, was ihr in den Weg kam. Innerhalb von Sekunden konnte das Stahlmonster einen Baum, der Hunderte Jahre gewachsen war, in nur wenigen Sekunden packen, fixieren, fällen, entasten und entrinden.

Isabella hatte gesehen, was die Holzfällmaschine auf dem Weg hierher bereits angerichtet hatte. Nadelbäume, Birken, Eichen, Buchen – alles, was der Holzerntemaschine in den Weg kam, war zu Kleinholz geschlagen, Wege und Waldboden, auf Jahre verdichtet, ruiniert worden. Aber wer scherte sich darum? Hier würde ohnehin bald alles asphaltiert sein.

Es war beschlossene Sache. Der Wald war an die »Pannonia Bau« verkauft worden. Bald schon würde hier, wo sich die Kronen der jahrhundertealten Laubbäume der Sonne entgegenreckten, ein hässlicher, charmebefreiter Wohnblock entstehen. Ein weiterer Betonklotz in der Landschaft, den die Bewohner nach wenigen Jahren verlassen würden, weil die Fenster zu klein, die Decken zu niedrig und die Wände zu dünn waren.

»Es geht los, sie kommen«, sagte Grete. Sie war die Einzige in der Gruppe, die eine Ahnung von Aktionen wie dieser hatte.

1984 hatte sich die Künstlerin schon einmal an einen Baum gekettet. Bei der Besetzung der Stopfenreuther Au östlich von Wien war das gewesen. Damals hatten Grete und ihre Freunde den Bau des Donau-Kraftwerkes bei Hainburg verhindert. Stattdessen ist dort heute ein Nationalpark. »Das Wunder von Hainburg muss sich doch auch im Südburgenland wiederholen lassen«, hatte Grete gesagt, aber Isabella war sich da nicht mehr so sicher. Damals hatten Tausende Menschen in den Donauauen demonstriert. Hier waren es gerade mal ein Dutzend. Grete hatte ihr genau geschildert, wie das damals abgelaufen war.

»Am 19. Dezember ist dann die Polizei auf uns losgegangen. Mit Schlagstöcken, Tritten, Hunden und Wasser aus Feuerwehrschläuchen – bei Temperaturen von minus 20 Grad. Wir wurden brutal aus dem Wald gezerrt, in Busse verfrachtet und abgeführt. 300 Bäume haben sie noch in derselben Nacht gefällt.«

Gretes leuchtend blaue Augen waren bei der Erinnerung an diese Schreckensnacht ganz trüb geworden. Dann hatte sie in einem kämpferischen Ton weitergesprochen.

»Aber wir sind schon am nächsten Tag wieder zurück in die Au. Und Tausende andere Menschen, die die brutale Polizeiaktion im Fernsehen gesehen hatten, sind uns zu Hilfe gekommen. Und dann haben die Großkopferten endlich Vernunft angenommen und die Rodungen eingestellt«, resümierte sie.

Isabella bezweifelte, dass die Großkopferten im Südburgenland jemals Vernunft annehmen würden, und dass Tausende Menschen zur Rettung des Waldes aufmarschieren würden, bezweifelte sie ohnehin.

Mit der »Pannonia Bau« legte man sich nicht an. Die

war viel zu mächtig. Der Einzige, der sich das traute, war der Ferdi.

Aber selbst der Ferdi wirkte jetzt angespannt. Eine tiefe Falte hatte sich auf seiner Stirn gebildet. Die Ader auf seiner Schläfe pochte und Isabella sah, dass er die Hände zu Fäusten geballt hatte und seine Fingerknöchel ganz weiß waren.

Sie schloss die Augen. Das Getöse des Harvesters war jetzt ohrenbetäubend. Das Monster kam um die Ecke gewalzt. Und dann war es plötzlich ganz still.

Isabella öffnete die Augen wieder. Der Fahrzeuglenker kletterte aus dem Cockpit, nahm die Schallschutzkopfhörer ab und trat näher. »Wen haben wir denn da?«, sagte er mit einem spöttischen Blick auf die Gruppe der Demonstranten. »Was soll der Scheiß?«

»Wir lassen nicht zu, dass diese Bäume gefällt werden«, sagte Grete resolut.

Der Mann fing schallend an zu lachen. Mit allem hatte Isabella gerechnet, mit Streit, Wut, Diskussionen, Gewalt. Nur nicht damit. Nicht ernst genommen zu werden, war das Schlimmste.

»Schleicht's eich, es Wursteln«, höhnte der Arbeiter. »Sunst ram I eich weg.«

»Du hast keine Ahnung, mit wem du es zu tun hast«, sagte Ferdi.

»Und ob ich das hab, Burschi. Du wirst gleich sehen, was jetzt passiert!«

Der Arbeiter fuhr sich durchs zottige braune Haar und kletterte zurück in die Fahrerkabine. Er setzte die Kopfhörer wieder auf und startete den Motor. Benzingestank machte sich auf der Lichtung breit. Dann gab er Gas. Der Greifarm des Harvesters schnappte sich eine Buche nur ein paar Meter neben Ferdi. Das Motorsägeblatt fraß sich in das Holz. Sägespäne spritzten.

Der dicke Stamm war in nur wenigen Sekunden durchtrennt. Der Baggerarm schwenkte den Baum kurz durch die Luft und ließ den Stamm dann abrupt los. Der Boden erzitterte, als der gefällte Baum krachend neben Isabella zu Boden fiel. Fast hätte der Stamm sie erwischt.

Das ist Wahnsinn, dachte sie. Ihr Herz schlug jetzt bis zum Hals. Der Typ ist verrückt. Wir müssen hier weg.

Sie tastete nach dem Schlüssel für die Handschellen, der in ihrer Brusttasche steckte. Die Maschine zerschnitt den Stamm in einzelne Teile und begann dann, die Rinde abzuziehen. Kleine Äste flogen durch die Gegend. Einer traf Isabella im Gesicht. Ein Schmerz wie ein Peitschenhieb. Sie ließ den Schlüssel fallen, sah nichts. Ein Stück Rinde war ihr ins Auge geraten. Sie hob die gefesselten Hände, um sich das tränende Auge zu reiben, aber das machte alles noch schlimmer. Sie kniff das Auge zusammen und versuchte, mit dem anderen den Waldboden zu scannen. Da war der Schlüssel. Sie schaffte es, die Handschellen zu lösen.

Inzwischen hatte sich der Harvester schon über den nächsten Baum hergemacht. Diesmal ganz knapp neben Ferdi. Der macht das mit Absicht, dachte Isabella. Der hat es auf Ferdi abgesehen. Der will ihn einschüchtern.

Sie streifte die Handschellen mit den Ketten ab und rannte zu ihrem Freund. »Ferdi, das hat keinen Sinn, der Typ ist irre, du musst hier weg.«

»Ich geh hier nicht weg«, presste dieser zwischen zusammengebissenen Zähnen heraus. »Ich gebe nicht auf!«

»Wenn du hier verreckst, bringt es dem Wald auch nichts.«

Aus dem Augenwinkel sah sie, dass noch mehr Forstfahrzeuge und Arbeiter die Lichtung erreicht hatten. Wo blieb nur die Presse? Ihre Freundin Vera, die beim »Burgenländischen Boten« arbeitete, hatte doch versprochen zu kommen.

Sie versuchte, Ferdis Handschellen mit ihrem Schlüssel zu öffnen, aber er wehrte sich, ließ es nicht zu, schüttelte sie ab wie ein lästiges Insekt. Isabella, deren Beine mittlerweile fast genauso taub geworden waren wie ihr Hintern, verlor das Gleichgewicht und fiel auf den weichen Waldboden. Sie rappelte sich hoch, stand auf. Streckte sich. Kurz stand sie da in voller Größe. Aufrecht wie die Bäume neben ihr. Aber so wie diese stand sie nicht lange.

Das Nächste, was sie spürte, war ein kräftiger Schlag gegen den Kopf. Der Harvester hatte beim Entasten einen weiteren, armdicken Ast zur Seite geschleudert. Und dieser hatte Bella an der Schläfe erwischt. Ihr wurde schwarz vor Augen, und sie sank zu Boden.

Als sie wieder aufwachte, war es fast still. Das Motorengebrüll des Harvesters war verstummt. Das Einzige, was zu ihr durchdrang, war Ferdis Stimme.

»Bella, bitte wach auf! Bella, du darfst nicht sterben! Bella, bitte, es tut mir so leid! Bella … ich liebe dich.«

Isabellas Kopf tat unendlich weh und dröhnte, aber dieser Satz kam in ihrem Bewusstsein an. Träumte sie? Das hatte er noch nie gesagt.

»Was?«, stöhnte sie und machte die Augen auf.

Ferdis Gesicht war über ihr. Schmal, blass, verzweifelt. »Gott sei Dank, du lebst! Einen Augenblick dachte ich … Das hätte ich nicht ertragen! Bella, ich liebe dich. Lass uns heiraten.«

Sie blickte ihn verwirrt an. »Okay«, murmelte sie. »Okay.«

Dann wurde ihr wieder schwarz vor den Augen.

*

Als Isabella Kirnbauer das nächste Mal erwachte, war sie im Neuen Oberwarter Krankenhaus, und von Ferdi war keine Spur zu sehen.

Erst durften nur ihre Eltern zu ihr. Erst als klar war, dass es sich nicht um ein Schädel-Hirn-Trauma, sondern »nur« um eine Gehirnerschütterung handelte, durfte ihre Freundin, die Horvath Vera, kurz zu Bella ans Krankenbett.

»Es tut mir so leid, dass ich nicht rechtzeitig da war!«, sagte diese. »Die Baufirma hat die Zufahrtsstraße mit einem Schranken abgeriegelt, nachdem die Maschinen da durchgefahren waren. Wir mussten aussteigen und die ganze Strecke zu Fuß gehen.«

Mit »wir« meinte sie sich selbst und ihren Fotografen Max. Max war immerhin noch rechtzeitig gekommen, um ein paar eindrückliche Bilder zu schießen. Ferdi erneut in Handschellen, nachdem er den Fahrer aus der Kabine gezerrt und ihm coram publico eine runtergehauen hatte. Grete hatte ihn dabei noch angefeuert. Vera erzählte Isabella, was passiert war.

»Ferdi? Wo ist er?«, fragte diese nur.

»Noch immer auf der Polizeistation. Aber der Anwalt von seinem Papa haut ihn da sicher raus.«

Isabella nickte nur. Der Anwalt von Ferdis Papa hatte Ferdi schon immer überall rausgehauen. Ferdi kam aus keiner normalen Familie. Ferdi war nicht nur Umweltaktivist, sondern trug auch das Los eines gewichtigen Stammbaumes mit sich herum. Ferdi war »Graf Ferdinand Wenzel Johannes Constantin Jacob Caspari von und zu Hohenfelsen«.

Die Leute im Dorf nannten ihn nur den »jungen Herrn Graf«. Offiziell führen durfte er den Titel freilich nicht. Einen Adelstitel tragen – das ist seit 1919 in Österreich untersagt. Warum das trotzdem niemanden juckte? Die Strafe dafür ist seit damals die gleiche geblieben. 20.000 Kronen. Umgerechnet auf heute sind das 14 Cent.

WOK IN DER WART / EIN MENÜ VON GEORG GOSSI

Jakobsmuscheln mit Grammeln, Miso und Süßkartoffeln

200 g Jakobsmuschelfleisch, zugeputzt
2 Limetten
2 EL Mayonnaise
1 TL helles Miso
1 TL geröstetes Sesamöl
1 Süßkartoffel
50 g Grammeln (Grieben)
1 Knoblauchzehe, fein gehackt
Olivenöl, Salz, Pfeffer, Koriandergrün

Süßkartoffel mit Olivenöl und Salz einreiben, mit einer Gabel Löcher einstechen und bei 160°C ca. 45 Minuten im Ofen garen. Sie sollte bis in den Kern weich sein. Herausnehmen, mit einem feuchten Tuch bedecken und etwas auskühlen lassen. Das Fruchtfleisch aus der Schale kratzen und zu einem glatten Püree verarbeiten, mit Salz und Sesamöl abschmecken, in eine Spritzflasche oder einen Spritzbeutel füllen und kaltstellen.

Grammeln fein hacken, in einer Pfanne bei sanfter Hitze auslassen, mit Salz, Pfeffer und fein gehacktem Knoblauch würzen und auf Küchenpapier zum entfetten geben. Die Grammeln sollten dann sehr klein und knusprig sein.

Mayonnaise mit Miso und dem Saft einer Limette glatt verrühren, in eine Spritzflasche oder einen Spritzbeutel füllen und kaltstellen.

Jakobsmuscheln quer in je drei bis vier 2 mm dünne Scheiben schneiden. Auf vier Tellern flach verteilen. Mit einer feinen Reibe die Zeste einer Limette auf die Jakobsmuscheln reiben, den Saft danach direkt darauf pressen. Etwas Olivenöl darüber träufeln und leicht salzen.

Miso-Mayonnaise und Süßkartoffelcreme in Tupfen auf dem Teller verteilen und mit Koriandergrün belegen. Nach dem Anrichten gleich servieren.

*

Güssinger Karpfen gebacken mit Pak Choi, Szechuansauce und Sushireis

400 g Karpfenfilet, geschröpft
200 g Maizena (Maisstärke)
1 EL Knoblauchpulver
4 Baby Pak Choi
2 TL Erdnüsse, geröstet und gehackt
1 Stange Jungzwiebel
Salz, Pfeffer, Speiseöl zum Frittieren

Für die Sauce:
150 ml Hühnerfond
30 ml Sojasauce
30 ml Sake
1 EL Fischsauce
2 EL Reisessig

3 EL brauner Zucker
2 Knoblauchzehen, fein gehackt
1 Stk Ingwer, daumengroß, fein gerieben
1 TL Szechuanpfefferkörner in einem Teeei
1 EL Maisstärke

Für den Sushireis:
125 g Sushireis
175 ml Wasser
25 ml Reisessig
15 g Zucker

Für die Sauce alle Zutaten kalt vermengen und aufkochen. Langsam köcheln lassen, bis die Masse eine glänzend dicke Konsistenz aufweist. Durchziehen lassen und beiseite stellen.

Reiskörner so lange mit fließendem kaltem Wasser waschen, bis nur noch klares Wasser abläuft. Dann den Reis mit 175 ml Wasser in einen Topf geben und aufkochen. Sobald das Wasser kocht, Deckel drauf und noch 10 Minuten bei niedriger Hitze auf dem Herd lassen. Danach vom Herd nehmen, aber Deckel für weitere 15 Minuten nicht abnehmen. Reisessig mit Zucker gut verrühren und mit einem Silikonspachtel vorsichtig in den Reis einarbeiten. Wieder abdecken und zur Seite stellen.

Jungzwiebel in feine Streifen schneiden.

Pak Choi halbieren, leicht salzen und in etwas Öl langsam braten.

Speiseöl in einem Topf auf 170°C erhitzen. Das Karpfenfilet auf vier gleich große Portionen teilen. Maizena mit Knoblauchpulver gut vermischen. Die Karpfenfilets in der Maizenamischung wenden. Es sollte jede einzelne Lamelle des geschröpften Filets auseinandergezogen und bestaubt werden, nur dann ergibt sich der gewollte Effekt.

Karpfenfilets frittieren, bis sie goldbraun und richtig knusprig sind.

Auf dem Sushireis und dem Pak Choi anrichten, mit der Szechuansauce nappieren und mit den Erdnüssen und der Jungzwiebel bestreuen.

*

Knuspriger Schweinebauch mit Blunzen-Xiaopao, Hoisin und Kimchi

Für den Schweinebauch:
800 g Schweinebauch, ohne Knochen
1 Zitrone
2 Knoblauchzehen
1 TL Salz
1 TL schwarze Pfefferkörner
1 TL helles Miso
1 TL Kreuzkümmel

Für das Blunzen-Xiaopao:
100 g Blutwurst
1 TL chinesisches 5-Spice-Gewürz
etwas Öl
60 ml Milch
125 g glattes Mehl
1 Pkg Trockengerm (Trockenhefe)

1 EL Schmalz
1 TL geröstetes Sesamöl
1 Ei

Für die Hoisinsauce:
120 g schwarze Bohnenpaste
3 EL brauner Zucker
100 ml leichte Sojasauce
3 EL Reisessig
3 Knoblauchzehen
1 Stk Ingwer, daumengroß
1 kleine Chilischote

Für das (schnelle) Kimchi:
300 g Chinakohl
12 g Salz
1 Karotte
1 Jungzwiebel
2 Knoblauchzehen, gepresst
2 EL Sojasauce
2 EL Rohrzucker
1 EL Chiliflocken
1 TL Tomatenmark

Für den Schweinebauch aus Zitronenschale, Zitronensaft, Knoblauch, Miso, Kreuzkümmel, Salz und Pfefferkörnern im Mörser eine Paste herstellen. Schweinebauch damit einreiben, in einen Vakuumbeutel vakuumieren und bei 80°C im Wasserbecken 6 Stunden sous-vide garen. Danach herausnehmen, noch im Beutel auf ein Blech legen, mit einem anderen Blech beschweren und im Kühlschrank durchkühlen lassen. Dadurch entsteht eine gerade Oberfläche.

Für das Xiaopao Blutwurst würfelig schneiden, in einer Pfanne gut rösten, mit 5-Spice würzen, zerdrücken und kaltstellen. Vier gleich große Kugeln formen.

Aus lauwarmer Milch, Germ, Mehl, Ei, Schmalz und Sesamöl einen Germteig herstellen. Einmal gehen lassen, zusammenschlagen, in vier Stücke teilen. Jedes Stück flach ausrollen, mit Blunzenkugel füllen, nochmal 15 Minuten gehen lassen und dann 20 Minuten dämpfen.

Für die Hoisinsauce alle Zutaten einmal aufkochen und zur Seite stellen.

Für das Kimchi die Chinakohlblätter der Länge nach halbieren, mit den geriebenen Karotten und der in Scheiben geschnittenen Jungzwiebel einsalzen, vakuumieren und 15 Minuten vakuumiert lassen.

Aus den restlichen Zutaten eine Paste herstellen.

Die Chinakohlblätter aus dem Vakuumbeutel nehmen, mit der Paste gut einstreichen und aufeinanderschichten. Mit Frischhaltefolie möglichst ohne Lufteinschluss bedecken und drei Tage im Kühlschrank reifen lassen.

Den Schweinebauch aus dem Beutel nehmen, das Gelee, das sich gebildet hat, zur Hoisinsauce geben, zusammen aufkochen und Sauce auf gewünschte Intensität langsam reduzieren. Das Schmalz aus dem Vakuumbeutel in einer Pfanne erhitzen.

Schweinebauch in vier gleichmäßige Stücke schneiden und die Schwarte mit einem scharfen Messer 1 mm tief streifig einschneiden.

Die Fleischstücke mit der Schwarte nach Oben im Ofen bei hoher Oberhitze knusprig aufpoppen lassen – Achtung, das spritzt!

Wenn der Schweinebauch knusprig und heiß ist, mit Xiaopao, Hoisinsauce und Kimchi anrichten.

Kokos-Rahmschmarrn mit Mango

2 reife Mangos
5 Eier
200 g Sauerrahm
Schale einer Zitrone
2 EL Kokosflocken
1 EL glattes Mehl
1 TL Maizena (Maisstärke)
2 EL Zucker
Zucker und Butter für die Pfanne

Mangos schälen und in Würfel schneiden.

Dotter, Rahm, Zitronenschale, Mehl, Maizena und Kokosflocken miteinander glatt rühren.

Eiklar zu Schnee schlagen. Zucker dazugeben und weiter schlagen, bis der Schnee Spitzen zieht.

Schnee unter die Dottermasse heben.

Pfanne mit Butter ausreiben und mit Kristallzucker bestauben. Masse in die Pfanne geben und im vorgeheizten Rohr bei 190°C Ober-/Unterhitze ca. 20 Minuten backen.

Schmarren erst nach dem Backen beim Servieren zerreißen und auf den Mangos anrichten.

Weitere Titel finden Sie auf den folgenden Seiten und im Internet:

WWW.GMEINER-VERLAG.DE

Der Klub der Grünen Daumen ermittelt:

1. Fall: Zuagroast
ISBN 978-3-8392-0095-7

2. Fall: Hamdraht
ISBN 978-3-8392-0137-4

3. Fall: Aufblattelt
ISBN 978-3-8392-0326-2

4. Fall: Ausgstochen
ISBN 978-3-8392-0454-2

5. Fall: Eintunkt
ISBN 978-3-8392-0694-2

6. Fall: Anbandelt
ISBN 978-3-8392-8005-8

GMEINER SPANNUNG

WWW.GMEINER-VERLAG.DE
Wir machen's spannend

Martina Parker
Miss Vergnügen
Kriminalroman
400 Seiten, 13,5 x 21 cm,
Premiumklappenbroschur
ISBN 978-3-8392-0841-0

Was tun, wenn man vom eigenen Ehemann in einer fremden Stadt ausgesetzt wird? Sorgenpüppchen häkeln?! Eine Katze mit Sprachfehler adoptieren?! In der Spelunke ums Eck »Earl Grey Tea« trinken?! Im Zweifelsfall alles.

Denn Miss Brooks ist eine liebenswerte Britin mit ausgeprägten Eigenheiten. Während sie Pläne für ihren Neustart schmiedet, überschlagen sich die Ereignisse. Ein Kosmetikmogul verschwindet. Bei der glamourösen Verleihung der »Parfum-Oscars« gibt es ein Attentat. Und in der Porzellanmanufaktur tauchen Knochen im Ofen auf. Hat die Beautybranche Dreck am Stecken? Als frischgebackene Beauty-Beraterin des Luxus-Konzerns Très Loué erhält die britische Neo-Ermittlerin Miss Brooks Zutritt in die glitzernde Welt der High Society – und fördert so manche ungeschminkte Wahrheit zutage.

GMEINER SPANNUNG

WWW.GMEINER-VERLAG.DE
Wir machen's spannend